Krähenort
Lager des
SchattenClans
Donnerweg
Lager des
DonnerClans
Große
Platane
Schlangenfelsen
and-
uhle
Hochkiefern
Baumsägeort
Zweibeinerort
DonnerClan
FlussClan
SchattenClan
WindClan
SternenClan

WARRIOR CATS

Staffel I

In die Wildnis (Bd.1)
Feuer und Eis (Bd. 2)
Geheimnis des Waldes (Bd. 3)
Vor dem Sturm (Bd. 4)
Gefährliche Spuren (Bd. 5)
Stunde der Finsternis (Bd. 6)

Staffel II – Die neue Prophezeiung

Mitternacht (Bd. 1)
Mondschein (Bd. 2)
Morgenröte (Bd. 3)
Sternenglanz (Bd. 4)
Dämmerung (Bd. 5)
Sonnenuntergang (Bd. 6)

Staffel III – Die Macht der drei

Der geheime Blick (Bd. 1)
Fluss der Finsternis (Bd. 2)
Verbannt (Bd. 3)
Zeit der Dunkelheit (Bd. 4)
Lange Schatten (Bd. 5)
Sonnenaufgang (Bd. 6)

Staffel IV – Zeichen der Sterne

Der vierte Schüler (Bd. 1)
Fernes Echo (Bd. 2)
Stimmen der Nacht (Bd. 3)
Spur des Mondes (Bd. 4)
Der verschollene Krieger (Bd. 5)

Special Adventure

Feuersterns Mission
Das Schicksal des WolkenClans
Blausterns Prophezeiung
Streifensterns Bestimmung

Short Adventure

Wolkensterns Reise

Die Welt der Clans

Das Gesetz der Krieger

Erin Hunter

WARRIOR CATS

In die Wildnis

Feuer und Eis

Erin Hunter

WARRIOR CATS

Doppelband

In die Wildnis

Feuer und Eis

Aus dem Englischen
von Klaus Weimann

BELTZ
& Gelberg

Hinter dem Namen *Erin Hunter* verbergen sich gleich mehrere Autorinnen: Während Victoria Holmes meistens die Ideen für die Geschichten hat und das gesamte Geschehen im Auge behält, bringen Cherith Baldry, Kate Cary und Tui Sutherland die Abenteuer der KatzenClans zu Papier.
Ebenfalls aus der Feder dieses erfolgreichen Autorinnenteams stammt die Bärenfantasy-Reihe SEEKERS.
Die Abenteuer der SURVIVOR DOGS schreiben Gillian Philip und Inbali Iserless.

Die Bände sind auch als E-Books erhältlich
(ISBN 978-3-407-74136-3)
(ISBN 978-3-407-74137-0)

MIX
Papier aus verantwortungsvollen Quellen
FSC® C089473

www.beltz.de

Die Originalausgaben erschienen 2003 u.d.T.
Warriors, Into the Wild und *Warriors, Fire and Ice*
bei Harper *Collins Children's Books*, New York
Erstmals in deutscher Sprache erschienen u.d.T.
Warrior Cats, In die Wildnis (© 2008 Beltz & Gelberg) und
Warrior Cats, Feuer und Eis (© 2008 Beltz & Gelberg)
Aus dem Englischen von Klaus Weimann
Lektorat: Susanne Härtel
Umschlaggestaltung: © Johannes Wiebel, punchdesign, München
unter Verwendung des Bildmaterials von Hauptmann und Kompanie Werbeagentur, München/Zürich
Gesamtherstellung: Beltz Bad Langensalza GmbH, Bad Langensalza
Printed in Germany
ISBN 978-3-407-81195-0
1 2 3 4 5 19 18 17 16 15

Erin Hunter

WARRIOR CATS

In die Wildnis

DIE HIERARCHIE DER KATZEN

DONNERCLAN

Anführer	**BLAUSTERN** – blaugraue Kätzin mit einer Spur Silber um die Schnauze
Zweiter Anführer	**ROTSCHWEIF** – kleiner, schildpattfarbener Kater mit auffällig rotem Schwanz; Mentor von **BORKENPFOTE**
Heilerin	**TÜPFELBLATT** – schöne, dunkle, schildpattfarbene Kätzin mit ungewöhnlich gescheckte m Fell
Krieger	(Kater und Kätzinnen ohne Junge) **LÖWENHERZ** – prachtvoller, golden gestreifter Kater mit dichtem Fell wie eine Löwenmähne; Mentor von **GRAUPFOTE** **TIGERKRALLE** – großer, dunkelbraun getigerter Kater mit ungewöhnlich langen Vorderkrallen; Mentor von **RABENPFOTE** **WEISSPELZ** – großer, weißer Kater; Mentor von **SANDPFOTE** **DUNKELSTREIF** – schlanker, schwarzgrau getigerter Kater; Mentor von **BORKENPFOTE** **LANGSCHWEIF** – Kater mit hellem Fell und schwarzen Streifen **STURMWIND** – schnellfüßiger, gescheckter Kater

GLANZFELL – sehr hellgraue Kätzin mit ungewöhnlich blauen Augen
MAUSEFELL – kleine, schwarzbraune Kätzin

Schüler (über sechs Monde alt, in der Ausbildung zum Krieger)
BORKENPFOTE – dunkelbraun getigerter Kater
GRAUPFOTE – langhaariger, rein grauer Kater
RABENPFOTE – kleiner, magerer, schwarzer Kater mit winzigem weißem Fleck auf der Brust und weißer Schwanzspitze
SANDPFOTE – helle, gelbbraune Kätzin
FEUERPFOTE – hübscher Kater mit rotem Fell

Königinnen (Kätzinnen, die Junge erwarten oder aufziehen)
FROSTFELL – schönes, weißes Fell und blaue Augen
BUNTGESICHT – hübsch gescheckt
GOLDBLÜTE – helles, gelbbraunes Fell
FLECKENSCHWEIF – hell gescheckt, die älteste Königin in der Kinderstube

Älteste (ehemalige Krieger und Königinnen, jetzt im Ruhestand)
KURZSCHWEIF – großer, dunkelbraun getigerter Kater, dem ein Teil des Schwanzes fehlt
KLEINOHR – grauer Kater mit sehr kleinen Ohren. Ältester Kater im DonnerClan
FLICKENPELZ – kleiner, schwarz-weißer Kater

	EINAUGE – älteste Kätzin im DonnerClan mit hellem Fell. Fast ganz blind und taub
	TUPFENSCHWEIF – einst hübsche, schildpattfarbene Kätzin mit einem wunderbar gefleckten Fell

SCHATTENCLAN

Anführer	**BRAUNSTERN** – langhaariger, dunkelbraun getigerter Kater
Zweiter Anführer	**SCHWARZFUSS** – großer, weißer Kater mit riesigen, pechschwarzen Pfoten
Heiler	**TRIEFNASE** – kleiner, grau-weißer Kater
Krieger	**STUMMELSCHWEIF** – brauner, gescheckter Kater; Mentor von **ERDPFOTE**
	KIESELSTEIN – silbern getigerter Kater; Mentor von **NASSPFOTE**
	NARBENGESICHT – brauner Kater voller Kampfnarben; Mentor von **ZWERGPFOTE**
	NACHTPELZ – schwarzer Kater
Königinnen	**DÄMMERWOLKE** – kleine, gescheckte Kätzin
	GLANZBLÜTE – schwarz-weiße Kätzin
Ältester	**ASCHENFELL** – magerer, grauer Kater

WINDCLAN

Anführer **RIESENSTERN** – schwarz-weißer Kater mit einem sehr langen Schwanz

FLUSSCLAN

Anführer **STREIFENSTERN** – riesiger, hell getigerter Kater mit einem schiefen Kiefer

Zweiter Anführer **EICHENHERZ** – rotbrauner Kater

KATZEN AUSSERHALB DER CLANS

GELBZAHN – alte, dunkelgraue Kätzin mit einem breiten, flachen Gesicht

WULLE – pummeliges, zutrauliches, schwarz-weißes Kätzchen, das in einem Haus am Waldrand lebt

MIKUSCH – schwarz-weißer Kater, lebt auf einem Bauernhof nahe am Wald

PROLOG

DAS LICHT des halben Mondes glänzte auf den Granitfelsen und verwandelte sie in Silber. Die Stille wurde nur durch das Plätschern des rasch fließenden, schwarzen Flusses unterbrochen und das Flüstern der Bäume im dahinterliegenden Wald.

In den Schatten rührte sich etwas und von überall her krochen geschmeidige, dunkle Gestalten verstohlen über das Gestein. Ausgestreckte Krallen funkelten im Mondlicht. Wachsame Augen blitzten wie Bernstein. Und dann, wie auf ein stilles Kommando, sprangen die Tiere aufeinander los, und plötzlich wimmelten die Felsen von kämpfenden, kreischenden Katzen.

Mitten in dem wilden Getümmel aus Fell und Krallen presste eine massige, dunkle Tigerkatze einen rotbraunen Kater zu Boden und reckte triumphierend den Kopf.

»Eichenherz«, knurrte der getigerte Kater. »Wie kannst du es wagen, auf unserem Territorium zu jagen? Die Sonnenfelsen gehören dem DonnerClan!«

»Nach heute Nacht, Tigerkralle, wird dies ein weiteres Jagdgebiet des FlussClans sein!«, fauchte der rotbraune Kater.

Ein Warnschrei ertönte vom Ufer, schrill und voller Angst. »Passt auf! Da kommen noch mehr FlussClan-Krieger!«

Tigerkralle wandte sich um und sah schlanke, nasse Leiber

aus dem Wasser unterhalb der Felsen gleiten. Die fremden Krieger sprangen lautlos das Ufer hinauf und stürzten sich in die Schlacht, ohne auch nur das Wasser aus dem Fell zu schütteln.

Der getigerte Kater warf Eichenherz einen funkelnden Blick zu. »Ihr mögt schwimmen wie die Otter, aber du und deine Krieger haben nichts in diesem Wald verloren!« Er zog die Lippen zurück und bleckte die Zähne, während sich sein Gegner unter ihm zu befreien suchte.

Der verzweifelte Schrei einer Kätzin aus dem DonnerClan erhob sich über den Lärm. Ein drahtiger Kater aus dem Fluss-Clan hatte die braune Kriegerin flach auf den Bauch gedrückt und schnappte nach ihrem Genick. Aus seinem Maul troff noch das Wasser des Flusses, den er soeben durchquert hatte.

Tigerkralle hörte den Schrei und ließ von Eichenherz ab. Mit einem gewaltigen Sprung stieß er den feindlichen Krieger von der Kätzin weg. »Schnell, Mausefell, lauf!«, befahl er ihr, bevor er sich dem Kater zuwandte, der sie bedroht hatte. Mausefell rappelte sich auf, zuckte vor Schmerz zusammen und stürmte trotz der tief klaffenden Wunde in ihrer Schulter davon.

Tigerkralle fauchte vor Wut, als der Kater aus dem Fluss-Clan ihm die Nase aufriss. Blut nahm ihm für einen Augenblick die Sicht, aber ohne darauf zu achten, warf er sich nach vorne und schlug die Zähne in das Hinterbein seines Gegners. Der kreischte auf und kämpfte sich frei.

»Tigerkralle!« Der Ruf kam von einem Krieger, dessen Schwanz rot wie das Fell eines Fuchses war. »Es ist zwecklos! Es sind zu viele Gegner!«

»Nein, Rotschweif. Der DonnerClan gibt sich niemals geschlagen!«, heulte Tigerkralle zurück und sprang an die Seite von Rotschweif. »Dies ist unser Territorium!« Über seiner breiten, schwarzen Schnauze quoll noch immer Blut hervor. Er schüttelte unwillig den Kopf und rote Tropfen spritzten auf die Felsen.

»Der DonnerClan wird deinen Mut zu würdigen wissen, Tigerkralle, aber wir können es uns nicht leisten, noch mehr Krieger zu verlieren«, drängte Rotschweif. »Blaustern würde niemals ihre Krieger gegen eine derartig gewaltige Übermacht kämpfen lassen. Wir werden eine andere Gelegenheit bekommen, uns für diese Niederlage zu rächen.« Unbeirrt erwiderte er den Blick aus Tigerkralles bernsteinfarbenen Augen, dann wandte er sich um und sprang auf einen Felsen am Rande des Waldes.

»Rückzug, DonnerClan! Rückzug!«, schrie er. Sofort kämpften sich seine Krieger von ihren Gegnern frei und zogen sich fauchend und knurrend zu Rotschweif zurück. Einen Herzschlag lang wirkten die Katzen des FlussClans verwirrt. War diese Schlacht so leicht gewonnen? Dann stieß Eichenherz einen Triumphschrei aus und seine Krieger schlossen sich dem Siegesgeheul ihres Zweiten Anführers an.

Rotschweif blickte hinab auf seine Krieger. Mit einem Zucken des Schwanzes gab er das Signal und die DonnerClan-Katzen stürmten die flussabgewandte Seite der Sonnenfelsen hinunter und verschwanden zwischen den Bäumen.

Tigerkralle folgte ihnen als Letzter. Am Rande des Waldes zögerte er und warf einen Blick zurück auf das blutgetränkte Schlachtfeld. Sein Gesichtsausdruck wirkte grimmig, die Augen waren zu wütenden Schlitzen zusammengekniffen. Dann folgte er seinem Clan und entschwand in den schweigenden Wald.

Auf einer verlassenen Lichtung saß allein eine alte, graue Kätzin mit blauen Augen und starrte hinauf zum klaren Nachthimmel. Um sie herum in den Schatten waren das Atmen und die trägen Bewegungen schlafender Katzen zu hören.

Aus einer dunklen Ecke trat eine kleine, schildpattfarbene Kätzin auf flinken, leisen Pfoten hervor.

Die graue Katze senkte grüßend den Kopf. »Wie geht es Mausefell?«, fragte sie.

»Ihre Wunden sind tief, Blaustern«, antwortete die Schildpattfarbene und ließ sich auf dem nachtkühlen Gras nieder. »Aber sie ist jung und stark, sie wird rasch wieder gesund werden.«

»Und die anderen?«

»Auch die werden sich alle erholen.«

Blaustern seufzte. »Welch ein Glück, dass wir diesmal keinen unserer Krieger verloren haben. Du bist eine begabte Heilerin, Tüpfelblatt.« Erneut legte sie den Kopf in den Nacken und betrachtete die Sterne. »Ich bin sehr beunruhigt wegen der Niederlage heute Nacht. Noch nie, seit ich den DonnerClan führe, ist er auf seinem eigenen Territorium geschlagen worden«, murmelte sie. »Es sind schwierige Zeiten. Die Blattfrische verspätet sich dieses Jahr und es hat weniger Junge gegeben. Der DonnerClan braucht mehr Krieger, wenn er überleben will.«

»Aber der Blattwechsel hat doch gerade erst angefangen«, erwiderte Tüpfelblatt ruhig. »Es wird mehr Junge geben, wenn die Blattfrische kommt.«

Die Graue zuckte mit ihren breiten Schultern. »Vielleicht hast du ja Recht. Aber die Ausbildung unserer Jungen zu Kriegern dauert ihre Zeit. Wenn unser Clan sein Territorium verteidigen will, braucht er neue Krieger, so bald wie möglich.«

»Suchst du nach Antworten beim SternenClan?«, fragte Tüpfelblatt sanft und folgte Blausterns Blicken hinauf zum funkelnden Sternenband am dunklen Himmel.

»In diesen Zeiten brauchen wir die Worte der alten Krieger, damit sie uns helfen. Hat der SternenClan zu dir gesprochen?«, fragte Blaustern.

»Nicht in den letzten Monden.«

Plötzlich leuchtete eine Sternschnuppe über den Baumwipfeln auf. Tüpfelblatts Schwanz zuckte und auf ihrem Rücken sträubte sich das Fell.

Blausterns Ohren stellten sich auf, doch sie blieb still, während Tüpfelblatt weiter hinauf in die Sterne sah.

Ein paar Augenblicke später senkte Tüpfelblatt den Kopf und murmelte: »Das war eine Botschaft vom SternenClan.« Ein abwesender Blick trat in ihre Augen. »Nur Feuer kann unseren Clan retten.«

»Feuer?«, wiederholte Blaustern. »Aber alle Clans fürchten das Feuer! Wie kann es uns retten?«

Tüpfelblatt schüttelte den Kopf. »Ich weiß es nicht«, gab sie zu. »Aber das ist die Botschaft, die der SternenClan mir mitgeteilt hat.«

Blaustern richtete ihre klaren, blauen Augen auf die Heilerin. »Du hast dich noch nie geirrt, Tüpfelblatt«, sagte sie. »Wenn der SternenClan gesprochen hat, dann muss es so sein. Feuer wird unseren Clan retten.«

1. KAPITEL

ES HERRSCHTE tiefe Dunkelheit. Sammy spürte, dass irgendetwas in der Nähe war. Mit weit geöffneten Augen suchte der junge Kater das dichte Unterholz ab. Dieser Ort war ihm fremd, aber die seltsamen Gerüche zogen ihn an, weiter, tiefer hinein in die Schatten. Ihm knurrte der Magen, er war hungrig. Er öffnete das Maul ein wenig, um die warmen Düfte des Waldes besser riechen zu können. Der dumpfe Geruch modernder Blätter mischte sich mit dem verführerischen Duft eines kleinen, pelzigen Tieres.

Plötzlich flitzte etwas Graues an ihm vorbei. Sammy verharrte still. Das Tier verbarg sich in den Blättern, weniger als zwei Schwanzlängen von ihm entfernt. Er wusste, es war eine Maus – er konnte den schnellen Schlag des winzigen Herzens deutlich spüren. Er schluckte und unterdrückte das Grummeln im Magen. Schon bald würde sein Hunger gestillt sein.

Langsam senkte er seinen Körper und brachte sich in Angriffsstellung. Der Wind wehte von der Maus in seine Richtung, deshalb hatte sie ihn noch nicht bemerkt. Noch einmal überprüfte er, wo genau sich sein Opfer befand, dann ging er noch tiefer in die Hocke und sprang kraftvoll ab. Trockene Blätter wirbelten vom Waldboden auf.

Die Maus suchte Deckung und flitzte zu einem Loch im Boden. Aber Sammy war schon über ihr, schleuderte sie in die Luft, bohrte seine dornenscharfen Krallen in das hilflose Tier und warf es in hohem Bogen auf die laubbedeckte Erde. Die Maus war benommen, lebte aber noch. Sie versuchte zu fliehen, doch Sammy packte sie wieder, schleuderte sie erneut in die Luft, diesmal ein wenig weiter weg. Es gelangen der Maus ein paar unsichere Schritte, bevor der Kater sie endgültig schnappte.

Plötzlich ertönte ein lautes Geräusch. Sammy schaute sich um und schnell befreite sich die Maus aus seinen Krallen. Der Kater sah nur noch, wie sie in die Dunkelheit zwischen den verschlungenen Wurzeln eines Baumes huschte.

Wütend gab Sammy die Jagd auf. Seine grünen Augen funkelten, als er sich auf der Suche nach dem Geräusch, das ihn um sein Jagdglück gebracht hatte, wieder umdrehte. Das Klappern war immer noch zu hören und klang jetzt vertrauter. Blinzelnd öffnete Sammy die Augen.

Der Wald war verschwunden. Er lag in einer heißen, stickigen Küche zusammengerollt in seinem Körbchen. Durch das Fenster schien der Mond und warf Schatten auf den glatten Fußboden. Das Geräusch war das Klappern harter, trockener Futterbröckchen gewesen, die in seinen Napf geschüttet wurden. Sammy hatte geträumt.

Er hob den Kopf und legte das Kinn auf den Rand seines Körbchens. Am Hals scheuerte sein Halsband unangenehm. In seinem Traum hatte frische Luft das Fell gestreichelt, wo sonst das Halsband zwickte. Sammy rollte sich auf den Rücken und genoss für ein paar weitere Minuten seinen Traum. Noch immer hatte er den Geruch der Maus in der Nase. Zum dritten Mal seit Vollmond hatte er diesen Traum gehabt und jedes Mal war die Maus seinem Angriff entkommen.

Er leckte sich die Lippen, doch von seinem Körbchen aus stieg ihm nur der staubige Geruch des Futters in die Nase und verjagte die warmen Düfte seines Traums. Seine Besitzer füllten immer seinen Napf auf, bevor sie zu Bett gingen. Aber weiterhin knurrte der Hunger in seinem Magen, und so streckte sich Sammy träge und trottete über den Küchenboden zu seinem Abendessen. Das Futter schmeckte trocken und fad. Widerstrebend schluckte er noch ein weiteres Maulvoll hinunter, dann wandte er sich vom Futternapf ab und schob sich durch die Katzenklappe hinaus ins Freie. Er hoffte, der Duft des Gartens würde ihm das Gefühl aus seinem Traum zurückbringen.

Draußen schien ein heller Mond. Es regnete leicht. Sammy stolzierte durch den gepflegten Garten und folgte dem sternenbeschienenen Kiesweg, wobei er die Steinchen kalt und scharf unter den Pfoten spürte. Er erledigte sein Geschäft unter einem großen Busch mit glänzenden, grünen Blättern und schweren, purpurnen Blüten. Ihr ekelhaft süßer Duft sättigte die feuchte Luft um ihn herum, und er kräuselte die Lippen, um den Geruch aus der Nase zu vertreiben.

Dann ließ Sammy sich oben auf einem der Pfosten im Zaun nieder, der die Grenzen seines Gartens markierte. Das war einer seiner Lieblingsplätze, denn von dort konnte er direkt in die Nachbargärten blicken und auch in den dichten, grünen Wald auf der anderen Seite des Zauns.

Es hatte aufgehört zu regnen. Hinter ihm lag der kurz geschorene Rasen im Mondlicht, aber jenseits des Zauns war der Wald voller Schatten. Sammy streckte den Kopf vor, um die feuchte Luft einzuschnuppern. Seine Haut war warm und trocken unter dem dichten Haar, doch noch immer spürte er das Gewicht der Regentropfen auf seinem rötlichen Fell.

Er hörte, wie seine Besitzer zum letzten Mal von der Hintertür nach ihm riefen. Wenn er jetzt zu ihnen ginge, würden sie ihn mit liebevollen Worten und Zärtlichkeiten begrüßen und ihn in ihr Bett einladen, wo er sich schnurrend zusammenrollen und sich warm in eine Kniekehle schmiegen würde.

Diesmal jedoch beachtete Sammy die Stimmen seiner Besitzer nicht, sondern wandte den Blick wieder dem Wald zu. Der scharfe Geruch der Bäume war nach dem Regen frischer geworden.

Plötzlich stellten sich die Haare auf seinem Rücken auf. Bewegte sich dort etwas? Beobachtete ihn jemand? Sammy starrte geradeaus, aber es war unmöglich, etwas zu erkennen oder zu riechen in der dunklen, nach Bäumen duftenden Luft. Kühn hob er das Kinn, stand auf und dehnte sich, streckte die Beine und krümmte den Rücken, wobei er sich am Zaunpfahl festkrallte. Er schloss die Augen und atmete tief den Duft des Waldes ein, so verheißungsvoll, als wollte er ihn in die wispernden Schatten locken.

Er spannte seine Muskeln an und duckte sich kurz. Dann sprang er auf leichten Pfoten hinab in das harte Gras auf der anderen Seite des Gartenzauns. Als er landete, tönte das Glöckchen an seinem Halsband durch die stille Nachtluft.

»Wohin gehst du, Sammy?«, miaute eine vertraute Stimme hinter ihm.

Er blickte auf. Ein schwarz-weißer Kater balancierte ungelenk auf dem Zaun.

»Hallo, Wulle«, sagte Sammy.

»Du willst doch nicht etwa in den Wald, oder?« Wulle riss seine bernsteinfarbenen Augen weit auf.

»Will mich nur mal umsehen«, beteuerte Sammy und trat verlegen von einer Pfote auf die andere.

»Mich würdest du da nicht hinbekommen. Es ist gefährlich!« Wulle kräuselte voller Abwehr die Nase. »Henry sagt, er ist einmal in den Wald gegangen.« Das Kätzchen hob den Kopf und deutete mit der Nase über die Zaunreihen hinweg auf den Garten, wo Henry lebte.

»Dieser fette, alte Kater ist nie im Leben in den Wald gegangen!«, meinte Sammy verächtlich. »Er ist kaum über den eigenen Garten hinausgekommen seit seinem Besuch beim Tierarzt. Der will doch nichts anderes mehr als essen und schlafen.«

»Nein, das ist nicht wahr. Er hat dort ein Rotkehlchen gefangen!«, beharrte Wulle.

»Nun, wenn das stimmt, dann war das vor dem Tierarzt. Jetzt beklagt er sich nur noch über die Vögel, weil sie seinen Schlaf stören.«

»Nun, jedenfalls«, fuhr Wulle fort und beachtete die Verachtung in Sammys Stimme nicht weiter, »Henry hat mir erzählt, dass es da alle möglichen gefährlichen Tiere gibt. Riesige Wildkatzen, die lebendige Kaninchen zum Frühstück fressen und ihre Krallen an alten Knochen wetzen!«

»Ich will mich ja nur umschauen«, wiederholte Sammy. »Ich bleibe nicht lange.«

»Sag nur nicht, dass ich dich nicht gewarnt hätte!«, schnurrte Wulle und ließ sich vom Zaun zurück in seinen eigenen Garten fallen.

Sammy setzte sich in das Gras hinter dem Gartenzaun.

Nervös leckte er sich die Schulter und fragte sich, wie viel von Wulles Gerede wohl der Wahrheit entsprach.

Plötzlich bemerkte er die Bewegung eines kleinen Tieres, und er beobachtete, wie es unter ein paar Brombeerzweige huschte.

Unwillkürlich duckte Sammy sich und schob sich langsam, eine Pfote vor die andere setzend, durchs Gestrüpp. Mit gespitzten Ohren, weit geöffneten Nasenlöchern und starren Augen bewegte er sich auf das Tier zu. Er konnte es klar erkennen, wie es sich zwischen den dornigen Zweigen aufsetzte und an einem großen Samenkorn nagte, das es zwischen den Pfoten hielt. Es war eine Maus.

Sammy wiegte sich auf den Hinterbeinen hin und her, bereit zum Sprung. Er hielt den Atem an, damit sein Glöckchen nicht wieder klingelte. Sein ganzer Körper war angespannt und sein Herz hämmerte. Das war sogar noch besser als in seinen Träumen! Dann zuckte er zusammen, als er plötzlich ein Geräusch von knackenden Zweigen und raschelnden Blättern hörte. Sein Glöckchen klingelte verräterisch und die Maus verschwand im dichten Geflecht des Brombeergebüschs.

Sammy stand nun vollkommen still und blickte sich um. Er konnte die weiße Spitze eines roten, buschigen Schwanzes sehen, der vor ihm durch einen Haufen hoher Farnwedel glitt, und er nahm einen starken, fremdartigen Geruch wahr, der eindeutig einem Fleischfresser gehörte, aber weder einer Katze noch einem Hund. Durch das fremde Tier abgelenkt, vergaß Sammy die Maus und beobachtete neugierig den roten Schweif. Er wollte wissen, was da war.

Er schlich sich näher heran, dabei waren alle seine Sinne angespannt und nach vorn gerichtet. Dann hörte er ein weiteres Geräusch. Es ertönte hinter seinem Rücken, klang aber gedämpft und war weiter entfernt. Er stellte die Ohren nach hinten, um es besser zu hören. *Pfotenschritte?*, fragte er sich, hielt aber den Blick fest auf das fremdartige rote Fell vor sich gerichtet und schlich weiter darauf zu. Erst als das schwache Knistern hinter ihm zu einem lauten und sich schnell nähernden Blätterrascheln anschwoll, wurde Sammy klar, dass er sich in Gefahr befand.

Das Wesen traf ihn wie eine Explosion und er wurde seitlich in einen Haufen Brennnesseln geworfen. Sich windend und jaulend versuchte er, den Angreifer abzuschütteln, doch der hatte sich auf seinem Rücken festgekrallt und hielt ihn mit unglaublich scharfen Krallen fest. Sammy spürte, wie spitze Zähne in seinen Nacken drangen. Er drehte und krümmte sich von den Schnurrhaaren bis zum Schwanz, konnte sich aber nicht befreien. Einen Augenblick lang fühlte er sich hilflos. Dann erstarrte er und warf sich nach einem Augenblick blitzschnell auf den Rücken. Instinktiv wusste er zwar, wie gefährlich es war, seinen Bauch ungeschützt darzubieten, aber darin lag seine einzige Chance.

Er hatte Glück – der Trick schien zu funktionieren. Er hörte ein »Hhuufff«, als die Luft aus dem Gegner unter ihm gepresst wurde. Wild um sich schlagend konnte Sammy sich nun befreien. Ohne einen Blick zurück rannte er in Richtung Haus.

In seinem Rücken verrieten ihm raschelnde Pfotenschritte, dass sein Angreifer die Verfolgung aufgenommen hatte. Trotz der schmerzenden Kratzer unter seinem Fell beschloss Sammy, sich lieber umzudrehen und zu kämpfen, als sich noch einmal einem Sprung von hinten auszusetzen. Er hielt abrupt an, wirbelte herum und stand nun seinem Verfolger gegenüber.

Es war ebenfalls ein Katzenjunges mit zerzaustem, grauem Fell, kräftigen Beinen und einem breiten Gesicht. Augenblicklich roch Sammy, dass es ein Kater war, und er ahnte die Kraft unter dem weichen Fell der stämmigen Schultern. Überrumpelt von Sammys Kehrtwende krachte das Katzenjunge ungebremst in ihn hinein und fiel in sich zusammen wie ein benommenes Häufchen.

Der Zusammenstoß nahm Sammy kurz den Atem und er wankte. Rasch stand er jedoch wieder auf festen Pfoten und krümmte den Rücken, plusterte das orangefarbene Fell auf, bereit, sich auf das fremde Katzenjunge zu stürzen. Aber sein Angreifer setzte sich einfach auf und begann, seine Vorderpfote zu lecken. Alle Anzeichen von Angriffslust waren verflogen.

Sammy war merkwürdig enttäuscht. Sein ganzer Körper war angespannt und kampfbereit.

»Hallo, Hauskätzchen!«, miaute der graue Kater fröhlich. »Du hast dich ja ziemlich gut zur Wehr gesetzt für ein zahmes Kätzchen!«

Einen Augenblick lang blieb Sammy noch wachsam und überlegte, ob er nicht trotzdem angreifen sollte. Dann erinnerte er sich an die Kraft in den Pfoten des jungen Katers, als der ihn zu Boden gedrückt hatte. Er entspannte sich, lockerte die Muskulatur und streckte den Rücken. »Und ich werde wieder mit dir kämpfen, wenn es nötig ist«, knurrte er.

»Ich heiße übrigens Graupfote«, fuhr der junge Kater fort, ohne Sammys Drohung zu beachten. »Ich werde als Krieger des DonnerClans ausgebildet.«

Sammy schwieg. Er verstand nicht, wovon dieser Grau-Irgendwas da sprach, aber er spürte, dass die Bedrohung vorüber war. Er verbarg seine Verwirrung, indem er den Kopf senkte, um sich das zerzauste Brustfell zu lecken.

»Was hat ein Hauskätzchen wie du draußen im Wald verloren? Weißt du nicht, dass es da gefährlich ist?«, fragte Graupfote.

»Wenn du das Gefährlichste bist, was der Wald zu bieten hat, dann werde ich damit schon fertig«, gab Sammy zurück.

Für einen Augenblick schaute Graupfote ihn an und kniff die großen, gelben Augen zusammen. »Oh, ich bin bei Weitem nicht das Gefährlichste. Wenn ich nur schon ein halber Krieger wäre, hätte ich einem Eindringling wie dir ein paar wirkliche Verletzungen verpasst.«

Sammy verspürte einen Anflug von Angst bei diesen bedrohlichen Worten. Was meinte diese Katze mit »Eindringling«?

»Jedenfalls«, sagte Graupfote, während er seine scharfen Zähne nutzte, um ein Grasbüschel zwischen seinen Krallen herauszuziehen, »warst du es mir nicht wert, dich richtig anzugreifen. Offensichtlich gehörst du zu keinem der anderen Clans.«

»Andere Clans?«, wiederholte Sammy verwirrt.

Graupfote stieß einen ungeduldigen Zischlaut aus. »Du musst doch von den vier Clans gehört haben, die in dieser Gegend jagen! Ich gehöre zum DonnerClan. Die anderen Clans versuchen immer wieder, Beute von unserem Territorium zu stehlen, besonders der SchattenClan. Die sind so wild, die hätten dich gleich in Fetzen gerissen, ohne überhaupt auch nur eine Frage zu stellen.«

Graupfote fauchte wütend und fuhr dann fort: »Sie kommen und machen Beute, die von Rechts wegen uns gehört. Es ist die Aufgabe der DonnerClan-Krieger, sie von unserem Territorium fernzuhalten. Wenn ich mit meiner Ausbildung fertig bin, dann werde ich so gefährlich sein, dass die anderen Clans in ihren flohverseuchten Häuten nur noch vor mir zittern. Dann wagen sie nicht mehr, in unsere Nähe zu kommen!«

Sammy kniff die Augen zusammen. Dies musste eine der Wildkatzen sein, vor denen Wulle ihn gewarnt hatte! Die ein gefährliches Leben in den Wäldern führten, jagten und sich um jedes bisschen Nahrung bekriegten. Trotzdem hatte Sammy keine Angst. Irgendwie bewunderte er diesen selbstbewussten jungen Kater.

»Du bist also noch kein Krieger?«, fragte er.

»Warum? Hast du geglaubt, ich wäre einer?«, schnurrte Graupfote stolz. Dann schüttelte er den breiten, pelzigen Kopf. »Ich werde noch ewig lange kein Krieger sein. Erst muss ich noch die ganze Ausbildung machen. Junge Katzen müssen sechs Monde alt sein, bevor sie überhaupt anfangen können mit dem Training. Heute bin ich zum ersten Mal nachts als Schüler draußen.«

»Warum suchst du dir nicht lieber einen Besitzer mit einem hübschen, bequemen Haus? Dein Leben wäre dann viel einfacher«, miaute Sammy. »Es gibt viele Hausbewohner, die ein Katzenjunges wie dich aufnehmen würden. Du musst dich nur irgendwo hinsetzen, wo du ihnen auffallst, und ein paar Tage lang hungrig aussehen ...«

»Und sie würden mich mit Bröckchen füttern, die wie Kaninchenköttel aussehen, und mit weichem Schlabber!«, unterbrach ihn Graupfote. »Auf keinen Fall! Ich kann mir nichts Schlimmeres vorstellen, als ein Hauskätzchen zu sein! Sie sind nichts anderes als Spielzeuge für die Zweibeiner! Einen Fraß essen, der nicht mal wie Nahrung aussieht, ihr Geschäft in einer Kiste mit Splitt machen, die Nase nur rausstrecken, wenn die Zweibeiner es ihnen erlauben? Das ist doch kein Leben! Hier draußen ist es wild und es ist frei. Wir kommen und gehen, wie es uns gefällt.« Er schloss seine Rede, indem er stolz ausspuckte, dann sagte er frech: »Bevor du nicht eine frisch getötete Maus gegessen hast, bist du nicht lebendig gewesen. Hast du jemals eine Maus gekostet?«

»Nein«, gab Sammy ein wenig kleinlaut zu. »Noch nicht.«

»Ich denke, du wirst es nie verstehen«, seufzte Graupfote. »Du bist nicht in der Wildnis geboren. Das ist entscheidend. Du musst mit Kriegerblut in den Adern geboren sein und mit dem Gefühl von Wind in deinen Schnurrhaaren. Schmusekätzchen, die in ein Zweibeinernest hineingeboren wurden, können nie auf die gleiche Weise empfinden wie wir.«

Sammy erinnerte sich daran, was er in seinem Traum gefühlt hatte. »Das stimmt nicht«, widersprach er verärgert.

Graupfote antwortete nicht. Er erstarrte plötzlich mitten beim Lecken der Pfoten und prüfte mit der Nase die Luft. »Ich rieche Katzen aus meinem Clan«, zischte er. »Du solltest verschwinden. Sie werden nicht begeistert sein, wenn sie dich bei der Jagd auf unserem Territorium finden!«

Sammy sah sich um und wunderte sich, wie Graupfote wissen konnte, dass sich eine Katze näherte. Er selbst konnte in der laubduftenden Brise keine Veränderung riechen. Aber sein Fell stellte sich auf angesichts der Dringlichkeit in Graupfotes Stimme.

»Schnell!«, zischte Graupfote. »Lauf!«

Sammy wollte gerade in die Büsche springen und sich in Sicherheit bringen, doch es war zu spät. Eine Stimme ertönte hinter ihm, streng und drohend: »Was geht hier vor?«

Sammy drehte sich um und sah eine große, graue Kätzin majestätisch aus dem Unterholz treten. Sie war prachtvoll. Weiße Haare umgaben ihre Schnauze, und eine böse Narbe teilte das Haar auf ihren Schultern, doch im Mondschein glänzte ihr glattes, graues Fell wie Silber.

»Blaustern!« Graupfote kauerte sich neben Sammy nieder und verengte die Augen. Noch tiefer duckte er sich, als eine zweite Katze, ein schöner, golden gestreifter Kater, der grauen Kätzin auf die Lichtung folgte.

»Du solltest nicht so nahe zum Zweibeinerort gehen, Graupfote!«, knurrte der golden Gestreifte ärgerlich und kniff die grünen Augen zusammen.

»Ich weiß, Löwenherz, es tut mir leid.« Graupfote senkte die Augen.

Sammy ahmte ihn nach und drückte sich tief auf den Waldboden. Seine Ohren zuckten nervös. Die beiden Katzen vermittelten einen Eindruck von Kraft, wie er ihn von seinen Gartenfreunden nicht kannte. Vielleicht stimmte das ja, wovor Wulle ihn gewarnt hatte.

»Wer ist das?«, fragte die Kätzin.

Sammy zuckte zusammen, als sie ihn anblickte. Ihre durchdringend blauen Augen bewirkten, dass er sich noch verletzlicher vorkam.

»Er ist ungefährlich«, miaute Graupfote rasch. »Er ist kein Krieger aus einem anderen Clan, nur ein Zweibeinerkätzchen, das hinter den Zaun gehört.«

Nur ein Zweibeinerkätzchen! Die Worte empörten Sammy, aber er hielt den Mund. Der warnende Ausdruck in Blausterns Augen zeigte ihm, dass sie den Ärger in seinen Augen gesehen hatte, und er wandte den Blick ab.

»Das ist Blaustern, die Anführerin meines Clans!«, zischte Graupfote ihm leise zu. »Und Löwenherz. Er ist mein Mentor, das bedeutet, er bildet mich zum Krieger aus.«

»Danke für die Vorstellung, Graupfote«, miaute Löwenherz kühl.

Blaustern starrte immer noch Sammy an. »Du kämpfst gut für ein Zweibeinerkätzchen«, sagte sie.

Sammy und Graupfote tauschten verwirrte Blicke. Woher konnte sie das wissen?

»Wir haben euch beide beobachtet«, fuhr Blaustern fort, als hätte sie ihre Gedanken gelesen. »Wir hatten uns gefragt, wie du mit einem Eindringling fertig werden würdest, Graupfote. Du hast ihn mutig angegriffen.«

Graupfote schien sich über Blausterns Lob zu freuen.

»Setzt euch jetzt auf, beide!« Blaustern blickte Sammy an. »Du auch, Hauskätzchen.« Sofort setzte er sich auf und hielt Blausterns Blick stand, während sie mit ihm sprach.

»Du hast auf den Angriff gut reagiert, Hauskätzchen. Graupfote ist kräftiger als du, aber du hast deinen Verstand gebraucht, um dich zu verteidigen. Und du hast dich ihm gestellt, als er dich verfolgte. Ich habe noch nie ein Hauskätzchen gesehen, das sich so verhalten hat.«

Sammy brachte ein dankbares Nicken zustande, beeindruckt von so viel unerwartetem Lob. Blausterns nächste Worte überraschten ihn noch mehr.

»Ich habe mich gefragt, wie du dich hier draußen machen würdest, außerhalb deines Zweibeinergebiets. Wir patrouillieren häufig an dieser Grenze, da habe ich dich oft auf deinem Grenzpfosten sitzen und in den Wald hinausstarren sehen. Und jetzt hast du es endlich gewagt, deine Pfoten in fremdes

Gebiet zu setzen.« Blaustern blickte Sammy nachdenklich an. »Du hast anscheinend eine natürliche Jagdbegabung. Scharfe Augen. Du hättest diese Maus gefangen, wenn du nicht so lange gezögert hättest.«

»Wirklich?«, stammelte Sammy.

Jetzt sprach Löwenherz. Sein tiefes Miauen war respektvoll, aber eindringlich. »Blaustern, das ist ein Hauskätzchen! Er sollte nicht auf DonnerClan-Territorium jagen. Schick ihn nach Hause zu seinen Zweibeinern!«

Sammys Fell kribbelte bei diesen abschätzigen Worten.

»Mich nach Hause schicken?«, miaute er unwillig. Blausterns Worte hatten ihn mit Stolz erfüllt. Sie hatte ihn bemerkt, sie war von ihm beeindruckt gewesen. »Aber ich wollte doch nur eine oder zwei Mäuse jagen. Sicherlich gibt es genug davon für alle.«

Blaustern hatte den Kopf Löwenherz zugewandt, um seine Worte zu würdigen. Nun fuhr ihr Blick zurück zu Sammy. Ihre blauen Augen funkelten vor Zorn. »Es gibt nie genug für alle«, fauchte sie. »Wenn du nicht so ein verwöhntes, überfüttertes Leben führen würdest, wüsstest du das!«

Sammy war verwirrt von Blausterns plötzlicher Wut, aber Graupfotes entsetztes Gesicht machte ihm klar, dass er zu offenherzig gesprochen hatte. Löwenherz trat an die Seite seiner Anführerin und beide Krieger ragten nun einschüchternd über ihm auf. Sammy blickte Blaustern in die drohenden Augen und sein Stolz schmolz dahin. Das waren keine gemütlichen Katzen vor dem Kaminfeuer, mit denen er es hier zu tun hatte, das waren wilde, hungrige Katzen, die wahrscheinlich zu Ende führen würden, was Graupfote angefangen hatte.

2. KAPITEL

»NUN?«, ZISCHTE BLAUSTERN. Ihr Gesicht war nur eine Mauslänge von seiner Nase entfernt. Der vor ihm aufragende Löwenherz betrachtete ihn schweigend.

Sammy legte die Ohren an und duckte sich unter dem kalten Blick des goldenen Kriegers. Sein Fell kribbelte.

»Ich bin keine Bedrohung für euren Clan«, sagte er, die Augen auf seine zitternden Pfoten gesenkt.

»Du bedrohst unseren Clan, wenn du uns die Nahrung wegnimmst«, fauchte Blaustern. »Du hast schon genug Futter in deinem Zweibeinernest. Du kommst nur hierher und jagst zum Vergnügen. Wir aber jagen, um zu überleben.«

Wie ein Schwarzdornstachel durchbohrte Sammy die Wahrheit dessen, was die Kriegerkönigin gesagt hatte, und plötzlich verstand er ihre Wut. Sein Körper zitterte nicht mehr, er setzte sich auf und stellte die Ohren gerade. Er hob den Blick und sah ihr in die Augen. »So habe ich das bisher nicht gesehen. Es tut mir leid«, beteuerte er ernsthaft. »Ich werde hier nicht wieder jagen.«

Blausterns gesträubte Nackenhaare legten sich, und sie gab Löwenherz ein Zeichen, zurückzutreten.

»Du bist ein ungewöhnliches Hauskätzchen«, miaute sie.

Sammys Ohren zuckten, als er Graupfote erleichtert seufzen hörte. Er bemerkte auch die Zustimmung in Blausterns Stimme und sah, wie sie einen vielsagenden Blick mit Löwenherz tauschte. Das machte ihn neugierig. Was blitzte da auf zwischen den beiden Kriegern?

Ruhig fragte er: »Ist das Überleben hier wirklich so schwer?«

»Unser Territorium umfasst nur einen Teil des Waldes«, erklärte Blaustern. »Wir kämpfen mit anderen Clans um das, was wir haben. Und in diesem Blattwechsel bedeutet die späte Blattfrische magere Beute.«

»Ist euer Clan sehr groß?«, wollte Sammy mit weit aufgerissenen Augen wissen.

»Groß genug«, antwortete Blaustern. »Unser Territorium kann uns ernähren, aber es bleibt keinerlei Beute übrig.«

»Seid ihr also alle Krieger?«, fragte Sammy begierig. Blausterns zurückhaltende Antworten machten ihn nur noch neugieriger.

Löwenherz erwiderte: »Einige sind Krieger. Andere sind zum Jagen zu jung oder zu alt oder müssen sich um die Jungen kümmern.«

»Und ihr lebt alle zusammen und teilt euch die Beute?«, murmelte Sammy ehrfürchtig und dachte ein wenig schuldbewusst an sein eigenes leichtes, egoistisches Leben.

Wieder sah Blaustern Löwenherz an und der golden gestreifte Kater erwiderte fest ihren Blick.

Schließlich wandte sie sich erneut Sammy zu: »Vielleicht solltest du diese Dinge selbst herausfinden. Würdest du dich gern dem DonnerClan anschließen?«

Sammy war so überrascht, dass er nicht antworten konnte.

Blaustern fuhr fort: »Wenn ja, dann würdest du zusammen mit Graupfote trainieren, um ein Clan-Krieger zu werden.«

»Aber Hauskätzchen können keine Krieger werden«, platzte Graupfote heraus. »Sie haben kein Kriegerblut!«

Ein trauriger Blick verdüsterte Blausterns Augen. »Kriegerblut«, sagte sie seufzend. »Zu viel davon ist in letzter Zeit vergossen worden.«

Sie verfiel in tiefes Schweigen, doch Löwenherz fuhr fort: »Blaustern bietet dir nur eine Ausbildung an, junges Kätzchen. Es gibt keine Garantie, dass du auch ein richtiger Krieger wirst. Es könnte sich als zu schwierig für dich erweisen. Schließlich bist du an ein bequemes Leben gewöhnt.«

Die Worte von Löwenherz reizten Sammy. Er wandte den Kopf und blickte den goldgestreiften Kater an. »Warum bietet ihr mir dann überhaupt die Gelegenheit?«

Es war jedoch Blaustern, die ihm antwortete: »Du hast recht, dass du nach unseren Beweggründen fragst, junger Kater. Der Grund ist, dass der DonnerClan mehr Krieger braucht.«

»Dir muss klar sein, dass Blaustern dieses Angebot nicht leichtfertig macht«, sagte Löwenherz warnend. »Wenn du von uns ausgebildet werden willst, müssen wir dich in unseren Clan aufnehmen. Du musst entweder mit uns leben und unsere Lebensweise respektieren oder für immer in dein Zweibeinerheim zurückkehren. Du kannst nicht mit einer Pfote in deiner Welt und mit der anderen in unserer Welt leben.«

Eine kühle Brise kam im Unterholz auf und zauste Sammys Fell. Er schauderte, aber nicht vor Kälte, sondern vor Aufregung wegen der unglaublichen Möglichkeiten, die sich vor ihm auftaten.

»Fragst du dich, ob es sich lohnt, dein bequemes Hauskatzendasein aufzugeben?«, fragte Blaustern freundlich. »Aber kennst du auch den Preis, den du für deine Wärme und das Futter zahlen musst?«

Sammy sah sie unsicher an. Es stimmte schon, sein Zusammentreffen mit diesen Katzen hatte ihm gezeigt, wie einfach und luxuriös sein Leben eigentlich war.

»Ich sehe, dass du noch ein Kater bist«, fuhr Blaustern fort, »trotz des Zweibeinergestanks, der in deinem Fell hängt.«

»Wie meinst du das: noch ein Kater?«

»Du bist von den Zweibeinern noch nicht zum Abschneider gebracht worden«, sagte Blaustern ernst. »Denn dann wärst du ganz anders. Sicherlich nicht mehr so wild darauf, mit einer Clan-Katze zu kämpfen.«

Sammy war verwirrt. Doch plötzlich musste er an Henry denken, der seit seinem Besuch beim Tierarzt fett und faul geworden war. War es das, was Blaustern mit dem Abschneider meinte?

»Der Clan mag nicht in der Lage sein, dir so leicht Nahrung oder Wärme zu bieten«, fuhr Blaustern fort. »In der Zeit der Blattleere können die Nächte im Wald grausam sein. Der Clan wird von dir große Treue und harte Arbeit verlangen. Man wird von dir erwarten, dass du den Clan, wenn nötig, mit deinem eigenen Leben beschützt. Und es gibt viele Mäuler zu füttern. Aber der Lohn ist groß. Du wirst ein Kater bleiben. Du wirst in den Lebensweisen der Wildnis ausgebildet werden. Du wirst lernen, was es bedeutet, eine richtige Katze zu sein. Die Stärke und die Gemeinschaft des Clans werden immer mit dir sein, selbst wenn du allein auf Jagd gehst.«

Sammy schwirrte der Kopf. Blaustern schien ihm das Leben anzubieten, das er in seinen Träumen so oft geführt hatte und das so verlockend schien, aber konnte er auch in der Wirklichkeit so leben?

Löwenherz unterbrach seine Überlegungen: »Wir sollten gehen, Blaustern. Lass uns hier nicht weiter unsere Zeit vergeuden. Wir müssen rechtzeitig zu Mondhoch die andere Patrouille treffen. Tigerkralle wird sich schon fragen, was aus uns geworden ist.«

»Wartet«, miaute Sammy. »Kann ich mir euer Angebot überlegen?«

Blaustern blickte ihn eine lange Weile an und nickte dann. »Löwenherz wird morgen bei Sonnenhoch hier sein«, sagte sie. »Gib ihm dann deine Antwort.«

Blaustern murmelte leise ein Signal und wie in einer einzigen Bewegung drehten sich die drei Katzen um und verschwanden im Unterholz.

Sammy blinzelte. Aufgewühlt und verunsichert starrte er durch das Laubdach über sich hinauf zu den Sternen, die am klaren Himmel funkelten. Der Geruch der Clan-Katzen hing noch schwer in der Abendluft. Und als er sich umwandte und auf den Weg nach Hause machte, spürte er ein merkwürdiges Gefühl in seinem Inneren, das ihn zurück in die Tiefen des Waldes zog. Sein Fell prickelte angenehm in dem leichten Wind und die raschelnden Blätter schienen seinen Namen hinein in die Schatten zu flüstern.

3. KAPITEL

ALS SAMMY am nächsten Morgen ausschlief, kehrte der Mäusetraum noch lebhafter zurück als zuvor. Von seinem Halsband befreit, pirschte er sich im Mondlicht an das furchtsame Tier heran. Aber diesmal wusste er, dass er beobachtet wurde. Aus dem Schatten des Waldes sah er Dutzende von gelben Augen leuchten. Die Clan-Katzen waren in seine Traumwelt eingedrungen.

Sammy erwachte und blinzelte im hellen Sonnenschein, der über den Küchenfußboden strömte. Sein Fell fühlte sich in der Wärme schwer und dicht an. Sein Futternapf war aufgefüllt, in seiner ausgespülten Wasserschüssel befand sich bitter schmeckendes Zweibeinerwasser. Sammy zog es vor, draußen aus Pfützen zu trinken, aber wenn es heiß oder er sehr durstig war, musste er zugeben, dass es einfacher war, drinnen Wasser zu schlabbern. Konnte er wirklich dieses bequeme Leben aufgeben?

Er aß, dann zwängte er sich durch die Katzenklappe hinaus in den Garten. Es versprach ein warmer Tag zu werden und der Garten war voller Blütenduft.

»Hallo, Sammy!«, miaute eine Stimme vom Zaun herab. »Du hättest vor einer Stunde auf sein müssen. Die Spatzenbabys waren unterwegs und haben ihre Flügel gestreckt.«

»Hast du welche gefangen?«, fragte Sammy.

Wulle gähnte und leckte sich die Nase. »Hatte keine Lust. Ich war noch satt von zu Hause. Trotzdem, warum bist du nicht früher rausgekommen? Gestern hast du dich noch beklagt, dass Henry seine Tage verschläft, und heute verhältst du dich nicht viel besser.«

Sammy setzte sich auf die kühle Erde neben dem Zaun und legte seinen Schwanz ordentlich über die Vorderpfoten. »Ich war doch gestern Abend im Wald«, erinnerte er seinen Freund. Sofort spürte er, wie das Blut durch seine Adern schoss und sich sein Fell sträubte.

Wulle sah ihn mit großen Augen an. »Ach ja, hatte ich ganz vergessen! Wie war's denn? Hast du was gefangen? Oder hat dich was gefangen?«

Sammy zögerte. Er wusste nicht so recht, wie er seinem alten Freund erzählen sollte, was passiert war.

»Ich habe ein paar Wildkatzen getroffen«, fing er an.

»Was?«, rief Wulle erschrocken. »Und, hat es einen Kampf gegeben?«

»So ähnlich.« Sammy spürte, wie wieder diese Energie durch seinen Körper strömte, als er an die Kraft und die Stärke der Clan-Katzen dachte.

»Bist du verletzt worden? Was ist passiert?«, drängte ihn Wulle.

»Es waren drei und sie waren größer und stärker als wir beide.«

»Und du hast gegen alle drei gekämpft!«, unterbrach ihn Wulle und sein Schwanz zuckte vor Aufregung.

»Nein!«, erklärte Sammy eilig. »Nur gegen den Jüngsten. Die beiden anderen sind erst später aufgetaucht.«

»Und wieso haben sie dich nicht in der Luft zerrissen?«

»Sie haben mich nur aufgefordert, ihr Territorium zu verlassen. Aber dann ...« Sammy zögerte.

»Was denn?«, miaute Wulle ungeduldig.

»Sie haben mir angeboten, mich ihrem Clan anzuschließen.«

Wulles Schnurrhaare zitterten ungläubig.

»Haben sie wirklich!«, betonte Sammy.

»Warum sollten sie das tun?«

»Ich weiß nicht«, gestand Sammy. »Ich glaube, sie brauchen zusätzliche Pfoten in ihrem Clan.«

»Klingt ein bisschen merkwürdig, wenn du mich fragst«, miaute Wulle skeptisch. »Ich an deiner Stelle würde ihnen nicht trauen.«

Sammy betrachtete Wulle. Sein schwarz-weißer Freund hatte niemals Lust gezeigt, sich in den Wald zu wagen. Er war mit dem Leben bei seinen Hausleuten vollkommen zufrieden. Er würde nie das ruhelose Verlangen verstehen, das Sammys Träume Nacht für Nacht in ihm weckten.

»Aber ich traue ihnen trotzdem«, schnurrte Sammy leise. »Und ich habe mich entschieden: Ich werde mich ihnen anschließen.«

Wulle kletterte vom Zaun herab und baute sich vor seinem Freund auf. »Bitte, geh nicht, Sammy«, miaute er voller Sorge. »Sonst sehen wir uns vielleicht nie wieder.«

Sammy stupste ihn freundschaftlich mit dem Kopf an. »Mach dir keine Sorgen. Meine Hausleute schaffen sich bestimmt eine neue Katze an. Mit der wirst du dich anfreunden. Du freundest dich mit allen an!«

»Aber das ist nicht das Gleiche!«, jammerte Wulle.

Sammy zuckte ungeduldig mit dem Schwanz. »Genau darum geht es. Wenn ich hierbliebe, bis sie mich zum Abschneider bringen, werde ich auch nicht mehr der Gleiche sein.«

Wulle sah verwirrt aus. »Zum Abschneider?«, wiederholte er unsicher.

»Zum Tierarzt«, erklärte Sammy. »Damit sie mich ändern, so wie Henry.«

Wulle zuckte die Achseln und starrte auf seine Pfoten. »Aber Henry geht's doch gut«, murmelte er. »Ich meine, ich weiß, er ist jetzt ein bisschen träge, aber er ist nicht unglücklich. Wir könnten trotzdem noch unseren Spaß haben.«

Bei dem Gedanken, seinen Freund zu verlassen, wurde es Sammy schwer ums Herz. »Es tut mir leid, Wulle. Ich werde dich vermissen, aber ich muss gehen.«

Wulle antwortete nicht, sondern berührte sanft Sammys Nase mit der seinen. »Ist schon in Ordnung. Ich verstehe, dass ich dich nicht zurückhalten kann, aber lass uns wenigstens noch einen letzten Morgen zusammen verbringen.«

Sammy genoss den Morgen noch mehr als gewöhnlich. Er suchte die alten Orte auf, an denen er oft mit Wulle gespielt hatte, und unterhielt sich mit den Katzen, mit denen er aufgewachsen war. Sein ganzer Körper war angespannt, als würde er zu einem gewaltigen Sprung ansetzen.

Als Sonnenhoch näher rückte, wurde Sammy immer ungeduldiger. Ob Löwenherz wirklich auf ihn wartete? Das hohle Miauen seiner alten Freunde schien immer mehr in den Hintergrund zu rücken, als sich alle seine Sinne auf das wilde Leben dort draußen konzentrierten.

Sammy sprang zum letzten Mal von seinem Gartenzaun und schlich hinüber zu den Bäumen. Er hatte sich von Wulle verabschiedet, und nun waren alle seine Gedanken auf den Wald gerichtet und auf die Katzen, die darin lebten.

Als er die Stelle erreichte, an der er in der vergangenen Nacht die Clan-Katzen getroffen hatte, setzte er sich hin und prüfte die Luft. Hohe Bäume schützten die Erde vor der Mittagssonne und machten sie angenehm kühl. Hier und da leuchtete ein Fleckchen Sonnenschein durch eine Lücke im Laub und hellte den Waldboden auf. Sammy konnte den gleichen Katzenduft riechen wie letzte Nacht, aber er wusste nicht, ob er alt oder frisch war. Er hob den Kopf und schnüffelte unsicher.

»Du musst noch eine Menge lernen«, miaute eine tiefe Stimme. »Selbst das kleinste Clan-Junge weiß, ob eine andere Katze in der Nähe ist.«

Sammy sah ein Paar grüne Augen unter einem Brombeerbusch hervorfunkeln. Und nun erkannte er auch den Geruch: Es war Löwenherz.

»Kannst du herausfinden, ob ich allein bin?«, fragte der golden gestreifte Kater und trat heraus ins Licht.

Eilig schnüffelte Sammy erneut. Der Geruch von Blaustern und Graupfote war noch da, aber nicht so kräftig wie in der vergangenen Nacht.

Zögernd sagte er: »Blaustern und Graupfote sind diesmal nicht dabei.«

»Stimmt«, miaute Löwenherz. »Aber jemand anderes ist bei mir.«

Sammy erstarrte, als eine zweite Clan-Katze auf die Lichtung trat.

»Das ist Weißpelz«, schnurrte Löwenherz. »Einer der älteren Krieger des DonnerClans.«

Sammy betrachtete den Kater und sein Rücken zitterte vor kalter Angst. War dies ein Hinterhalt? Mit seinem langen, muskulösen Körper stand Weißpelz dicht vor Sammy und blickte auf ihn herab. Sein weißes Fell war dicht und ohne Musterung und seine Augen hatten die Farbe von sonnenbeschienenem Sand. Sammy legte vorsichtig die Ohren an und straffte in Erwartung eines Kampfes die Muskeln.

»Entspann dich, bevor dein Angstgeruch unerwünschte Aufmerksamkeit erregt«, knurrte Löwenherz. »Wir sind nur hier, um dich zu unserem Lager zu bringen.«

Sammy saß sehr still und wagte kaum zu atmen, als Weißpelz die Nase vorreckte und ihn neugierig beschnüffelte.

»Hallo, Junges«, murmelte der weiße Kater. »Ich habe schon viel von dir gehört.«

Sammy senkte grüßend den Kopf.

»Kommt, wir können uns weiter unterhalten, wenn wir erst im Lager sind«, befahl Löwenherz, und ohne zu zögern, stürmten er und Weißpelz davon ins Unterholz. Sammy sprang auf die Pfoten und folgte ihnen, so schnell er konnte.

Die beiden Krieger nahmen bei dem Lauf durch den Wald keine Rücksicht auf Sammy, und schon bald musste er sich abmühen, um mithalten zu können. Sie drosselten kaum das Tempo, wenn gefallene Bäume ihnen den Weg versperrten, die sie in einem einzigen Satz überwanden, über die Sammy jedoch mühsam Pfote für Pfote klettern musste. Sie preschten zwischen scharf duftenden Kiefern hindurch, sprangen über tiefe Bodenrillen, die von einem Baumfresser der Zweibeiner aufgewühlt worden waren. Von der Sicherheit seines

Gartenzauns aus hatte Sammy ihn oft brüllen und kreischen gehört. Einer dieser Gräben war zum Überspringen zu breit und zur Hälfte mit schleimigem, übel riechendem Wasser angefüllt. Ohne zu zögern, wateten die Clan-Katzen hindurch.

Sammy hatte noch nie eine Pfote ins Wasser gestreckt, aber er war entschlossen, keine Schwäche zu zeigen, kniff die Augen zusammen und folgte den beiden. Dabei versuchte er, die unangenehme Nässe zu ignorieren, die er am Bauch spürte.

Endlich hielten Löwenherz und Weißpelz an und Sammy kam hinter ihnen rutschend und heftig keuchend zum Stehen. Die beiden Krieger traten auf einen Felsen am Rand einer kleinen Schlucht.

»Wir sind jetzt ganz in der Nähe unseres Lagers«, sagte Löwenherz.

Sammy bemühte sich, irgendwelche Anzeichen von Leben zu entdecken, eine Bewegung im Laub, einen Zipfel Fell dort unten zwischen den Büschen, aber er sah nichts außer dem Unterholz, das überall den Waldboden bedeckte.

»Benutze deine Nase. Du solltest sie inzwischen riechen«, zischte Weißpelz ungeduldig.

Sammy schloss die Augen und schnüffelte. Weißpelz hatte recht. Die Gerüche hier waren ganz anders als der Katzengeruch, den er bisher kannte. Die Luft roch stärker, erzählte von vielen, vielen Katzen.

Er nickte nachdenklich und erklärte: »Ich kann Katzen riechen.«

Löwenherz und Weißpelz tauschten amüsierte Blicke.

»Es wird eine Zeit kommen – falls du in den Clan aufgenommen wirst –, in der du jeden einzelnen Katzengeruch erkennen und benennen kannst«, sagte Löwenherz. »Komm mit!« Geschmeidig ging er voran, zwischen den Felsbrocken hinab zum Grund der Schlucht, und schob sich dort durch ein dichtes Ginstergebüsch. Sammy folgte ihm und Weißpelz bildete den Schluss. Der stachlige Ginster strich an Sammys Flanken entlang und das Gras unter seinen Pfoten war zu einem breiten, stark riechenden Pfad niedergetrampelt. Das muss der Haupteingang zum Lager sein, überlegte er.

Hinter dem Ginster öffnete sich eine Lichtung. Der Boden in der Mitte bestand aus nackter, harter Erde, festgetreten durch viele Generationen von Pfotenschritten. Das Lager musste hier schon lange Zeit bestehen. Sonnenflecken erfüllten die Lichtung und die Luft war warm und windstill.

Sammy sah sich mit großen Augen um. Überall waren Katzen. Sie saßen allein oder in Gruppen beisammen, teilten sich eine Mahlzeit oder pflegten sich schnurrend gegenseitig das Fell.

»Unmittelbar nach Sonnenhoch, wenn der Tag am heißesten ist, ist die Zeit des Zungengebens«, erklärte Löwenherz.

»Zungengebens?«, wiederholte Sammy.

»Clan-Katzen verbringen immer einige Zeit damit, sich gegenseitig das Fell zu pflegen und Neuigkeiten des Tages auszutauschen«, sagte Weißpelz. »Wir nennen das ›die Zunge geben‹. Es ist ein Brauch, der die Mitglieder eines Clans aneinander bindet.«

Die Katzen hatten offenbar Sammys fremden Geruch wahrgenommen, denn neugierige Köpfe wandten sich ihm zu und starrten in seine Richtung.

Sammy war mit einem Mal zu schüchtern, den Blick der Katzen direkt zu erwidern, und sah sich auf der Lichtung um. Sie war von kräftigem Gras umgeben, dazwischen lagen Baumstümpfe und ein umgestürzter Baum. Ein dichter Wall von Farn und Ginster grenzte das Lager gegen den Rest des Waldes ab.

»Da drüben«, sagte Löwenherz und schnippte mit dem Schwanz zu einem undurchdringlich scheinenden Gewirr von Brombeerranken hinüber, »ist die Kinderstube, wo die Königinnen sich um die Jungen kümmern.«

Sammy drehte die Ohren in Richtung des Gebüschs. Er konnte nicht durch das Gewirr der stachligen Ranken blicken, aber aus dem Inneren hörte er das Miauen mehrerer Kätzchen. Eine gelblich braune Kätzin zwängte sich durch einen schmalen Spalt auf der Vorderseite. *Das muss eine der Königinnen sein*, dachte Sammy.

Eine andere, gescheckte Katze mit deutlich schwarzer Zeichnung tauchte hinter dem Brombeergebüsch auf. Die beiden leckten sich freundschaftlich zwischen den Ohren, bevor die Gescheckte in die Kinderstube glitt und beruhigend auf die maunzenden Jungen einsprach.

»Unsere Jungen werden von allen Königinnen gemeinsam betreut«, erklärte Löwenherz. »Alle Katzen dienen dem Clan. Die Treue zum Clan ist das oberste Gebot im Gesetz der Krieger. Diese Lektion musst du schnell lernen, wenn du bei uns bleiben willst.«

»Da kommt Blaustern«, miaute Weißpelz und sog schnüffelnd die Luft ein.

Auch Sammy prüfte die Luft und freute sich, dass er den Duft der grauen Kätzin schon erkannte, ehe sie einen Augenblick später neben ihnen aus dem Schatten eines großen Felsens auf die Lichtung trat.

»Er ist also gekommen«, schnurrte Blaustern ihren Kriegern zu.

Weißpelz antwortete: »Löwenherz war vom Gegenteil überzeugt.«

Blausterns Schwanzspitze zuckte ungeduldig. »Nun, was hältst du von ihm?«, fragte sie.

»Er hat auf dem Rückweg trotz seiner Winzigkeit gut mitgehalten«, gab Weißpelz zu. »Für ein Hauskätzchen scheint er jedenfalls sehr kräftig zu sein.«

»Also sind wir uns einig?« Blaustern blickte Löwenherz und Weißpelz fragend an. Beide nickten. »Dann werde ich sein Kommen dem Clan mitteilen.«

Blaustern sprang auf den Felsen und rief: »Ich fordere alle Katzen auf, die alt genug sind zum Beutemachen, sich hier unter dem Hochstein zu einem Clan-Treffen zu versammeln.«

Auf ihren hellen Ruf hin kamen die Katzen herbeigelaufen, lösten sich wie flüssige Schatten aus den Rändern der Lichtung.

Sammy blieb, wo er war, flankiert von Löwenherz und Weißpelz. Die anderen Katzen ließen sich unterhalb des Hochsteins nieder und blickten erwartungsvoll zu ihrer Anführerin hinauf.

Sammy war erleichtert, als er unter den Katzen plötzlich das dichte, graue Fell von Graupfote erkannte. Neben ihm saß eine junge, schildpattfarbene Königin. Den Schwanz mit der schwarzen Spitze hatte sie ordentlich über ihre kleinen, weißen Pfoten gelegt. Ein großer, dunkel getigerter Kater kauerte hinter ihnen. Seine schwarzen Streifen im Fell sahen aus wie Schatten auf einem vom Mondlicht beschienenen Waldboden.

Als die Katzen zur Ruhe gekommen waren, ergriff Blaustern das Wort: »Der DonnerClan braucht mehr Krieger. Nie zuvor haben wir so wenige Schüler in der Ausbildung gehabt. Daher haben wir beschlossen, dass der DonnerClan einen Außenseiter aufnimmt, um ihn zum Krieger auszubilden ...«

Sammy hörte, wie unwilliges Gemurmel unter den Katzen des Clans aufkam, aber Blaustern brachte sie mit einem kräftigen Ruf zum Schweigen. »Ich habe einen Kater gefunden, der bereit ist, sich als Schüler des DonnerClans ausbilden zu lassen.«

»Der eher das *Glück* hat, sich als Schüler ausbilden zu lassen«, übertönte eine laut jaulende Stimme die aufgebrachte Reaktion der anderen Katzen.

Sammy reckte den Hals und sah einen hellen Kater mit schwarzen Streifen, der aufstand und die Anführerin trotzig anstarrte.

Blaustern beachtete ihn nicht und wandte sich erneut an den ganzen Clan: »Löwenherz und Weißpelz haben diesen jungen Kater getroffen und stimmen mir darin zu, dass wir ihn zusammen mit unseren anderen Schülern ausbilden sollten.«

Sammy blickte zu Löwenherz auf, dann wieder auf den Clan. Alle Augen waren jetzt auf ihn gerichtet. Sein Fell juckte und er schluckte nervös. Einen Augenblick lang herrschte Schweigen. Sammy war überzeugt, dass alle seinen Herzschlag hören und seinen Angstgeruch riechen könnten.

Dann erhob sich immer lauter werdendes Geheul aus der Menge.

»Woher kommt er?«

»Zu welchem Clan gehört er?«

»Was für einen merkwürdigen Geruch er hat! Das ist kein Geruch von einem Clan, den ich kenne!«

Dann hob sich eine einzelne Stimme aus dem übrigen Geheul hervor: »Schaut euch sein Halsband an! Es ist ein Hauskätzchen!« Wieder war es der Schwarzgestreifte. »Einmal Hauskätzchen, immer Hauskätzchen! Unser Clan braucht wild geborene Krieger zu seiner Verteidigung und nicht ein weiteres Weichmäulchen, das gefüttert werden muss!«

Löwenherz beugte sich zu Sammy hinab und flüsterte ihm ins Ohr: »Das ist Langschweif. Er riecht deine Angst. Alle tun das. Du musst ihm und den anderen beweisen, dass deine Angst dich nicht lähmt.«

Aber Sammy war unfähig, sich zu rühren. Wie sollte er jemals diesen grimmigen Katzen beweisen, dass er nicht einfach ein Hauskätzchen war?

Der gestreifte Kater fuhr fort, ihn zu verhöhnen: »Dein Halsband ist ein Zeichen der Zweibeiner und das laute Klingeln wird dich im günstigsten Fall zu einem schlechten Jäger machen. Im schlimmsten Fall wird es die Zweibeiner in unser Territorium locken, die nach dem armen, verloren gegangenen Hauskätzchen suchen, das den Wald mit seinem mitleiderregenden Gebimmel füllt.«

Alle Katzen heulten zustimmend auf.

Langschweif fuhr fort in dem Bewusstsein, dass seine Zuhörer ihn unterstützten. »Das Geräusch deiner verräterischen Glocke wird die Aufmerksamkeit unserer Feinde erregen, selbst wenn es dein Zweibeinergestank nicht tut!«

Löwenherz zischte Sammy noch einmal ins Ohr: »Willst du dich dieser Herausforderung nicht stellen?«

Sammy bewegte sich noch immer nicht. Aber jetzt versuchte er die Stelle zu bestimmen, wo genau sich Langschweif befand. Da war er, direkt hinter einer dunkelbraunen Königin. Sammy legte die Ohren an, kniff die Augen zusammen, sprang fauchend zwischen den überraschten Katzen hindurch und stürzte sich auf seinen Peiniger.

Sein Angriff traf Langschweif völlig unvorbereitet. Er taumelte zur Seite und seine Pfoten verloren den Halt auf der festgetretenen Erde. Voller Wut und verzweifelt entschlossen, sich zu beweisen, grub Sammy seine Krallen tief in das Fell des gestreiften Katers und biss zu. Keines der üblichen Rituale mit Schlagen und Boxen waren diesem Kampf vorausgegangen. Die beiden Katzen hielten sich kreischend und windend umklammert und wälzten sich über die gesamte Lichtung, wobei die anderen Katzen Mühe hatten, dem keifenden, fauchenden Wirbelwind aus Fell auszuweichen.

Während Sammy kratzte und kämpfte, wurde ihm plötzlich bewusst, dass er keine Angst spürte, sondern nur freudige Erregung empfand. Obwohl in seinen Ohren das Blut rauschte, hörte er die Katzen um sich herum vor Aufregung heulen.

Doch dann zog sich das Halsband um sein Genick zusammen. Langschweif hatte es mit den Zähnen gepackt und zerrte kräftig daran, bis Sammy einen schrecklichen Druck auf seiner Kehle fühlte. Er konnte nicht mehr atmen, Panik überkam ihn. Er krümmte und wand sich, aber jede Bewegung verstärkte den Druck nur noch. Keuchend und nach Luft schnappend, nahm er seine ganze Kraft zusammen und versuchte, sich aus Langschweifs Griff loszureißen. Plötzlich ein lautes Krachen – und er war frei.

Langschweif taumelte durch die Luft, Sammy kam auf die

Pfoten und sah sich um. Sein Gegner kauerte drei Schwanzlängen von ihm entfernt am Boden und das zerrissene Halsband baumelte aus seinem Maul.

Sofort sprang Blaustern vom Hochstein herab und brachte die geräuschvolle Menge mit einem gewaltigen Heulen zum Schweigen. Sammy und Langschweif verharrten an Ort und Stelle und schnappten nach Luft. Fellfetzen hingen an ihnen herab. Sammy fühlte eine brennende Wunde über dem Auge, Langschweifs linkes Ohr war böse zerfetzt und von seinen mageren Schultern tropfte Blut auf den staubigen Boden. Sie starrten sich an, die Feindseligkeit war noch nicht verflogen.

Blaustern trat vor und nahm Langschweif das Halsband ab. Sie legte es vor sich auf den Boden und verkündete: »Der Neuling hat sein Zweibeinerhalsband in einem Kampf um seine Ehre verloren. Der SternenClan hat seine Zustimmung gegeben – somit ist diese Katze aus der Gewalt der Zweibeiner erlöst und frei, sich dem DonnerClan als Schüler anzuschließen.«

Sammy blickte Blaustern an und gab feierlich nickend sein Einverständnis. Dann stand er auf und trat in einen Streifen Sonnenlicht, dessen wohltuende Wärme den Schmerz seiner Muskeln linderte. Das Licht leuchtete hell auf in seinem orangefarbenen Fell, als würde es glühen. Stolz hob Sammy den Kopf und schaute die Katzen um sich herum an. Diesmal gab es keine Widerrede mehr und keinen Spott. Er hatte sich als würdiger Gegner im Kampf erwiesen.

Blaustern trat heran und legte das zerrissene Halsband vor ihm auf die Erde. Sanft berührte sie sein Ohr mit der Nase. »In diesem Sonnenlicht siehst du aus wie ein Feuerbrand«, murmelte sie. Ihre Augen blitzten kurz auf, als hätten ihre

Worte mehr Bedeutung für sie, als Sammy wissen konnte. »Du hast gut gekämpft.« Dann wandte sie sich zum Clan und verkündete: »Von diesem Tag an, bis er sich seinen Kriegernamen verdient hat, heißt dieser Schüler Feuerpfote, zu Ehren seines flammenfarbenen Fells.«

Sie trat zurück und wartete zusammen mit den anderen Katzen schweigend auf seinen nächsten Zug. Ohne zu zögern, drehte Sammy sich um und warf mit den Pfoten Erde und Gras auf sein Halsband, als würde er seinen Kot begraben.

Langschweif knurrte und humpelte von der Lichtung in eine von Farn beschattete Ecke. Die Katzen teilten sich in Gruppen auf und murmelten aufgeregt untereinander.

»Hallo, Feuerpfote!«

Sammy hörte Graupfotes freundliche Stimme hinter sich. *Feuerpfote!* Ein Gefühl von Stolz durchströmte ihn beim Klang seines neuen Namens.

Er drehte sich um und begrüßte den grauen Schüler mit einem freundschaftlichen Stups.

»Großartiger Kampf!«, sagte Graupfote. »Besonders für ein Hauskätzchen! Langschweif ist ein Krieger, auch wenn er seine Ausbildung erst vor zwei Monden abgeschlossen hat. Die Narbe, die du ihm am Ohr hinterlassen hast, wird dafür sorgen, dass er dich nicht so schnell vergisst. Du hast sein gutes Aussehen ruiniert, das ist mal sicher.«

»Danke«, erwiderte Feuerpfote. »Er hat mir aber auch einen ganz schönen Kampf geliefert!« Er leckte sich die Vorderpfote und wischte sich den tiefen Kratzer sauber, der über seinem Auge brannte.

Beim Waschen hörte er immer wieder seinen Namen aus dem Miauen der Katzen heraus.

»Feuerpfote!«

»Hallo, Feuerpfote!«

»Willkommen, junger Feuerpfote!«

Für einen Augenblick schloss er die Augen und badete im Klang der Stimmen.

»Ein guter Name!«, sagte Graupfote zustimmend und riss ihn damit aus seinen Gedanken.

Feuerpfote blickte sich um. »Wohin hat Langschweif sich denn verkrochen?«

»Ich glaube, er hat sich zu Tüpfelblatts Bau aufgemacht.« Graupfote deutete mit dem Kopf auf die von Farnkraut umschlossene Ecke, in der Langschweif verschwunden war. »Sie ist unsere Heilerin. Sieht übrigens nicht übel aus. Jünger und viel hübscher als die meisten ...«

Ein tiefes Maunzen hinter den beiden Katzen unterbrach ihre Unterhaltung. Es war der mächtige, grau getigerte Kater, der vorher hinter Graupfote gesessen hatte.

»Dunkelstreif«, erklärte Graupfote und neigte respektvoll den Kopf.

»Du hast Glück gehabt, dass dein Halsband im richtigen Augenblick gerissen ist. Langschweif ist zwar ein junger Krieger, aber dass er sonst von einem Hauskätzchen besiegt worden wäre, kann ich mir nicht vorstellen!« Das Wort »Hauskätzchen« sprach er verächtlich fauchend aus, dann drehte er sich um und stolzierte davon.

»Also dieser Dunkelstreif«, zischte Graupfote leise, »der ist weder jung noch hübsch ...«

Feuerpfote wollte seinem neuen Freund gerade zustimmen, als er durch ein warnendes Maunzen einer alten, grauen Katze am Rande der Lichtung unterbrochen wurde.

»Kleinohr riecht Ärger!«, sagte Graupfote sofort wachsam.

Feuerpfote hatte kaum die Zeit, sich umzusehen, als ein junger Kater durch das Gebüsch ins Lager gebrochen kam. Er war mager und pechschwarz vom Kopf bis zu den Zehen, abgesehen von der weißen Spitze seines langen, dünnen Schwanzes und einem kleinen, weißen Fleck auf der Brust.

Graupfote schnappte nach Luft. »Das ist Rabenpfote! Warum ist er allein? Wo ist Tigerkralle?«

Rabenpfote stolperte über die Lichtung. Er atmete schwer. Sein Fell war zerzaust, seine Augen waren wild vor Angst.

»Wer sind Rabenpfote und Tigerkralle?«, flüsterte Feuerpfote, als mehrere Katzen an ihm vorbeiflitzten und den Ankömmling begrüßten.

»Rabenpfote ist ein Schüler, Tigerkralle sein Mentor«, erklärte Graupfote schnell. »Rabenpfote, dieser Glückspilz, ist mit Tigerkralle und Rotschweif bei Sonnenaufgang losgezogen, zu einem Kampf gegen den FlussClan!«

»Rotschweif?«, wiederholte Feuerpfote, der durch all diese Namen völlig durcheinandergeraten war.

»Blausterns Stellvertreter«, lautete die Antwort. »Aber warum ist Rabenpfote allein zurückgekommen?«, sagte er weiter zu sich selbst. Als Blaustern erschien, hob er den Kopf, um alles mitzukriegen.

»Rabenpfote?« Die Kätzin sprach mit ruhiger Stimme, aber ein sorgenvoller Blick überschattete ihre blauen Augen. Die anderen Katzen traten ängstlich zurück.

»Was ist geschehen?« Blaustern sprang auf den Hochstein und blickte auf den zitternden Kater hinab. »Sprich, Rabenpfote!«

Der rang noch immer nach Luft, und seine Flanken bebten heftig, während sich der Staub neben ihm blutrot färbte. Trotzdem gelang es ihm, auf den Hochstein hinaufzuklettern und sich neben Blaustern zu stellen. Er wandte sich den begierigen Gesichtern unter sich zu und sammelte genug Atem, um zu verkünden: »Rotschweif ist tot!«

4. KAPITEL

ENTSETZT HEULTEN die Katzen auf und ihre Schreie hallten durch den Wald.

Rabenpfote schwankte leicht. Sein rechtes Vorderbein glänzte vom Blut, das aus einer tiefen Wunde in der Schulter floss. »Wir sind auf f-f-fünf Krieger vom FlussClan gestoßen, am Bach, nicht weit von den Sonnenfelsen«, fuhr er mit zittriger Stimme fort. »Eichenherz war darunter.«

»Eichenherz!« Graupfote hielt entsetzt die Luft an. »Er ist der Zweite Anführer des FlussClans«, erklärte er Feuerpfote. »Einer der größten Krieger im ganzen Wald. Was hatte Rabenpfote doch für ein Glück! Ich wünschte, ich wäre an seiner Stelle gewesen. Ich hätte ...« Der durchdringende Blick eines alten, grauen Katers brachte Graupfote zum Schweigen.

Feuerpfote wandte seine Aufmerksamkeit wieder Rabenpfote zu.

»Rotschweif hat Eichenherz aufgefordert, seine Jäger vom DonnerClan-Territorium fernzuhalten. Er hat gedroht, dass der nächste Krieger des FlussClans, der auf unserem Territorium erwischt wird, getötet würde, a-aber Eichenherz wollte nicht nachgeben. Er meinte, sein Clan brauche Nahrung, egal, womit wir drohten.« Rabenpfote holte keuchend Atem. Seine

Wunde blutete stark, und er stand völlig schief da, um seine Schulter zu entlasten.

»In dem Augenblick haben die vom FlussClan angegriffen. Es war schwer zu erkennen, was genau passiert ist. Es war ein bösartiger Kampf. Ich habe gesehen, wie Eichenherz Rotschweif zu Boden drückte, aber dann ist Rotschweif ...«

Plötzlich verdrehten sich Rabenpfotes Augen und er kippte zur Seite. Halb kriechend, halb fallend, glitt er vom Hochstein und brach unten auf dem Boden zusammen.

Eine Königin mit gelbbraunem Fell stürzte herbei und kauerte sich neben ihn nieder. Kurz leckte sie seine Wange und rief dann laut: »Tüpfelblatt!«

Aus der vom Farn beschatteten Ecke des Lagers kam die hübsche, schildpattfarbene Kätzin gelaufen, die Feuerpfote vorher neben Graupfote hatte sitzen sehen. Sie eilte zu dem Ohnmächtigen und rollte mit ihrer kleinen, rosa Nase den Schüler auf die Seite, um die Wunde besser betrachten zu können. Nach einer Weile blickte sie auf und sagte: »Es ist schon gut, Goldblüte, er ist nicht lebensgefährlich verletzt. Aber ich muss ein paar Spinnweben holen, damit ich die Blutung stillen kann.«

Als Tüpfelblatt zu ihrem Bau zurückrannte, wurde das betretene Schweigen auf der Lichtung von lautem Trauergeheul unterbrochen. Ein kräftiger, dunkelbraun getigerter Kater taumelte durch den Ginstertunnel auf die Katzen zu. Zwischen den scharfen Zähnen hielt der Krieger nicht etwa Beute, sondern den leblosen Körper einer anderen Katze. Mitten auf die Lichtung zerrte er das zerfetzte Tier.

Feuerpfote reckte seinen Hals und erhaschte einen Blick auf einen leuchtend roten Schwanz, der schlaff auf den Boden hing.

Entsetzen erfasste den Clan, umwehte die Tiere wie ein eisiger Wind. Von Trauer überwältigt kauerte sich Graupfote neben Feuerpfote nieder. »Rotschweif!«

»Wie ist das passiert, Tigerkralle?«, wollte Blaustern von ihrem Platz auf dem Hochstein wissen.

Tigerkralle ließ das Nackenfell des Toten los. Fest blickte er Blaustern in die Augen.

»Rotschweif ist eines ehrenvollen Todes gestorben, niedergestreckt von Eichenherz. Ich konnte ihn nicht retten, aber es ist mir gelungen, Eichenherz zu töten, während er sich noch hämisch über seinen Sieg freute.« Tigerkralles Stimme war kräftig und tief. »Rotschweif ist nicht vergeblich gestorben, denn ich glaube nicht, dass wir weitere Jäger aus dem FlussClan auf unserem Territorium sehen werden.«

Feuerpfote warf einen Blick auf Graupfote. Die Augen des Schülers waren dunkel vor Trauer.

Nach einer kurzen Pause traten einige Katzen vor, um das blutdurchtränkte Fell von Rotschweif zu lecken. Während sie ihn wuschen, widmeten sie dem toten Krieger schnurrend leise Worte.

Feuerpfote flüsterte Graupfote ins Ohr: »Was tun sie da?«

Ohne seine Blicke von dem toten Kater zu wenden, erwiderte er: »Seine Seele mag ihn verlassen haben, um sich dem SternenClan anzuschließen, aber unser Clan möchte Rotschweif zum letzten Mal die Ehre erweisen.«

»SternenClan?«, wiederholte Feuerpfote.

»Das ist der Stamm der himmlischen Krieger, der über alle Clan-Katzen wacht. Du kannst sie im Silbervlies sehen.«

Feuerpfote schaute verwirrt drein, daher erklärte ihm Graupfote: »Silbervlies ist das dichte Sternenband, das du jede Nacht sehen kannst, wenn es sich quer über den Himmel erstreckt. Rotschweif wird heute Nacht unter diesen Sternen sein.«

Blaustern hatte geschwiegen, während die ersten Katzen Rotschweif ihren Respekt bezeugt hatten. Jetzt sprang sie vom Hochstein herab und schritt langsam auf den toten Körper zu. Die anderen Katzen zogen sich zurück und sahen zu, wie sich ihre Anführerin niederkauerte, um zum letzten Mal ihrem alten Kameraden die Zunge zu geben.

Nach einer Weile schaute sie auf und sprach mit leiser und vor Kummer belegter Stimme und der Clan hörte schweigend zu: »Rotschweif war ein tapferer Krieger. Seine Treue gegenüber dem DonnerClan stand nie in Zweifel. Ich konnte mich immer auf sein Urteil verlassen, weil es die Bedürfnisse des Clans berücksichtigte und niemals von eigenen Interessen oder Stolz beeinträchtigt wurde. Er wäre ein guter Anführer geworden.«

Dann ließ sie sich auf dem Bauch nieder und neigte den Kopf, die Pfoten nebeneinander nach vorn ausgestreckt. Schweigend trauerte sie um den verlorenen Freund. Andere Katzen kamen und legten sich neben sie. Ihre gesenkten Köpfe und gekrümmten Rücken ahmten Blausterns Haltung nach.

Feuerpfote beobachtete das alles. Er hatte Rotschweif selbst nicht gekannt, aber er war doch bewegt, als er den Clan um ihn trauern sah.

»Borkenpfote wird traurig sein«, bemerkte Graupfote.

»Borkenpfote?«

»Rotschweifs Schüler. Der dunkelbraun getigerte Kater dort drüben. Ich möchte wissen, wer nun sein neuer Mentor wird.«

Feuerpfote sah zu dem kleinen Kater hinüber, der neben Rotschweifs Leiche kauerte und mit leerem Blick auf den Boden starrte. »Wie lange wird Blaustern bei dem Toten bleiben?«, fragte er schließlich seinen neuen Freund.

»Wahrscheinlich die ganze Nacht. Rotschweif ist viele Blattwechsel lang ihr Stellvertreter gewesen. Sie möchte ihn sicherlich nicht zu schnell gehen lassen. Er war einer der besten Krieger. Nicht so groß und kräftig wie Tigerkralle oder Löwenherz, aber schnell und schlau.«

Feuerpfote betrachtete Tigerkralle, bewunderte die Kraft in seinen mächtigen Muskeln und den breiten Kopf. Sein massiger Körper trug Spuren seines Kriegerlebens. Eines seiner Ohren war wie zu einem tiefen V gespalten und eine dicke Narbe durchschnitt seinen Nasenrücken.

Plötzlich erhob sich Tigerkralle und ging langsam hinüber zu Rabenpfote, seinem verwundeten Schüler. Tüpfelblatt kauerte an seiner Seite und presste mit den Vorderpfoten Spinnwebbäusche auf die Schulterwunde.

Feuerpfote beugte sich zu Graupfote hinüber und fragte: »Was macht Tüpfelblatt da?«

»Sie stillt die Blutung. Das Ganze sieht nach einer bösen Verletzung aus. Und Rabenpfote hat ziemlich verwirrt gewirkt. Er war schon immer ein wenig schreckhaft, aber so schlimm habe ich ihn noch nie erlebt. Lass uns rübergehen und nachschauen, ob er wieder zu sich gekommen ist.«

Sie drängten sich durch die trauernden Katzen zu Rabenpfote vor und ließen sich in respektvollem Abstand nieder, bis Tigerkralle sich wieder zurückziehen würde.

»Nun, Tüpfelblatt«, sprach Tigerkralle mit selbstbewusstem Miauen zu der Heilerin. »Wie geht es ihm? Glaubst du, dass du ihn retten kannst? Ich habe viel Zeit auf seine Ausbildung verwandt, und es wäre schade, wenn meine Mühen schon beim ersten Kampf verschwendet sein sollten.«

Ohne aufzublicken, erwiderte Tüpfelblatt: »Ja, was für ein Jammer, wenn er nach all deiner wertvollen Ausbildung in seinem ersten Kampf stirbt, was?« Feuerpfote konnte in ihrer leisen Stimme einen ironisch schnurrenden Unterton entdecken.

»Bleibt er am Leben?«, wollte Tigerkralle wissen.

»Natürlich. Er braucht nur Ruhe.«

Tigerkralle schnaubte verächtlich und blickte auf die reglose Gestalt hinab. Mit einer seiner Vorderkrallen stieß er Rabenpfote an. »Also, mach schon! Steh auf!«

Rabenpfote rührte sich nicht.

»Schau dir nur die Länge dieser Kralle an!«, zischte Feuerpfote.

»Wie wahr!«, erwiderte Graupfote mit Überzeugung. »Ich weiß jedenfalls, dass ich in keinen Kampf mit ihm geraten möchte!«

»Nicht so schnell, Tigerkralle!« Tüpfelblatt legte ihre Pfote auf seine scharfe Kralle und schob sie vorsichtig beiseite. »Dieser Jungkater muss sich so still wie möglich verhalten, bis seine Wunde verheilt ist. Wir wollen nicht, dass sie wieder aufplatzt, weil er dir zu Gefallen herumspringt. Lass ihn in Ruhe.«

Feuerpfote hielt den Atem an, während er auf Tigerkralles Reaktion wartete. Er vermutete, dass wenige Katzen es wagen würden, dem Krieger solche Anweisungen zu geben. Der große getigerte Kater erstarrte und schien etwas erwidern zu wollen, als Tüpfelblatt neckend miaute: »Sogar *du*, Tigerkralle, solltest dich lieber nicht mit einer Heilerin anlegen.«

Tigerkralles Augen funkelten bei den Worten der kleinen,

schildpattfarbenen Katze. »Ich würde es nie wagen, mich mit dir anzulegen, liebe Tüpfelblatt«, schnurrte er. Dann wandte er sich ab und erblickte Graupfote und Feuerpfote. »Wer ist das?«, fragte er Graupfote. Hoch ragte er über den beiden auf.

»Das ist der neue Schüler.«

»Er riecht wie ein Hauskätzchen!«, schnaubte der Krieger.

»Ich *war* eine Hauskatze«, sagte Feuerpfote kühn, »aber ich werde trainieren und ein Clan-Krieger werden.«

Tigerkralle betrachtete ihn mit erwachtem Interesse. »Ah ja! Ich erinnere mich. Blaustern hat erwähnt, dass sie über irgendein herumstreunendes Hauskätzchen gestolpert ist. Also will sie es tatsächlich mit dir probieren, was?«

Feuerpfote setze sich kerzengerade auf, bemüht, diesen herausragenden Krieger zu beeindrucken. »Ganz recht«, miaute er respektvoll.

Tigerkralle betrachtete ihn nachdenklich. »Dann werde ich deine Fortschritte mit Interesse beobachten.«

Feuerpfote blähte stolz die Brust, als Tigerkralle davonstakste. »Glaubst du, er mag mich?«

»Ich glaube nicht, dass Tigerkralle irgendeinen Schüler mag«, flüsterte Graupfote.

Im gleichen Augenblick bewegte sich Rabenpfote und zuckte mit den Ohren. »Ist er weg?«, murmelte er.

»Wer? Tigerkralle?«, fragte Graupfote und trottete zu ihm hin. »Jawohl, er ist weg.«

»Hallo ...«, hob Feuerpfote an und wollte sich vorstellen.

»Verschwindet, alle beide!«, protestierte Tüpfelblatt. »Wie soll ich diesem jungen Kater helfen, wenn ich ständig gestört werde?« Ungeduldig schnippte sie mit dem Schwanz und drängte sich zwischen die beiden Schüler und ihren Patienten.

Feuerpfote merkte, dass es ihr trotz des lebhaften Glänzens in ihren warmen, bernsteinfarbenen Augen ernst war.

»Komm mit, Feuerpfote«, schnurrte sein Freund. »Ich führe dich ein bisschen herum und zeige dir alles. Bis später, Rabenpfote.«

Die beiden ließen den Verwundeten mit Tüpfelblatt allein und spazierten über die Lichtung.

Graupfote wirkte nachdenklich und nahm seine Pflichten als Führer offenbar sehr ernst. »Den Hochstein kennst du bereits«, begann er und schnippte mit dem Schweif zu dem großen, glatten Felsblock hinüber. »Von dort oben spricht Blaustern immer zum Clan. Ihr Bau ist da unten.« Er deutete mit der Nase auf eine Aushöhlung in der Seite des Felsens. »Er ist vor vielen Monden von einem uralten Bach ausgehöhlt worden.« Herabhängende Flechten bedeckten den Eingang und schützten so den Schlafplatz der Anführerin vor Wind und Regen.

»Die Krieger schlafen dort drüben«, fuhr Graupfote fort.

Feuerpfote folgte ihm zu einem großen Gebüsch, ein paar Schritte vom Hochstein entfernt. Von hier aus hatte man einen ungehinderten Blick direkt hinunter zum farnumwachsenen Lagereingang. Die Zweige des Gebüschs hingen tief herab, aber Feuerpfote konnte den geschützten Ort sehen, wo die Krieger ihre Schlafnester gebaut hatten.

»Die älteren schlafen am weitesten in der Mitte, wo es am wärmsten ist«, erklärte Graupfote, »und sie essen gewöhnlich gemeinsam ihre Frischbeute bei diesem Brennnesselgebüsch. Die jüngeren Krieger essen irgendwo in der Nähe. Manchmal werden sie von den älteren Kriegern zu einer Mahlzeit eingeladen. Das ist dann eine große Ehre.«

»Und was ist mit den anderen Clan-Katzen?«, fragte Feuerpfote fasziniert, aber auch ziemlich überwältigt von all den Traditionen und Ritualen des Clan-Lebens.

»Also, die Königinnen leben im Quartier der Krieger, wenn sie selbst als Krieger tätig sind. Aber wenn sie Junge erwarten oder sich um die Jungen kümmern, dann bleiben sie in einem Bau in der Nähe der Kinderstube. Die Ältesten haben ihren eigenen Platz auf der anderen Seite der Lichtung. Komm mit, ich zeig ihn dir.«

Feuerpfote trottete hinter Graupfote her, quer über die Lichtung und vorbei an der schattigen Ecke, in der Tüpfelblatt ihren Bau hatte. Sie blieben neben einem umgestürzten Baum stehen, in dessen Schutz saftiges Gras wuchs. Zwischen den weichen Grasbüscheln duckten sich vier ältere Katzen und fraßen mit Genuss ein fettes, junges Kaninchen.

»Borkenpfote und Sandpfote haben ihnen das wahrscheinlich gebracht«, flüsterte Graupfote. »Eine der Pflichten der Schüler ist es, für die Ältesten Frischbeute zu fangen.«

»Hallo, Junges«, begrüßte einer der Ältesten Graupfote.

»Hallo, Kleinohr«, miaute der und nickte höflich.

»Das muss unser neuer Schüler sein. Feuerpfote, nicht wahr?«, sagte ein zweiter Kater. Sein struppiges Fell war dunkelbraun getigert, und er hatte nur einen Stummel, wo sein Schwanz hätte sein sollen.

»Ja, das bin ich«, erwiderte Feuerpfote und ahmte Graupfotes höfliches Nicken nach.

»Ich heiße Kurzschweif«, schnurrte der braune Kater. »Willkommen im Clan.«

»Habt ihr beiden gegessen?«, fragte Kleinohr. Die beiden Freunde schüttelten den Kopf.

»Nun, es ist genug da. Borkenpfote und Sandpfote entwickeln sich zu guten Jägern. Macht es dir etwas aus, wenn diese Jungen da sich eine Maus teilen, Einauge?«

Die neben ihm liegende hellgraue Königin schüttelte den Kopf. Feuerpfote stellte fest, dass eines ihrer Augen getrübt und blicklos war.

»Und was meinst du, Tupfenschweif?«

Die andere Älteste, eine schildpattfarbene Kätzin mit grauer Schnauze, krächzte: »Natürlich, esst nur.«

»Danke«, mauzte Graupfote erfreut. Er trat vor, nahm eine große Maus von dem Haufen Jagdbeute und legte sie Feuerpfote zu Füßen. »Hast du immer noch keine Maus probiert?«, fragte er.

»Nein«, musste Feuerpfote zugeben. Plötzlich erregte ihn der warme Geruch, der von diesem Stück Frischbeute aufstieg, und er zitterte am ganzen Körper. Endlich würde er seine erste richtige Mahlzeit als Mitglied des Clans einnehmen.

»In dem Fall darfst du den ersten Bissen haben. Lass mir nur etwas übrig!« Graupfote senkte den Kopf und machte dem Neuen Platz.

Feuerpfote legte sich flach auf den Boden und riss einen großen Bissen aus der Maus. Sie war saftig und zart und voll von den Düften des Waldes.

»Nun, wie findest du sie?«, fragte Graupfote.

»Fantastisch!«, murmelte Feuerpfote mit vollem Mund.

»Dann rück zur Seite«, maunzte sein Freund und senkte nun ebenfalls den Kopf, um einen Bissen zu nehmen.

Während sich die beiden die Maus teilten, hörten sie dem Gespräch der Ältesten zu.

»Wie lange wird es wohl dauern, bis Blaustern den Zweiten Anführer ernennt?«, fragte Kleinohr.

»Was hast du gesagt, Kleinohr?«, miaute Einauge.

»Mir scheint fast, dein Gehör ist so schlecht geworden wie dein Augenlicht!«, fauchte Kleinohr ungeduldig. »Ich habe gesagt: Wie lange wird es wohl dauern, bis Blaustern den Zweiten Anführer ernennt?«

Einauge reagierte nicht auf Kleinohrs Gereiztheit und wandte sich stattdessen an die schildpattfarbene Kätzin: »Tupfenschweif, erinnerst du dich noch an den Tag vor vielen Monden, als Blaustern selbst zur Stellvertreterin ernannt wurde?«

Tupfenschweif nickte mit ernstem Gesicht. »Oh ja! Es war nicht lange, nachdem sie ihre Jungen verloren hatte.«

»Sie wird nicht glücklich darüber sein, dass sie nun einen neuen Stellvertreter ernennen muss«, meinte Kleinohr. »Rotschweif hat ihr lange und treu gedient. Aber sie muss sich schnell entscheiden. Nach den Bräuchen des Clans muss die Wahl vor dem Mondhoch, der nach dem Tod des alten Stellvertreters folgt, gefallen sein.«

»Wenigstens ist die Wahl in diesem Falle klar«, sagte Kurzschweif.

Feuerpfote hob den Kopf und sah sich auf der Lichtung um. Wen konnte Kurzschweif meinen? Für Feuerpfote sahen alle Krieger aus, als verdienten sie Zweiter Anführer zu werden. Vielleicht meinte er Tigerkralle, schließlich hatte der Rotschweifs Tod gerächt.

Der mächtige Krieger saß ganz still nicht weit von ihnen entfernt und hatte die Ohren auf das Gespräch der Ältesten gerichtet.

Als Feuerpfote sich reckte, um mit der Zunge die letzten Spuren von Mäuseblut von den Schnurrhaaren zu lecken, ertönte Blausterns Stimme vom Hochstein herab. Rotschweifs toter Körper lag noch immer unten auf der Lichtung, hellgrau im verblassenden Licht des Tages.

»Ein neuer Stellvertreter muss ernannt werden«, rief Blaustern. »Aber vorher wollen wir dem SternenClan für das Leben von Rotschweif danken. Heute Nacht wird er bei seinen Kriegerfreunden im Sternenvlies sitzen.«

Schweigen legte sich über die Lichtung, und alle blickten empor zum Himmel, der immer dunkler wurde, während sich der Abend auf den Wald senkte.

»Und nun werde ich den Zweiten Anführer des DonnerClans ernennen«, fuhr Blaustern fort. »Ich sage dies vor Rotschweifs Leichnam, damit seine Seele es hören und meine Wahl billigen kann.«

Feuerpfote blickte auf Tigerkralle und bemerkte die Gier in den bernsteinfarbenen Augen des großen Katers, die zum Hochstein hinaufstarrten.

»Löwenherz«, miaute Blaustern, »wird der Zweite Anführer des DonnerClans sein.«

Feuerpfote war neugierig auf Tigerkralles Reaktion. Aber das Gesicht des dunklen Kriegers verriet nichts, als er sich zu Löwenherz begab, um ihm mit einem so herzhaften Stups zu gratulieren, dass er den golden gestreiften Kater fast aus dem Gleichgewicht gebracht hätte.

»Warum hat sie nicht Tigerkralle zu ihrem Stellvertreter gemacht?«, wollte Feuerpfote leise von Graupfote wissen.

»Wahrscheinlich, weil Löwenherz schon länger Krieger ist und viel mehr Erfahrung hat«, murmelte Graupfote, der immer noch hinauf zu Blaustern blickte.

Die Anführerin sprach weiter: »Da Rotschweif außerdem Borkenpfotes Mentor war und es keine Unterbrechung in der

Ausbildung unserer Schüler geben darf, will ich sofort den neuen Mentor für Borkenpfote ernennen. Dunkelstreif, du bist inzwischen bereit für deinen ersten Schüler, daher wirst du seine weitere Ausbildung übernehmen. Du hast einen guten Mentor in Tigerkralle gehabt, und ich erwarte, dass du einige der hervorragenden Fähigkeiten weitergibst, die man dir beigebracht hat.«

Stolzgeschwellt gab der getigerte Krieger mit einem feierlichen Nicken seine Zustimmung. Er ging hinüber zu Borkenpfote, senkte den Kopf und berührte ziemlich unbeholfen mit der Nase die seines neuen Schülers. Höflich schnippte Borkenpfote mit dem Schwanz, aber seine Augen waren noch dunkel vor Schmerz über den Verlust seines früheren Mentors.

Blaustern hob erneut die Stimme: »Ich werde bei Rotschweifs Leichnam die Totenwache halten, bevor wir ihn bei Sonnenaufgang begraben.« Sie sprang vom Hochstein herab und legte sich neben Rotschweif. Viele andere Katzen schlossen sich ihr an, darunter auch Borkenpfote und Kleinohr.

»Sollten wir uns nicht auch beteiligen?«, schlug Feuerpfote vor. Er musste allerdings zugeben, dass ihm diese Vorstellung nicht besonders gefiel. Es war ein anstrengender Tag gewesen und er wurde allmählich müde. Er wollte nur noch irgendein warmes, trockenes Plätzchen finden, wo er sich zusammenrollen und schlafen konnte.

Graupfote schüttelte den Kopf. »Nein, das tun nur diejenigen, die Rotschweif besonders nahegestanden haben. Sie werden mit ihm seine letzte Nacht verbringen. Ich zeige dir jetzt, wo wir schlafen. Der Bau der Schüler ist da drüben.«

Feuerpfote folgte ihm zu einem dichten Farngebüsch hinter einem bemoosten Baumstumpf.

»Alle Schüler essen hier gemeinsam ihre Frischbeute«, erklärte ihm Graupfote.

»Wie viele Schüler gibt es denn?«

»Nicht so viele wie sonst … nur mich, dich, Rabenpfote, Borkenpfote und Sandpfote.«

Als sich die beiden neben dem Baumstumpf niederließen, kroch eine junge Katze unter dem Farn hervor. Ihr Fell war goldbraun wie das von Feuerpfote, nur viel heller und mit kaum sichtbaren dunklen Streifen.

»Hier kommt also der neue Schüler!«, sagte sie mit zusammengekniffenen Augen.

»Hallo«, miaute Feuerpfote.

Die junge Katze schnüffelte auffällig. »Er riecht wie ein Hauskätzchen! Sagt bloß nicht, dass ich mein Nest mit diesem widerlichen Gestank teilen muss!«

Feuerpfote schaute sie überrascht an. Seit seinem Kampf mit Langschweif waren alle ziemlich freundlich zu ihm gewesen. Vielleicht waren sie aber auch nur durch Rabenpfotes Bericht abgelenkt gewesen, dachte er jetzt.

»Du musst Sandpfote schon entschuldigen«, versuchte Graupfote zu vermitteln. »Ich glaube, ihr ist irgendwo ein Knäuel Haare stecken geblieben. Normalerweise ist sie nicht so schlecht gelaunt.«

»Pfft!«, fauchte Sandpfote ärgerlich.

»Benehmt euch, ihr Jungen.« Hinter den Schülern ertönte die tiefe Stimme von Weißpelz. »Sandpfote! Ich hatte von dir als meiner Schülerin erwartet, dass du ein bisschen freundlicher zu diesem Neuling bist.«

Sandpfote warf den Kopf hoch und schaute trotzig in die Luft. »Tut mir leid, Weißpelz«, schnurrte sie, sah allerdings gar nicht so aus, als ob es ihr wirklich leid täte. »Ich hatte nur nicht erwartet, dass ich zusammen mit einem Hauskätzchen trainieren muss, das ist alles!«

»Du wirst dich schon daran gewöhnen, Sandpfote«, wies Weißpelz sie gelassen zurecht. »Es wird schon spät und die Ausbildung beginnt früh am Morgen. Ihr drei solltet jetzt schlafen.« Er warf Sandpfote noch einen strengen Blick zu und sie nickte gehorsam. Nachdem er abgezogen war, wirbelte sie herum und verschwand in dem Farngesträuch, wobei sie noch einmal schnüffelte, als sie an Feuerpfote vorbeistrich.

Mit einem Schwanzschnippen forderte Graupfote seinen Freund auf, ihm zu folgen, und ging hinter Sandpfote her. Im Inneren der Schlafstelle war der Boden mit weichem Moos ausgepolstert und das bleiche Mondlicht tauchte alles in ein zartes Grün. Die Luft duftete nach Farn und war wärmer als draußen.

»Wo soll ich schlafen?«, fragte Feuerpfote.

»Wo du willst, solange es nicht in meiner Nähe ist!«, knurrte Sandpfote, die für sich mit einer Vordertatze etwas Moos zusammenscharrte.

Die beiden Freunde tauschten Blicke, sagten aber nichts. Feuerpfote schob nun auch mit den Krallen weiches Moos zusammen, und nachdem er daraus die Unterlage für ein gemütliches Nest geformt hatte, drehte er sich so lange um die eigene Achse, bis es bequem war, dann legte er sich hin. Er fühlte sich wunderbar schläfrig und zufrieden. Dies war nun sein Zuhause. Er war ein Mitglied des DonnerClans.

5. KAPITEL

»HE, WACH AUF!« Das Miauen von Graupfote unterbrach Feuerpfotes Traum. Er hatte gerade ein Eichhörnchen hoch hinauf in die obersten Äste einer großen Eiche gejagt.

»Das Training beginnt bei Sonnenaufgang. Borkenpfote und Sandpfote sind schon auf«, drängte sein Freund.

Schlaftrunken reckte sich Feuerpfote, dann fiel es ihm ein: Heute war der erste Tag seiner Ausbildung. Er sprang auf die Pfoten. Freudige Erregung schoss ihm durch die Adern und seine Benommenheit löste sich auf.

Graupfote wusch sich hastig und berichtete, während er sich leckte: »Ich habe gerade mit Löwenherz gesprochen. Rabenpfote wird nicht mit uns trainieren, bis seine Wunde geheilt ist. Er wird wahrscheinlich noch einen oder zwei Tage in Tüpfelblatts Bau bleiben. Borkenpfote und Sandpfote haben Jagddienst. Daher meinte Löwenherz, dass du und ich heute Morgen mit ihm und Tigerkralle trainieren könnten. Aber wir müssen uns beeilen«, fügte er hinzu. »Sie warten sicher schon auf uns!«

Graupfote führte den Freund eilig durch den Ginstereingang aus dem Lager und den Rand des felsigen Tals hinauf. Sie kletterten über den Kamm der Schlucht und eine kühle Brise zerzauste ihr Fell. Dicke, weiße Wolken fegten über den blauen Himmel. Wilde Freude durchströmte Feuerpfote, als er Graupfote einen Abhang mit Schatten spendenden Bäumen hinab in eine sandige Kuhle folgte.

Tigerkralle und Löwenherz warteten tatsächlich schon auf sie. Sie saßen eine Schwanzlänge voneinander entfernt auf dem sonnenwarmen Sand.

»In Zukunft erwarte ich, dass ihr beiden pünktlich seid«, knurrte Tigerkralle.

»Sei nicht zu streng mit ihnen. Gestern war ein anstrengender Abend. Ich nehme an, sie waren müde«, beschwichtigte Löwenherz. »Für dich ist noch kein Mentor ernannt worden, Feuerpfote«, fuhr er fort. »Vorerst werden Tigerkralle und ich uns deine Ausbildung teilen.«

Feuerpfote nickte begeistert mit hocherhobenem Schwanz und konnte seine Freude darüber nicht verbergen, dass er zwei so hervorragende Krieger als Mentoren bekam.

»Komm mit«, miaute Tigerkralle ungeduldig. »Heute zeigen wir dir die Grenzen unseres Territoriums, damit du weißt, wo du jagen wirst und welche Grenzen du schützen musst. Graupfote, auch dir kann es nicht schaden, dir noch einmal die Außengrenzen unseres Clans einzuprägen.«

Ohne ein weiteres Wort sprang Tigerkralle auf und stürmte aus der Sandkuhle. Löwenherz nickte Graupfote zu und die beiden setzten ihm mit gleicher Geschwindigkeit nach. Feuerpfote stolperte eilig hinter ihnen her, wobei er auf dem weichen Sand immer wieder ausglitt.

In diesem Teil des Waldes standen die Bäume dicht beieinander, Birken und Eschen, überragt von mächtigen Eichen. Der Boden war übersät mit einem Teppich aus braunen, trockenen Blättern, die unter ihren Pfoten raschelten. Tigerkralle hielt an, um seine Duftmarkierung auf ein dichtes Farngesträuch zu spritzen. Die anderen Katzen blieben neben ihm stehen.

»Es gibt hier einen Zweibeinerweg«, murmelte Löwenherz. »Benutze deine Nase, Feuerpfote. Kannst du etwas riechen?«

Feuerpfote schnüffelte. Der schwache Geruch eines Zweibeiners und der stärkere eines Hundes stiegen ihm in die Nase. Sie waren ihm von seinem alten Zuhause her vertraut. »Ein Zweibeiner hat hier seinen Hund ausgeführt, aber sie sind jetzt weg«, verkündete er.

»Gut«, antwortete Löwenherz. »Glaubst du, es ist sicher, den Weg zu überqueren?«

Feuerpfote schnüffelte noch einmal. Die Gerüche waren schwach und überlagert von frischeren Walddüften.

»Ja«, antwortete er.

Tigerkralle nickte, und die vier Katzen schlichen unter dem Farn hervor und liefen über den schmalen Zweibeinerweg aus scharfen Steinen.

Auf der anderen Seite erhoben sich Kiefern. Sie wuchsen hoch und gerade, eine Reihe hinter der anderen. Hier war es einfach, geräuschlos zu gehen, denn den Boden bedeckte eine dicke Schicht trockener Nadeln, die unter den Ballen kitzelten, aber federnd nachgaben. Hier wuchs kein Unterholz, in dem man sich verstecken konnte, und Feuerpfote spürte die Anspannung der Katzen, als sie sich schutzlos zwischen den Baumstämmen voranpirschten.

»Zweibeiner haben diese Bäume hier gepflanzt«, sagte Tigerkralle. »Sie sägen sie ab mit übel riechenden Kreaturen, die genug Dämpfe ausspucken, dass ein Katzenjunges davon blind werden kann. Dann bringen sie die gefällten Bäume zum Baumsägeort hier in der Nähe.«

Feuerpfote blieb stehen und lauschte nach dem Brüllen des Baumfressers, das er früher schon gehört hatte.

»Am Baumsägeort wird noch ein paar Monde Ruhe herrschen, bis zur Zeit der Blattgrüne«, erklärte Graupfote.

Die Katzen wanderten weiter durch den Kiefernwald.

»Der Zweibeinerort liegt in dieser Richtung«, sagte Tigerkralle und wedelte mit seinem dicken Schwanz zu einer Seite. »Du kannst ihn sicherlich riechen, Feuerpfote. Heute gehen wir aber in die andere Richtung.«

Schließlich erreichten sie einen anderen Zweibeinerweg am Rand der Kiefernanpflanzung. Rasch überquerten sie ihn und sprangen hinein in die sicheren Büsche des Eichenwaldes auf der anderen Seite. Doch immer noch spürte Feuerpfote eine Anspannung bei den anderen Katzen.

»Wir nähern uns dem Territorium des FlussClans«, flüsterte Graupfote. »Die Sonnenfelsen sind da drüben.« Mit seiner weichen Schnauze deutete er zu einem baumlosen Felsenhügel.

Feuerpfote fühlte, wie sich sein Fell sträubte. Dort war Rotschweif getötet worden.

Löwenherz blieb bei einem flachen, grauen Felsbrocken stehen. »Hier ist die Grenze zwischen den beiden Territorien des DonnerClans und des FlussClans. Der FlussClan herrscht über die Jagdgründe am großen Fluss«, erklärte er. »Atme tief ein, Feuerpfote.«

Der scharfe Geruch fremder Katzen traf ihn wie ein Schlag. Er war erstaunt, wie anders er roch als der warme Katzenduft im Lager des DonnerClans. Und es überraschte ihn, wie vertraut ihm die Gerüche des DonnerClans bereits waren, und auch, wie sehr sie ihn beruhigten.

»Das ist der Geruch des FlussClans«, knurrte Tigerkralle neben ihm. »Behalte ihn gut in Erinnerung. Er ist stärker an der Grenze, weil seine Krieger hier an den Bäumen ihre Duftmarken gesetzt haben.« Mit diesen Worten hob der dunkle Kater den Schwanz und sprühte seine eigene Markierung auf den flachen Felsen.

»Wir werden jetzt entlang der Grenzlinie weitergehen, die direkt bis zum Baumgeviert verläuft«, sagte Löwenherz.

Ohne ein weiteres Wort lief er los, weg von den Sonnenfelsen und gefolgt von Tigerkralle. Die beiden Schüler eilten hinter ihnen her.

»Was ist das Baumgeviert?«, keuchte Feuerpfote.

»Das ist die Stelle, wo die Territorien aller vier Clans aufeinandertreffen«, antwortete Graupfote. »Da stehen vier große Eichen, so alt wie die Clans ...«

»Seid still!«, befahl Tigerkralle. »Vergesst nicht, wie nahe wir dem feindlichen Territorium sind!«

Die beiden Schüler verstummten, und Feuerpfote bemühte sich, geräuschlos zu gehen. Sie überquerten einen flachen Bach und sprangen in dem steinigen Bachbett von Felsbrocken zu Felsbrocken, damit die Pfoten nicht nass wurden.

Als sie das Baumgeviert erreichten, war Feuerpfote völlig außer Atem und die Pfoten taten ihm weh. Er war es nicht gewöhnt, so weit und so schnell zu laufen. Erleichtert bemerkte er, dass die beiden Krieger sie aus dem dichten Wald führten und auf der Kuppe eines strauchbedeckten Hügels haltmachten.

Inzwischen war Sonnenhoch. Die Wolken hatten sich verzogen und der Wind war abgeflaut. Unter ihnen ragten im blendenden Sonnenlicht vier riesige Eichen in die Höhe. Ihre dunkelgrünen Kronen reichten fast so hoch wie der steile Abhang, über dem sie sich befanden.

»Wie Graupfote dir schon erklärt hat«, sagte Löwenherz zu Feuerpfote, »ist dies das Baumgeviert, wo die Territorien aller vier Clans aufeinandertreffen. Der WindClan herrscht über das hoch gelegene Gelände vor uns, wo die Sonne untergeht. Ihren Geruch wirst du heute nicht wahrnehmen, denn der Wind weht in ihre Richtung. Aber du wirst ihn bald genug kennenlernen.«

»Und der SchattenClan hat sein Reich dort drüben im finstersten Teil des Waldes«, ergänzte Graupfote und zeigte mit dem Kopf zur Seite. »Die Ältesten sagen, dass die kalten Winde aus dem Norden über den SchattenClan wehen und ihre Herzen gefrieren lassen.«

»So viele Clans!«, staunte Feuerpfote. *Und so gut organisiert*, fügte er in Gedanken hinzu, als er an Wulles blutrünstige Geschichten von Wildkatzen dachte, die im Wald Angst und Schrecken verbreiteten.

»Jetzt kannst du sehen, warum Beute so wertvoll ist«, sagte Löwenherz. »Warum wir kämpfen müssen, um das wenige zu bewahren, was wir haben.«

»Aber das ist doch dumm! Warum können die Clans nicht zusammenarbeiten und sich die Jagdgründe teilen, statt sich gegenseitig zu bekämpfen?«, schlug Feuerpfote mutig vor.

Ein schockiertes Schweigen folgte seinen Worten.

Tigerkralle antwortete als Erster. »Das ist verräterisches Denken, Hauskätzchen«, fuhr er Feuerpfote an.

»Sei nicht so streng, Tigerkralle«, wies Löwenherz ihn zurecht. »Die Lebensweisen der Clans sind für ihn noch neu.« Er blickte Feuerpfote an. »Folge deinem Herzen, junger Feuerpfote. Das wird eines Tages aus dir einen starken Krieger machen.«

»Oder er wird genau im Augenblick eines Angriffs seiner Hauskätzchenschwäche nachgeben«, knurrte Tigerkralle.

Löwenherz warf einen kurzen Blick auf Tigerkralle, bevor er weiterredete: »Die vier Clans treffen sich einmal jeden Mond friedlich zu einer Großen Versammlung. Genau hier« – er deutete mit dem Kopf hinunter zu den vier mächtigen Eichen – »kommen sie zusammen. Die Waffenruhe dauert so lange, wie Vollmond ist.«

»Dann muss es ziemlich bald eine Große Versammlung geben«, meinte Feuerpfote, der sich an das helle Mondlicht der letzten Nacht erinnerte.

»Ganz richtig!«, erwiderte Löwenherz und schien beeindruckt. »Genau genommen, heute Nacht. Die Großen Versammlungen sind sehr wichtig, weil sie den Clans für eine Nacht die Möglichkeit geben, sich in Frieden zu treffen. Aber du musst verstehen, dass längere Bündnisse auch viele Schwierigkeiten mit sich bringen.«

»Es ist die Treue zum Clan, die uns stark macht«, bekräftigte Tigerkralle. »Wer diese Treue schwächt, schwächt unsere Überlebenschancen.«

Feuerpfote nickte zustimmend. »Ich verstehe.«

»Und nun los«, sagte Löwenherz und stand auf. »Wir wollen weiter.«

Sie bewegten sich am Rand des Tals entlang, in dem das Baumgeviert lag, und hatten nun die tiefer liegende Nachmittagssonne im Rücken. Sie überquerten den Bach an einer Stelle, wo er schmal genug war, um mit einem Satz hinüberspringen zu können.

Feuerpfote prüfte die Luft. Ein neuer Katzengeruch lag in der Luft, stark und säuerlich.

»Welcher Clan ist das?«, fragte er.

»Der SchattenClan«, antwortete Tigerkralle voller Grimm. »Wir ziehen jetzt an ihrer Grenze entlang. Bleib wachsam, Feuerpfote. Frischere Gerüche bedeuten, dass eine ihrer Patrouillen in der Gegend ist.«

Feuerpfote nickte. Plötzlich hörte er ein unbekanntes Geräusch. Er versteifte sich, aber die anderen Katzen behielten ihr Tempo bei und steuerten direkt auf das geheimnisvolle Rumpeln zu.

»Was ist das?«, rief er und trabte hinter den anderen her.

»Das wirst du gleich sehen«, erwiderte Löwenherz.

Feuerpfote blickte zwischen den Bäumen hindurch, die nun weniger dicht standen und helles Sonnenlicht durchließen.

»Sind wir jetzt am Waldrand?«, fragte er. Dann blieb er stehen und sog tief die Luft ein. Die grünen Waldgerüche wurden überlagert von fremdartigen, finsteren Ausdünstungen. Diesmal war es kein Katzengeruch, sondern einer, der ihn an sein altes Zuhause bei den Zweibeinern erinnerte. Und das Rumpeln wurde lauter, ein beständiges Dröhnen, das den Boden erzittern ließ und in den Ohren schmerzte.

»Dies ist der Donnerweg«, miaute Tigerkralle.

Alle folgten nun Löwenherz, der sie zum Rand des Waldes führte, und sie starrten hinaus.

Feuerpfote sah einen grauen Weg, der wie ein Fluss den Wald durchschnitt. Der harte, graue Stein erstreckte sich so weit vor ihm, dass die Bäume auf der anderen Seite verschwommen und winzig wirkten. Ein übler Gestank stieg von dem Weg auf. Ihn schauderte.

Plötzlich donnerte ein riesiges Ungeheuer vorbei und der junge Kater sprang mit gesträubtem Fell zurück. Die Äste der Bäume auf beiden Seiten schlugen wild im Wind, der hinter dem rasenden Ungeheuer herjagte. Feuerpfote starrte die anderen Katzen entsetzt an, war unfähig zu sprechen. Er hatte solche Wege schon früher gesehen, in der Nähe seines alten Zweibeinerheims, aber nie einen so breiten und mit so schnellen und wilden Ungeheuern.

»Hat mir beim ersten Mal auch Angst eingejagt«, bemerkte Graupfote. »Aber immerhin hindert er die Krieger des SchattenClans daran, in unser Territorium zu wechseln. Der Donnerweg verläuft viele Pfotenschritte an unserer Grenze entlang. Aber du brauchst keine Angst zu haben, die Ungeheuer verlassen niemals den Donnerweg. Es kann dir nichts passieren, solange du ihm nicht zu nahe kommst.«

»Zeit, ins Lager zurückzukehren«, sagte Löwenherz. »Jetzt hast du alle unsere Grenzen gesehen. Wir werden allerdings die Schlangenfelsen aussparen, wenngleich unser Weg außen herum länger ist. Ein noch nicht ausgebildeter Schüler wäre eine zu leichte Beute für eine Natter, und ich nehme an, dass du nun müde bist, Feuerpfote.«

Der war tatsächlich erleichtert bei dem Gedanken, ins Lager zurückzukehren. Der Kopf brummte ihm von all den neuen Gerüchen und Anblicken, und Löwenherz hatte recht: Er war müde und hatte Hunger. Die Katzen wandten sich vom Donnerweg ab und liefen zurück in den Wald.

Taufeuchte Abenddüfte erfüllten die Luft, als Feuerpfote durch den Ginstereingang ins Lager des DonnerClans trat. Dort erwartete sie Frischbeute, und die beiden Schüler nahmen sich ihren Anteil von dem Haufen im Schatten der Lichtung und trugen ihn zu dem Baumstumpf vor ihrem Bau.

Borkenpfote und Sandpfote waren schon dort und verschlangen hungrig ihren Teil.

»Hallo, Hauskätzchen«, miaute Borkenpfote und sah Feuerpfote mit verächtlich zusammengekniffenen Augen an. »Lass dir das Essen schmecken, das wir für dich gefangen haben.«

»Wer weiß, vielleicht lernst du eines Tages sogar, dir dein eigenes zu fangen!«, stichelte Sandpfote.

»Habt ihr beiden immer noch Jagddienst?«, fragte Graupfote mit Unschuldsmiene. »Nehmt es nicht so schwer. Wir waren auf Patrouille an den Grenzen unseres Territoriums. Es wird euch freuen, dass alles sicher ist.«

»Ich kann mir vorstellen, dass die anderen Clans zu Tode erschrocken waren, als sie euch beide in ihrer Nähe gerochen haben«, giftete Borkenpfote.

»Die haben nicht einmal gewagt, sich zu zeigen«, entgegnete Graupfote, der seinen Ärger nicht länger verbergen konnte.

»Na ja, wir können sie ja fragen, wenn wir sie heute Nacht bei der Großen Versammlung treffen«, sagte Sandpfote schnippisch.

»Geht ihr da hin?«, entfuhr es Feuerpfote, der wider Willen beeindruckt war.

»Natürlich«, sagte Borkenpfote obenhin. »Es ist eine große Ehre, weißt du. Aber macht euch keine Sorgen, wir erzählen euch dann morgen alles, was los war.«

Graupfote achtete nicht weiter auf die Angeberei und fing an, seine Frischbeute zu verspeisen. Auch Feuerpfote war hungrig und kauerte sich zum Essen nieder. Er spürte einen Anflug von Neid, dass die beiden heute Nacht die anderen Clans tatsächlich treffen würden.

Blausterns lauter Ruf ließ Feuerpfote aufblicken, und er sah, wie einige Krieger und Älteste auf der Lichtung zusammentrafen. Es war Zeit für die Abordnung des Clans, zur Großen Versammlung aufzubrechen. Borkenpfote und Sandpfote sprangen auf und begaben sich zu den anderen Katzen.

»Adieu, ihr beiden«, rief Sandpfote ihnen über die Schulter zu. »Einen netten, ruhigen Abend!«

Die versammelten Katzen marschierten mit Blaustern an der Spitze in einer langen Reihe zum Lagereingang hinaus. Blausterns Fell leuchtete wie Silber im Mondlicht, und sie wirkte ruhig und zuversichtlich, als sie ihren Clan zu dem kurzen, friedlichen Treffen der alten Feinde führte.

»Bist du schon einmal bei einer Großen Versammlung gewesen?«, fragte Feuerpfote neugierig seinen Freund.

»Noch nicht«, antwortete der und kaute laut auf einem Mäuseknochen herum. »Aber es wird jetzt nicht mehr lange dauern, wart es nur ab. Alle Schüler gehen irgendwann mal hin.«

Schweigend nahmen die beiden den Rest der Mahlzeit ein, dann begann Graupfote mit der Fellpflege am Kopf seines Freundes. Sie gaben sich gegenseitig die Zunge, wie Feuerpfote es bei den anderen Katzen beobachtet hatte. Danach schoben sie sich, müde von dem langen Ausflug, in ihren Bau, rollten sich in ihren Nestern zusammen und schliefen bald ein.

Am nächsten Morgen erreichten Graupfote und Feuerpfote frühzeitig die Sandkuhle. Sie waren aus dem Bau gekrochen, während Sandpfote und Borkenpfote noch schliefen. Feuerpfote war zwar begierig gewesen, von der Großen Versammlung zu hören, aber sein Freund hatte ihn fortgezogen. »So wie ich die beiden kenne, wirst du später alles darüber zu hören bekommen«, hatte er gesagt.

Es sah nach einem weiteren warmen Tag aus. Und diesmal schloss Rabenpfote sich ihnen an. Dank Tüpfelblatts Pflege war seine Wunde schnell verheilt.

Graupfote spielte herum, warf Blätter in die Luft und sprang ihnen nach. Feuerpfote sah ihm zu, sein Schwanz zuckte amüsiert. Rabenpfote dagegen saß etwas abseits und wirkte angespannt und unglücklich.

»Kopf hoch!«, rief Graupfote ihm zu. »Ich weiß, dass du das Training nicht besonders magst, aber so unglücklich bist du deswegen doch sonst nicht.«

Der Geruch von Löwenherz und Tigerkralle verriet den Schülern, dass die beiden sich näherten, und Rabenpfote maunzte noch schnell: »Ich glaub, ich hab nur ein bisschen Angst, dass mir meine Schulter wieder wehtut.«

Im gleichen Augenblick tauchte Tigerkralle aus dem Gebüsch auf, gefolgt von Löwenherz.

»Krieger sollten ihren Schmerz schweigend ertragen«, knurrte Tigerkralle. Er blickte seinem Schüler fest in die Augen. »Du musst lernen, deine Zunge im Zaum zu halten.«

Rabenpfote zuckte zusammen und senkte die Augen.

»Tigerkralle ist heute wohl schlecht gelaunt«, flüsterte Graupfote seinem neuen Mitschüler ins Ohr.

Löwenherz warf ihm einen strengen Blick zu und gab bekannt: »Heute werden wir Anschleichen üben. Es besteht allerdings ein großer Unterschied, ob man sich an ein Kaninchen oder an eine Maus anschleicht. Kann mir jemand erklären, warum?«

Feuerpfote hatte keine Ahnung und Rabenpfote hatte sich anscheinend Tigerkralles Ermahnung zu Herzen genommen und hielt den Mund.

»Na kommt schon!«, schnaubte Tigerkralle ungeduldig.

Graupfote antwortete: »Weil ein Kaninchen dich riechen kann, bevor es dich sieht, aber eine Maus fühlt sogar schon deine Schritte durch den Boden, bevor es dich riechen kann.«

»Richtig, Graupfote! Woran musst du also denken, wenn du Mäuse jagst?«

»Leicht aufzutreten?«, schlug Feuerpfote vor.

Löwenherz sah ihn wohlwollend an. »Ganz recht. Du musst dein ganzes Gewicht auf deine Oberschenkel verlagern, damit deine Pfoten keinen Druck auf den Waldboden ausüben. Wir wollen das mal versuchen!«

Feuerpfote beobachtete, wie seine Mitschüler sich sofort in ein schleichendes Kauern fallen ließen.

»Gut gemacht, Graupfote!«, sagte Löwenherz, als die beiden Schüler sich verstohlen vorwärtsbewegten.

»Nimm dein Hinterteil runter, Rabenpfote, du siehst aus wie eine Ente!«, fauchte Tigerkralle. »Und nun Feuerpfote, versuch du es jetzt.«

Feuerpfote kauerte sich nieder und begann über den Waldboden zu kriechen. Er spürte, wie er unwillkürlich in die richtige Körperhaltung verfiel, und als er vorwärtsschlich, so geräuschlos und leicht, wie er nur konnte, empfand er glühenden Stolz, weil seine Muskeln so fließend reagierten.

»Nun ja, es ist offensichtlich, dass du bisher nichts als Schwäche kennengelernt hast!«, knurrte Tigerkralle. »Du schleichst herum wie ein tapsiges Hauskätzchen! Glaubst du, das Abendessen wird von allein kommen, sich vor dich legen und darauf warten, dass du es auffrisst?«

Feuerpfote setzte sich erschrocken auf, als Tigerkralle ihn so unfreundlich ansprach. Aber er hörte genau zu, was der Krieger ihm sagte, um beim nächsten Mal alles richtig zu machen.

»Seine Geschwindigkeit und die Vorwärtsbewegung werden später kommen, aber sein Kauern ist vollkommen im Gleichgewicht«, merkte Löwenherz freundlich an.

»Was immerhin besser ist als bei Rabenpfote«, beklagte sich Tigerkralle und warf dem schwarzen Kater einen verächtlichen Blick zu. »Sogar nach zwei Monden Ausbildung legst du dein ganzes Gewicht immer noch auf die linke Seite.«

Rabenpfote wirkte noch niedergeschlagener und Feuerpfote platzte unwillkürlich heraus: »Seine Wunde macht ihm zu schaffen, das ist der Grund!«

Tigerkralle wirbelte herum und funkelte Feuerpfote an. »Wunden gehören zum Leben. Damit muss er leben lernen. Sogar du, Feuerpfote, hast heute Morgen etwas gelernt. Wenn Rabenpfote Dinge so schnell kapieren würde wie du, wäre das eine Genugtuung für mich statt einer Peinlichkeit. Stell dir nur vor, sich von einem Hauskätzchen etwas vorführen zu lassen!«, zischte er ärgerlich seinen Schüler an.

Feuerpfote fühlte, wie sich seine Haare vor Unbehagen sträubten. Er konnte seinem Mitschüler nicht in die Augen schauen und senkte den Blick auf die Pfoten.

»Also, ich bin schiefer als ein einbeiniger Dachs«, miaute Graupfote, indem er sein vorsichtiges Anschleichen abbrach und komisch über die Lichtung taumelte. »Ich glaube, ich muss mich damit abfinden, blöde Mäuse zu jagen. Die werden gegen mich keine Chance haben. Ich werde einfach zu ihnen hinspazieren und mich auf sie draufsetzen, bis sie sich ergeben.«

»Konzentrier dich, junger Graupfote. Jetzt ist nicht die Zeit für deine Witze!«, sagte Löwenherz streng. »Vielleicht kannst du dich besser konzentrieren, wenn du das Anschleichen mal im Ernstfall testest.«

Die drei Schüler horchten erfreut auf.

»Ich möchte, dass jeder von euch jetzt versucht, richtige Beute zu fangen«, verkündete Löwenherz. »Rabenpfote, du suchst neben dem Eulenbaum. Graupfote, es könnte etwas da drüben in dem dichten Brombeergebüsch stecken. Und du, Feuerpfote, folgst der Kaninchenspur über diese Anhöhe, wo du auf das trockene Bett eines Winterbachs stoßen wirst. Vielleicht findest du dort etwas.«

Die drei Schüler stürmten los, sogar Rabenpfote sammelte zusätzliche Kräfte für diese Herausforderung.

Feuerpfote schlich langsam die Anhöhe hinauf, das Blut pochte ihm in den Ohren. Und richtig, ein Bachbett durchschnitt das Gelände zwischen den Bäumen vor ihm. Im Blattfall würde es wohl das Regenwasser vom Wald in den großen Fluss tragen, der durch das FlussClan-Territorium strömte. Jetzt war es ausgetrocknet.

Feuerpfote kroch geräuschlos die Uferböschung hinab und kauerte sich im sandigen Grund nieder. Seine Sinne waren hellwach und angespannt. Regungslos suchte er das Bachbett nach Anzeichen von Leben ab. Er hielt Ausschau nach der winzigsten Bewegung, öffnete das Maul, um den feinsten Geruch wahrzunehmen, und richtete die Ohren nach vorn.

Dann roch er die Maus. Sofort erkannte er den Geruch, erinnerte sich an den Mausgeschmack vom vorigen Abend.

Wilde Energie schoss ihm durch den Körper, doch er blieb regungslos liegen, versuchte verzweifelt herauszufinden, wo genau sich die Beute befand.

Er lauschte angestrengt, bis er den schnellen Schlag eines winzigen Mäuseherzens wahrnahm. Dann blitzte etwas Braunes vor seinem Auge auf. Das Tier bewegte sich durch das lange Gras, das den Bach umgab. Feuerpfote schob sich näher heran, dachte daran, sein Gewicht auf die Oberschenkel zu verlagern, bis er sich im richtigen Abstand befand, um zuzuschlagen. Kraftvoll drückte er sich mit den Hinterpfoten ab und sprang. Sand wirbelte auf, als er in die Luft stieg.

Die Maus flitzte davon. Aber Feuerpfote war schneller. Er warf sie mit einer Pfote in die Luft, schleuderte sie auf das sandige Bachbett und landete direkt auf ihr. Sofort tötete er sie mit einem schnellen Biss.

Vorsichtig nahm er den warmen Körper mit den Zähnen auf und kehrte mit hocherhobenem Schwanz zurück zu der Sandkuhle, wo Tigerkralle und Löwenherz warteten. Er hatte zum ersten Mal getötet. Jetzt war er ein richtiger DonnerClan-Schüler.

6. KAPITEL

FRÜHES MORGENLICHT strömte über den Waldboden, als Feuerpfote sich auf die Suche nach Beute machte. Zwei Monde waren vergangen, seit er sein Training aufgenommen hatte. Er fühlte sich jetzt heimisch in dieser Umgebung. Seine Sinne waren geweckt und er hatte sich an das Leben im Wald gewöhnt.

Feuerpfote blieb stehen und schnüffelte an der Erde und den kalten, blinden Dingen, die sich darin bewegten. Er nahm den Geruch eines Zweibeiners auf, der vor Kurzem durch den Wald gewandert war. Jetzt in der Zeit der vollen Blattgrüne bedeckte dichtes Laub die Zweige und winzige Geschöpfe bewegten sich geschäftig unter dem Teppich verwesender Blätter.

Schlank und kräftig war Feuerpfotes Körper mittlerweile. Geräuschlos bewegte er sich zwischen den Bäumen, und alle Sinne waren wach auf die Duftspur gerichtet, die zu einem schnellen, tödlichen Zugriff führen würde. Heute hatte man ihm seine erste Einzelaufgabe gestellt. Er war entschlossen, sich zu bewähren, auch wenn seine Aufgabe nur darin bestand, Frischbeute für den Clan zu besorgen.

Er schlug die Richtung zu dem Bach ein, den er auf jenem ersten Gang durch die Jagdgründe des DonnerClans überquert hatte. Der Bach gurgelte und plätscherte lebhaft über die glatten, runden Kiesel, und Feuerpfote hielt kurz inne, um etwas von dem kalten, klaren Wasser zu trinken. Dann hob er den Kopf und prüfte erneut die Luft auf den Geruch von Beute.

Der üble Gestank eines Fuchses lag schwer in der Luft. Er war abgestanden, also musste der Fuchs früher am Tage hier getrunken haben. Feuerpfote erkannte den Geruch, er hatte ihn bei seinem ersten Besuch im Wald wahrgenommen. Damals hatte ihm Löwenherz erklärt, dass es Fuchsgeruch war, aber abgesehen von einem kurzen Blick auf die Rute des Tieres hatte er noch keinen Fuchs zu Gesicht bekommen.

Er bemühte sich, den Fuchsgestank auszublenden und sich auf den Geruch von Beute zu konzentrieren. Plötzlich fingen seine Schnurrhaare an zu jucken, und er witterte den warmen Puls einer Wasserratte, die mit ihrem Nestbau beschäftigt war.

Einen Augenblick später sah er sie. Das fette, braune Nagetier flitzte am Ufer hin und her und sammelte Grashalme. Feuerpfote lief das Wasser im Maul zusammen. Seine letzte Mahlzeit lag viele Stunden zurück, aber er wagte nicht, für sich zu jagen, bevor der Clan genug Nahrung hatte. Er erinnerte sich an die Worte, die Löwenherz und Tigerkralle ein ums andere Mal wiederholt hatten: »Erst muss der Clan versorgt werden!«

Feuerpfote kauerte sich nieder und schlich sich an. Sein orangefarbenes Fell strich über das feuchte Gras. Er kroch näher, ohne die Beute aus den Augen zu lassen. Fast am Ziel. Noch ein Augenblick und er wäre nahe genug zum Sprung …

Plötzlich ertönte ein lautes Rascheln in den Farnblättern hinter ihm. Die Ohren der Wasserratte zuckten und sie tauchte ab in ihr Loch in der Uferböschung.

Feuerpfote sträubten sich die Nackenhaare. Was immer ihm die Gelegenheit für seine erste Beute zunichtegemacht hatte, würde dafür bezahlen müssen.

Er prüfte die Luft. Es war eine Katze. Aber dann wurde ihm voller Schrecken klar, dass er den Clan, dem sie angehörte, nicht identifizieren konnte – der abgestandene Fuchsgestank verwirrte noch immer seine Nase.

Ein Knurren stieg in seiner Kehle auf, als er sich in weitem Bogen zurückzog. Er spitzte die Ohren und riss weit die Augen auf, um jede Bewegung ausfindig zu machen. Wieder hörte er im Unterholz ein Rascheln. Es war jetzt lauter, etwas mehr seitlich. Feuerpfote schob sich näher heran. Er konnte sehen, wie sich der Farn bewegte, aber der Gegner war noch hinter den Wedeln verborgen. Mit einem scharfen Knacken brach ein Zweig. *Nach dem Lärm, den die Katze macht, muss sie groß sein*, dachte Feuerpfote und bereitete sich auf einen wilden Kampf vor.

Er sprang auf den Stamm einer Esche zu und kletterte schnell und geräuschlos auf einen herabhängenden Ast. Unter ihm kam der unsichtbare Krieger näher, noch näher. Feuerpfote hielt den Atem an, plante den richtigen Zeitpunkt, als die Farnwedel beiseitegeschoben wurden und eine große, graue Gestalt auftauchte.

»Gr-aaar!« Der Schlachtruf grollte in Feuerpfotes Kehle. Mit ausgestreckten Krallen warf er sich auf den Gegner und landete auf zwei pelzigen, muskulösen Schultern. Tief packte er mit seinen dornenscharfen Krallen zu, bereit zu einem kräftigen, warnenden Biss.

»Wa-ah! Was'n das?« Der Körper unter ihm schoss hoch in die Luft und trug ihn mit sich.

»Ah! Graupfote?« Feuerpfote erkannte die überraschte Stimme und nahm jetzt auch den vertrauten Geruch wahr, aber er war zu erregt, um gleich loszulassen.

»Überfall! Mrrr-iau!«, fauchte Graupfote, der noch immer nicht wusste, wer die Katze auf seinem Rücken war. Er wälzte sich hin und her, um den Angreifer abzuschütteln.

»Uufff-ff!« Feuerpfote rollte mit ihm über den Boden und wurde unter dem schweren Körper flachgedrückt. »Ich bin's – Feuerpfote!«, mauzte er, versuchte, sich loszureißen und die Krallen einzuziehen. Er rollte zur Seite, sprang auf die Pfoten und schüttelte seinen ganzen Körper bis zur Schwanzspitze.

»Graupfote! Ich bin's«, wiederholte er. »Ich dachte, du wärst ein feindlicher Krieger!«

Graupfote stand auf, zuckte vor Schmerz zusammen und schüttelte sich. »So hat es sich auch angefühlt«, knurrte er und drehte den Kopf zur Seite, um sich die verletzte Schulter zu lecken. »Du hast mich praktisch in Fetzen gerissen!«

»Tut mir leid«, murmelte Feuerpfote. »Aber was sollte ich denn denken, wenn du so angekrochen kommst?«

»Angekrochen!« Graupfotes Augen waren rund vor Empörung. »Das war mein allerbestes Anschleichmanöver.«

»Dein allerbestes? Du schleichst dich immer noch an wie ein schiefer Dachs!«, höhnte Feuerpfote. Spielerisch legte er die Ohren an.

Graupfote zischte vergnügt. »Ich werd's dir zeigen von wegen schief!«

Die beiden Katzen sprangen sich an und rollten in spielerischem Kampf auf dem Boden herum. Graupfote verpasste Feuerpfote einen heftigen Hieb, sodass der junge Schüler Sterne sah.

»Ufff-ff!« Feuerpfote schüttelte den Kopf, um wieder klar zu sehen, und startete einen Gegenangriff. Er schaffte ein paar Pfotenhiebe, bevor der andere ihn überwältigt hatte und am Boden festhielt. Feuerpfote ließ seinen Körper schlaff werden.

»Du gibst zu leicht auf!«, warf ihm sein Gegner vor und lockerte seinen Griff.

Sofort sprang Feuerpfote auf und schleuderte Graupfote von seinem Rücken ins Unterholz. Dann sprang er hinter ihm her und drückte ihn fest auf den Boden.

»Überraschung ist die größte Waffe eines Kriegers«, krähte er und zitierte so einen Lieblingssatz von Löwenherz. Geschmeidig sprang er von Graupfote herunter und wälzte sich in den abgefallenen Blättern, genoss seinen leichten Sieg und die Wärme der Erde an seinem Rücken.

Graupfote war über seine zweite Niederlage an diesem Morgen nicht verstimmt. Es war ein viel zu schöner Tag, um schlecht gelaunt zu sein.

»Wie kommst du mit deinem Auftrag zurecht?«, fragte er.

Feuerpfote setzte sich auf. »Ziemlich gut, bis du gekommen bist! Ich hatte gerade eine Wasserratte im Visier, als dein lautes Getrampel sie verscheucht hat.«

»Oh, tut mir leid.«

Feuerpfote betrachtete seinen Freund, der niedergeschlagen dreinschaute. »Macht nichts. Das konntest du ja nicht wissen«, schnurrte er. »Übrigens«, fuhr er fort, »solltest du nicht die Patrouille an der WindClan-Grenze treffen? Ich dachte, du musst ihnen eine Nachricht von Blaustern überbringen.«

»Klar, aber das eilt nicht. Zuerst wollte ich ein bisschen jagen. Ich komme um vor Hunger!«

»Ich auch. Aber ich muss erst für den Clan sorgen, bevor ich für mich selbst jagen darf.«

»Ich könnte wetten, dass Borkenpfote und Sandpfote bei ihrem Jagddienst auch immer eine oder zwei Spitzmäuse verschlungen haben«, schnaubte Graupfote.

»Das würde mich nicht wundern. Aber das hier ist mein erster Einzeldienst ...«

»Und du willst alles richtig machen, ich weiß«, seufzte Graupfote.

»Was ist das überhaupt für eine Nachricht von Blaustern?«, fragte Feuerpfote und wechselte das Thema.

»Sie will, dass die Patrouille an der Großen Platane auf sie wartet. Dort will sie sich ihnen bei Sonnenhoch anschließen. Anscheinend haben ein paar Katzen aus dem SchattenClan da rumgeschnüffelt. Blaustern möchte die Lage überprüfen.«

»Dann machst du dich jetzt besser auf den Weg«, riet ihm Feuerpfote.

»Die Jagdgründe des WindClans sind nicht so sehr weit von hier entfernt. Da bleibt noch genügend Zeit«, meinte Graupfote zuversichtlich. »Und ich finde, ich sollte dir helfen, nachdem ich dich um diese Wasserratte gebracht habe.«

»Macht doch nichts«, miaute sein Freund. »Ich werde schon eine andere finden. Es ist ein so warmer Tag, da sind sicher eine Menge von ihnen auf den Beinen.«

»Stimmt. Aber du musst sie immer noch fangen.« Graupfote knabberte an seiner Vorderkralle und zog nachdenklich ein Stück von der äußeren Hülle ab. »Und das könnte bis nach Sonnenhoch dauern, vielleicht sogar bis Sonnenuntergang.«

Feuerpfote nickte ohne Begeisterung, sein Magen knurrte laut. Er würde wahrscheinlich drei- oder viermal jagen müssen, bevor genügend Beute zusammen war. Das Silbervlies würde schon am Himmel stehen, bevor er eine Gelegenheit bekam, selbst was zu essen.

Graupfote strich sich über die Schnurrhaare. »Komm, ich helfe dir für den Anfang. Das wenigstens schulde ich dir. Vielleicht können wir ein paar Wühlmäuse fangen, bevor ich losmuss.«

Feuerpfote folgte ihm stromaufwärts, er war froh über die Gesellschaft und die Unterstützung. Der Fuchsgestank hing noch immer in der Luft, aber plötzlich wurde er stärker.

Feuerpfote blieb stehen. »Riechst du das?«, fragte er.

Graupfote hielt ebenfalls an und prüfte die Luft. »Fuchs. Genau, ich habe das vorhin schon gerochen.«

»Aber kommt es dir jetzt nicht frischer vor?«

Graupfote öffnete das Maul und schnüffelte erneut.

»Du hast recht«, murmelte er und senkte die Stimme. Er betrachtete die Büsche auf der anderen Seite des Flusses. »Schau!«, flüsterte er.

Feuerpfote blickte hinüber. Etwas Rotes und dicht Behaartes bewegte sich zwischen den Büschen. Es bewegte sich durch eine Lücke im Unterholz, und Feuerpfote konnte einen niedrigen Körper erkennen, der im gefleckten Sonnenlicht rot glänzte. Der Schwanz des Tieres war buschig und es hatte eine lange, schmale Schnauze.

»Das also ist ein Fuchs?«, flüsterte er. »Was für eine hässliche Schnauze!«

»Das kannst du laut sagen!«, stimmte Graupfote zu.

»So einem bin ich gefolgt, als wir uns zum ersten Mal getroffen haben«, flüsterte Feuerpfote.

»Wahrscheinlicher ist er eher dir gefolgt, du Trottel!«,

zischte Graupfote. »Trau niemals einem Fuchs. Sieht aus wie ein Hund, verhält sich wie eine Katze. Wir müssen die Königinnen warnen, dass einer auf unserem Territorium herumstromert. Füchse sind so gefährlich wie Dachse, sie töten unsere Jungen. Ich bin nur froh, dass du den einen damals nicht eingeholt hast. Der hätte aus einem kleinen Häufchen wie dir Mäusehack gemacht.« Feuerpfote sah ein wenig verärgert aus. Schnell fügte sein Freund noch hinzu: »Heutzutage hättest du allerdings eine bessere Chance. Egal, Blaustern wird wahrscheinlich ein paar Krieger losschicken und ihn verscheuchen. Damit die Königinnen beruhigt sind.«

Der Fuchs hatte sie nicht bemerkt, und so schlichen die beiden Schüler weiter am Bach entlang und prüften die Luft nach beiden Seiten.

»Wie sieht denn ein Dachs aus?«, fragte Feuerpfote.

»Schwarz und weiß, kurze Beine. Du wirst ihn erkennen, wenn du ihn siehst. Es sind übellaunige, schwerfällige Tiere. Sie überfallen die Kinderstube nicht so häufig wie der Fuchs, aber sie können böse zubeißen. Wie glaubst du wohl, ist Kurzschweif zu seinem Namen gekommen? Er hat es nie mehr geschafft, auf einen Baum zu klettern, seit ihm ein Dachs den Schwanz abgebissen hat.«

»Warum nicht?«

»Hat Angst, runterzufallen. Als Katze braucht man seinen Schwanz, wenn man auf den Pfoten landen will. Mit seiner Hilfe kann man sich in der Luft herumdrehen.«

Das hatte Feuerpfote verstanden, er nickte.

Wie er es vorausgesehen hatte, war es ein guter Tag zum Jagen. Nicht lange, und Graupfote hatte sich auf eine kleine Maus gestürzt und Feuerpfote hatte eine Drossel gefangen und sofort getötet. Heute hatte er keine Zeit, die verschiedenen Techniken des Tötens zu üben. Zu viele hungrige Mäuler warteten im Lager, die gestopft werden mussten. Um die Beute vor Räubern zu verstecken, kratzte er Erde darüber, bis er sie später holen und nach Hause transportieren könnte.

Plötzlich brach ein Eichhörnchen aus dem schützenden Unterholz hervor. Feuerpfote trat sofort in Aktion.

»Hinterher!«, rief er und hetzte mit voller Kraft über den federnden Waldboden, Graupfote unmittelbar hinter ihm.

Rutschend kamen sie zum Halt, als das Eichhörnchen eine Birke hinaufflitzte.

»Entkommen!«, knurrte Graupfote enttäuscht.

Die beiden jungen Kater schnappten keuchend nach Luft. Der scharfe Gestank, der ihnen in Maul und Nase drang, überraschte sie.

»Der Donnerweg«, miaute Feuerpfote. »Ich habe gar nicht gemerkt, dass wir so weit gelaufen sind.«

Die beiden Katzen bewegten sich langsam voran, um aus dem Wald einen Blick auf den großen, dunklen Weg zu werfen. Zum ersten Mal waren sie allein hier. Eine Reihe von lärmenden Monstern dröhnte über die harte Oberfläche. Ihre toten Augen starrten geradeaus.

»Ihhh!«, schnaubte Graupfote. »Diese Ungeheuer stinken ja fürchterlich!«

Feuerpfote stimmte ihm mit einem Zucken der Ohren zu. Der beißende Gestank brannte in seinem Hals. »Bist du schon mal auf der anderen Seite des Donnerwegs gewesen?«, fragte er.

Graupfote schüttelte den Kopf.

Feuerpfote machte einen Schritt aus dem Schutz des Waldes hinaus. Ein Streifen ölverschmiertes Gras lag zwischen den Bäumen und dem Donnerweg. Langsam kroch er darauf zu und zuckte erst zurück, als ein stinkendes Ungeheuer vorüberbrauste.

»He! Wo willst du hin?«, miaute Graupfote.

Keine Antwort von Feuerpfote, der wartete, bis kein Ungeheuer mehr zu sehen war, dann kroch er weiter über das Gras direkt bis zum Rand des Donnerwegs. Vorsichtig streckte er eine Pfote aus und berührte den schwarzen Untergrund. Warm fühlte der sich an, fast klebrig, aufgeheizt von der Sonne.

Feuerpfote blickte über den Donnerweg hinweg. War das ein Augenpaar, das aus dem Wald auf der anderen Seite herüberfunkelte? Prüfend sog er die Luft ein, roch aber nichts als den Gestank des großen, grauen Weges. Die Augen auf der anderen Seite leuchteten immer noch im Schatten. Dann blinzelten sie, ganz langsam.

Jetzt war sich Feuerpfote sicher. Es war ein Krieger des SchattenClans und er starrte ihm direkt ins Gesicht.

»Feuerpfote!« Die Stimme seines Freundes ließ ihn zusammenzucken, gerade als ein riesiges Ungeheuer, größer als ein Baum, brüllend an seiner Nase vorbeiraste. Der Wind, den es aufwirbelte, warf ihn beinahe um. Feuerpfote machte kehrt und rannte, so schnell er konnte, in die Sicherheit des Waldes zurück.

»Du idiotisches Spatzenhirn!«, fauchte Graupfote mit vor Angst und Ärger zitternden Schnurrhaaren. »Was hast du denn da gemacht?«

»Ich habe mich nur gefragt, wie sich der Donnerweg anfühlt«, murmelte Feuerpfote. Auch seine Schnurrhaare zitterten.

»Los, komm«, zischte sein Begleiter nervös. »Lass uns von hier verschwinden!«

Feuerpfote folgte Graupfote und zusammen sprangen sie in den schützenden Wald. In sicherer Entfernung vom Donnerweg hielt Graupfote an, um Luft zu schöpfen.

Feuerpfote setzte sich und begann, sein zerzaustes Fell zu lecken. »Ich glaube, ich habe einen Krieger vom SchattenClan gesehen«, sagte er beiläufig. »Im Wald, auf der anderen Seite des Donnerwegs.«

»Einen Krieger vom SchattenClan!«, wiederholte Graupfote mit aufgerissenen Augen. »Wirklich?«

»Ich bin mir ziemlich sicher.«

»Dann ist es nur gut, dass dieses Ungeheuer gerade vorbeigekommen ist«, erwiderte Graupfote. »Wo ein Krieger aus dem SchattenClan ist, da sind auch noch mehr und denen sind wir noch nicht gewachsen. Wir sollten lieber von hier verschwinden.«

Er blickte hoch zur Sonne, die fast senkrecht über ihnen stand. »Ich muss mich beeilen, wenn ich die Patrouille noch rechtzeitig treffen will«, sagte er. »Bis später.« Bevor er im Unterholz verschwand, rief er noch: »Wer weiß, vielleicht erlaubt mir Löwenherz, dir bei der Jagd zu helfen, wenn ich die Nachricht erst mal überbracht habe.«

Feuerpfote blickte ihm hinterher. Er beneidete ihn und wünschte, er könnte sich auch einer Streife von Kriegern anschließen. Wenigstens hatte er Borkenpfote und Sandpfote etwas zu berichten, wenn er ins Lager zurückkehrte. Heute hatte er seinen ersten SchattenClan-Krieger gesehen!

7. KAPITEL

FEUERPFOTE GING den gleichen Weg zurück in Richtung Bach, den er gekommen war. Er dachte an die Augen, die in der Dunkelheit des SchattenClan-Territoriums geleuchtet hatten.

Plötzlich fing er einen schwachen Duft in der Brise auf.

Ein Fremder! Vielleicht der Krieger aus dem SchattenClan …

Ein tiefes Knurren drang aus Feuerpfotes Kehle. Der Geruch verriet ihm die verschiedensten Dinge: Der Fremdling war eine Kätzin, nicht mehr jung und mit Sicherheit nicht aus dem DonnerClan. Sie roch nach keinem der Clans, aber Feuerpfote erkannte, dass sie müde war, hungrig und krank und dass sie üble Laune hatte.

Er duckte sich und bewegte sich auf den Geruch zu. Dann hielt er verwirrt inne. Der Kriegergeruch war jetzt schwächer. Noch einmal prüfte er die Luft.

Plötzlich brach hinter ihm eine fauchende Fellkugel aus dem Gebüsch.

Feuerpfote kreischte vor Schreck auf, als die Katze ihn rammte und umwarf. Zwei schwere Pfoten klammerten sich in seine Schultern und ein Gebiss wie Eisen schloss sich um sein Genick.

»Mrrr-au!«, ächzte er und seine Gedanken rasten. Wenn

die andere Katze ihre Zähne noch tiefer in ihn schlug, wäre es vorbei mit ihm.

Er zwang sich, seinen ganzen Körper erschlaffen zu lassen, die Muskeln wie in einer Geste der Unterwerfung zu entspannen und dabei ein geheucheltes Alarmgeheul auszustoßen.

Die Kätzin mauzte triumphierend. »Ah, ein armseliger Schüler! Leichte Beute für Gelbzahn«, zischte sie.

Bei dieser Beleidigung überkam Feuerpfote große Wut. *Warte nur!* Er würde dieser ausgekotzten Fellkugel schon zeigen, was für eine Art Krieger er war! *Aber noch nicht,* sagte er sich. *Warte, bis du wieder ihre Zähne spürst.*

Gelbzahn biss erneut zu. Feuerpfote bäumte sich mit all seiner jugendlichen Kraft auf. Die Kätzin knurrte überrascht, als sie abgeworfen wurde. Rückwärts taumelte sie in einen Ginsterbusch.

Feuerpfote schüttelte sich. »Also doch keine so ganz leichte Beute, eh?«

Gelbzahn zischte verächtlich, als sie sich aus der Umklammerung der Ginsterzweige losriss. »Nicht schlecht, kleiner Schüler«, fauchte sie ihn an. »Aber du wirst noch eine Menge mehr bieten müssen!«

Feuerpfote blinzelte und betrachtete zum ersten Mal seine Gegnerin genauer. Die Kätzin hatte ein breites, fast flaches Gesicht und runde, orangefarbene Augen. Ihr dunkelgraues Fell war lang, verfilzt und roch übel. Ihre Ohren waren eingerissen und zerfetzt und ihre Schnauze trug die Narben vieler vergangener Kämpfe.

Feuerpfote wich nicht von der Stelle, reckte die Brust und funkelte den Eindringling herausfordernd an. »Du befindest dich im Jagdgebiet des DonnerClans. Verschwinde!«

»Wer sollte mich denn vertreiben?« Gelbzahn entblößte verächtlich ihre fleckigen, abgebrochenen Zähne. »Erst werde ich jagen und dann verschwinde ich. Oder vielleicht bleibe ich auch eine Weile hier …«

»Genug geredet«, knurrte Feuerpfote und fühlte tief in seinem Inneren den uralten Katzeninstinkt. Von der Hauskatze war keine Spur mehr vorhanden. Sein Kriegerblut hatte nun die Oberhand. Er wollte kämpfen, sein Territorium verteidigen und seinen Clan schützen.

Gelbzahn schien die Veränderung in ihm zu spüren. Ihre wilden Augen leuchteten anerkennend. Sie senkte den Kopf, und während sie den Blickkontakt abbrach, begann sie sich langsam zurückzuziehen.

»Kein Grund, etwas zu überstürzen«, schnurrte sie seidenweich.

Feuerpfote ließ sich durch ihre Verstellung nicht täuschen. Mit ausgestreckten Krallen und gesträubtem Fell sprang er auf sie zu und stieß seinen Kampfruf aus: »Grr-aaar!«

Die Fremde antwortete mit einem wütenden Fauchen. Knurrend und zischend verknäulten sich der junge Kater und die alte Katze ineinander. Sie rollten hin und her, ihre Zähne und Krallen blitzten. Mit angelegten Ohren kämpfte Feuerpfote verbissen, versuchte, seine Gegnerin zu packen. Aber das verklumpte Fell der Kätzin entglitt seinen Krallen, und es gelang ihm nicht, bis zu ihrer Haut vorzudringen.

Dann stellte sich Gelbzahn mit gesträubtem, verdrecktem Schwanz auf die Hinterbeine und wirkte nun noch größer als vorher.

Feuerpfote fühlte, wie Gelbzahns gewaltiges Gebiss auf ihn zuschoss. Er fuhr zurück, gerade noch rechtzeitig. Schnapp!

Die aufeinander schlagenden Reißzähne verpassten sein Ohr nur knapp.

Instinktiv schlug Feuerpfote zu und seine Pfote traf Gelbzahn seitlich am Kopf. Die Wucht des Treffers sandte Schockwellen durch sein Vorderbein.

»Jii-au!« Halb betäubt fiel Gelbzahn auf alle vier Pfoten. Sie schüttelte den Kopf, um sich zu orientieren.

Einen Herzschlag lang, bevor die Kätzin sich erholen konnte, bot sich Feuerpfote seine Chance. Er warf sich nach vorn, duckte sich tief und schloss seine Kiefer fest um Gelbzahns Hinterbein. Das verfilzte Fell schmeckte widerlich, trotzdem biss er fest zu.

»Riiau-au-auu!« Gelbzahn kreischte auf vor Schmerz und warf sich herum, um nach Feuerpfotes Schwanz zu schnappen.

Ihre Zähne trafen ihr Ziel, und Schmerz schoss sein Rückgrat hinauf, aber das machte ihn nur noch wütender. Feuerpfote riss seinen Schwanz aus dem Griff der Gegnerin und peitschte ihn zornig hin und her.

Gelbzahn duckte sich in Erwartung eines erneuten Angriffs. Ihr Atem kam tief aus den stinkenden Lungen und der Geruch traf brennend Feuerpfotes Nase. Aus so dichter Nähe empfand er die Botschaft von Verzweiflung und Schwäche und der schmerzhaften Leere des Hungers als beinahe qualvoll.

Ein Gefühl rührte sich in ihm, ein ganz und gar unkriegerisches, das er eigentlich nicht wollte: Mitleid. Er versuchte, diesen Instinkt zu unterdrücken, er wusste, dass seine Treue dem Clan gelten musste, aber er konnte sich nicht davon befreien. *Folge deinem Herzen, junger Feuerpfote.* Er hörte in seinem Inneren den Widerhall der Worte, die Löwenherz zu ihm gesprochen hatte. *Das wird eines Tages aus dir einen starken Krieger machen.* Dann erklang ihm die Warnung von Tigerkralle im Ohr: *Oder er wird genau im Augenblick eines Angriffs seiner Hauskätzchenschwäche nachgeben.*

Gelbzahn sprang ihn an und Feuerpfote schaltete unverzüglich auf Angriff. Obwohl sie durch ihr verwundetes Bein behindert war, versuchte die Katze seine Schulter zu erreichen, um einen tödlichen Griff anzubringen.

»Grrrch!« Feuerpfote wölbte seinen Rücken, doch Gelbzahn gelang es, ihre Krallen in sein Fell zu graben und sich festzuklammern. Das Gewicht der größeren Katze zwang ihn zu Boden. Er schmeckte Erde auf der Zunge und spuckte einen Mund voll Dreck aus.

Geschickt bewegte er sich in Gelbzahns Griff, um ihren zuschlagenden Hinterbeinen und den dornenscharfen Krallen auszuweichen, die seinen weichen Unterleib zerfurchen wollten. Beißend und zuschnappend rollten sie sich auf der Erde.

Augenblicke später trennten sie sich. Feuerpfote musste nun nach Luft schnappen, aber er spürte auch die aufsteigende Schwäche, die Gelbzahn überkam. Die Kätzin war schwer verwundet und ihre Hinterbeine konnten kaum noch ihren mageren Körper tragen.

»Hast du jetzt endlich genug?«, knurrte Feuerpfote. Wenn der Eindringling aufgab, würde er sie gehen lassen mit nur einem warnenden Biss, der ihr in Erinnerung bleiben sollte.

»Niemals!«, fauchte Gelbzahn mutig zurück. Aber ihr verwundetes Bein knickte ein und sie sackte zu Boden. Sie versuchte noch einmal hochzukommen, aber es gelang ihr nicht. Mit trüben Augen zischte sie: »Wenn ich nicht so ausgehungert und müde wäre, hätte ich dich zu Mäusefutter zerfetzt.«

Das Maul der Kätzin war vor Schmerz und Verachtung verzerrt. »Gib mir den Rest. Ich werde dich nicht daran hindern.«

Feuerpfote zögerte. Er hatte noch nie eine andere Katze getötet. Vielleicht würde er das in der Hitze des Kampfes einmal tun, aber ein kaltblütiger Todesbiss? Das war doch etwas ganz anderes.

»Worauf wartest du?«, forderte Gelbzahn ihn heraus. »Du bist unentschlossen wie ein Hauskätzchen!«

Die Worte der Kätzin trafen Feuerpfote ins Mark. Konnte sie den Geruch der Zweibeiner an ihm riechen, sogar jetzt noch, nach all dieser Zeit?

»Ich bin ein Schüler des DonnerClans!«, schoss er zurück.

Gelbzahn kniff die Augen zusammen. Sie hatte Feuerpfote bei ihren Worten zusammenzucken sehen und wusste, dass sie eine empfindliche Stelle getroffen hatte.

»Ha!«, schnaubte sie. »Willst du mir erzählen, dass der DonnerClan so verzweifelt ist, dass er jetzt schon Hauskätzchen zu Schülern machen muss?«

»Der DonnerClan ist nicht verzweifelt!«, fauchte Feuerpfote.

»Dann beweise es mir! Verhalte dich wie ein Krieger und gib mir den Rest. Du würdest mir einen Gefallen erweisen.«

Feuerpfote starrte sie an. Er würde sich nicht provozieren lassen, dieses elende Geschöpf zu töten. Er spürte, wie sich seine Muskeln entspannten und die Neugier ihn packte. Wie konnte eine Clan-Katze in solch einen Zustand geraten? Die Ältesten im DonnerClan wurden doch besser versorgt als die Kleinen!

»Du hast es anscheinend besonders eilig, zu sterben«, bemerkte er.

»Ach, denkst du? Nun, das ist meine Angelegenheit, Mäusefutter«, fuhr Gelbzahn ihn an. »Und was ist dein Problem, Kätzchen? Versuchst du mich zu Tode zu *quatschen*?«

Ihre Worte klangen tapfer, aber Feuerpfote konnte den Hunger und die Krankheit riechen, die von der Katze wie in Wellen ausströmten. Sie würde sowieso sterben, wenn sie nicht bald etwas zu essen bekam. Und da sie kaum noch für sich selbst jagen konnte, sollte er sie jetzt vielleicht töten. Die beiden Katzen sahen sich an, Unsicherheit lag in ihrer beider Blicke.

»Warte hier«, befahl Feuerpfote schließlich.

Gelbzahn schien zusammenzufallen und ihre aufgestellten Rückenhaare glätteten sich.

»Du machst wohl Witze, Kätzchen. Ich gehe nirgendwohin.« Sie ächzte und humpelte schmerzverzerrt zu einem weichen Heidekrautpolster. Dort ließ sie sich fallen und begann, ihre Beinwunde zu lecken.

Feuerpfote blickte kurz über die Schulter zu ihr zurück und zischte ärgerlich vor sich hin, bevor er sich zu den Bäumen aufmachte.

Geräuschlos strich er durch den Farn, sonnenwarme Düfte füllten seine Nase, bis er den sauren Gestank einer schon lange toten Ratte aufschnappte. Er hörte das Kratzen von Insekten unter der Baumrinde und das Rascheln pelziger Geschöpfe, die über die Blätter eilten. Sein erster Gedanke war gewesen, zurückzugehen und die Drossel auszugraben, die er vorher getötet hatte, aber das würde zu lange dauern.

Vielleicht sollte er die Rattenleiche holen. Das wäre am einfachsten, aber eine verhungernde Katze brauchte Frischbeute. Nur wenn die Zeiten sehr schwer waren, würde sich eine Kriegerkatze mit Krähenfraß zufriedengeben.

Er blieb stehen, vor sich roch er ein Kaninchen. Noch ein paar Schritte, dann sah er es. Er duckte sich und schlich sich an. Das Kaninchen entdeckte ihn erst, als ihr Angreifer kaum noch eine Mauselänge von ihm entfernt war, aber da war es zu spät.

Das Jagdfieber schoss durch Feuerpfotes Adern, als der weiße Stummelschwanz wegrannte. Ein Sprung, ein Blitzen von Krallen und er hatte seine Beute. Fest hielt er den sich windenden Körper und tötete ihn schnell.

Gelbzahn blickte müde auf, als Feuerpfote neben ihr die Beute auf den Boden fallen ließ. Ihr grauer Kiefer klappte herab. »Da bist du ja wieder, kleines Kätzchen! Ich hatte schon gedacht, du bist los, um deine Kameraden zu holen.«

»Tatsächlich? Das könnte ich immer noch tun. Und nenn mich nicht Kätzchen«, knurrte Feuerpfote und schob das Kaninchen mit der Nase näher heran. Er war verlegen wegen seiner Großzügigkeit. »Hör zu, wenn du das nicht willst …«

»Oh nein«, miaute Gelbzahn rasch, »ich will es schon.«

Feuerpfote sah zu, wie die Kätzin die Beute aufriss und zu verschlingen begann. Sein eigener Hunger meldete sich und sein Maul wässerte. Er wusste, er sollte nicht einmal an Essen *denken*. Er musste zuerst noch genügend Fleisch für den Clan besorgen, aber die Frischbeute roch köstlich.

»Mmm-mm.« Ein paar Minuten später seufzte Gelbzahn tief auf und ließ sich auf die Seite fallen. »Die erste Frischbeute seit Tagen.« Sie leckte sich das Maul sauber und begann, ihr Fell gründlich zu waschen.

Als ob eine einzige Wäsche da viel ausrichten würde, dachte Feuerpfote mit zuckender Nase. Sie war die Urkatze des Gestanks.

Er betrachtete die Überreste der Beute. Viel war nicht übrig geblieben, um den Magen einer heranwachsenden Katze zu füllen, aber der Kampf mit Gelbzahn hatte seinen Appetit noch mehr angestachelt. Er gab seinem Hunger nach und schlang die Reste hinunter. Es war köstlich. Er leckte sich die Lippen, genoss den Geschmack und sein Körper prickelte vom Kopf bis zur Pfote.

Gelbzahn beobachtete ihn genau und ließ ihre verfärbten Zähne sehen. »Besser als der Dreck, mit dem die Zweibeiner einige unserer Brüder füttern, was?«, miaute sie hinterhältig, um ihn zu ärgern.

Feuerpfote beachtete sie nicht und begann sich zu waschen.

»Reines Gift«, fuhr Gelbzahn fort. »Rattenköttel! Nur ein Sack Fell ohne Rückgrat würde solch ekelhaften Froschlaich annehmen ...« Sie brach ab, wurde starr. »Pssst ... da kommen Krieger.«

Auch Feuerpfote bemerkte die sich nähernden Katzen. Er konnte ihre weichen Pfotentritte auf dem Laubbett hören und das Geräusch von Fell, das zwischen den Ästen hindurchglitt. Er konnte den Wind riechen, der gegen ihren Pelz strich. Das waren Krieger aus dem DonnerClan, die sich auf ihrem eigenen Territorium sicher genug fühlten und sich nicht darum kümmerten, welchen Lärm sie machten.

Feuerpfote leckte sich schuldbewusst die Lippen und hoffte, alle Spuren der Kaninchenreste wegzuwaschen, die er gerade verschlungen hatte. Dann blickte er zu Gelbzahn hinüber und zu dem Haufen frischer Kaninchenknochen neben ihr. *Zuerst muss der Clan gefüttert werden!* Die Stimme von Löwenherz hallte erneut durch seinen Kopf. Aber sicher würde er verstehen, warum Feuerpfote dieses elende Geschöpf hatte füttern müssen. Seine Gedanken überstürzten sich, plötzlich war er voller Angst, was nun mit ihm passieren würde. Sein erster Auftrag als Schüler, und er hatte das Gesetz der Krieger gebrochen!

8. KAPITEL

GELBZAHN KNURRTE kämpferisch angesichts der näher kommenden Schritte, aber Feuerpfote spürte dahinter ihre Panik. Die Kätzin rappelte sich auf. »Bis dann. Danke für die Mahlzeit.« Sie versuchte, auf drei Beinen wegzuhumpeln, winselte aber vor Schmerzen. »Au! Mein Bein ist durch das Rumliegen ganz steif geworden.«

Jetzt war es zu spät zum Weglaufen. Geräuschlose Schatten glitten zwischen den Bäumen hervor und im nächsten Augenblick hatte die Patrouille des DonnerClans die beiden umzingelt. Feuerpfote kannte sie: Tigerkralle, Dunkelstreif, Glanzfell und Blaustern, alle schlank und muskelbepackt. Er roch Gelbzahns Angst bei ihrem Anblick.

Kurz hinter ihnen kam noch Graupfote aus dem Gebüsch. Er sprang herbei und stellte sich neben den Kriegern auf.

Feuerpfote miaute einen eiligen Gruß, aber nur Graupfote erwiderte ihn.

»Hallo, Feuerpfote!«, rief er.

»Ruhe!«, knurrte Tigerkralle.

Feuerpfote blickte zu Gelbzahn hinüber und stöhnte innerlich auf. Er konnte noch immer ihren Angstgeruch wahrnehmen, aber anstatt sich unterwürfig hinzukauern, funkelte das heruntergekommene Tier die anderen kämpferisch an.

»Feuerpfote?« Blausterns Frage war kühl und beherrscht. »Was geht hier vor? Ein feindlicher Krieger … und vor Kurzem gefüttert, nach dem Geruch von euch beiden zu urteilen.« Ihr Blick bohrte sich in ihn hinein und er senkte den Kopf.

»Sie war schwach und hungrig …«, begann er.

»Und was ist mit dir? War dein Hunger so groß, dass du auch essen musstest, bevor du den Clan mit Beute versorgt hast? Ich gehe davon aus, dass du einen *sehr* guten Grund hattest, das Gesetz der Krieger zu übertreten.«

Feuerpfote ließ sich durch den sanften Ton der Anführerin nicht täuschen. Blaustern war wütend und das mit Recht. Er duckte sich tiefer auf die Erde.

Bevor er antworten konnte, kam ein lautes Zischen von Tigerkralle: »Einmal Hauskätzchen, immer Hauskätzchen!«

Blaustern überhörte den Einwurf und sah stattdessen Gelbzahn an. Überraschung zeigte sich auf ihrem Gesicht.

»Sieh mal an, Feuerpfote! Anscheinend hast du uns eine Katze aus dem SchattenClan gefangen. Und zwar eine, die ich gut kenne. Du bist dort die Heilerin, nicht wahr?«, fragte sie Gelbzahn. »Was tust du so weit im Territorium des DonnerClans?«

»Ich *war* einmal die Heilerin des SchattenClans. Jetzt ziehe ich es vor, meine eigenen Wege zu gehen«, fauchte Gelbzahn.

Feuerpfote war verblüfft. Hatte er richtig gehört? Gelbzahn gehörte zum SchattenClan? Ihr Schmutz und Gestank mussten ihren Clan-Geruch überdeckt haben. Hätte er das gewusst, hätte ihm der Kampf mit ihr mehr Spaß gemacht.

»Gelbzahn!«, miaute Tigerkralle spöttisch. »Sieht so aus, als wären harte Zeiten für dich angebrochen, wenn selbst ein Schüler dich überwältigen kann!«

Nun ergriff Dunkelstreif das Wort: »Die alte Katze ist für uns nicht von Nutzen. Wir sollten sie gleich töten. Und was dieses Hauskätzchen angeht, so hat es das Gesetz der Krieger gebrochen, indem es einem feindlichen Krieger Nahrung gegeben hat. Es sollte bestraft werden.«

»Zieh deine Krallen wieder ein, Dunkelstreif«, schnurrte Blaustern ruhig. »Alle Clans rühmen Gelbzahns Weisheit und Tapferkeit. Was sie zu sagen hat, könnte hilfreich für uns sein. Wir nehmen sie mit ins Lager, dann entscheiden wir, was mit ihr geschehen soll … und mit Feuerpfote. Kannst du gehen?«, wandte sie sich an Gelbzahn. »Oder brauchst du Hilfe?«

»Ich habe immer noch drei gute Beine«, keifte die ergraute Kätzin und humpelte los.

Feuerpfote sah, dass Gelbzahns Augen glasig waren vor Schmerz, aber sie schien entschlossen, keinerlei Schwäche zu zeigen. Er bemerkte auch, wie ein Ausdruck des Respekts über Blausterns Gesicht zuckte, bevor sie sich umdrehte und langsam zwischen den Bäumen voranging. Die anderen Krieger nahmen ihre Positionen zu beiden Seiten von Gelbzahn ein, und so marschierten sie los, wobei sie sich dem langsamen Gang ihrer verwundeten Gefangenen anpassten.

Feuerpfote und Graupfote liefen gemeinsam am Ende der Gruppe.

»Hast du schon mal was von Gelbzahn gehört?«, fragte Feuerpfote leise seinen Freund.

»Nicht viel, aber sie war wohl eine Kriegerin, bevor sie Heilerin wurde, was ungewöhnlich ist. Ich kann sie mir allerdings nicht als Einzelläuferin vorstellen. Sie hat immerhin ihr ganzes Leben im SchattenClan verbracht.«

»Was ist eine Einzelläuferin?«

Graupfote sah ihn an. »Einzelläufer sind Katzen, die zu keinem Clan gehören oder von Zweibeinern versorgt werden. Tigerkralle behauptet, sie seien unzuverlässig und eigennützig. Sie leben oft in der Nähe der Zweibeiner, gehören aber niemandem und jagen sich ihre Nahrung oft selbst.«

»Vielleicht ende ich auch als Einzelläufer, wenn Blaustern erst mal mit mir fertig ist«, murmelte Feuerpfote.

»Blaustern ist immer gerecht«, beruhigte ihn sein Freund. »Sie schmeißt dich nicht raus. Jedenfalls scheint sie ziemlich erfreut zu sein, dass sie so eine wichtige Katze aus dem SchattenClan als Gefangene hat. Ich bin sicher, sie macht kein großes Theater, weil du der armen, räudigen Alten was zu fressen gegeben hast.«

»Aber sie jammern doch dauernd, dass Beute so rar ist. Oh nein, warum habe ich nur die Kaninchenreste gegessen!« Feuerpfote spürte, wie sein Fell vor Scham brannte.

»Na ja«, Graupfote stupste seinen Freund an, »das war schon mehr als mäuseblöd. Du hast gegen das Gesetz der Krieger verstoßen, das stimmt, aber keine Katze ist vollkommen!«

Feuerpfote antwortete nicht, sondern trottete schweren Herzens weiter. Dass seine erste Einzelaufgabe so enden würde, hatte er nicht erwartet.

Als die Patrouille die Wachposten am Lagereingang passierte, kamen alle angerannt, um die heimkehrenden Krieger zu begrüßen. Königinnen, Jungkatzen und Älteste drängten heran und betrachteten neugierig, wie Gelbzahn ins Lager geführt wurde. Einige der Ältesten kannten die alte Kätzin. Schnell verbreitete sich die Nachricht im Clan, dass dies die Heilerin des SchattenClans sei, und anhaltendes, höhnisches Lachen und Flüstern waren überall zu hören.

Gelbzahn schien taub gegenüber dem Spott. Feuerpfote bewunderte sie, wie sie würdevoll durch das Spalier von Zuschauern humpelte, die sie anstarrten und beleidigten. Er wusste, dass sie starke Schmerzen litt und auch Hunger hatte, trotz des Kaninchens, das er für sie gefangen hatte.

Als sie den Hochstein erreichten, deutete Blaustern mit einem Kopfnicken auf den staubigen Boden davor und Gelbzahn ließ sich dankbar zu Boden sinken. Weiterhin ignorierte sie die feindseligen Blicke und begann ihr verwundetes Bein zu lecken.

Feuerpfote sah Tüpfelblatt aus ihrer Ecke auftauchen. Sie musste den Geruch einer verletzten Katze im Lager bemerkt haben. Die Menge machte Platz, um die junge Heilerin mit ihrem schildpattfarbenen Fell durchzulassen.

Gelbzahn funkelte Tüpfelblatt an und fauchte: »Ich kann mich um meine Wunden selber kümmern. Deine Hilfe brauche ich nicht!«

Tüpfelblatt erwiderte nichts, sondern nickte respektvoll und trat zurück.

Einige Katzen waren zur Jagd gewesen und brachten den zurückgekehrten Kriegern Frischbeute. Jeder nahm sich etwas und trug es zu dem Brennnesselfleck, um es dort zu verzehren. Dann drängten sich die anderen Clan-Katzen heran und nahmen sich ihren Anteil.

Feuerpfote trottete hungrig auf der Lichtung umher und sah zu, wie sich die Katzen kauend und schluckend in ihren gewohnten Gruppen niederließen. Er hätte auch gern ein Stück gehabt, aber er wagte nicht, sich etwas zu nehmen. Er hatte das Gesetz der Krieger gebrochen, und so ging er davon aus, dass ihm sein Anteil an der Frischbeute verwehrt würde.

Er blieb neben dem Hochstein stehen, wo Blaustern sich mit Tigerkralle besprach. Unsicher blickte Feuerpfote auf seine Anführerin und hoffte auf ein Zeichen, dass ihm erlaubt sei, zu essen. Aber die graue Katze und ihr oberster Krieger unterhielten sich leise murmelnd, ohne auf ihn zu achten. Feuerpfote fragte sich, ob sie über ihn sprachen. Begierig, sein Schicksal zu erfahren, spitzte er die Ohren.

Tigerkralles Stimme klang ungeduldig: »Es ist einfach zu gefährlich, eine feindliche Kriegerin mitten ins Herz des DonnerClans zu bringen! Jetzt, da sie das Lager kennt, wird sogar das kleinste Junge des SchattenClans davon hören. Wir werden wegziehen müssen.«

»Beruhige dich, Tigerkralle«, schnurrte Blaustern. »Warum sollten wir wegziehen? Gelbzahn sagt, dass sie jetzt allein unterwegs ist. Es besteht kein Grund, warum der SchattenClan davon erfahren sollte.«

»Glaubst du das wirklich? Was in aller Welt hat sich dieses dummdreiste Hauskätzchen nur dabei gedacht?«, fauchte Tigerkralle.

»Denk doch mal einen Augenblick nach«, schnurrte Blaustern. »Warum würde sich die Heilerin des SchattenClans dafür entscheiden, ihren Clan zu verlassen? Du befürchtest offenbar, dass Gelbzahn unsere Clan-Geheimnisse dem SchattenClan mitteilen könnte, aber hast du auch daran gedacht, wie viele Geheimnisse aus dem SchattenClan sie uns mitteilen kann?«

Tigerkralles Fell glättete sich bei Blausterns einleuchtenden Worten. Er nickte knapp, dann stolzierte er weg, um sich seinen Anteil an Frischbeute zu holen.

Blaustern blieb auf dem Felsen liegen und blickte über die Lichtung zu den jüngeren Katzen, die spielerisch im Staub miteinander kämpften und herumtollten. Dann stand sie auf und ging auf Feuerpfote zu. Sein Herz machte einen Sprung. Was würde sie ihm sagen?

Blaustern lief jedoch direkt an ihm vorbei, ohne ihn auch nur zu beachten. Ihr Blick war umwölkt von unbekannten fernen Überlegungen.

»Frostfell!«, rief sie, als sie sich der Kinderstube näherte.

Eine schneeweiße Katze mit dunkelblauen Augen glitt aus dem Brombeergebüsch hervor. Drinnen wurde das Miauen lauter.

»Scht, ihr Kleinen«, schnurrte die weiße Kätzin beruhigend. »Ich bleibe nicht lange weg.« Dann wandte sie sich an ihre Anführerin. »Ja, Blaustern? Was gibt es?«

»Einer der Schüler hat einen Fuchs in unserer Gegend gesehen. Gib die Warnung weiter an die anderen Königinnen und bewacht die Kinderstube sorgfältig. Stellt sicher, dass alle Jungen, die weniger als sechs Monde alt sind, im Lager bleiben, bis unsere Krieger den Fuchs vertrieben haben.«

Frostfell nickte. »Ich werde die Warnung weitergeben, Blaustern. Danke.« Dann zwängte sie sich zurück in die Kinderstube, um die jammernden Kleinen zu beruhigen.

Endlich ging Blaustern zu der Frischbeute und bediente sich. Eine dicke Waldtaube war dort für sie zurückgelassen worden. Feuerpfote sah sehnsüchtig zu, wie Blaustern sie wegtrug, um zusammen mit den älteren Kriegern zu speisen.

Schließlich trieb ihn sein Hunger an. Graupfote saß mit Rabenpfote beim Baumstumpf und verschlang einen kleinen Finken. Er sah, wie sein Freund sich der Frischbeute näherte, und nickte ihm aufmunternd zu. Feuerpfote bog den Hals und wollte gerade eine kleine Waldmaus mit den Zähnen packen.

»Nicht für dich«, knurrte Tigerkralle hinter ihm und schob die Maus mit der Pfote weg. »Du hast keine Beute gebracht. Die Ältesten werden deinen Anteil essen. Bring ihnen die Maus.«

Feuerpfote blickte Blaustern an. Die nickte knapp. »Tu, was er dir sagt.«

Gehorsam hob er die Maus auf und trug sie zu Kleinohr hinüber. Ihr köstlicher Duft stieg ihm dabei in die Nase. Nichts wollte er mehr, als sie mit seinen starken Zähnen zu zermalmen. Fast konnte er spüren, wie ihre Lebensenergie seinen jungen Körper durchströmte.

Mit größter Selbstkontrolle legte er die Beute vor dem grauen Kater nieder und zog sich höflich zurück. Er erwartete keinen Dank und bekam auch keinen.

Jetzt war er froh, dass er vorhin die Überreste von Gelbzahns Kaninchen verschlungen hatte. Es würde nichts für ihn geben, bis er sich am nächsten Tag etwas jagen konnte.

Er schlenderte zu Graupfote hinüber. Sein Freund hatte sich satt gegessen und ruhte mit Rabenpfote vor dem Bau. Ausgestreckt lag er auf der Seite und wusch mit regelmäßigen Bewegungen ein Vorderbein. Er sah Feuerpfote kommen und unterbrach sein Lecken.

»Hat Blaustern schon was zu deiner Strafe gesagt?«, fragte er.

»Noch nicht«, war die finstere Antwort.

Graupfote kniff mitfühlend die Augen zusammen.

Über die Lichtung ertönte Blausterns Ruf: »Ich fordere alle Katzen auf, die alt genug sind, Beute zu machen, sich zu einem Clan-Treffen zu versammeln.«

Die meisten Krieger hatten inzwischen ihre Mahlzeit beendet und waren wie Graupfote mit der Fellpflege beschäftigt. Geschmeidig erhoben sie sich auf die Pfoten und schritten zum Hochstein hinüber, wo Blaustern wartete, um zu ihnen zu sprechen.

»Kommt mit«, miaute Graupfote und sprang auf. Rabenpfote und Feuerpfote folgten ihm und drängten sich vor auf einen guten Platz.

»Ihr habt sicher alle von der Gefangenen gehört, die wir heute ins Lager gebracht haben«, begann Blaustern. »Aber es gibt noch etwas, das ihr wissen müsst.« Sie blickte auf die räudige Kätzin hinab, die unbeweglich neben dem Hochstein lag. »Kannst du mich von dort hören?«, fragte die Anführerin.

»Ich bin vielleicht alt, aber noch nicht taub!«, fauchte Gelbzahn als Antwort.

Blaustern achtete nicht auf den feindseligen Ton der Gefangenen und fuhr fort: »Ich fürchte, ich habe eine ernste Neuigkeit. Heute habe ich mit einer Patrouille das Territorium des WindClans betreten. Die Luft war voll von dem Geruch des SchattenClans, fast jeder Baum war von SchattenClan-Kriegern markiert. Aber wir haben keine Katzen aus dem WindClan getroffen, obwohl wir tief in ihr Land eingedrungen sind.«

Blausterns Worte wurden schweigend aufgenommen. In allen Gesichtern spiegelte sich Ratlosigkeit.

»Meinst du, dass der SchattenClan sie verjagt hat?«, fragte Kleinohr zögernd.

»Wir können das nicht mit Sicherheit sagen«, sagte Blaustern. »Aber der Geruch vom SchattenClan war überall. Wir haben auch Blut gefunden und Fellfetzen. Es hat wohl einen

Kampf gegeben, obwohl wir keine Leichen gefunden haben.«

Entsetztes Miauen erhob sich wie eine einzige Stimme aus der Menge, und Feuerpfote spürte, wie die Katzen um ihn herum vor Schreck und Wut erstarrten. Nie zuvor hatte ein Clan einen anderen aus seinen Jagdgründen vertrieben.

»Wie kann denn der WindClan vertrieben worden sein?«, krächzte Einauge heiser. »Der SchattenClan ist wild, aber der WindClan zählt viele. Sie haben für Generationen im Hochland gelebt. Warum sind sie jetzt vertrieben worden?« Sie schüttelte ängstlich den Kopf, ihre Schnurrhaare zitterten.

»Ich kenne die Antwort auf deine Fragen nicht«, sagte Blaustern. »Es ist bekannt, dass der SchattenClan nach Kampfsterns Tod kürzlich einen neuen Anführer ernannt hat. Doch Braunstern, ihr neuer Anführer, hat auf der letzten Großen Versammlung nichts Bedrohliches angedeutet.«

»Vielleicht kennt Gelbzahn die Antworten?«, knurrte Dunkelstreif. »Schließlich kommt sie aus dem SchattenClan!«

»Ich bin keine Verräterin! Nichts würde mich dazu bringen, die Geheimnisse des SchattenClans mit einem Rohling wie dir zu teilen!«, grollte Gelbzahn und funkelte Dunkelstreif angriffslustig an. Der Krieger machte mit angelegten Ohren und zusammengekniffenen Augen einen Schritt nach vorne, bereit zum Kampf.

»Halt!«, rief Blaustern.

Dunkelstreif blieb sofort stehen, obwohl Gelbzahn ihn mit funkelnden Augen und einem wilden Fauchen weiter reizte.

»Das reicht!«, knurrte Blaustern. »Die Situation ist zu ernst, um auch noch untereinander zu kämpfen. Der DonnerClan muss gerüstet sein. Von diesem Mondaufgang an werden Krieger sich nur noch in größeren Gruppen bewegen. Andere Mitglieder des Clans bleiben in der Nähe des Lagers. Patrouillen werden häufiger die Grenzen kontrollieren und alle Jungen müssen in der Kinderstube bleiben.«

Die Katzen nickten zustimmend.

Blaustern fuhr fort: »Unser größtes Problem ist, dass wir zu wenige Krieger haben. Wir werden dieses Problem überwinden, indem wir die Ausbildung unserer Schüler beschleunigen. Sie müssen noch früher bereit sein, für unseren Clan zu kämpfen.«

Feuerpfote sah, wie Borkenpfote und Sandpfote aufgeregte Blicke tauschten. Graupfote schaute zu Blaustern hinauf, die Augen weit vor freudiger Erwartung. Rabenpfote scharrte nur ängstlich mit den Pfoten. In seinen Augen zeigte sich eher Sorge als Aufregung.

Blaustern fuhr fort: »Graupfote und Rabenpfote haben ihre beiden Mentoren bisher mit einem dritten jungen Kater geteilt. Dessen Ausbildung werde ich nun selbst übernehmen und so wird sich die Fertigkeit aller drei Schüler schneller herausbilden.« Sie machte eine Pause und blickte auf ihren Clan hinab. »Ich werde Feuerpfote als meinen eigenen Schüler übernehmen.«

Feuerpfote riss überrascht die Augen auf. Blaustern würde seine Mentorin sein?

Neben ihm schnappte Graupfote nach Luft, unfähig, sein Erstaunen zu verbergen. »Was für eine Ehre! Seit Monden hat Blaustern keinen Schüler mehr gehabt. Normalerweise bildet sie nur die Jungkatzen von Stellvertretern aus!«

Dann erhob sich eine vertraute Stimme aus der vorderen Reihe der Menge: »Feuerpfote wird also belohnt, nicht bestraft, dass er einer feindlichen Kriegerin Nahrung gegeben hat, obwohl er seinen eigenen Clan versorgen sollte?«

»Feuerpfote ist jetzt mein Schüler. Ich kümmere mich um ihn«, erwiderte Blaustern. Einen Augenblick lang starrte sie Tigerkralle in die wilden Augen, bevor sie den Kopf hob und sich wieder an den ganzen Clan wandte: »Gelbzahn darf hierbleiben, bis sie wieder bei Kräften ist. Wir sind Krieger, keine Wilden. Man wird sie mit Respekt und Höflichkeit behandeln.«

»Aber der Clan kann Gelbzahn nicht ernähren«, protestierte Dunkelstreif. »Wir müssen schon jetzt viel zu viele Mäuler füttern.«

»Ja, ja!«, flüsterte Graupfote seinem Freund ins Ohr. »Und einige davon sind größer als andere!«

»Ich brauche niemanden, der mich versorgt!«, fauchte Gelbzahn. »Und ich werde jeden aufschlitzen, der das versucht!«

»Liebenswürdig, nicht wahr?«, murmelte Graupfote.

Feuerpfote zuckte zustimmend mit dem Schwanz. Andere Krieger miauten gedämpft und erkannten so widerstrebend den Kampfgeist der feindlichen Kriegerin an.

Blaustern ignorierte das Gemurmel. »Wir werden sozusagen zwei Beutetiere mit einem Schlag erlegen. Feuerpfote, als Strafe dafür, dass du das Gesetz der Krieger gebrochen hast, wirst du für Gelbzahns Wohlbefinden verantwortlich sein. Du wirst für sie jagen und ihre Wunden versorgen. Du wirst frische Streu für ihr Lager heranschaffen und ihren Kot wegräumen.«

»Ja, Blaustern«, sagte Feuerpfote und senkte unterwürfig den Kopf. *Ihren Kot wegräumen!*, dachte er. *Iiiih!*

Spöttisches Mauzen von Borkenpfote und Sandpfote.

»Gute Idee!«, zischte Borkenpfote. »Hoffentlich ist er Experte im Flöheknacken.«

»Und im Jagen«, fügte Sandpfote hinzu. »Dieser Sack Knochen wird einiges Aufpäppeln brauchen!«

»Es reicht!«, unterbrach sie Blaustern. »Ich hoffe, Feuerpfote wird es nicht als Schande empfinden, für Gelbzahn zu sorgen. Sie ist eine Heilerin und sie ist älter als er. Schon aus diesen Gründen sollte er sie respektieren!« Sie warf einen scharfen Blick auf Sandpfote und Borkenpfote. »Und es ist keine Erniedrigung, sich um eine Katze zu kümmern, wenn die nicht in der Lage ist, selbst für sich zu sorgen. Die Versammlung ist vorüber. Ich möchte jetzt allein mit meinen älteren Kriegern sprechen.« Damit sprang sie vom Hochstein und marschierte zu ihrem Bau.

Löwenherz folgte ihr, die anderen Clan-Katzen zerstreuten sich in alle Richtungen. Einige wenige gratulierten Feuerpfote zu der Ehre, von Blaustern als Schüler auserwählt worden zu sein, andere wünschten ihm spöttisch viel Glück beim Versorgen von Gelbzahn. Feuerpfote war noch so benommen von Blausterns Ankündigung, dass er nur ausdruckslos nickte.

Langschweif stapfte auf ihn zu. Der v-förmige Riss, den Feuerpfote ihm an der Spitze des Ohrs verpasst hatte, war noch zu sehen. Der junge Krieger zog seine Schnurrhaare zu einer hässlichen Grimasse zurück. »Ich hoffe, du überlegst es dir nun zweimal, bevor du das nächste Mal herumstreunende Katzen mit ins Lager bringst«, zischte er verächtlich. »Wie ich schon gesagt habe: Fremde machen *immer* Ärger!«

9. KAPITEL

»ICH AN DEINER STELLE würde nach Gelbzahn schauen«, flüsterte Graupfote, als Langschweif davonzog. »Sie sieht nicht gerade glücklich aus.«

Feuerpfote warf der alten Kätzin einen Blick zu. Sie lag noch immer neben dem Hochstein. Graupfote hatte recht, sie funkelte ihn wütend an.

»Also gut«, sagte er, »drück mir die Pfoten!«

»Für die wirst du den ganzen SternenClan an deiner Seite benötigen«, erwiderte der Freund. »Melde dich, wenn du Hilfe brauchst. Wenn es so aussieht, als wollte sie dir was, schleich ich mich von hinten an sie ran und hau ihr ein steifes Kaninchen über den Kopf.«

Feuerpfote schnurrte und lachte leise, dann trottete er los, doch seine Heiterkeit verflog schnell, als er sich der verwundeten Heilerin näherte.

Die alte Katze war offensichtlich in einer schrecklichen Stimmung. Sie zischte warnend und zeigte die Zähne. »Komm mir nicht näher, *Hauskätzchen*!«

Feuerpfote seufzte. Anscheinend stand ihm eine Auseinandersetzung bevor. Er hatte noch immer Hunger und war ziemlich müde. Am liebsten hätte er sich in seinem Nest zu einem Nachmittagschläfchen zusammengerollt. Das Letzte, was er sich wünschte, war ein Streit mit diesem jämmerlichen Haufen aus Fell und Zähnen.

»Du kannst mich nennen, wie du willst«, miaute er matt. »Ich befolge nur Blausterns Befehle.«

»Du *bist* aber doch ein Hauskätzchen, oder?«, keuchte Gelbzahn.

Sie ist auch müde, dachte Feuerpfote. In ihrer Stimme lag weniger Feuer, obwohl ihre Bosheit noch so ausgeprägt war wie vorher.

»Ich habe bei Zweibeinern gelebt, als ich ein Junges war«, antwortete Feuerpfote ruhig.

»Deine Mutter ein Hauskätzchen? Dein Vater ein Hauskätzchen?«

»Ja, das waren sie.« Feuerpfote senkte den Blick und ärgerte sich. Es war schlimm genug, dass ihn Angehörige des eigenen Clans immer noch als Außenseiter betrachteten, aber dieser übellaunigen Gefangenen war er keine Rechenschaft schuldig.

Gelbzahn fasste sein Schweigen offenbar als Aufforderung auf, weiterzumachen. »Das Blut von Hauskätzchen ist nicht das gleiche wie Kriegerblut. Warum rennst du jetzt nicht nach Hause zu deinen Zweibeinern, statt dich um mich zu kümmern? Es ist demütigend, von einer Katze niederer Herkunft wie dir versorgt zu werden.«

Feuerpfote verlor die Geduld. Er knurrte: »Du würdest dich auch gedemütigt fühlen, wenn ich aus einem Kriegergeschlecht käme. Du würdest dich immer schämen, egal, ob ich eine wertvolle Katze aus deinem eigenen Clan wäre oder eine von einem elenden Zweibeiner.« Er peitschte mit dem Schwanz hin und her. »Du findest es einfach erniedrigend, dass du überhaupt von einer Katze abhängig bist.« Gelbzahn starrte ihn an, ihre orangefarbenen Augen waren weit aufgerissen.

Feuerpfote redete heftig weiter. »Du wirst dich einfach daran gewöhnen müssen, dass man dich versorgt, bis du es selbst wieder tun kannst, du bösartiger alter Sack Knochen!«

Er schwieg und Gelbzahn ließ ein leises, keuchendes Geräusch hören. Beunruhigt machte er einen Schritt auf sie zu. Die Kätzin bebte am ganzen Körper und ihre Augen waren zu winzigen Schlitzen verengt. Hatte sie eine Art Anfall?

»Schau her, ich wollte nicht ...«, begann er, bevor ihm plötzlich klar wurde, dass sie *lachte*.

»Mr-au-au-au«, maunzte sie mit einem grollenden Schnurren tief aus ihrer Brust heraus.

Feuerpfote wusste nicht, was er tun sollte.

»Du hast Temperament, Hauskätzchen«, krächzte Gelbzahn und hörte endlich auf zu lachen. »Hör zu, ich bin müde und mein Bein tut weh. Ich brauche Schlaf und etwas für die Wunde. Geh und hol diese hübsche, kleine Heilerin und bitte sie um ein paar Kräuter. Ich glaube, eine Breipackung aus Goldrute wäre hilfreich. Und wenn du schon dabei bist, ein paar Mohnsamen zum Kauen wären mir auch recht. Die Schmerzen bringen mich noch um!«

Ihre plötzlich veränderte Laune überraschte Feuerpfote und er rannte schnell zu Tüpfelblatts Bau.

Er war noch nie in diesem Teil des Lagers gewesen. Mit aufgestellten Ohren ging er durch einen kühlen, grünen Tunnel aus Farnwedeln auf eine kleine, grasbedeckte Lichtung. Auf einer Seite befand sich ein großer Felsbrocken, der in der Mitte einen Spalt hatte, breit genug, dass eine Katze darin ihr

Nest machen konnte. Aus dieser Öffnung trat Tüpfelblatt heraus. Wie immer sah sie ihn strahlend und freundlich an und ihr geflecktes Fell schimmerte in zahllosen Schattierungen von Bernsteinfarben und Braun.

Schüchtern miaute Feuerpfote eine Begrüßung, dann gab er Gelbzahns Wunsch weiter.

»Ich habe viele Kräuter in meinem Bau«, sagte Tüpfelblatt. »Auch ein paar Blätter von der Studentenblume. Wenn sie damit ihre Wunde abdeckt, wird das eine Entzündung verhindern. Warte hier.«

»Danke«, miaute Feuerpfote und blickte der Heilerin nach, die in ihrem Bau verschwand. Er strengte die Augen an, um einen Blick nach drinnen zu erhaschen, aber die Höhle war zu dunkel. Er konnte nichts erkennen. Er hörte nur ein Rascheln und roch den schweren Duft unbekannter Kräuter.

Dann tauchte Tüpfelblatt aus dem Schatten auf und ließ neben Feuerpfotes Füßen ein in Blätter gewickeltes Bündel fallen. »Sag Gelbzahn, sie soll sparsam mit den Mohnsamen umgehen. Ich will nicht, dass sie den Schmerz vollkommen betäubt. Ein leichter Schmerz kann nützlich sein, dann kann ich den Fortschritt der Heilung besser beurteilen.«

Feuerpfote nickte und nahm das Kräuterbündel mit den Zähnen auf.

»Danke, Tüpfelblatt!«, miaute er durch die Blätter in seinem Maul und lief zurück durch den Tunnel auf die große Lichtung.

Tigerkralle saß vor dem Kriegerbau und beobachtete ihn genau. Als Feuerpfote mit den Kräutern hinüber zu Gelbzahn trottete, spürte er den brennenden Blick der bernsteinfarbenen Augen auf seinem Nackenfell. Er wandte den Kopf und sah Tigerkralle neugierig an. Der Krieger verengte die Augen zu Schlitzen und wandte sich ab.

Feuerpfote legte das Bündel vor Gelbzahn nieder.

»Gut«, miaute sie. »Bevor du mich jetzt in Ruhe lässt, suche mir etwas zu essen. Ich komme um vor Hunger!«

Dreimal war die Sonne aufgegangen, seit Gelbzahn ins Lager gekommen war. Feuerpfote erwachte früh und stieß Graupfote an, der, mit der Nase unter dem dicken Schwanz, noch immer schlief.

»Wach auf«, sagte er, »oder du kommst zu spät zum Training.«

Sein Freund hob verschlafen den Kopf und knurrte mürrisch etwas vor sich hin.

Feuerpfote stieß auch Rabenpfote an, der sofort die Augen aufmachte und auf die Pfoten sprang.

»Was ist los?«, miaute er und blickte wild um sich.

»Nur ruhig, Rabenpfote. Es ist gleich Zeit fürs Training«, beschwichtigte ihn Feuerpfote.

Auch Borkenpfote und Sandpfote begannen sich in ihrem Moosnest auf der anderen Seite des Baus zu rühren.

Feuerpfote schob sich durch den Farn nach draußen. Es war ein warmer Morgen. Durch das Laub und die Zweige über ihm leuchtete ein tiefblauer Himmel, doch heute glänzte schwerer Tau an den Farnwedeln und funkelte im Gras. Feuerpfote schnüffelte. Die Blattgrüne ging zu Ende und bald würde es kühler werden.

Er legte sich auf die Erde und rollte neben dem Baumstumpf herum, streckte die Beine, reckte den Kopf nach hinten und rieb ihn auf dem kühlen Boden. Dann warf er sich auf die Seite und blickte über die Lichtung. Ob Gelbzahn schon wach war?

Man hatte ihr einen Schlafplatz am anderen Ende des umgestürzten Baums gegeben, wo die Ältesten sich zum Essen trafen. Ihr Nest schmiegte sich an den moosbedeckten Stamm außer Hörweite der Ältesten, war aber gut vom Bau der Krieger jenseits der Lichtung zu sehen. Feuerpfote konnte nur eine Erhebung aus hellgrauem Fell erkennen, die sich im Rhythmus von sanftem Schlaf hob und senkte.

Hinter ihm trottete Graupfote aus dem Bau, gefolgt von den beiden älteren Schülern. Rabenpfote erschien als Letzter und warf erst einen ängstlichen Blick auf die Lichtung, bevor er ganz ins Freie trat.

»Ein weiterer Tag, an dem du dich um diesen räudigen, alten Sack Flöhe kümmern darfst, eh, Feuerpfote?«, miaute Borkenpfote. »Ich wette, du würdest lieber mit uns draußen trainieren.«

Feuerpfote setzte sich auf und schüttelte den Staub aus dem Fell. Er würde sich durch die Sticheleien seines Mitschülers nicht ärgern lassen.

»Mach dir nichts aus dem dummen Gerede«, murmelte Graupfote. »Blaustern wird dich bald wieder in die Ausbildung nehmen.«

»Vielleicht denkt sie ja, ein Hauskätzchen sollte lieber im Lager bleiben und die Kranken pflegen«, gab Sandpfote rüde von sich, wobei sie ihren schmalen, hellbraunen Kopf hob und Feuerpfote einen verächtlichen Blick zuwarf.

Der beschloss, ihre anzüglichen Bemerkungen zu überhören. »Was wird Weißpelz heute mit dir üben, Sandpfote?«, fragte er.

»Wir trainieren heute Kampftechniken. Er bringt mir bei, wie ein richtiger Krieger kämpft«, kam die stolze Antwort.

»Löwenherz nimmt mich mit zur Großen Platane«, sagte Graupfote, »zum Klettern. Ich geh jetzt besser los. Er wartet sicher schon auf mich.«

»Ich begleite dich bis zum Ende der Schlucht«, schlug Feuerpfote vor. »Ich muss Gelbzahn das Frühstück fangen. Kommst du mit, Rabenpfote? Tigerkralle hat für dich doch sicher auch etwas geplant.«

Der schwarze Kater nickte seufzend und trottete hinter Feuerpfote und Graupfote aus dem Lager hinaus. Obwohl seine Verletzung ganz verheilt war, schien er immer noch wenig Begeisterung für die Ausbildung zum Krieger aufzubringen.

»Hier«, miaute Feuerpfote. Er ließ eine große Maus und einen Buchfinken neben Gelbzahn auf den Boden fallen.

»Höchste Zeit«, knurrte die Kätzin. Sie hatte noch geschlafen, als Feuerpfote nach seinem Jagdausflug ins Lager zurückgekommen war. Aber der Geruch von Frischbeute ließ sie schnell erwachen.

Sie senkte den Kopf und verschlang hungrig, was Feuerpfote ihr gebracht hatte. Seit sie mehr zu Kräften kam, hatte sie einen gewaltigen Appetit entwickelt. Ihre Verletzung heilte gut, aber ihre Laune war so übel und unvorhersehbar wie eh und je.

Sie beendete die Mahlzeit und beklagte sich: »Meine Schwanzwurzel juckt wie verrückt, aber ich komme da nicht ran. Wasch sie mir, ja?«

Innerlich schaudernd duckte sich Feuerpfote und machte sich an die Arbeit.

Während er die dicken Flöhe mit den Zähnen knackte, bemerkte er eine Gruppe kleiner Jungen, die nahebei im Staub herumtollten. Sie fielen übereinander her und kämpften spielerisch, manchmal auch ziemlich bösartig. Gelbzahn, die sich mit geschlossenen Augen von Feuerpfote pflegen ließ, öffnete die Augen ein wenig, um die Kleinen beim Spiel zu beobachten. Erstaunt merkte Feuerpfote, wie sich ihr Rückgrat unter seinen Zähnen versteifte.

Einen Augenblick lang lauschte er dem leisen Jaulen und Quietschen der Jungtiere.

»Fühl meine Zähne, Braunstern!«, mauzte ein kleiner Gestreifter. Er sprang einem kleinen, grau-weißen Kätzchen auf den Rücken, das die Rolle des SchattenClan-Anführers spielte. Die beiden wälzten sich auf den Hochstein zu, bis das grau-weiße Junge sich plötzlich gewaltig aufbäumte und den Gestreiften von seinem Rücken schleuderte. Mit einem überraschten Quieken fiel der Kleine gegen Gelbzahns Flanke.

Augenblicklich sprang die alte Kätzin mit gesträubtem Fell auf die Beine und fauchte wütend: »Bleibt mir vom Hals, ihr Fellfetzen!«

Beim Anblick der wütenden Katze zog das gestreifte Junge den Schwanz ein, rannte davon und versteckte sich hinter einer gefleckten Königin, die über die Lichtung hinweg Gelbzahn wütend anstarrte. Dort blieb das grau-weiße Junge wie angewurzelt stehen und zog sich erst dann Pfote um Pfote vorsichtig in die Sicherheit der Kinderstube zurück.

Feuerpfote war erschrocken über Gelbzahns Reaktion. Er hatte geglaubt, sie schon von ihrer bösartigsten Seite kennengelernt zu haben, als sie bei ihrem ersten Zusammentreffen miteinander gekämpft hatten. Aber jetzt brannte in ihren Augen ein ganz neuer Ausdruck von Wut.

»Ich glaube, es fällt den Kleinen schwer, dass sie das Lager nicht verlassen dürfen«, miaute er vorsichtig. »Sie werden unruhig.«

»Es ist mir egal, wie unruhig sie sind«, knurrte Gelbzahn. »Halte sie mir nur vom Leib!«

»Magst du keine Jungkatzen?«, fragte Feuerpfote neugierig. »Hast du niemals eigene Junge gehabt?«

»Weißt du nicht, dass Heilerinnen keine Jungen haben?«, fauchte Gelbzahn wütend.

»Aber ich habe gehört, dass du vorher eine Kriegerin warst«, wagte Feuerpfote zu entgegnen.

»Ich habe keine Jungen!«, zischte Gelbzahn. Sie entriss ihm den Schwanz und setzte sich auf. »Und übrigens« – ihre Stimme wurde plötzlich leiser und klang beinahe wehmütig – »sieht es so aus, als passierten Jungkatzen öfter mal Unfälle, wenn ich in ihrer Nähe bin.«

Ihre orangefarbenen Augen bekamen einen schwermütigen Blick, sie legte das Kinn flach auf die Vorderpfoten und starrte vor sich hin. Dann stieß sie einen langen Seufzer aus und ihre Schultern senkten sich.

Feuerpfote betrachtete sie neugierig. Was konnte sie damit meinen? Hatte die alte Kätzin im Ernst gesprochen? Es war schwer zu sagen, denn Gelbzahns Stimmungen wechselten schnell. Feuerpfote zuckte die Achseln und fuhr mit der Fellpflege fort.

»Ein paar Zecken konnte ich nicht herausziehen«, erklärte er ihr, als er fertig war.

»Ich hoffe doch, du hast es gar nicht erst versucht, Dummkopf!«, fuhr Gelbzahn ihn an. »Ich will nicht, dass Zeckenköpfe in meinem Hinterteil stecken bleiben, nein danke. Bitte

Tüpfelblatt um ein wenig Mäusegalle zum Einreiben. Ein Tröpfchen davon in ihre Atemlöcher, dann lassen sie von selbst los.«

»Das hole ich gleich«, erbot sich Feuerpfote. Er war froh über die Gelegenheit, die übellaunige, alte Katze für eine Weile alleine lassen zu können. Und eine Zumutung war es mit Sicherheit nicht, Tüpfelblatt erneut aufzusuchen.

Als er auf den Farntunnel zuging, sah er auf der Lichtung viele eifrige Katzen mit Stöcken und Zweigen in den Zähnen. Während er Gelbzahn gepflegt hatte, war es im Lager geschäftig geworden. Die Königinnen verwebten Zweige und Blätter zu einem dichten Wall um die Kinderstube herum und stellten sicher, dass es außer dem engen Eingang keinen weiteren Weg hinein in das Brombeergebüsch gab. Andere Katzen arbeiteten an der Einzäunung des Lagers und füllten alle Lücken in dem dichten Unterholz.

Sogar die Ältesten waren beschäftigt und kratzten ein tiefes Loch in die Erde, in das die Krieger Frischbeute als Notproviant häuften. Es herrschte eine Atmosphäre ruhiger Konzentration, eine Entschlossenheit, den Clan so gut zu sichern und auch so gut mit Nahrung zu versorgen wie nur möglich.

Sollte der feindliche Clan in ihr Territorium eindringen, würde sich der DonnerClan in seinem Lager in Sicherheit bringen. So leicht wie der WindClan würden sie sich nicht aus ihren Jagdgründen vertreiben lassen.

Dunkelstreif, Langschweif, Glanzfell und Borkenpfote warteten schweigend am Lagereingang, die Blicke auf die Öffnung im Ginstertunnel gerichtet. Gerade kehrte eine Patrouille zurück, staubig und mit schmerzenden Pfoten. Sobald die Krieger das Lager betraten, gingen Dunkelstreif und seine

Begleiter auf sie zu und tauschten die Erfahrungen des Tages aus. Dann glitten sie lautlos aus dem Lager. Die Grenzen des DonnerClans blieben keinen Augenblick lang unbewacht.

Feuerpfote schritt durch den Farntunnel, der zu Tüpfelblatts Bau führte. Als er ins Freie trat, bereitete die Heilerin gerade einige süß duftende Kräuter zu.

»Kann ich etwas Mäusegalle für Gelbzahns Zecken haben?«, fragte Feuerpfote.

»Warte einen Augenblick«, erwiderte Tüpfelblatt. Sie schob mit den Pfoten zwei duftende Häufchen Kräuter zusammen und vermischte diese dann mit einer anmutig ausgestreckten Kralle.

»Viel Arbeit?«, fragte Feuerpfote und ließ sich auf einem sonnigen Fleckchen nieder.

»Ich will auf alle Verletzungen vorbereitet sein«, murmelte Tüpfelblatt und blickte ihn mit ihren klaren, bernsteinfarbenen Augen an.

Einen Moment lang erwiderte Feuerpfote den Blick, sein Fell prickelte angenehm, dann sah er weg. Tüpfelblatt wandte ihre Aufmerksamkeit wieder den Kräutern zu. Feuerpfote wartete und war völlig zufrieden damit, einfach nur dazusitzen und ihr bei der Arbeit zuzusehen.

»Fertig«, miaute sie schließlich. »Was wolltest du noch? Mäusegalle?«

»Ja, bitte.« Feuerpfote stand auf und streckte abwechselnd die beiden Hinterbeine. Die Sonne hatte sein Fell gewärmt und ihn schläfrig gemacht.

Tüpfelblatt eilte in ihren Bau und trug vorsichtig etwas in ihrem Maul heraus: ein kleines Moosbüschel, das an einem dünnen Rindenstreifen hing. Das übergab sie Feuerpfote. Er spürte ihren warmen, süßen Atem, als er den Rindenstreifen zwischen die Zähne nahm.

»Das Moos ist in Galle getränkt«, erklärte Tüpfelblatt. »Pass auf, dass du nichts davon in den Mund bekommst, sonst wirst du den widerlichen Geschmack tagelang nicht los. Drücke es auf die Zecken und wasche dir dann die Pfoten – in einem Bach, nicht mit der Zunge!«

Feuerpfote nickte und trottete zurück zu Gelbzahn. Plötzlich war er richtig heiter und voller Energie.

»Halt still!«, sagte er zu der alten Kätzin. Vorsichtig benutzte er die Vorderpfoten und drückte damit das Moos auf jede einzelne Zecke.

»Du kannst auch gleich noch meinen Kot wegräumen, wenn deine Pfoten schon mal dreckig sind«, miaute sie, als er fertig war. »Ich mache jetzt ein Schläfchen.« Sie gähnte, dass man ihre schwarzen, abgebrochenen Zähne sehen konnte. Durch die Wärme des Tages wurde auch sie schläfrig. »Und dann kannst du gehen und tun, was ihr Schüler immer so tut«, murmelte sie.

Nachdem Feuerpfote ihren Kot weggeschafft hatte, ließ er sie dösend zurück und machte sich auf den Weg zum Ginstertunnel. Er war begierig auf das frische Wasser im Bach, wo er seine Pfoten säubern wollte.

»Feuerpfote!«, rief eine Stimme vom Rand der Lichtung her.

Es war Kurzschweif. »Wo willst du hin?«, miaute die alte Katze neugierig. »Du solltest den anderen helfen.«

»Ich habe gerade Mäusegalle auf Gelbzahns Zecken getan«, erklärte Feuerpfote.

Kurzschweifs Schnurrhaare zuckten amüsiert. »Also bist du jetzt auf dem Weg zum Bach! Schön, aber komm nicht ohne Frischbeute zurück. Wir brauchen alles, was wir nur haben können!«

»Ja, Kurzschweif.«

Er verließ das Lager und trottete die Schlucht hinauf, dann zum Bach hinunter, wo er und Graupfote an dem Tag gejagt hatten, als er auf Gelbzahn gestoßen war.

Ohne Zögern sprang er in das klare Wasser. Es reichte ihm bis oben an die Schenkel und benässte auch das Fell an seinem Bauch. Er schnappte nach Luft und schauderte in dem kalten Nass.

Ein Rascheln in den Büschen über ihm ließ ihn nach oben blicken, obwohl der vertraute Geruch in seiner Nase ihm sagte, dass nichts zu befürchten war.

»Was tust du denn da drin?« Graupfote und Rabenpfote standen da und betrachteten ihn, als wäre er verrückt geworden.

»Mäusegalle.« Feuerpfote verzog das Gesicht. »Fragt nicht weiter! Wo sind Löwenherz und Tigerkralle?«

»Sie sind los und schließen sich der nächsten Patrouille an«, erklärte Graupfote. »Den Rest des Tages sollen wir jagen, haben sie gesagt.«

»Das Gleiche hat mir Kurzschweif auch aufgetragen«, miaute Feuerpfote und zuckte zurück, als ein kühler Wasserwirbel um seine Pfoten strudelte. »Alle sind im Lager beschäftigt. Man könnte glauben, wir würden jeden Augenblick angegriffen.« Tropfend kletterte er die Uferböschung hinauf.

»Wer sagt, dass es nicht so ist?«, gab Rabenpfote zurück. Seine Augen wanderten schnell von einer Seite zur anderen, als erwartete er, dass jeden Augenblick eine feindliche Patrouille aus den Büschen brechen könnte.

Feuerpfote betrachtete die Frischbeute, die neben den beiden Schülern aufgehäuft war. »Anscheinend seid ihr heute recht erfolgreich gewesen«, sagte er.

»Jawohl«, bestätigte Graupfote stolz. »Und wir haben noch den Rest des Nachmittags zum Jagen. Willst du dich uns anschließen?«

»Klar doch«, schnurrte Feuerpfote. Er schüttelte sich ein letztes Mal, dann sprang er hinter seinen Freunden her ins Unterholz.

Die Katzen im Lager waren beeindruckt von der Menge an Beute, die die Schüler bei ihrer Jagd am Nachmittag gefangen hatten. Sie wurden mit hochgereckten Schwänzen und freundlichem Nasestupsen begrüßt. Vier Gänge machten sie, um ihren Rekordfang zu dem Vorratsloch zu bringen, das die Ältesten gegraben hatten.

Löwenherz und Tigerkralle waren gerade mit ihren Kriegern zurückgekehrt, als die drei Schüler ihre letzte Ladung ins Lager trugen.

»Gut gemacht, ihr drei«, miaute Löwenherz. »Ich höre, ihr habt eine Menge geschafft. Das Vorratsloch ist fast voll. Den Rest könnt ihr gleich zu dem Haufen Frischbeute für heute Abend legen. Und nehmt auch etwas davon mit zu eurem Bau. Ihr habt ein Festessen verdient!«

Die drei zuckten erfreut mit den Schwänzen.

»Feuerpfote, ich hoffe, du hast dadurch Gelbzahn nicht vernachlässigt«, knurrte Tigerkralle warnend.

Feuerpfote schüttelte ungeduldig den Kopf, er wollte nichts

wie weg. Er war kurz vor dem Verhungern. Diesmal hatte er sich, ebenso wie seine beiden Mitschüler, an das Gesetz der Krieger gehalten und während des Jagens für den Clan nicht den kleinsten Bissen gegessen.

Sie trotteten davon und legten den Rest ihres Fangs bei der Frischbeute ab, die sich bereits in der Mitte der Lichtung häufte. Dann nahm sich jeder ein Stück und trug es zu ihrem Baumstumpf. Ihr Bau war leer.

»Wo sind die beiden?«, fragte Rabenpfote.

»Sie müssen noch auf Patrouille sein«, vermutete Feuerpfote.

»Gut«, miaute der dritte. »Ruhe und Frieden.«

Sie aßen sich satt und lehnten sich zurück, um sich zu waschen. Die kühle Abendluft war angenehm nach der Hitze des Tages.

»He! Wisst ihr was?«, platzte Graupfote plötzlich heraus. »Rabenpfote hat es heute Morgen doch tatsächlich geschafft, ein Kompliment aus dem alten Tigerkralle herauszuquetschen!«

»Wirklich?«, staunte Feuerpfote. »Was in aller Welt hast du getan ... bist du geflogen?«

»Na ja«, begann der kleine Schwarze und betrachtete schüchtern seine Pfoten, »ich habe eine Krähe gefangen.«

»Wie hast du denn das geschafft?«, miaute Feuerpfote beeindruckt.

»Sie war schon alt«, gab Rabenpfote bescheiden zu.

»Aber sie war riesig«, ergänzte Graupfote. »Nicht einmal Tigerkralle hatte daran etwas auszusetzen! Er hat so schlechte Laune, seit Blaustern dich als ihren Schüler übernommen hat.« Einen Augenblick leckte er nachdenklich seine Pfote. »Oder vielmehr, seit sie Löwenherz zu ihrem Stellvertreter ernannt hat.«

»Er macht sich Sorgen wegen des SchattenClans und der zusätzlichen Patrouillen«, sagte Rabenpfote schnell. »Ihr solltet ihn einfach nicht ärgern.«

Ihre Unterhaltung wurde von einem lauten Geheul auf der anderen Seite der Lichtung unterbrochen.

»Oh nein«, stöhnte Feuerpfote und sprang auf die Pfoten. »Ich habe vergessen, Gelbzahn ihre Portion zu bringen.«

»Bleib du hier«, sagte Graupfote. »Ich bringe ihr etwas.«

»Nein, ich gehe lieber selbst«, widersprach Feuerpfote. »Das ist ja meine Strafe, nicht deine.«

»Niemand merkt etwas davon«, meinte sein Freund. »Sie sind alle mit Essen beschäftigt. Du kennst mich doch: geräuschlos wie eine Maus, geschwind wie ein Fisch. Warte hier.«

Feuerpfote setzte sich wieder hin und konnte seine Erleichterung kaum verbergen. Er beobachtete den Freund, wie er zu dem Haufen Frischbeute trottete. Als würde er einen Befehl ausführen, wählte Graupfote zwei der saftigsten Mäuse aus und stapfte schnell über die Lichtung auf Gelbzahn zu.

»Halt, Graupfote!«, ertönte ein Knurren vom Kriegerbau her. Tigerkralle trat heraus und ging langsam auf Graupfote zu. »Wohin bringst du diese Mäuse?«, wollte er wissen.

Mit einem flauen Gefühl im Magen sah Feuerpfote hilflos seinen Freund an. Neben ihm erstarrte Rabenpfote, über seine Mahlzeit gebeugt, die Augen weiter aufgerissen denn je.

»Hmmm ...« Graupfote ließ die Mäuse fallen und trat verlegen von einer Pfote auf die andere.

»Du hilfst doch nicht etwa dem jungen Feuerpfote, die gierige Verräterin da drüben zu füttern, oder?«

Feuerpfote sah, wie Graupfote einen Moment lang gründlich seine Pfoten musterte. Schließlich antwortete er: »Ich, eh, ich war nur noch hungrig. Ich wollte sie mitnehmen und ganz allein essen. Wenn die beiden meine Beute sehen« – er blickte zu Feuerpfote und Rabenpfote hinüber – »dann lassen sie mir nichts als Knochen und Fell übrig.«

»Oh, tatsächlich?«, miaute Tigerkralle. »Nun, wenn du so hungrig bist, könntest du die beiden Mäuschen ja genauso gut hier und jetzt essen!«

»Aber …«, setzte Graupfote an und sah beunruhigt zu dem älteren Krieger auf.

»Jetzt!«, knurrte Tigerkralle.

Graupfote senkte sofort den Kopf und begann die Mäuse zu verschlingen. Die erste verputzte er mit ein paar Bissen. Für die zweite brauchte er schon länger. Feuerpfote glaubte bereits, Graupfote würde es niemals schaffen, und sein eigener Magen kniff vor lauter Mitgefühl, aber schließlich schluckte Graupfote den letzten Bissen angestrengt hinunter.

»Besser jetzt?«, fragte Tigerkralle. Seine Stimme war sanft vor geheuchelter Anteilnahme.

»Viel besser«, erwiderte Graupfote und unterdrückte einen Rülpser.

»Gut.« Tigerkralle stolzierte zurück in seinen Bau und Graupfote schleppte sich mühselig hinüber zu seinen Freunden.

»Danke«, miaute Feuerpfote anerkennend und stupste mit der Nase gegen das weiche Fell seines Freundes. »Das war geistesgegenwärtig!«

Erneut erhob sich Gelbzahns wütendes Geheul. Feuerpfote seufzte und stand auf. Er würde ihr jetzt so viel bringen, dass es für die Nacht reichte, denn er wollte sich früh schlafen legen. Sein Magen war voll und seine Pfoten waren müde.

»Wie geht's dir, Graupfote?«, fragte er, als er sich zum Gehen wandte.

»Mr-au-au«, stöhnte sein Freund, der sich auf dem Boden zusammengekrümmt hatte und vor Schmerzen schielte. »Ich hab eindeutig zu viel gegessen!«

»Geh zu Tüpfelblatt«, schlug Feuerpfote vor. »Sie findet bestimmt etwas gegen Magenschmerzen.«

»Hoffentlich«, miaute Graupfote und taumelte langsam davon.

Ein weiteres Wutgeheul von Gelbzahn hallte über die Lichtung und Feuerpfote rannte los.

10. KAPITEL

AM NÄCHSTEN MORGEN durchdrang feiner Sprühregen die Baumkronen und tröpfelte auf das Lager herab.

Feuerpfote erwachte mit feuchtem Fell. Es war eine unbequeme Nacht gewesen. Er erhob sich, schüttelte sich kräftig und plusterte das Fell auf. Dann ging er aus dem Bau und trottete über die Lichtung zu Gelbzahns Schlafplatz.

Die Kätzin bewegte sich träge, hob den Kopf und sah ihm blinzelnd entgegen. »Heute Morgen tun mir alle Knochen weh. Hat es die ganze Nacht geregnet?«

»Seit kurz nach Mondhoch«, entgegnete er, streckte die Pfote aus und betastete vorsichtig ihr Lager. »Alles völlig durchnässt. Warum ziehst du nicht um, näher an die Kinderstube heran? Da ist es geschützter.«

»Was? Und die ganze Nacht nicht schlafen können wegen dieser miauenden Jungen? Lieber werde ich nass!«, knurrte Gelbzahn.

Feuerpfote sah ihr zu, wie sie sich steif auf ihrem Moosbett drehte.

»Dann lass mich doch wenigstens etwas trockenes Material für dein Bett holen«, bot er ihr an und war bemüht, das Thema Junge fallen zu lassen, wenn es die alte Kätzin so verstimmte.

»Danke, Feuerpfote«, antwortete sie ruhig und legte sich wieder hin.

Verblüfft fragte er sich, ob mit Gelbzahn wirklich alles in Ordnung war. Sie hatte ihm zum ersten Mal für etwas gedankt und zum ersten Mal hatte sie ihn nicht Hauskätzchen genannt.

»Nun, steh nicht so rum wie ein überraschtes Eichhörnchen. Zieh ab und besorge trockenes Moos!«, keifte sie.

Seine Schnurrhaare zuckten amüsiert. Das war Gelbzahn, wie er sie kannte. Er nickte und sprang los.

Auf der Lichtung stieß er beinahe mit Fleckenschweif zusammen, der Königin, die am Vortag Gelbzahns wütenden Ausbruch wegen des gestreiften Jungen beobachtet hatte.

»Tut mir leid, Fleckenschweif«, sagte Feuerpfote. »Willst du Gelbzahn besuchen?«

»Was sollte ich denn mit diesem widerlichen Geschöpf anfangen?«, entgegnete Fleckenschweif ärgerlich. »Genau genommen habe ich nach dir gesucht. Blaustern möchte dich sprechen.«

Feuerpfote eilte zum Hochstein, wo Blaustern vor ihrem Bau saß. Ihr Kopf bewegte sich rhythmisch auf und ab, als sie sich das graue Fell unter ihrem Hals leckte. Sie unterbrach ihre Wäsche und betrachtete Feuerpfote prüfend.

»Wie geht es Gelbzahn heute?«, fragte sie.

»Ihr Lager ist nass. Ich wollte ihr gerade neues Material für ihr Bett holen«, erklärte Feuerpfote.

»Ich werde eine von den Königinnen bitten, sich darum zu kümmern.« Blaustern leckte noch einmal über ihre Brust, dann blickte sie ihn forschend an. »Ist sie schon gesund genug, um für sich selbst zu jagen?«, fragte sie.

»Ich glaube nicht«, lautete die Antwort, »aber sie kann schon ganz gut laufen.«

»Aha«, erwiderte Blaustern. Einen Augenblick lang wirkte sie nachdenklich. »Es ist Zeit für dich, deine Ausbildung wieder aufzunehmen. Aber du wirst dich anstrengen müssen, um die verlorene Zeit gutzumachen.«

»Prima! Ich meine, danke, Blaustern!«, stammelte Feuerpfote.

»Du wirst heute Morgen mit Tigerkralle, Graupfote und Rabenpfote losziehen«, fuhr die Kätzin fort. »Ich habe Tigerkralle beauftragt, die Fähigkeiten aller unserer Schüler zu beurteilen. Mach dir wegen Gelbzahn keine Gedanken, ich werde dafür sorgen, dass sich jemand um sie kümmert, während du weg bist.«

Feuerpfote nickte.

»Also, geh jetzt zu deinen Kameraden«, befahl Blaustern. »Ich vermute, sie warten schon auf dich.«

»Danke«, miaute er. Mit einer kurzen Bewegung seines Schwanzes drehte er sich um und eilte zu seinem Bau.

Blaustern hatte recht gehabt. Graupfote und Rabenpfote warteten schon auf ihn beim Baumstumpf. Graupfote bewegte sich steif, als wäre ihm unbehaglich in seinem langen, durch die feuchte Luft verklumpten Fell. Rabenpfote stapfte gedankenverloren um den Baumstumpf herum, seine weiße Schwanzspitze zuckte.

»Also bist du heute auch dabei!«, rief Graupfote seinem Freund entgegen. »Was für ein Tag, was?«

Er schüttelte sich heftig, um die hartnäckige Feuchtigkeit loszuwerden.

»Ja. Blaustern hat gesagt, dass Tigerkralle uns heute beurteilen wird. Kommen Sandpfote und Borkenpfote auch mit?«

»Nein. Sie sind mit Weißpelz und Dunkelstreif auf Patrouille. Tigerkralle wird sie wahrscheinlich später prüfen.«

»Kommt! Wir sollten los«, drängte Rabenpfote. Er hatte aufgehört herumzulaufen und wartete nervös auf die beiden anderen.

»Ist mir recht«, sagte Graupfote. »Die Bewegung wird mich hoffentlich ein bisschen aufwärmen.«

Die drei Katzen trotteten auf dem Ginsterweg aus dem Lager hinaus und rannten bis zur Sandkuhle. Tigerkralle war noch nicht da und so warteten sie mit gegen die Kälte aufgeplustertem Fell im Schutz einer Kiefer.

»Machst du dir Sorgen wegen der Beurteilung?«, fragte Feuerpfote seinen Freund Rabenpfote, der mit schnellen, nervösen Schritten auf und ab schritt. »Das brauchst du nicht. Schließlich ist Tigerkralle dein Mentor. Wenn er Blaustern seinen Bericht gibt, dann sagt er ihr sicherlich nur Gutes über dich.«

»Bei Tigerkralle kann man nie wissen«, miaute Rabenpfote und trottete weiter hin und her.

»Setz dich doch endlich hin«, brummte Graupfote. »Bei dem Tempo bist du erschöpft, bevor wir überhaupt angefangen haben!«

Als Tigerkralle schließlich kam, hatte sich das Wetter verändert. Die Wolken wirkten weniger wie ein dichtes, graues Fell, sondern eher wie die weichen, weißen Flaumkugeln, mit denen die Königinnen die Nester ihrer Neugeborenen auspolsterten. Der blaue Himmel würde nicht mehr lange auf sich warten lassen, aber die Brise, die weichere Wolken heranwehte, brachte auch eine kühle Frische mit sich.

Tigerkralle begrüßte sie knapp und erklärte gleich die Übungen: »Löwenherz und ich haben euch in den letzten Wochen beigebracht, wie man ordentlich jagt. Heute habt ihr Gelegenheit, mir zu zeigen, wie viel ihr gelernt habt. Jeder von euch wird eine andere Strecke nehmen und so viel Beute wie möglich machen. Und alles, was ihr fangt, wird in die Vorräte des Lagers gehen.«

Die drei Schüler blickten sich nervös und erwartungsvoll an. Feuerpfote spürte, wie sein Herz angesichts der Herausforderung schneller schlug.

»Rabenpfote, du folgst dem Pfad hinter der Großen Platane bis zu den Schlangenfelsen. Das sollte für deine erbärmlichen Fähigkeiten leicht genug sein. Du, Graupfote«, fuhr Tigerkralle fort, »nimmst die Route am Bach entlang bis hin zum Donnerweg.«

»Na bestens«, miaute Graupfote. »Nasse Pfoten für mich!« Tigerkralles Blick brachte ihn zum Schweigen.

»Und schließlich zu dir, Feuerpfote. Schade, dass deine große Mentorin heute nicht da sein kann, um deine Leistung selbst zu beurteilen. Du nimmst die Route durch die Hochkiefern am Baumsägeort vorbei zum Wald dahinter.«

Feuerpfote nickte, während er in Gedanken blitzschnell die Route durchging.

»Und denkt daran«, endete Tigerkralle und fixierte jeden Einzelnen mit seinen fahlen, stechenden Augen, »ich werde euch alle drei beobachten.«

Rabenpfote sprintete sofort los zu den Schlangenfelsen. Tigerkralle schlug einen anderen Weg in den Wald ein und ließ Graupfote und Feuerpfote in der Sandkuhle zurück, die sich überlegten, wem Tigerkralle wohl als Erstem folgen würde.

»Ich weiß nicht, warum er meint, dass die Gegend um die Schlangenfelsen eine einfache Route ist«, sagte Graupfote. »Da wimmelt es nur so von Nattern. Vögel und Mäuse meiden den Ort, weil da so viele Schlangen sind!«

»Rabenpfote wird sich die ganze Zeit darauf konzentrieren müssen, dass er nicht gebissen wird«, stimmte Feuerpfote ihm zu.

»Ach, es wird schon gut gehen«, sagte Graupfote. »Nicht einmal eine Natter wäre schnell genug, um ihn zu erwischen, so schreckhaft, wie er zurzeit ist. Ich mach mich lieber auf den Weg. Wir sehen uns später. Viel Glück!«

Er raste los zum Bach. Feuerpfote blieb noch stehen und prüfte die Luft, dann preschte er die Böschung hinauf in Richtung der Hochkiefern.

Es war ein komisches Gefühl, hier entlang zu laufen, auf den Wohnort der Zweibeiner zu, wo er aufgewachsen war. Vorsichtig überquerte er den schmalen Pfad, der in den Kiefernwald hineinführte. Er blickte über den Waldboden durch die gleichmäßigen Baumreihen, sog aufmerksam die Luft ein und hielt Ausschau nach Beutetieren.

Plötzlich bemerkte er aus dem Augenwinkel eine Bewegung. Es war eine Maus, die in den Kiefernnadeln herumwühlte. Feuerpfote erinnerte sich an seine erste Lektion. Er duckte sich in die Anschleichhaltung und verlagerte sein Gewicht auf die Oberschenkel, wobei die Pfoten nur noch leicht den Boden berührten. Diese Methode funktionierte bestens. Die Maus entdeckte ihn nicht, bis er zum endgültigen Sprung ansetzte. Er fing sie mit einer Pfote und tötete sie sofort. Dann vergrub er sie, um sie später bei seiner Rückkehr mitnehmen zu können.

Tiefer im Hochkiefernwald war überall die Erde aufgewühlt von den Spuren des riesigen Zweibeiner-Ungeheuers, das die Bäume umriss. Mit offenem Mund sog Feuerpfote tief die Luft ein. Der scharfe Atem des Ungeheuers hatte hier eine ganze Weile nicht mehr geweht.

Er folgte dem zerpflügten Weg und sprang über die Rillen im Erdreich. Bis zur Hälfte stand darin das Regenwasser und plötzlich spürte er Durst. Er überlegte, anzuhalten und ein paar Maulvoll zu nehmen, aber er zögerte. Ein Schluck von diesem dreckigen Grabenwasser, und er würde tagelang die übel riechenden Spuren des Ungeheuers schmecken.

Er beschloss zu warten. Vielleicht würde es ja hinter den Hochkiefern eine Pfütze mit Regenwasser geben. Er eilte weiter zwischen den Bäumen hindurch und überquerte den Zweibeinerpfad auf der anderen Seite der Anpflanzung.

Er befand sich jetzt wieder im dichten Unterholz des Eichenwaldes und lief weiter, bis er eine Pfütze fand und durstig das frische Wasser trank. Sein Fell kribbelte vor angespannter Aufmerksamkeit. Er erkannte Geräusche und Gerüche, die ihm von seinem alten Ausguck auf dem Zaunpfahl vertraut waren, und wusste sofort, wo er sich befand. Dies war der Wald, der an den Zweibeinerort angrenzte. Er musste ganz in der Nähe seines alten Zuhauses sein.

Vor sich konnte Feuerpfote Zweibeiner riechen und ihre Stimmen hören, laut und rau, wie die von Krähen. Es war eine Gruppe junger Zweibeiner, die im Wald spielten. Er duckte sich und lugte durch den Farn hindurch. Die Geräusche waren so weit entfernt, dass er sich sicher fühlen konnte. Er änderte seine Richtung, umging die Geräusche und vergewisserte sich, dass man ihn nicht entdeckt hatte.

Feuerpfote blieb aufmerksam und wachsam, doch nicht nur wegen der Zweibeiner – Tigerkralle könnte irgendwo in der Nähe sein. Er glaubte, im Gebüsch hinter sich einen Zweig knacken zu hören. Er schnüffelte, roch aber nichts Neues. Wurde er jetzt beobachtet?

Aus dem Augenwinkel nahm er eine Bewegung wahr. Zuerst dachte er, es wäre Tigerkralles dunkelbraunes Fell, aber dann sah er etwas Weißes aufblitzen. Geduckt hielt er an und prüfte die Luft. Der Geruch war fremd. Es war eine Katze, aber keine aus dem DonnerClan. Sein Fell sträubte sich, und er fühlte mit dem Instinkt des Kriegers, dass er den Eindringling aus dem Territorium seines Clans verjagen musste!

Feuerpfote beobachtete die Katze, die sich durchs Unterholz bewegte. Ihre Umrisse waren klar zu erkennen, als sie zwischen den Farnwedeln hindurchhuschte. Er wartete, bis sie sich näherte, duckte sich tiefer. Sein Schwanz bewegte sich langsam hin und her. Als die schwarz-weiße Katze aus dem Farn auftauchte, legte er sein Gewicht von einem Oberschenkel auf den anderen, bereit für den Sprung. Noch ein Herzschlag, dann schoss er vor.

Die Katze machte vor Schreck einen hohen Satz und rannte zwischen den Bäumen davon, Feuerpfote hinterher.

Es ist ein Hauskätzchen!, dachte er, als er durch das Unterholz preschte und den Angstgeruch wahrnahm. *In meinem Territorium!*

Schnell näherte er sich dem fliehenden Tier. Es hatte seine kopflose Flucht verlangsamt und wollte den breiten, moosbewachsenen Stamm eines umgestürzten Baums hinaufklettern. Das Blut rauschte in Feuerpfotes Ohren, als er mit einem Satz auf den Rücken der Katze sprang.

Das Tier jaulte voller Angst auf und strampelte verzweifelt, doch er hielt es mit seinen Krallen fest.

Dann löste er seinen Griff und trat zurück. Die schwarzweiße Katze duckte sich am Fuß des umgestürzten Baums und blickte zitternd zu ihm hoch.

Feuerpfote hob seine Nase und empfand einen leichten Widerwillen, weil sich der Eindringling so leicht ergeben hatte. Diese weiche, pummelige Hauskatze mit ihren runden Augen und dem schmalen Gesicht sah ganz anders aus als die schlanken, breitköpfigen Katzen, bei denen er jetzt lebte. Und trotzdem: Irgendetwas an dieser Katze kam ihm sehr vertraut vor.

Er betrachtete sie genauer, schnüffelte und sog ihren Duft ein. *Ich erkenne diesen Geruch nicht*, dachte er und suchte weiter in seinem Gedächtnis.

Dann kehrte die Erinnerung zurück.

»Wulle!«, miaute er laut.

»W-woher k-k-kennst du meinen N-namen?«, stammelte die Katze und duckte sich noch immer ängstlich.

»Ich bin's!«, miaute Feuerpfote.

Die Hauskatze war verwirrt.

»Wir sind zusammen Junge gewesen. Ich hab im Garten neben deinem gelebt!«

»Sammy?«, rief Wulle ungläubig. »Bist du das? Hast du die Wildkatzen gefunden? Oder lebst du jetzt bei anderen Hausleuten? Ganz sicher tust du das, weil du noch am Leben bist!«

»Ich heiße jetzt Feuerpfote«, sagte er. Dann lockerte er die Schultern und legte sein orangefarben glänzendes Fell an.

Auch Wulle entspannte sich und stellte die Ohren auf.

»Feuerpfote?«, wiederholte er amüsiert. »Nun, Feuerpfote, sieht fast so aus, als würden deine neuen Hausleute dich nicht gut genug füttern! Du warst mit Sicherheit nicht so abgemagert, als wir uns zum letzten Mal gesehen haben!«

»Ich brauche keine Zweibeiner, die mich füttern«, entgegnete Feuerpfote. »Ich habe einen ganzen Wald voller Nahrung.«

»Zweibeiner?«

»Hausleute. So nennen es die Clans.«

Wulle wirkte einen Augenblick verwirrt. Dann wechselte sein Ausdruck in ungläubiges Staunen. »Du meinst, du lebst wirklich bei den Wildkatzen?«

»Ja!« Er schwieg einen Moment. »Weißt du, du riechst … anders. Fremd.«

»Fremd?«, wiederholte Wulle verwundert. »Wahrscheinlich hast du dich inzwischen an den Geruch dieser Wildkatzen gewöhnt.«

Feuerpfote schüttelte den Kopf, als müsste er seine Gedanken klären. »Aber wir waren doch zusammen Katzenjunge. Ich sollte deinen Geruch kennen, so, wie ich auch den Geruch meiner Mutter kennen würde.« Dann fiel es ihm wieder ein. Wulle war inzwischen älter als sechs Monde. Kein Wunder, dass er so weich und fett aussah und so fremdartig roch.

»Du bist beim Abschneider gewesen!« Er schnappte nach Luft. »Ich meine, beim Tierarzt!«

Wulle zuckte die runden, schwarzen Schultern. »Na und?«, miaute er.

Feuerpfote war sprachlos. Also hatte Blaustern doch recht.

»Na, komm schon! Wie ist es, wenn man wild lebt?«,

wollte Wulle wissen. »Ist es so wunderbar, wie du es dir ausgemalt hast?«

Feuerpfote dachte einen Augenblick nach, auch über die letzte Nacht in seinem feuchten Bau. Er dachte an Mäusegalle und wie er Gelbzahns Kot wegräumen musste. Und wie er immer versuchte, bei der Ausbildung Löwenherz und Tigerkralle gleichzeitig zufriedenzustellen. Er erinnerte sich an den Spott, den er erdulden musste wegen seines Hauskätzchenbluts. Dann dachte er an das wunderbare Gefühl nach seinem ersten Fang und daran, wie er bei der Verfolgung eines Eichhörnchens durch den Wald flitzte. Und an warme Abende unter den Sternen, während er und seine Freunde sich die Zunge gaben.

»Ich weiß jetzt, wer ich bin«, erklärte er einfach.

Wulle legte den Kopf auf die Seite und starrte Feuerpfote völlig verwirrt an. »Ich muss nach Hause«, miaute er. »Bald ist Essenszeit.«

»Sei vorsichtig, Wulle.« Er beugte sich vor und leckte seinen alten Freund liebevoll zwischen den Ohren. Wulle berührte ihn seinerseits sanft mit der Schnauze. »Und bleib wachsam. Es könnte eine andere Katze in der Gegend sein, die Hauskätzchen ... ich meine Zweibeinerkatzen, nicht so gern hat wie ich.«

Wulles Ohren zuckten ängstlich bei diesen Worten. Vorsichtig sah er sich um und sprang auf den Stamm des umgestürzten Baums. »Auf Wiedersehen, Sammy«, miaute er. »Ich werde allen zu Hause erzählen, dass es dir gut geht!«

»Adieu, Wulle«, rief Feuerpfote. »Lass dir dein Essen schmecken!«

Er sah die weiße Spitze von Wulles Schwanz hinter dem

Baum verschwinden. Aus der Ferne hörte er das Rasseln von Trockenfutter in der Dose und das Rufen eines Zweibeiners.

Feuerpfote kehrte um. Mit hochaufgestelltem Schwanz machte er sich auf den Rückweg zu seinem eigenen Zuhause. Unterwegs prüfte er die Luft. *Hier werde ich einen oder zwei Finken fangen*, entschied er. *Und dann noch irgendwas auf dem Heimweg durch die Kiefern.* Er fühlte sich voller Energie nach dem Treffen mit Wulle. Wieder einmal war ihm klar geworden, welches Glück er doch hatte, im Clan zu leben.

Er schaute hoch zu den Ästen über ihm und begann lautlos und mit wachen Sinnen über den Waldboden zu schleichen. Nun brauchte er nur noch Blaustern und Tigerkralle zu beeindrucken, dann wäre heute ein perfekter Tag.

11. KAPITEL

FEUERPFOTE HATTE einen Buchfinken fest zwischen den Zähnen und ließ ihn vor Tigerkralle fallen, der in der Sandkuhle wartete.

»Du bist als Erster zurück«, sagte der Krieger.

»Ja, aber ich habe noch massenhaft mehr Beute«, warf Feuerpfote schnell ein. »Ich habe sie begraben, wo ...«

»Ich weiß genau, was du getan hast«, knurrte Tigerkralle. »Ich habe dich beobachtet.«

Ein Rascheln im Gebüsch kündigte Graupfotes Rückkehr an. Er trug ein kleines Eichhörnchen im Maul, das er neben dem Buchfinken fallen ließ. »Igitt!« Er spuckte aus. »Eichhörnchen haben zu viel Fell. Ich muss mir jetzt den ganzen Abend lang Haare aus den Zähnen pulen.«

Tigerkralle schenkte dem keine Beachtung. »Rabenpfote ist spät dran«, bemerkte er. »Wir geben ihm noch ein bisschen Zeit, dann gehen wir ins Lager zurück.«

»Aber was ist, wenn ihn eine Natter gebissen hat?«, wandte Feuerpfote ein.

»Dann ist das seine eigene Schuld«, entgegnete der Krieger ungerührt. »Für Dummköpfe ist kein Platz im DonnerClan.«

Sie warteten schweigend. Graupfote und Feuerpfote wechselten ängstliche Blicke, sie machten sich Sorgen um ihren

Freund. Tigerkralle saß unbeweglich da, in seine eigenen Gedanken vertieft.

Feuerpfote roch Rabenpfotes Ankunft als Erster. Er stand auf, als der schwarze Kater auf die Lichtung sprang und ungewöhnlich selbstzufrieden aussah. Aus seinem Maul baumelte der lange, rautengeschmückte Körper einer Natter.

»Rabenpfote! Alles in Ordnung?«, rief Feuerpfote.

»He!«, miaute Graupfote und stürzte vor, um den Fang des schwarzen Katers zu bewundern. »Hat sie dich gebissen?«

»Dafür war ich zu schnell!«, schnurrte Rabenpfote laut. Dann bemerkte er Tigerkralles Blick und verstummte.

Der Krieger starrte die drei aufgeregten Schüler kalt an. »Los!«, sagte er knapp. »Wir wollen den Rest eurer Beute einsammeln und dann zum Lager zurückgehen.«

Feuerpfote, Graupfote und Rabenpfote schlenderten hinter Tigerkralle in Richtung Lager. Ihre eindrucksvolle Ausbeute hing ihnen aus dem Maul, wobei Rabenpfote immer wieder über seine lange Schlange stolperte. Als sie aus dem Ginstergebüsch im Lager auftauchten, krabbelte eine Gruppe junger Katzen aus der Kinderstube heraus, um sie vorbeigehen zu sehen.

»Schaut mal!«, hörte Feuerpfote einen von ihnen sagen. »Schüler, gerade zurück von der Jagd!« Er erkannte den kleinen Gestreiften, den Gelbzahn am Vortag angezischt hatte. Unmittelbar neben ihm saß ein flauschiges, graues Junges, das nicht mehr als zwei Monde alt war. Ein winziges schwarzes und ein kleines schildpattfarbenes Kätzchen standen neben ihnen.

»Ist das nicht das Hauskätzchen Feuerpfote?«, piepste das graue Junge.

»Ja! Schau dir nur sein rotes Fell an!«, miaute das Schwarze.

»Sie sagen, er ist ein guter Jäger«, ergänzte das Schildpattfarbene. »Er sieht ein bisschen wie Löwenherz aus. Glaubst du, er ist genauso gut?«

»Ich kann es kaum erwarten, bis ich mit meiner Ausbildung anfange«, miaute das Gestreifte. »Ich werde der beste Krieger sein, den der DonnerClan jemals gehabt hat!«

Feuerpfote hob das Kinn, stolz über die Bewunderung der Kleinen. Er folgte seinen beiden Freunden zur Mitte der Lichtung.

»Eine Natter!«, rief Graupfote laut, als die Schüler ihren Fang ablegten, damit die anderen Katzen ihn sich teilen konnten.

»Was soll ich damit tun?«, fragte Rabenpfote und roch an dem langen Schlangenkörper, der neben dem Haufen lag.

»Kann man Nattern essen?«, fragte Graupfote.

»Typisch, dass du sofort an deinen Magen denkst!«, spottete Feuerpfote und stupste ihn mit dem Kopf an.

»Also, ich hätte keine Lust, die zu essen«, murmelte Rabenpfote. »Ich habe schon allein vom Hertragen einen ziemlich üblen Geschmack im Mund.«

»Dann legen wir sie auf den Baumstumpf«, schlug Graupfote vor, »damit Borkenpfote und Sandpfote sie sehen können, wenn sie zurückkommen.«

Jeder trug ein Stück der Frischbeute zurück zu ihrem Bau. Graupfote legte die Schlange sorgfältig auf dem Baumstumpf so aus, dass man sie von allen Seiten gut sehen konnte. Dann aßen sie und hockten danach eng beieinander, um sich gegenseitig zu pflegen und sich zu unterhalten.

»Ich wüsste gern, wen Blaustern für die Große Versammlung auswählt«, sagte Feuerpfote. »Morgen ist Vollmond.«

»Sandpfote und Borkenpfote sind schon zweimal dort gewesen«, gab Graupfote zu bedenken.

»Vielleicht darf diesmal einer von uns mit«, meinte Feuerpfote. »Schließlich haben wir jetzt fast drei Monde lang trainiert.«

»Aber die beiden sind immer noch die ältesten Schüler«, sagte Rabenpfote.

Feuerpfote nickte. »Und die Große Versammlung ist diesmal besonders wichtig. Es ist das erste Mal, dass sich die Clans treffen, seit der WindClan verschwunden ist. Keine Katze weiß, was der SchattenClan dazu sagen wird.«

Tigerkralles leises Miauen unterbrach sie. »Da hast du recht, mein Junge.« Der Krieger war unbemerkt zu ihnen herangeschlendert. »Übrigens, Feuerpfote«, fügte er aalglatt hinzu. »Blaustern möchte dich sprechen.«

Feuerpfote blickte überrascht auf. Warum sollte Blaustern ihn sprechen wollen?

»Jetzt sofort ... falls du die Zeit erübrigen kannst«, knurrte Tigerkralle.

Sofort sprang Feuerpfote auf und rannte über die Lichtung zum Bau der Anführerin.

Blaustern saß draußen, ihr Schwanz zuckte ruhelos hin und her. Als sie ihn sah, stand sie auf und blickte streng auf ihn hinab. »Tigerkralle hat mir erzählt, dass du heute mit einer Zweibeinerkatze gesprochen hast«, sagte sie ruhig.

»Aber ...«, wollte Feuerpfote erklären.

»Er hat gesagt, dass du anfangs mit dieser Katze gekämpft hast, ihr euch am Ende aber die Zunge gegeben habt.«

»Das stimmt«, gab Feuerpfote zu. Er spürte, wie sein Fell prickelte. »Aber er war ein alter Freund. Wir sind zusammen aufgewachsen.« Er schwieg und schluckte. »Als ich noch ein Hauskätzchen war.«

Blaustern blickte ihn lange an. »Vermisst du dein altes Leben?«, fragte sie. »Überleg es dir genau.«

»Nein!« *Wie kann Blaustern das nur denken!* Ihm drehte sich der Kopf. Welche Antwort wollte Blaustern von ihm hören?

»Willst du den Clan verlassen?«

»Natürlich nicht!« Er war entsetzt über diese Frage.

Blaustern schien die Leidenschaft in seiner Antwort nicht zu hören. Sie schüttelte den Kopf. Plötzlich sah sie alt und müde aus. »Ich verurteile dich nicht, wenn du uns verlässt, Feuerpfote. Vielleicht habe ich zu viel von dir erwartet. Vielleicht ist mein Urteilsvermögen auch dadurch beeinträchtigt worden, dass der Clan neue Krieger braucht.«

Panische Angst durchfuhr Feuerpfote bei dem Gedanken, dass er den Clan für immer verlassen sollte.

»Aber mein Platz ist hier! Das ist meine Heimat!«, protestierte er.

»Ich benötige mehr als das, Feuerpfote. Ich muss mich auf deine Treue zum DonnerClan verlassen können, besonders jetzt, da es so aussieht, als plante der SchattenClan einen Angriff. Wir haben keinen Platz für jemanden, der sich nicht sicher ist, ob sein Herz an der Vergangenheit hängt oder an der Gegenwart.«

Feuerpfote holte tief Luft und wählte seine nächsten Worte sorgfältig: »Als ich Wulle heute getroffen habe – so heißt die Hauskatze, mit der mich Tigerkralle hat reden sehen –, habe ich erkannt, welches Leben ich geführt hätte, wenn ich bei den Zweibeinern geblieben wäre. Ich war froh, dass ich nicht geblieben bin. Ich war stolz, dass ich gegangen bin.« Er hielt Blausterns Blick stand, ohne mit der Wimper zu zucken. »Das Treffen mit Wulle hat mich darin bestärkt, dass ich die richtige Entscheidung getroffen habe. Ich hätte nie mit dem weichlichen Leben eines Hauskätzchens zufrieden sein können.«

Einen Augenblick schaute Blaustern ihn mit schmalen Augen aufmerksam an. Dann nickte sie. »Gut, ich glaube dir.«

Feuerpfote neigte respektvoll den Kopf und seufzte erleichtert auf.

»Ich habe vorhin mit Gelbzahn gesprochen«, sagte Blaustern nun in leichterem Ton. »Sie hält sehr viel von dir. Weißt du, sie ist eine kluge, alte Kätzin. Und ich vermute, sie ist nicht immer so übellaunig gewesen. Ich kann mir sogar vorstellen, dass ich sie mögen könnte.«

Bei diesen Worten empfand Feuerpfote eine unerwartete Freude. Vielleicht war mit der Zeit aus seiner Bewunderung für Gelbzahn Zuneigung geworden – trotz der ständig schlechten Laune der Kätzin. Was immer der Grund dafür sein mochte, er war froh, dass auch Blaustern sie gern hatte.

»Aber da ist etwas an ihr, dem ich nicht traue«, fuhr Blaustern ruhig fort. »Sie wird vorerst beim DonnerClan bleiben, aber als Gefangene. Die Königinnen werden sich um sie kümmern, denn du musst dich auf deine Ausbildung konzentrieren.«

Feuerpfote nickte und erwartete, entlassen zu werden, aber Blaustern war noch nicht fertig. »Obwohl dein Gespräch mit einer Hauskatze ein Fehler war, hast du Tigerkralle mit deinem Geschick als Jäger beeindruckt. Genau genommen hat er berichtet, dass ihr euch alle drei bewährt habt. Ich freue mich über deine Fortschritte. Ihr werdet zur Großen Versammlung mitkommen – ihr alle drei.«

Feuerpfote konnte kaum still stehen. Sein ganzer Körper bebte vor Erregung. Die Große Versammlung!

»Was ist mit Sandpfote und Borkenpfote?«, fragte er.

»Die werden im Lager bleiben und es bewachen«, antwortete Blaustern. »Du kannst jetzt gehen.« Sie zuckte mit ihrem langen Schwanz zum Zeichen, dass er entlassen war, und machte sich wieder an ihre Fellpflege.

Graupfote und Rabenpfote waren überrascht, ihren Mitschüler so fröhlich heranspringen zu sehen. Sie hatten neben dem Baumstumpf besorgt auf ihn gewartet. Feuerpfote setzte sich und blickte seine Freunde an.

»Also?«, fragte Graupfote. »Was hat sie gesagt?«

»Tigerkralle hat uns erzählt, dass du dir heute Morgen mit einem Hauskätzchen die Zunge gegeben hast«, platzte Rabenpfote heraus. »Bist du jetzt in Schwierigkeiten?«

»Nein. Obwohl Blaustern nicht gerade erfreut war«, gab Feuerpfote reumütig zu. »Sie hat befürchtet, ich möchte vielleicht den DonnerClan verlassen.«

»Das willst du doch nicht, oder?«, fragte Rabenpfote.

»Natürlich will er das nicht!«, miaute Graupfote.

Feuerpfote versetzte seinem Freund einen liebevollen Schlag. »Genau, dir würde das nicht passen. Du brauchst mich schließlich, damit ich dir Mäuse fange! Alles, was du gerade fängst, sind haarige, alte Eichhörnchen!«

Graupfote wich Feuerpfotes Angriff aus und setzte sich auf die Hinterbeine, um zurückzuschlagen.

»Ratet mal, was sie sonst noch gesagt hat!«, fuhr Feuerpfote fort. Er war jetzt zu aufgeregt, um Zeit mit Kampfspielen zu vertrödeln.

Sofort ließ Graupfote sich auf alle vier Pfoten fallen. »Was denn?«, fragte er.

»Wir gehen zur Großen Versammlung!«

Graupfote stieß einen Freudenschrei aus und sprang hinauf auf den Baumstumpf. Eine seiner Hinterpfoten stieß die Natter in die Luft. Sie flog Rabenpfote an den Kopf und wickelte sich um seinen Hals.

Rabenpfote fauchte erschrocken und drehte sich dann zu Graupfote um. »Pass doch auf!«, zischte er ärgerlich und schleuderte die Natter zu Boden.

»Angst, dass sie dich doch noch beißt?«, spottete Feuerpfote. Er duckte sich und schlängelte sich zischend auf Rabenpfote zu.

Der zuckte mit den Schnurrhaaren und meinte nur: »Eine tolle Schlange würdest du abgeben!«, sprang Feuerpfote an und rollte ihn mit Leichtigkeit auf den Rücken.

Graupfote langte vom Baumstumpf herab und zog Rabenpfote am Schwanz. Als der sich umdrehte, um Graupfote mit weichen Vorderpfoten zu bearbeiten, sprang Feuerpfote zwischen die beiden und Graupfote fiel herunter. Alle drei Katzen rollten nun auf der Erde herum und rauften, bis sie sich schließlich keuchend neben dem Baumstumpf niederließen.

»Kommen Sandpfote und Borkenpfote auch mit?«, hechelte Graupfote.

»Nein!«, sagte Feuerpfote und konnte den triumphierenden Ton in seiner Stimme nicht unterdrücken. »Sie müssen zurückbleiben und das Lager bewachen.«

»Oh, lass mich es ihnen sagen!«, bettelte Graupfote. »Ich kann es kaum erwarten, den Ausdruck auf ihren Gesichtern zu sehen!«

»Ich auch nicht!«, stimmte Feuerpfote zu. »Dass wir an ihrer Stelle gehen! Ich kann es noch gar nicht glauben, besonders, nachdem Tigerkralle mich heute mit Wulle gesehen hat!«

»Das war einfach Pech«, sagte Graupfote. »Wir alle haben einen Haufen Beute gemacht bei der Beurteilung. Das muss es entschieden haben.«

»Ich frage mich, wie die Versammlung sein wird«, miaute Rabenpfote.

»Fantastisch wird es sein«, sagte Graupfote zuversichtlich. »Ich möchte wetten, dass all die großen Krieger da sind. Narbengesicht, Steinfell ...«

Aber Feuerpfote hörte nicht mehr zu. Stattdessen dachte er über Tigerkralle und Wulle nach. Graupfote hatte recht – es war Pech, dass der große Krieger mitbekommen hatte, wie er mit seinem alten Freund zusammengetroffen war. Warum hatte er nicht stattdessen einen der beiden anderen Schüler beobachten können? Genau genommen war es Pech gewesen, dass Tigerkralle ihn überhaupt in die Nähe des Zweibeinerorts geschickt hatte.

Plötzlich kam Feuerpfote ein finsterer Gedanke: Hatte Tigerkralle ihn extra so nahe zu seinem alten Revier geschickt? Hatte er ihn prüfen wollen? Könnte es sein, dass der große, dunkle Krieger seiner Treue gegenüber dem DonnerClan nicht traute?

12. KAPITEL

FEUERPFOTE BLICKTE über den oberen Rand eines dicht mit Büschen bewachsenen Abhangs, neben ihm kauerten Graupfote und Rabenpfote. Auch eine Gruppe von Ältesten, Königinnen und Kriegern wartete im Unterholz darauf, dass Blaustern das Zeichen gab.

Feuerpfote war seit seinem ersten Rundgang mit Löwenherz und Tigerkralle nicht mehr an diesem Ort gewesen. Das Tal mit seinen steilen Hängen sah jetzt ganz anders aus. Das satte Grün der Wälder war vom kalten Licht des Vollmonds gebleicht und die Blätter an den Bäumen glänzten silbern. Im Talgrund standen die vier großen Eichen und markierten die Stelle, an der sich die Territorien der vier Clans berührten.

Die Luft war erfüllt vom warmen Geruch der Katzen aus den anderen Clans. Feuerpfote konnte sie deutlich im Mondlicht erkennen, wie sie unten umhergingen auf der grasbedeckten Lichtung, die sich zwischen den vier Eichen ausbreitete. In der Mitte dieser Lichtung ragte aus dem Waldboden, wie ein abgebrochener Zahn, ein großer, gezackter Felsen auf.

»Schau dir nur diese vielen Katzen da unten an!«, zischte Rabenpfote leise.

»Da ist Streifenstern!«, zischte Graupfote zurück. »Der Anführer vom FlussClan.«

»Wo?«, wollte Feuerpfote wissen und stieß den Freund ungeduldig an.

»Der hell Getigerte da, neben dem Großfelsen.«

Feuerpfote folgte mit den Augen der angedeuteten Richtung und sah einen riesigen Kater, noch größer als Löwenherz, der in der Mitte der Lichtung saß. Sein getigertes Fell leuchtete fahl im Mondlicht. Selbst aus dieser Entfernung zeigte sein altes Gesicht die Anzeichen eines harten Lebens. Sein Mund war schief, als hätte er sich einst den Kiefer gebrochen.

»He«, miaute Graupfote, »hast du gesehen, wie Sandpfote gefaucht hat, als ich ihr einen schönen Abend zu Hause gewünscht habe?«

»Aber klar!«, schnurrte Feuerpfote.

»Schaut nur!«, unterbrach sie Rabenpfote mit einem gedämpften Knurren. »Da ist Braunstern, der Anführer vom SchattenClan.«

Feuerpfote blickte hinab auf den dunkelbraun getigerten Kater. Sein Fell war ungewöhnlich lang und sein Gesicht breit und flach. In der Art, wie er dasaß und um sich starrte, lag eine lauernde Ruhe, und Feuerpfotes Fell fing an, unangenehm zu prickeln.

»Der sieht ziemlich gemein aus«, murmelte er.

»Das kannst du laut sagen«, stimmte ihm Graupfote zu. »Bei den Clans hat er den Ruf, dass er Dummköpfe nicht gut ertragen kann. Er ist auch noch nicht so lange Anführer, vier Monde erst, seit sein Vater Kampfstern gestorben ist.«

»Wie sieht denn der Anführer vom WindClan aus?«

»Riesenstern? Den habe ich noch nie gesehen, aber ich weiß, dass er ein schwarz-weißes Fell hat und einen sehr langen Schwanz.«

»Siehst du ihn jetzt?«, wollte Rabenpfote wissen.

»Nein«, sagte Graupfote und suchte die Menge der Katzen mit den Augen ab. »Er ist nicht da.«

»Kannst du denn überhaupt irgendwelche WindClan-Katzen riechen?«, fragte Feuerpfote.

Graupfote schüttelte den Kopf. »Nein.«

Von der Seite ertönte die leise Stimme von Löwenherz: »Vielleicht verspäten sie sich einfach.«

»Aber was ist, wenn sie nicht kommen?«, fragte Graupfote.

»Psst! Wir müssen Geduld haben. Die Zeiten sind schwierig. Seid still jetzt. Blaustern wird bald das Zeichen geben.«

Während er noch sprach, stand Blaustern auf und bewegte ihren aufgerichteten Schwanz hin und her. Feuerpfotes Herzschlag setzte einen Moment lang aus, als sich die Katzen des DonnerClans alle gleichzeitig erhoben und durch die Büsche auf den Versammlungsplatz zusprangen. Er rannte mit ihnen und fühlte, wie der Wind in seinen Ohren sauste und seine Pfoten erwartungsvoll prickelten.

Die DonnerClan-Katzen hielten unwillkürlich am Rande der Lichtung an, außerhalb der Begrenzung durch die Eichen. Blaustern prüfte die Luft, dann nickte sie und die Meute schritt auf die Lichtung hinaus.

Feuerpfote war aufgeregt. Die anderen Katzen, die um den Großfelsen herumstrichen, wirkten aus der Nähe noch viel eindrucksvoller. Ein großer, weißer Krieger schritt vorbei. Die Freunde betrachteten ihn ehrfürchtig.

»Schaut euch nur diese Pfoten an!«, murmelte Rabenpfote und sah auf die riesigen, pechschwarzen Tatzen des großen Katers.

»Das muss Schwarzfuß sein«, flüsterte Graupfote. »Der neue Zweite Anführer des SchattenClans.«

Schwarzfuß stolzierte zu Braunstern hinüber und setzte sich neben ihn. Der Anführer des SchattenClans begrüßte ihn mit dem Zucken eines Ohrs, sagte aber nichts.

»Wann beginnt die Große Versammlung?«, fragte Rabenpfote seinen Nachbarn Weißpelz.

»Nur Geduld«, antwortete der. »Der Himmel ist heute Nacht wolkenfrei, also haben wir viel Zeit.«

Löwenherz beugte sich zu ihnen hinüber und ergänzte: »Wir Krieger prahlen gerne eine Weile mit unseren Siegen, während die Ältesten Geschichten über die alten Tage austauschen, bevor die Zweibeiner hierhergekommen sind.« Die drei Schüler blickten zu ihm auf und sahen, dass seine Schnurrhaare spöttisch zuckten.

Tupfenschweif, Einauge und Kleinohr begaben sich direkt zu einer Gruppe ältlicher Katzen, die sich gerade unter einer der Eichen niederließ. Weißpelz und Löwenherz schlenderten zu einem anderen Paar von Kriegern hinüber, die Feuerpfote nicht kannte. Er sog den Geruch ein und stellte fest, dass sie zum FlussClan gehörten.

Hinter den drei Schülern ertönte Blausterns mahnende Stimme: »Verschwendet heute Nacht keine Zeit. Das hier ist eine gute Gelegenheit, eure Gegner zu treffen. Hört ihnen zu. Prägt euch ein, wie sie aussehen und wie sie sich verhalten. Man kann eine Menge lernen auf diesen Großen Versammlungen.«

»Und redet nicht zu viel«, warnte Tigerkralle. »Verratet nichts, was gegen uns verwendet werden könnte, wenn der Mond abgenommen hat.«

»Mach dir keine Sorgen, das tun wir nicht!«, versprach Feuerpfote hastig und blickte Tigerkralle in die Augen. Er hatte immer noch das Gefühl, dass der ihm nicht ganz traute.

Die beiden Krieger wanderten weiter und ließen die drei allein zurück.

»Was tun wir jetzt?«, fragte Feuerpfote.

»Was sie uns gesagt haben«, erwiderte Rabenpfote. »Wir hören zu.«

»Und reden nicht viel«, ergänzte Graupfote.

Feuerpfote nickte ernst. »Ich werde mal nachsehen, wohin Tigerkralle gegangen ist.«

»Und ich suche Löwenherz«, verkündete Graupfote. »Kommst du mit, Rabenpfote?«

»Nein, ich schaue mir mal ein paar von den anderen Schülern an«, antwortete der.

»Gut, wir treffen uns dann später«, miaute Feuerpfote und trottete in die Richtung, die Tigerkralle eingeschlagen hatte.

Er konnte seinem Geruch mit Leichtigkeit folgen und fand ihn hinter dem Großfelsen, wo er inmitten einer Gruppe von riesigen Kriegern saß und sich mit ihnen unterhielt.

Es ging um eine Geschichte, die Feuerpfote viele Male im Lager gehört hatte. Tigerkralle beschrieb seinen jüngsten Kampf gegen die Jagdmeute des FlussClans.

»Ich habe wie eine LöwenClan-Katze gerungen«, berichtete er. »Drei Krieger haben versucht, mich zu halten, aber ich habe sie abgeworfen. Ich habe mit ihnen gekämpft, bis zwei erledigt am Boden lagen und der dritte in den Wald rannte und wie eine Jungkatze nach seiner Mutter rief.«

Diesmal erwähnte er nicht, dass er Eichenherz als Rache für Rotschweifs Tod umgebracht hatte. *Vielleicht tut er das nicht, um die Krieger vom FlussClan nicht zu verletzen*, entschied Feuerpfote.

Er hörte höflich bis zum Ende der Geschichte zu, doch ein vertrauter Geruch lenkte ihn ab. Sobald Tigerkralle fertig war, schlich Feuerpfote auf einen süßen Duft zu, der von einer Gruppe Katzen in der Nähe herüberwehte.

Er sah Graupfote bei diesen Katzen hocken, aber das war nicht der Geruch, dem er gefolgt war. Seinem Freund gegenüber und zwischen zwei Katern aus dem FlussClan saß Tüpfelblatt. Feuerpfote blickte sie scheu an und ließ sich neben Graupfote nieder.

»Immer noch keine Spur vom WindClan«, raunte er ihm zu.

»Die Versammlung hat noch nicht angefangen, sie könnten immer noch kommen«, entgegnete der Freund. »Schau, das hier ist Triefnase. Er ist der neue Heiler vom SchattenClan.« Er deutete mit dem Kopf auf einen kleinen, schwarz-weißen Kater in der Mitte ihrer Gruppe.

»Es ist ziemlich klar, warum sie ihn Triefnase nennen«, flüsterte Feuerpfote. Die Nase des Heilers war an der Spitze feucht und an den Rändern verkrustet.

»Genau«, antwortete Graupfote mit einem verächtlichen Knurren. »Ich verstehe nicht, warum sie ihn zum Heiler ernannt haben, wenn er nicht einmal seinen eigenen Schnupfen kurieren kann!«

Triefnase erzählte den Katzen von einem Kraut, das die Heiler in den alten Zeiten benutzt hätten, um Keuchhusten zu behandeln. »Seit die Zweibeiner gekommen sind und in der ganzen Gegend die Erde hart gemacht und sich fremde Blumen ausgebreitet haben«, klagte er mit seiner hohen Stimme,

»ist das Kraut verschwunden und nun müssen die Jungen bei kaltem Wetter sterben.«

Die Katzen bekundeten lautstark ihre Empörung.

»Zu Zeiten der großen Clan-Katzen wäre das niemals passiert«, murrte eine Königin mit schwarzem Fell aus dem FlussClan.

»Richtig«, miaute eine silbern Getigerte. »Die großen Katzen hätten jeden Zweibeiner umgebracht, der sich auch nur in ihr Territorium gewagt hätte. Wenn der TigerClan noch durch diesen Wald streifte, wären die Zweibeiner mit ihren Bauten nicht so weit in unser Land vorgedrungen.«

Dann hörte Feuerpfote Tüpfelblatts ruhigen Einwand: »Wenn der TigerClan noch durch diese Wälder streifte, hätten auch wir diese Gegend kaum zu unserem Territorium gemacht.«

»Was ist denn der TigerClan?«, kam die leise Stimme eines kleinen, gestreiften Schülers aus einem anderen Clan.

»Der TigerClan gehörte zu den Großkatzen-Clans, die hier einst durch den Wald gestreift sind«, erklärte Graupfote. »TigerClan-Katzen waren Nachtgeschöpfe, groß wie Pferde und mit pechschwarzen Streifen. Dann gab es noch den LöwenClan. Sie sind …« Graupfote zögerte, runzelte die Stirn und versuchte sich zu erinnern.

»Oh, von denen habe ich gehört«, miaute sein Nachbar. »Die waren so groß wie die Katzen vom TigerClan und sie hatten ein gelbes Fell und eine goldene Mähne wie Sonnenstrahlen.«

Graupfote nickte. »Und dann gab es noch einen anderen Clan, den FleckenClan oder so ähnlich …«

»Ich vermute, du meinst den LeopardenClan, mein junger Schüler«, ertönte eine Stimme aus dem Hintergrund.

»Löwenherz!« Graupfote begrüßte seinen Mentor mit einem freundschaftlichen Nasenstüber.

Der schüttelte in vorgetäuschter Verzweiflung den Kopf. »Kennt ihr Jungen denn eure Geschichte nicht? Die Katzen vom LeopardenClan waren die Schnellsten. Sie waren riesig und hatten ein goldenes, mit schwarzen Pfotenabdrücken geflecktes Fell. Ihr verdankt dem LeopardenClan die Schnelligkeit und das Jagdgeschick, die ihr jetzt besitzt.«

»Verdanken? Wieso?«, fragte der Gestreifte.

Löwenherz blickte auf den kleinen Schüler hinab und antwortete: »In jeder Katze von heute ist noch eine Spur der Großkatzen vorhanden. Wir wären keine Nachtjäger ohne die Ahnen des TigerClans und unsere Liebe zur Wärme der Sonne stammt vom LöwenClan.« Er machte eine Pause. »Du bist ein Schüler des SchattenClans, nicht wahr? Wie alt bist du?«

Der Gestreifte starrte verlegen zu Boden. »S...sechs Monde«, stammelte er, wobei er vermied, Löwenherz in die Augen zu sehen.

»Ziemlich klein für sechs Monde«, murmelte Löwenherz. Sein Ton war freundlich, aber sein Blick war forschend und ernst.

»Meine Mutter ist auch klein gewesen«, erwiderte der Gestreifte ängstlich. Er senkte den Kopf, zog sich ein paar Schritte zurück und verschwand mit einem Zucken seines hellbraunen Schwanzes in der Menge.

Löwenherz wandte sich zu Feuerpfote und Graupfote. »Nun, er ist vielleicht klein, aber wenigstens war er neugierig. Wenn ihr beiden doch auch so viel Interesse an den Geschichten zeigen würdet, die eure Ältesten erzählen!«

»Tut uns leid, Löwenherz«, miauten die beiden und tauschten zweifelnde Blicke.

Löwenherz knurrte gutmütig. »Ach, geht doch weg, ihr zwei! Ich hoffe, nächstes Mal lässt Blaustern Schüler mitkommen, die zu schätzen wissen, was sie hören.« Und mit einem halbherzigen Knurren verjagte er sie von der Gruppe.

»Komm«, schnurrte Graupfote beim Davonspringen. »Schauen wir mal, was Rabenpfote macht.«

Der steckte mitten in einer Gruppe von Schülern, die ihn bestürmten, von dem Kampf mit dem FlussClan zu erzählen.

»Mach schon, Rabenpfote! Erzähl uns, was passiert ist!«, rief eine hübsche, schwarz-weiße Kätzin.

Schüchtern trat Rabenpfote von einem Fuß auf den anderen und schüttelte den Kopf.

»Ach, komm schon!«, drängte ein weiterer.

Rabenpfote blickte sich um und sah seine beiden Freunde am Rand der Gruppe stehen. Feuerpfote nickte ihm aufmunternd zu. Rabenpfote zuckte dankbar mit dem Schwanz und fing an zu erzählen.

Zuerst stammelte er ein wenig, aber als er fortfuhr, verschwand das Zittern aus seiner Stimme und seine Zuhörer drängten mit großen Augen näher an ihn heran.

»Überall flogen Fellfetzen durch die Luft. Blut spritzte auf die Blätter der Brombeerbüsche, leuchtendes Rot auf dem Grün. Ich hatte gerade einen riesigen Krieger abgewehrt und kreischend in die Büsche geschickt, als der Boden bebte und ich einen anderen Krieger gellend schreien hörte. Es war Eichenherz! Rotschweif rannte an mir vorbei, aus seinem Mund tropfte Blut und sein Fell war zerrissen. ›Eichenherz ist tot!‹, heulte er. Dann sprang er los, um Tigerkralle zu helfen, der mit einem anderen Krieger kämpfte.«

»Wer hätte gedacht, dass Rabenpfote so ein guter Erzähler ist«, murmelte Graupfote beeindruckt.

Feuerpfote jedoch dachte an etwas anderes. Was hatte Rabenpfote da gesagt? Dass Rotschweif Eichenherz getötet hatte? Aber nach Tigerkralles Aussage hatte doch Eichenherz Rotschweif getötet und er selbst, Tigerkralle, hätte daraufhin Eichenherz aus Rache umgebracht.

»Wenn Rotschweif Eichenherz getötet hat, wer hat dann Rotschweif getötet?«, zischte Feuerpfote seinem Freund zu.

»Wenn wer was getan hat?«, wiederholte Graupfote geistesabwesend, der Feuerpfote nur mit halbem Ohr zugehört hatte.

Feuerpfote schüttelte den Kopf, um seine Gedanken zu klären. *Rabenpfote muss sich geirrt haben*, dachte er. *Er muss Tigerkralle gemeint haben.*

Rabenpfote kam zum Ende seines Berichts. »Schließlich zerrte Rotschweif die jaulende Katze am Schwanz von Tigerkralle weg und schleuderte sie mit der Kraft des gesamten TigerClans ins Gebüsch.«

Aus dem Augenwinkel bemerkte Feuerpfote eine schattenhafte Bewegung. Er sah sich um und entdeckte Tigerkralle, der ein Stück entfernt von ihnen stand. Der Krieger beobachtete Rabenpfote mit einem eisernen Blick. Ohne die Anwesenheit seines Mentors wahrzunehmen, fuhr dieser fort, Frage auf Frage von seinen begeisterten Zuhörern zu beantworten.

»Was waren die letzten Worte von Eichenherz?«

»Stimmt es, dass Eichenherz nie zuvor einen Kampf verloren hat?«

Rabenpfote gab mit heller, klarer Stimme und leuchtenden Augen Auskunft. Als Feuerpfote wieder zurück zu Tigerkralle blickte, sah er einen Ausdruck von Entsetzen und dann von Wut in dem Gesicht des Kriegers. Ganz offensichtlich war Tigerkralle überhaupt nicht begeistert von der Erzählung seines Schülers.

Gerade wollte Feuerpfote etwas zu Graupfote sagen, als ein lautes Jaulen allen Katzen Schweigen befahl. Er war erleichtert, als Rabenpfote endlich aufhörte, zu erzählen, und Tigerkralle sich abwandte.

Feuerpfote blickte hoch. Woher war der laute Schrei gekommen? Er sah die Silhouette von drei Katzen vor dem mondhellen Himmel oben auf dem Großfelsen. Es waren Blaustern, Braunstern und Streifenstern.

Die Anführer der Clans wollten die Versammlung eröffnen. Aber wo war der Anführer des WindClans?

»Sie werden doch sicherlich die Große Versammlung nicht ohne Riesenstern beginnen?«, zischte Feuerpfote leise.

»Keine Ahnung«, murmelte Graupfote.

»Ist euch auch aufgefallen, dass keine einzige Katze aus dem WindClan hier ist?«, flüsterte ein Schüler.

Feuerpfote vermutete, dass ähnliche Gespräche überall um ihn herum stattfanden, denn unruhiges Murmeln war auf der ganzen Lichtung zu hören.

»Wir können noch nicht anfangen«, übertönte eine laute Stimme das Geräusch. »Wo sind die Vertreter des WindClans? Wir müssen warten, bis alle Clans anwesend sind!«

Oben auf dem Felsen trat Blaustern vor. Fast weiß glänzte ihr grauer Pelz im hellen Mondlicht.

»Katzen aller Clans, seid willkommen«, rief sie mit klarer

Stimme. »Es stimmt, dass der WindClan nicht anwesend ist, aber Braunstern möchte trotzdem etwas sagen.«

Der Anführer des SchattenClans trat geräuschlos vor und stellte sich neben Blaustern. Einige Augenblicke lang blickte er über die Menge hinweg und seine orangefarbenen Augen glühten. Dann holte er tief Luft und begann: »Meine Freunde, ich will heute zu euch über die Anforderungen des SchattenClans sprechen …«

Doch sofort wurde er durch aufgebrachte, ungeduldige Stimmen unterbrochen.

»Wo ist Riesenstern?«, rief eine.

»Wo sind die Krieger des WindClans?«, miaute eine andere.

Braunstern reckte sich zu voller Höhe auf und peitschte mit dem Schwanz durch die Luft. »Als Anführer des SchattenClans habe ich das Recht, hier zu euch zu sprechen!«, knurrte er drohend. Die Menge verfiel in unruhiges Schweigen. Feuerpfote nahm scharfen Angstgeruch um sich herum wahr.

»Wir alle wissen«, fuhr Braunstern mit durchdringender Stimme fort, »dass die harten Zeiten der Blattleere und die späte Blattfrische uns wenig Beute in den Jagdgründen gelassen haben. Wir wissen aber auch, dass der WindClan, der FlussClan und der DonnerClan in dem frostigen Wetter, das uns so spät in dieser Jahreszeit heimgesucht hat, viele Junge verloren haben. Der SchattenClan hat keine Jungen verloren. Wir sind gegen den kalten Nordwind gefeit. Unsere Jungen sind vom Augenblick ihrer Geburt an kräftiger als eure. Daher haben wir viele Mäuler zu füttern und zu wenig Beute dafür.«

Die Menge bewahrte weiterhin Schweigen und hörte besorgt zu.

»Die Forderungen des SchattenClans sind einfach. Um überleben zu können, müssen wir unser Territorium für die Jagd vergrößern. Deshalb bestehe ich darauf, dass ihr den Kriegern des SchattenClans gestattet, auf euren Territorien zu jagen.«

Ein schockiertes, dumpfes Grollen stieg von der Menge auf.

»Unsere Jagdgründe mit euch teilen?«, ließ Tigerkralle erbost verlauten.

»Das ist ohne Beispiel!«, rief eine schildpattfarbene Königin aus dem FlussClan. »Nie haben die Clans Jagdrechte geteilt!«

»Soll der SchattenClan dafür bestraft werden, dass unsere Jungen gedeihen?«, jaulte Braunstern vom Großfelsen herab. »Wollt ihr, dass wir zusehen, wie unsere Jungen verhungern? Ihr *müsst* mit uns teilen, was ihr habt!«

»Wir *müssen*?«, fauchte Kleinohr wütend aus der Menge hervor.

»Ihr müsst«, wiederholte Braunstern. »Der WindClan hat das nicht verstanden. Am Ende waren wir gezwungen, sie aus ihrem Territorium zu vertreiben.«

Empörtes Fauchen erhob sich aus der Menge, aber Braunsterns schrille Stimme übertönte alles: »Und wenn wir müssen, werden wir euch alle aus euren Jagdgründen vertreiben, um unsere hungrigen Jungen zu ernähren.«

Augenblicklich herrschte Schweigen. Feuerpfote hörte, wie auf der anderen Seite der Lichtung ein Schüler aus dem FlussClan etwas murmelte, aber rasch von einem Ältesten zum Schweigen gebracht wurde.

Zufrieden, dass er nun die Aufmerksamkeit aller Katzen

hatte, fuhr Braunstern fort: »Jedes Jahr zerstören die Zweibeiner mehr von unserem Territorium. Wenigstens ein Clan muss stark bleiben, wenn alle Clans überleben sollen. Der SchattenClan gedeiht, während ihr alle zu kämpfen habt. Und es kann eine Zeit kommen, in der ihr uns braucht – zu eurem Schutz.«

»Du zweifelst an unserer Stärke?«, fauchte Tigerkralle. Seine hellen Augen funkelten den Anführer des SchattenClans drohend an und seine mächtigen Schultern bebten vor Anspannung.

»Ich erwarte eure Antwort nicht jetzt sofort.« Braunstern überging die Herausforderung des Kriegers. »Kehrt zurück in euer Territorium und erwägt meine Worte. Aber bedenkt Folgendes: Zieht ihr es vor, eure Beute zu teilen, oder wollt ihr vertrieben werden, heimatlos umherziehen und hungern?«

Krieger, Älteste und Schüler sahen sich ungläubig an.

In der folgenden spannungsgefüllten Pause trat Streifenstern vor, blickte auf seinen Clan hinab und verkündete ruhig: »Ich habe bereits zugestimmt, dem SchattenClan einige Jagdrechte im Fluss, der durch unser Territorium fließt, einzuräumen.«

Entsetzt und gedemütigt vernahmen die Katzen des FlussClans die Worte ihres Anführers.

»Wir sind nicht zurate gezogen worden!«, rief ein ergrauter silbern Gestreifter.

»Ich bin der Meinung, dass dies das Beste ist für unseren Clan. Für alle Clans«, erklärte Streifenstern mit resignierter Stimme. »Es gibt genügend Fisch im Fluss. Besser, wir teilen unsere Beute, als dass wir im Kampf Blut vergießen.«

»Und was ist mit dem DonnerClan?«, murrte Kleinohr.

»Blaustern? Hast auch du dieser empörenden Forderung zugestimmt?«

Blaustern hielt dem Blick der alten Katze unerschütterlich stand. »Ich habe Braunstern keinerlei Zustimmung gegeben, außer dass ich seinen Vorschlag nach der Großen Versammlung mit meinem Clan besprechen werde.«

»Das ist ja wenigstens etwas«, murmelte Graupfote seinem Freund ins Ohr. »Wir werden ihnen zeigen, dass wir nicht so weich sind wie diese Hasenherzen vom FlussClan.«

Braunstern erhob wieder die Stimme, anmaßend und stark nach Streifensterns Kapitulation. »Ich habe noch eine Neuigkeit, die für die Sicherheit eurer Jungen wichtig ist. Eine Katze aus dem SchattenClan ist zur Vagabundin geworden und hat das Gesetz der Krieger gebrochen. Wir haben sie aus dem Lager gejagt, aber wir wissen nicht, wo sie jetzt ist. Sie mag aussehen wie eine räudige, alte Kreatur, aber sie hat einen Biss, als gehörte sie zum TigerClan.«

Feuerpfotes Fell stellte sich auf. Meinte Braunstern vielleicht Gelbzahn? Er spitzte begierig die Ohren.

»Sie ist gefährlich. Ich warne euch … bietet ihr keine Zuflucht. Und« – Braunstern machte eine dramatische Pause – »bis man sie gefangen und getötet hat, fordere ich euch auf, ein wachsames Auge auf eure Jungen zu haben.«

Feuerpfote erkannte an dem beunruhigten Knurren, das aus den Kehlen der DonnerClan-Katzen aufstieg, dass auch sie an Gelbzahn dachten. Die anmaßende Kätzin hatte nichts dazu getan, sich bei ihren widerstrebenden Gastgebern beliebt zu machen, und Feuerpfote vermutete, dass es ein Leichtes sein würde, Hass auf sie zu entfachen. Sogar die Worte eines verabscheuten Feindes wie Braunstern würden dazu ausreichen.

Die Krieger des SchattenClans drängten sich aus der Katzenversammlung heraus, und als Braunstern vom Felsen herabsprang, umringten ihn sofort seine Krieger und begleiteten ihn vom Baumgeviert zurück in das eigene Territorium. Rasch folgten ihnen die übrigen Katzen des Clans, auch das kleine Gestreifte, das Löwenherz vorher befragt hatte. Neben seinen Mitschülern wirkte es gar nicht mehr so ungewöhnlich klein – sie sahen allesamt kümmerlich und unterernährt aus, eher wie Junge von drei oder vier Monden als ausgewachsene Schüler.

»Was hältst du von dem Ganzen?«, fragte Graupfote leise.

Rabenpfote kam herbeigesprungen, bevor Feuerpfote antworten konnte. »Was wird jetzt nur geschehen?«, fragte er mit aufgerissenen Augen und vor Schreck aufgeplustertem Fell.

Feuerpfote antwortete ihm nicht, denn die Ältesten des DonnerClans versammelten sich in der Nähe, und er wollte hören, was sie sagten.

»Das muss Gelbzahn sein, von der er gesprochen hat«, knurrte Kleinohr.

»Sie hat neulich nach Goldblütes Jüngstem geschnappt«, murmelte Fleckenschweif finster, die älteste Königin in der Kinderstube und ausgesprochen fürsorglich gegenüber allen Kleinen.

»Und wir haben sie praktisch ohne Schutz im Lager zurückgelassen!«, sagte Einauge, die plötzlich keine Schwierigkeiten hatte, alles zu hören.

»Ich habe es euch ja gesagt, dass sie gefährlich ist«, zischte Dunkelstreif. »Jetzt muss Blaustern auf die Vernunft hören und sie loswerden, bevor sie einem von unseren Jungen etwas antut!«

Tigerkralle kam auf die Gruppe zu. »Wir müssen sofort

zurück ins Lager und uns um diese Vagabundin kümmern!«, jaulte er.

Feuerpfote brauchte nicht mehr zu hören. Seine Gedanken rasten. So treu er dem Clan auch ergeben war, er konnte einfach nicht glauben, dass Gelbzahn eine Gefahr für die Jungen darstellte. Er fürchtete um die alte Kätzin und war voller brennender Fragen, die nur sie beantworten konnte. Schnell und ohne ein Wort an seine beiden Freunde raste er los.

Er stürmte den Abhang hinauf und durch den Wald. Hatte er sich in Gelbzahn geirrt? Wenn er sie vor der drohenden Gefahr warnte, würde er damit seine eigene Stellung im DonnerClan gefährden? Doch welche Schwierigkeiten er sich auch einhandelte, er musste von ihr die Wahrheit erfahren, bevor die anderen Katzen zum Lager zurückkehrten.

13. KAPITEL

FEUERPFOTE ERREICHTE keuchend die Schlucht und blickte hinab auf das Lager. Seine Pfoten rutschten auf dem taunassen Gras. Er prüfte die Luft, er war allein. Noch hatte er Zeit, um mit Gelbzahn zu sprechen, bevor die anderen von der Großen Versammlung zurückkehrten. Geräuschlos sprang er den felsigen Abhang hinunter und schlüpfte unbemerkt durch den Ginstertunnel.

Das Lager war still und ruhig, nur hier und dort war gedämpftes Schnaufen der schlafenden Katzen zu hören. Schnell kroch Feuerpfote am Rand der Lichtung entlang zu Gelbzahns Nest, wo die alte Heilerin zusammengerollt auf ihrem Moosbett lag.

»Gelbzahn!«, zischte er eindringlich. »Gelbzahn! Wach auf, es ist wichtig!«

Zwei orangefarbene Augen öffneten sich und leuchteten im Mondlicht. »Ich habe nicht geschlafen«, miaute Gelbzahn leise. Sie klang ruhig und wachsam. »Du bist direkt von der Großen Versammlung zu mir gekommen? Das muss bedeuten, dass du es gehört hast.« Sie blinzelte und blickte weg. »Also hat Braunstern sein Versprechen gehalten.«

»Was für ein Versprechen?«, fragte Feuerpfote verwirrt. Anscheinend wusste Gelbzahn mehr als er.

»Der edle Anführer des SchattenClans hat versprochen, mich von sämtlichen Clan-Territorien zu vertreiben«, antwortete Gelbzahn trocken. »Was hat er über mich gesagt?«

»Er hat uns gewarnt, dass unsere Jungen in Gefahr wären, solange wir der Vagabundin aus dem SchattenClan Unterschlupf gewährten. Er hat dich nicht beim Namen genannt, aber unsere Clan-Katzen haben erraten, dass er dich gemeint hat. Du musst weg! Du bist in Gefahr!«

»Du meinst, sie haben Braunstern geglaubt?« Gelbzahn legte die Ohren an und peitschte ärgerlich mit dem Schwanz.

»Ja!«, miaute Feuerpfote drängend. »Dunkelstreif sagt, du seist gefährlich. Sie haben Angst, du könntest was Schreckliches tun. Tigerkralle kommt gleich zurück und ... ich weiß nicht ... ich glaube, du solltest gehen, bevor sie hier sind!«

In der Ferne war das Geheul wütender Katzen zu vernehmen. Gelbzahn rappelte sich mühevoll auf die Pfoten, und Feuerpfote schubste sie an, um ihr aufzuhelfen. In seinem Kopf wirbelten so viele Fragen herum.

»Was hat Braunstern damit gemeint, wir sollen ein wachsames Auge auf unsere Jungen haben?«, platzte es aus ihm heraus. »Würdest du wirklich so etwas tun?«

»Würde ich *was* tun?«

»Würdest du unseren Jungen wehtun?«

Gelbzahn blähte die Nasenlöcher auf und sah Feuerpfote fest in die Augen. »Glaubst *du* das denn?«

Er wich ihrem Blick nicht aus. »Nein. Ich glaube das nicht. Aber warum behauptet Braunstern es dann?«

Das Geheul der sich nähernden Katzen schwoll an und mit ihm der Geruch von Angriffslust und Wut. Die alte Kätzin blickte mit wildem Blick umher.

»Geh!«, drängte Feuerpfote. Ihre Sicherheit war wichtiger als seine Neugier.

Aber Gelbzahn blieb, wo sie war, und sah ihn durchdringend an. Plötzlich trat ein ruhiger Ausdruck in ihre Augen.

»Feuerpfote, du glaubst, dass ich unschuldig bin, und dafür bin ich dir dankbar. Wenn *du* mir glaubst, könnten mir auch andere glauben. Und ich weiß, dass Blaustern mir Gehör schenken wird. Ich kann nicht immer weglaufen. Ich bin zu alt. Ich werde hierbleiben und mich dem stellen, was dein Clan für mich entscheidet.« Sie seufzte und ließ sich auf ihr knochiges Hinterteil sinken.

»Aber was ist mit Tigerkralle? Was ist, wenn er …«

»Er ist starrköpfig, und er kennt die Macht, die er über die anderen Clan-Katzen hat – sie bewundern ihn. Aber selbst er wird Blaustern gehorchen.«

Lautes Rascheln im Unterholz zeigte an, dass die Katzen fast schon den Eingang zum Lager erreicht hatten.

»Verschwinde, Feuerpfote«, zischte Gelbzahn und bleckte ihre verfärbten Zähne. »Handle dir keine Schwierigkeiten ein, weil du jetzt mit mir gesehen wirst. Es gibt nichts, was du für mich tun kannst. Hab Vertrauen in deine Anführerin und lass sie entscheiden, was mit mir geschieht.«

Als Feuerpfote sah, dass sie fest zum Bleiben entschlossen war, berührte er ihr zerzaustes Fell mit der Nase und kroch dann geräuschlos in die Schatten. Von dort wollte er alles Weitere beobachten.

Durch den Ginstereingang kamen nun die Katzen, zuerst Blaustern, begleitet von Löwenherz, direkt hinter ihnen Frostfell und Glanzfell. Frostfell rannte sofort mit vor Sorge gesträubtem Fell hinüber zur Kinderstube. Als Nächste schritten Tigerkralle und Dunkelstreif Schulter an Schulter und mit grimmigem Blick auf die Lichtung, dann folgte der Rest mit Graupfote und Rabenpfote als Letzten. Sowie Feuerpfote seine Freunde sah, trottete er zu ihnen hinüber.

»Du hast Gelbzahn gewarnt, habe ich recht?«, flüsterte Graupfote seinem Freund zu.

»Ja, du hast recht«, gab Feuerpfote zu. »Aber sie wollte nicht weg. Sie vertraut darauf, dass Blaustern sie gerecht behandelt. Hat mich jemand vermisst?«

»Nur wir«, erwiderte Rabenpfote.

Im Lager erwachten nach und nach die übrigen Katzen. Sie mussten die Angriffslust gerochen und die Anspannung in den Stimmen der heimkehrenden Katzen gehört haben, denn alle rannten sie mit hocherhobenem Schwanz hinaus auf die Lichtung.

»Was ist passiert?«, fragte ein gescheckter Krieger namens Sturmwind.

»Braunstern hat Jagdrechte für den SchattenClan auf unserem Territorium verlangt!«, berichtete Langschweif so laut, dass alle Katzen ihn hören konnten.

»Und er hat uns vor einer streunenden Katze gewarnt, die unseren Jungen schaden will!«, fügte Glanzfell hinzu. »Das muss Gelbzahn sein!«

Wütende und ängstliche Schreie erhoben sich aus der Menge.

»Ruhe!«, befahl Blaustern und sprang auf den Hochstein. Sofort ließen sich die Katzen vor ihr nieder.

Ein lautes Kreischen ertönte, und alle Katzen wandten den Kopf zu dem umgestürzten Baum, wo sich der Schlafplatz der Ältesten befand. Tigerkralle und Dunkelstreif zerrten Gelbzahn grob aus ihrem Nest. Sie schrie wütend, als die beiden sie auf die Lichtung schleppten und vor dem Hochstein niederwarfen. Feuerpfote fühlte, wie sich jeder Muskel in seinem Körper anspannte. Ohne zu überlegen, fiel er in eine kauernde Stellung, bereit, sich auf Gelbzahns Peiniger zu werfen.

»Warte«, knurrte Graupfote ihm ins Ohr. »Überlass das Blaustern.«

»Was geht da vor?«, fragte die Anführerin und sprang vom Hochstein herab. Sie funkelte ihre Krieger an. »Ich habe keinen Befehl gegeben, unsere Gefangene anzugreifen.«

Tigerkralle und Dunkelstreif ließen augenblicklich von Gelbzahn ab, die sich fauchend und spuckend in den Staub kauerte.

Frostfell tauchte aus der Kinderstube auf und bahnte sich ihren Weg durch die Menge nach vorn. »Wir sind rechtzeitig zurückgekommen«, miaute sie keuchend. »Die Jungen sind unversehrt!«

»Natürlich sind sie das!«, sagte Blaustern heftig.

Frostfell schien verblüfft. »Aber ... du wirst Gelbzahn doch verbannen, oder etwa nicht?«, miaute sie entsetzt.

»Verbannen?«, fauchte Dunkelstreif und fuhr seine Krallen aus. »Wir sollten sie gleich umbringen!«

Blaustern fixierte Dunkelstreifs wütendes Gesicht mit ihren durchdringenden blauen Augen. »Und was hat sie getan?«, fragte sie mit eisiger Ruhe. Feuerpfote hielt den Atem an.

»Du warst doch auf der Großen Versammlung! Braunstern hat gesagt, sie ...«, begann Dunkelstreif.

»Braunstern hat nur gesagt, dass sich eine streunende Katze irgendwo im Wald aufhält«, sagte Blaustern mit bedrohlich ruhiger Stimme. »Er hat nicht Gelbzahns Namen genannt. Die Jungen sind unversehrt. Solange sich Gelbzahn in meinem Clan aufhält, wird niemand ihr auf irgendeine Weise etwas antun.« Ihre Worte trafen auf Schweigen und Feuerpfote seufzte erleichtert auf.

Gelbzahn blickte hinauf zu Blaustern und kniff ehrerbietig die Augen zusammen. »Wenn du es willst, werde ich euch jetzt verlassen.«

»Das ist nicht nötig«, entgegnete Blaustern. »Du hast nichts Unrechtes getan. Du bist hier in Sicherheit.«

Sie hob ihren Blick und schaute die Meute von Katzen an, die Gelbzahn umringten. »Es ist höchste Zeit, dass wir über die wirkliche Bedrohung für unseren Clan reden – und das ist Braunstern. Wir haben bereits begonnen, uns auf einen Angriff des SchattenClans vorzubereiten. Wir werden diese Vorbereitungen fortführen und an unseren Grenzen häufiger patrouillieren. Der WindClan ist fort und der FlussClan hat den Kriegern des SchattenClans Jagdrechte eingeräumt. Wir stehen also allein gegen Braunstern.«

Ein entrüstetes Gemurmel lief durch die Reihen der Katzen.

»Dann werden wir Braunsterns Forderungen nicht Folge leisten?«, fragte Tigerkralle.

»Die Clans haben nie zuvor Jagdrechte geteilt«, erwiderte Blaustern. »Sie haben es immer geschafft, sich auf ihren eigenen Territorien zu versorgen. Es gibt keinen Grund, warum das geändert werden sollte.«

Tigerkralle nickte zustimmend.

»Aber können wir uns gegen einen Angriff des SchattenClans verteidigen?«, fragte Kleinohr mit zittriger Stimme. »Der WindClan hat es nicht geschafft! Der FlussClan will es nicht einmal probieren!«

Blaustern schaute mit festem Blick in seine alten Augen. »Wir müssen es versuchen. Wir werden unser Territorium jedenfalls nicht kampflos aufgeben.«

Die Katzen auf der Lichtung nickten zustimmend.

»Ich werde morgen zum Mondstein ziehen«, kündigte Blaustern an. »Die Krieger des SternenClans werden mir die Kraft geben, die ich brauche, um den DonnerClan durch diese finsteren Zeiten zu führen. Ihr müsst euch jetzt alle ausruhen. Wir haben viel zu tun, wenn der Tag anbricht. Und nun möchte ich mit Löwenherz reden.« Ohne ein weiteres Wort wandte sie sich um und ging zu ihrem Bau.

Feuerpfote hatte die fragenden Blicke einiger Katzen bemerkt, als Blaustern den Mondstein erwähnt hatte. Nun fanden sie sich überall in Gruppen zusammen und miauten aufgeregt mit gedämpften Stimmen.

»Was ist der Mondstein?«, wollte Feuerpfote von Graupfote wissen.

»Das ist ein Felsen tief in der Erde, der im Dunkeln leuchtet«, flüsterte Graupfote. Seine Stimme war heiser vor Ehrerbietung. »Alle Anführer eines Clans müssen eine Nacht beim Mondstein verbringen, sowie sie gewählt worden sind. Dort tauschen sich die Seelen des SternenClans mit ihnen aus.«

»Tauschen sich aus worüber?«

Graupfote runzelte die Stirn. »Ich weiß es nicht«, gab er zu. »Ich weiß nur, dass die neuen Anführer in der Nähe des Steins schlafen müssen, und während des Schlafs haben sie besondere Träume. Danach besitzen sie die Gabe von neun Leben und übernehmen einen Namen mit ›Stern‹.«

Feuerpfote beobachtete, wie Gelbzahn zurück zu ihrem Nest humpelte. Es schien, als hätte Tigerkralles grobe Behandlung ihre alte Verletzung verschlimmert. Während er zum Bau der Schüler trottete, beschloss er, am Morgen Tüpfelblatt um mehr Mohnsamen zu bitten.

»Also, was ist passiert?«, wollte Borkenpfote neugierig wissen und streckte den Kopf aus dem Bau. In seinem Verlangen, alles von der Großen Versammlung zu erfahren, hatte er ganz vergessen, wie sehr ihm der neue Schüler zuwider war.

»Es ist so, wie Langschweif gesagt hat: Braunstern verlangt Jagdrechte …«, begann Graupfote.

Sandpfote und Borkenpfote hörten angespannt zu, aber Feuerpfote beobachtete das Lager. Er sah die Silhouetten von Blaustern und Löwenherz, die vor ihrem Bau dicht beieinandersaßen und eindringlich miteinander redeten.

Dann entdeckte er die schlanke Gestalt von Rabenpfote vor dem Bau der Krieger, neben ihm Tigerkralle. Feuerpfote sah, dass Rabenpfote die Ohren anlegte und vor den heftigen Worten seines Mentors zurückzuckte. Der dunkle Krieger ragte drohend über ihm auf, doppelt so groß wie sein Schüler, und seine Augen und Zähne blitzten im Mondlicht. Was sagte er nur zu Rabenpfote?

Gerade wollte Feuerpfote näher herankriechen, um sie zu belauschen, als Rabenpfote zurückwich und über die Lichtung zu ihrem Bau rannte.

Feuerpfote begrüßte ihn, aber Rabenpfote schien ihn kaum wahrzunehmen und drängte sich nur wortlos durch den Eingang hinein.

Als er ihm folgen wollte, sah Feuerpfote Löwenherz näher kommen.

»Nun«, sagte der Zweite Anführer des DonnerClans, »sieht so aus, als würden Feuerpfote, Graupfote und Rabenpfote jetzt eine weitere wichtige Stufe ihrer Ausbildung erreichen.«

»Welche ist das?«, miaute Graupfote aufgeregt.

»Blaustern möchte, dass ihr drei sie auf ihrer Reise zum Mondstein begleitet!« Löwenherz entging nicht der enttäuschte Ausdruck auf den Gesichtern von Borkenpfote und Sandpfote, denn er fügte hinzu: »Keine Angst, ihr beiden. Ihr werdet diese Reise noch früh genug antreten. Im Augenblick benötigt der DonnerClan eure Stärke und Geschicklichkeit im Lager. Ich werde ebenfalls hierbleiben.«

Feuerpfote blickte an Löwenherz vorbei auf seine Anführerin. Sie ging von einer Gruppe Krieger zur nächsten und gab jeder von ihnen ihre Anweisungen. *Warum hatte sie ihn für diese Reise ausgewählt?*, fragte er sich.

»Sie will, dass ihr euch jetzt ausruht«, fuhr Löwenherz fort. »Geht aber zunächst noch zu Tüpfelblatt und holt euch die Kräuter, die ihr für diese Expedition braucht. Es ist ein langer, anstrengender Weg. Ihr werdet etwas benötigen, was euch Kraft gibt und euren Appetit unterdrückt. Zum Jagen wird wenig Zeit sein.«

Graupfote nickte, und Feuerpfote wandte den Blick von Blaustern ab und nickte ebenfalls.

»Wo ist Rabenpfote?«, fragte Löwenherz.

»Er schläft schon.«

»Gut. Lasst ihn schlafen. Ihr könnt ihm seine Kräuter mitbringen«, sagte der Krieger. »Ruht euch gut aus. Ihr brecht bei Tagesanbruch auf.« Er zuckte mit dem Schwanz und stolzierte zurück zu Blausterns Bau.

»Also dann«, miaute Sandpfote, »geht jetzt zu Tüpfelblatt.«

Feuerpfote horchte auf Anzeichen von Verärgerung in ihrer Stimme, aber da war nichts. Jetzt war nicht die Zeit für Eifersüchteleien. Alle Katzen im Clan standen nun zusammen gegen die Bedrohung durch den SchattenClan.

Vor Tüpfelblatts Bau lag der Farntunnel in tiefer Dunkelheit, nicht einmal der Vollmond drang durch das dichte Dach.

Die Heilerin schien sie schon zu erwarten, als sie auf ihre mondbeschienene Lichtung traten. »Ihr seid wegen der Reisekräuter gekommen«, sagte sie.

»Ja, bitte«, antwortete Feuerpfote. »Und ich glaube, Gelbzahn braucht mehr Mohnsamen. Ich hatte den Eindruck, dass sie ihre Wunden spürt.«

»Ich bringe ihr welche, wenn ihr gegangen seid. Hier, eure Reisekräuter liegen bereit.« Tüpfelblatt deutete auf ein Häufchen sorgfältig zusammengewickelter Blätter. »Das ist genug für euch drei. Das dunkelgrüne Kraut stillt den Hungerschmerz während eurer Reise. Das andere wird euch Kraft geben. Esst beide vor dem Aufbruch. Sie schmecken nicht so gut wie frische Beute, aber der unangenehme Geschmack wird nicht lange anhalten.«

»Danke, Tüpfelblatt«, miaute Feuerpfote. Er beugte sich hinunter und nahm eines der Päckchen zwischen die Zähne. Als er den Kopf senkte, streckte sich die Heilerin vor und rieb sanft seine Wange mit ihrer Nase. Er atmete ihren süßen, warmen Duft ein und schnurrte dankbar.

Graupfote nahm die beiden anderen Päckchen und dann machten sich die Freunde durch den Tunnel auf den Rückweg.

»Viel Glück!«, rief Tüpfelblatt ihnen nach. »Sichere Reise!«

»Jetzt hoffe ich nur, dass diese Kräuter nicht allzu ekelhaft schmecken!«, murmelte Graupfote, als sie vor dem Eingang ihres Baus die Päckchen ablegten.

»Es muss ein langer Weg bis zum Mondstein sein. Wir haben bisher noch nie Kräuter bekommen. Weißt du, wo das ist?«, fragte Feuerpfote.

»Hinter den Clan-Territorien in den Hochfelsen. Der Mondstein liegt tief unten in der Erde in einer Höhle, dem Ahnentor.«

»Bist du da schon mal gewesen?« Feuerpfote war beeindruckt, dass sein Freund so viel über diesen geheimnisvollen Ort wusste.

»Nein, aber alle Schüler müssen die Reise dorthin machen, bevor sie Krieger werden.«

Der Gedanke, bald ein Krieger zu werden, ließ Feuerpfotes Augen vor Begeisterung leuchten und er stand unwillkürlich ein wenig aufrechter da.

»Mach dir keine Hoffnungen. Wir müssen erst unsere Ausbildung zu Ende bringen!«, warnte ihn Graupfote, als hätte er seine Gedanken gelesen.

Feuerpfote blickte durch das Blätterdach hinauf zu den Sternen, die am schwarzen Himmel funkelten. Mondhoch war vorüber.

»Wir müssen schlafen«, miaute er. Aber an Schlaf war nicht zu denken, wo doch in seinem Kopf die Gedanken an das morgige Abenteuer herumwirbelten. Die Große Versammlung und nun die Reise zum Mondstein – wie weit entfernt ihm sein Leben als Hauskätzchen nun plötzlich erschien!

14. KAPITEL

DIE KÄLTE drang Feuerpfote bis in die Knochen, undurchdringliche Dunkelheit umhüllte ihn. Er konnte nichts hören und hatte nur noch den modrigen Geruch feuchter Erde in seiner Nase.

Aus dem Nichts flammte vor ihm eine gleißende Lichtkugel auf. Feuerpfote senkte den Kopf, kniff die Augen zusammen gegen den blendenden Schein. Das Licht leuchtete kalt wie ein Stern. Dann verlosch es, verschwand so schnell, wie es gekommen war. Die Finsternis löste sich auf und Feuerpfote fand sich im Wald wieder. Er fühlte sich getröstet durch die vertrauten Gerüche dort und atmete die feuchten, grünen Düfte ein. Ruhe durchströmte seinen Körper.

Ohne Vorwarnung plötzlich ein schrecklicher Lärm! Feuerpfotes Fell sträubte sich. Es war das angsterfüllte Kreischen von Katzen, die aus den Büschen herausstürzten. Er erkannte die Fellkleider des DonnerClans, als sie auf der Flucht an ihm vorbeirannten. Wie erstarrt stand er da, unfähig sich zu bewegen. Dann kamen große Katzen, riesige, dunkle Krieger mit grausam blitzenden Augen. Sie donnerten auf ihn zu, ihre massigen Pfoten mit den ausgefahrenen Krallen trommelten auf die Erde. Und aus den Schatten hörte er einen hohen, verzweifelten Schrei voller Trauer und Wut. Graupfote!

Entsetzt erwachte Feuerpfote. Der Traum verschwand, aber noch immer dröhnten ihm die Ohren und sein Fell war gesträubt. Als er die Augen öffnete, sah er Tigerkralle, der in den Bau lugte. Augenblicklich voll wach sprang er auf.

»Stimmt etwas nicht?«, fragte Tigerkralle.

»Bloß ein Traum«, murmelte Feuerpfote.

Der Krieger blickte ihn merkwürdig an und knurrte: »Weck die anderen. Wir brechen bald auf.«

Draußen glühte der Himmel in der Morgendämmerung und Tau funkelte auf den Farnwedeln. Es würde einen warmen Tag geben, wenn die Sonne erst einmal aufgegangen war, aber die Feuchtigkeit des frühen Morgens erinnerte daran, dass die Zeit des Blattfalls nicht mehr weit war.

Feuerpfote, Graupfote und Rabenpfote schlangen die Kräuter hinunter, die Tüpfelblatt ihnen gegeben hatte. Tigerkralle und Blaustern saßen neben ihnen, bereit zum Abmarsch. Der Rest des Lagers schlief noch.

»Ihhh!«, beklagte sich Graupfote. »Ich wusste, dass sie bitter sein würden. Warum konnten wir nicht lieber eine fette, saftige Maus essen?«

»Die Kräuter werden euren Hunger länger unterdrücken«, erklärte Blaustern. »Und sie werden euch Kraft geben. Wir haben eine lange Reise vor uns.«

»Hast du deine schon gegessen?«, fragte Feuerpfote.

»Ich darf nicht essen, wenn ich beim Mondstein heute Nacht Träume mit dem SternenClan teilen will«, entgegnete Blaustern.

Feuerpfote kribbelten die Pfoten, als er diese Worte hörte. Er konnte den Beginn der Reise kaum erwarten. Mit der aufziehenden Dämmerung und den vertrauten Stimmen war das

Grauen seines Traums verflogen. Nur das blendende Licht war zurückgeblieben und die Worte seiner Anführerin versetzten ihn erneut in Erregung.

Endlich verließen die fünf Katzen das Lager.

Löwenherz kehrte gerade mit einer Patrouille zurück. »Sichere Reise!«, miaute er.

Blaustern nickte. »Ich weiß, dass ich das Lager deiner Obhut anvertrauen kann.«

Löwenherz blickte seinen Schüler Graupfote an und senkte den Kopf. »Denk daran, dass du beinahe ein Krieger bist. Vergiss nicht, was ich dir beigebracht habe.«

Graupfote erwiderte den Blick seines Mentors mit Zuneigung. »Ich werde immer daran denken, Löwenherz«, flüsterte er und drückte den Kopf an die breite, goldene Flanke des gestreiften Katers.

Sie nahmen erneut den Weg zum Baumgeviert, die kürzeste Route, um ins WindClan-Territorium zu gelangen, hinter dem die Hochfelsen lagen.

Als Feuerpfote ins Tal hinab und auf den Großfelsen zustürmte, konnte er noch die Gerüche von der Großen Versammlung der vergangenen Nacht wahrnehmen. Er folgte den anderen über die grasbewachsene Lichtung und den Berg auf der anderen Seite hinauf ins Territorium des WindClans. Der mit Büschen bewachsene Hang wurde immer steiler und felsiger, bis die Katzen von Stein zu Stein springen mussten, um den oberen Rand des schroffen Felsabhangs zu bewältigen.

Oben wurde das Gelände flacher und dehnte sich aus zu einer weiten Hochebene. Es wehte ein ständiger Wind, der durch das Gras wirbelte und die Bäume bog. Der Boden war steinig und hier und da ragten nackte Felsblöcke hervor.

Die Luft trug nur noch schwach die Gerüche des WindClans. Viel frischer und alarmierender waren die scharf riechenden Markierungen der SchattenClan-Krieger.

»Alle Clans haben das Recht auf einen sicheren Durchgang zum Mondstein, doch seid wachsam, der SchattenClan hat anscheinend keinen Respekt mehr vor dem Gesetz der Krieger«, warnte Blaustern. »Das Gesetz schreibt vor, dass wir außerhalb unseres Territoriums nicht jagen dürfen, daran halten wir uns. Auch wenn der SchattenClan es nicht tut.«

Gerade als die Sonne aufging, machten sie sich auf den Weg über die Hochebene und folgten dabei den Pfaden durch das Heidekraut. Feuerpfote hatte sich daran gewöhnt, unter dem Schutz der Bäume zu leben. Ohne deren Schatten wurde sein feuerfarbenes Fell schwer und heiß und sein Rücken schien zu brennen. Er war dankbar für die stetige Brise, die aus den Wäldern hinter ihnen wehte.

Plötzlich hielt Tigerkralle an. »Vorsicht!«, zischte er. »Ich rieche SchattenClan.«

Feuerpfote und die anderen hoben die Nase, und tatsächlich, der Wind wehte den Geruch der feindlichen Krieger heran.

»Sie sind auf der Windseite. Noch werden sie uns nicht bemerken«, sagte Blaustern. »Aber wir müssen uns beeilen, denn wenn sie unseren Weg kreuzen, entdecken sie uns. Es ist jetzt nicht mehr weit, bis wir das WindClan-Territorium durchquert haben.«

Sie eilten weiter, sprangen über Felsen und schoben sich durch das süß duftende Heidekraut. Immer wieder prüfte Feuerpfote die Luft und blickte über die Schulter zurück, ständig auf der Hut vor der SchattenClan-Patrouille. Doch allmählich wurde der Geruch immer schwächer. *Sie müssen umgekehrt sein*, dachte er erleichtert.

Schließlich erreichten sie den Rand der Hochebene, wo sich die Landschaft dramatisch änderte. Zweibeiner hatten sie geformt und bis zur Unkenntlichkeit verwandelt. Breite Erdwege liefen kreuz und quer durch grüne und goldene Wiesen, kleine Waldstücke unterbrachen hier und da das Land, und zwischen den Feldern lagen verstreut die Nester der Zweibeiner. In der Ferne sah Feuerpfote einen vertrauten breiten, grauen Weg, und die Brise wehte einen scharfen Gestank heran, der in seiner Kehle brannte.

»Ist das der Donnerweg?«, fragte er Graupfote.

»Ja, er verläuft vom SchattenClan-Territorium bis hierher. Siehst du dahinter die Hochfelsen?«

Feuerpfote blickte zum entfernten Horizont, wo das Gelände bis zu einem zerklüftet und kahl wirkenden Punkt steil anstieg.

»Müssen wir also den Donnerweg überqueren?«

»Ja, das müssen wir«, sagte sein Freund. Seine Stimme klang kräftig und zuversichtlich, fast fröhlich, angesichts der schwierigen Reise.

»Kommt weiter!«, befahl Blaustern und stürmte voran. »Wenn wir das Tempo beibehalten, können wir vor Mondaufgang am Ziel sein.«

Feuerpfote und die anderen folgten ihr den Abhang hinab, weg von den kargen Jagdgründen des WindClans und hinein in das frisch-grüne Gebiet der Zweibeiner.

Die Katzen marschierten weiter und hielten sich nahe an

den Hecken. Aus den Büschen stieg Feuerpfote der Geruch von Beutetieren in die Nase, aber Tüpfelblatts Kräuter hatten seinem Hunger die Schärfe genommen. Die Sonne schien noch immer heiß auf seinen Rücken, selbst im Schatten der Heckenreihen.

Sie gingen um ein Zweibeinernest herum, das auf einer weiten Fläche aus hartem, weißem Stein stand, mit kleineren Nestern an den Rändern. Die Katzen duckten sich und krochen an dem Zaun vorbei, der die weiße Steinfläche umgab. Sie wirbelten herum, als plötzlich lautes Bellen und Knurren ertönten.

Hunde! Feuerpfotes Herz blieb stehen. Er krümmte den Rücken, sträubte sein Fell von der Nase bis zum Schwanz.

Tigerkralle lugte durch den Zaun. »Alles in Ordnung. Sie sind angebunden!«, zischte er.

Feuerpfote beobachtete die beiden Hunde, die kaum zehn Schwanzlängen entfernt auf dem Stein scharrten. Sie waren alles andere als die verwöhnten Haustiere, die in den Gärten des Zweibeinerorts lebten. Die Bestien starrten ihn mit wilden, todbringenden Augen an, zerrten an ihren Ketten und stellten sich auf die Hinterbeine. Sie knurrten und kläfften mit zurückgezogenen Lefzen und entblößten ihre riesigen Zähne, bis der Ruf eines nicht sichtbaren Zweibeiners sie zur Ruhe brachte. Die Katzen zogen weiter.

Als sie den Donnerweg erreichten, ging die Sonne gerade unter. Blaustern gab ihnen ein Zeichen, anzuhalten, und unter der Hecke zu warten. Mit von den Dämpfen brennenden Augen und schmerzender Kehle beobachtete Feuerpfote die vorbeirasenden Ungeheuer.

»Wir gehen einer nach dem anderen hinüber«, ordnete Tigerkralle an. »Rabenpfote, du als Erster.«

»Nein, Tigerkralle«, widersprach Blaustern. »Ich gehe zuerst. Vergiss nicht, für die Schüler ist das die erste Überquerung. Sie sollten zunächst einmal sehen, wie man das macht.«

Feuerpfote hielt den Blick starr auf seine Anführerin gerichtet, wie sie zum Rand des Donnerwegs ging und in beide Richtungen blickte. Ruhig wartete sie, als ein Ungeheuer nach dem anderen an ihr vorbeiflog und ihr Fell zerzauste. Dann, als der ohrenbetäubende Lärm für einen Augenblick verstummte, flitzte sie hinüber auf die andere Seite.

»Und jetzt du, Rabenpfote. Du hast jetzt gesehen, wie man es macht«, befahl Tigerkralle.

Feuerpfote sah Rabenpfotes angstgeweitete Augen. Er wusste genau, wie sein Freund sich fühlte, und er konnte seinen eigenen Angstgeruch riechen. Der kleine, schwarze Kater kroch an den Rand der Straße heran. Es war still, aber dennoch zögerte er.

»Los!«, zischte Tigerkralle von der Hecke aus. Feuerpfote sah, wie sich Rabenpfotes Muskeln anspannten, als er sich bereit machte, loszurennen. Dann begann der Boden unter seinen Füßen zu beben, ein Ungeheuer kam aus der Ferne herbeigesaust und raste vorbei. Der schwarze Kater zuckte kurz zurück, dann flitzte er hinüber zu Blaustern. Ein Ungeheuer aus der anderen Richtung wirbelte Staub auf, wo noch einen Herzschlag zuvor seine Pfoten gewesen waren. Feuerpfote spürte einen Schauder durch sein Fell zittern und holte tief Luft, um sich zu beruhigen.

Graupfote hatte Glück. Eine lange Unterbrechung erlaubte ihm, die Straße sicher zu überqueren.

»Und jetzt du«, knurrte Tigerkralle.

Feuerpfote sah von Tigerkralle zum Donnerweg und trat

dann unter der Hecke hervor. Er wartete am Rand, wie Blaustern es getan hatte. Ein Ungeheuer raste auf ihn zu. *Nach diesem*, dachte er und wartete, dass es vorüberfuhr. Plötzlich stockte sein Herz. Das Ungeheuer kam vom Donnerweg ab und rumpelte auf dem Gras direkt auf ihn zu! Ein Zweibeiner lachte höhnisch aus einer Öffnung in der Seite. Feuerpfote sprang mit ausgestreckten Krallen zurück, wobei der Sturmwind des Ungeheuers ihn fast umwehte. Nur eine Haaresbreite entfernt donnerte es an ihm vorbei.

Feuerpfote duckte sich zitternd in den Staub und starrte ihm nach, wie es zurück auf den Weg kurvte und in der Ferne verschwand. Trotz des Dröhnens in seinen Ohren hörte Feuerpfote, dass auf dem Donnerweg wieder Ruhe herrschte, und er raste hinüber, rannte schneller, als er je in seinem Leben gerannt war.

»Ich dachte schon, du wärst Frischbeute!«, rief Graupfote, als sein Freund in ihn hineinsauste und ihn fast umwarf.

»Ich auch!«, keuchte Feuerpfote und versuchte, sein Zittern zu unterdrücken. Er drehte sich um und beobachtete Tigerkralle, wie er über den Donnerweg zu ihnen herüberschoss.

»Zweibeiner!«, fauchte der nur.

»Willst du dich erst erholen, bevor wir weitergehen?«, fragte Blaustern.

Feuerpfote sah hoch. Die Sonne stand schon tief am Himmel. »Nein«, antwortete er. »Ist schon in Ordnung.« Aber er war dem Ungeheuer so heftig aus dem Weg gesprungen, dass seine Krallen sich wund und empfindlich anfühlten.

Die Katzen liefen weiter, Blaustern vorneweg. Die Erde auf dieser Seite des Donnerwegs war dunkler und das Gras unter den Pfoten härter. Als sie sich dem Fuß der Hochfelsen näherten, löste nackte, steinige Erde das Gras ab, dazwischen immer wieder Flecken mit Heidekraut. Das Gelände stieg jetzt steil an. An der oberen Kante des Hangs ragten schroffe Felsen in den Himmel, die orange in der Sonne glänzten.

Blaustern blieb stehen und wählte einen von der Sonne erwärmten Felsen als Sitzplatz aus. Der Stein war flach und breit genug, dass alle fünf Katzen nebeneinander ausruhen konnten.

»Schaut«, miaute sie und deutete mit der Nase zum dunklen Abhang vor dem Glanz der tief stehenden Sonne. »Das Ahnentor.«

Schweigend warteten die Katzen. Als die Sonne hinter den Hochfelsen unterging, konnte Feuerpfote allmählich den Höhleneingang erkennen, ein eckiges, schwarzes Loch, das sich finster unter einem Steinbogen öffnete.

»Wir warten hier, bis der Mond höher steht«, sagte Blaustern. »Ihr könnt jagen, falls ihr hungrig seid, und euch dann etwas ausruhen.«

Feuerpfote war froh über die Gelegenheit, sich endlich etwas zu essen zu suchen. Er war fast am Verhungern. Offenbar ging es Graupfote ebenso, denn er sprang sofort auf und in ein Gestrüpp von Heidekraut hinein, wo er dem Beutegeruch folgte, der deutlich in der Luft lag. Seine beiden Freunde liefen hinter ihm her. Tigerkralle zog in die entgegengesetzte Richtung los, Blaustern jedoch blieb unbeweglich und schweigend sitzen und blickte unentwegt auf das Ahnentor.

Die drei Schüler sammelten eine große Menge Frischbeute. Zusammen mit Tigerkralle hockten sie sich auf die steinige Bergflanke und tafelten. Trotz der einfachen Jagd unterhielten die Katzen sich wenig und die Luft war voller Anspannung und Erwartung.

Danach ruhten die Katzen neben ihrer Anführerin, bis die Wärme aus dem Felsen unter ihnen verschwunden war und von allen Seiten kalte, schwarze Schatten heraufkrochen.

Erst dann rief Blaustern: »Kommt! Es ist so weit.«

15. KAPITEL

BLAUSTERN GING hinüber zum Ahnentor, Tigerkralle neben ihr, wobei er seine Schritte den ihren anpasste.

»Komm doch!«, rief Graupfote seinem Freund Rabenpfote zu, der noch immer auf dem Felsen saß und hinauf zu den Gipfeln starrte. Nur langsam folgte er den anderen.

Feuerpfote fiel plötzlich auf, dass Rabenpfote während der ganzen Reise kaum ein Wort gesprochen hatte. *Macht er sich nur Sorgen wegen des SchattenClans oder ist da noch etwas anderes?*, fragte er sich.

Nach nur ein paar Augenblicken erreichten die Katzen das Ahnentor. Die Schwärze hinter dem steinernen Bogen war dunkler als die bewölkteste Nacht. Feuerpfote kniff die Augen zusammen und versuchte zu erkennen, wohin der Tunnel führte, aber er konnte nichts sehen. Neben ihm reckten Graupfote und Rabenpfote ebenfalls nervös die Hälse.

Sogar Tigerkralle schien das schwarze Loch vor ihnen zu beunruhigen. »Wie sollen wir uns in dieser Dunkelheit zurechtfinden?«, fragte er.

»Ich kenne den Weg«, erwiderte Blaustern. »Folgt einfach meiner Geruchsspur. Rabenpfote und Graupfote, ihr bleibt als Wache draußen. Feuerpfote, du wirst mich und Tigerkralle zum Mondstein begleiten.«

Feuerpfote war begeistert. Was für eine Ehre! Aus den Augenwinkeln blickte er zu Tigerkralle hinüber. Der Krieger saß mit kühn erhobenem Kinn da, aber Feuerpfote konnte einen leichten Angstgeruch entdecken, der von ihm ausging und der stärker wurde, als Blaustern die Finsternis betrat.

Tigerkralle schüttelte den mächtigen Kopf und trottete hinter der Anführerin her. Mit einem kurzen Nicken zu den anderen folgte ihm Feuerpfote.

In der Höhle konnten seine Augen immer noch nichts erkennen. Die vollkommene Schwärze fühlte sich fremd an, aber zu seiner Überraschung hatte er keine Angst. Die Neugier auf das, was vor ihm lag, war stärker.

Kalte, feuchte Luft durchdrang sein dichtes Fell, seine Muskeln versteiften sich. Selbst die kühlste Nacht war nicht so kalt wie diese Luft. *Der Boden hier hat nie die Wärme der Sonne kennengelernt*, dachte Feuerpfote, als er den Fels glatt wie Eis unter den Pfoten spürte. Mit jedem Atemzug füllte eisige Luft seine Lungen, bis ihm fast schwindlig wurde.

Er folgte Blaustern und Tigerkralle durch die Finsternis, folgte allein ihrem Geruch und vertraute seinem Tastsinn. Sie gingen einen langen Tunnel entlang, der immer tiefer führte und sich erst in die eine, dann in die andere Richtung wand. Feuerpfote berührte die Wände der Höhle mit den Schnurrhaaren und merkte so, wo er geradeaus gehen und wo er abbiegen musste. Seine Nase verriet ihm, dass Blaustern und Tigerkralle nur eine Schwanzlänge vor ihm waren.

Sie trotteten immer weiter. *Wie weit sind wir schon gegangen?*, fragte sich Feuerpfote. Dann spürte er ein Kribbeln in den Schnurrhaaren, die Luft wirkte frischer als vorher. Er schnüffelte erneut und war erleichtert, als er die vertraute

Welt über ihnen riechen konnte. Er roch Torf und Beute und den Duft von Heidekraut. Irgendwo musste es oben ein Loch im Tunnel geben.

»Wo sind wir?«, miaute er in die Dunkelheit.

»Wir haben die Höhle des Mondsteins betreten«, kam Blausterns leise Antwort. »Wartet hier. Bald wird Mondhoch sein.«

Feuerpfote legte seine Hinterbeine unter sich auf dem kühlen Boden zusammen und wartete. Er konnte das gleichmäßige Atmen von Blaustern hören und das schnellere Keuchen von Tigerkralle mit seinem Angstgeruch.

Plötzlich wurde die Höhle von einem Blitz erleuchtet, blendender als die untergehende Sonne. Feuerpfotes Augen waren wegen der Schwärze des Tunnels weit geöffnet gewesen. Rasch schloss er sie vor dem kalten, weißen Licht, bevor er sie wieder zu schmalen Schlitzen öffnete.

Er sah einen glänzenden Felsen, der funkelte, als bestünde er aus zahllosen Tautropfen. *Der Mondstein!* Feuerpfote blickte sich um. In dem kalten Licht, das von dem Felsen zurückstrahlte, konnte er die im Schatten liegenden Umrisse einer hohen Höhle erkennen. Der Mondstein ragte drei Schwanzlängen in der Mitte des Bodens auf.

Blaustern, ihr Fell weiß gebleicht im Glanz des Mondsteins, starrte nach oben. Selbst Tigerkralles dunkler Pelz leuchtete silbern. Feuerpfote folgte dem Blick seiner Anführerin. Hoch oben in der Decke befand sich eine Öffnung, die ein schmales Dreieck Nachthimmel enthüllte, durch das der Mond einen Lichtstrahl hinab auf den Mondstein warf und ihn wie einen Stern funkeln ließ.

Feuerpfote roch, wie neben ihm Tigerkralles Angstgeruch

immer stärker wurde, penetrant und überwältigend. Das überraschte ihn. Konnte der Krieger noch etwas anderes sehen als er, etwas Gefährliches?

Feuerpfote nahm eine huschende Bewegung wahr, fühlte Fell an sich vorbeistreichen und hörte die fliehenden Pfotenschritte von Tigerkralle, der zurück zum Eingang raste.

»Feuerpfote?« Blausterns Stimme war ruhig und sanft.

»Ich bin noch hier«, antwortete er beunruhigt. Was hatte Tigerkralle so in Angst versetzt?

»Blaustern?«, miaute Feuerpfote, als sie nicht antwortete. Sein Herz schlug schnell, das Blut dröhnte in seinen Ohren.

»Es ist alles in Ordnung, junger Krieger. Du brauchst keine Angst zu haben«, murmelte Blaustern. Ihre gelassene Stimme beruhigte ihn ein wenig. »Ich denke, Tigerkralle war überwältigt von der Kraft des Mondsteins. In der Welt oben ist er ein furchtloser und mächtiger Krieger, aber hier unten, wo die Geister des SternenClans sprechen, braucht eine Katze eine andere Art von Stärke. Was fühlst du, Feuerpfote?«

Er sog tief die Luft ein und zwang seinen Körper, sich zu entspannen. »Nur meine eigene Neugier«, gab er zu.

»Das ist gut«, erwiderte Blaustern.

Er betrachtete wieder den Mondstein. Seine Augen hatten sich an sein Licht gewöhnt und er wurde davon nicht mehr geblendet. Im Gegenteil, es beruhigte ihn. Mit einem Schwanzzucken erinnerte er sich an seinen Traum. Das war der gleißende Lichtball, den er darin gesehen hatte!

Gebannt beobachtete Feuerpfote, wie Blaustern zu dem Stein schritt und sich daneben niederlegte. Sie streckte den Kopf vor und berührte den Mondstein mit der Nase. Einen Augenblick lang funkelten ihre blauen Augen mit seinem Widerschein. Dann legte sie den Kopf mit geschlossenen Augen auf die Pfoten, ihre Lider flatterten und gelegentlich zuckten ihre Pfoten. *Schläft sie?*

Dann erinnerte er sich an Graupfotes Worte: »Die neuen Anführer müssen in der Nähe des Steins schlafen, und während sie schlafen, haben sie besondere Träume.«

Er wartete. Die Kälte war hier nicht so durchdringend, trotzdem zitterte er. Er hatte keine Vorstellung, wie viel Zeit verstrichen war, aber irgendwann leuchtete der Felsen nicht mehr. Die Höhle war wieder in Finsternis getaucht. Er blickte hinauf zur Öffnung in der Decke. Der Mond war weitergewandert und nicht mehr zu sehen. Nur winzige Sterne schimmerten nun in dem tiefen Schwarz.

Feuerpfote konnte kaum noch die bleiche Gestalt seiner Anführerin neben dem Mondstein erkennen. Er wollte ihren Namen rufen, wagte aber nicht, das Schweigen zu durchbrechen.

Nach weiteren endlosen Augenblicken kam ihre Stimme: »Feuerpfote? Bist du noch da?« Sie klang entrückt und aufgewühlt.

»Ja, Blaustern.« Er hörte ihre Pfoten näher kommen.

»Beeil dich«, zischte sie. Er fühlte, wie ihr Fell an ihm vorbeistrich. »Wir müssen zurück ins Lager.«

Feuerpfote raste hinter ihr her, erstaunt über die Schnelligkeit, mit der sie durch die Dunkelheit schoss. Blindlings folgte er ihrem Geruch, immer weiter hinauf durch den steinernen Tunnel, bis sie ihn sicher zurück in seine Welt führte.

Tigerkralle wartete im Eingang neben den beiden Schülern, als Blaustern und Feuerpfote aus der Höhle kletterten. Sein

Ausdruck war kalt und sein Fell ein wenig zerzaust, aber er saß bewegungslos und würdevoll da.

»Tigerkralle.« Blaustern grüßte ihn, erwähnte aber nicht seine Flucht aus der Tiefe.

Der Krieger entspannte sich ein wenig. »Was hast du erfahren?«

»Wir müssen sofort zurück ins Lager«, sagte Blaustern kurz.

Feuerpfote sah tiefe Verzweiflung in den Augen seiner Anführerin. Und nun drängte sich das Entsetzen seines eigenen Traums zurück in sein Gedächtnis: die fliehenden Katzen, die großen, dunklen Krieger, das ohrenbetäubende Klagen. Er versuchte, die kalte Angst zu unterdrücken, die seine Muskeln packte, und folgte Blaustern, die mit den anderen den dunklen Hang hinunterraste und sich vom Ahnentor immer mehr entfernte. Sollte seine albtraumhafte Vision nun Wirklichkeit werden?

16. KAPITEL

SIE LIEFEN denselben Weg zurück, den sie gekommen waren. Der Mond war hinter einer Wolkenbank verschwunden. Es war dunkel, aber wenigstens war der Donnerweg jetzt ruhiger. Das einzige Ungeheuer, das sie hörten, war in weiter Ferne. Die Katzen überquerten die Straße gemeinsam und schoben sich durch die Hecke auf der anderen Seite.

Feuerpfote spürte, wie beim Laufen seine Muskeln steif wurden vor Müdigkeit. Blaustern behielt ein schnelles Tempo bei, die Nase vorgereckt, den Schwanz hoch in der Luft, Tigerkralle sprang in großen Sätzen neben ihr her. Feuerpfote folgte ein paar Schritte hinter ihnen mit Graupfote, nur Rabenpfote blieb zurück.

»Halt dich ran, Rabenpfote!«, knurrte Tigerkralle ihn über die Schulter an.

Rabenpfote zuckte zusammen und sprang schnell voran, bis er die beiden Freunde eingeholt hatte.

»Alles in Ordnung mit dir?«, fragte Feuerpfote.

»Ja«, keuchte Rabenpfote, ohne ihm in die Augen zu blicken. »Nur ein bisschen müde.«

Sie rannten in eine tiefe Mulde hinab und auf der anderen Seite wieder hinauf.

»Was hat Tigerkralle gesagt, als er aus der Höhle gekommen ist?«, fragte Feuerpfote und versuchte, nicht allzu neugierig zu wirken.

»Er wollte überprüfen, ob wir noch den Eingang bewachen«, antwortete Graupfote. »Warum?«

Feuerpfote zögerte. »Habt ihr etwas Merkwürdiges an ihm gerochen?«, fragte er.

»Nur diese feuchte, alte Höhle«, sagte sein grauer Freund erstaunt.

»Er wirkte ein wenig nervös«, wagte sich Rabenpfote vor.

»Da war er nicht der Einzige!«, gab Graupfote mit Blick auf den schwarzen Kater zurück.

»Was willst du damit sagen?«

»Nur, dass sich deine Nackenhaare jedes Mal sträuben, wenn du ihn dieser Tage nur siehst. Du bist vor Schreck fast umgefallen, als er aus der Höhle kam.«

»Ich war einfach überrascht, das ist alles«, wehrte sich Rabenpfote. »Du musst doch zugeben, es war ein wenig unheimlich am Ahnentor.«

»Irgendwie schon«, stimmte Graupfote zu.

Die Katzen schlüpften unter einer Hecke durch auf ein Maisfeld, das silbern im Mondlicht glänzte, und folgten einem rundherum verlaufenden Graben.

»Und wie war es da drinnen, Feuerpfote?«, wollte sein Freund wissen. »Hast du den Mondstein gesehen?«

»Ja, habe ich. Es war großartig!« Sein Fell kribbelte bei der Erinnerung daran.

Graupfote warf ihm einen bewundernden Blick zu. »Es stimmt also! Der Stein leuchtet tatsächlich unter der Erde.«

Feuerpfote antwortete nicht. Einen Augenblick lang schloss er die Augen, genoss das Bild des Mondsteins, das sein Inneres blendete. Dann drängten sich Bilder aus seinem Traum in den Vordergrund und er riss die Augen wieder auf. Blaustern hatte recht: Sie mussten zum Lager zurück, so schnell sie konnten.

Vor ihnen waren Tigerkralle und Blaustern aus dem Maisfeld heraus durch einen Zaun gesprungen. Die Schüler folgten ihnen auf einen Sandweg. Es war der Weg, der an dem Nest der Zweibeiner vorbeiführte und an den Hunden. Feuerpfote sah Blaustern und Tigerkralle als Silhouette vor einem rötlich gefärbten Himmel unermüdlich weiterhasten. Bald würde die Sonne aufgehen.

»Schaut mal!«, rief er seinen beiden Kameraden zu. Eine unbekannte Katze war vor den beiden Kriegern auf den Weg gesprungen.

»Das ist ein Einzelläufer!«, zischte Graupfote.

Der Fremde, ein stämmiger, schwarz-weißer Kater, war kürzer als die Krieger, aber muskulös.

»Das ist Mikusch«, stellte Blaustern ihn den Schülern vor, als sie die beiden eingeholt hatten. »Er lebt in der Nähe des Zweibeinernests.«

»Hallo!«, miaute der Kater. »Ich habe die letzten Monde niemanden aus eurem Clan gesehen. Wie geht's dir, Blaustern?«

»Gut, danke«, erwiderte sie. »Und dir, Mikusch? Wie ist es mit der Beute gelaufen, seit wir das letzte Mal vorbeigekommen sind?«

»Nicht schlecht«, antwortete der Einzelläufer mit einem liebenswürdigen Leuchten in den Augen. »Etwas Gutes haben die Zweibeiner – man findet immer jede Menge Ratten in ihrer Nähe. Aber ihr scheint es eiliger zu haben als sonst. Ist alles in Ordnung?«

Tigerkralle warf Mikusch einen scharfen Blick zu und aus seiner Brust ertönte ein tiefes Knurren. Die Neugier des anderen schien den Krieger misstrauisch zu machen.

»Ich bin nicht gern allzu lange von meinem Clan entfernt«, antwortete Blaustern diplomatisch.

»Wie immer hängst du an deinem Clan wie eine Königin an ihren Jungen«, bemerkte Mikusch nicht unfreundlich.

»Was willst du, Mikusch?«, fragte Tigerkralle.

Der warf ihm einen vorwurfsvollen Blick zu. »Ich wollte euch lediglich warnen, dass es hier jetzt zwei Hunde gibt. Es wäre sicherer für euch, zurück ins Maisfeld zu gehen, statt am Hof vorbei.«

»Wir wissen Bescheid über die Hunde, wir haben sie auf dem Hinweg schon gesehen ...«, begann Tigerkralle ungeduldig.

»Wir sind dir dankbar für deine Warnung, Mikusch«, unterbrach ihn Blaustern. »Also dann bis zum nächsten Mal.«

Der schwarz-weiße Kater zuckte mit dem Schwanz. »Eine sichere Reise«, miaute er und sprang in großen Sätzen über den Weg davon.

»Kommt«, befahl Blaustern und verließ den Weg. Sie drängte sich durch das hohe Gras zwischen dem Weg und dem Zaun, der zurück zum Maisfeld führte. Die drei Schüler folgten ihr, nur Tigerkralle zögerte.

»Du traust den Worten eines Einzelläufers?«, knurrte er.

»Würdest du lieber mit den Hunden zusammentreffen?«

»Sie waren an der Kette, als wir an ihnen vorbeigekommen sind.«

»Sie könnten jetzt losgebunden sein. Wir gehen hier lang«, sagte Blaustern und duckte sich unter dem Zaun hindurch in das Feld. Die anderen folgten ihr.

Inzwischen war die Sonne über den Horizont gestiegen. In den Hecken funkelten Tautropfen, ein weiterer warmer Tag kündigte sich an.

Die Katzen stapften am Rand des Grabens entlang, dessen Ränder voller Brennnesseln waren. Feuerpfote nahm den Geruch von Beute wahr, bitter stieg er ihm in die Nase. Dieser Geruch war ihm irgendwie vertraut, aber er hatte ihn lange nicht mehr gerochen.

Ein ohrenbetäubendes Kreischen ließ Feuerpfote herumwirbeln. Rabenpfote strampelte und krallte sich am Boden fest. Etwas hielt sein Bein gepackt und zog ihn hinab in den Graben.

»Ratten!«, fauchte Tigerkralle. »Mikusch hat uns in eine Falle gelockt!«

Bevor sie reagieren konnten, waren sie auch schon umzingelt. Riesige, braune, schrill quiekende Ratten schwärmten aus dem Graben heraus. Ihre scharfen Vorderzähne blinkten im Licht des frühen Morgens.

Plötzlich sprang eine auf Feuerpfotes Schulter und ein feuriger Schmerz schoss durch ihn hindurch, als die Ratte ihre Zähne in sein Fleisch schlug. Eine andere hielt sein Bein zwischen ihren kraftvollen Kiefern fest.

Feuerpfote warf sich zu Boden, drehte und wand sich wie verrückt und versuchte sie abzuschütteln. Er wusste, dass die Ratten nicht so viel Kraft hatten wie er, aber es waren so viele. Das Jaulen, Fauchen und Zischen um ihn herum sagten ihm, dass auch die anderen angegriffen wurden.

Feuerpfote hieb wild mit den Krallen um sich, schlitzte eine Ratte auf, die sich an sein Bein geklammert hielt. Die ließ los, aber eine andere packte seinen Schwanz. Schnell wie der Blitz und mit der Kraft, die ihm Angst und Wut verliehen, kämpfte er und hackte auf seine Angreifer ein. Er drehte den Kopf nach hinten und grub seine Zähne in die Ratte, die sich in seiner Schulter festgebissen hatte. Er fühlte, wie die Knochen ihres Genicks in seinem Mund zersplitterten und ihr Körper erschlaffte, bevor sie auf den Sandweg fiel.

Feuerpfote keuchte vor Schmerz, als ihm eine weitere Ratte auf den Rücken sprang und ihre Zähne in ihn grub. Aus dem Augenwinkel sah er weißes Fell aufblitzen. Einen Moment lang war er verwirrt, dann spürte er, wie die Ratte von ihm weggezerrt wurde. Er wirbelte herum und sah Mikusch, der das Nagetier in den Graben schleuderte.

Schnell sah Mikusch sich um und kam Blaustern zu Hilfe, die sich auf dem Weg wand und von den Ratten völlig bedeckt war. Blitzschnell hatte Mikusch das Rückgrat einer der Bestien zwischen den Zähnen und schleuderte sie mit geübter Leichtigkeit weg, spuckte sie auf den Boden und packte eine zweite mit dem Maul, während Blaustern unter ihm um sich hieb.

Feuerpfote eilte zu Graupfote hinüber, der von beiden Seiten von zwei kleineren Ratten angegriffen wurde. Feuerpfote warf sich auf eine von ihnen und biss sie tot. Graupfote gelang es, die andere mit den Krallen auf den Boden zu drücken. Dann packte er sie mit den Zähnen und schleuderte sie mit aller Kraft von sich.

»Sie laufen weg!«, heulte Tigerkralle.

Tatsächlich flohen die übrigen Ratten in die Sicherheit des Grabens. Feuerpfote konnte das Krabbeln kleiner Pfoten hören, die in den Brennnesseln verschwanden. Die Bisswunden in Schulter und Hinterbein brannten heftig. Vorsichtig leckte er sich das Fell, das vom Blut feucht und verklebt war und dessen scharfer Geruch sich mit dem Gestank der Ratten vermischte.

Feuerpfote konnte Rabenpfote nirgendwo entdecken, doch dann sah er, wie Graupfote am Grabenrand dem schwarzen Kater aufmunternd zuredete, der sich verdreckt und von Brennnesseln völlig verbrannt aus dem Graben zog. Eine junge Ratte hielt sich noch an seinem Schwanz fest. Feuerpfote sprang hinzu und erledigte sie schnell.

Jetzt sah sich Feuerpfote nach Blaustern um. Zuerst erblickte er Mikusch, der am Rand des Grabens stand und ihn nach weiteren Ratten absuchte. Blaustern lag bewegungslos auf dem Weg. Beunruhigt rannte Feuerpfote zu seiner Anführerin, deren dichtes, graues Nackenfell mit Blut getränkt war.

»Blaustern?«, miaute er.

Sie antwortete nicht.

Ein wildes Jaulen ließ ihn aufblicken. Tigerkralle war auf Mikuschs Rücken gesprungen und presste ihn auf den Boden. »Du hast uns in eine Falle gelockt!«, fauchte er.

»Ich wusste nicht, dass die Ratten hier sind!«, zischte Mikusch und wirbelte bei dem Versuch aufzustehen, mit den Pfoten den Staub auf.

»Warum hast du uns hier entlanggeschickt?«, fauchte Tigerkralle.

»Die Hunde!«

»Die Hunde waren angebunden, als wir beim letzten Mal vorbeigekommen sind!«

»Der Zweibeiner macht sie nachts los. Sie bewachen sein Nest«, keuchte Mikusch unter dem Gewicht von Tigerkralles massigen Pfoten.

»Tigerkralle! Blaustern ist verwundet!«, brach es aus Feuerpfote heraus.

Sofort ließ Tigerkralle Mikusch los, der aufsprang und sich den Staub aus dem Fell schüttelte. Der große Krieger lief zu Blaustern hinüber und beschnüffelte ihre Wunden.

»Was können wir nur tun?«, fragte Feuerpfote.

»Ihr Schicksal liegt jetzt in den Pfoten des SternenClans«, sagte Tigerkralle ernst und trat zurück.

Feuerpfote riss erschocken die Augen auf. Wollte Tigerkralle sagen, dass Blaustern tot war? Sein Fell kribbelte, als er auf seine Anführerin hinuntersah.

War es das, wovor sie die Geister am Mondstein gewarnt hatten?

Graupfote und Rabenpfote waren nun auch gekommen und standen voller Entsetzen neben ihrer Anführerin. Mikusch hielt sich abseits, reckte aber den Hals, um zu sehen, was geschah.

Blausterns Augen waren offen, doch ihr Blick war glasig und ihr grauer Körper völlig reglos. Sie schien nicht einmal mehr zu atmen.

»Ist sie tot?«, flüsterte Rabenpfote.

»Ich weiß es nicht. Wir müssen abwarten«, antwortete Tigerkralle.

Die fünf Katzen warteten schweigend, während die Sonne am Himmel immer höher stieg. Ohne Worte bat Feuerpfote den SternenClan, seine Anführerin zu beschützen, sie zu ihnen zurückzuschicken.

Dann rührte sich Blaustern. Ihr Schwanzende zuckte und sie hob den Kopf.

»Blaustern?«, miaute Feuerpfote mit bebender Stimme.

»Es ist schon gut«, sagte sie mit rauer Stimme. »Ich bin noch hier. Ich habe ein Leben verloren, aber es war nicht mein neuntes.«

Freude durchströmte Feuerpfote. Er blickte Tigerkralle an, erwartete, auf dem Gesicht des dunklen Kriegers Erleichterung zu sehen, aber es war ausdruckslos.

»Und nun«, sagte er im Befehlston. »Rabenpfote, hole Spinnweben für Blausterns Wunden. Graupfote, suche Studentenblumen oder Schachtelhalm.« Die beiden Schüler rannten los. »Mikusch, ich denke, du solltest uns jetzt allein lassen.«

Feuerpfote blickte zu dem Einzelläufer hinüber, der so tapfer gekämpft hatte, um ihnen zu helfen. Er wollte ihm danken, aber unter Tigerkralles strengem Blick wagte er es nicht. Statt zu sprechen, nickte er Mikusch vorsichtig zu. Der schien ihn zu verstehen, denn er erwiderte sein Nicken und entfernte sich ohne ein Wort.

Blaustern lag noch immer auf dem Pfad. »Sind alle gesund?«, fragte sie heiser.

Tigerkralle nickte.

Rabenpfote kam zurückgerannt, um seine linke Vorderpfote war eine dicke Lage Spinnweben gewickelt.

»Soll ich sie auf die Wunden legen?«, fragte Feuerpfote. »Gelbzahn hat mir gezeigt, wie man das macht.«

»Tu das«, sagte Tigerkralle. Er ging weg und suchte mit gespitzten Ohren noch einmal den Graben nach weiteren Ratten ab.

Feuerpfote schälte eine Lage Spinnweben von der Pfote seines Freundes und drückte sie fest auf Blausterns Wunden, die bei seiner Berührung zusammenzuckte.

»Ohne Tigerkralle hätten mich diese Ratten bei lebendigem Leibe gefressen«, murmelte Blaustern mit vor Schmerz angespannter Stimme.

»Es war nicht Tigerkralle, der dich gerettet hat. Es war Mikusch«, flüsterte Feuerpfote und nahm Rabenpfote ein paar weitere Spinnweben ab.

»Mikusch?« Blaustern schien überrascht. »Ist er hier?«

»Tigerkralle hat ihn weggeschickt«, antwortete Feuerpfote leise. »Er glaubt, Mikusch hätte uns in eine Falle gelockt.«

»Und was glaubst du?«, krächzte Blaustern.

Feuerpfote blickte nicht auf, sondern konzentrierte sich darauf, die letzte Lage Spinnweben an die richtige Stelle zu drücken. »Mikusch ist ein Einzelläufer. Was hätte er davon, uns in eine Falle zu locken, nur um uns dann zu retten?«, sagte er schließlich.

Blaustern legte den Kopf auf die Pfoten und schloss wieder die Augen.

Graupfote kam mit etwas Schachtelhalm zurück. Feuerpfote kaute die Halme und spuckte den Saft auf Blausterns Wunden. Er wusste, es würde helfen, eine Entzündung zu verhindern, aber er wünschte trotzdem, Tüpfelblatt wäre bei ihm mit ihrem wertvollen Wissen als Heilerin.

»Wir sollten hier eine Weile bleiben, bis Blaustern sich ein wenig erholt hat«, bestimmte Tigerkralle, der wieder herangetreten war.

»Nein«, widersprach die Anführerin. »Wir müssen ins Lager zurück.« Sie kniff vor Schmerz die Augen zusammen, als sie sich mühte, auf die Pfoten zu kommen. »Wir müssen weiter.«

Blaustern humpelte am Rand des Feldes entlang, Tigerkralle lief mit unergründlich düsterem Gesichtsausdruck an ihrer Seite. Die Schüler tauschten ängstliche Blicke und folgten ihnen.

»Es ist lange her, dass ich dich ein Leben verlieren sah, Blaustern«, hörte Feuerpfote Tigerkralles geflüsterte Worte. »Wie viele hast du jetzt verloren?«

Feuerpfote war erstaunt über die offene Neugier des Kriegers.

»Das war mein fünftes«, antwortete Blaustern ruhig.

Feuerpfote spitzte die Ohren, aber Tigerkralle erwiderte nichts. Gedankenverloren stapfte er weiter.

17. KAPITEL

SONNENHOCH KAM und ging, während die Katzen ihren Weg durch die alten Jagdgründe des WindClans nahmen. Ihr düsteres Schweigen zeigte, wie mitgenommen sie alle von dem Kampf mit den Ratten waren.

Feuerpfote fühlte Kratzer und Bisse am ganzen Körper. Und auch Graupfote humpelte und hüpfte gelegentlich auf drei Beinen, um sein verletztes Hinterbein zu schonen. Aber am meisten Sorgen machte ihm Blaustern. Sie wurde immer langsamer, weigerte sich jedoch, anzuhalten und auszuruhen. Der grimmige Ausdruck auf ihrem Gesicht, wenn auch von Schmerz umwölkt, zeigte Feuerpfote, wie eilig sie das Lager erreichen wollte.

»Macht euch keine Sorgen wegen SchattenClan-Kriegern«, miaute sie durch zusammengebissene Zähne, als Tigerkralle anhielt, um die Luft zu prüfen. »Heute werden wir hier keine antreffen.«

Wie konnte sie sich da so sicher sein?, fragte sich Feuerpfote.

Vorsichtig suchten sie sich ihren Weg den steilen, felsigen Abhang hinab, der zum Baumgeviert führte und wo sie auf den vertrauten Pfad trafen, der sie nach Hause brachte. Es war inzwischen später Nachmittag und Feuerpfote dachte schon voller Sehnsucht an sein Nest und eine fette Portion Frischbeute.

»Ich kann den Gestank des SchattenClans riechen«, murmelte Graupfote, als sie bereits durch ihre eigenen Jagdgründe zogen.

»Vielleicht hat ihn der Wind vom WindClan-Territorium herabgetragen«, meinte Feuerpfote. Er konnte ihn auch riechen und seine Schnurrhaare zitterten.

Plötzlich blieb Rabenpfote stehen. »Hört ihr das?«, fragte er mit gedämpfter Stimme.

Feuerpfote spitzte die Ohren. Zunächst vernahm er nur die vertrauten Geräusche des Waldes: raschelnde Blätter, den Ruf einer Taube. Dann stockte ihm das Blut. Aus der Ferne drangen kampfhungriges Jaulen und das schrille Schreien verängstigter Jungkatzen zu ihm herüber.

»Schnell!«, heulte Blaustern. »Es ist das, wovor der SternenClan mich gewarnt hat. Unser Lager wird angegriffen!« Sie wollte weiterhetzen, stolperte jedoch, raffte sich wieder auf und humpelte weiter.

Tigerkralle und Feuerpfote stürmten Seite an Seite voran, Graupfote und Rabenpfote folgten ihnen, wobei ihr Schwanzfell sich zu doppelter Größe aufgeplustert hatte. In seiner Hast vergaß Feuerpfote völlig seine Wunden. Sein einziges Ziel war es, den Clan zu schützen.

Das Kampfgetöse wurde immer lauter und in der Nähe des Lagereingangs füllte der Gestank der feindlichen Katzen ihre Nasen. Feuerpfote lief unmittelbar hinter Tigerkralle, als sie durch den Tunnel auf die Lichtung preschten.

Wildes Kampfgetümmel erwartete sie. DonnerClan-Katzen kämpften wütend gegen SchattenClan-Krieger. Die Jungen waren nicht zu sehen, und Feuerpfote hoffte nur, dass sie sicher in der Kinderstube verborgen waren. Auch hoffte er, dass sich die schwächsten Ältesten im hohlen Stamm des umgestürzten Baumes in Sicherheit gebracht hatten.

Überall im Lager wimmelte es von Kriegern. Feuerpfote sah, dass Frostfell und Goldblüte mit Krallen und Zähnen auf einen riesigen grauen Kater losgingen. Sogar die junge getigerte Königin Buntgesicht kämpfte, obwohl sie kurz vor dem Werfen stand. Dunkelstreif war in eine heftige Auseinandersetzung mit einem schwarzen Krieger verkeilt. Drei der Ältesten, Kleinohr, Flickenpelz und Einauge, schnappten tapfer nach einer schildpattfarbenen Katze, die mit doppelt so großer Schnelligkeit und Wildheit kämpfte wie sie.

Wütend warfen sich die heimgekehrten Katzen in das Kampfgetümmel. Feuerpfote schnappte sich eine gestreifte Krieger-Königin, die viel größer war als er, und schlug seine Zähne tief in ihr Bein. Sie jaulte auf vor Schmerz, schlug mit scharfen Krallen um sich und schnappte mit gebleckten Zähnen nach seinem Nacken. Er drehte und bückte sich, um ihrem Biss auszuweichen. Sie war seiner Schnelligkeit nicht gewachsen, und es gelang ihm, sie von hinten zu packen und in den Staub zu werfen. Mit den Krallen seiner starken Hinterbeine zerriss er ihren Rücken, bis sie kreischte, sich von ihm losmachte und kopfüber ins Unterholz außerhalb des Lagers rannte.

Feuerpfote blickte um sich. Blaustern war inzwischen gekommen, und trotz ihrer Wunden kämpfte sie mit einer gestreiften Katze. Feuerpfote hatte sie nie zuvor kämpfen sehen. Sogar verwundet war sie ein mächtiger Gegner. Ihr Opfer versuchte verzweifelt zu entkommen, aber sie hielt es fest und bearbeitete es so wild mit ihren Krallen, dass die Katze viele Monde lang die Narben dieses Kampfes tragen würde.

Dann sah Feuerpfote, wie eine weiße SchattenClan-Katze mit pechschwarzen Pfoten eine Älteste von der Kinderstube wegzerrte. Feuerpfote erinnerte sich von der Großen Versammlung her an die ungewöhnlich dunklen Pfoten: Schwarzfuß! Mühelos tötete er die Älteste, die die Jungen bewacht hatte, und langte nun mit einer riesigen Pfote in das Brombeernest. Die Kleinen schrien und miauten, schutzlos, wie sie waren, während ihre Mütter voller Verzweiflung auf der Lichtung kämpften.

Feuerpfote wollte zur Kinderstube hinüberspringen, aber eine Kralle schnitt ihm schmerzhaft in die Flanke. Er wirbelte herum und erblickte eine magere, schildpattfarbene Kätzin, die ihn angriff und zu Boden stieß. Er kämpfte mit aller Kraft, um sich aus dem Griff der Katze zu winden, und versuchte gleichzeitig, das Brombeernest im Auge zu behalten und den anderen Katzen des DonnerClans zuzurufen, dass die Jungen in Gefahr waren.

Schwarzfuß hatte bereits zwei Junge aus ihrem Nest geholt und griff gerade nach einem dritten. Mehr konnte Feuerpfote nicht erkennen, denn die Schildpattfarbene bearbeitete nun mit ihren hinteren Krallen seinen Bauch. Es gelang ihm, sich auf die Pfoten zu stellen, dann duckte er sich tief, als gäbe er auf. Der Trick hatte früher gewirkt und er wirkte auch jetzt. Als die Kätzin ihn triumphierend packte und ihre Zähne in sein Genick schlagen wollte, sprang Feuerpfote mit einem gewaltigen Schwung auf und warf die Kriegerin ab, die durch den Schlag keine Luft mehr bekam, wirbelte herum und war im Nu auf ihrem Rücken. Dieses Mal kannte er kein Mitleid und grub seine Zähne tief in die Schulter der Gegnerin, bis die Katze laut heulend im Unterholz verschwand.

Feuerpfote sprang auf, rannte hinüber zur Kinderstube und schob den Kopf durch den Eingang. Schwarzfuß war nirgends zu sehen, nur Gelbzahn, die in dem Nest über den verängstigten Jungen kauerte. Ihr dunkelgraues Fell war blutbefleckt und eines ihrer Augen war bösartig geschwollen. Mit drohendem Fauchen blickte sie auf, doch als sie Feuerpfote erkannte, rief sie: »Sie sind unversehrt. Ich beschütze sie.«

Feuerpfote sah, wie sie die hilflosen Jungen beruhigte, und Braunsterns finstere Warnung vor der Einzelläuferin aus dem SchattenClan blitzte in seinen Gedanken auf. Doch jetzt hatte er keine Zeit, darüber nachzudenken. Er musste Gelbzahn einfach trauen. So nickte er ihr zu und kroch wieder aus dem Brombeergebüsch heraus.

Im Lager waren jetzt nur noch wenige Krieger aus dem SchattenClan zurückgeblieben. Rabenpfote und Graupfote kämpften Seite an Seite und bearbeiteten mit ausgefahrenen Krallen einen schwarzen Kater, bis der heulend in die Büsche floh. Weißpelz und Dunkelstreif verjagten die letzten beiden Eindringlinge und versetzten ihnen ein paar zusätzlichen Kratzer und Bisse.

Erschöpft hockte sich Feuerpfote nieder und sah sich um. Das Lager war verwüstet, die Lichtung blutbespritzt und Fellflocken flogen durch den aufgewirbelten Staub. Der äußere Wall aus Zweigen und Gestrüpp war aufgerissen, wo die Eindringlinge eingebrochen waren.

Eine nach der anderen versammelten sich nun die DonnerClan-Katzen unterhalb des Hochsteins. Graupfote setzte sich keuchend neben Feuerpfote, Blut tropfte von seinem eingerissenen Ohr. Rabenpfote ließ sich erschöpft fallen und leckte eine Wunde am Schwanz. Die Königinnen liefen zur Kinderstube, um nach ihren Jungen zu sehen. Feuerpfote wartete angespannt und atmete erst auf, als aus dem Brombeernest freudiges Quieken und Schnurren zu hören waren.

Frostfell schlängelte sich durch die Menge, gefolgt von Gelbzahn. Die Königin mit dem weißen Fell trat vor und verkündete: »Unsere Jungen sind alle unversehrt, dank Gelbzahn. Ein SchattenClan-Krieger hat die tapfere Rosenschweif getötet und versucht, die Jungen aus dem Nest zu entführen, aber Gelbzahn hat ihn abgewehrt.«

»Und das war kein gewöhnlicher Krieger«, warf Feuerpfote ein. Er war entschlossen, dem Clan deutlich zu machen, wie viel sie Gelbzahn zu verdanken hatten. »Ich habe ihn gesehen. Es war Schwarzfuß.«

»Der Zweite Anführer des SchattenClans!«, miaute Buntgesicht, die so verbissen gekämpft hatte, um die ungeborenen Jungen in ihrem angeschwollenen Bauch zu schützen.

Am Rand der Gruppe gab es eine unruhige Bewegung, als Blaustern herbeihumpelte und zu den Schülern trat. Ihre ernste Miene verriet Feuerpfote, dass etwas nicht stimmte.

»Tüpfelblatt ist bei Löwenherz«, murmelte sie. »Er ist im Kampf verwundet worden. Es sieht böse aus.« Sie wandte den Kopf der im Schatten liegenden Seite des Hochsteins zu, wo der Krieger im Schatten ruhte, ein bewegungsloses Bündel aus staubigem, goldenem Fell.

Ein hoher Klagelaut drang aus Graupfotes Kehle und er rannte zu Löwenherz hinüber. Tüpfelblatt, die über den großen Krieger gebeugt war, trat zurück, um dem jungen Schüler zu erlauben, seinem Mentor zum letzten Mal die Zunge zu geben. Als Graupfotes Klagelaute in der Lichtung widerhallten, kribbelte Feuerpfote das Fell und ihm wurde eiskalt. Es war der Schrei, den er im Traum gehört hatte! Einen Augenblick lang schwamm ihm der Kopf, dann schüttelte er sich. Er musste seinem Freund zuliebe Ruhe bewahren.

Feuerpfote blickte Blaustern an. Sie nickte ihm zu, und er stapfte hinüber zu Graupfote, verharrte einen Augenblick neben Tüpfelblatt.

Sie wirkte erschöpft und hatte vor Kummer trübe Augen. »Ich kann Löwenherz nicht mehr helfen«, miaute sie leise. »Er ist auf dem Weg zum SternenClan.« Sie drückte sich gegen Feuerpfotes Flanke und er fühlte sich durch die Berührung ihres warmen Fells getröstet.

Die anderen Katzen starrten schweigend vor sich hin, während die Sonne langsam hinter den Bäumen versank. Schließlich richtete Graupfote sich auf und rief aus: »Er ist von uns gegangen!« Er legte sich neben den Körper seines Mentors nieder und senkte seinen Kopf auf dessen Vorderpfoten. Der Rest des Clans trat schweigend vor, um seine eigenen Trauerrituale für den geliebten Zweiten Anführer des Clans zu vollziehen.

Feuerpfote schloss sich ihnen an. Er leckte Löwenherz den Nacken und murmelte: »Ich danke dir für deine Weisheit. Du hast mir so viel beigebracht.« Dann setzte er sich neben Graupfote und begann sanft, die Ohren seines Freundes zu lecken.

Blaustern wartete, bis die anderen Katzen gegangen waren, bevor sie leise an seine Seite trat. Graupfote schien die Anwesenheit seiner Anführerin gar nicht zu bemerken, und Feuerpfote schaute weg, als Blaustern die letzten Worte zu ihrem alten Freund sprach.

»Ach, was soll ich nur ohne dich tun, Löwenherz?«, flüsterte sie. Dann humpelte sie zu ihrem Bau, kauerte sich davor nieder und starrte voller Trauer in die Ferne. Sie versuchte nicht einmal, ihr blutverklebtes Fell sauber zu lecken. Zum ersten Mal sah Feuerpfote sie vollkommen niedergeschlagen, und er spürte, wie ein Kälteschauer ihn durchfuhr.

Er blieb bei Graupfote und Löwenherz sitzen, bis der Mond aufstieg, und auch Rabenpfote schloss sich ihm an. So leisteten sie zusammen ihrem trauernden Freund Gesellschaft. Tigerkralle kam ebenfalls und gab Löwenherz kurz die Zunge. Feuerpfote wartete, welche Worte er seinem Kriegerfreund widmen würde, aber Tigerkralle blieb stumm, während er das verklebte Fell des Toten leckte. Zu Feuerpfotes Verwirrung waren die dunklen Augen des getigerten Katers dabei eher auf Rabenpfote gerichtet als auf den gefallenen Stellvertreter.

Tüpfelblatt strich mit leichten Schritten durchs Lager und kümmerte sich um Wunden und angespannte Nerven. Feuerpfote sah, wie sie sich zweimal Blaustern näherte, aber jedes Mal weggeschickt wurde, damit sie sich anderen widmete. Erst als Tüpfelblatt die Wunden aller Katzen versorgt hatte, erlaubte ihr Blaustern, ihre Biss- und Kratzwunden zu behandeln.

Später erhob sich Blaustern und hievte sich langsam hinauf auf den Hochstein. Die Clan-Katzen schienen darauf gewartet zu haben, denn sobald die Anführerin sich auf ihrem gewohnten Platz niedergelassen hatte, versammelten sie sich auf der Lichtung, diesmal ungewöhnlich still und mit ernsten Mienen.

Auch Feuerpfote und Rabenpfote rappelten sich steifgliedrig auf und gesellten sich zu den anderen. Graupfote ließen sie bei seinem toten Mentor zurück. Der junge Schüler lag noch immer da, die Nase an das erkaltende, goldene Fell von Löwenherz gepresst. Feuerpfote war sich sicher, dass Blaustern den Freund diesmal von der Clan-Versammlung entschuldigen würde.

»Es ist beinahe Mondhoch«, miaute Blaustern, als Feuerpfote neben Rabenpfote Platz nahm. »Und es ist wieder einmal meine Pflicht – viel, viel zu früh –, einen neuen Stellvertreter für den DonnerClan zu ernennen.« Ihre Stimme klang müde und brüchig vor Trauer.

Feuerpfote blickte von Krieger zu Krieger, und sie alle schauten erwartungsvoll auf Tigerkralle. Sogar Weißpelz hatte sich umgedreht, um den dunkel getigerten Kater zu beobachten. Nach dem kühnen Ausdruck auf Tigerkralles Gesicht und nach der Art zu urteilen, wie seine Schnurrhaare zuckten, schien er ihre Erwartung zu teilen.

Blaustern holte tief Luft und fuhr fort: »Ich spreche diese Worte vor dem Leichnam von Löwenherz, damit sein Geist sie hört und meiner Wahl zustimmen kann.« Sie zögerte. »Ich habe nicht vergessen, wie eine Katze Rotschweifs Tod gerächt und seinen Körper zu uns zurückgebracht hat. Der DonnerClan braucht diese furchtlose Treue mehr denn je.« Wieder machte Blaustern eine Pause, dann sprach sie es laut und deutlich aus: »Tigerkralle wird der neue Zweite Anführer des DonnerClans sein.«

Es gab ein zustimmendes Jaulen, wobei die lautesten Stimmen von Dunkelstreif und Langschweif kamen. Weißpelz saß ruhig da mit geschlossenen Augen, den Schwanz ordentlich um sich gelegt. Langsam und zustimmend nickte er.

Mit halb geschlossenen Augen hob Tigerkralle selbstbewusst das Kinn und lauschte dem Beifall des Clans. Dann stolzierte er durch die Menge, nahm mit einem angedeuteten Nicken die Ehrenbezeugungen entgegen und sprang auf den Hochstein an Blausterns Seite. »DonnerClan«, heulte er, »es ist für mich eine Ehre, die Position des Zweiten Anführers anzunehmen. Ich habe nie erwartet, solch einen hohen Rang zu erreichen, aber beim Geiste von Löwenherz gelobe ich, euch, so gut ich es vermag, zu dienen.« Ernst neigte er den Kopf, ließ den Blick aus seinen großen, gelben Augen über die Menge schweifen und sprang wieder vom Hochstein hinab.

Feuerpfote hörte, wie Rabenpfote neben ihm leise »Oh nein!« murmelte. Er drehte sich um und betrachtete neugierig den Freund.

Der ließ den Kopf tief hängen. »Sie hätte niemals ihn wählen dürfen!«, raunte er.

»Sprichst du von Tigerkralle?«, fragte Feuerpfote im Flüsterton.

»Er hat immer Stellvertreter werden wollen, seit er Rotschweif erledigt ...« Rabenpfote verstummte abrupt.

»Rotschweif erledigt?«, wiederholte Feuerpfote. Plötzlich schwirrten ihm unheilvolle Gedanken durch den Kopf. Was wusste Rabenpfote? War sein Bericht wahr gewesen, den er bei der Großen Versammlung über den Kampf mit dem FlussClan gegeben hatte? War etwa *Tigerkralle* für Rotschweifs Tod verantwortlich?

18. KAPITEL

»ERZÄHLST DU GERADE Feuerpfote, wie ich Rotschweif beschützt habe?«

Feuerpfote spürte, wie ein Kälteschauer sein Nackenfell aufstellte.

Rabenpfote wirbelte mit vor Angst geweiteten Augen herum. Über ihnen ragte Tigerkralle auf und seine Lippen waren drohend zurückgezogen.

Feuerpfote sprang auf und stellte sich dem neuen Stellvertreter entgegen. »Er hat nur gesagt, er wünschte, du wärst hier gewesen, um dich auch um Löwenherz zu kümmern, das ist alles!«, rief er geistesgegenwärtig.

Tigerkralle sah vom einen zum anderen, dann stolzierte er schweigend davon. Die grünen Augen des kleinen, schwarzen Katers waren starr vor Entsetzen und er begann unkontrolliert zu zittern.

»Rabenpfote?«, miaute sein Mitschüler besorgt.

Aber der blickte noch nicht einmal zu ihm auf. Mit tief gesenktem Kopf schlich er zu Graupfote hinüber, kauerte sich neben ihn nieder und presste seinen mageren, schwarzen Körper an sein dichtes Fell, als wäre ihm plötzlich kalt.

Hilflos betrachtete Feuerpfote seine beiden Freunde, wie sie neben dem toten Körper von Löwenherz kauerten. Er stapfte zu ihnen hinüber und ließ sich neben ihnen nieder, bereit, die Nacht dort zu verbringen.

Während über ihnen der Mond vorbeizog, leisteten andere Katzen ihnen bei der Totenwache Gesellschaft. Blaustern kam als Letzte, als es im Lager schon ruhig und still war. Sie sagte nichts, sondern saß ein Stück abseits und starrte mit einem Ausdruck so unerträglicher Trauer auf ihren toten Stellvertreter, dass Feuerpfote den Blick abwenden musste.

Als der Morgen dämmerte, kam eine Gruppe Ältester, um Löwenherz' Leichnam zum Begräbnisplatz zu tragen. Graupfote folgte ihnen. Er wollte helfen, das Loch zu graben, in dem der große Krieger seine letzte Ruhe finden sollte.

Feuerpfote gähnte und streckte sich. Ihm war kalt bis auf die Knochen. Inzwischen war fast Blattfall, und der Wald lag nebelverhangen da, während über dem Laub rosa der Morgenhimmel erglühte. Er schaute Graupfote nach, wie er mit den Ältesten im taubenetzten Unterholz verschwand.

Rabenpfote sprang auf und eilte hinüber in ihren Bau, Feuerpfote folgte ihm langsam. Als er dort ankam, hatte sich der schwarze Kater schon zusammengerollt und die Nase unter den Schwanz gesteckt, als schliefe er. Feuerpfote war zu erschöpft, um zu reden. Er drehte sich auf dem Moosbett um die eigene Achse und ließ sich dann nieder zu einem langen Schlaf.

»Wach auf!«

Feuerpfote hörte Borkenpfotes Stimme am Eingang rufen und öffnete die Augen. Rabenpfote war schon wach und saß mit gespitzten Ohren starr und aufrecht da. Neben ihm rührte sich Graupfote. Feuerpfote war überrascht, die vertraute graue Gestalt zu sehen. Er hatte ihn nicht zurückkommen hören, nachdem er Löwenherz beerdigt hatte.

»Blaustern hat erneut eine Versammlung einberufen«, rief Borkenpfote.

Die drei Schüler krochen aus dem warmen Bau. Die Sonne hatte ihren Höhepunkt bereits überschritten und die Luft fühlte sich kälter an als zuvor. Feuerpfote zitterte und sein Magen knurrte. Er konnte sich nicht erinnern, wann er das letzte Mal gegessen hatte, und er fragte sich, ob er heute eine Gelegenheit dazu finden würde.

Feuerpfote, Graupfote und Rabenpfote gesellten sich eilig zu den Katzen, die sich unterhalb des Hochsteins versammelt hatten.

Tigerkralle wandte sich von seinem Platz neben Blaustern an die Menge: »Auf dem Weg zurück von den Hochfelsen hat unsere Anführerin ein weiteres Leben verloren. Da ihr jetzt nur noch vier ihrer neun Leben bleiben, werde ich eine Leibwache aufstellen, die ununterbrochen an ihrer Seite sein wird. Keine Katze darf sich ihr nähern, wenn die Wachen nicht anwesend sind.« Seine bernsteinfarbenen Augen wanderten hinüber zu Rabenpfote und dann zurück zum Rest der Menge. »Dunkelstreif und Langschweif«, fuhr er mit einem Blick auf die beiden Krieger fort, »ihr werdet Blausterns Wachen sein.«

Sie nickten wichtigtuerisch und setzten sich aufrechter hin.

Nun sprach Blaustern und nach dem befehlshaberischen Ton ihres Stellvertreters klang ihre Stimme sanft und beruhigend: »Ich danke dir, Tigerkralle, für deine Treue. Aber der Clan muss wissen, dass ich immer noch für alle da bin. Keine

Katze sollte zögern, sich an mich zu wenden, und ich werde gerne mit jedem sprechen, mit oder ohne Leibwächter.« Ihre Blicke flogen kurz in Tigerkralles Richtung. »Wie das Gesetz der Krieger sagt, ist die Sicherheit des Clans wichtiger als die Sicherheit jedes einzelnen Mitglieds.« Sie machte eine Pause und ihr leuchtend blauer Blick ruhte kurz auf Feuerpfote. »Und nun möchte ich Gelbzahn einladen, sich dem DonnerClan anzuschließen.« Erstauntes Miauen erhob sich aus der Menge.

Blaustern sah Frostfell an, die zustimmend nickte. Die anderen Königinnen sahen schweigend zu.

Blaustern fuhr fort: »Ihr Verhalten letzte Nacht hat bewiesen, dass sie tapfer und treu ist. Wenn sie es wünscht, heißen wir sie nun als volles Mitglied dieses Clans willkommen.«

Von ihrem Platz am Rand der Menge blickte Gelbzahn hinauf zu der Anführerin und murmelte: »Ich fühle mich geehrt, Blaustern, und nehme dein Angebot an.«

»Gut«, sagte diese und ihre Stimme war fest, als sei die Angelegenheit damit abgeschlossen.

Feuerpfote schnurrte begeistert und knuffte Graupfote in die Seite. Er war selbst überrascht, wie viel ihm Blausterns öffentliche Bekundung bedeutete und dass sie Gelbzahn vertraute.

Die Anführerin hob wieder an zu sprechen: »Letzte Nacht haben wir uns erfolgreich gegen den SchattenClan verteidigt, aber er ist immer noch eine große Bedrohung. Die Reparaturarbeiten, die wir heute Morgen aufgenommen haben, werden fortgeführt. An unseren Grenzen wird ständig patrouilliert. Wir dürfen nicht davon ausgehen, dass der Krieg beendet ist.«

Tigerkralle erhob sich mit aufgerichtetem Schwanz und sah mit funkelnden Augen auf die versammelten Katzen hinab. »Der SchattenClan hat angegriffen, als wir nicht im Lager waren«, knurrte er. »Sie haben den Zeitpunkt gut gewählt. Woher wussten sie, dass das Lager so schlecht geschützt war? Haben sie Augen innerhalb unseres Lagers?«

Feuerpfote war starr vor Entsetzen, als Tigerkralle mit seinen Blicken Rabenpfote durchbohrte. Einige Katzen folgten dem Blick des neuen Stellvertreters und schauten verwirrt auf den Schüler. Rabenpfote hatte die Augen gesenkt und trat nervös von einer Pfote auf die andere.

Tigerkralle fuhr fort: »Wir haben noch Zeit bis zum Sonnenuntergang. Wir müssen uns darauf konzentrieren, unser Lager wieder aufzubauen. In der Zwischenzeit, wenn euch etwas oder jemand verdächtig vorkommt, berichtet es mir. Ihr könnt sicher sein, dass alles, was ihr mir sagt, vertraulich bleibt.« Er nickte zum Zeichen, dass der Clan entlassen war, dann drehte er sich um und redete leise mit Blaustern.

Die Versammlung löste sich auf, und die Katzen gingen im Lager herum, bewerteten den Schaden und bildeten Arbeitsgruppen.

»Rabenpfote!«, rief Feuerpfote. In seinem Magen saß noch immer der Schreck wegen Tigerkralles finsterer Andeutung, sein eigener Schüler könne den Clan verraten haben. Aber Rabenpfote war bereits davongesprungen. Feuerpfote konnte sehen, dass er Kurzschweif und Weißpelz seine Hilfe anbot und dann forteilte, um Äste zu holen, mit denen sie die Löcher im Umgrenzungswall stopfen konnten. Offensichtlich wollte Rabenpfote nicht reden.

»Komm, wir helfen ihm«, schlug Graupfote vor. Seine

Stimme klang flach und erschöpft und seine Augen waren trüb.

»Geh du schon. Ich komme gleich nach«, erwiderte Feuerpfote. »Erst will ich nachsehen, wie es Gelbzahn geht nach ihrem Kampf mit Schwarzfuß.«

Er besuchte die alte Kätzin in ihrem Nest bei dem umgestürzten Baum. Sie lag ausgestreckt im Schatten. Ihre Augen waren nachdenklich.

»Feuerpfote«, schnurrte sie, als sie ihn erblickte. »Schön, dass du gekommen bist.«

»Ich wollte nachsehen, wie es dir geht«, miaute Feuerpfote.

»Alte Gewohnheiten halten sich länger als alte Gerüche, was?«, bemerkte Gelbzahn mit einem Aufblitzen ihres früheren Kampfgeistes.

»So ist es wohl«, gab Feuerpfote zu. »Wie fühlst du dich?«

»Meine Beinverletzung meldet sich wieder, aber es geht schon.«

»Wie hast du es nur geschafft, Schwarzfuß abzuwehren?«, fragte Feuerpfote mit Bewunderung in der Stimme.

»Schwarzfuß ist stark, aber er ist kein intelligenter Kämpfer. Mit dir zu kämpfen war eine größere Herausforderung.«

Feuerpfote suchte nach einer Spur von Ironie im Auge der alten Kätzin, konnte aber nichts entdecken.

»Ich kenne ihn, seit er ein Junges war«, fuhr sie fort. »Er hat sich nicht geändert – ein Kraftprotz, aber kein Gehirn.«

Der Schüler setzte sich neben sie. »Es hat mich nicht überrascht, dass Blaustern dir angeboten hat, dich dem Clan anzuschließen«, schnurrte er. »Du hast gestern Nacht wirklich deine Treue bewiesen.«

Gelbzahns Schwanz zuckte. »Vielleicht hätte eine wirklich treue Katze auf der Seite des Clans gekämpft, der sie großgezogen hat.«

»Aber dann würde ich für meine Zweibeiner kämpfen!«, sagte Feuerpfote.

Gelbzahn warf ihm einen anerkennenden Blick zu. »Gut gesprochen, mein Junge. Aber schließlich bist du schon immer jemand gewesen, der nachdenkt.«

Trauer ergriff sein Herz, als er sich erinnerte, dass dies auch Löwenherz' Worte gewesen waren. »Vermisst du den SchattenClan?«, fragte er.

Sie blinzelte langsam. »Ich vermisse den alten SchattenClan«, sagte sie schließlich. »Wie er früher einmal gewesen ist.«

»Bevor Braunstern Anführer wurde?«, wollte Feuerpfote wissen.

»Ja«, gab Gelbzahn leise zu. »Er hat den Clan verändert.« Sie lachte keuchend. »Er hat immer gewusst, wie man eine gute Rede hält. Er konnte erreichen, dass du eine Maus für ein Kaninchen hältst, wenn er sich das in den Kopf gesetzt hatte. Vielleicht bin ich deshalb so blind gegenüber seinen Fehlern gewesen.« Verloren in Erinnerungen starrte die alte Kätzin in die Ferne.

»Ich wette, du weißt nicht, wer der neue Heiler des SchattenClans ist«, sagte Feuerpfote, dem plötzlich wieder eingefallen war, was er auf der Großen Versammlung erfahren hatte. Es kam ihm vor, als wäre das jetzt schon Monde her.

Seine Worte holten Gelbzahn in die Gegenwart zurück. »Doch nicht etwa Triefnase?«, miaute sie.

»Genau!«

Gelbzahn schüttelte den Kopf. »Aber er kann nicht einmal seinen eigenen Schnupfen heilen!«

»Dasselbe hat Graupfote auch gesagt!« Einen Augenblick lang schnurrten beide amüsiert. Dann stellte sich Feuerpfote auf die Pfoten. »Ich lasse dich jetzt in Ruhe. Ruf mich, wenn du heute noch irgendetwas brauchst.«

Gelbzahn hob den Kopf. »Bevor du gehst, Feuerpfote, ich habe gehört, dass du in einen Kampf mit Ratten verwickelt warst. Hast du geblutet?«

»Ist schon gut, Tüpfelblatt hat meine Verletzungen mit Studentenblume behandelt.«

»Manchmal ist Studentenblume nicht stark genug bei Rattenbissen. Suche dir ein Beet mit wildem Knoblauch und wälze dich darin. Ich glaube, da wächst welcher nicht weit vom Lagereingang entfernt. Der zieht alles Gift heraus, das die Ratten vielleicht hinterlassen haben. Wenngleich«, fügte sie trocken hinzu, »deine Schlafkameraden mir für diesen Rat vielleicht nicht danken werden.«

»Nun, ich danke dir jedenfalls, Gelbzahn!«, schnurrte Feuerpfote.

»Sieh dich vor, mein Junge.« Die alte Kätzin schaute ihm einen Augenblick in die Augen, dann ließ sie das Kinn auf die Vorderpfoten sinken und schloss die Augen.

Feuerpfote schlüpfte unter den Zweigen um Gelbzahns Nest hindurch und lief zum Ginstertunnel auf der Suche nach wildem Knoblauch. Die Sonne ging unter, und er hörte, wie die Königinnen ihre Jungen für die Nacht zurechtmachten.

»Kannst du mir sagen, wo du hingehst?«, grollte eine Stimme aus dem Schatten. Es war Dunkelstreif.

»Gelbzahn hat mir geraten, hinauszugehen und ...«

»Von dieser Einzelläuferin nimmst du keine Befehle entgegen!«, fauchte der Krieger. »Geh und hilf bei den Reparaturen. Keine Katze darf heute Nacht das Lager verlassen!« Er peitschte mit dem Schwanz hin und her.

»Ja, Dunkelstreif«, miaute Feuerpfote und senkte unterwürfig den Kopf. Er drehte sich um und murmelte leise: »Dreckstreif!« Dann ging er zur Lagergrenze, wo er auf Graupfote und Rabenpfote traf, die damit beschäftigt waren, ein großes Loch in dem Gestrüppwall zu flicken.

»Wie geht's Gelbzahn?«, fragte Graupfote seinen Freund.

»Bestens. Sie hat gesagt, wilder Knoblauch sei gut für meine Rattenbisse. Ich war auf dem Weg, welchen zu suchen, aber Dunkelstreif hat mir befohlen, im Lager zu bleiben«, berichtete Feuerpfote.

»Wilder Knoblauch?«, miaute Graupfote. »Ich hätte nichts dagegen, das auszuprobieren. Mein Bein brennt immer noch.«

»Ich könnte mich hinausstehlen und welchen holen«, bot Feuerpfote an. Er hatte Dunkelstreif seine anmaßende Behandlung übel genommen und freute sich auf eine Gelegenheit, ihn zu überlisten. »Niemand würde es merken, wenn ich durch dieses Loch hier hinausschlüpfte. Es sind nur ein paar Kaninchenhüpfer.«

Rabenpfote runzelte die Stirn, aber Graupfote nickte. »Wir werden dich decken«, flüsterte er.

Feuerpfote stupste ihn dankbar mit der Nase an. Er sprang durch das Loch im Gestrüppwall hinaus und machte sich auf zu der Stelle mit wildem Knoblauch, der durch seinen scharfen Geruch leicht zu finden war. Der Mond stieg am violetten Himmel auf, während die Sonne unter den Horizont versank. Eine kalte Brise wehte durch sein Fell.

Plötzlich nahm er einen Katzengeruch wahr, den der Wind ihm zutrug. Vorsichtig schnüffelte er. SchattenClan? Nein, nur Tigerkralle und zwei andere Katzen. Noch einmal prüfte er die Luft. Dunkelstreif und Langschweif! Was machten die hier?

Feuerpfote war neugierig und duckte sich in die Anschleichhaltung. Pfote für Pfote robbte er durch das Unterholz und hielt sich auf der Seite der drei Krieger, die dem Wind abgewandt war. Sie standen im Schatten eines Farnbuschs, die Köpfe dicht zusammengesteckt. Bald hatte sich Feuerpfote nahe genug herangeschlichen, um sie sprechen zu hören.

»Der SternenClan weiß, dass mein Schüler von Anfang an wenig vielversprechend war, aber ich habe niemals erwartet, dass er zum Verräter wird!«, knurrte Tigerkralle.

Feuerpfote riss die Augen auf und seine Haare stellten sich vor Schreck auf. *Das klang, als wollte Tigerkralle nicht nur Andeutungen von sich geben, dass Rabenpfote den Clan verraten hätte!*

»Wie lange, hast du gesagt, ist Rabenpfote auf der Reise zum Ahnentor weggewesen?«, fragte Dunkelstreif.

»Lange genug, um zum Lager des SchattenClans zu laufen und wieder zurück«, war die bedrohliche Antwort.

Wütend sträubte sich das Fell auf Feuerpfotes Schwanz. *Das stimmt doch nicht!*, dachte er. *Er war die ganze Zeit bei uns!*

Jetzt war Langschweifs Stimme zu hören, schrill vor Aufregung: »Er muss ihnen gesagt haben, dass unsere Anführerin mit den stärksten Kriegern das Lager verlassen hat. Warum sonst würden sie gerade dann angreifen?«

»Wir sind der letzte Clan, der dem SchattenClan widersteht. Wir müssen stark bleiben«, schnurrte Tigerkralle. Sein Ton war jetzt samtweich geworden. Schweigend wartete er auf eine Antwort.

Die kam von Dunkelstreif, eifrig, als wäre er noch Tigerkralles Schüler, der die richtige Antwort auf eine Frage zu den Jagdtechniken gibt. Bei seinen Worten verschlug es Feuerpfote den Atem vor Angst. »Und der Clan wäre besser dran ohne einen Verräter wie Rabenpfote.«

»Ich stimme dir voll und ganz zu, Dunkelstreif«, murmelte Tigerkralle mit gefühlsbetonter Stimme. »Obwohl er mein eigener Schüler ist …« Er verstummte, als wäre er zu erschüttert, um fortzufahren.

Feuerpfote hatte genug gehört. Er vergaß völlig den wilden Knoblauch und kroch, so leise und so schnell er nur konnte, zurück ins Lager.

Er beschloss, Rabenpfote nicht zu erzählen, was er gehört hatte. Er würde zu Tode erschrecken. Seine Gedanken rasten. Was konnte er tun? Tigerkralle war der Zweite Anführer des Clans, ein großer Krieger und beliebt bei allen anderen Katzen. Niemand würde sich die Vorwürfe anhören, die ein Schüler gegen ihn erhob. Rabenpfote jedoch war in schrecklicher Gefahr.

Feuerpfote schüttelte sich, um einen klaren Kopf zu bekommen. Es gab nur eines, was er tun konnte – er musste Blaustern berichten, was er gehört hatte, und sie irgendwie davon überzeugen, dass er die Wahrheit sprach!

19. KAPITEL

GRAUPFOTE UND Rabenpfote waren noch damit beschäftigt, das Loch im Wall zu flicken, und sie hatten eine Lücke gelassen, die gerade breit genug war, dass Feuerpfote sich durchquetschen konnte.

»Kein Glück mit dem Knoblauch«, keuchte er. »Dunkelstreif schleicht da draußen herum.«

»Macht nichts«, miaute Graupfote. »Wir können morgen welchen suchen.«

»Ich besorge dir etwas Mohn von Tüpfelblatt«, bot ihm Feuerpfote an. Ihn beunruhigte der trübe Blick in den Augen seines Freundes und dass seine Muskeln vor Schmerz so steif schienen.

»Nein, lass nur«, sagte Graupfote. »Das wird schon.«

»Es macht mir keine Mühe«, betonte Feuerpfote, und bevor sein Freund widersprechen konnte, sprang er los in Richtung von Tüpfelblatts Bau.

Sie ging gerade auf ihrer kleinen Lichtung auf und ab und ihre Augen waren trüb vor Kummer.

»Wie geht's dir, Tüpfelblatt?«, fragte Feuerpfote.

»Die Geister des SternenClans sind ruhelos. Ich glaube, sie wollen mir etwas sagen«, antwortete sie und zuckte unruhig mit dem Schwanz. »Kann ich etwas für dich tun?«

»Ich glaube, Graupfote könnte ein paar Mohnsamen gebrauchen, wegen seines Beins«, erklärte Feuerpfote. »Die Rattenbisse tun ihm immer noch weh.«

»Der Schmerz über den Verlust von Löwenherz wird dazu beitragen, dass er seine Verletzungen stärker spürt. Aber mit der Zeit wird das besser werden, mach dir keine Sorgen. In der Zwischenzeit, da hast du recht, werden Mohnsamen helfen.« Tüpfelblatt ging in ihren Bau, kam mit einer getrockneten Mohnkapsel zurück und legte sie vorsichtig auf den Boden. »Schüttle nur eine oder zwei heraus und gib sie ihm«, erklärte sie.

»Danke«, miaute Feuerpfote. »Bist du sicher, dass alles in Ordnung ist?«

»Geh zu deinem Freund«, erwiderte Tüpfelblatt und wich seinem Blick aus.

Er hob die Mohnkapsel zwischen den Zähnen auf und wollte sich auf den Weg machen.

»Warte«, zischte die Heilerin plötzlich.

Feuerpfote wirbelte erwartungsvoll herum und traf auf ihren dunkelgelben Blick, der ihm entgegenleuchtete.

»Der SternenClan« zischte sie, »hat vor Monden zu mir gesprochen, bevor du dich dem Clan angeschlossen hast. Ich habe das Gefühl, sie wollen, dass ich dir das jetzt erzähle. Sie haben gesagt, nur Feuer kann den Clan retten.«

Entgeistert starrte Feuerpfote sie an.

Die merkwürdige Leidenschaft verschwand aus ihren Augen. »Pass auf dich auf, Feuerpfote«, sagte sie in ihrer normalen Stimme und wandte sich ab.

»Bis dann«, antwortete er unsicher und trottete durch den Farntunnel zurück. Ihre merkwürdigen Worte hallten in seinem Kopf nach, aber er konnte sie nicht verstehen. Warum hatte sie die ausgerechnet ihm mitgeteilt? Feuer war doch sicher ein Feind für alle, die im Wald lebten. Ratlos schüttelte er den Kopf und sprang hinüber zu seinem Bau.

»Graupfote!«, zischte Feuerpfote dem schlafenden Freund ins Ohr. Man hatte ihnen erlaubt, den ganzen Morgen zu schlafen, nachdem sie den größten Teil der Nacht an den Reparaturen gearbeitet hatten. Tigerkralle hatte ihnen befohlen, bei Sonnenhoch für das Training bereit zu sein. Das starke gelbe Licht, das durch den Bau drang, zeigte Feuerpfote, dass dieser Zeitpunkt nahe war.

Er hatte eine ruhelose Nacht verbracht. Kaum war er eingeschlafen, da waren Träume durch seinen Kopf gezogen, verwirrende und undeutliche Träume, aber voll finsterer Bedrohung.

»Graupfote!«, zischte er noch einmal. Aber sein Freund reagierte nicht. Er hatte vor dem Einschlafen zwei von den Mohnsamen gegessen und jetzt lag er in tiefem Schlaf.

»Bist du wach, Feuerpfote?«, miaute Rabenpfote von seinem Nest herüber.

Der stöhnte leise vor Enttäuschung. Er hatte mit Graupfote reden wollen, bevor Rabenpfote aufwachte.

»Ja!«, antwortete er.

Der kleine, schwarze Kater setzte sich in seinem Bett aus Moos und Heidekraut auf und begann sich mit schnellen Bewegungen der Zunge zu waschen. »Willst du ihn wecken?«, fragte er und nickte in Richtung Graupfote.

Eine tiefe Stimme knurrte von außen herein. »Das will ich doch hoffen! Das Training beginnt gleich.«

Die beiden Schüler sprangen auf.

»Graupfote, wach auf!« Feuerpfote stieß seinen Freund mit einer Pfote an. »Tigerkralle wartet schon!«

Graupfote hob den Kopf und blickte sie mit schlaftrunkenen Augen an.

»Seid ihr endlich so weit?«, rief Tigerkralle. Feuerpfote und Rabenpfote krochen aus dem Bau und blinzelten ins Sonnenlicht.

Der Zweite Anführer saß neben dem Baumstumpf. »Kommt der andere auch?«

»Ja«, erwiderte Feuerpfote, der glaubte, seinen Freund entschuldigen zu müssen. »Er ist gerade erst aufgewacht.«

»Das Training wird ihm guttun«, knurrte Tigerkralle. »Er hat jetzt lange genug getrauert.«

Feuerpfote hielt dem bernsteinfarbenen, drohenden Blick ein paar Augenblicke lang stand. Krieger und Schüler – für einen Herzschlag waren ihre Augen in einem Blick voller Feindschaft verbunden.

Verschlafen kam Graupfote aus dem Bau getaumelt.

»Blaustern wird gleich so weit sein, Feuerpfote«, verkündete Tigerkralle. Die Worte lenkten diesen von seinem Zorn ab. *Mein erstes Training mit Blaustern!*, dachte er aufgeregt. Er hatte erwartet, dass sich seine Mentorin erst noch von ihrer Verwundung erholen würde.

»Graupfote«, fuhr Tigerkralle fort, »du kannst dich meinem Training anschließen. Glaubst du, du bist dem gewachsen, Rabenpfote?« Er funkelte seinen Schüler an. »Schließlich hast du dir ein paar böse Brennnesselverletzungen zugezogen, während wir anderen mit den Ratten gekämpft haben.«

Rabenpfote blickte zu Boden. »Mir geht's gut«, sagte er.

Die beiden folgten Tigerkralle aus dem Lager hinaus. Rabenpfote ließ den Kopf hängen, als er im Ginstertunnel verschwand.

Feuerpfote saß da und wartete auf Blaustern. Es dauerte jedoch nicht lange, bis sie aus ihrem Bau hinauskroch und über die Lichtung stapfte. Ihr Fell war noch verklebt, wo ihre frischen Wunden waren, aber in ihrem zuversichtlichen Gang ließ sie keinen Schmerz erkennen.

»Komm!«, rief sie ihm zu.

Erstaunt stellte Feuerpfote fest, dass sie allein war. Dunkelstreif und Langschweif waren nirgendwo zu sehen. Ein Gedanke kam ihm in den Sinn, und plötzlich war seine freudige Erwartung voller Anspannung. Hier war nun die Gelegenheit, Blaustern zu erzählen, was er letzte Nacht aufgeschnappt hatte!

Am Ginstertunnel holte er sie ein und ging hinter ihr her »Werden deine Leibwächter auch mitkommen?«, fragte er zögernd.

»Ich habe Dunkelstreif und Langschweif befohlen, bei den Reparaturen des Lagers zu helfen«, antwortete sie, ohne sich umzudrehen. »Unser Lager zu sichern ist unsere oberste Priorität.«

Sein Herz schlug schneller. Er konnte ihr von Rabenpfote erzählen, sowie sie das Lager verlassen hatten.

Die beiden Katzen folgten dem Pfad zur Sandkuhle. Er war bedeckt mit frisch gefallenen goldenen Blättern, die unter den Pfoten raschelten. Feuerpfote schwirrte der Kopf, als er nach geeigneten Worten suchte. Was sollte er seiner Anführerin sagen? Dass Tigerkralle plante, seinen Schüler loszuwerden? Und was würde er antworten, wenn Blaustern nach dem Grund dafür fragte? Konnte er sich dazu durchringen, laut auszusprechen, dass er Tigerkralle verdächtigte, Rotschweif getötet zu haben? Obwohl er keinerlei Beweis dafür hatte außer Rabenpfotes erregtem Bericht auf der Großen Versammlung?

Als sie in der Sandkuhle angekommen waren, hatte Feuerpfote immer noch nichts gesagt. Der Ausbildungsplatz war leer.

»Ich habe Tigerkralle gebeten, sein Training heute in einem anderen Teil des Waldes abzuhalten«, erklärte Blaustern und begab sich in die Mitte der Kuhle. »Ich möchte mich auf deine Kampffähigkeiten konzentrieren, und ich will, dass *du* dich auch darauf konzentrierst – und das bedeutet: keinerlei Ablenkungen!«

Ich muss es ihr jetzt sagen, dachte Feuerpfote. *Sie muss über die Gefahr Bescheid wissen, in der Rabenpfote schwebt.* Seine Pfoten kribbelten vor Angst. *So eine gute Gelegenheit werde ich nicht mehr bekommen.*

Eine plötzliche Bewegung blitzte in seinem Augenwinkel auf, etwas Graues zischte an seiner Nase vorbei, und Feuerpfote fiel nach vorn, als seine Vorderpfoten leicht unter ihm weggestoßen wurden. Er taumelte, gewann sein Gleichgewicht zurück, wirbelte herum und sah Blaustern ruhig neben sich sitzen.

»Habe ich jetzt deine Aufmerksamkeit?«, knurrte sie.

»Ja, Blaustern. Tut mir leid!«, erwiderte er rasch mit einem Blick in ihre blauen Augen.

»Das ist gut so. Feuerpfote, du bist jetzt viele Monde bei uns gewesen. Ich habe dich beim Kämpfen beobachtet. Bei den Ratten warst du schnell. Bei den Kriegern des SchattenClans warst du wild. Du hast Graupfote an jenem allerersten

Tag überlistet, an dem wir uns getroffen haben, und du hast auch Gelbzahn mit deiner Schlauheit geschlagen.« Sie machte eine Pause, dann senkte sie die Stimme und zischte eindringlich: »Aber eines Tages wirst du auf einen Gegner treffen, der all dies auch ist – der schnell ist und wild und schlau. Es ist meine Pflicht, dich auf diesen Tag vorzubereiten.«

Feuerpfote nickte und sog mit aufmerksamen Sinnen ihre Worte auf. Alle Gedanken an Rabenpfote und Tigerkralle waren verschwunden, nur der moderige Geruch und die leisen Geräusche des Waldes umgaben ihn.

»Lass sehen, wie du kämpfst«, befahl Blaustern. »Greif mich an.«

Feuerpfote betrachtete sie, schätzte sie ab und fragte sich, wie er am besten anfangen könnte. Blaustern stand weniger als drei Kaninchenlängen von ihm entfernt. Sie war doppelt so groß wie er, daher wäre es eine unnötige Vergeudung von Energie, mit den üblichen Pfotenschlägen und Ringkämpfen zu beginnen. Aber wenn er direkt auf ihren Rücken springen könnte, mit ausreichend viel Kraft, dann wäre er vielleicht in der Lage, sie aus dem Gleichgewicht zu bringen. Sie hatte ihre durchdringenden blauen Augen keinen Moment von ihm gelassen. Feuerpfote starrte zurück und sprang.

Er hatte so gezielt, dass er direkt auf ihren Schultern landen würde, aber Blaustern war bereit für ihn. Sie duckte sich blitzschnell in eine kauernde Stellung, und als Feuerpfote auf sie zuflog, rollte sie sich auf den Rücken. Statt auf ihren Schultern, landete er auf ihrem Bauch. Sie fing ihn mit allen vier Pfoten und schleuderte ihn mit Leichtigkeit zur Seite, sodass Feuerpfote das Gefühl hatte, sie hätte ihn wie ein lästiges Junges weggeschoben. Hart schlug er auf den staubigen Boden und lag einen Augenblick außer Atem da, bevor er mühsam auf die Pfoten kam.

»Interessante Strategie, aber deine Augen haben verraten, wohin du gezielt hast«, knurrte Blaustern, während sie den Staub aus ihrem dicken Fell schüttelte. »Versuch's noch einmal.«

Diesmal schaute Feuerpfote auf ihre Schultern, zielte jedoch auf ihre Pfoten. Sobald sich Blaustern zu Boden fallen ließ, würde er in ihrer Kauerstellung auf sie treffen. Feuerpfote war ziemlich zufrieden mit sich, als er lossprang, aber die Zufriedenheit verwandelte sich in Verwirrung, als Blaustern unerwartet in die Luft schnellte und ihn auf den Boden prallen ließ, wo sie nur einen Herzschlag zuvor gestanden hatte. Zeitlich war das perfekt abgepasst, denn als er landete, donnerte sie auf ihn herab und quetschte ihm die Luft aus dem Leib.

»Nun versuch mal etwas, das ich nicht erwarte«, zischte sie ihm ins Ohr, kletterte von ihm herunter und machte mit einem herausfordernden Glitzern in den Augen ein paar Schritte zurück.

Feuerpfote rappelte sich auf, keuchte und schüttelte sich verärgert. Selbst Gelbzahn war nicht so trickreich gewesen. Er fauchte und sprang wieder. Diesmal streckte er während des Flugs die Vorderpfoten aus, doch Blaustern richtete sich auf den Hinterbeinen auf und benutzte die Vorderpfoten, um ihn zur Seite zu drücken. Er spürte, wie er wegrutschte, und kratzte mit den Hinterpfoten im Sand, aber es war zu spät und er klatschte schwer auf die Seite.

»Feuerpfote«, sagte Blaustern ruhig, als er sich erneut aufrappelte, »du bist stark und schnell, aber du musst lernen, deine Geschwindigkeit und dein Körpergewicht so zu kontrollieren, dass es für mich nicht so leicht ist, dich aus dem Gleichgewicht zu bringen. Versuch es noch einmal.«

Feuerpfote trat zurück, erhitzt, staubig und außer Atem, wütend und unzufrieden mit sich. Er war entschlossen, diesmal seine Mentorin zu schlagen. Langsam kauerte er sich nieder und begann auf Blaustern zuzukriechen. Sie machte ihm das Kauern nach und fauchte ihm ins Gesicht, während er näher rückte. Er hob eine Pfote und schlug in Richtung ihres linken Ohrs. Sie duckte sich, um dem Schlag auszuweichen, und richtete sich auf, überragte ihn. Schnell rollte sich Feuerpfote auf den Rücken, glitt unter ihren Körper und in einer raschen Bewegung stieß er ihr die Hinterbeine nach oben in den Bauch. Sie wurde nach hinten geschleudert und fiel mit einem lauten Ächzen auf die sandige Erde.

Feuerpfote warf sich herum und sprang auf die Pfoten. Er freute sich. Dann sah er Blaustern im Sand liegen und zum ersten Mal dachte er an ihre Wunden. Hatte er sie wieder aufgerissen? Er eilte an ihre Seite und starrte auf sie hinab. Zu seiner Erleichterung blitzten ihre Augen ihn stolz an.

»Das war schon viel besser«, schnaufte sie, stand auf und schüttelte sich. »Jetzt bin ich an der Reihe.«

Sie sprang ihn an, warf ihn zu Boden, zog sich dann zurück und ließ ihn sich wieder aufrappeln, bevor sie erneut sprang. Feuerpfote stemmte sich dagegen, aber wieder kegelte sie ihn mit Leichtigkeit um.

»Schau dir meine Größe an, Feuerpfote! Versuche nicht, meinem Angriff standzuhalten. Benutze deinen Verstand. Wenn du schnell genug bist, mir auszuweichen, dann weiche mir aus!«

Feuerpfote kam wieder auf die Füße und machte sich bereit für ihren Angriff. Diesmal stemmte er nicht die Pfoten in den weichen Untergrund, sondern stand leichtfüßig da, das Gewicht auf den Zehen. Als Blaustern auf ihn zuflog, hüpfte er ohne Schwierigkeiten aus ihrer Flugbahn, richtete sich auf den Hinterbeinen auf und stieß mit den Vorderpfoten ihren vorbeifliegenden Körper weiter von sich weg.

Blaustern landete elegant auf allen vier Pfoten und drehte sich um. »Ausgezeichnet! Du lernst schnell«, schnurrte sie. »Aber das war ein einfacher Zug. Lass sehen, wie du mit diesem fertig wirst.«

Sie trainierten bis zum Sonnenuntergang. Feuerpfote seufzte erleichtert auf, als Blaustern verkündete: »Das reicht für heute.« Sie schien ein wenig müde und steif, sprang aber trotzdem leichtfüßig aus der Sandkuhle.

Feuerpfote stolperte hinter ihr her. Seine Muskeln taten ihm weh, und in seinem Kopf drehte sich alles, was er gelernt hatte. Als sie zwischen den Bäumen zurückwanderten, konnte er kaum abwarten, Graupfote und Rabenpfote von seinem Training zu berichten. Und erst, als sie die Umgrenzung des Lagers erreichten, wurde ihm klar, dass er ganz vergessen hatte, Blaustern von Rabenpfote zu erzählen.

20. KAPITEL

ALS FEUERPFOTE zurückkehrte, sah das Lager schon ein wenig besser aus. Die vielen Katzengruppen hatten offenbar den ganzen Tag lang ununterbrochen geflickt und repariert. Frostfell und Goldblüte waren noch immer damit beschäftigt, die Wände der Kinderstube zu verstärken, aber der Außenwall des Lagers wirkte schon wieder fest und sicher.

Feuerpfote trottete über die Lichtung auf der Ausschau nach irgendwelcher Frischbeute. Er kam an Sandpfote und Borkenpfote vorbei, die sich gerade darauf vorbereiteten, mit der nächsten Patrouille auszurücken.

»Tut mir leid«, miaute Sandpfote, als Feuerpfote hoffnungsvoll am Essplatz herumschnüffelte. »Wir haben die letzten beiden Mäuse gefressen.«

Feuerpfote zuckte die Achseln. Er würde sich später selbst etwas fangen. Er ging zurück zum Schülerbau, wo Graupfote mit dem Rücken an den Baumstumpf gelehnt saß und seine Vorderpfote leckte.

»Wo ist Rabenpfote?«, fragte Feuerpfote und ließ sich neben seinem Freund nieder.

»Noch nicht zurück von seinem Auftrag«, antwortete Graupfote. »Schau dir das an!« Er hielt Feuerpfote seine Tatze hin. Der Ballen war eingerissen und blutete. »Tigerkralle hat mich zum Fischen geschickt und ich bin im Bach auf einen scharfen Stein getreten.«

»Das sieht ziemlich tief aus. Du solltest Tüpfelblatt einen Blick darauf werfen lassen«, riet ihm Feuerpfote. »Wohin hat denn Tigerkralle Rabenpfote geschickt?«

»Keine Ahnung, ich habe bis zum Bauch im kalten Wasser gestanden«, murmelte der Graue. Dann stand er auf und humpelte zu Tüpfelblatts Bau hinüber.

Feuerpfote ließ sich nieder und hatte seine Augen auf den Lagereingang gerichtet. Er wartete auf Rabenpfote. Nachdem er letzte Nacht das Gespräch der Krieger belauscht hatte, wurde er das Gefühl nicht los, dass seinem Freund etwas Schreckliches passieren könnte. Sein Herz machte einen Sprung, als er Tigerkralle allein ins Lager zurückkehren sah.

Er wartete weiter. Der Mond stand hoch am Himmel. Inzwischen hätte Rabenpfote doch sicher zurück sein müssen! Er wünschte, er hätte heute mit Blaustern gesprochen! Jetzt bewachten Dunkelstreif und Langschweif ihren Bau, und ganz gewiss wollte er nicht, dass die seine Befürchtungen mitbekamen.

Tigerkralle hatte Frischbeute gebracht, die er sich mit Weißpelz vor dem Kriegerbau teilte, und Feuerpfote merkte, dass er selbst großen Hunger hatte. Vielleicht sollte er losziehen und jagen. Möglicherweise traf er ja Rabenpfote außerhalb des Lagers. Während er noch überlegte, was er tun sollte, sah er seinen Freund herbeitrotten. Erleichterung machte sich in ihm breit, nicht nur, weil Rabenpfote Frischbeute zwischen den Zähnen hielt.

Er kam direkt auf ihn zu und ließ das Maulvoll Essen auf den Boden fallen.

»Genug für uns drei!«, miaute er stolz. »Und es sollte besonders gut schmecken. Es stammt nämlich vom SchattenClan-Territorium.«

Feuerpfote schnappte nach Luft. »Du hast im SchattenClan-Territorium gejagt?«

»Das war meine Aufgabe«, erklärte der Schüler.

»Tigerkralle hat dich zum Jagen auf feindliches Gelände geschickt?« Feuerpfote konnte es kaum glauben. »Das müssen wir Blaustern sagen. Das war zu gefährlich!«

Bei der Erwähnung von Blaustern schüttelte Rabenpfote den Kopf. Sein Blick wirkte gehetzt und voller Angst. »Halt einfach den Mund, okay?«, zischte er. »Ich habe überlebt. Ich habe sogar Beute gemacht. Das ist alles.«

»Du hast diesmal überlebt!«, fauchte der andere.

»Pssst! Tigerkralle schaut her. Iss einfach deinen Anteil und sei still!«, fuhr der andere ihn an. Feuerpfote zuckte die Achseln und nahm sich ein Stück von der Frischbeute. Sein Mitschüler aß hastig und vermied jeden Blickkontakt mit ihm. »Sollen wir etwas für Graupfote aufheben?«, fragte er nach einer Weile.

»Er ist zu Tüpfelblatt gegangen«, murmelte Feuerpfote mit vollem Maul. »Er hat sich die Pfote aufgeschnitten. Ich weiß nicht, wann er zurückkommt.«

»Nun, heb ihm auf, was du willst«. Plötzlich klang Rabenpfote erschöpft. »Ich bin müde. Ich muss schlafen.« Er stand auf und drängte sich in den Bau.

Feuerpfote blieb draußen und beobachtete, wie sich der Rest des Lagers für die Nacht fertig machte. Er würde Rabenpfote erzählen müssen, was er letzte Nacht im Wald gehört hatte. Er musste wissen, in welcher Gefahr er sich befand.

Tigerkralle lag neben Weißpelz, und sie gaben sich die Zunge, aber ein Auge hielt er auf den Bau der Schüler gerichtet. Feuerpfote gähnte, um Tigerkralle zu zeigen, wie erschöpft er war, dann stand er auf und folgte Rabenpfote nach drinnen.

Der schlief schon, aber Feuerpfote erkannte an seinen zuckenden Pfoten und Schnurrhaaren, dass er träumte. Dass es kein guter Traum war, merkte er an seinem leisen Miauen und Quieken. Plötzlich sprang Rabenpfote auf, die Augen weit aufgerissen vor Angst, das Fell gesträubt, den Rücken gekrümmt.

»Rabenpfote!«, miaute Feuerpfote erschrocken. »Beruhige dich. Du bist in deinem Bau. Hier bin nur ich!«

Rabenpfote warf wilde Blicke um sich.

»Nur ich, sonst niemand«, wiederholte Feuerpfote.

Rabenpfote blinzelte und schien seinen Freund endlich zu erkennen, dann fiel er auf seinem Bett zusammen.

»Rabenpfote«, sagte Feuerpfote ernst. »Ich muss dir etwas Wichtiges sagen. Etwas, das ich letzte Nacht gehört habe, als ich draußen war und wilden Knoblauch suchte.«

Rabenpfote, der noch immer zitterte, schaute weg, aber Feuerpfote sprach weiter: »Ich habe gehört, wie Tigerkralle zu Dunkelstreif und Langschweif gesagt hat, du hättest den DonnerClan verraten. Er hat ihnen gesagt, dass du dich während unserer Reise zum Ahnentor davongeschlichen und dem SchattenClan verraten hättest, dass unser Lager ohne Bewachung ist.«

Rabenpfote wirbelte herum und blickte Feuerpfote an. »Aber das habe ich nicht!«, rief er entsetzt.

»Natürlich nicht«, sagte Feuerpfote. »Aber Dunkelstreif

und Langschweif glauben, dass du es getan hast, und Tigerkralle hat sie überzeugt, dass sie dich loswerden müssen.«

Rabenpfote war sprachlos, er zitterte und sein Atem kam stoßweise.

»Warum sollte Tigerkralle den Wunsch haben, dich loszuwerden?«, fragte Feuerpfote behutsam. »Er ist einer der stärksten Krieger des Clans. Welche Bedrohung bist du für ihn?«

Er vermutete zwar, dass er die Antwort bereits kannte, aber er wollte die Wahrheit aus dem Mund seines Freundes hören. Er wartete, während Rabenpfote nach Worten suchte.

Schließlich kroch Rabenpfote näher an seinen Freund heran und flüsterte ihm mit heiserer Stimme ins Ohr: »Weil nicht der Zweite Anführer vom FlussClan Rotschweif getötet hat. Tigerkralle hat es getan!«

Feuerpfote nickte schweigend, und Rabenpfote fuhr mit flüsternder, vor Anspannung krächzender Stimme fort: »Rotschweif hat den Zweiten Anführer vom FlussClan getötet.«

»Also hat nicht Tigerkralle Eichenherz getötet?«, unterbrach ihn Feuerpfote.

Rabenpfote schüttelte den Kopf. »Nein. Nachdem Rotschweif Eichenherz getötet hatte, hat Tigerkralle mir befohlen, ins Lager zurückzukehren. Ich wollte bleiben, aber er schrie mich an, ich solle gehen, also bin ich zwischen die Bäume gerannt. Ich hätte weiterlaufen sollen, aber ich konnte doch nicht einfach verschwinden, solange sie noch kämpften. Also bin ich umgekehrt und zurückgekrochen, um nachzusehen, ob Tigerkralle Hilfe brauchte. Aber da waren alle FlussClan-Krieger schon geflohen und nur Rotschweif und Tigerkralle waren noch da. Rotschweif beobachtete, wie der letzte Gegner wegrannte, und Tigerkralle …« Rabenpfote machte eine Pause und musste schlucken. »… Tigerkralle sprang einfach auf ihn drauf und grub die Zähne in seinen Nacken. Und Rotschweif fiel zu Boden, tot. Da bin ich weggerannt. Ich weiß nicht, ob Tigerkralle mich gesehen hat oder nicht. Ich bin einfach weitergelaufen bis ins Lager.«

»Warum hast du Blaustern das nicht erzählt?«, fragte ihn Feuerpfote vorsichtig.

»Hätte sie mir das denn geglaubt?« Rabenpfote rollte wild mit den Augen. »Glaubst *du* mir denn?«

»Natürlich glaube ich dir«, miaute Feuerpfote. Er leckte Rabenpfote zwischen den Ohren, bemüht, seinen Freund zu beruhigen und zu trösten. Er musste eine andere Gelegenheit finden, um Blaustern von Tigerkralles Schandtat zu berichten. »Mach dir keine Sorgen. Ich werde das schon in Ordnung bringen«, versprach er. »In der Zwischenzeit sorge dafür, dass du immer in der Nähe von mir oder Graupfote bleibst.«

»Weiß der denn Bescheid? Dass sie mich loswerden wollen?«

»Noch nicht. Aber ich werde es ihm sagen müssen.«

Rabenpfote legte sich schweigend auf den Bauch und starrte vor sich hin.

»Ist schon gut«, schnurrte Feuerpfote und berührte die magere, schwarze Gestalt mit der Nase. »Ich helfe dir, da rauszukommen.«

In der Morgendämmerung kam Graupfote in den Bau gestapft. Sandpfote und Borkenpfote waren schon vor einer Weile von ihrer Patrouille zurückgekehrt und schliefen in ihren Nestern.

»Guten Morgen«, murmelte Graupfote und klang fröhlicher als die letzten Tage.

Feuerpfote wachte sofort auf. »Du klingst, als gehe es dir besser«, schnurrte er.

Graupfote leckte den Freund am Ohr. »Tüpfelblatt hat mir irgend so ein klebriges Zeug auf den Schnitt geschmiert und mir befohlen, mich ein paar Stunden hinzulegen. Da bin ich wohl eingeschlafen. Übrigens, ich hoffe, dieser Buchfink da draußen war für mich. Ich war am Verhungern.«

»Ja, Rabenpfote hat ihn gestern gefangen. Tigerkralle hatte ihn …«

»Ruhe, ihr beiden«, grollte Sandpfote. »Ein paar von uns versuchen zu schlafen.«

Graupfote rollte mit den Augen. »Komm, Feuerpfote«, miaute er. »Buntgesicht hat ihre Jungen bekommen, wir wollen sie besuchen.«

Feuerpfote schnurrte erfreut. Endlich etwas zum Feiern für den DonnerClan! Er blickte auf Rabenpfote hinab, der noch schlief, und verließ den Bau.

Mit Graupfote trottete er über die Lichtung zur Kinderstube. Die aufsteigende Sonne wärmte sein Fell, und er streckte sich dankbar, genoss die Biegsamkeit seines Rückgrats und die Kraft in seinen Beinen.

»Gib nicht so an!«, rief Graupfote über die Schulter zurück. Feuerpfote beendete seine Dehnübungen und sprang hinter seinem Freund her.

Vor der Kinderstube saß Weißpelz und bewachte den Eingang. »Seid ihr zwei gekommen, um die neuen Jungen zu sehen?«, fragte er die beiden.

Feuerpfote nickte.

»Aber immer nur einer, und ihr müsst warten. Blaustern ist gerade bei Buntgesicht.«

»Gut, du darfst als Erster«, bot Feuerpfote seinem Freund an. »Ich besuche so lange Gelbzahn.«

Er neigte ehrerbietig den Kopf vor Weißpelz und machte sich auf zum Schlafplatz der alten Kätzin. Die wusch sich gerade hinter den Ohren und hatte die Augen vor Konzentration halb geschlossen.

»Erzähl mir nicht, du erwartest Regen!«, neckte Feuerpfote sie.

Gelbzahn blickte auf. »Du hast zu viele Altweibergeschichten gehört«, miaute sie. »Was für einen Sinn hätte es, dass man sich die Ohren wäscht, wenn die sowieso nass geregnet werden?«

Feuerpfotes Schnurrhaare zuckten amüsiert. »Wirst du dir den neuen Wurf von Buntgesicht anschauen?«, fragte er.

Gelbzahn wurde ganz starr und schüttelte den Kopf. »Ich glaube nicht, dass ich sehr willkommen wäre«, knurrte sie.

»Aber sie wissen doch, dass du die Kleinen gerettet ...«, begann Feuerpfote.

»Eine Kätzin ist bei ihren Neugeborenen besonders fürsorglich. Vor allem bei ihrem ersten Wurf. Ich glaube, ich halte mich da lieber fern«, erwiderte Gelbzahn in einem Ton, der keine weitere Diskussion zuließ.

»Wie du willst. Aber ich werde sie mir anschauen. Es ist doch ein gutes Zeichen, dass wir wieder Junge im Lager haben.«

Die Kätzin zuckte die Achseln. »Vielleicht«, murmelte sie finster.

Feuerpfote machte kehrt und trottete zurück zur Kinderstube. Wolken bedeckten jetzt die Sonne und die Luft war frischer geworden. Eine heftige Brise zerrte an seinem Fell. Rings um die Lichtung raschelte das Laub.

Blaustern saß vor der Kinderstube und hinter ihr verschwand gerade Graupfotes Schwanz in dem engen Eingang. »Feuerpfote«, begrüßte ihn die Anführerin. »Bist du gekommen, um dir die neuen Krieger des DonnerClans anzuschauen?« Sie klang müde und traurig.

Feuerpfote war erstaunt. Junge waren doch gewiss eine gute Nachricht für sie alle? Er nickte.

»Komm danach zu mir in meinen Bau.«

»Ja, Blaustern«, miaute Feuerpfote, während sie langsam wegging. Sein Fell kribbelte. Es gab also eine weitere Gelegenheit, mit ihr allein zu reden. Vielleicht war der SternenClan doch auf seiner Seite.

Graupfote kam aus dem Eingang zur Kinderstube gekrochen. »Sie sind wirklich süß«, sagte er. »Aber ich sterbe vor Hunger. Ich zieh jetzt los und besorge etwas Frischbeute. Wenn ich was finde, gebe ich dir einen Teil davon ab.« Er blinzelte seinem Freund kameradschaftlich zu und sprang fort.

Feuerpfote schnurrte erfreut und blickte zu Weißpelz auf. Der gab ihm mit einem Nicken die Erlaubnis, die Kinderstube zu betreten, und so zwängte er sich durch den engen Eingang.

Vier winzige Kätzchen hatten sich in Buntgesichts dick gepolstertem Nest zusammengekuschelt. Ihr Fell war hellgrau mit dunkleren Flecken, ganz wie das ihrer Mutter, mit Ausnahme eines winzigen, dunkelgrauen Katers. Sie miauten und drängten sich mit noch fest geschlossenen Augen an den Bauch ihrer Mutter.

»Wie geht es dir?«, fragte Feuerpfote flüsternd.

»Ein bisschen müde«, antwortete Buntgesicht. Stolz betrachtete sie ihren Wurf. »Aber die Kleinen sind alle gesund und stark.«

»Der DonnerClan hat Glück, dass sie da sind«, schnurrte Feuerpfote. »Ich habe gerade Gelbzahn von ihnen erzählt.«

Buntgesicht gab keine Antwort, und Feuerpfote entging der sorgenvolle Ausdruck nicht, der in ihren Augen aufblitzte, auch nicht, wie sie ein Junges, das sich etwas entfernt hatte, näher an sich heranschob.

Feuerpfote spürte ein ängstliches Zittern in seinem Bauch. Blaustern mochte Gelbzahn in den Clan aufgenommen haben, und doch sah es so aus, als würden noch immer nicht alle der alten Kätzin trauen. Liebevoll berührte er Buntgesichts Flanke mit der Nase, dann machte er kehrt und ging hinaus auf die Lichtung.

Blaustern erwartete Feuerpfote vor ihrem Bau. Neben ihr saß Langschweif, der Feuerpfote durchdringend anstarrte. Feuerpfote übersah seinen Blick und blickte Blaustern erwartungsvoll an.

»Komm herein«, miaute sie und ging in den Bau, Feuerpfote folgte ihr. Sofort stand Langschweif auf, als wolle er ebenfalls mitkommen.

Blaustern blickte über die Schulter zu ihm zurück. »Ich glaube, da gibt es keine Gefahr mit dem jungen Feuerpfote«, sagte sie. Langschweif wirkte einen Augenblick unsicher, dann setzte er sich draußen vor dem Eingang nieder.

Feuerpfote war noch nie in Blausterns Bau gewesen. Er stapfte hinter ihr durch die Flechten, die den Eingang säumten. »Buntgesichts Junge sind süß«, schnurrte er.

Blausterns Miene war ernst. »Süß mögen sie sein, aber sie bedeuten weitere Mäuler, die gefüttert werden müssen, und bald ist die Zeit der Blattleere.« Dann sah sie Feuerpfote an, der sein Erstaunen über ihren schwermütigen Ton nicht verbergen konnte. »Oh, höre nicht auf mich«, miaute sie und schüttelte ungeduldig den Kopf. »Der erste kalte Wind bereitet mir immer Sorgen. Komm, mach es dir bequem.« Sie deutete mit dem Kopf auf den trockenen Sandboden.

Feuerpfote ließ sich auf den Bauch fallen und streckte die Pfoten vor sich aus.

Blaustern drehte sich langsam auf ihrem moosbedeckten Nest im Kreis. »Mir tut noch alles weh von unserem gestrigen Training«, gab sie zu, als sie sich schließlich niedergelassen und ihren Schwanz um die Pfoten geringelt hatte. »Du hast gut gekämpft, junger Krieger.«

Diesmal zögerte Feuerpfote nicht, ihr Lob zu genießen. Sein Herz schlug heftig. Und es war der ideale Augenblick, ihr von seinen Befürchtungen wegen Tigerkralle zu berichten. Er hob das Kinn, bereit zu reden.

Doch Blaustern kam ihm zuvor. Sie starrte an ihm vorbei auf die gegenüberliegende Wand und murmelte: »Ich kann immer noch den abgestandenen Gestank des SchattenClans in unserem Lager riechen. Ich hatte gehofft, nie den Tag erleben zu müssen, an dem unser Feind ins Herz des DonnerClans eindringt.«

Feuerpfote nickte schweigende Zustimmung. Er spürte, dass sie noch mehr sagen würde.

»Und so viele Tote.« Sie seufzte. »Erst Rotschweif, dann Löwenherz. Ich danke dem SternenClan, dass wenigstens die Krieger, die wir noch haben, ebenso stark und treu sind wie sie. Zumindest mit Tigerkralle als meinem Stellvertreter mag sich unser Clan noch immer verteidigen können.«

Feuerpfote sank der Mut, und ein eisiger Schauer fuhr ihm tief ins Herz, als Blaustern fortfuhr: »Es gab einmal eine Zeit, als Tigerkralle noch ein junger Krieger war, da habe ich die Stärke seiner Leidenschaft gefürchtet. Solche Kraft muss sorgfältig in die richtigen Wege geleitet werden. Aber nun bin ich stolz, zu sehen, wie viel Respekt ihm der Clan entgegenbringt. Ich weiß, er ist ehrgeizig, aber sein Ehrgeiz macht ihn zu einer der tapfersten Katzen, an deren Seite zu kämpfen ich je die Ehre hatte.«

Feuerpfote wusste sofort, dass er ihr nichts von seinen Verdächtigungen gegen Tigerkralle sagen konnte. Nicht, wenn sie ihren Stellvertreter als Schutz des ganzen Clans betrachtete. Er würde Rabenpfote selbst retten müssen.

Er holte tief Luft, sodass Blaustern, als sie sich umwandte und ihm direkt in die Augen blickte, keine Spur von seinem Schrecken und seiner Enttäuschung darin sehen konnte.

Ihre nächsten Worte waren leise und sorgenvoll: »Du weißt, dass Braunstern zurückkehren wird. Er hat bei der Großen Versammlung klargestellt, dass er in allen Territorien Jagdrechte haben will.«

»Wir haben ihn bereits einmal abgewehrt, wir können es wieder tun«, betonte Feuerpfote.

»Richtig«, bestätigte Blaustern mit einem knappen Nicken. »Der SternenClan wird deinen Mut anerkennen, junger Feuerpfote.« Sie machte eine Pause und leckte eine abheilende Wunde an ihrer Flanke. »Aber ich denke, du solltest wissen, dass ich in dem Kampf mit den Ratten nicht mein fünftes Leben verloren habe, sondern mein siebtes.«

Erschreckt fuhr Feuerpfote auf.

Blaustern fuhr fort: »Ich habe den Clan glauben lassen, dass es mein fünftes war, weil ich nicht will, dass sie um meine Sicherheit fürchten. Aber zwei weitere Leben, und ich werde euch verlassen müssen und zum SternenClan gehen.«

Feuerpfotes Gedanken rasten. Warum erzählte sie ihm das?

»Ich danke dir, Blaustern, dass du dieses Wissen mit mir teilst«, flüsterte er respektvoll.

Sie nickte. »Ich bin müde«, miaute sie rau. »Geh jetzt. Und, Feuerpfote, ich erwarte, dass du dieses Gespräch niemandem gegenüber erwähnst.«

»Natürlich nicht«, antwortete er, als er durch den Flechtenvorhang seinen Weg ins Freie suchte.

Langschweif saß noch vor dem Eingang und Feuerpfote ging an ihm vorbei auf seinen Bau zu. Er konnte nicht sagen, welcher Teil seines Gesprächs mit Blaustern beunruhigender war.

Wie erstarrt blieb er stehen, als ein Entsetzensschrei von der Kinderstube her ertönte. Frostfell kam mit gesträubtem Schwanz auf die Lichtung gerast und ihre Augen waren voller Panik. »Meine Jungen! Jemand hat meine Jungen gestohlen!«

Tigerkralle rannte in großen Sätzen zu ihr hinüber. Er rief dem Clan zu: »Schnell, durchsucht das Lager! Weißpelz, bleib, wo du bist. Krieger, patrouilliert die Lagergrenzen! Schüler, durchsucht jeden Bau!«

Feuerpfote eilte zum nächstgelegenen Bau, dem der Krieger, und zwängte sich hinein. Er war leer. Mit den Pfoten durchwühlte er die Schlaflager, aber Frostfells Junge waren hier weder zu sehen noch zu riechen. Dann flitzte er zu seinem eigenen Bau, doch Rabenpfote und Graupfote waren bereits dort und schoben die Nester zur Seite, schnüffelten jede Ecke aus. Borkenpfote und Sandpfote durchsuchten den Bau der Ältesten. Feuerpfote überließ ihnen diese Arbeit und rannte von einem Grasbüschel zum nächsten, schob seine Schnauze hinein, ohne auf die Brennnesseln zu achten, die ihm die Nase verbrannten. Nirgendwo war ein Zeichen von den Jungen. Er sah sich an der Lagergrenze um, wo Krieger hin und her liefen und angestrengt die Luft prüften.

Plötzlich machte Feuerpfote in der Ferne Gelbzahn aus, die sich durch eine unbewachte Stelle im Farnwall zwängte. Sie muss einen Geruch aufgespürt haben, dachte er und rannte schnell in ihre Richtung, während ihr Schwanz im Grün verschwand. Als er den Wall erreichte, war sie nicht mehr zu sehen. Er prüfte die Luft – kein Duft von den Jungen, nur der bittere Geruch von Gelbzahns Angst. *Wovor hatte sie Angst?*, fragte er sich.

Aus dem Gebüsch hinter der Kinderstube ertönte Tigerkralles Jaulen. Sämtliche Katzen rannten zu ihm, allen voran Frostfell. Sie drängten sich heran, stießen sich, um einen Blick durch das dichte Unterholz zu erhaschen. Feuerpfote bahnte sich vorsichtig einen Weg und sah Tigerkralle über einem Bündel gefleckten Fells stehen.

Tüpfelblatt!

Ungläubig starrte Feuerpfote auf ihren leblosen Körper. Unbändige Wut stieg in ihm auf wie eine dunkle Wolke, und er fühlte, wie das Blut in seinen Ohren brauste. *Wer hat das getan?*

Blaustern trat durch die Menge und beugte sich über die

Heilerin. »Sie ist durch einen Kriegerhieb getötet worden«, miaute sie leise.

Feuerpfote reckte den Hals und sah eine einzige Wunde an Tüpfelblatts Genick. Ihm verschwamm alles vor den Augen und er konnte nicht mehr klar sehen.

Durch seinen Kummer hörte Feuerpfote ein Gemurmel hinten in der Menge, das zu einem einzigen, durchdringenden Jaulen anschwoll: »Gelbzahn ist verschwunden!«

21. KAPITEL

GELBZAHN HAT Tüpfelblatt getötet und meine Jungen gestohlen!«, kreischte Frostfell. Die anderen Königinnen eilten an ihre Seite und versuchten sie mit Lecken und Zärtlichkeiten zu beruhigen, aber Frostfell schob sie weg und sandte ihre Klage hinauf zum dämmrigen Himmel. Wie als Antwort grollte der Himmel bedrohlich und ein kalter Wind fuhr durch das Fell der Katzen.

»Gelbzahn!«, fauchte Tigerkralle. »Ich habe immer geahnt, dass sie eine Verräterin ist. Nun wissen wir, wie es ihr gelungen ist, den Zweiten Anführer des SchattenClans abzuwehren. Es war ein abgekartetes Spiel, mit dem sie sich in unseren Clan einschleichen konnte!«

Über ihnen knisterte ein Blitz und unterstrich Tigerkralles Worte mit einem blendend weißen Lichtschein, ein Donnerschlag rollte durch den Wald.

Feuerpfote konnte nicht glauben, was er da hörte. Von Kummer betäubt drehten sich die Gedanken in seinem Kopf. Konnte Gelbzahn wirklich Tüpfelblatt getötet haben?

Dunkelstreif übertönte laut das entsetzte Schreien der Katzen: »Blaustern! Was sagst du dazu?«

Alle verstummten und blickten ihre Anführerin an.

Blausterns Blick glitt über die Katzen hinweg und blieb

schließlich an Tüpfelblatts totem Körper haften. Die ersten Regentropfen begannen zu fallen und glitzerten wie Tau auf ihrem noch glänzenden Fell.

Blaustern blinzelte. Kummer überschattete ihr Gesicht, und für einen Augenblick befürchtete Feuerpfote, dass dieser erneute Tod die Anführerin überwältigen würde. Aber als sie die Augen öffnete, funkelten sie mit einer Wildheit, die ihre Entschlossenheit erkennen ließ, Rache für diesen grausamen Angriff zu üben.

Sie hob den Kopf. »Wenn Gelbzahn Tüpfelblatt getötet und Frostfells Junge gestohlen hat, wird sie mitleidlos zur Strecke gebracht werden.« Die Menge miaute zustimmend. »Aber wir müssen warten«, fuhr Blaustern fort. »Es kommt ein Gewitter, und ich bin nicht bereit, weitere Leben zu riskieren. Falls der SchattenClan unsere Jungen hat, werden sie jetzt nicht zu Schaden kommen. Ich nehme an, Braunstern will sie als Schüler für seinen eigenen Clan oder als Geiseln, um uns zu zwingen, dass wir ihn auf unserem Territorium jagen lassen. Sowie das Gewitter vorüber ist, wird eine Patrouille Gelbzahn folgen und unsere Jungen zurückbringen.«

»Wir dürfen keine Zeit verlieren oder die Geruchsspur geht im Regen verloren«, protestierte Tigerkralle.

Blaustern zuckte ungeduldig mit dem Schwanz. »Wenn wir jetzt eine Jagdgesellschaft losschicken, ist unsere Mühe sowieso vergebens. In diesem Wetter wird der Geruch schon verflogen sein, bevor wir uns überhaupt fertig gemacht haben. Nach dem Abzug des Gewitters haben wir eine bessere Chance auf Erfolg.«

Im Clan gab es gemurmelte Zustimmung. Obwohl Sonnenhoch noch nicht gekommen war, verdunkelte sich der

Himmel immer mehr. Blitz und Donner versetzten die Katzen in Unruhe und sie schienen sich dem Rat ihrer Anführerin fügen zu wollen.

Blaustern schaute ihren Stellvertreter an. »Ich würde gern unsere Pläne mit dir besprechen, Tigerkralle.« Der nickte und stakste hinüber zu Blausterns Bau, aber die Anführerin zögerte noch. Sie blickte Feuerpfote an und signalisierte ihm mit einem Schwanzzucken und einem Kräuseln der Schnurrhaare, dass sie mit ihm allein sprechen wollte.

Die anderen Katzen versammelten sich um Tüpfelblatt und begannen, ihr die Zungen zu geben, und ihre Klagelaute übertönten den Donner. Blaustern wand sich zwischen ihnen hindurch zu dem Farntunnel, der in Tüpfelblatts Bau führte.

Schweigend trottete Feuerpfote um die trauernden Katzen herum und folgte ihr. Unter den Farnwedeln war es sehr dunkel. Das Gewitter hatte sich vor die Morgensonne geschoben, und es war, als wäre die Nacht angebrochen. Der Regen fiel jetzt stärker und trommelte laut auf die Blätter, aber die Lichtung vor Tüpfelblatts Bau war vor den Tropfen geschützt.

»Feuerpfote«, sagte Blaustern eindringlich, als er ihre Seite erreichte. »Weißt du, wo Gelbzahn ist?«

Feuerpfote hörte kaum, was sie sagte. Er musste an das letzte Mal denken, als er auf diese Lichtung gekommen war. Ein Bild von Tüpfelblatt, wie sie aus ihrem Bau trat, ihr Fell glänzend im Sonnenlicht, leuchtete in seiner Erinnerung auf, und er schloss die Augen, um es zu bewahren.

»Feuerpfote«, sagte Blaustern scharf, »du musst deine Trauer auf später verschieben.«

Feuerpfote schüttelte sich. »Ich ... ich habe Gelbzahn gesehen, wie sie durch den Grenzwall gegangen ist, nachdem die Jungen vermisst wurden. Meinst du, sie hat Tüpfelblatt getötet und die Jungen genommen?«

Sie blickte ihn unverwandt an. »Ich weiß es nicht«, gab sie zu. »Ich möchte, dass du sie findest und zurückbringst – lebendig. Ich muss die Wahrheit erfahren.«

»Du schickst nicht Tigerkralle?«, platzte Feuerpfote heraus.

»Tigerkralle ist ein großer Krieger, aber in diesem Fall könnte seine Treue zum Clan sein Urteilsvermögen trüben«, erklärte Blaustern. »Er will dem Clan die gewünschte Rache verschaffen und keine Katze kann ihm daraus einen Vorwurf machen. Der Clan glaubt, dass Gelbzahn uns verraten hat, und wenn Tigerkralle glaubt, er kann den Clan beruhigen, indem er ihnen Gelbzahns Leiche übergibt, dann wird er das tun.«

Feuerpfote nickte. Sie hatte recht: Tigerkralle würde ohne Zweifel die alte Kätzin töten.

Blaustern sah für einen Augenblick sehr streng aus. »Wenn ich herausfinde, dass Gelbzahn eine Verräterin ist, dann werde ich sie selbst töten. Aber wenn nicht …« Ihr blauer Blick brannte sich in Feuerpfotes Augen. »Ich werde es nicht zulassen, dass eine unschuldige Katze stirbt.«

»Aber was ist, wenn Gelbzahn nicht zurückkommen will?«, fragte Feuerpfote.

»Sie wird kommen, wenn du sie bittest.«

Blausterns Vertrauen in ihn erstaunte ihn, und die gewaltige Aufgabe, die sie ihm auftrug, lastete schwer auf ihm. Er fragte sich, ob er auch genügend Mut hatte, sie durchzuführen.

»Geh sofort los!«, befahl sie. »Sei vorsichtig. Du wirst auf dich allein gestellt sein, und es könnten feindliche Patrouillen unterwegs sein. Unsere eigenen Krieger wird das Gewitter für eine Weile im Lager zurückhalten.«

Erneutes Donnergrollen ertönte, als Feuerpfote hinaus auf die Lichtung stürzte. Regen hämmerte herab, prasselte wie winzige Kiesel auf sein Fell. Ein Blitzstrahl beleuchtete die Gesichter von Dunkelstreif und Langschweif, die ihn bei der Überquerung der Lichtung beobachteten.

Feuerpfote flitzte an der Kinderstube vorbei, doch er konnte das Lager nicht verlassen, ohne Tüpfelblatt die Zunge gegeben zu haben. Die anderen Katzen waren ins Trockene geflüchtet und hatten den toten Körper der Heilerin im Regen liegen lassen. Nun kauerten sie unter den tropfenden Farnwedeln und miauten vor Angst und Trauer.

Feuerpfote vergrub seine Nase in Tüpfelblatts nassem Fell und atmete zum letzten Mal ihren Geruch ein. »Lebewohl, meine süße Tüpfelblatt«, murmelte er.

Er spitzte die Ohren. Ganz in der Nähe hörte er die Stimmen von Frostfell und Fleckenschweif und blieb bewegungslos stehen.

»Gelbzahn muss Hilfe gehabt haben«, knurrte Fleckenschweif.

»Von jemandem aus dem DonnerClan?«, kam Frostfells ängstliche Stimme.

»Du hast doch gehört, was Tigerkralle über Rabenpfote gesagt hat. Vielleicht hatte er ja was damit zu tun. Ich selbst habe mich in seiner Gegenwart nie ganz wohlgefühlt.«

Feuerpfotes Rückenfell sträubte sich. Wenn Tigerkralle seine bösartigen Gerüchte sogar bis in die Kinderstube verbreitet hatte, dann war Rabenpfote nirgendwo im Lager mehr sicher. Feuerpfote erkannte, dass er schnell handeln musste.

Erst würde er Gelbzahn suchen, dann sich um Rabenpfote kümmern.

Er rannte zu der Stelle, wo er die alte Kätzin zuletzt gesehen hatte. Ihren Geruch kannte er so gut, dass er ihn sogar durch die regengetränkten Blätter riechen konnte. Mit offenem Mund drängte er sich durch die Büsche, um herauszufinden, wohin die Spur führte.

»Feuerpfote!«

Er machte einen Satz, dann entspannte er sich, als er Graupfotes Stimme erkannte.

»Ich habe nach dir gesucht!«, miaute sein Freund und rannte auf ihn zu. Er kniff die Augen zusammen, als Regen ihm aus seinem langen Fell über das Gesicht rann. »Wo gehst du hin?«

»Gelbzahn suchen«, erwiderte Feuerpfote.

»Ganz allein?« Graupfotes breites, graues Gesicht wirkte besorgt.

Feuerpfote dachte einen Augenblick nach und beschloss, Graupfote die Wahrheit zu sagen. »Blaustern hat mich gebeten, Gelbzahn zurückzubringen.«

»Was?«, sagte der Graue erschrocken. »Warum ausgerechnet dich?«

»Vielleicht denkt sie, dass ich Gelbzahn am besten kenne und dass ich sie leichter finde.«

»Hätte eine Gruppe von Kriegern nicht eine größere Chance?«, sagte Graupfote. »Tigerkralle ist der beste Spurensucher im Clan, und wenn jemand sie zurückbringen kann, dann er.«

»Vielleicht würde Tigerkralle sie nicht zurückbringen«, murmelte Feuerpfote.

»Wie meinst du das?«

»Tigerkralle ist auf Rache aus. Er würde sie einfach töten.«

»Aber wenn sie Tüpfelblatt getötet und die Jungen genommen hat …«

»Glaubst du das wirklich?«

Graupfote sah seinen Freund an und schüttelte verwirrt den Kopf. »Glaubst du, sie ist unschuldig?«

»Ich weiß es nicht«, gab Feuerpfote zu. »Und Blaustern weiß es auch nicht. Sie will die Wahrheit herausbekommen. Deshalb schickt sie mich und nicht Tigerkralle.«

»Aber wenn sie Tigerkralle den Befehl gäbe, sie lebend zurückzubringen …« Graupfotes Worte gingen in einem ohrenbetäubenden Donnerschlag unter und ein Blitz erleuchtete die Bäume um sie herum.

In dem blendenden Licht sah Feuerpfote, wie Frostfell Rabenpfote von der Kinderstube verjagte. Das Gesicht der weißen Königin war wutverzerrt, als sie den jungen schwarzen Kater anfauchte und warnend nach seinem Hinterbein schnappte.

Graupfote wandte sich an Feuerpfote. »Was ist denn hier los?«, miaute er.

Feuerpfote blickte seinen Freund an und ihm kam ein Gedanke. Wie es aussah, war die Zeit für Rabenpfote im Lager abgelaufen und Feuerpfote benötigte Graupfotes Hilfe. Aber würde ihm sein Freund glauben? Ein brausender Wind erhob sich in den Bäumen über ihnen und Feuerpfote musste lauter sprechen.

»Rabenpfote ist in großer Gefahr«, sagte er eindringlich.

»Was?«

»Ich muss ihn vom DonnerClan wegbringen. Jetzt sofort, bevor ihm etwas geschieht.«

Graupfote wirkte verwirrt. »Warum? Und was ist mit Gelbzahn?«

»Das kann ich jetzt nicht erklären«, drängte Feuerpfote. »Du musst mir einfach vertrauen. Es muss einen Weg geben, wie wir Rabenpfote von hier wegbekommen. Blaustern wird die Krieger so lange im Lager zurückhalten, bis das Gewitter vorüber ist, aber das lässt uns nicht viel Zeit.« Er versuchte, sich die verborgenen Ecken des Waldes jenseits des DonnerClan-Territoriums vorzustellen. »Wir müssen ihn irgendwohin bringen, wo Tigerkralle ihn nicht finden kann, wo er ohne den Clan überleben kann.«

Graupfote starrte ihn einen Augenblick lang an. »Wie wäre es mit Mikusch?«

»Mikusch?«, wiederholte Feuerpfote. »Du meinst, wir bringen Rabenpfote zum Zweibeinerort?« Seine Ohren zuckten aufgeregt. »Ja, das ist vielleicht die beste Idee.«

»Also los!«, miaute Graupfote. »Worauf warten wir noch?«

Erleichterung durchströmte Feuerpfote. Er hätte es wissen müssen, dass sein alter Freund ihm helfen würde. Er schüttelte sich den Regen vom Kopf, dann berührte er Graupfotes Fell mit der Nase. »Danke«, schnurrte er. »Also, wir holen ihn jetzt.«

Sie fanden ihren Freund zusammengekauert in ihrem Bau. Sandpfote und Borkenpfote lagen ebenfalls in ihren Nestern. Angespannt und ängstlich lauschten sie auf das Gewitter, das über ihren Köpfen tobte.

»Rabenpfote«, zischte Feuerpfote ihm durch den Eingang

zu. Als der aufsah, schnippte Feuerpfote mit den Ohren und der schwarze Kater folgte ihnen hinaus in das Unwetter.

»Komm mit«, flüsterte Feuerpfote. »Wir bringen dich zu Mikusch.«

»Mikusch?«, miaute Rabenpfote verwirrt und kniff die Augen gegen den peitschenden Regen zusammen. »Warum?«

»Weil du dort in Sicherheit bist«, antwortete Feuerpfote und blickte dem schwarzen Kater direkt in die Augen.

»Hast du gesehen, was Frostfell gemacht hat?«, flüsterte der mit bebender Stimme. »Ich wollte nur nach den anderen Jungen schauen …«

»Komm«, unterbrach ihn Feuerpfote. »Wir müssen uns beeilen!«

Rabenpfote blickte seinen Freund an. »Danke, Feuerpfote«, murmelte er. Dann wandte er sich um und setzte über die Lichtung.

Die drei Schüler eilten zum Lagerausgang, ihr Fell flach im heulenden Wind. Als sie den Ginstertunnel betraten, rief sie eine Stimme zurück: »Ihr drei! Wo geht ihr hin?«

Es war Tigerkralle.

Feuerpfote wirbelte herum und sein Mut verließ ihn. Verzweifelt überlegte er, was er sagen könnte, als er Blaustern auf sie zukommen sah. Sie runzelte kurz die Stirn, dann hellte sich ihre Miene auf.

»Gut gemacht, Feuerpfote«, miaute sie. »Ich sehe, du hast deine beiden Freunde überredet, dich zu begleiten. Der DonnerClan hat mutige Schüler, Tigerkralle, wenn sie bereit sind, bei diesem Wetter eine Besorgung zu erledigen.«

»Dies ist doch kaum die Zeit für Besorgungen?«, widersprach Tigerkralle.

»Eines von Buntgesichts Jungen hat Husten.« Blausterns Stimme war eisig und ruhig. »Feuerpfote hat angeboten, etwas Huflattich für sie zu suchen.«

»Ist es wirklich nötig, dass ihn seine Freunde begleiten?«, fragte Tigerkralle.

»In diesem Unwetter, denke ich, kann er froh sein, wenn er Begleitung hat«, entgegnete Blaustern. Sie schaute Feuerpfote tief in die Augen, und ihm wurde bewusst, welches Vertrauen sie in ihn setzte. »Lauft los, alle drei!«, rief sie.

Dankbar neigte er seinen Kopf und mit einem raschen Blick auf seine Begleiter lief er voran auf dem vertrauten Weg zum Baumgeviert. Der Wind brauste durch die Zweige, die Bäume schwankten, die Stämme knirschten und ächzten, als könnten sie jeden Augenblick umstürzen. Der Regen fiel durch das Blätterdach und durchweichte die Katzen bis auf die Haut.

Sie gelangten zum Bach, aber die Trittsteine, über die sie sonst hinübersprangen, waren im Wasser verschwunden. Die Katzen blieben am Ufer stehen und blickten verzweifelt hinab auf die breiten, braunen, strudelnden Wassermassen.

»Hier lang«, miaute Feuerpfote. »Da oben gibt es einen umgestürzten Baum. Auf dem können wir den Bach überqueren.«

Er führte die beiden ein Stück flussaufwärts zu einem Baumstamm, der nur einen Kätzchenschritt über dem rauschenden Wasser lag.

»Passt gut auf, der ist jetzt glitschig!«, warnte er und sprang vorsichtig hinauf. Die Rinde des Baums war abgeschält, und so war nur das glatte, nasse Holz übrig geblieben, auf dem sie nun balancieren mussten. Vorsichtig liefen die drei Katzen über den Stamm. Auf der anderen Seite sprang Feuerpfote als Erster hinunter und beobachtete seine Freunde, bis auch sie sicher gelandet waren.

Hier waren die Bäume größer und boten etwas Schutz vor dem Unwetter. Seite an Seite eilten sie weiter.

»Willst du mir jetzt erklären, warum wir Rabenpfote wegbringen müssen?«, keuchte Graupfote.

»Weil er weiß, dass Tigerkralle Rotschweif getötet hat!«, sagte Feuerpfote.

»Tigerkralle hat Rotschweif getötet!«, wiederholte Graupfote ungläubig. Er blieb stehen und starrte erst Feuerpfote, dann Rabenpfote an.

»Im Kampf mit dem FlussClan«, schnaufte Rabenpfote. »Ich habe es gesehen.«

»Aber warum sollte er das tun?«, widersprach Graupfote und machte sich wieder auf den Weg. Sie rannten den Abhang hinab, der auf die Lichtung des Baumgevierts führte.

»Ich weiß es nicht. Vielleicht hat er geglaubt, Blaustern würde ihn zum Zweiten Anführer machen«, schlug Feuerpfote vor.

Graupfote antwortete nicht, aber sein Gesicht verfinsterte sich.

Die Katzen kletterten nun die steile Steigung zum WindClan-Territorium hinauf, und während Feuerpfote von Fels zu Fels sprang, rief er Graupfote alles Weitere zu. Er wollte, dass sein Freund verstand, wie gefährlich es für Rabenpfote im DonnerClan-Lager geworden war.

»Ich habe mitgehört, wie Tigerkralle in der Nacht, als Löwenherz getötet wurde, mit Dunkelstreif und Langschweif gesprochen hat«, sagte er. »Er möchte Rabenpfote loswerden.«

»Ihn *loswerden*? Du meinst, ihn *umbringen*?« Graupfote ließ sich schwer auf einen Felsen fallen.

Auch Feuerpfote blieb stehen und wartete auf seine Freunde. Rabenpfote hatte weiter unten am Abhang angehalten, und seine Flanken bebten, als er versuchte, zu Atem zu kommen. Mit dem durchweichten Fell, das an seinem mageren Körper klebte, sah er noch kleiner aus als sonst.

»Hast du gesehen, wie Frostfell heute auf Rabenpfote losgegangen ist?«, fragte Feuerpfote seinen Freund Graupfote. »Tigerkralle hat gegenüber allen Katzen Andeutungen gemacht, dass Rabenpfote ein Verräter sei. Aber bei Mikusch wird er in Sicherheit sein. Weiter jetzt! Wir müssen uns beeilen!«

Es war nicht möglich, in dem offenen Gelände des Hochlands zu sprechen. Um sie herum heulte der Wind, über ihnen grollte der Donner und Blitze zuckten. Die drei Kater senkten die Köpfe und kämpften sich voran, mitten hinein ins Herz des Unwetters, bis sie schließlich die Grenze des WindClan-Territoriums erreichten.

»Wir können dich nicht weiterbegleiten, Rabenpfote«, rief Feuerpfote ihm durch den Sturm zu. »Wir müssen zurück und Gelbzahn finden, bevor sich das Gewitter gelegt hat.«

Rabenpfote blickte ihn beunruhigt durch den peitschenden Regen an. Dann nickte er.

»Meinst du, du kannst Mikusch allein finden?«

»Ja, ich erinnere mich an den Weg.«

»Pass auf die Hunde auf«, warnte Graupfote.

Rabenpfote nickte. »Das werde ich.« Plötzlich runzelte er die Stirn. »Wie könnt ihr euch so sicher sein, dass Mikusch mich aufnimmt?«

»Erzähl ihm einfach, dass du einmal eine Natter gefangen hast!«, antwortete Graupfote und stieß seinen Freund liebevoll an die vom Regen durchweichte Schulter.

»Jetzt geh!«, drängte Feuerpfote. Er leckte Rabenpfote die magere Brust. »Und mach dir keine Sorgen. Jeder wird wissen, dass du den DonnerClan nicht verraten hast. Dafür werde ich sorgen.«

»Und wenn Tigerkralle kommt und nach mir sucht?«, klang Rabenpfotes dünne Stimme durch das Gewittergrollen.

Feuerpfote blickte ihm fest in die Augen. »Das wird er nicht. Ich werde ihm sagen, dass du tot bist.«

22. KAPITEL

FEUERPFOTE UND Graupfote liefen zurück ins DonnerClan-Territorium. Beide waren todmüde und nass bis auf die Knochen, aber Feuerpfote behielt das Tempo bei. Langsam zog das Unwetter ab. Bald würde eine Patrouille des DonnerClans aufbrechen und sich auf Gelbzahns Spuren machen. Sie mussten die Kätzin vorher finden.

Der Himmel war noch dunkel, obwohl die schwarzen Gewitterwolken langsam zum Horizont abzogen. Feuerpfote vermutete, dass es kurz vor Sonnenuntergang war.

»Warum gehen wir denn nicht gleich in Richtung SchattenClan-Territorium?«, fragte Graupfote, als sie den steilen Abhang zum Baumgeviert hinabrannten.

»Weil wir erst Gelbzahns Spur aufnehmen müssen«, erklärte ihm Feuerpfote. »Ich hoffe nur, sie führt uns nicht dorthin.«

Der Freund sah ihn von der Seite an, sagte aber nichts.

Sie überquerten den Bach und betraten wieder ihr eigenes Gebiet. Sie fanden keinen Geruch von Gelbzahn, bis sie den Eichenwald in der Nähe des Lagers erreichten. Es regnete nur noch leicht, die Gerüche um sie herum kehrten langsam zurück, und Feuerpfote hoffte, dass der Regen Gelbzahns Spur nicht völlig weggewaschen hatte. Er fuhr mit der Nasenspitze an einem Farn vorbei – und da war er endlich: Gelbzahns Angstgeruch stach ihm in die Nase.

»Hier ist sie vorbeigekommen!«, sagte er.

Er schob sich durch das nasse Unterholz, Graupfote folgte ihm. Das Gewitter hatte sich inzwischen verzogen, nur der Donner war noch in der Ferne zu hören, die Zeit wurde knapp. Feuerpfote drängte schneller voran.

Zu seiner Bestürzung musste er erkennen, dass Gelbzahns Geruch sie tatsächlich direkt zum Territorium des SchattenClans führte. Sein Herz wurde schwer. Hatte das zu bedeuten, dass Tigerkralles Beschuldigungen berechtigt waren? Inständig hoffte er, dass die Spur sie endlich in eine andere Richtung führen würde, aber sie verlief unbeirrbar weiter auf das feindliche Gebiet zu.

Sie kamen zum Donnerweg, wo mehrere Ungeheuer vorbeibrausten und Fontänen dreckigen Wassers versprühten. Die beiden Katzen hielten sich vom Rand der breiten, grauen Straße zurück, bis es eine Lücke gab, dann rasten sie hinüber und ins Territorium des SchattenClans.

Die Duftmarkierungen entlang der Grenze waren überwältigend und Feuerpfotes Pfoten kribbelten.

Graupfote blieb stehen und blickte sich nervös um. »Ich dachte immer, ich hätte ein paar Krieger mehr bei mir, wenn ich endlich mal das SchattenClan-Territorium betrete«, gab er zu.

»Hast doch nicht etwa Angst, oder?«, murmelte Feuerpfote.

»Du vielleicht nicht? Meine Mutter hat mich oft genug vor dem SchattenClan-Gestank gewarnt.«

»Meine Mutter hat mir solche Sachen nie beigebracht«, erwiderte Feuerpfote. Aber zum ersten Mal war er erleichtert, dass sein Fell nass war und an seinem Körper klebte – seinem Freund würde so vielleicht nicht auffallen, wie es sich vor Angst sträubte.

Die beiden Kater streiften weiter, achteten aufmerksam auf jedes Geräusch und hielten Ausschau nach SchattenClan-Patrouillen wie auch nach Katzen ihres eigenen Clans, von denen sie wussten, dass sie bald kommen würden.

Gelbzahns Duftspur führte sie stetig mitten in die Jagdgründe des feindlichen Clans hinein. Der Wald hier war finster, das Unterholz durchsetzt mit Brennnesseln und Brombeerranken.

»Ich kann sie nicht riechen«, beklagte sich Graupfote. »Es ist zu nass.«

»Die Spur ist aber da«, versicherte ihm Feuerpfote.

Plötzlich fauchte Graupfote: »Aber ich kann *das* hier riechen!«

»Was denn?«, zischte sein Begleiter leise. Alarmiert blieb er stehen.

»Der Geruch von Jungkatzen. Hier ist Blut von jungen Katzen!«

Feuerpfote schnüffelte. »Ich rieche es auch«, bestätigte er. »Und noch etwas!« Er schnippte heftig mit dem Schwanz nach unten, eine Warnung an Graupfote, still zu sein. Dann deutete er geräuschlos mit den Schnurrhaaren auf eine geschwärzte Esche vor ihnen.

Graupfote zuckte fragend mit den Ohren. Feuerpfote nickte schwach. Hinter dem breiten, gespaltenen Stamm verbarg sich Gelbzahn.

Ohne sich abzusprechen, trennten sich die beiden Kater, bewegten sich auf den Baum zu, einer von jeder Seite. Sie krochen über den weichen Waldboden, benutzten alle Tricks, die sie gelernt hatten, machten leichte Schritte, hielten den Körper flach.

Dann sprangen sie.

Gelbzahn jaulte auf vor Überraschung, als die beiden neben ihr landeten und sie auf den Boden drückten. Sie kämpfte sich frei, fauchte und wich zurück in eine geschützte Höhlung am Fuß des Baumes. Feuerpfote und Graupfote bewegten sich auf sie zu und schnitten ihr den Fluchtweg ab.

»Ich habe gewusst, dass der DonnerClan mir die Schuld geben würde!«, zischte sie. Ihre Augen blitzten voller Feindseligkeit, die Feuerpfote so gut kannte.

»Wo sind die Jungen?«, fragte er.

»Wir können ihr Blut riechen!«, fauchte Graupfote. »Hast du ihnen was getan?«

»Ich habe sie nicht«, knurrte Gelbzahn wütend. »Ich wollte sie suchen und zurückbringen. Und hier habe ich angehalten, weil ich auch Blut gerochen habe. Aber sie sind nicht hier.«

Feuerpfote und Graupfote blickten sich an.

»Ich habe sie nicht!«, wiederholte Gelbzahn.

»Warum bist du dann weggelaufen? Warum hast du Tüpfelblatt getötet?« Graupfote stellte die Fragen, die laut auszusprechen sein Freund nicht über sich brachte.

»Tüpfelblatt ist tot?« Der Schock in Gelbzahns Stimme war nicht zu überhören.

Erleichterung durchströmte Feuerpfote. »Du wusstest das nicht?«, fragte er heiser.

»Wie denn? Ich habe das Lager verlassen, sobald ich hörte, dass die Jungen weg waren.«

Graupfote schaute sie misstrauisch an, aber Feuerpfote konnte in ihrer Stimme die Wahrheit hören.

»Ich weiß, wer die Jungen gestohlen hat«, fuhr Gelbzahn fort. »Ich habe seinen Geruch in der Nähe der Kinderstube erkannt.«

»Wer war es?«

»Narbengesicht, einer von Braunsterns Kriegern. Und solange die Jungen beim SchattenClan sind, befinden sie sich in höchster Gefahr.«

»Aber selbst der SchattenClan würde doch jungen Katzen nichts antun!«, protestierte Feuerpfote.

»Sei dir da mal nicht so sicher«, fauchte Gelbzahn. »Braunstern will sie als Krieger einsetzen.«

»Aber sie sind doch erst drei Monde alt!«, keuchte Graupfote.

»Das hat ihn in der Vergangenheit nicht abgehalten. Seit er Anführer geworden ist, hat er Jungkatzen ausgebildet, die auch nicht älter als drei Monde waren. Und mit fünf hat er sie als Krieger losgeschickt!«

»Aber sie sind dann doch noch viel zu klein zum Kämpfen!«, protestierte Feuerpfote. Doch vor seinem inneren Auge sah er jetzt die ungewöhnlich kleinen SchattenClan-Schüler, die er auf der Großen Versammlung getroffen hatte. Sie waren nicht einfach klein gewachsen, es waren Katzenkinder!

Gelbzahn zischte verächtlich. »Das ist Braunstern egal. Er hat mehr als genug weitere Junge, und wenn sie ihm ausgehen, stiehlt er sie von anderen Clans!« Ihre Stimme war voller Wut. »Schließlich sprechen wir von einem Kater, der Jungkatzen aus dem eigenen Clan getötet hat!«

Die beiden Schüler waren fassungslos.

»Wenn er das getan hat, warum hat man ihn dann nicht bestraft?«, fragte Feuerpfote schließlich.

»Weil er gelogen hat«, knurrte Gelbzahn verbittert. »Er hat mir die Schuld an ihrer Ermordung in die Schuhe geschoben und der SchattenClan hat ihm das geglaubt!«

Plötzlich verstand Feuerpfote. »Und deshalb hat dich dein Clan vertrieben?«, fragte er. »Du musst mit uns zurückkommen und Blaustern das alles erzählen.«

»Erst, wenn ich eure Jungen gerettet habe!«, fuhr Gelbzahn ihn an.

Feuerpfote hob den Kopf und prüfte die Luft. Es fiel kein Regen mehr und der Wind hatte sich gelegt. Die Katzen des DonnerClans waren bestimmt schon unterwegs. Hier waren sie nicht sicher.

Graupfote war noch immer völlig verstört von Gelbzahns Vorwürfen. »Wie kann ein Anführer junge Katzen aus seinem eigenen Clan umbringen?«, fragte er leise.

»Braunstern hat sie in zu jungem Alter ausgebildet und mit brutalen Methoden. Zwei der Jungkatzen hat er einmal zum Kampftraining mitgenommen.« Keuchend holte Gelbzahn Luft. »Sie waren nur vier Monde alt. Und sie waren bereits tot, als er sie mir brachte. Sie wiesen die Kratzer und Bisse eines ausgewachsenen Kriegers auf, nicht die von Schülern. Er muss selbst mit ihnen gekämpft haben. Ich konnte ihnen nicht mehr helfen. Als ihre Mutter kam und sie sehen wollte, war Braunstern auch da. Er sagte, er habe mich angetroffen, wie ich über ihren toten Körpern stand.« Ihre Stimme brach und sie wandte den Blick ab.

»Warum hast du ihr nicht gesagt, dass Braunstern sie getötet hat?«, fragte Feuerpfote ungläubig.

Gelbzahn schüttelte den Kopf. »Ich konnte es nicht.«

»Warum nicht?«

Die alte Kätzin zögerte. Als sie sprach, war ihre Stimme voller Bedauern. »Braunstern ist der Anführer des SchattenClans. Er ist der Sohn des edlen Kampfstern. Sein Wort ist Gesetz.« Feuerpfote schaute weg und die drei Katzen saßen eine Weile schweigend da.

Dann sagte Feuerpfote mit fester Stimme: »Wir werden die Jungen gemeinsam retten. Heute Nacht. Aber wir müssen weg. Ich kann die DonnerClan-Patrouille schon riechen.« Er machte eine Pause. »Wenn Tigerkralle bei ihnen ist, hast du keine Chance, Gelbzahn. Er wird dich töten, bevor wir etwas erklären können.«

Die alte Kätzin blickte ihn jetzt wieder wach und entschlossen an. »In dieser Richtung ist die Erde voller Torf und der ist jetzt nass nach dem Regen«, erklärte sie ihm. »Dort wird sich unser Geruch verlieren.«

Sie sprang in ein Farngebüsch hinein und die beiden Schüler folgten ihr ohne zu zögern. In der Ferne hörten sie jetzt das Unterholz rascheln. Es war nicht mehr der Wind, der die Büsche bewegte, sondern eine nahende Patrouille, zweifellos begierig auf Rache und angetrieben von Tigerkralles Lügen.

Eine gespenstische Ruhe legte sich über den Wald und dünner Nebel zog zwischen den Bäumen auf. Feuerpfote schüttelte sich die feinen Tropfen aus dem Fell und zupfte ungeduldig eine Klette von der Brust.

Gelbzahn führte sie stetig voran. Der Boden wurde nasser und ihre Pfoten sanken in den weichen Torf ein. Der modrige Geruch füllte Feuerpfotes Nase, aber wenigstens würde er ihre eigene Duftspur verbergen. Die Geräusche der Katzen hinter ihnen wurden lauter.

»Schnell, hier rein«, drängte Gelbzahn und duckte sich unter einen Busch mit breiten Blättern. Die drei kauerten sich darunter mit eingezogenem Schwanz. Feuerpfote verhielt sich so still, wie er nur konnte, und versuchte die stinkende Feuchtigkeit, die vom Boden in sein Bauchfell drang, nicht wahrzunehmen. Konzentriert horchte er auf das Rascheln der DonnerClan-Patrouille, die immer näher kam.

23. KAPITEL

DER SUCHTRUPP bestand aus mehreren Katzen und bewegte sich rasch voran. Durch den erdigen Sumpfgestank konnte Feuerpfote den Geruch der einzelnen Katzen nicht erkennen, aber er wusste, dass sie zum DonnerClan gehörten. Er hielt die Luft an, als die Pfotenschritte an ihnen vorbei und dann weiterpreschten.

»Sollen wir wirklich ganz allein versuchen, die Jungen zu retten?«, wisperte Graupfote.

Nach kurzer Pause sagte Gelbzahn nachdenklich: »Vielleicht könnte ich im SchattenClan Hilfe finden. Nicht alle Katzen unterstützen Braunstern.«

Feuerpfote spitzte die Ohren und Graupfote zuckte überrascht mit dem Schwanz.

»Als er Anführer wurde«, erklärte Gelbzahn, »hat Braunstern die Ältesten gezwungen, die Sicherheit des inneren Lagers zu verlassen. Sie mussten an der Außengrenze leben und selbst für sich jagen. Und das sind alles Katzen, die mit dem Gesetz der Krieger aufgewachsen sind. Einige könnten uns helfen.«

Feuerpfote starrte ihr in die alten Augen und dachte schnell nach. »Und ich könnte versuchen, den Suchtrupp des DonnerClans zu überreden, dass auch sie uns helfen«, schlug er vor. »Wenn ich mit ihnen rede, bevor sie Gelbzahn finden, kann ich sie vielleicht dazu bringen, dass sie ihrer Geschichte Glauben schenken. Graupfote, du wartest bei der toten Esche, wo wir das Blut der Jungen gerochen haben, bis einer von uns zurückkehrt.«

Graupfote blickte besorgt drein. »Aber traust du Gelbzahn, dass sie uns tatsächlich Hilfe bringt?«, murmelte er.

»Ihr *müsst* mir einfach trauen«, knurrte Gelbzahn. »Ich komme zurück.«

Graupfote blickte seinen Mitschüler an. Der nickte.

Ohne ein weiteres Wort sprang Gelbzahn an den beiden vorbei und verschwand in den Büschen.

»Haben wir das Richtige getan?«, fragte Graupfote.

»Ich weiß es nicht«, musste Feuerpfote zugeben. »Wenn ja, dann sind wir Helden und die Jungen sind in Sicherheit. Wenn nicht, dann sind wir so gut wie tot.«

Feuerpfote sprintete hinter dem Suchtrupp des DonnerClans her, um Brombeerbüsche herum, an Ginster vorbei und durch Brennnesseln hindurch. Es war leicht, ihrer Spur zu folgen. Die wütenden Katzen hatten sich keine Mühe gegeben, ihre Anwesenheit auf dem Gebiet des SchattenClans zu verbergen.

Oben war die dichte Wolkendecke endlich abgezogen. Über den Baumwipfeln funkelte das Silbervlies quer über den nächtlichen Himmel. Der Mond ging gerade auf, aber sein kaltes Licht konnte nicht durch den Nebel dringen, der noch im schattigen Unterholz hing.

Feuerpfote konzentrierte sich auf den Geruch vor ihm. Er konnte Weißpelz riechen. Noch einmal schnüffelte er. Tigerkralle war nicht bei ihnen. Er rannte noch schneller, bis er sie endlich einholte und hinter ihnen rutschend zum Halt kam.

Die Krieger fuhren herum und funkelten ihn mit gesträubtem Fell an, die Ohren angriffslustig angelegt. Dunkelstreif war dabei, die junge Kätzin Mausefell sowie der gestreifte Krieger Sturmwind. Mausefell war nicht die einzige Kätzin in der Patrouille – auch Glanzfell war mitgekommen.

»Feuerpfote!«, knurrte Weißpelz. »Was tust du denn hier?«

Feuerpfote schnappte nach Luft. »Blaustern hat mich losgeschickt!«, keuchte er. «Sie wollte, dass ich Gelbzahn finde, bevor ...«

Weißpelz unterbrach ihn. »Ah!«, miaute er. »Blaustern hat mir gesagt, dass ich hier draußen vielleicht einen Freund träfe. Jetzt verstehe ich, was sie gemeint hat.« Er warf dem jungen Kater einen nachdenklichen Blick zu.

»Ist Tigerkralle in der Nähe?«, fragte Feuerpfote. Er spürte einen Anflug von Stolz, dass Weißpelz und er sich Auge in Auge gegenüberstanden.

Der Krieger mit dem weißen Fell betrachtete ihn neugierig. »Blaustern hat darauf bestanden, dass er im Lager bleibt und die verbliebenen Jungen beschützt.«

Feuerpfote nickte erleichtert und sagte dann eilig: »Weißpelz, ich brauche eure Hilfe. Ich kann euch zu den Jungen führen. Graupfote wartet auf mich. Wir wollen sie heute Nacht retten. Kommt ihr mit?«

»Natürlich kommen wir!« Die Krieger schlugen aufgeregt mit ihren Schwänzen.

»Das heißt aber, dass wir in das Lager des SchattenClans einfallen müssen«, warnte der Schüler.

»Kannst du uns dorthin führen?«, fragte Sturmwind eifrig.

»Nein, aber Gelbzahn kann es. Und sie hat versprochen, Hilfe von ihren alten Bundesgenossen im Lager zu holen.«

Mausefell funkelte ihn an und peitschte wütend mit dem Schwanz.

»Du hast Gelbzahn gefunden?«, fauchte sie.

»Ich verstehe nicht«, miaute Weißpelz verwirrt. »Die Verräterin will helfen, die Jungen zu retten, die sie gestohlen hat?«

Feuerpfote holte tief Luft, dann blickte er Weißpelz fest in die Augen und erklärte: »Gelbzahn hat sie nicht gestohlen. Sie hat auch Tüpfelblatt nicht umgebracht. Und sie will uns helfen, unsere Jungen zu retten.«

Der Krieger erwiderte seinen festen Blick, dann blinzelte er langsam. »Geh du voran, Feuerpfote«, befahl er.

Bei der Esche wartete Graupfote. Ruhelos lief er um den verrotteten Stamm herum. Er blieb sofort stehen, als er die Katzen aus dem Nebel auftauchen sah, und zuckte zur Begrüßung mit den Schnurrhaaren.

»Irgendein Zeichen von Gelbzahn?«, fragte Feuerpfote.

»Noch nicht.«

»Wir wissen nicht, wie weit es zum SchattenClan-Lager ist«, sagte Feuerpfote rasch, als er fühlte, wie Weißpelz neben ihm sich anspannte. »Vielleicht ist sie jetzt schon wieder auf dem Rückweg.«

»Oder sie gibt sich glücklich mit ihren Kameraden vom SchattenClan die Zungen, während wir hier wie die Idioten sitzen und darauf warten, dass sie uns überfallen!«, grummelte Graupfote.

Weißpelz beobachtete die beiden Schüler. Seine Ohren zuckten unbehaglich. »Feuerpfote? Bist du dir sicher?«

»Sie wird zurückkommen«, versprach der.

»Gut gesprochen, mein Junge.« Gelbzahn trat hinter der Esche hervor und setzte sich. »Du bist nicht der Einzige, der sich an jemanden heranschleichen kann«, sagte sie. »Erinnerst du dich an den Tag, als wir uns getroffen haben? Auch damals hast du in die falsche Richtung geschaut.«

Drei weitere Katzen aus dem SchattenClan tauchten hinter dem Baum auf und ließen sich ruhig neben Gelbzahn nieder. Die DonnerClan-Katzen sträubten misstrauisch und wachsam ihr Fell.

Schweigend starrten sie sich an. Feuerpfote bewegte sich unbehaglich hin und her, unsicher, was er nun tun sollte. Schließlich ergriff ein alter, grauer SchattenClan-Kater mit langem, magerem Körper und stumpfem Fell das Wort. »Wir sind gekommen, um euch zu helfen, nicht, um euch zu schaden. Ihr seid wegen eurer Jungen gekommen. Wir werden euch beistehen, sie zu retten.«

»Was habt ihr davon?«, fragte Weißpelz vorsichtig.

»Wir wollen eure Hilfe, um Braunstern loszuwerden. Er hat das Gesetz der Krieger gebrochen und der SchattenClan leidet darunter.«

»So einfach ist das also?«, knurrte Sturmwind. »Wir gehen in euer Lager, schnappen uns die Jungen, töten euren Anführer und gehen nach Hause.«

»Ihr werdet auf weniger Widerstand treffen, als ihr glaubt«, murmelte der alte Kater.

Gelbzahn stand auf. »Ich möchte euch meine alten Freunde vorstellen«, sagte sie, schritt um die SchattenClan-Katzen herum und streifte den grauen Kater. »Dies ist Aschenfell. Er ist einer der Clan-Ältesten.« Dann trat sie zu einem narbenbedeckten, alten Kater, der ihnen zunickte. »Und dies ist Nachtpelz, einer der angesehensten Krieger, bevor Kampfstern getötet wurde. – Und das hier ist Dämmerwolke, eine unserer ältesten Königinnen. Zwei ihrer Jungen sind beim Kampf mit dem WindClan ums Leben gekommen.«

Dämmerwolke, eine kleine, gescheckte Katze, miaute zur Begrüßung. »Ich will nicht noch mehr meiner Jungen verlieren«, sagte sie.

Weißpelz leckte kurz über seine Brust und strich sich das Fell glatt. »Ihr seid ganz offensichtlich geschickte Krieger, so, wie ihr euch an uns anschleichen konntet. Aber seid ihr auch genug? Wir müssen wissen, was uns erwartet, wenn wir in euer Lager eindringen.«

»Die Alten und Kranken des SchattenClans sind am Verhungern«, sagte Aschenfell. »Die Verluste unter unseren Jungen sind größer, als wir verkraften können.«

»Aber wenn der SchattenClan so verwahrlost ist«, platzte Dunkelstreif heraus, »wie konntet ihr dann in letzter Zeit so viel Stärke zeigen? Und warum ist Braunstern immer noch euer Anführer?«

»Braunstern ist umgeben von einer kleinen Gruppe kämpferischer Krieger«, antwortete Aschenfell. »Und die muss man fürchten, weil sie für ihn sterben würden, ohne eine Frage zu stellen. Die anderen Krieger gehorchen seinen Befehlen nur, weil sie sich fürchten. Sie kämpfen an seiner Seite, solange sie glauben, dass Braunstern gewinnt. Wenn sie denken, dass er verliert …«

»… würden sie *gegen* ihn kämpfen und nicht *für* ihn!«,

führte Dunkelstreif angewidert den Satz des Ältesten zu Ende. »Was für eine Art Treue ist das denn?«

Die Rückenhaare der SchattenClan-Katzen sträubten sich wütend.

»Unser Clan ist nicht immer so gewesen«, warf Gelbzahn schnell ein. »Als Kampfstern noch Führer des SchattenClans war, hat man uns wegen unserer Stärke gefürchtet. Aber in jenen Tagen beruhte unsere Stärke auf dem Gesetz der Krieger und der Treue zum Clan, nicht auf Angst und Blutgier.« Die alte Heilerin seufzte. »Hätte doch Kampfstern nur länger gelebt!«

»Wie ist Kampfstern denn gestorben?«, fragte Weißpelz neugierig. »Es hat damals bei den Großen Versammlungen so viele Gerüchte gegeben, aber niemand wusste Genaues.«

Gelbzahns Augen trübten sich vor Kummer. »Er ist von der Patrouille eines anderen Clans überfallen worden.«

Weißpelz nickte nachdenklich. »Ja, das ist es, was die meisten Katzen angenommen haben. Das sind in der Tat finstere Zeiten, wenn Anführer im Verborgenen erledigt werden statt in offenem und ehrenhaftem Kampf.«

Feuerpfotes Gedanken rasten, als er die verschiedensten Schlachtpläne durchging.

»Gibt es eine Möglichkeit, die Jungen zu holen, ohne dass der ganze Clan alarmiert wird?«, fragte er.

»Sie werden sehr streng bewacht«, gab Dämmerwolke zu bedenken. »Braunstern erwartet sicherlich, dass der DonnerClan sie zurückholen will. Ihr könnt sie nicht heimlich befreien. Eure einzige Hoffnung ist ein offener Angriff.«

»Dann müssen wir uns auf Braunstern und seine engste Garde konzentrieren«, sagte Weißpelz.

Gelbzahn hatte einen Vorschlag: »Wie wäre es, wenn mich die SchattenClan-Katzen ins Lager führen und sagen, sie hätten mich gefangen genommen? Wir müssen es schaffen, dass Braunstern und seine Krieger aus ihren Schlafhöhlen herauskommen. Die Nachricht von meiner Gefangennahme wird sie auf die Lichtung locken. Sobald sie alle draußen sind, gebe ich das Signal zum Angriff.«

Weißpelz schwieg einen Augenblick, dann nickte er. Sein Gesicht war ernst bei dem Gedanken, dass er seine Krieger nun in den Kampf schicken musste. »So soll es sein, Gelbzahn«, sagte er bestimmt. »Zeige uns bitte den Weg zum Lager des SchattenClans.«

24. KAPITEL

GELBZAHN SCHOB sich durch den Farn, Weißpelz und die anderen folgten ihr. Feuerpfote bebte vor Anspannung. Er fühlte nicht die kühle, feuchte Luft auf seiner Haut und seine Erschöpfung war vergessen.

Gelbzahn führte sie zu einer kleinen Mulde, die von dichtem Unterholz umgeben war, und zeigte ihnen den Eingang zum Lager. Die wilden Brombeerzweige, die sich um den Eingang rankten, machten einen ganz anderen Eindruck als der gepflegte Ginstertunnel, der zum DonnerClan-Lager führte. Der Grenzwall war voller Löcher und Lücken und der Gestank von verwestem Fleisch wehte ihnen entgegen.

»Ihr esst *Krähenfraß*?«, flüsterte Graupfote mit hochgezogener Lippe.

»Unsere Krieger greifen nur noch an, sie jagen nicht mehr«, sagte Aschenfell müde. »Und so essen wir alles, was wir finden.«

»DonnerClan, versteckt euch in diesem Farngebüsch da drüben«, zischte Gelbzahn. »Es ist voller Fliegenpilze, die euren Geruch überlagern werden. Wartet hier, bis ihr mich rufen hört.«

Sie trat zurück, ließ einige Katzen des SchattenClans vorausgehen und reihte sich dann in der Mitte der Gruppe ein, als wäre sie ihre Gefangene. Schweigend marschierten sie in das Lager.

Die DonnerClan-Katzen ließen sich angespannt und wachsam zwischen den Pilzen nieder. Feuerpfote spürte sein Fell kribbeln und er blickte zu Graupfote neben sich. Das dichte Fell auf dem Nacken des Freundes war aufgestellt und er keuchte vor unterdrückter Aufregung.

Plötzlich erhob sich ein Geheul im Lager, und ohne zu zögern, sprangen die DonnerClan-Katzen aus ihrem Versteck und rasten durch den Eingang.

Gelbzahn, Aschenfell, Dämmerwolke und Nachtpelz kämpften auf einer niedergetrampelten, schlammigen Lichtung mit sechs bösartig wirkenden Kriegern. Feuerpfote erkannte unter ihnen Braunstern und seinen Stellvertreter Schwarzfuß. Die Krieger sahen hungrig und narbenbedeckt aus, aber Feuerpfote konnte unter dem zerzausten Fell das Pochen ihrer harten Muskeln erkennen.

Außerhalb der Lichtung standen Gruppen ausgemergelter Katzen und starrten unsicher auf das Durcheinander. Ihre mageren Körper schienen vor der Gewalt zurückzuschrecken, während ihre trüben Augen dem Treiben entsetzt und verwirrt folgten. Aus den Augenwinkeln sah Feuerpfote, wie Triefnase sich zurückzog und unter einem Busch versteckte.

Auf das Signal von Weißpelz hin stürzten sich die DonnerClan-Katzen in das Getümmel.

Feuerpfote packte mit den Krallen einen silbern gestreiften Kater, wurde aber abgeschüttelt und stolperte. Der Gegner stürzte sich auf ihn und ergriff ihn mit Krallen, die scharf waren wie Schlehendornen. Feuerpfote gelang es, sich herauszuwinden und seine Zähne tief in das Fleisch der Katze zu schlagen. Ihr Aufheulen verriet ihm, dass er eine empfindliche Stelle getroffen hatte, und er biss fester zu. Erneut kreischte die Katze auf, riss sich los und rannte ins Gebüsch.

Ein junger SchattenClan-Schüler sprang nun Feuerpfote vom Rand der Lichtung an. Sein weiches Jungtierfell war vor Angst gesträubt. Feuerpfote zog die Krallen ein und schlug ihn ohne Schwierigkeiten beiseite. »Das ist kein Kampf für dich«, zischte er.

Weißpelz hielt Schwarzfuß am Boden fest. Er versetzte ihm einen bösen Biss und der verletzte Krieger raste durch den Lagereingang hinaus in die Sicherheit des Waldes.

»Feuerpfote!«, hörte er Dämmerwolke seinen Namen schreien. »Pass auf! Narbengesicht ist …« Den Rest konnte er nicht mehr hören. Ein stämmig gebauter, brauner Kater krachte in ihn hinein. *Narbengesicht!* Feuerpfote grub seine Krallen in den Boden und wirbelte herum. Der Krieger, der Tüpfelblatt umgebracht hatte! Wilder Zorn packte ihn, und er warf sich auf den braunen Kater, stieß ihn zu Boden und drückte seinen Kopf in die Erde. Blind vor Wut wollte er seine Zähne in Narbengesichts Genick schlagen, aber bevor er den tödlichen Biss ausführen konnte, stieß Weißpelz ihn beiseite und packte selbst den SchattenClan-Krieger.

»Krieger des DonnerClans töten nur im Notfall«, knurrte er Feuerpfote zu. »Wir müssen nur dafür sorgen, dass sie sich hier nie wieder blicken lassen!« Er versetzte Narbengesicht einen gewaltigen Biss, der ihn kreischend aus dem Lager fliehen ließ.

Noch immer voller Wut blickte sich Feuerpfote um. Braunsterns Krieger waren verschwunden. Doch dann ertönte ein zorniges Kreischen hinter Graupfote. Der sprang aus dem Weg, und Feuerpfote sah, wie Gelbzahn Braunstern mit blutbefleckten Pfoten gepackt hielt. Sein Körper blutete aus mehreren Wunden, die Ohren lagen ihm flach am Kopf, die Schnurrhaare waren zurückgezogen, tief kauerte er unter Gelbzahns kräftigem Griff.

»Ich hätte nie gedacht, dass du schwerer zu töten bist als mein Vater!«, fauchte er ihr ins Gesicht.

Gelbzahn zuckte zurück, als hätte eine Biene sie gestochen. Ihr Gesicht verzerrte sich vor Schreck und Kummer. Sie lockerte ihren Griff und sofort schleuderte Braunstern sie mit einer Drehung seines mächtigen Körpers zur Seite.

»*Du* hast Kampfstern getötet?«, rief Gelbzahn mit ungläubig aufgerissenen Augen.

Braunstern blickte sie kalt an. »Du hast ihn doch gefunden. Hast du nicht mein Fell zwischen seinen Krallen erkannt?« Die Kätzin starrte ihn entsetzt an. »Er war ein weicher und törichter Anführer. Er hatte den Tod verdient.«

»Nein!«, keuchte Gelbzahn und ließ den Kopf sinken. Dann schüttelte sie sich, blickte Braunstern direkt in die Augen und krümmte den Rücken. »Und Glanzblütes Junge? Hatten sie auch den Tod verdient?«

Braunstern knurrte tief, warf sich auf Gelbzahn und drückte sie mit dem Bauch auf den Boden. Ihre Augen waren voller Trauer, und sie versuchte nicht einmal, sich gegen seine dornenscharfen Krallen zu wehren.

»Die Jungen waren schwach«, zischte Braunstern in Gelbzahns Ohr. »Sie wären für den SchattenClan ohne Nutzen gewesen. Hätte ich sie nicht getötet, hätte es ein anderer getan.«

Der schmerzerfüllte Schrei einer Königin mit schwarz-weißem Fell durchschnitt die Luft. Braunstern achtete nicht auf sie und fauchte: »Ich hätte dich auch umbringen sollen, als ich die Gelegenheit dazu hatte. Anscheinend habe ich doch etwas von der Weichheit meines Vaters geerbt. Ich war ein Narr, als ich zugelassen habe, dass du den SchattenClan lebend verlässt!« Er näherte sich ihr mit gebleckten Zähnen, bereit, sie ihr ins Genick zu schlagen.

Feuerpfote war schneller. Er war auf Braunsterns Rücken, bevor dieser die Kiefer zuklappen konnte, grub seine Krallen in das verfilzte Fell des getigerten Katers, riss ihn von der erschöpften Kätzin herunter und schleuderte ihn an den Rand der Lichtung.

Braunstern drehte sich im Flug und landete auf den Pfoten. Boshaft fauchend blickte er Feuerpfote in die Augen. »Verschwende deine Zeit nicht, Schüler! Ich habe Träume mit dem SternenClan geteilt. Du musst mich neun Mal töten, bevor ich zu ihnen gehe. Glaubst du wirklich, dass du dafür stark genug bist?« Seine Augen glühten vor Selbstbewusstsein und Verachtung.

Feuerpfote starrte zurück. Sein Bauch verkrampfte sich. Braunstern war der Anführer eines Clans! Wie nur konnte er annehmen, ihn zu besiegen?

Aber da waren noch die anderen Katzen des SchattenClans, die alles gesehen hatten und sich langsam zischend und fauchend vor Hass ihrem besiegten Anführer näherten. Sie waren selbst böse zugerichtet und halb verhungert, aber sie waren Braunstern gegenüber in der Überzahl, und er erkannte das mit einem nervösen Zucken des Schwanzes. Langsam duckte er sich und kroch durch das Gebüsch davon. Seine Augen blitzten drohend aus dem Schatten heraus und sein Blick fand Feuerpfote in der Menge.

»Das ist noch nicht das Ende, kleiner Schüler«, zischte er, bevor er sich umdrehte und hinter seinen besiegten Kriegern im Wald verschwand.

Feuerpfote blickte Weißpelz an. »Sollen wir sie verfolgen?«, fragte er.

Der Krieger schüttelte den Kopf. »Sie haben die Botschaft verstanden, dass sie hier nicht mehr willkommen sind.«

Nachtpelz, der alte Krieger aus dem SchattenClan, nickte zustimmend. »Lasst sie. Falls sie es wagen sollten, ihre Gesichter in diesem Lager noch einmal zu zeigen, wird mein Clan bis dahin wieder stark genug sein, um allein mit ihnen fertig zu werden.«

Die übrigen Katzen des SchattenClans hockten zusammen in den Ruinen ihres Lagers, wie betäubt von der Erkenntnis, dass ihr Anführer verschwunden war. *Es wird eine Weile dauern, bis der Clan sich wieder erholt hat*, dachte Feuerpfote.

»Die Jungen!«

Feuerpfote hörte Graupfotes Ruf und eilte hinüber zu seinem Freund auf der anderen Seite der Lichtung, Mausefell und Weißpelz dicht hinter ihm. Schon konnten sie das mitleiderregende Miauen von Jungtieren hören, das unter einem Haufen Blätter und Zweige hervordrang. Rasch gruben Graupfote und Mausefell sich durch das Laub und entdeckten die vermissten DonnerClan-Jungen auf dem Grund einer kleinen Grube.

»Was ist mit ihnen?«, fragte Weißpelz mit besorgt zuckendem Schwanz.

»Sie sind unversehrt«, antwortete Graupfote. »Die meisten scheinen nur ein paar Kratzer zu haben. Aber das kleine Gestreifte hat eine ziemlich böse Verletzung am Ohr. Kannst du dir das mal ansehen, Gelbzahn?«

Die alte Kätzin war gerade damit beschäftigt gewesen, ihre eigenen Wunden zu lecken, aber auf Graupfotes Ruf hin eilte sie an den Rand der Grube, wo Graupfote vorsichtig das gestreifte Junge hingebettet hatte. Feuerpfote half seinem Freund, die übrigen Jungen aus der Grube zu holen. Das letzte war grau wie die Asche eines erloschenen Feuers und es miaute und wand sich, als Feuerpfote es auf den Boden legte. Mausefell sammelte alle Jungen um sich und tröstete sie mit Lecken und anderen Zärtlichkeiten.

Gelbzahn sah sich das angerissene Ohr sorgfältig an. »Wir müssen die Blutung stoppen«, sagte sie besorgt.

Triefnase trat aus dem Schatten mit einer um seine Vorderpfote gewickelten Lage Spinnweben, die er schweigend Gelbzahn überreichte. Die nickte dankbar und begann, die Wunden des Jungen zu behandeln.

Nachtpelz näherte sich ihrer Gruppe.

»Ihr habt dem SchattenClan geholfen, sich von einem brutalen und gefährlichen Anführer zu befreien, und wir sind euch dankbar dafür. Aber nun ist es Zeit, dass ihr unser Lager verlasst und zu eurem eigenen zurückkehrt. Ich verspreche, dass wir eure Jagdgründe nicht betreten werden, solange wir genügend Nahrung auf unserem eigenen Territorium finden können.«

Weißpelz nickte. »Jagt in Frieden einen Mond lang. Der DonnerClan weiß, dass ihr Zeit braucht, um euren Clan wiederaufzubauen.« Er wandte sich an Gelbzahn. »Und du, Gelbzahn?«, fragte er sie. »Willst du mit uns zurückkehren oder lieber hier bei deinen alten Kameraden bleiben?«

Die alte Kätzin sah zu ihm auf. »Ich werde mit euch die Reise zurück antreten.« Sie betrachtete die tief klaffende

Wunde am Hinterbein des Kriegers. »Ihr werdet eine Heilerin brauchen, für dich selbst wie für eure Jungen.«

»Danke«, schnurrte Weißpelz. Mit einer Bewegung seines Schwanzes gab er seinen Katzen ein Zeichen und führte sie von der Lichtung. Mausefell und Glanzfell halfen den Jungkatzen, die erschöpft und verwirrt voranstolperten. Gelbzahn ging neben dem verwundeten gestreiften Jungen und hob es jedes Mal am Nackenfell hoch, wenn es hinfiel. Auch Feuerpfote und Graupfote folgten ihnen durch das Brombeergebüsch, vorbei an der Duftmarkierung des Lagers und hinaus in den Wald.

Der Mond stand noch immer am klaren Himmel, als die Gruppe aus dem DonnerClan den langen, mühevollen Heimweg antrat und braune Blätter auf den Waldboden herabrieselten.

25. KAPITEL

ANGESPORNT VON dem Gedanken, bald wieder zu Hause zu sein, rannten Feuerpfote und Graupfote vor den anderen her ins Lager.

In der Mitte der Lichtung lag Frostfell, den Kopf traurig auf die Pfoten gebettet. Als die beiden Schüler angelaufen kamen, hob sie die Nase und schnüffelte.

»Meine Jungen!«, rief sie, sprang auf und eilte an den beiden vorbei zu den restlichen Mitgliedern der Gruppe, die gerade aus dem Tunnel auftauchten.

Die Kleinen rannten zu ihrer Mutter und stupsten sie in ihre Flanke. Laut schnurrend bettete Frostfell ihren weichen Körper um sie herum und leckte jedes der Reihe nach ab.

Gelbzahn blieb am Lagereingang stehen und beobachtete schweigend das Geschehen.

Blaustern trat der heimkehrenden Patrouille entgegen. Voller Zuneigung blickte sie auf Frostfell und ihre Jungen hinunter, dann wandte sie den Blick Weißpelz zu.

»Sind sie unversehrt?«, fragte sie.

»Sie sind wohlauf«, miaute Weißpelz.

»Gut gemacht, Weißpelz. Der DonnerClan weiß das zu würdigen.«

Der Krieger nahm ihr Lob mit gesenktem Kopf entgegen

und ergänzte: »Aber gefunden haben wir sie dank dieses Schülers.«

Stolz hob Feuerpfote Kopf und Schwanz und wollte schon berichten, als Tigerkralles anklagendes Knurren über die Lichtung tönte: »Warum habt ihr die Verräterin zurückgebracht?« Langsam stolzierte der dunkle Kater zu der Patrouille und stellte sich neben seine Anführerin.

»Sie ist keine Verräterin«, widersprach Feuerpfote. Er sah sich im Lager um, wo die übrigen Katzen sich schnell auf der Lichtung versammelt hatten, um die Jungen zu sehen und die zurückgekehrten Krieger zu beglückwünschen. Einige von ihnen hatten Gelbzahn entdeckt und betrachteten sie voller Hass.

»Sie hat Tüpfelblatt getötet«, fauchte Tigerkralle.

»Schaut zwischen Tüpfelblatts Krallen nach«, schlug Graupfote vor. »Ihr werdet die braunen Fellhaare von Narbengesicht und nicht die grauen von Gelbzahn finden!«

Blaustern nickte Mausefell zu, die eilig zu der Stelle rannte, wo Tüpfelblatts toter Körper auf die Morgendämmerung und die Bestattung wartete. Der Clan verharrte in angespanntem Schweigen.

»Graupfote hat recht«, keuchte Mausefell nach ihrer Rückkehr. »Tüpfelblatt ist nicht von einer grauen Katze angegriffen worden.« Ein überraschtes Murmeln ging durch die Menge.

»Aber das bedeutet noch lange nicht, dass sie nicht dabei geholfen hat, die Jungen zu stehlen!«, fauchte Tigerkralle.

»Ohne Gelbzahn hätten wir die Jungen niemals zurückbekommen!«, zischte Feuerpfote, den seine Erschöpfung ungeduldig machte. »Gelbzahn wusste, dass ein SchattenClan-

Krieger sie entführt hatte. Sie war auf der Jagd nach ihm und da habe ich sie gefunden. Sie hat ihr Leben riskiert, als sie in ihr früheres Lager zurückgekehrt ist. Und sie ganz allein hat sich den Schlachtplan ausgedacht, der es uns ermöglicht hat, ins SchattenClan-Lager einzudringen und Braunstern zu besiegen!«

Mit Staunen hörten die Katzen Feuerpfotes Worte.

»Er hat recht«, bestätigte Weißpelz. »Gelbzahn ist eine Freundin.«

»Ich freue mich, das zu hören«, murmelte Blaustern und ihr Blick traf den von Feuerpfote.

Aus der Menge ertönte Frostfells ängstliches Miauen: »Ist Braunstern tot?«

»Nein, er ist entkommen«, antwortete Weißpelz. »Aber er wird nie wieder den SchattenClan führen.«

Frostfell stieß einen erleichterten Seufzer aus und nahm die Liebkosung ihrer Jungen wieder auf.

Weißpelz schaute Blaustern an. »Ich habe dem SchattenClan versprochen, dass wir sie bis zum nächsten Vollmond in Frieden lassen. Braunsterns Führung hat den Clan im Chaos zurückgelassen.«

Blaustern nickte. »Das war ein kluges und großzügiges Angebot«, sagte sie zustimmend. Dann schritt sie an Weißpelz und dem Rest der Patrouille vorbei auf Gelbzahn zu. Die senkte den Blick, als Blaustern das raue Fell der grauen Kätzin mit der Nase berührte.

»Gelbzahn, ich möchte dich an Tüpfelblatts Stelle zur Heilerin des DonnerClans ernennen«, sagte Blaustern. »Du wirst alle ihre Vorräte so vorfinden, wie sie sie zurückgelassen hat.«

Die Katzen begannen untereinander zu murmeln und aufgeregt mit den Schwänzen zu schnippen. Frostfell schaute die anderen Königinnen an, bevor sie sich Gelbzahns wachsamem Blick stellte und langsam nickend ihre Zustimmung gab.

Gelbzahn neigte respektvoll den Kopf vor der weißen Katze, dann wandte sie sich an die Anführerin: »Ich danke dir, Blaustern. Der SchattenClan ist nicht mehr der Clan, den ich einst kannte. Mein Clan ist jetzt der DonnerClan.«

Feuerpfote überkam eine Woge der Zufriedenheit, dass die alte Kätzin, die er so mochte, von jetzt an die Heilerin seines Clans sein würde. Doch dann senkte sich traurig sein Schwanz. Nie wieder würde er Tüpfelblatt auf ihrer Lichtung treffen, nie wieder würde das Sonnenlicht auf ihrem weichen Fell glänzen und ihre bernsteinfarbenen Augen ihn begrüßen.

»Wo ist Rabenpfote?«, miaute Blaustern und riss Feuerpfote aus seinen bittersüßen Erinnerungen.

»Ja«, stimmte Tigerkralle ein, »wo ist mein Schüler? Wie merkwürdig, dass er zusammen mit Braunstern verschwunden ist.« Bedeutungsvoll sah er sich im Clan um.

»Wenn du meinst, dass er Braunstern geholfen haben könnte«, sagte Feuerpfote kühn, »dann bist du im Unrecht!«

Tigerkralle spannte sich an, seine gelben Augen funkelten drohend.

»Rabenpfote ist tot«, fuhr Feuerpfote fort und ließ den Kopf sinken, als wäre er von Trauer übermannt. »Wir haben seinen toten Körper auf dem Territorium des SchattenClans gefunden. Nach den Gerüchen an diesem Ort zu schließen, muss er von einer Patrouille getötet worden sein.« Er blickte Blaustern an. »Alles Weitere werde ich dir später berichten.«

Gelbzahn warf ihm einen fragenden Blick zu. Feuerpfote erwiderte diesen mit der stillen Bitte, den Mund zu halten.

Verständnisvoll zuckte sie kurz mit den Ohren und schaute weg.

»Ich habe nie gesagt, dass Rabenpfote ein Verräter ist«, zischte Tigerkralle. Dann schwieg er kurz und ließ einen Ausdruck von Trauer über sein Gesicht huschen, bevor er sich umdrehte und zum Rest des Clans sprach: »Rabenpfote hätte ein großartiger Krieger werden können. Sein Tod ist zu früh gekommen und sein Verlust wird viele von uns für lange Zeit schmerzen.«

Leere Worte!, dachte Feuerpfote bitter. *Was würde Tigerkralle sagen, wenn er wüsste, dass Rabenpfote jenseits des Waldes in Sicherheit war und mit Mikusch Ratten fing?*

Blaustern brach das Schweigen. »Wir werden Rabenpfote vermissen, aber wir werden morgen um ihn trauern«, sagte sie. »Zunächst muss ein anderes Ritual vollzogen werden, eines, von dem ich weiß, dass es Rabenpfote gefallen hätte.«

Sie wandte sich an Feuerpfote und Graupfote: »Ihr habt viel Mut bewiesen heute Nacht. Haben sie gut gekämpft, Weißpelz?«

»Wie Krieger«, antwortete Weißpelz feierlich.

Blaustern blickte ihm in die gelben Augen und nickte leicht. Dann hob sie das Kinn und richtete ihre Augen auf die Sternenspur des Silbervlieses. Ihre Stimme erhob sich klar und feierlich in dem schweigenden Wald: »Ich, Blaustern, Anführerin des DonnerClans, rufe meine Kriegervorfahren an und bitte sie, auf diese beiden Schüler herabzuschauen. Sie haben hart trainiert, um euren edlen Gesetzen gehorchen zu können, und ich empfehle sie euch nun als Krieger.«

Sie blickte mit schmalen Augen auf die beiden Freunde herab. »Feuerpfote, Graupfote, versprecht ihr, das Gesetz der

Krieger einzuhalten und den Clan zu beschützen und zu verteidigen, selbst mit eurem Leben?«

Feuerpfote spürte, wie sich etwas in seinem Inneren regte, ein Feuer, das in seiner Brust brannte und in den Ohren dröhnte. Er empfand plötzlich, dass alles, was er bislang für den Clan getan hatte – all die Beute, an die er sich angeschlichen hatte, all die feindlichen Krieger, mit denen er gekämpft hatte –, dass alles um dieses einen Augenblicks willen geschehen war.

»Ich verspreche es«, antwortete er mit fester Stimme.

»Ich verspreche es«, wiederholte Graupfote mit vor Aufregung gesträubtem Fell.

»Dann gebe ich euch mit der Kraft des SternenClans eure Kriegernamen. Graupfote, von diesem Augenblick an wirst du Graustreif heißen. Der SternenClan ehrt deine Tapferkeit und deine Kraft und wir heißen dich als vollwertigen Krieger im DonnerClan willkommen.«

Blaustern trat vor und legte ihre Schnauze auf Graustreifs gesenkten Kopf. Er bückte sich tiefer, um ihre Schulter ehrerbietig zu lecken, dann richtete er sich auf und ging hinüber zu den anderen Kriegern.

Blaustern stand einen langen Augenblick ruhig da und betrachtete Feuerpfote eindringlich, bevor sie sprach: »Feuerpfote, von diesem Augenblick an wirst du Feuerherz heißen. Der SternenClan ehrt deine Tapferkeit und deine Kraft und wir heißen dich als vollwertigen Krieger im DonnerClan willkommen.« Sie berührte auch seinen Kopf mit der Schnauze und murmelte: »Feuerherz, ich bin stolz, dich zum Mitstreiter zu haben. Diene deinem Clan gut, junger Krieger.«

Feuerherz zitterte so stark, dass er sich kaum zu Blausterns Schulter hinunterbeugen konnte. Er schnurrte heiser, um seine

Dankbarkeit zu zeigen, dann entfernte er sich und stellte sich neben Graustreif.

Rufe der Anerkennung ertönten aus der Menge, und dann erhoben sich sämtliche Stimmen des Clans in der stillen Nachtluft und ließen die neuen Kriegernamen erklingen: »Feuerherz!«, »Graustreif!«, »Feuerherz!«, »Graustreif!«.

Feuerherz blickte sich um im Clan und sah die Gesichter, die ihm über die letzten wenigen Monde so vertraut geworden waren. Er hörte ihre Stimmen, als sie seinen neuen Namen riefen, und war überwältigt von der Freundlichkeit und dem Respekt, die er in ihren Augen leuchten sah.

»Es ist beinahe Mondhoch«, sagte Blaustern. »Nach der Tradition unserer Ahnen müssen Feuerherz und Graustreif bis zur Morgendämmerung schweigend Nachtwache halten und allein das Lager und unseren Schlaf bewachen.«

Die beiden nickten feierlich.

Als die übrigen Clan-Katzen sich zerstreuten und sich zu ihren Höhlen begaben, streifte Tigerkralle dicht an Feuerherz vorbei. Er verlangsamte seinen Schritt und zischte ihm leise ins Ohr: »Glaub nur nicht, dass du mich überlisten kannst, Hauskätzchen. Nimm dich in Acht, was du Blaustern erzählst!«

Ein kalter Schauer rann Feuerherz den Rücken hinunter. *Blaustern muss endlich vom Verrat ihres Stellvertreters erfahren!*

Als Feuerherz sah, wie Tigerkralle sich auf den Weg zum Bau der Krieger machte, ließ er seinen Freund Graustreif allein auf der Lichtung sitzen und sprang hinter Blaustern her. Vor ihrem Bau holte er sie ein und sagte atemlos: »Blaustern, ich weiß, dass ich das Gelübde des Schweigens breche, aber ich muss mit dir reden, bevor ich meine Wache antrete.«

Blaustern sah ihn an und schüttelte den Kopf. »Dies ist ein wichtiges Ritual, Feuerherz. Du kannst am Morgen mit mir reden.«

Feuerherz neigte zustimmend den Kopf. Tigerkralle war ohnehin kein Problem, das man über Nacht lösen konnte, und so kehrte er zurück zu Graustreif in die Mitte der Lichtung. Die beiden Freunde wechselten Blicke miteinander, sagten aber nichts.

Feuerherz schaute zum Mond hinauf und sein orangefarbenes Fell leuchtete silbern in dem kalten Licht. Die Büsche und Bäume um ihn herum waren in Nebel gehüllt, der feucht über sein Fell strich.

Feuerherz schloss die Augen und rief sich die Träume seiner Kinderzeit zurück. Die kühlen Waldgerüche waren in seiner Nase jetzt sehr wirklich und vor ihm lag das Leben eines Kriegers. Er fühlte, wie unbändige Freude von seinen Pfoten aufstieg und durch seinen Körper strömte. Dann öffnete er blitzschnell die Augen. Ein anderes Augenpaar funkelte ihn vom Bau der Krieger her an.

Tigerkralle!

Feuerherz starrte zurück, ohne zu blinzeln. Er war jetzt ein Krieger. Er hatte sich den Zweiten Anführer des Clans zum Feind gemacht, aber auch Tigerkralle stand nun ein neuer Feind gegenüber. Feuerherz war nicht mehr das Hauskätzchen, das sich vor vielen Monden dem Clan angeschlossen hatte. Er war jetzt größer, stärker, schneller und klüger.

Wenn es seine Bestimmung war, Tigerkralle entgegenzutreten, dann sollte es so sein. Feuerherz war bereit für diese Herausforderung.

Erin Hunter

WARRIOR CATS

Feuer und Eis

DIE HIERARCHIE DER KATZEN

DONNERCLAN

Anführer	**BLAUSTERN** – blaugraue Kätzin mit einer Spur Silber um die Schnauze
Zweiter Anführer	**TIGERKRALLE** – großer, dunkelbraun getigerter Kater mit ungewöhnlich langen Vorderkrallen
Heilerin	**GELBZAHN** – alte, dunkelgraue Kätzin mit einem breiten, flachen Gesicht
Krieger	(Kater und Kätzinnen ohne Junge) **WEISSPELZ** – großer, weißer Kater; Mentor von **SANDPFOTE** **DUNKELSTREIF** – schlanker, schwarzgrau getigerter Kater; Mentor von **BORKENPFOTE** **LANGSCHWEIF** – Kater mit hellem Fell und schwarzen Streifen; Mentor von **WIESELPFOTE** **STURMWIND** – schnellfüßiger, gescheckter Kater **GLANZFELL** – sehr hellgraue Kätzin mit ungewöhnlich blauen Augen **MAUSEFELL** – kleine, schwarzbraune Kätzin **FEUERHERZ** – hübscher Kater mit rotem Fell; Mentor von **RUSSPFOTE** **GRAUSTREIF** – langhaariger, rein grauer Kater; Mentor von **FARNPFOTE**

Schüler (über sechs Monde alt, in der Ausbildung zum Krieger)

SANDPFOTE – helle, gelbbraune Kätzin

BORKENPFOTE – dunkelbraun getigerter Kater

WIESELPFOTE – schwarz-weißer Kater

RUSSPFOTE – dunkelgraue Kätzin

FARNPFOTE – goldener, braun getigerter Kater

Königinnen (Kätzinnen, die Junge erwarten oder aufziehen)

FROSTFELL – schönes, weißes Fell und blaue Augen

BUNTGESICHT – hübsch gescheckt

GOLDBLÜTE – helles, gelbbraunes Fell

FLECKENSCHWEIF – hell gescheckt; älteste Königin in der Kinderstube

Älteste (ehemalige Krieger und Königinnen, jetzt im Ruhestand)

KURZSCHWEIF – großer, dunkelbraun getigerter Kater, dem ein Teil des Schwanzes fehlt

KLEINOHR – grauer Kater mit sehr kleinen Ohren; ältester Kater im DonnerClan

FLICKENPELZ – kleiner, schwarz-weißer Kater

EINAUGE – älteste Kätzin im DonnerClan mit hellem Fell. Fast ganz blind und taub

TUPFENSCHWEIF – einst hübsche, schildpattfarbene Kätzin mit einem wunderbar gefleckten Fell

SCHATTENCLAN

Anführer	**NACHTPELZ** – alter, schwarzer Kater
Zweiter Anführer	**HELLPELZ** – dünner, grauer Kater
Heiler	**TRIEFNASE** – kleiner, grau-weißer Kater
Krieger	**NASSFUSS** – grau gescheckter Kater; Mentor von **EICHENPFOTE**
Königinnen	**DÄMMERWOLKE** – kleine, gescheckte Kätzin
	GLANZBLÜTE – schwarz-weiße Kätzin
Ältester	**ASCHENFELL** – magerer, grauer Kater

WINDCLAN

Anführer	**RIESENSTERN** – schwarz-weißer Kater mit sehr langem Schwanz
Zweiter Anführer	**LAHMFUSS** – schwarzer Kater mit verkrüppelter Pfote
Heiler	**RINDENGESICHT** – brauner Kater mit kurzem Schwanz

Krieger **KURZBART** – junger, braun gescheckter Kater

Königinnen **ASCHENFUSS** – graue Kätzin
MORGENBLÜTE – schildpattfarbene Kätzin

FLUSSCLAN

Anführer **STREIFENSTERN** – riesiger, hell getigerter Kater mit schiefem Kiefer

Zweiter Anführer **LEOPARDENFELL** – ungewöhnlich getupfte, goldene Kätzin

Heiler **SCHMUTZFELL** – langhaariger, hellbrauner Kater

Krieger **SCHWARZKRALLE** – rauchschwarzer Kater; Mentor von **BLEIPFOTE**
STEINFELL – grauer Kater mit Kampfnarben an den Ohren; Mentor von **SCHATTENPFOTE**
SILBERFLUSS – hübsche, schlanke, silbern gestreifte Kätzin
WEISSKRALLE – dunkler Kater

KATZEN AUSSERHALB DER CLANS

WULLE – pummeliges, zutrauliches schwarz-weißes Kätzchen; lebt in einem Haus am Waldrand

MIKUSCH – schwarz-weißer Kater; lebt auf einem Bauernhof nahe am Wald

BRAUNSTERN – langhaariger, dunkelbraun getigerter Kater; früher Anführer des SchattenClans

SCHWARZFUSS – großer, weißer Kater mit riesigen, pechschwarzen Pfoten; früher Zweiter Anführer des SchattenClans

NARBENGESICHT – brauner Kater voller Kampfnarben

KIESELSTEIN – silbern getigerter Kater

RABENPFOTE – schlanker, schwarzer Kater mit weißer Schwanzspitze

PRINZESSIN – hellbraun getigerte Kätzin mit auffällig weißer Brust und weißen Pfoten, ein Hauskätzchen

WOLKENJUNGE – erstgeborener Sohn von Prinzessin mit langem weißem Fell

PROLOG

ORANGE LEUCHTENDE Flammen züngelten in der kalten Luft, warfen Funken in den nächtlichen Himmel. Der Feuerschein flackerte über das struppige Gras des Ödlands, zeigte die dort hockenden Zweibeiner als dunkle Silhouetten.

In der Ferne kündigte ein weißes Lichterpaar das Nahen eines Ungeheuers an. Auf dem Donnerweg, der hoch hinauf in den Himmel zu steigen schien, dröhnte es vorbei und füllte die Luft mit stinkenden Dämpfen.

Am Rande des Ödlands schlich eine Katze, ihre Augen funkelten in der Dunkelheit. Die spitzen Ohren zuckten, dann legte sie sich an zum Schutz gegen den Lärm. Weitere Katzen folgten ihr hinaus auf das schmutzige Gras, eine nach der anderen. Sie hielten die Schwänze gesenkt und prüften mit zurückgezogenen Lippen die bittere Luft.

»Und wenn die Zweibeiner uns sehen?«, zischte eine der Katzen.

Ein großer Kater, dessen Augen das Licht des Feuers wie bernsteinfarbene Scheiben zurückwarfen, antwortete: »Das werden sie nicht. Sie sehen schlecht bei Nacht.« Er lief weiter und die Flammen erleuchteten das schwarz-weiße Fell auf seinen mächtigen Schultern. Mit dem gerade aufgestellten, langen Schwanz sandte er eine Botschaft des Muts an seinen Clan.

Die anderen Katzen jedoch drückten sich zitternd ins Gras. Dies war ein unheimlicher Ort. Der Lärm der Ungeheuer hämmerte auf das empfindliche Fell in ihren Ohren ein und der scharfe Gestank biss ihnen in die Nasen.

»Riesenstern?« Eine graue Königin zuckte beunruhigt mit dem Schwanz. »Warum sind wir hierhergekommen?«

»Überall, wo wir uns niederlassen wollten, sind wir vertrieben worden, Aschenfuß«, antwortete der schwarz-weiße Kater und drehte sich zu der Kätzin um. »Vielleicht können wir hier Frieden finden.«

»Frieden? Hier?«, wiederholte die Kätzin ungläubig. Sie zog ihr Junges unter sich in den Schutz ihres Bauches. »Mit Feuer und Ungeheuern? Meine Jungen werden hier nicht sicher sein!«

»Wir waren auch zu Hause nicht sicher«, warf ein schwarzer Kater ein, der sich an den anderen vorbei nach vorn drängte. Schwer humpelte er auf seiner verkrüppelten Pfote und hielt Riesensterns bernsteinfarbenem Blick unbeirrt stand. »Wir konnten uns vor dem SchattenClan nicht schützen«, fauchte er. »Nicht einmal in unserem eigenen Lager!«

Ängstliches Heulen war zu hören, als die Katzen sich an die schreckliche Schlacht erinnerten, die sie aus ihrem Heim im Hochland am Rande des Waldes vertrieben hatte.

»Vielleicht sind Braunstern und seine Krieger noch immer hinter uns her!«, jaulte ein junger Schüler.

Der Ruf ließ einen der Zweibeiner, die um das Feuer lagerten, aufhorchen. Schwankend stand er auf und starrte in die Schatten. Sofort verstummten die Katzen und duckten sich tiefer ins Gras. Sogar Riesenstern senkte den Schwanz. Der Zweibeiner brüllte in die Dunkelheit hinein und warf etwas in ihre Richtung, das über ihre Köpfe hinwegflog und hinter ihnen auf dem Donnerweg in dornenscharfe Scherben zerbarst.

Aschenfuß zuckte zusammen, als ein Glassplitter ihre Schulter streifte, aber sie blieb still und legte ihren Körper schützend um ihr verängstigtes Junges.

»Bleibt unten«, zischte Riesenstern. Der Zweibeiner am Feuer spuckte aus, dann setzte er sich wieder. Die Katzen warteten ein paar Augenblicke, bevor Riesenstern sich erhob.

Auch Aschenfuß stand auf und zuckte zusammen, als sie den neuen Schmerz in ihrer Schulter spürte. »Riesenstern, ich fürchte hier um unsere Sicherheit. Und was sollen wir essen? Ich kann keinerlei Beute riechen.«

Der Anführer streckte den Hals vor und legte seine Schnauze sanft auf den Kopf der Königin.

»Ich weiß, ihr habt Hunger«, sagte er. »Aber wir sind hier sicherer als in unserem alten Territorium oder in den Feldern und Wäldern der Zweibeiner. Schau dir diesen Ort an! Nicht einmal der SchattenClan würde uns hierherfolgen. Es gibt keinen Hundegeruch und diese Zweibeiner können kaum mehr stehen.«

Dann wandte er sich an den schwarzen Kater mit der verkrüppelten Pfote. »Lahmfuß«, befahl er, »nimm Kurzbart mit dir und sieh nach, ob ihr etwas zu essen findet. Wenn hier Zweibeiner sind, dann muss es auch Ratten geben.«

»Ratten?«, fauchte Aschenfuß, als Lahmfuß und ein kleiner, braun gescheckter Kater fortsprangen. »Das ist nicht besser als Krähenfraß!«

»Schsch!«, zischte eine schildpattfarbene Katze neben ihr. »Rattenfleisch ist immer noch besser als Verhungern!«

Aschenfuß blickte finster drein und neigte den Kopf, um ihr Junges hinter den verklebten Ohren zu lecken.

»Wir müssen einfach einen Ort finden, an dem wir uns niederlassen können, Aschenfuß«, fuhr die Schildpattfarbene freundlicher fort. »Morgenblüte muss sich ausruhen und etwas essen. Ihre Jungen werden bald zur Welt kommen. Sie muss sich stärken.«

Die mageren Gestalten von Lahmfuß und Kurzbart tauchten aus den Schatten auf.

»Du hast recht gehabt, Riesenstern«, sagte Lahmfuß. »Es riecht hier überall nach Ratten, und ich glaube, ich habe etwas gefunden, wo wir unterschlüpfen können.«

»Zeig es uns«, befahl Riesenstern und versammelte mit einem Schwanzschnippen den Rest seines Clans um sich.

Vorsichtig trotteten die Katzen hinter Lahmfuß her über das Ödland zu dem hoch vor ihnen aufragenden Donnerweg. Der Feuerschein warf ihre Schatten bedrohlich groß auf die riesigen Steinbeine. Ein Ungeheuer röhrte über sie hinweg und ließ die Erde erbeben. Aber selbst das kleinste Jungtier wusste, dass es still bleiben musste, und lief nur zitternd und stumm hinter den anderen her.

»Hier«, sagte Lahmfuß und blieb an einem runden, zwei Katzengrößen hohen Loch stehen. Es führte zu einem schwarzen, sich in die Erde senkenden Tunnel, in den ein Wasserrinnsal floss.

»Es ist frisches Wasser«, erklärte Lahmfuß. »Wir können es trinken.«

»Wir werden Tag und Nacht nasse Pfoten haben!«, beklagte sich Aschenfuß.

»Ich bin drinnen gewesen«, sagte der schwarze Kater.

»Neben dem Rinnsal gibt es trockene Stellen. Wenigstens werden wir hier vor Zweibeinern und Ungeheuern sicher sein.«

Riesenstern trat vor und hob das Kinn. »Der WindClan ist jetzt lange genug unterwegs gewesen«, erklärte er. »Fast ein Mond ist vergangen, seit uns der SchattenClan von unserem Zuhause vertrieben hat. Das Wetter wird kälter und bald kommt die Blattleere. Wir haben keine andere Wahl, wir müssen hierbleiben.«

Aschenfuß kniff die Augen zusammen, sagte aber nichts. Schweigend schloss sie sich ihrem Clan an, als die Katzen eine nach der anderen in den finsteren Tunnel traten.

1. KAPITEL

FEUERHERZ ZITTERTE. Sein flammenfarbenes Fell hatte noch die Leichtigkeit der Blattgrüne. Es würde noch ein paar Monde dauern, bevor es dicht genug war, um die neue Kälte abzuhalten. Er trat von einer Pfote auf die andere. Endlich wurde der Himmel heller, langsam dämmerte der Morgen. Aber trotz der kalten Pfoten glühte Feuerherz vor Stolz. Nach vielen Monden als Schüler war er jetzt endlich ein Krieger!

Noch einmal ließ er den gestrigen Sieg im Lager des SchattenClans vor seinem inneren Auge ablaufen: Braunsterns funkelnde Augen, als er, der Anführer des SchattenClans, sich zurückzog und fauchend Drohungen ausstieß, bevor er hinter seinen treulosen Kumpanen in den Wald floh.

Die zurückgebliebenen Katzen des SchattenClans waren dem DonnerClan dankbar gewesen, dass er ihnen geholfen hatte, ihren grausamen Anführer loszuwerden. Und auch dafür, dass ihnen der DonnerClan Frieden für die nächste Zeit versprochen hatte, sodass sie sich erholen konnten. Braunstern hatte nicht nur seinen eigenen Clan ins Chaos gestürzt, er hatte auch den gesamten WindClan aus seinem Territorium vertrieben. Er war ständig wie ein dunkler Schatten im Wald gewesen, schon seit Feuerherz sein Leben als Hauskätzchen aufgegeben und sich dem DonnerClan angeschlossen hatte.

Für Feuerherz gab es jedoch noch einen weiteren Schatten, der ihn beunruhigte: Tigerkralle, den Zweiten Anführer des DonnerClans. Mit Schaudern dachte er an den großen Krieger, der seinen eigenen Schüler Rabenpfote terrorisiert und bedroht hatte. Schließlich waren Feuerherz und sein bester Freund Graustreif dem verängstigten Schüler behilflich gewesen, ins Territorium der Zweibeiner jenseits des Hochlands zu entkommen. Dem DonnerClan hatte Feuerherz erzählt, Rabenpfote sei von einer Patrouille des SchattenClans getötet worden.

Wenn das stimmte, was Rabenpfote von Tigerkralle behauptet hatte, dann war es am besten, ihn glauben zu lassen, sein Schüler sei tot. Der kannte nämlich ein Geheimnis, das Tigerkralle um jeden Preis bewahrt haben wollte. Rabenpfote hatte Feuerherz erzählt, Tigerkralle habe Rotschweif, den alten Zweiten Anführer des DonnerClans, ermordet in der Hoffnung, selbst der neue Zweite Anführer zu werden – was er schließlich auch erreicht hatte.

Feuerherz schüttelte den Kopf, um diese finsteren Gedanken loszuwerden, und wandte sich Graustreif zu, der neben ihm saß und sein dichtes graues Fell gegen die Kälte gesträubt hatte. Feuerherz nahm an, dass auch sein Freund den ersten Sonnenstrahlen entgegenfieberte, aber er sprach es nicht aus. Die Tradition des Clans verlangte Schweigen in dieser Nacht. Es war nämlich *ihre* Nachtwache – die Nacht, in der sie als neue Krieger den Clan bewachten und in der er über den Namen, der ihm verliehen worden war, und seine neue Rolle nachdachte. Bis dahin hatte Feuerherz den Schülernamen Feuerpfote getragen.

Kurzschweif wachte als einer der Ersten auf. Feuerherz

konnte sehen, wie sich der alte Kater zwischen den Schatten im Bau der Ältesten bewegte. Er blickte hinüber zur Höhle der Krieger auf der anderen Seite der Lichtung und erkannte zwischen den schützenden Zweigen die breiten Schultern des schlafenden Tigerkralle.

Am Fuß des Hochsteins bewegten sich die Flechten, die den Eingang zu Blausterns Bau bedeckten, und die Anführerin des Clans schob sich heraus. Sie blieb stehen, hob den Kopf und prüfte die Luft, dann strich sie geräuschlos aus dem Schatten des Felsens hervor. Ihr langhaariges Fell glühte blaugrau im Licht der Dämmerung. *Ich muss sie vor Tigerkralle warnen*, dachte Feuerherz. Blaustern hatte mit dem Rest des Clans den Tod von Rotschweif betrauert. Auch sie glaubte, er wäre im Kampf von Eichenherz, dem Zweiten Anführer des FlussClans, getötet worden. Feuerherz hatte bislang gezögert, ihr die Wahrheit zu sagen, denn er wusste, wie wichtig Tigerkralle für sie war. Aber die Gefahr war zu groß. Blaustern musste wissen, dass ihr Clan einen kaltblütigen Mörder beherbergte.

Tigerkralle tauchte aus dem Kriegerbau auf und traf mit Blaustern am Rande der Lichtung zusammen. Er murmelte etwas, wobei sein Schwanz nachdrücklich zuckte.

Feuerherz verschluckte ein instinktives Miauen zur Begrüßung. Der Himmel wurde hell, aber bevor er nicht ganz sicher wusste, dass die Sonne den Horizont überschritten hatte, wagte er nicht, sein Schweigen zu brechen. Ungeduld flatterte in seiner Brust wie ein gefangener Vogel. Er musste sobald wie möglich mit Blaustern sprechen. Aber im Augenblick konnte er nur den beiden Katzen respektvoll zunicken, als sie an ihm vorübergingen.

Neben ihm stupste Graustreif ihn an und deutete mit der Nase nach oben. Soeben wurde am Horizont ein rot-gelbes Glühen sichtbar.

»Froh, den Sonnenaufgang zu sehen, ihr zwei?« Feuerherz wurde von Weißpelz' tiefem Miauen überrascht. Er hatte den weißen Kater nicht kommen sehen. Die beiden jungen Krieger nickten.

»Es ist in Ordnung, ihr dürft jetzt reden. Eure Nachtwache ist vorüber.« Weißpelz' Stimme war freundlich. Gestern hatte er Seite an Seite mit Feuerherz und Graustreif gegen den SchattenClan gekämpft und jetzt lag in seinem Blick ein neuer Respekt.

»Danke, Weißpelz«, sagte Feuerherz. Er stand auf und streckte seine steifen Beine.

Auch Graustreif stemmte sich hoch. »Brrrr!«, miaute er und schüttelte sich die Kälte aus dem Fell. »Ich dachte schon, die Sonne würde nie aufgehen!«

Eine verächtliche Stimme ließ sich aus dem Bau der Schüler vernehmen: »Hört, der große Krieger spricht!«

Es war Sandpfote. Ihr hell orangefarbenes Fell war feindselig gesträubt. Neben ihr saß Borkenpfote. Mit seinem dunkel getigerten Haarkleid wirkte er wie der Schatten der Kätzin. Er warf sich wichtigtuerisch in die Brust und spottete: »Ich bin erstaunt, dass solche Helden überhaupt die Kälte spüren!« Sandpfote schnurrte spöttisch.

Weißpelz warf den beiden einen strengen Blick zu. »Geht und holt euch was zu essen, dann ruht euch aus«, befahl er Feuerherz und Graustreif. Dann trottete er auf den Bau der Schüler zu. »Kommt mit, ihr zwei«, sagte er. »Zeit für euer Training.«

»Ich hoffe, er lässt sie den ganzen Tag blaue Eichhörnchen jagen!«, zischte Graustreif seinem Freund zu, als sie sich zu der Ecke begaben, wo von der letzten Nacht noch ein paar Stücke Frischbeute lagen.

»Aber blaue Eichhörnchen gibt es gar nicht«, miaute Feuerherz verwirrt.

»Genau!« Graustreifs bernsteinfarbene Augen glänzten.

»Man kann es ihnen eigentlich nicht übel nehmen. Sie haben ihre Ausbildung vor uns begonnen«, warf Feuerherz verständnisvoll ein. »Hätten sie gestern mitkämpfen können, wären sie wahrscheinlich auch zu Kriegern befördert worden.«

»Vermutlich.« Graustreif zuckte die Schultern. »He, schau mal!« Sie hatten den Haufen Frischbeute erreicht. »Eine Maus für jeden und ein Buchfink zum Teilen!«

Die beiden Freunde packten ihr Essen und blickten sich an. Graustreifs Augen blitzten plötzlich auf. »Also, wir nehmen das jetzt mit auf die andere Seite, zu den Kriegern«, sagte er.

»Genau, das tun wir«, schnurrte Feuerherz und trottete hinter seinem Freund zu dem Brennnesselstück, wo sie schon so oft Weißpelz, Tigerkralle und die anderen Krieger beobachtet hatten, wie sie gemeinsam die Frischbeute einnahmen.

»Was nun?«, fragte Graustreif, nachdem er den letzten Happen hinuntergeschlungen hatte. »Ich weiß nicht, wie es dir geht, aber ich könnte einen halben Mond lang schlafen.«

»Ich auch«, stimmte Feuerherz zu.

Die beiden machten sich auf zum Bau der Krieger. Feuerherz steckte den Kopf durch die tief hängenden Zweige. Mausefell und Langschweif schliefen noch am anderen Ende des Baus.

Er zwängte sich hinein und fand eine moosbedeckte Stelle

am Rand. Der Geruch verriet ihm, dass dies kein Schlafplatz eines anderen Kriegers war. Graustreif ließ sich neben ihm nieder.

Feuerherz hörte zu, wie sich die regelmäßigen Atemzüge seines Freundes zu einem lang gezogenen, gedämpften Schnarchen entspannten. Er selbst war ebenso erschöpft, aber er hatte immer noch den dringenden Wunsch, mit Blaustern zu reden. Von dort, wo er mit dem Kopf flach auf dem Boden lag, konnte er gerade noch den Eingang zum Lager sehen. Er ließ keinen Blick davon und wartete auf die Rückkehr seiner Anführerin, aber dann fielen ihm doch die Augen zu und er überließ sich seinem Verlangen nach Schlaf.

Feuerherz konnte ein Brausen hören wie von Wind in hohen Bäumen. Der ätzende Gestank des Donnerwegs stach ihm in die Nase, zusammen mit einem neuen Geruch, der noch schärfer und beängstigender war. Feuer! Flammen leckten zum schwarzen Himmel empor, warfen glühende Funken hinauf in die sternenlose Nacht. Zu seiner Überraschung huschten vor dem Feuer die Silhouetten von Katzen umher. Warum waren sie nicht weggelaufen?

Eine blieb stehen und blickte ihn direkt an. Die Nachtaugen des Katers leuchteten in der Dunkelheit und er hob wie zur Begrüßung seinen langen, geraden Schwanz.

Feuerherz zitterte, als ihn die Erinnerung an die Worte überfiel, die Tüpfelblatt, die einstige Heilerin des DonnerClans, ihm vor ihrem allzu frühen Tod gesagt hatte: »Feuer wird den Clan retten!« Konnte das etwas mit den merkwürdigen Katzen zu tun haben, die keine Angst vor Feuer zeigten?

»Wach auf, Feuerherz!«

Er hob ruckartig den Kopf. Tigerkralles Knurren hatte ihn aus dem Traum gerissen.

»Du hast im Schlaf miaut!«

Noch benommen setzte er sich auf und schüttelte den Kopf. »J-j-ja, Tigerkralle!« In plötzlicher Unruhe fragte er sich, ob er Tüpfelblatts Worte laut wiederholt hatte. Schon früher waren ihm solche Träume begegnet, so lebhaft, dass er sie schmecken konnte, Träume, die später Wirklichkeit geworden waren. Er wollte auf keinen Fall, dass Tigerkralle bei ihm Kräfte vermutete, die der SternenClan gewöhnlich nur Heilern gewährte.

Mondlicht schien durch die Blätterwand des Baus. Feuerherz musste den ganzen Tag verschlafen haben.

»Du und Graustreif, ihr werdet euch der Abendpatrouille anschließen«, erklärte ihm Tigerkralle. »Beeil dich!« Der dunkel Gestreifte drehte sich um und stolzierte aus dem Bau hinaus.

Feuerherz entspannte das Fell auf den Schultern. Offenbar hatte Tigerkralle nichts Ungewöhnliches an seinem Traum entdeckt. Sein Geheimnis schien also sicher. Trotzdem war er entschlossen, die mörderische Wahrheit über die Rolle zu enthüllen, die Tigerkralle bei Rotschweifs Tod gespielt hatte.

Feuerherz leckte sich die Lippen. Graustreif lag neben ihm und wusch sich die Flanke. Gerade hatten sie ein gemeinsames Mahl am Rande der Lichtung ihres Lagers beendet. Die Sonne war untergegangen, und Feuerherz konnte den Mond sehen, der jetzt fast voll am kalten, klaren Himmel leuchtete.

In den vergangenen Tagen waren sie sehr beschäftigt gewesen. Jedes Mal, wenn sie sich hinlegen wollten, um auszuruhen, schickte Tigerkralle sie auf Patrouille oder zur Jagd. Aufmerksam hatte Feuerherz auf eine Gelegenheit gewartet, mit Blaustern allein zu sprechen, aber wenn er nicht selbst irgendwie in Tigerkralles Auftrag unterwegs war, schien die Anführerin des DonnerClans immer ihren Stellvertreter an ihrer Seite zu haben.

Feuerherz begann sich die Pfoten zu waschen. Seine Blicke streiften im Lager umher in der Hoffnung, Blaustern zu finden.

»Was suchst du?«, wollte Graustreif durch eine Zunge voll Fell wissen.

»Blaustern«, antwortete sein Freund und senkte die Pfote.

»Warum?« Graustreif hörte mit dem Waschen auf und sah Feuerherz an. »Die ganze Zeit seit unserer Nachtwache beobachtest du sie. Was hast du vor?«

»Ich muss ihr sagen, wo Rabenpfote ist, und sie vor Tigerkralle warnen.«

»Du hast Rabenpfote aber doch versprochen, dass du ihnen erzählst, er sei tot!« Graustreif klang erstaunt.

»Ich habe nur versprochen, dass ich Tigerkralle sage, er sei tot. Blaustern muss die ganze Geschichte kennen. Sie muss einfach wissen, wozu ihr Stellvertreter fähig ist.«

Graustreif senkte die Stimme zu einem eindringlichen Zischen: »Aber wir haben doch nur Rabenpfotes Wort, dass Tigerkralle Rotschweif getötet hat!«

»Glaubst du ihm etwa nicht?« Feuerherz sah seinen zweifelnden Freund entrüstet an.

»Hör zu, wenn Tigerkralle gelogen hat mit seiner Behauptung, er habe Eichenherz aus Rache für Rotschweifs Tod beseitigt, dann muss Rotschweif Eichenherz selber getötet haben. Und ich kann einfach nicht glauben, dass Rotschweif absichtlich den Zweiten Anführer eines Clans umgebracht haben soll. Das wäre gegen das Gesetz der Krieger – wir kämpfen, um unsere Kraft zu beweisen und unser Territorium zu verteidigen, nicht, um uns gegenseitig zu töten.«

»Aber ich will doch keine Vorwürfe gegen Rotschweif erheben!«, protestierte Feuerherz. »Tigerkralle ist doch das Problem.« Rotschweif war vor Tigerkralle der Zweite Anführer des DonnerClans gewesen. Feuerherz hatte ihn nie kennengelernt, aber er wusste, dass er im ganzen Clan hohes Ansehen genossen hatte.

Sein Freund sah ihm nicht in die Augen. »Was du sagst, hat aber Auswirkungen auf Rotschweifs Ehre. Und keine der anderen Katzen hat etwas gegen Tigerkralle. Nur Rabenpfote hatte eine Heidenangst vor ihm.«

»Also glaubst du, Rabenpfote hat sich die Geschichte nur ausgedacht, weil er mit seinem Mentor nicht klargekommen ist?«, sagte Feuerherz spöttisch.

»Nein«, murmelte Graustreif. »Ich denke nur, wir sollten vorsichtig sein.«

Feuerherz blickte seinem Freund in die besorgten Augen und wurde unsicher. An dem, was Graustreif gesagt hatte, war etwas dran. Sie waren erst vor ein paar Tagen zu Kriegern ernannt worden und daher kaum in einer Position, Anklagen gegen den ranghöchsten Krieger des Clans zu erheben.

»Ist schon in Ordnung«, miaute Feuerherz schließlich. »Du kannst dich da raushalten.« Ein Anflug von Bedauern durchzuckte ihn, als Graustreif nickte und sich wieder ans Waschen machte. Feuerherz wusste, dass sein Freund nicht recht hatte mit der Annahme, nur Rabenpfote habe Vorbehalte gegen Tigerkralle. Auch sein eigener Instinkt sagte ihm, dass man dem Zweiten Anführer des DonnerClans nicht trauen durfte. Er musste seinen Verdacht Blaustern mitteilen, ihrer Sicherheit zuliebe und auch wegen der Sicherheit des Clans.

Ein kurzes Aufblitzen von grauem Fell auf der gegenüberliegenden Seite der Lichtung sagte Feuerherz, dass Blaustern ihren Bau verlassen hatte – allein. Er sprang auf die Pfoten, aber da machte die Anführerin des DonnerClans einen Satz auf den Hochstein hinauf und rief den Clan zusammen. Ungeduldig peitschte Feuerherz mit dem Schwanz.

Graustreifs Ohren zuckten aufgeregt, als er Blausterns Ruf hörte. »Eine Namen-Zeremonie?«, miaute er. »Es geht sicher um Langschweif, der seinen ersten Schüler bekommt. Er hat schon tagelang Andeutungen gemacht.« Er sprang hinüber und gesellte sich zu den Katzen, die sich am Rande der Lichtung versammelten. Enttäuscht folgte ihm Feuerherz.

Ein kleines schwarz-weißes Junges trottete auf die Lichtung. Seine weichen Pfoten machten keinen Laut auf der harten Erde. Der kleine Kater ging zum Hochstein, die hellen Augen gesenkt, und Feuerherz erwartete beinahe, ihn zittern zu sehen. Etwas an den herabhängenden Schultern dieses Jungen ließ ihn für einen Schüler fast zu klein und furchtsam wirken. Langschweif wird nicht beeindruckt sein, dachte Feuerherz. Er erinnerte sich an die Verachtung des Kriegers, als er selbst ins Lager gekommen war. An seinem ersten Tag im Clan hatte Langschweif ihn boshaft verspottet und sich über seine Herkunft als Hauskätzchen lustig gemacht. Seitdem mochte Feuerherz ihn nicht.

»Von diesem Tag an«, verkündete Blaustern und blickte

auf das Junge hinab, »bis er sich seinen Kriegernamen verdient hat, wird dieser Schüler Wieselpfote heißen.«

Als das schwarz-weiße Junge zu seiner Anführerin aufschaute, blitzte in seinem Blick keine zielstrebige Entschlossenheit auf. Stattdessen waren seine bernsteinfarbenen Augen groß vor Angst.

Blaustern sprach weiter: »Langschweif, du bist Dunkelstreifs Schüler gewesen. Er hat dich gut ausgebildet und du bist zu einem starken und getreuen Krieger geworden. Ich hoffe, du wirst einige dieser Eigenschaften an Wieselpfote weitergeben.«

Feuerherz suchte in Langschweifs Gesicht nach einem Ausdruck der Verachtung, aber der Blick des Kriegers wurde weich, als er auf den seines neuen Schülers traf, und sanft berührten sich die beiden Katzen mit der Nase. »Keine Sorge, du machst das gut«, murmelte Langschweif aufmunternd. *Genau*, dachte Feuerherz bitter. *Nur weil er im Clan geboren worden ist. Mich hat Langschweif nicht so willkommen geheißen.* Er spürte einen Anflug von Groll, als er beobachtete, wie die übrigen Katzen des Clans den neuen Schüler beglückwünschten.

»Was hast du?«, flüsterte Graustreif. »Eines Tages werden wir das sein.«

Feuerherz nickte. Der Gedanke, dass er irgendwann einen eigenen Schüler bekommen würde, ließ seine düstere Stimmung verschwinden. Er war jetzt ein Teil des DonnerClans und nur darauf kam es an!

Am nächsten Tag war Vollmond. Feuerherz wusste, dass er sich eigentlich auf seine erste Große Versammlung als Krieger freuen sollte, aber er suchte immer noch eine Gelegenheit, um Blaustern alles zu erzählen, was er über Tigerkralle wusste. Der Gedanke daran lag ihm wie ein kalter Stein im Magen.

»Hast du Würmer im Bauch oder was?«, miaute Graustreif neben ihm. »Du ziehst so komische Grimassen!«

Feuerherz sah seinen Freund an. Er wünschte, er könnte sich ihm anvertrauen, aber er hatte ihm ja versprochen, ihn aus der ganzen Sache rauszuhalten. »Nein, nein, mir geht's gut«, antwortete er deshalb. »Komm! Blaustern ruft schon.«

Die beiden Kater trotteten hinüber zu der Gruppe, die sich auf der Lichtung versammelte. Blaustern neigte zur Begrüßung den Kopf, dann ging sie voran aus dem Lager.

Feuerherz blieb sitzen und ließ die anderen Katzen an ihm vorbei den steilen Pfad, der zum Wald führte, hinaufklettern. Vielleicht könnte er bei diesem Marsch genügend Zeit finden, um mit Blaustern zu sprechen. Aber vorher wollte er seine Gedanken sammeln.

»Kommst du?«, rief Graustreif von oben.

»Bin schon da!« Er dehnte seine mächtigen Hinterbeine und sprang los, von einem Felsbrocken zum anderen den Berg hinauf.

Oben hielt er an, um zu Atem zu kommen. Vor ihm erstreckte sich der Wald. Er spürte die knisternden, frisch gefallenen Blätter unter den Pfoten. Das Silbervlies glitzerte am Himmel wie morgendlicher Tau auf schwarzem Fell.

Feuerherz musste an seinen ersten Ausflug zum Baumgeviert denken, zusammen mit Löwenherz und Tigerkralle. Er empfand Trauer, als er sich an Löwenherz erinnerte. Der war Graustreifs Mentor gewesen und nach Rotschweifs Tod der Zweite Anführer des DonnerClans. Auch dieser warmherzige

Krieger mit dem goldenen Fell hatte im Kampf den Tod gefunden und Tigerkralle hatte seinen Platz eingenommen.

Feuerherz war zum ersten Mal beim Baumgeviert gewesen, als Löwenherz die Schüler herumgeführt hatte, durch die Hochkiefern, vorbei an den Sonnenfelsen und entlang der Grenze zum FlussClan-Territorium. Heute Nacht würde Blaustern mit ihnen durch das gesamte DonnerClan-Territorium ziehen. Er konnte sie schon im Unterholz verschwinden sehen und eilte hinter ihr und den anderen Katzen her.

Die Anführerin lief voran, Tigerkralle dicht bei ihr. Feuerherz überhörte Graustreifs überraschtes Miauen und überholte ihn. »Blaustern!«, rief Feuerherz keuchend, als er an ihre Seite gelangt war. »Kann ich mit dir reden?«

Sie sah ihn an und nickte. »Übernimm du die Führung, Tigerkralle«, befahl sie und verlangsamte den Schritt. Ihr Stellvertreter lief an ihr vorbei, und die anderen Katzen folgten dem dunkel gestreiften Kater, der in hohen Sprüngen durch das Unterholz stürmte.

Blaustern und Feuerherz verfielen in einen stetigen Trott und im Nu waren sie allein.

Der Pfad führte aus dem dichten Farn hinaus auf eine kleine Lichtung. Blaustern sprang auf einen umgestürzten Baum und setzte sich, wobei sie den Schwanz über die Vorderpfoten legte.

»Worum geht es, Feuerherz?«, fragte sie.

Der junge Krieger zögerte. Plötzlich wurde er wieder von Zweifeln geplagt. Blaustern hatte ihn ermutigt, sein Leben als Hauskätzchen aufzugeben und sich dem Clan anzuschließen. Seitdem hatte sie ihm immer wieder ihr Vertrauen geschenkt, wenn andere Katzen seine Treue gegenüber dem Clan, mit dem er nicht blutsverwandt war, infrage stellten. Was würde sie sagen, wenn er ihr erzählte, dass er sie wegen Rabenpfote belogen hatte?

»Sprich«, forderte sie ihn auf, als die Pfotenschritte der anderen Katzen in der Ferne verklangen.

Feuerherz holte tief Luft. »Rabenpfote ist nicht tot«, sagte er endlich. Blausterns Schwanz zuckte überrascht, aber sie hörte ihm weiter schweigend zu. »Graustreif und ich haben ihn in die Jagdgründe des WindClans gebracht. Ich ... ich denke, er könnte sich Mikusch angeschlossen haben.« Mikusch war ein Einzelläufer, keine Waldkatze, aber auch kein Hauskater. Er lebte auf einem Zweibeiner-Hof, der am Weg zu den Hochfelsen lag, dem heiligen Ort für alle Katzen im Wald.

Blaustern starrte an Feuerherz vorbei in die Tiefen des Waldes. Ängstlich blickte Feuerherz in ihr Gesicht, bemüht ihren Ausdruck zu lesen. War sie wütend? Aber er konnte keinen Zorn in ihren weit offenen, blauen Augen sehen.

Nach einigen langen Augenblicken sprach sie: »Ich bin froh zu hören, dass Rabenpfote noch am Leben ist. Ich hoffe, er ist glücklicher mit Mikusch, als er es im Wald gewesen ist.«

»A-aber er ist doch in den DonnerClan hineingeboren worden!«, stammelte Feuerherz. Er war verwirrt, dass Blaustern den Weggang Rabenpfotes so ruhig hinnahm.

»Das bedeutet nicht notwendigerweise, dass er für ein Clan-Leben geeignet war«, erklärte sie. »Schließlich wurdest du nicht in den Clan hineingeboren und trotzdem bist du nun ein guter Krieger. Vielleicht findet Rabenpfote seinen wahren Weg irgendwo anders.«

»Aber er hat den DonnerClan nicht verlassen, weil er das

wollte«, protestierte Feuerherz. »Er konnte unmöglich hier bleiben!«

»Unmöglich?« Blaustern ließ ihren blauen Blick auf ihm ruhen. »Was meinst du damit?«

Er schaute zu Boden.

»Nun?«, drängte sie ihn.

Feuerherz hatte einen trockenen Mund. »Rabenpfote kannte ein Geheimnis von Tigerkralle«, krächzte er. »Ich ... ich glaube, Tigerkralle wollte ihn töten. Oder den Clan gegen ihn aufhetzen.«

Blausterns Schwanz peitschte hin und her, und Feuerherz sah, wie sich ihre Schultern anspannten. »Warum solltest du das glauben? Was ist das für ein Geheimnis, das Rabenpfote kannte?«

Widerstrebend antwortete Feuerherz und stellte sich mutig ihrem strengen Blick. »Dass Tigerkralle im Kampf mit dem FlussClan Rotschweif getötet hat.«

Blaustern kniff die Augen zusammen. »Ein Krieger würde niemals einen anderen aus dem eigenen Clan töten! Selbst du solltest das wissen – du hast lange genug bei uns gelebt.«

Feuerherz zuckte bei ihren Worten zusammen und legte die Ohren an. Es war das zweite Mal in dieser Nacht, dass sie auf seine Herkunft als Hauskatze hingewiesen hatte.

Sie fuhr fort: »Tigerkralle hat berichtet, dass Eichenherz, der Stellvertreter des FlussClans, Rotschweif umgebracht hat. Rabenpfote muss sich geirrt haben. Hat er es tatsächlich *gesehen*, wie Tigerkralle Rotschweif getötet hat?«

Feuerherz zuckte nervös mit dem Schwanz. »Er hat gesagt, dass er es gesehen hat.«

»Und du weißt, dass du mit deiner Aussage die Ehre von

Rotschweif infrage stellst, weil der dann für den Tod von Eichenherz verantwortlich gewesen sein müsste? Ein Zweiter Anführer würde aber niemals einen anderen im Kampf töten, jedenfalls nicht, wenn es sich vermeiden lässt. Und Rotschweif war der ehrenhafteste Krieger, den ich je gekannt habe.«

Blausterns Augen trübten sich vor Schmerz, und Feuerherz verspürte tiefes Bedauern, dass er die Erinnerung an ihren Stellvertreter heraufbeschworen hatte.

»Ich kann das Verhalten von Rotschweif nicht beurteilen«, murmelte er. »Ich weiß nur, Rabenpfote ist ohne Zweifel davon überzeugt, dass Tigerkralle für Rotschweifs Tod verantwortlich ist.«

Blaustern seufzte und entspannte die Schultern. »Wir alle wissen, dass Rabenpfote eine lebhafte Fantasie hat«, sagte sie freundlich und ihr Blick war voller Mitgefühl. »Er wurde in diesem Kampf schwer verletzt, und er hat den Ort verlassen, bevor alles vorbei war. Kannst du dir sicher sein, dass er in Gedanken nicht die Teile ergänzt hat, die ihm entgangen sind?«

Bevor Feuerherz darauf antworten konnte, hallte ein Jaulen durch den Wald und Tigerkralle kam durch das Unterholz gesprungen. Misstrauisch streiften seine Augen über Feuerherz, bevor er sich an Blaustern wandte: »Wir warten auf dich an der Grenze.«

Die Anführerin nickte. »Sag ihnen, wir kommen gleich.« Tigerkralle neigte den Kopf und rannte durch den hohen Farn zurück.

Während Feuerherz ihm nachsah, fanden Blausterns Worte einen Widerhall in seinen Gedanken. Sie hatte recht. Rabenpfote besaß tatsächlich eine lebhafte Fantasie. Er erinnerte sich an seine erste Große Versammlung, als Schüler aus allen

Clans an Rabenpfotes Lippen gehangen hatten, während er den Kampf mit dem FlussClan beschrieb. Und dabei hatte er Tigerkralle nicht erwähnt.

Als Blaustern aufstand, sprang auch Feuerherz hoch. »Wirst du Rabenpfote in den Clan zurückholen?«, fragte er plötzlich voller Angst, dass er seinen Freund in neue Schwierigkeiten gebracht haben könnte.

Blaustern blickte Feuerherz tief in die Augen. »Er ist wahrscheinlich glücklicher, wo er jetzt ist«, sagte sie ruhig. »Vorläufig wollen wir den Clan in dem Glauben belassen, dass er tot ist.«

Feuerherz starrte mit vor Schreck weit aufgerissenen Augen zurück. Blaustern würde also den Clan belügen!

»Tigerkralle ist ein großer Krieger, aber er ist sehr stolz«, fuhr sie fort. »Es ist für ihn leichter hinzunehmen, dass sein Schüler im Kampf gestorben als dass er weggerannt ist. Und auch für Rabenpfote wäre das besser.«

»Weil Tigerkralle sonst nach ihm suchen würde?«, wagte Feuerherz zu fragen. War es möglich, dass Blaustern ihm doch glaubte, wenigstens ein bisschen?

Sie schüttelte ungeduldig den Kopf. »Nein. Tigerkralle mag ehrgeizig sein, aber er ist kein Mörder. Es ist besser, sich an Rabenpfote als einen toten Helden zu erinnern als an einen lebenden Feigling.«

Tigerkralle rief erneut, und Blaustern sprang von dem Baumstamm und verschwand im Farngebüsch. Feuerherz setzte über den Stamm und lief hinter seiner Anführerin her.

Am Ufer des Baches holte er sie ein und beobachtete, wie sie von Stein zu Stein sprang und zur anderen Seite übersetzte. Vorsichtig folgte ihr Feuerherz. Seine Gedanken waren in Aufruhr. Tagelang hatte das Wissen um den Tod von Rotschweif schwer auf ihm gelastet. Endlich nun hatte er es Blaustern erzählt, aber nichts hatte sich dadurch geändert. Die Anführerin des Clans glaubte nicht, dass Tigerkralle ein kaltblütiger Mörder sein könnte. Und was das Schlimmste war: Feuerherz selbst begann daran zu zweifeln, dass Rabenpfote die Wahrheit gesagt hatte.

Er sprang zum anderen Ufer hinüber und stürmte durch das Unterholz, bis sie schließlich die anderen DonnerClan-Katzen erreicht hatten. Die waren am oberen Rand des Abhangs stehen geblieben, der hinab zum Baumgeviert führte, zu den riesigen Eichen, bei denen sich zu jedem Vollmond Katzen aus allen vier Clans des Waldes friedlich versammelten.

Feuerherz' Fell prickelte, als er Tigerkralles Blick auf sich fühlte. Hatte der dunkle Krieger einen Verdacht, was zwischen ihm und Blaustern besprochen worden war? Feuerherz schüttelte den Kopf, um seine Gedanken zu ordnen. Natürlich war Tigerkralle daran interessiert, was Feuerherz mit ihr besprochen hatte. Er war schließlich ihr Stellvertreter, also würde er alles wissen wollen, was den Clan betreffen könnte.

Der dunkel gestreifte Kater starrte nun wachsam und mit gespitzten Ohren den Abhang hinab. Die Katzen um ihn herum traten erwartungsvoll von einer Pfote auf die andere. Tigerkralle schaute sie alle einzeln an und sammelte sie durch seinen festen bernsteinfarbenen Blick schweigend um sich.

Blaustern hob die Nase und prüfte die Luft. Feuerherz fühlte, wie die Katzen um ihn herum ihre Muskeln anspannten und das Fell sträubten. Dann gab Blaustern mit einem Zucken des Schwanzes das Zeichen und die DonnerClan-Katzen stürzten den Hang hinab zur Großen Versammlung.

2. KAPITEL

BLAUSTERN HIELT am Rande der Lichtung an, ihr Clan in einer Reihe neben ihr. Einige Katzen aus dem FlussClan und dem SchattenClan drehten sich nach der Anführerin um und begrüßten sie.

»Wohin bist du denn verschwunden?« Graustreif tauchte neben Feuerherz auf.

Der schüttelte den Kopf. »Ist nicht so wichtig.« Er war immer noch beunruhigt und verwirrt nach dem Gespräch mit Blaustern und erleichtert, dass sein Freund ihn jetzt nicht bedrängte, sondern sich auf der Lichtung umsah.

»He, schau mal«, miaute er. »Die SchattenClan-Katzen sehen kräftiger aus, als ich gedacht hätte. Schließlich hat Braunstern sie halb verhungert zurückgelassen.«

Feuerherz folgte seinem Blick zu einem geschmeidigen Krieger des SchattenClans. »Du hast recht«, stimmte er verblüfft zu.

»Allerdings haben wir auch die Hauptlast des Kampfes für sie getragen«, spottete Graustreif.

Feuerherz' belustigtes Schnurren wurde von Weißpelz unterbrochen. »Die SchattenClan-Krieger haben so tapfer gekämpft wie wir, um Braunstern zu verjagen. Wir sollten ihre Entschlossenheit, sich zu kräftigen, anerkennen«, sagte er streng, bevor er sich zu einer Gruppe von Kriegern unter einer der großen Eichen gesellte.

»Autsch!«, maunzte Graustreif mit betretenem Gesicht.

Die jungen Krieger blieben am Rand der Lichtung. Feuerherz konnte mit Leichtigkeit die Schüler der anderen Clans ausmachen – ihr Fell wirkte kätzchenweich, die Gesichter waren rund und die Pfoten plump und ungeschickt.

Zwei Krieger näherten sich den beiden Freunden. Ein kleiner brauner Schüler zuckelte hinter ihnen her. Feuerherz erkannte den grau gestreiften Kater aus dem SchattenClan, nicht jedoch den rauchschwarzen Kater, der ihn begleitete.

»Hallo«, miaute der Graue.

»Hallo, Nassfuß«, entgegnete Feuerherz. Er blickte auf die dunkle Katze.

»Das ist Schwarzkralle vom FlussClan.«

Graustreif und Feuerherz nickten zur Begrüßung. Dann trat der Schüler schüchtern vor.

»Und das ist mein Schüler Eichenpfote«, stellte Nassfuß ihn vor.

Eichenpfote blickte mit weit aufgerissenen, ängstlichen Augen zu Feuerherz auf. »H-hallo, Feuerherz«, miaute er. Der begrüßte ihn mit einem Nicken.

»Ich höre, dass Blaustern euch nach dem Kampf zu Kriegern befördert hat«, sagte Nassfuß. »Meine Glückwünsche! Es muss eine kalte Nachtwache gewesen sein.«

»Das war es«, bestätigte Graustreif.

»Wer ist das?«, unterbrach Feuerherz. Eine schlanke Kätzin mit einem gesprenkelten braunen Fell hatte seine Aufmerksamkeit erregt. Sie unterhielt sich mit Tigerkralle neben dem Großfelsen im Mittelpunkt der Lichtung.

»Das ist Leopardenfell, unsere Zweite Anführerin«, knurrte der FlussClan-Krieger.

Feuerherz' Fell stellte sich auf, als er an Eichenherz, den vorangegangenen Stellvertreter des FlussClans, dachte und daran, wie er im Kampf mit dem DonnerClan ums Leben gekommen war. Er brauchte allerdings nichts weiter dazu zu sagen, denn Blaustern machte einen Satz auf den Felsen hinauf und eröffnete die Versammlung. Noch zwei Katzen gesellten sich zu ihr, und eine von ihnen, ein älterer schwarzer Kater, rief alle auf, sich unterhalb des Felsens zu versammeln. Überrascht erkannte Feuerherz den schwarzen Kater. War der alte Nachtpelz Anführer des SchattenClans geworden, nachdem Braunstern die Flucht ergriffen hatte?

Als alle Katzen sich vor dem Felsblock niedergelassen hatten, sprach Blaustern. »Der DonnerClan stellt bei dieser Großen Versammlung seine neue Heilerin Gelbzahn vor«, verkündete sie förmlich und machte eine Pause, während der sich alle Augen auf die alte Kätzin mit dem dichten Fell und der flachen Schnauze richteten. Feuerherz bemerkte, wie sie unruhig auf dem harten Boden hin und her rutschte.

In seiner frühen Schülerzeit hatte er fast einen ganzen Mond damit verbracht, die Kätzin gesund zu pflegen, nachdem sie ins Lager des DonnerClans gekommen war. Jetzt erkannte er an der Art, wie sich ihr rechtes Ohr leicht verdrehte, dass sie sich unter den Blicken der anderen Clans unwohl fühlte. Sie war früher im SchattenClan Heilerin gewesen, und Katzen verließen kaum jemals einen Clan, um sich einem anderen anzuschließen. Sie schaute sich langsam in der Menge um, bis ihr Blick auf Triefnase, den neuen Heiler des SchattenClans, traf. Es gab eine kleine Pause, dann tauschten sie ein respektvolles Nicken. Gelbzahns Ohren richteten sich auf und Feuerherz entspannte sich.

Blaustern redete weiter: »Wir stellen außerdem zwei neu ernannte Krieger vor, Feuerherz und Graustreif.«

Feuerherz hielt den Kopf hoch erhoben, aber als sich alle Blicke auf ihn richteten, wurde er verlegen und zuckte nervös mit dem Schwanz.

Jetzt trat Nachtpelz vor und drängte sich an Blaustern vorbei hinauf auf die höchste Stelle des Felsens. »Ich, Nachtpelz, habe die Führung des SchattenClans übernommen«, verkündete er. »Unser früherer Anführer Braunstern hat das Gesetz der Krieger gebrochen, und wir waren gezwungen, ihn zu verjagen.«

»Keine Erwähnung davon, dass wir ihnen dabei geholfen haben«, flüsterte Graustreif Feuerherz zu.

Nachtpelz fuhr fort: »Die Geister unserer Vorfahren haben zu Triefnase gesprochen und mich als Anführer ausersehen. Ich bin noch nicht zum Ahnentor gereist, um vom SternenClan das Geschenk der neun Leben zu empfangen, aber ich werde diese Reise morgen Nacht unternehmen, solange noch Vollmond ist. Nach meiner Nachtwache am Mondstein werde ich Nachtstern heißen.«

»Wo ist Braunstern jetzt?«, rief eine Stimme aus der Menge. Es war Frostfell, die weiße Königin aus dem DonnerClan.

»Ich glaube, wir können davon ausgehen, dass er mit den anderen verbannten Kriegern den Wald verlassen hat. Er weiß, dass es für ihn gefährlich wäre, zurückkehren zu wollen«, antwortete Nachtpelz.

»Hoffentlich«, murmelte Frostfell ihrer Nachbarin zu, einer fülligen Königin mit braunem Fell.

Nun trat Streifenstern, der Anführer des FlussClans, vor. »Wir wollen hoffen, dass Braunstern klug genug war, den Wald endgültig zu verlassen. Seine Gier nach mehr Territorium war für uns alle eine Bedrohung.«

Er wartete, bis das zustimmende Jaulen verklungen war, bevor er fortfuhr: »Als Braunstern Anführer des SchattenClans war, habe ich ihm gestattet, in unserem Fluss zu jagen. Aber jetzt hat der SchattenClan einen neuen Anführer und diese Vereinbarung kann nicht länger Bestand haben. Die Beute in unserem Fluss gehört allein dem FlussClan.«

Triumphierendes Miauen erhob sich unter den Katzen seines Clans, aber Feuerherz sah mit einem Gefühl der Sorge, dass sich Nachtpelz' Fell sträubte.

Der erhob jetzt die Stimme: »Der SchattenClan hat noch immer die gleichen Bedürfnisse, die er unter Braunstern hatte. Wir haben viele Mäuler zu stopfen. Streifenstern, du hast eine Vereinbarung mit dem ganzen SchattenClan geschlossen!«

Der Anführer des FlussClans sprang auf die Pfoten und wandte sich Nachtpelz zu. Er legte die Ohren flach an und fauchte, und die Katzen unter dem Felsen verfielen in Schweigen.

Rasch trat Blaustern zwischen die beiden Anführer. »Nachtpelz, der SchattenClan hat in letzter Zeit viele Verluste hinnehmen müssen«, sagte sie sanft. »Es sind weniger Mäuler zu füttern. Brauchst du da wirklich noch Fische vom FlussClan?«

Streifenstern fauchte erneut, aber Nachtpelz hielt seinem Blick stand, ohne auszuweichen.

Blaustern sprach weiter, diesmal eindringlicher: »Ihr habt gerade euren Anführer vertrieben und mehrere eurer stärksten

Krieger! Und Braunstern hat gegen das Gesetz der Krieger verstoßen, als er Streifenstern zu einer Zustimmung zwang, sich den Fluss zu teilen.«

Feuerherz schluckte voller Angst, als Nachtpelz die Krallen ausfuhr, aber Blaustern zuckte nicht mit der Wimper. Ihre eisblauen Augen glitzerten im Mondlicht und sie knurrte: »Denk daran, dass du noch nicht einmal deine neun Leben vom SternenClan erhalten hast. Bist du so zuversichtlich, dass du diese Forderungen stellen kannst?«

Feuerherz sah, wie sich bei vielen Katzen um ihn herum das Fell sträubte. Alle warteten auf die Reaktion von Nachtpelz.

Der wandte wütend den Blick ab. Sein Schwanz peitschte hin und her, aber er sagte nichts.

Blaustern hatte sich durchgesetzt. Ihre Stimme wurde weich. »Wir alle wissen, dass der SchattenClan in den vergangenen Monden viel gelitten hat«, sagte sie. »Der DonnerClan hat angeboten, euch in Frieden zu lassen, bis genug Zeit verstrichen ist, um euch zu erholen.« Sie wandte ihren Blick Streifenstern zu. »Ich bin überzeugt, dass Streifenstern bereit ist, euch den gleichen Respekt zu erweisen.«

Der verengte die Augen und nickte. »Aber nur, solange kein Geruch des SchattenClans auf unserem Territorium zu finden ist«, knurrte er.

Feuerherz entspannte sich, sein Schulterfell glättete sich. Er wusste inzwischen, wie es war, in einer richtigen Schlacht zu kämpfen, und so bewunderte er den Mut seiner Anführerin, dass sie diese beiden großen Krieger herausgefordert hatte. Gedämpftes Miauen der Erleichterung und Zustimmung ertönte in der Menge und die Anspannung auf dem Großfelsen ließ nach.

»Du wirst unseren Geruch nicht finden, Streifenstern«, sagte Nachtpelz. »Blaustern hat recht, wir brauchen euren Fisch nicht. Schließlich haben wir das Hochland, wo wir jetzt jagen können, nachdem der WindClan sein Territorium verlassen hat.«

Streifenstern blickte Nachtpelz an und seine Augen hellten sich auf. »Stimmt«, bestätigte er. »Das bedeutet zusätzliche Beute für uns alle.«

Blaustern hob ruckartig den Kopf. »Nein! Der WindClan muss zurückkehren!«

Streifenstern und Nachtpelz sahen die Anführerin des DonnerClans an.

»Warum?«, fragte Streifenstern.

»Wenn wir uns die Jagdgründe des WindClans teilen, bedeutet das mehr Nahrung für alle unsere Jungen«, meinte Nachtpelz.

»Der Wald braucht aber vier Clans«, beharrte Blaustern. »Ebenso wie wir das Baumgeviert und die vier Jahreszeiten haben, hat uns der SternenClan vier Clans gegeben. Wir müssen den WindClan so bald wie möglich finden und zurück nach Hause bringen.«

Die DonnerClan-Katzen erhoben die Stimmen zur Unterstützung ihrer Anführerin, doch sie wurden von Streifensterns ungeduldigem Jaulen übertönt. »Das ist eine schwache Begründung, Blaustern. Brauchen wir wirklich vier Jahreszeiten? Würdest du nicht lieber auf die Blattleere verzichten und die Kälte und den Hunger, die sie mit sich bringt?«

Die Anführerin des DonnerClans blickte ruhig auf den Krieger neben sich. »Der SternenClan hat uns die Blattleere gegeben, damit sich die Erde erholen und auf die Blattfrische vorbereiten kann. Der Wald und das Hochland haben seit Generationen vier Clans beherbergt. Es steht uns nicht zu, den SternenClan herauszufordern.«

Jetzt erhob Leopardenfell, die Zweite Anführerin des FlussClans, die Stimme: »Warum sollen wir hungern zugunsten eines Clans, der nicht einmal sein eigenes Territorium verteidigen kann?«

»Nein, Blaustern hat recht! Der WindClan muss zurückkommen!«, fauchte Tigerkralle. Dabei reckte er sich auf, sodass er alle Katzen in seiner Umgebung überragte.

Wiederum sprach Blaustern und wandte sich an den Anführer des FlussClans: »Streifenstern, die Jagdgründe des FlussClans sind für ihren Reichtum bekannt. Ihr habt den Fluss und all seine Fische. Warum braucht ihr zusätzliche Beute?«

Streifenstern blickte zur Seite und antwortete nicht. Feuerherz fiel auf, dass die Katzen des FlussClans ängstlich untereinander murmelten, und er fragte sich, warum Blausterns Frage sie so erregte.

»Und Nachtpelz«, fuhr Blaustern fort, »es war Braunstern, der den WindClan aus seiner Heimat vertrieben hat.« Die breitschultrige Kätzin machte eine Pause. »Aus diesem Grund hat euch der DonnerClan geholfen, ihn zu verjagen.«

Feuerherz kniff die Augen zusammen. Er verstand, dass sie Nachtpelz taktvoll an das erinnerte, was er ihrem Clan schuldete.

Der Anführer des SchattenClans schloss halb die Augen. Nach einem Schweigen, das sich wie eine Ewigkeit anfühlte, öffnete Nachtpelz sie wieder weit und erwiderte: »In Ordnung, Blaustern. Wir werden dem WindClan erlauben, zurückzukehren.«

Feuerherz sah, wie Streifenstern ärgerlich den Kopf abwandte und die schwarzen Augen zu Schlitzen verengte.

Blaustern nickte. »Zwei von uns haben zugestimmt, Streifenstern«, sagte sie. »Der WindClan muss gefunden und nach Hause gebracht werden. Bis dahin sollte kein Clan in seinem Territorium jagen.«

Die Große Versammlung begann sich aufzulösen, und die Katzen machten sich bereit, zurück zu ihren Lagern zu ziehen. Feuerherz blieb noch einen Augenblick sitzen und beobachtete die Anführer auf dem Großfelsen. Blaustern berührte mit der Nase die von Streifenstern und sprang dann hinab auf den Waldboden. Auf dem Felsen wandte sich Streifenstern Nachtpelz zu. In dem Blick, den die beiden tauschten, lag etwas, das Feuerherz das Fell sträuben ließ. Konnte es sein, dass Blaustern doch nicht wirklich die Unterstützung von Nachtpelz hatte? Schnell sah sich Feuerherz um. An der Wut in Tigerkralles Augen konnte er erkennen, dass auch dem Zweiten Anführer des DonnerClans dieser Blickkontakt nicht entgangen war.

Diesmal teilte Feuerherz die Sorgen des Zweiten Anführers. Hier gab es eine Verschiebung in den Clan-Bündnissen, die niemand erwartet hatte. Nachdem der DonnerClan dem SchattenClan geholfen hatte, Braunstern zu vertreiben – wie konnte der jetzt mit dem FlussClan gemeinsame Sache machen?

3. KAPITEL

BLAUSTERN FÜHRTE sie schnell ins Lager zurück. Der Lärm ihrer Ankunft weckte die Katzen, die zurückgeblieben waren. Als die Gruppe durch den Ginstereingang strömte, tauchten verschlafene Gestalten aus ihren Höhlen auf.

»Was gibt's für Neuigkeiten?«, rief Kurzschweif.

»War der SchattenClan da?«, fragte Glanzfell.

»Ja, sie waren da«, antwortete Blaustern ernst. Sie ging an Glanzfell vorbei und sprang auf den Hochstein. Es bestand keine Notwendigkeit für ihren üblichen Ruf zu einem Clan-Treffen – die Katzen versammelten sich bereits unterhalb des Felsens. Tigerkralle sprang hinauf an ihre Seite.

»Es hat heute Nacht viele Spannungen zwischen den Clans gegeben«, begann die Anführerin. »Und ich habe ein mögliches neues Bündnis zwischen Streifenstern und Nachtpelz wahrgenommen.«

Graustreif drängte sich auf den schmalen Platz neben Feuerherz. »Was redet sie da?«, fragte er. »Ich dachte, Nachtpelz hätte ihr zugestimmt.«

»Nachtpelz?«, krächzte Einauges uralte Stimme aus dem Hintergrund.

»Er ist der neue Anführer des SchattenClans«, erklärte Blaustern.

»Aber sein Name ... ist er denn noch nicht vom SternenClan bestätigt worden?«, fragte die Älteste.

»Er will morgen Nacht zum Mondstein reisen«, antwortete Tigerkralle.

»Kein Anführer kann auf einer Großen Versammlung für einen Clan sprechen, ohne zuvor die Billigung durch den SternenClan erhalten zu haben«, murmelte die alte Kätzin so laut, dass alle Katzen sie hören konnten.

»Er hat die Unterstützung des SchattenClans, Einauge«, erwiderte Blaustern und nickte ihr zu. »Wir können nicht übergehen, was er heute Nacht gesagt hat.« Die Älteste schniefte verärgert, und die Anführerin hob den Kopf, um sich wieder an den ganzen Clan zu wenden. »Auf der Großen Versammlung habe ich vorgeschlagen, dass wir den WindClan suchen und nach Hause bringen. Aber Streifenstern und Nachtpelz wollen nicht, dass sie zurückkehren.«

»Ich kann mir trotzdem nicht vorstellen, dass sie sich verbünden!«, rief Graustreif. »Sie hatten doch fast ein Gerangel wegen der Jagdrechte im Fluss.«

Feuerherz wandte sich an seinen Freund: »Hast du nicht die Blicke gesehen, die sie am Ende der Versammlung getauscht haben? Sie sind beide wild entschlossen, das Territorium des WindClans in ihre Pfoten zu bekommen.«

»Aber warum?«, fragte Sandpfote, die neben ihrem Mentor Weißpelz saß.

»Ich vermute, der SchattenClan ist nicht so schwach, wie es den Anschein hatte«, antwortete der. »Und Nachtpelz hat anscheinend mehr Ehrgeiz, als wir angenommen haben.«

»Aber warum will ausgerechnet der FlussClan in den Gründen des WindClans jagen? Sie sind doch immer von dem vielen Fisch in ihrem kostbaren Fluss fett geworden!«, rief Glanzfell. »Das Hochland ist doch viel zu weit weg, um dort ein paar zerzauste Kaninchen zu jagen!«

Die einst schöne Königin Tupfenschweif erhob ihre vom Alter brüchige Stimme: »Auf der Großen Versammlung haben einige der Ältesten erzählt, dass Zweibeiner einen Teil des Flusses übernehmen.«

»Das stimmt«, bestätigte Frostfell. »Sie sagen, dass Zweibeiner in Hütten neben dem Fluss leben und die Fische stören. Die FlussClan-Katzen mussten sich in den Büschen verstecken und ihnen mit leerem Magen zusehen!«

Blaustern wirkte nachdenklich. »Für den Augenblick müssen wir vorsichtig sein, dass wir nichts tun, was den SchattenClan und den FlussClan einander näherbringen könnte. Geht jetzt und ruht euch aus. Sturmwind und Borkenpfote, ihr übernehmt die Morgenpatrouille.«

Eine kalte Brise ließ die Blätter in den Bäumen über ihren Köpfen rascheln. Die Katzen murmelten noch eine Weile miteinander und machten sich dann auf den Weg zu ihren Schlafhöhlen.

Feuerherz hatte die zweite Nacht in Folge einen Traum. Er stand in der Dunkelheit. Das Dröhnen und der Gestank eines Donnerwegs waren ganz in der Nähe. Er fühlte, wie er heftig geschüttelt und geblendet wurde von den Ungeheuern, die mit glühenden Augen vorbeibrausten. Plötzlich hörte er über dem Lärm den jämmerlichen Ruf einer jungen Katze. Das verzweifelte Klagen drang durch das Donnern der Ungeheuer.

Ruckartig erwachte Feuerherz. Für einen Moment glaubte er, der Schrei hätte ihn geweckt. Aber das einzige Geräusch war das gedämpfte Schnarchen der schlafenden Krieger neben ihm. Ein Knurren kam von einer Stelle irgendwo nahe der Mitte des Baus. Es klang wie Tigerkralle. Feuerherz war zu aufgewühlt, um wieder einschlafen zu können, daher kroch er geräuschlos ins Freie.

Draußen war es dunkel, und die Sterne, die den schwarzen Himmel bedeckten, zeigten ihm, dass es bis zur Morgendämmerung noch lange dauern würde. Mit dem Klagelaut der jungen Katze als Echo in seinem Kopf trottete Feuerherz mit gespitzten Ohren hinüber zur Kinderstube. Er konnte Pfotenschritte jenseits des Lagerwalls hören und schnüffelte. Es waren nur Dunkelstreif und Langschweif, die das Territorium des DonnerClans bewachten.

Die Stille des schlafenden Lagers beruhigte ihn. *Jede Katze muss wegen des Donnerwegs Albträume haben,* sagte er sich. Er kroch zurück in den Bau und drehte sich bequem in sein Nest hinein. Graustreif schnurrte kurz im Schlaf, als Feuerherz sich neben ihm niederließ und die Augen schloss.

Graustreifs Nase stieß ihn in die Seite. »Lass mich in Ruhe«, grummelte Feuerherz.

»Wach auf!«, zischte Graustreif.

»Warum? Wir sind doch nicht für eine Patrouille eingeteilt!«, beklagte sich Feuerherz.

»Wir sollen zu Blaustern kommen, jetzt gleich.«

Mit wirrem Kopf raffte sich Feuerherz auf und folgte Graustreif mit steifen Gliedern aus der Höhle. Die Sonne färbte den Himmel rosa und die Bäume um das Lager waren von Reif bedeckt.

Die beiden Katzen eilten über die Lichtung zu Blausterns

Behausung und kündigten ihre Ankunft mit gedämpftem Miauen an.

»Kommt herein!« Es war Tigerkralles Stimme, die ihnen hinter dem Flechtenvorhang antwortete. Schrecken durchfuhr Feuerherz, als er an sein Gespräch mit Blaustern auf dem Weg zur Großen Versammlung dachte. Hatte sie Tigerkralle davon erzählt? Graustreif schob sich in den Bau, Feuerherz folgte ihm voller Unbehagen.

Blaustern saß in ihrem Nest, den Kopf hoch erhoben und mit glänzenden Augen. Tigerkralle stand in der Mitte des glatten Sandsteinbodens. Feuerherz versuchte, in seiner Miene zu lesen, aber die Augen des großen gestreiften Katers waren so kalt und ausdruckslos wie immer.

Ihre Anführerin begann sofort: »Feuerherz, Graustreif, ich habe einen wichtigen Auftrag für euch.«

»Einen Auftrag?«, wiederholte Feuerherz. Erleichterung und Freude ließen seine Angst verschwinden.

»Ich will, dass ihr den WindClan sucht und ihn in sein Territorium zurückbringt«, erklärte Blaustern.

»Bevor ihr vor Freude in die Höhe springt, denkt daran, dass dies eine sehr gefährliche Aufgabe ist«, knurrte Tigerkralle. »Wir wissen nicht, wohin der WindClan gegangen ist, daher werdet ihr dem noch verbliebenen Geruch folgen müssen … wahrscheinlich in feindliches Gelände.«

»Aber ihr wart schon einmal im WindClan-Territorium, damals, als ihr mit mir zum Mondstein gewandert seid«, meinte Blaustern. »Ihr Geruch wird euch vertraut sein und ebenso das Territorium der Zweibeiner auf der anderen Seite des Hochlands.«

»Gehen nur wir beide?«, fragte Feuerherz.

»Die anderen Krieger werden hier gebraucht«, sagte Tigerkralle. »Die Blattleere kommt und wir müssen so viel Frischbeute wie möglich sammeln. Vor uns liegen viele magere Monde.«

Blaustern nickte. »Tigerkralle wird euch bei den Reisevorbereitungen helfen.« Feuerherz prickelten die Pfoten vor Unbehagen. Die Anführerin hatte noch immer so viel Vertrauen in ihren Stellvertreter wie zuvor. Warum nur war er der Einzige im Clan, der ihm nicht traute?

»Ihr müsst so bald wie möglich los«, fuhr Blaustern fort. »Viel Glück!«

»Wir werden den WindClan finden«, versprach Graustreif und Feuerherz nickte.

Tigerkralle folgte ihnen aus Blausterns Bau. »Wisst ihr noch, wie ihr zum WindClan-Territorium kommt?«

»O ja, Tigerkralle, wir sind dort erst …«

»… erst vor ein paar Monden gewesen«, unterbrach Feuerherz Graustreifs eifrige Antwort. Seinem Freund warf er einen warnenden Blick zu. Beinahe hätte der ihre Reise mit Rabenpfote vor ein paar Nächten verraten.

Tigerkralle zögerte. Feuerherz hielt den Atem an. Hatte er Graustreifs Fehler bemerkt?

»Und könnt ihr euch auch an den Geruch des WindClans erinnern?«, fragte der Stellvertreter. Feuerherz sandte einen stillen Dank hinauf zum SternenClan.

Die jungen Krieger nickten und Feuerherz sah sich schon durch den stachligen Ginster des Hochlands auf der Suche nach dem verlorenen Clan laufen.

»Ihr werdet Kräuter zur Kräftigung und gegen den Hunger brauchen. Holt sie euch bei Gelbzahn, bevor ihr aufbrecht.«

Tigerkralle machte eine Pause. »Und vergesst nicht, dass der Anführer des SchattenClans vorhat, heute Nacht zum Mondstein zu reisen. Kommt ihm nicht in die Quere.«

»Er wird nicht bemerken, dass wir da draußen sind«, versicherte ihm Graustreif.

»Das erwarte ich auch«, knurrte Tigerkralle streng. »Nun geht!« Ohne ein weiteres Wort drehte er sich um und sprang davon.

»Er hätte uns wenigstens Glück wünschen können«, meinte Graustreif.

»Wahrscheinlich denkt er, wir brauchen das gar nicht«, scherzte Feuerherz, als sie auf dem Weg zu Gelbzahns Bau die Lichtung überquerten. Aber gleichzeitig überlegte er, dass Tigerkralle sie doch eigentlich mit dem gleichen Respekt behandelt hatte, wie er das mit jedem anderen Krieger tat. War er möglicherweise doch nicht der Bösewicht, für den Rabenpfote ihn hielt?

Obwohl die Sonne aufging, war es noch kalt, aber beide froren nicht. Feuerherz bemerkte, wie sein Fell anfing dichter zu werden, je kürzer die Tage wurden.

Gelbzahns Bau lag am Ende eines Tunnels unter ausladenden Farnwedeln. Ein großer gespaltener Fels erhob sich in der Ecke einer kleinen schattigen Lichtung. Vor Gelbzahn hatte hier Tüpfelblatt gewohnt. Die Erinnerung an die sanfte schildpattfarbene Heilerin tat Feuerherz weh. Sie war von einem SchattenClan-Krieger getötet worden. Er vermisste sie schrecklich.

»Gelbzahn!«, rief Graustreif. »Wir sind gekommen, um uns Reisekräuter zu holen!«

Sie hörten ein heiseres Miauen aus dem Schatten in der

Mitte des Felsens. Gelbzahn zwängte sich aus dem Spalt. »Und wo reist ihr hin?«, fragte sie.

»Wir sollen den WindClan suchen und ihn zurück in sein Territorium bringen«, erklärte ihr Feuerherz, wobei er den Stolz in seiner Stimme nicht unterdrücken konnte.

»Euer erster Auftrag als Krieger!«, krächzte Gelbzahn. »Meine Glückwünsche! Ich hole die Kräuter, die ihr braucht.« Ein paar Augenblicke später kam sie zurück und trug ein kleines Bündel getrocknete Blätter im Maul. »Guten Appetit!«, schnurrte sie und legte sie auf die Erde.

Gehorsam kauten Feuerherz und Graustreif die wenig appetitanregenden Blätter.

»Iiii!«, spuckte Graustreif. »Genauso scheußlich wie letztes Mal.« Feuerherz nickte und verzog das Gesicht. Tüpfelblatt hatte ihnen die gleichen Kräuter gegeben, als sie mit Blaustern zum Mondstein gereist waren.

Graustreif schluckte den letzten Happen hinunter und stupste seinen Freund mit der Nase an. »Los, du langsame Schnecke! Lass uns aufbrechen! Bis dann!«, rief er Gelbzahn über die Schulter zu und sprintete von der Lichtung.

»Warte auf mich«, miaute Feuerherz und jagte hinter ihm her.

»Auf Wiedersehen! Viel Glück, ihr beiden!«, rief Gelbzahn ihnen nach.

Als Feuerherz durch den Tunnel preschte, hörte er die Farnwedel in der Morgenbrise rascheln. Sie schienen zu wispern: »Viel Glück! Eine sichere Reise!«

4. KAPITEL

BEIM VERLASSEN des Lagers prallten Feuerherz und Graustreif fast mit Weißpelz zusammen, der Sandpfote und Sturmwind zur Morgenpatrouille in den Wald führte.

»Entschuldigung!«, keuchte Feuerherz. Er hielt an und auch Graustreif neben ihm kam zum Stehen.

Weißpelz neigte den Kopf. »Ich höre, ihr beide führt einen Auftrag aus«, sagte er. »Möge der SternenClan euch beschützen«, sagte er ernst.

»Was habt ihr denn vor?«, fragte Sandpfote verächtlich. »Wühlmäuse fangen?«

Sturmwind, ein magerer gestreifter Kater, drehte sich um und wisperte Sandpfote etwas ins Ohr. Ihr Ausdruck veränderte sich und die Verachtung in ihren grünen Augen verwandelte sich in Neugier.

Die Patrouille trat zur Seite, um Feuerherz und Graustreif vorbeizulassen. Die beiden eilten weiter und kletterten die steilen Ränder der Schlucht hinauf.

Auf dem Pfad durch den Wald zum Baumgeviert wechselten sie nur wenige Worte und schonten ihre Kräfte für die lange Reise. Oberhalb des steilen Abhangs auf der anderen Seite der von Eichen beschatteten Lichtung hielten sie keuchend an.

»Ist es immer so windig hier oben?«, knurrte Graustreif und plusterte sein dichtes Fell gegen den kalten Luftstoß auf, der über das Hochland fegte.

»Wahrscheinlich schon, weil es hier keine Bäume gibt, die den Wind aufhalten«, meinte Feuerherz und kniff die Augen zu. Dies war nun also das WindClan-Territorium. Schnüffelnd prüfte er die Luft und entdeckte einen Geruch, der, wie ihm all seine Sinne sagten, hier nicht sein sollte.

»Riechst du FlussClan-Krieger?«, murmelte er beklommen.

Graustreif hob die Nase. »Nein, aber glaubst du, hier könnten welche sein?«

»Wer weiß. Vielleicht wollen sie die Abwesenheit des WindClans noch ausnutzen, weil sie ja wissen, dass der bald wieder zurückkommt«, warnte Feuerherz.

»Also, ich kann nichts riechen«, wisperte Graustreif.

Sie liefen weiter einen gefrorenen Torfpfad entlang, der verborgen im Heidekraut lag.

Ein frischer Geruch ließ Feuerherz plötzlich anhalten. »Kannst du es jetzt riechen?«, zischte er seinem Freund zu.

»Ja«, wisperte der und drückte sich flach auf den Boden. »FlussClan!«

Feuerherz kauerte sich nieder, hielt die Ohren unterhalb des Heidekrauts. Neben ihm hob Graustreif den dunkelgrauen Kopf, um über das Gebüsch zu blicken. »Ich kann sie sehen«, murmelte er. »Sie sind auf der Jagd.«

Vorsichtig streckte sich nun auch Feuerherz, um ebenfalls einen Blick zu erhaschen.

Vier Krieger des FlussClans jagten ein Kaninchen durch den Ginster. Er erkannte Schwarzkralle von der Großen Versammlung her. Der rauchschwarze Krieger sprang mit ausgestreckten Krallen auf die Beute, setzte sich dann aber wieder auf, ohne einen Erfolg vorweisen zu können. Das Kaninchen musste es in die Sicherheit seines Baus geschafft haben.

Die beiden Freunde ließen sich wieder fallen und drückten den Bauch auf den kalten Torf.

»Sie sind keine guten Kaninchenjäger«, zischte Graustreif verächtlich.

»Sie haben vermutlich mehr Übung im Fischefangen«, wisperte Feuerherz. Seine Nase zuckte, als er roch, dass ein verängstigtes Kaninchen auf sie zusteuerte. Entsetzt hörte er, wie sich die Pfotenschritte der FlussClan-Krieger näherten. »Sie kommen hierher! Wir müssen uns verstecken!«

»Mir nach«, flüsterte Graustreif. »Ich rieche Dachs da drüben.«

»Dachs?«, wiederholte Feuerherz. »Ist das nicht gefährlich?« Er kannte die Geschichte, wie Kurzschweif in einem Kampf mit einem missgelaunten alten Dachs seinen Schwanz verloren hatte.

»Keine Angst. Der Geruch ist kräftig, aber schal«, versicherte ihm Graustreif. »In der Nähe muss ein alter Bau sein.«

Feuerherz schnüffelte. Seine Geruchsknospen nahmen einen strengen, beinahe fuchsgleichen Geruch auf. »Bist du dir sicher, dass der auch verlassen ist?«

»Das werden wir bald genug erfahren. Komm schon, wir müssen hier verschwinden.« Graustreif lief schnell zwischen den niedrigen Büschen voran. Das Rascheln von Heidekraut hinter ihnen verriet, dass die Krieger des FlussClans schon sehr nah waren.

»Hier!« Graustreif schob mit der Schulter ein Büschel Heidekraut beiseite und enthüllte eine Öffnung im sandigen Boden. »Los, geh rein! Der Dachsgeruch wird unseren überlagern. Hier können wir warten, bis sie weg sind.«

Feuerherz glitt rasch in das dunkle Loch und Graustreif folgte ihm. Der Dachsgestank war überwältigend.

Über ihren Köpfen trommelten Pfoten. Die beiden hielten die Luft an, als oben die Schritte zum Stillstand kamen und einer der Krieger jaulte: »Ein Dachsbau!« An dem heiseren Miauen konnte Feuerherz Schwarzkralle erkennen.

Eine zweite Stimme antwortete: »Ist er verlassen? Vielleicht versteckt sich das Kaninchen da drin.«

Feuerherz fühlte, wie sich neben ihm im Dunkeln Graustreifs Fell sträubte. Er fuhr seine Krallen aus und starrte auf den Eingang des Baus, bereit zu kämpfen, falls die Krieger hereinkämen.

»Warte! Die Spur führt hier weiter«, rief Schwarzkralle. Es gab ein Pfotengetrappel über ihnen und die Krieger stürmten davon.

Langsam atmete Graustreif aus. »Glaubst du, sie sind weg?«

»Lass uns noch ein bisschen warten. Vielleicht ist ja noch einer zurückgeblieben«, schlug Feuerherz vor.

Keine weiteren Geräusche drangen von draußen herein. Schließlich stupste Graustreif den Freund an. »Komm jetzt!«

Feuerherz folgte ihm vorsichtig hinaus ans Tageslicht. Von der Patrouille des FlussClans war keine Spur mehr zu sehen. Die frische Brise befreite ihre Duftknospen von dem Dachsgestank.

»Wir sollten nach dem WindClan-Lager suchen«, schlug

Feuerherz vor. »Das ist der beste Ort, wo wir ihre Fährte aufnehmen können.«

Langsam bewegten sich die beiden durch die Heide. Die Mäuler hielten sie leicht geöffnet, um den Geruch von FlussClan-Kriegern aufzufangen. Am Fuße eines großen, flachen Felsbrockens, der sich steil über die Ginsterbüsche erhob, hielten sie an.

»Ich klettere hoch und sehe mich um«, erbot sich Graustreif.

»In Ordnung. Aber halt deinen Kopf unten.«

Feuerherz beobachtete, wie sein Freund den Felsen hinaufkroch, sich oben duckte und rundum über die Hochebene blickte.

»Da drüben ist eine Kuhle«, schnaufte er, als er wieder heruntergerutscht war, und deutete mit dem Schwanz die Richtung an. »Ich habe eine Lücke im Heidekraut gesehen.«

»Lass uns nachschauen«, sagte Feuerherz. »Es könnte das Lager sein.«

»Das hatte ich mir auch gedacht. Es ist wahrscheinlich der einzige Ort hier oben, der windgeschützt ist.«

Als sie sich der Kuhle näherten, rannte Feuerherz an Graustreif vorbei und blickte über den Rand. Es sah aus, als hätte ein SternenClan-Krieger vom Himmel herunter gelangt, eine Pfote voll Torf aus dem Plateau gegraben und durch ein dichtes Gewirr von Ginster ersetzt.

Feuerherz schnüffelte. Er konnte viele Gerüche erkennen, alle von WindClan-Katzen, von alten und jungen, männlichen und weiblichen, und im Hintergrund den schwachen Gestank von Frischbeute, die zu Krähenfraß verrottet war. Es musste das verlassene Lager sein.

Feuerherz stürmte den Abhang hinab und hinein in die Büsche. Der Ginster zerrte an seinem Fell und zerkratzte ihm die Nase, sodass ihm das Wasser in die Augen trat. Hinter sich konnte er Graustreif fluchen hören, als die Dornen an seinen Ohren zerrten.

Sie drängten sich hindurch auf die geschützte Lichtung, wo der Sandboden durch Generationen von Pfoten festgetreten war. An einem Ende der freien Fläche erhob sich ein vom Wind glatt polierter Felsen.

»Es ist tatsächlich ihr Lager«, murmelte Feuerherz.

»Ich kann es gar nicht glauben, dass es Braunstern gelungen sein soll, den ganzen Clan von einem so gut geschützten Platz zu vertreiben!«, sagte Graustreif und rieb sich mit einer Pfote die wunde Nase.

»Es sieht so aus, als hätten sie sich tapfer gewehrt«, bemerkte Feuerherz und betrachtete das verwüstete Lager. Fellstücke lagen auf dem Boden verstreut und getrocknetes Blut färbte den Sand. Moosnester waren aus den Schlafhöhlen gezerrt und auseinandergerissen worden. Überall vermischten sich die schalen Gerüche des SchattenClans mit dem Duft ängstlicher WindClan-Katzen.

Feuerherz schauderte. »Lass uns nach der Duftspur suchen, die hier herausführt.«

Sorgfältig prüfte er die Luft und folgte dem kräftigsten Geruch. Graustreif trottete hinter ihm her zu einer engen Öffnung im Ginster.

»WindClan-Katzen müssen noch kleiner sein, als ich dachte!«, murmelte Graustreif und quetschte sich hinter seinem Freund mühsam durch den Eingang.

Die Duftspur war nun stark. Sie stammte eindeutig vom

WindClan, war aber aus vielen Einzelgerüchen zusammengesetzt und scharf – der Angstgeruch vieler Katzen. Feuerherz senkte den Blick. Tropfen von getrocknetem Blut bedeckten die Erde.

»Wir sind auf dem richtigen Weg«, fauchte er finster. Zwei Monde Regen und Wind hatten die Spuren des Leidens nicht wegwaschen können. Feuerherz konnte sich deutlich den besiegten und verwundeten Clan vorstellen, wie er floh und die Heimat zurücklassen musste. Wütend sprang er hinter seinem Freund her.

Die Spur führte sie an den Rand des Hochlands. Dort hielten sie an, um zu Atem zu kommen. Vor ihnen senkte sich der Boden hinab zum Ackerland der Zweibeiner. Weit in der Ferne ragten die Umrisse der Hochfelsen auf.

»Ich frage mich, ob Nachtpelz schon dort ist«, murmelte Feuerherz.

In einem Tunnel unter diesen felsigen Bergen lag der heilige Mondstein, wo die Anführer jedes Clans mit dem SternenClan gemeinsame Träume erlebten.

»Wir wollen ihn jedenfalls lieber nicht treffen!« Graustreif wedelte mit dem Schwanz in Richtung des weit ausgedehnten Zweibeinerlands. »Auch ohne ihn wird es schwierig genug, den Zweibeinern, Ratten und Hunden auszuweichen!«

Feuerherz nickte. Er dachte zurück an ihre letzte Reise mit Blaustern und Tigerkralle. Sie waren beinahe bei einem Angriff von Ratten ums Leben gekommen und nur das Auftauchen des Einzelläufers Mikusch hatte sie gerettet. Dennoch hatte Blaustern damals eins ihrer Leben verloren. Der Gedanke daran war für Feuerherz wie der stechende Biss einer Waldameise.

»Glaubst du, wir finden da unten eine Spur von Rabenpfote?«, fragte Graustreif und wandte Feuerherz sein breites Gesicht zu.

»Das hoffe ich«, erwiderte Feuerherz feierlich. Das Letzte, was er von dem schwarzen Kater gesehen hatte, war die weiße Spitze seines Schwanzes gewesen, als sie im stürmischen Hochland verschwunden war. Hatte der DonnerClan-Schüler es sicher bis zu Mikuschs Territorium geschafft?

Die beiden Krieger machten sich den Hang hinab auf den Weg. Sorgfältig schnüffelten sie an jedem Grasbüschel, um die Fährte des WindClans nicht zu verlieren.

»Es sieht nicht so aus, als ob sie zu den Hochfelsen gegangen wären«, meinte Graustreif. Die Spur bog seitlich ab in ein weites Grasfeld. Sie blieben an dessen Rand nahe der Hecke, wie es auch der WindClan getan hatte. Dann führte der Geruch sie aus dem Feld hinaus auf einen Zweibeinerweg und durch ein kleines Wäldchen.

»Sieh nur!«, miaute Graustreif. Im Unterholz lagen Haufen von sonnengebleichten Beuteknochen. Unter den dichtesten Brombeerbüschen waren Moosbetten zusammengetragen.

»Der WindClan hat wohl versucht, sich hier niederzulassen«, rief Feuerherz überrascht.

»Ich frage mich, warum sie dann wieder weggezogen sind«, sagte Graustreif nachdenklich und schnupperte. »Der Geruch ist kalt.«

Die beiden Katzen folgten weiter dem Weg zu einer dichten Hecke und zwängten sich mit etwas Mühe darunter hindurch auf einen Grünstreifen. Auf der anderen Seite eines schmalen Grabens lag eine breite, ungepflasterte Straße.

Graustreif setzte geschmeidig über den Graben und landete

auf der roten Erdstraße. Feuerherz sah sich um und erstarrte, als er in der Ferne eine scharfkantige Silhouette erkannte. »Graustreif! Halt!«, zischte er.

»Was ist los?«

Feuerherz deutete mit der Nase. »Siehst du den Zweibeinerort dort drüben? Wir müssen ganz in der Nähe von Mikuschs Territorium sein.«

Graustreifs Ohren zuckten nervös. »Stimmt, und da sind die Hunde! Aber der WindClan ist ohne Zweifel hier entlanggekommen. Wir sollten uns beeilen. Vor Sonnenuntergang müssen wir an dem Nest der Zweibeiner vorbei sein.«

Feuerherz erinnerte sich an Mikuschs Warnung, dass die Zweibeiner die Hunde bei Nacht losließen. Und jetzt senkte sich die Sonne bereits auf die gezackten Gipfel der Hochfelsen.

Er nickte. »Vielleicht haben die Hunde den WindClan aus dem Wald verjagt.« Voller Angst dachte er an Rabenpfote. »Glaubst du, er hat Mikusch gefunden?«, fragte er.

»Wer? Rabenpfote? Warum nicht? Wir haben es ja auch bis hierher geschafft!«, sagte Graustreif. »Unterschätze ihn nicht. Weißt du noch, wie Tigerkralle ihn zum Schlangenfelsen geschickt hat? Und er ist mit einer Natter zurückgekommen!«

Feuerherz schnurrte bei dem Gedanken und jagte hinter seinem Begleiter her über die Straße und durch die Hecke auf der anderen Seite.

Ein Hund bellte wütend vom Nest der Zweibeiner her, aber sein bösartiges Knurren verklang bald in der Ferne. Es wurde kälter, als die Sonne unterging, und auf das Gras legte sich Reif.

»Sollen wir wirklich weiter?«, fragte Graustreif. »Was ist,

wenn uns die Spur nun doch zu den Hochfelsen bringt? Nachtpelz ist inzwischen ganz sicher dort.«

Feuerherz reckte die Nase in die Luft und schnüffelte an ein paar braunen Farnwedeln. Der Geruch des WindClans, sauer vor Angst, stach ihm in die Nase.

»Wir sollten lieber weiter«, beschloss er. »Wir halten erst an, wenn es nicht anders geht.«

Die kalte Brise trug Feuerherz einen anderen Geruch zu – Donnerweg! Graustreif verzog das Gesicht, auch er hatte die Witterung aufgenommen. Die Krieger tauschten einen besorgten Blick, liefen aber weiter. Der Gestank wurde immer stärker und dann konnten sie in einiger Entfernung das Dröhnen der Ungeheuer auf dem Donnerweg hören. Als sie die Hecke erreichten, die an der breiten, grauen Straße entlanglief, war es schwierig, die Geruchsspur des WindClans überhaupt noch wahrzunehmen.

Graustreif blieb stehen und schaute sich unsicher um. Feuerherz jedoch konnte gerade noch den Angstgeruch erkennen. Er kroch durch den Schatten neben der Hecke, bis er zu einer Stelle kam, wo das Gebüsch weniger dicht war.

»Hier haben sie Schutz gesucht«, sagte er. Unwillkürlich stellte er sich vor, wie die ängstlichen Katzen durch die Hecke auf den Donnerweg starrten.

»Für die meisten von ihnen war es wahrscheinlich das erste Mal, dass sie den Donnerweg überhaupt gesehen haben«, sagte Graustreif.

Überrascht sah Feuerherz ihn an. Er selbst hatte noch nie eine WindClan-Katze getroffen – sie waren gerade zu der Zeit aus ihrem Territorium vertrieben worden, als er Schüler geworden war.

»Haben die denn nie an ihren Grenzen patrouilliert?«, fragte er verwirrt.

»Du hast ja ihr Territorium gesehen, es ist ziemlich wild und kahl und die Beute ist nicht leicht zu fangen. Wahrscheinlich haben sie nie daran gedacht, dass irgendein anderer Clan sich die Mühe machen würde, dort zu jagen. Schließlich hat der FlussClan seinen Fluss und in einem guten Jahr sind unsere Wälder voller Beute. Also war bisher keine Katze auf ihre mageren Kaninchen angewiesen.«

Auf der anderen Seite der Hecke dröhnte ein Ungeheuer vorbei, seine Nachtaugen funkelten. Die beiden zuckten zurück, als der Wind selbst durch die Blätterwand ihr Fell heftig bewegte. Nachdem der Lärm verklungen war, setzten sie sich vorsichtig auf und schnüffelten an den Wurzeln der Hecke.

»Die Spur scheint hier unten durchzuführen.« Feuerherz zwängte sich hindurch auf den Grünstreifen, der den Donnerweg entlanglief. Sein Begleiter kroch hinter ihm her. Aber auf der anderen Seite der Hecke brach die Fährte unvermittelt ab.

»Entweder sind sie den gleichen Weg zurückgegangen oder sie haben den Donnerweg überquert«, meinte Feuerherz. »Du schaust dich hier um, ich untersuche die andere Seite.« Er bemühte sich, mit ruhiger Stimme zu sprechen, aber die Erschöpfung machte ihn hoffnungslos. Hatten sie die Duftspur nun doch noch verloren, nachdem sie schon so weit gekommen waren?

5. KAPITEL

FEUERHERZ WARTETE so lange, bis er nichts mehr außer dem Dröhnen seines Bluts hörte. Dann ging er vorsichtig bis zum Rand des Donnerwegs, der sich breit und übel riechend, aber still vor ihm ausdehnte. Feuerherz jagte los. Der Boden unter seinen Pfoten fühlte sich kalt und glatt an. Er blieb nicht stehen, bis er das Gras auf der anderen Seite erreicht hatte.

Hier war die Luft von dem scharfen Gestank des Donnerwegs und seiner Ungeheuer verschmutzt, daher eilte er weiter auf die Hecke zu. Immer noch keine Spur vom WindClan. Er war bitter enttäuscht.

Plötzlich raste ein Ungeheuer vorbei. Vor Entsetzen sprang Feuerherz in die Luft. Er duckte sich zitternd unter die Hecke und überlegte krampfhaft, was er nun tun sollte.

Da roch er es, eine äußerst schwache Spur in dem Luftzug, den das Ungeheuer erzeugt hatte. Der WindClan war hier gewesen!

Er rief seinen Freund, so laut er konnte, und nach einer Weile hörte er das Geräusch von Graustreifs Schritten, der über den Donnerweg zu ihm gestürmt kam.

»Hast du sie gefunden?«, japste er.

»Ich bin mir nicht sicher. Ich habe einen Hauch entdeckt, kann ihn aber nicht genau orten.« Feuerherz zwängte sich durch die Hecke, sein Freund direkt hinter ihm her. Er hob die Nase in Richtung des offenen Feldes vor ihnen. »Hast du eine Vorstellung, was da drüben ist?«

»Nein«, sagte Graustreif. »Ich glaube kaum, dass jemals eine Clan-Katze so weit gekommen ist.«

»Außer dem WindClan«, murmelte Feuerherz finster.

Weiter entfernt von den verwirrenden Dämpfen des Donnerwegs wurde die Duftspur plötzlich ganz klar: Der WindClan war eindeutig hier vorbeigekommen. Die beiden rannten durch das lange Gras geradewegs über das Feld.

»Feuerherz!« Graustreif klang beunruhigt.

»Was ist los?«

»Schau!«

Feuerherz blieb stehen und hob den Kopf. Vor ihnen sah er einen weiteren Donnerweg, der sich auf massiven, steinernen Beinen in einem Bogen hoch in die Luft erhob, erleuchtet von den Augen der Ungeheuer, die sich auf ihm bewegten. Ein zweiter Donnerweg verlief darunter und bog ab in die Dunkelheit.

Graustreif deutete mit einem Kopfnicken auf eine große Distel. »Und riech mal das!«

Feuerherz atmete den Geruch ein – eine frische Duftmarke des WindClans!

»Sie müssen sich tatsächlich irgendwo hier in der Nähe niedergelassen haben!«, murmelte Graustreif ungläubig.

Feuerherz' Magen verkrampfte sich vor Erregung und die beiden Katzen blickten sich einen Moment lang schweigend an. Dann liefen sie ohne ein weiteres Wort auf die stinkenden Donnerwege zu.

Schließlich unterbrach Graustreif das Schweigen. »Aus

welchem Grund sollte sich der WindClan einen Ort wie diesen hier aussuchen?«

»Ich nehme an, weil nicht einmal Braunstern ihnen hierher folgen würde«, antwortete Feuerherz grimmig. Er hielt an. Ein Gedanke setzte ihm zu.

Sein Gefährte blieb neben ihm stehen. »Was ist los?«

»Wenn sich der WindClan so nahe bei den Donnerwegen versteckt«, sagte Feuerherz langsam, »dann müssen sie ziemliche Angst haben, dass man sie entdeckt. Wahrscheinlich trauen sie uns eher, wenn wir bei Tageslicht auftauchen, als wenn wir uns in der Dunkelheit an sie anschleichen.«

»Bedeutet das, wir können uns ausruhen?«, fragte Graustreif und setzte sich schwerfällig hin.

»Nur so lange, bis es hell ist«, sagte Feuerherz. »Wir werden uns einen Platz suchen, wo wir uns verstecken können, und sehen, ob wir etwas Schlaf finden. Hast du Hunger?« Graustreif schüttelte den Kopf. »Ich auch nicht«, bestätigte sein Freund. »Ich weiß nicht, ob das an den Kräutern liegt oder ob mir von dem Gestank des Donnerwegs übel ist.«

»Wo sollen wir schlafen?« Graustreif blickte sich um.

Feuerherz war bereits ein dunkler Schatten in der Erde vor ihnen aufgefallen. »Was ist das?«

»Ein Bau?« Graustreif klang verwirrt. »Für ein Kaninchen ist der zu groß, aber einen Dachsbau gibt es hier doch nicht!«

»Wir wollen mal nachsehen«, schlug sein Freund vor.

Das Loch war größer als ein Dachsbau, glatt und mit Stein verkleidet. Feuerherz schnüffelte daran, dann stellte er die Vorderpfoten auf den Rand und warf einen vorsichtigen Blick hinein: Ein steinerner Tunnel senkte sich hinab in die Erde.

»Da ist ein Luftstrom«, sagte er und seine Stimme erzeugte ein Echo in der Dunkelheit. »Der Tunnel muss irgendwo dort drüben wieder hinausführen.« Gebückt trat er zurück und richtete die Nase auf das Gewirr von Donnerwegen.

»Ist er leer?«, fragte Graustreif.

»Dem Geruch nach ja.«

»Dann komm.« Graustreif ging voran in den Tunnel und nach ein paar Fuchslängen wurde der abfallende Boden eben.

Feuerherz blieb stehen und schnüffelte in der feuchten Luft. Er konnte nichts riechen außer den Ausdünstungen des Donnerwegs. Ein dröhnendes Geräusch rumpelte über sie hinweg. Seine Pfoten zitterten, als der Steinboden erbebte. War der Donnerweg etwa über ihnen? Feuerherz plusterte das Fell auf zum Schutz gegen den erbarmungslosen Luftzug, kauerte sich nieder und kuschelte sich an den grauen Krieger, der sich neben ihm zum Schlafen hingelegt hatte. Er schloss die brennenden Augen und dachte an die sanften Brisen im Wald und das Rascheln der Blätter. Die Erschöpfung übermannte ihn, und er überließ sich der Schwärze, die ihn umgab.

Als Feuerherz die Augen öffnete, leuchtete graues Licht am Ende des Tunnels. Die Morgendämmerung musste nahe sein. Seine Knochen schmerzten von dem kalten, harten Untergrund.

Er stieß Graustreif an. »Schon Morgen?«, grunzte der.

»Fast«, erwiderte Feuerherz und kam auf die Pfoten. Sein Begleiter streckte sich und stand ebenfalls auf.

»Wir sollten in diese Richtung gehen«, sagte Feuerherz und streckte den Hals weg vom Licht. »Ich glaube, dieser Tunnel verläuft direkt unter einem Donnerweg. Vielleicht bringt er uns näher zu den …« Seine Stimme verklang. Ihm fehlten die Worte, um das Gewirr von Donnerwegen zu beschreiben, die sie letzte Nacht gesehen hatten. Neben ihm nickte Graustreif und so trotteten die beiden schweigend los in die Dunkelheit.

Es dauerte nicht lange, bis sie vor sich ein Licht erblickten. Sie beschleunigten ihre Schritte, und schließlich rannten sie einen kurzen, steilen Anstieg hinauf, der sie in eine graue, von Dämmerlicht angefüllte Welt führte.

Sie kamen am Rand einer Fläche heraus, die mit trockenem, schmutzigem Gras bedeckt war. Auf zwei Seiten wurde sie von Donnerwegen umschlossen und darüber wölbte sich ein dritter. In der Mitte der Wiese brannte ein Feuer, um das ein paar Zweibeiner lagerten. Einer von ihnen streckte sich und drehte sich auf die andere Seite, ein anderer grunzte ärgerlich im Schlaf, aber der Lärm und der Gestank der Donnerwege schienen sie nicht aufzuwecken.

Feuerherz beobachtete sie misstrauisch und erstarrte, als etwas anderes seinen Blick auf sich zog: Dunkle Umrisse flitzten vor den Flammen hin und her. Katzen! Konnte das der WindClan sein? Er blickte zum Feuer und den Katzen hinüber, und die Erinnerung an seinen Traum überflutete ihn: der Lärm des Donnerwegs, der Anblick der Flammen und der Katzen und Tüpfelblatts gemurmeltes »Feuer wird den Clan retten«.

Eine Welle von Gefühlen überschwemmte ihn und seine Beine gaben nach. Sollte das bedeuten, dass das Schicksal des DonnerClans mit dem des WindClans verbunden war?

»Feuerherz? Feuerherz!«

Graustreifs Stimme holte ihn in die Wirklichkeit zurück. Er atmete tief ein, um sich zu beruhigen.

»Wir müssen Riesenstern finden und mit ihm reden«, sagte er.

»Dann glaubst du also, das ist der WindClan?«, fragte sein Gefährte.

»Du hast ihre Markierungen gerochen – wer sonst könnte es sein?«, erwiderte Feuerherz.

Graustreif sah ihn an und seine Augen glänzten triumphierend. »Wir haben sie gefunden!«

Feuerherz nickte. Er wies nicht darauf hin, dass dies nur die Hälfte ihres Auftrags war. Sie mussten den WindClan auch noch davon überzeugen, wieder nach Hause zurückzukehren.

Graustreif duckte sich, bereit, loszuspringen. »Komm!«

»Warte noch!«, warnte Feuerherz. »Wir wollen sie nicht erschrecken.«

In diesem Augenblick setzte sich einer der Zweibeiner mit einem Ruck auf und schrie auf die zerzausten Katzen rund um das Feuer ein. Der Lärm weckte die anderen Zweibeiner, die mit rohen, wütenden Stimmen mitbrüllten.

Die Katzen des WindClans zerstreuten sich. Feuerherz und Graustreif vergaßen jede Vorsicht und rannten hinter ihnen her. Feuerherz spürte, wie sein Fell vor Angst prickelte, als er mit dem Freund direkt auf das Feuer und die Zweibeiner zustürmte. Sämtliche Instinkte rieten ihm, sich fernzuhalten, aber er wagte nicht, die fliehenden Katzen aus den Augen zu verlieren.

Einer der Zweibeiner erhob sich taumelnd und türmte sich vor Feuerherz auf. Der hielt abrupt an und warf dabei eine

Staubfahne hoch. Etwas explodierte neben ihm, überschüttete ihn mit hartkantigen Splittern, aber nichts drang durch sein dichtes Fell. Er warf einen Blick zurück auf Graustreif und sah erleichtert, dass sich sein Freund mit vor Schreck weit aufgerissen Augen und gesträubtem Fell direkt hinter ihm befand.

Sie jagten in den sicheren Schatten des hoch vor ihnen aufragenden Donnerwegs. Feuerherz beobachtete, dass die fliehenden Katzen in der Nähe eines der großen steinernen Beine des Donnerwegs anhielten und dann eine nach der anderen in der Erde verschwanden.

»Wo sind sie hin?«, fragte Graustreif erstaunt.

»In einen anderen Tunnel?«, meinte Feuerherz. »Komm, wir schauen nach.«

Vorsichtig näherten sich die beiden Freunde der Stelle, wo die Katzen verschwunden waren. Dort fanden sie eine Öffnung im Boden, die, wie schon ihr Ruheplatz letzte Nacht, rund und mit Stein ausgekleidet war. Auch er neigte sich hinab in völlige Dunkelheit.

Feuerherz ging voran. Alle seine Sinne waren hellwach und auf eine mögliche Patrouille des WindClans ausgerichtet. Der Grund unter seinen Pfoten fühlte sich nass und schleimig an und um ihn herum hallte das Geräusch von tropfendem Wasser. Als der Tunnel eben wurde, spitzte Feuerherz die Ohren und öffnete das Maul. Die feuchte Luft roch abgestanden und bitter, schlimmer als in dem Tunnel, in dem sie letzte Nacht geschlafen hatten. Hier mischten sich die Ausdünstungen des Donnerwegs mit dem Angstgeruch von Katzen.

Es war zu dunkel, um etwas zu erkennen, aber nach ein paar Schritten fühlten seine Schnurrhaare eine Biegung im Tunnel. Feuerherz zuckte mit dem Schwanz und berührte Graustreif leicht mit dessen Spitze. Er konnte ihn in der Schwärze nicht sehen, aber sein Freund musste das Signal gefühlt haben, denn er blieb neben ihm stehen und gemeinsam schauten sie um die Ecke.

Vor ihnen wurde der Tunnel durch ein schmales Loch in der Decke erleuchtet, das zu dem Ödland darüber führte. Feuerherz erblickte viele Katzen, die in dem grauen Licht zusammengekauert saßen – Krieger und Älteste, Königinnen und Junge, alle erbärmlich dürr. Durch das Loch in der Decke wehte unerbittlich ein kalter Wind und bewegte das dünne Fell auf den mageren Körpern. Feuerherz schauderte, denn der Luftzug brachte den Gestank von Krankheit und Krähenfraß mit sich.

Plötzlich erbebte der Tunnel, als ein Ungeheuer über ihre Köpfe hinwegdröhnte. Die beiden Freunde, die sowieso schon angespannt waren, zuckten zusammen, die anderen Katzen reagierten jedoch nicht. Sie kauerten einfach mit halb geschlossenen Augen da, taub gegenüber ihrer Umgebung.

Das Geräusch ebbte ab. Feuerherz holte tief Luft und trat in das schwache Licht.

Ein grauer Kater wirbelte mit gesträubtem Fell herum und stieß einen Alarmruf aus. Sofort bildeten die WindClan-Krieger mit gewölbten Rücken und wild fauchend vor den Königinnen und Ältesten eine Reihe quer durch den Tunnel.

Entsetzt sah Feuerherz das Glitzern ausgefahrener Klauen und dornenscharfer Reißzähne. Gleich würden die halb verhungerten Katzen angreifen.

6. KAPITEL

FEUERHERZ PRESSTE sich warnend an Graustreif, der neben ihn getreten war. Sie durften nicht als Bedrohung wirken, wenn sie überleben wollten.

Die WindClan-Krieger verharrten in ihrer Stellung, ohne einen Muskel zu bewegen. *Sie warten auf ein Zeichen ihres Anführers!*, dachte Feuerherz. *Sie folgen noch dem Gesetz der Krieger, obwohl sie so leben müssen.*

Aus dem Hintergrund drängte sich ein schwarz-weißer Kater nach vorn. Erschüttert erkannte Feuerherz den langschwänzigen Kater aus seinem Traum. Dies musste Riesenstern sein, der Anführer des WindClans.

Riesenstern sog die Luft ein, aber Feuerherz und Graustreif befanden sich auf der windabgewandten Seite und so wurde ihr Geruch von der stetigen Brise weggeweht. Als der schwarz-weiße Kater auf sie zukam, atmete Feuerherz den Gestank von Krähenfraß ein, der in Riesensterns Fell hing. Wie Graustreif blieb er vollkommen unbeweglich und hielt die Augen gesenkt, als der Anführer um sie herumging und gründlich an ihrem Fell roch.

Schließlich kehrte der Anführer zu seinen wartenden Kriegern zurück.

»DonnerClan«, hörte Feuerherz ihn murmeln. Die Krieger

legten das Fell an, blieben zum Schutz der übrigen Katzen aber in ihrer Verteidigungsreihe.

Riesenstern setzte sich und legte den Schwanz sorgfältig um die Pfoten. »Ich hatte den SchattenClan erwartet«, knurrte er. In seinen Augen brannte Feindseligkeit. »Warum seid ihr hier?«

»Wir haben euch gesucht«, sagte Feuerherz mit vor Anspannung brüchiger Stimme. »Blaustern und die Anführer der anderen Clans wollen, dass ihr in euer Zuhause zurückkehrt.«

Riesensterns Stimme klang noch immer misstrauisch. »In dem Land dort sind wir nicht sicher«, gab er zurück. In seinem Blick lag etwas Gehetztes und Mitleid machte Feuerherz das Herz schwer.

»Der SchattenClan hat Braunstern vertrieben«, sagte er. »Von ihm droht keine Gefahr mehr.«

Die Krieger hinter Riesenstern blickten sich an und unter den übrigen Katzen erhob sich erstauntes Gemurmel.

»Ihr müsst so bald wie möglich heimkehren«, drängte Feuerherz. »Der SchattenClan und der FlussClan haben schon begonnen, im Hochland zu jagen. Und auf unserem Weg hierher haben wir eine Jagdpatrouille des FlussClans in der Nähe des alten Dachsbaus gesehen.«

Riesensterns Fell sträubte sich vor Empörung.

»Aber sie sind jämmerliche Kaninchenjäger«, fügte Graustreif hinzu. »Ich glaube, sie sind mit leerem Magen nach Hause gegangen.«

Riesenstern und die anderen Krieger schnurrten zufrieden.

Ihre Heiterkeit beruhigte Feuerherz, aber er konnte sehen,

wie schwach sie alle waren. Für den gesamten Clan würde die Reise zurück zum Hochland lang und schwer werden.

»Dürfen wir mit euch reisen?«, schlug er respektvoll vor.

Riesensterns Augen blitzten. Er wusste, dass die Frage ein taktvolles Hilfsangebot war. Fest blickte er Feuerherz an. »Ja«, antwortete er schließlich. »Danke.«

Feuerherz wurde plötzlich bewusst, dass er sich noch nicht vorgestellt hatte.

»Das ist Graustreif«, sagte er und senkte den Kopf. »Und ich bin Feuerherz. Wir sind Krieger des DonnerClans.«

»Feuerherz«, wiederholte Riesenstern nachdenklich. Sonnenlicht flutete durch den Spalt in der Decke und das orangefarbene Fell seines Gegenübers leuchtete in dem dämmrigen Tunnel auf. »Der Name passt zu dir.«

Ein weiteres Ungeheuer dröhnte über sie hinweg. Feuerherz und Graustreif zuckten zusammen. Riesenstern beobachtete sie amüsiert und wedelte mit dem Schwanz. Das musste ein Signal gewesen sein, denn die Reihe von Kriegern hinter ihm löste sich auf.

»Wir werden sofort aufbrechen«, verkündete er und erhob sich. »Sind alle reisefähig?«

»Alle außer dem Jungen von Morgenblüte«, antwortete ein braun gefleckter Krieger. »Er ist noch zu klein.«

»Dann müssen wir ihn abwechselnd tragen«, entgegnete Riesenstern.

Die WindClan-Katzen schleppten sich heran, ihre Augen matt vor Schmerz und Erschöpfung. Eine schildpattfarbene Königin trug ein winziges Jungtier an seinem Nackenfell, seine Augen waren noch kaum geöffnet.

»Fertig?«, rief Riesenstern.

Ein schwarzer Kater mit einer verkrüppelten Pfote ließ seinen Blick über den Clan wandern und antwortete für sie: »Fertig!«

Und so machten die beiden Freunde kehrt und gingen zum Eingang des Tunnels zurück, wo sie warteten, bis die Clan-Katzen herauskamen und in dem hellen Tageslicht die Augen zusammenkniffen. Einige der Ältesten schienen schon eine ganze Weile nicht mehr außerhalb des Tunnels gewesen, so sehr blinzelten sie.

Riesenstern kam als Letzter aus dem Tunnel und setzte sich dann an die Spitze seines Clans.

»Sollen wir euch auf demselben Weg zurückführen, auf dem wir gekommen sind?«, schlug Feuerherz vor. »Ich glaube, es ist eine Abkürzung.«

»Ist der Weg sicher?«, fragte Riesenstern. Erneut sah Feuerherz den gehetzten Ausdruck im Auge des Anführers.

»Wir hatten auf dem Herweg keine Schwierigkeiten«, sagte Graustreif.

Riesenstern peitschte entschieden mit dem Schwanz, als wollte er jeden Zweifel beiseitewischen. »Gut«, erklärte er. »Du kommst mit mir, Graustreif, und zeigst mir den Weg. Und Feuerherz, lauf du neben dem Clan her. Falls irgendwelche Probleme auftauchen, sag es meinem Stellvertreter.«

»Welcher ist das?«, fragte Feuerherz.

Riesenstern deutete mit einem Kopfnicken auf den schwarzen Kater. »Lahmfuß«, sagte er. Der Krieger drehte sich beim Klang seines Namens um und spitzte die Ohren. Feuerherz senkte grüßend den Kopf. Er ließ Graustreif bei Riesenstern und gesellte sich zu den anderen Katzen.

Als der Clan unter dem Donnerweg hindurchzog, konnte

Feuerherz noch das Feuer riechen, doch oben auf dem Ödland waren die Zweibeiner nirgends zu sehen. Graustreif lief direkt auf den Tunnel zu, in dem er und sein Freund die Nacht verbracht hatten. Riesenstern betrat ihn als Erster, während Feuerherz hinten wartete, bis der ganze Clan darin verschwunden war. Nur Lahmfuß blieb zurück.

»Bist du sicher, dass er wieder hinaus ans Tageslicht führt?«, fragte der schwarze Kater misstrauisch.

»Er führt unter dem Donnerweg hindurch. Habt ihr diesen Tunnel denn nie benutzt?«, fragte Feuerherz erstaunt.

»Wenn unsere Krieger den Donnerweg überqueren, wollen sie lieber sehen, wohin sie gehen«, knurrte Lahmfuß und fügte hinzu: »Geh du voran.«

Feuerherz nickte und trottete hinab in das dunkle Loch.

Als er auf der anderen Seite auftauchte, sah er, dass die WindClan-Katzen über das Feld starrten, das zu dem letzten Donnerweg führte. Riesenstern beriet sich kurz mit Graustreif, bevor sie sich auf den Weg durch das hohe, vom Frost steife Gras machten. Feuerherz marschierte mit dem restlichen Clan – er auf der einen Seite, Lahmfuß humpelnd auf der anderen. Doch bevor sie das Feld zur Hälfte überquert hatten, wurde klar, dass viele Katzen bei diesem Tempo nicht mithalten konnten.

»Riesenstern!«, rief Lahmfuß. »Wir müssen langsamer machen!«

Feuerherz blickte über die Schulter zurück und sah, dass einige Katzen immer mehr zurückfielen. So auch Morgenblüte, deren Junges unter ihrem Maul baumelte. Sie keuchte schwer. Es konnte nicht lange her sein, dass sie geworfen hatte. In großen Sätzen sprang er zu ihr.

»Lass mich den Kleinen tragen«, bot Feuerherz an. »Nur bis du wieder zu Atem gekommen bist.«

Morgenblüte sah ihn misstrauisch an, aber ihr Blick wurde weich, als sie sich in die Augen schauten. Sie legte ihr Junges vor sich auf den Boden und Feuerherz nahm es vorsichtig auf. Er ging neben ihr her, damit sie ihr wertvolles Bündel nicht aus den Augen verlor.

Riesenstern verlangsamte das Tempo, aber nur wenig. Trotz seiner offensichtlichen Erschöpfung und der Tatsache, dass unter seinem Fell jede Rippe zu sehen war, brannte in ihm eine wilde Energie, die seinen Pfoten Schnelligkeit verlieh.

Feuerherz konnte den Grund für sein Drängen teilweise verstehen. Die Sonne stieg stetig über den Horizont. Einige Katzen des WindClans waren krank, andere alt, und alle waren vom Hunger geschwächt. Wenn sie den Donnerweg überqueren wollten, ohne einen von ihnen zu verlieren, mussten sie es bald tun, bevor die Ungeheuer in Schwärmen heranbrausten.

Als Feuerherz und Morgenblüte die Hecke am Donnerweg erreichten, hatten sich dort die Katzen um ihren Anführer versammelt.

»Wir überqueren den Donnerweg an dieser Stelle«, verkündete Riesenstern über den Lärm eines vorbeirasenden Ungeheuers hinweg. Er schob sich unter der Hecke hindurch, Lahmfuß, Graustreif und ein junger Krieger folgten ihm.

Morgenblüte nahm Feuerherz ihr Junges ab. Sie keuchte jetzt nicht mehr, und als sie das Kleine von Feuerherz übernahm, streifte sie dankbar seine Wange. Er neigte den Kopf vor der schildpattfarbenen Königin und zwängte sich dann hinter Graustreif auf die andere Seite der Hecke.

Der Anführer des WindClans und sein Stellvertreter starrten wortlos auf den breiten, grauen Weg. Graustreif stand neben ihnen. Er zuckte mit dem Schwanz in Richtung des jungen Kriegers.

»Das ist Kurzbart«, erklärte er Feuerherz.

Ein Ungeheuer, das seine Worte fast übertönte, raste vorbei und wirbelte eine Wolke Staub auf.

Mit brennenden Augen begrüßte Feuerherz den jungen Krieger und wandte dann seine Aufmerksamkeit dem Donnerweg zu.

»Wir sollten versuchen, den Clan in kleinen Gruppen hinüberzubringen«, schlug er vor. »Graustreif und ich werden bei denen bleiben, die Hilfe brauchen.« Er blickte den Anführer des Clans an. »Wenn du zustimmst, Riesenstern«, ergänzte er.

Der Anführer nickte. »Die stärkste Gruppe geht zuerst«, miaute er.

Nach und nach tauchten die anderen Katzen unter der Hecke auf und bald war der ganze Clan versammelt. Ängstlich drückten sie sich in die scharfen Zweige, so weit entfernt vom Donnerweg wie möglich.

Feuerherz und Graustreif traten vor an seinen Rand und hielten Ausschau nach einer Lücke zwischen den heranbrausenden Ungeheuern. Der Donnerweg war nun viel geschäftiger, als er es bei ihrer Überquerung letzte Nacht gewesen war.

Kurzbart führte die erste Gruppe heran.

»Sollen wir mit euch hinüberlaufen?«, bot Feuerherz an. Er konnte die Angst des jungen Katers riechen, aber der schüttelte den Kopf. Die Katzen neben ihm schauten eine ganze

Weile den Donnerweg entlang, erst in eine Richtung, dann in die andere. Alles war ruhig und die Gruppe sprintete sicher hinüber auf die andere Seite.

Zwei Krieger kamen als Nächste, begleitet von einem Paar abgemagerter Ältester. »Jetzt!«, befahl Feuerherz, als ein Ungeheuer gerade vorbeigerast war.

Die vier Katzen betraten den leeren Donnerweg. Die Ältesten zuckten zusammen, als sie auf Pfoten hinübertrotteten, die von der langen Zeit im feuchten Tunnel empfindlich geworden waren. Atemlos versuchte Feuerherz sie mit seinem Willen anzufeuern, denn ein Ungeheuer kam auf sie zugerast.

»Schneller!«, jaulte Graustreif auf, und selbst die beiden Ältesten machten große Sätze und warfen sich mit gesträubtem Fell auf die andere Seite, einen Herzschlag, bevor das Ungeheuer vorbeiraste.

Dann schafften zwei größere Gruppen den Weg hinüber, und nun war nur noch eine übrig. Erst wenn auch die sicher die andere Seite erreicht hätte, würden Riesenstern und Lahmfuß selbst den Donnerweg überqueren.

Morgenblüte mit ihrem Jungen trat neben Feuerherz. Hinter ihr zitterten drei sehr alte Katzen.

»Wir werden zusammen mit euch hinübergehen«, sagte Feuerherz und sah seinen Freund an. Der nickte. »Sag uns, wenn es sicher ist, Graustreif.« Feuerherz beugte sich vor, um Morgenblütes Junges zu übernehmen, aber die Königin wich mit angelegten Ohren zurück. Er blickte ihr tief in die ängstlichen Augen und verstand: Sie und ihr Junges würden zusammen überleben oder sterben.

»Jetzt!« Auf Graustreifs Jaulen hin betraten Feuerherz und Morgenblüte den Donnerweg. Die Ältesten krochen hinter ihnen her, Graustreif an ihrer Seite. Die Zeit schien stillzustehen, während die Ältesten langsam auf steifen, von Kämpfen vernarbten Beinen vorwärtshumpelten.

Wenn jetzt ein Ungeheuer kommt, sind wir alle Frischbeute, dachte Feuerherz. Die andere Seite war noch mehrere Kaninchensprünge entfernt.

»Schneller!«, spornte Graustreif sie an. Die Ältesten versuchten sich zu beeilen, aber einer stolperte und Graustreif musste ihm mit einem Stups seiner Nase wieder auf die Beine helfen.

Feuerherz hörte das entfernte Dröhnen eines Ungeheuers. »Geh allein weiter!«, zischte er Morgenblüte zu. »Wir bringen die Ältesten rüber.«

Morgenblüte stolperte vorwärts. Ihr Junges quiekte, als es beim Gehen auf dem harten Boden aufstieß. Feuerherz und Graustreif pressten sich an die dürren Körper der Ältesten und drängten sie voran. Der Lärm des herannahenden Ungeheuers wurde immer lauter.

Feuerherz packte den nächsten Ältesten an seinem Nackenfell und zerrte ihn voran, bevor er kehrtmachte, um den zweiten auf den Grünstreifen zu ziehen. Das Ungeheuer näherte sich rasend schnell. Feuerherz schloss die Augen und machte sich auf einen Zusammenprall gefasst.

Es gab ein kreischendes Geräusch und einen scharfen Gestank, der ihm in der Kehle biss, dann ein abnehmendes Dröhnen, als das Ungeheuer davoneilte. Feuerherz öffnete die Augen und blickte sich um. Graustreif saß geduckt mitten auf dem Donnerweg, unverletzt, aber mit weit aufgerissenen Augen wie Vollmonde. Ein Ältester kauerte zwischen ihnen beiden, die anderen hockten zitternd am Grünstreifen.

Dank dem SternenClan! Das Ungeheuer hatte sie verschont.

Feuerherz holte schaudernd Luft. »Komm weiter«, spornte er den letzten der Ältesten an. »Wir sind fast da!«

Dann kam auch Riesenstern mit Lahmfuß herübergesetzt und versammelte auf dem Grünstreifen seinen zitternden Clan um sich.

Kurzbart berührte mit seiner Nase die von Feuerherz. »Du wärst für uns gestorben«, murmelte er. »Der WindClan wird das nie vergessen.«

Von hinten erklang Riesensterns Stimme: »Kurzbart hat recht. Wir werden euch beide in unseren Geschichten ehren.« Dann fuhr er fort: »Doch nun müssen wir weiter. Wir haben noch eine lange Reise vor uns.«

Während sich die Katzen für den Weitermarsch fertig machten, trottete Feuerherz hinüber zu Morgenblüte, die gerade ihr Junges ableckte.

»Geht's ihm gut?«, fragte er.

»O ja«, antwortete Morgenblüte.

»Und dir?«

Sie antwortete nicht.

Feuerherz wandte sich an eine graue Königin, die seine unausgesprochene Frage beantwortete.

»Mach dir keine Sorgen«, miaute sie. »Ich werde das Junge nehmen.«

Der Clan lief nun die Hecke entlang, die den Donnerweg säumte, und schlug dann den Pfad durch den Wald ein. Die Gerüche hier schienen die Katzen zu beruhigen, aber die Reise hatte ihren Preis gefordert. Sie kamen immer langsamer voran, und als sie den Zaun auf der anderen Seite erreichten, brauchte Feuerherz all seine Kraft, um den Schwächsten hinüberzuhelfen.

Die Sonne hatte bereits ihren höchsten Punkt überschritten, als Feuerherz in der Ferne den Zweibeinerort entdeckte. Er prüfte hoffnungsvoll schnüffelnd die Luft, aber immer noch gab es keine Geruchsspur von Rabenpfote. Ihn überkam Trauer, und er versuchte den nagenden Gedanken zu verdrängen, dass er seinen Freund niemals hätte allein hierherschicken dürfen.

Über den Hochfelsen blähten sich dunkle Wolken auf und bedeckten die sinkende Sonne. Ein kalter Wind zauste das Fell der Katzen und brachte erste Regentropfen.

Feuerherz betrachtete den WindClan. Niemals konnten sie alle eine lange, nasse Nacht durchmarschieren. Auch er war müde. Zum ersten Mal, seit er Gelbzahns Kräuter gegessen hatte, spürte er wieder Hunger. Ein Blick auf Graustreif verriet ihm, dass es ihm ähnlich ging. Der Schwanz seines Freundes hing herab und die Ohren waren gegen den tropfenden Regen angelegt.

»Riesenstern!«, rief Feuerherz. »Wir sollten bald anhalten und für die Nacht einen Unterschlupf suchen.«

Der Anführer des WindClans blieb wartend stehen, bis Feuerherz zu ihm aufschloss. »Ich stimme dir zu«, sagte er. »Hier ist ein Graben. Darin können wir bis zum Sonnenaufgang Schutz finden.«

Graustreif und Feuerherz wechselten Blicke. »Vielleicht sind wir in den Hecken besser dran«, schlug Feuerherz vor. »In den Gräben gibt es Ratten.«

Riesenstern nickte. »Also gut.« Er wandte sich an seinen Clan und verkündete, dass sie hier die Nacht verbringen würden. Die Königinnen und Ältesten ließen sich trotz des Regens sofort zu Boden fallen, während sich Krieger und Schüler versammelten, um Jagdgruppen abzusprechen.

Die beiden Freunde gesellten sich zu ihnen. »Ich weiß nicht, wie gut hier die Jagd ist«, sagte Feuerherz. »Es gibt zu viele Zweibeiner.«

Graustreifs Magen knurrte wie zur Bestätigung. Die anderen Katzen wandten sich ihm mit amüsierten, aber mitfühlenden Blicken zu.

Dann erstarrten sie, als das Gras hinter ihnen raschelte. Den WindClan-Katzen sträubten sich die Haare, sie krümmten die Rücken und entblößten scharfe Krallen. Feuerherz und Graustreif jedoch drehten erfreut die Köpfe. Der Wind brachte einen Geruch mit sich, der ihnen so vertraut war wie ihr eigener Bau.

»Rabenpfote!« Feuerherz sog die Luft ein, als ein geschmeidiger, schwarzer Kater aus dem langen Gras auftauchte.

Feuerherz rannte zu seinem alten Freund und berührte ihn sanft. »Dem SternenClan sei Dank, dass du in Sicherheit bist!«, schnurrte er. Dann machte er einen Schritt zurück und betrachtete ihn verblüfft. Was war nur mit dem mageren, verängstigten Schüler geschehen? Dieser Kater hier war wohlgenährt, aber geschmeidig, und sein Fell, das früher immer so stumpf gewesen war, ließ nun wie ein Stechpalmenblatt den Regen abtropfen.

»Feuerpfote!«, miaute Rabenpfote erfreut.

»Feuerherz!«, korrigierte ihn Graustreif. Er trat vor und berührte die Nase des schwarzen Katers mit seiner. »Wir sind jetzt Krieger! Und ich bin Graustreif.«

»Kennt ihr diese Katze?«, fauchte Lahmfuß.

Die Feindseligkeit in seiner Stimme ließ Feuerherz zurückzucken. Er betrachtete die WindClan-Katzen mit ihren gesträubten Haaren und verfluchte sich insgeheim, dass er Rabenpfotes Namen laut gerufen hatte. Er konnte nur hoffen, dass Riesensterns Krieger zu abgelenkt gewesen waren, um ihn zu hören. Wenn der WindClan den Namen auf einer Großen Versammlung erwähnte, würde sich die Nachricht wie ein Waldbrand durch die Clans verbreiten. Rabenpfote galt doch als tot!

»Ist er ein Einzelläufer?«, fragte Kurzbart.

»Er kann uns bei der Nahrungssuche helfen«, beteuerte Feuerherz schnell und warf Rabenpfote einen Blick zu.

Der nickte. »Ich kenne hier die besten Jagdgründe!«, bestätigte er. Sein Fell sträubte sich nicht einmal unter all den feindseligen Blicken. *Wie sehr er sich doch verändert hat!*, dachte Feuerherz.

»Warum sollte ein Einzelläufer uns helfen?«, fragte Lahmfuß.

»Einzelläufer haben uns schon früher geholfen«, sagte Graustreif. »Ein anderer hat uns einmal vor einem Rattenangriff hier ganz in der Nähe gerettet.«

Rabenpfote trat vor und neigte respektvoll den Kopf vor dem WindClan-Krieger. »Erlaubt mir, euch zu helfen! Ich verdanke Feuerherz und Graustreif mein Leben, und wenn ihr mit ihnen reist, dann müsst ihr Freunde sein.« Er hob die Augen und ließ den Blick auf den Katzen ruhen. Sie starrten zurück, jetzt eher müde als feindselig. Der Regen fiel inzwischen stärker und mit ihrem durchnässten Fell sahen sie magerer aus denn je.

»Ich gehe und suche Mikusch«, miaute Rabenpfote. »Der

wird ebenfalls helfen.« Er drehte sich um und verschwand im langen Gras.

Riesensterns Augen brannten vor Neugier, aber alles, was er Feuerherz fragte, war: »Können wir ihm trauen?«

Der erwiderte seinen Blick. »Voll und ganz.«

Der Anführer nickte seinen Kriegern zu. Das Fell auf ihren Schultern legte sich und sie ließen sich erschöpft nieder.

Als Rabenpfote wieder auftauchte, war Mikusch bei ihm. Feuerherz begrüßte den schwarz-weißen Einzelläufer mit freundlichem Miauen. Es war schön, ihn wiederzusehen.

Mikusch warf einen Blick auf die tropfnassen Katzen und sagte: »Wir müssen eine trockene Unterkunft für euch finden. Folgt mir!«

Feuerherz sprang sofort los, froh, seine inzwischen steif gewordenen Beine bewegen zu können. Graustreif war direkt hinter ihm, aber die anderen Katzen hingen zurück. In ihren Augen zeigten sich Angst und Misstrauen.

Riesenstern blitzte seinen Clan an. »Wir müssen ihm vertrauen«, grollte er, drehte sich um und folgte dem Einzelläufer. Eine nach der anderen setzten sich die Katzen hinter ihrem Anführer in Bewegung.

Mikusch und Rabenpfote führten sie durch die Hecke auf ein benachbartes Feld. In einer überwucherten Ecke zwischen Brombeeren und Brennnesseln stand ein verlassenes Zweibeinernest. Die Mauern waren voller Löcher, wo Steine herausgefallen waren, und vom Dach war nur noch die Hälfte übrig geblieben.

Die WindClan-Katzen starrten das Gebäude voller Angst an. »Mich kriegt ihr da nicht rein!«, murmelte einer der Ältesten.

»Zweibeiner kommen hier nicht mehr her«, beruhigte sie Mikusch.

»Es wird uns etwas Schutz vor dem Regen geben«, drängte Feuerherz.

Einer der Schüler wisperte laut: »Ich bin nicht überrascht, dass er sich in einem Zweibeinernest verstecken will – einmal Hauskätzchen, immer Hauskätzchen.«

Feuerherz sträubte sich das Fell. Er hatte diese Beleidigung ein paar Monde lang nicht mehr gehört. Aber die Geschichte, dass sich eine Hauskatze einem Clan angeschlossen hatte, musste bei jeder Großen Versammlung für reichlich Gerede gesorgt haben. Natürlich wusste auch der WindClan Bescheid. Er wirbelte herum und funkelte den Schüler an: »Du hast zwei Monde in einem Tunnel der Zweibeiner verbracht. Bist du deswegen eine Ratte?«

Der Schüler reckte sich hoch und plusterte sein Fell auf, aber Graustreif trat zwischen sie. »Kommt jetzt rein! Je länger wir hier draußen bleiben, umso nasser werden wir.«

»Wir haben in den vergangenen Monden Schlimmeres als die Unterkunft von Zweibeinern ausgehalten«, sagte Riesenstern. »Eine Nacht hier wird uns nicht schaden.«

Seine Katzen murmelten nervös und zögerten, aber mit einem Blick auf Feuerherz hob Morgenblüte ihr Junges auf und trottete in die Unterkunft hinein. Die graue Königin folgte ihr und stupste ihr eigenes Junges vor sich her, aus dem Regen ins Trockene. Allmählich taten es ihnen die anderen gleich, bis alle Katzen drinnen waren.

Feuerherz sah sich in dem düsteren Raum um. Der Boden war unbedeckt mit Ausnahme von einigen Stellen, an denen sich Unkraut unter den Steinmauern hindurchgegraben hatte.

Wind und Regen fanden ihren Weg durch die Löcher in den Wänden und im Dach, aber es war trockener und geschützter als irgendwo draußen. Die Katzen schnüffelten vorsichtig herum, und als sie anfingen, sich fern von den tropfenden Löchern und zugigen Spalten niederzulassen, blickte Feuerherz seinen Freund erleichtert an. Nur Riesenstern und Lahmfuß blieben auf den Pfoten.

»Wie steht's mit Nahrung?«, fragte Lahmfuß.

»Ihr solltet euch alle ausruhen«, miaute Mikusch. »Rab…«

Feuerherz unterbrach ihn, bevor Mikusch Rabenpfotes Namen laut aussprechen konnte. »Wollt ihr beide Graustreif und mir nicht zeigen, wo man hier in der Gegend am besten jagen kann?«

»Lahmfuß und Kurzbart werden mit euch gehen«, sagte Riesenstern. Feuerherz war nicht klar, ob der Anführer des WindClans den beiden Fremdlingen immer noch misstraute oder ob er entschlossen war zu zeigen, dass sein Clan für sich selbst sorgen konnte.

Die sechs Katzen begaben sich wieder hinaus in den Regen. Die Jagd würde schwierig sein, aber Feuerherz war am Verhungern. Und Hunger machte ihn immer zu einem guten Jäger. Heute Nacht würden Wühlmäuse und Mäuse keine Chance haben. »Zeigt mir nur, wo sie sind!«, rief er Mikusch und Rabenpfote zu.

Die beiden Kater führten sie in ein kleines Gehölz. Feuerherz füllte seine Lunge mit dem vertrauten Geruch. Dann kauerte er sich in Jagdstellung nieder und begab sich zwischen den Farnbüscheln auf die Suche nach Beute.

Bei ihrer Rückkehr trug jeder der Jäger ein Maul voller Frischbeute. Die WindClan-Katzen genossen in dieser Nacht mit ihren neuen Verbündeten ein Festmahl. Jede Katze, ob alt oder jung, aß sich satt. Dann rollten sie sich zusammen, um sich in gegenseitiger Fellpflege die Zungen zu geben, während draußen Wind und Regen gegen die Wände der Unterkunft peitschten.

Als die Dunkelheit einsetzte, kam Mikusch auf die Pfoten. »Ich muss los. Ratten fangen!«, verkündete er.

Feuerherz stand auf und berührte die Nase des Einzelläufers mit seiner eigenen. »Danke dir nochmals«, schnurrte er. »Das ist das zweite Mal, dass du uns geholfen hast.«

»Und ich danke dir, dass du mir Rabenpfote geschickt hast«, entgegnete Mikusch. »Er entwickelt sich zu einem feinen Rattenfänger. Und es ist schön, von Zeit zu Zeit mit einer anderen Katze eine Mahlzeit zu teilen.«

»Ist er hier glücklich?«, fragte Feuerherz.

»Frag ihn doch selbst«, meinte Mikusch, machte kehrt und verschwand in die Nacht.

Feuerherz trottete hinüber zu Riesenstern, der gerade seine Pfoten wusch. Der junge Krieger bemerkte, wie schmerzhaft geschwollen sie aussahen. »Wenn du willst, wechseln wir uns heute Nacht mit der Wache ab«, bot er an und deutete mit dem Kopf auf Graustreif und Rabenpfote.

Dankbar blickte Riesenstern mit erschöpften Augen zu ihm auf. »Das wäre schön«, sagte er. Feuerherz neigte respektvoll den Kopf vor dem Anführer des WindClans und ging, um die beiden anderen zu informieren.

Sein Angebot an Riesenstern war aufrichtig gewesen, aber er erreichte so auch, dass er mit seinen alten Freunden allein sein konnte. Er wollte unbedingt Rabenpfote außer Hörweite des WindClans fragen, wie es ihm ergangen war. Er und Graustreif kamen angesprungen, sowie er sie rief.

Feuerherz ging mit ihnen zu einer Ecke des Zweibeinernests, nahe genug am Eingang, um ihn bewachen zu können, aber weit genug weg von den anderen Katzen, sodass sie ungestört miteinander reden konnten.

»Wie ging es denn nun weiter, nachdem wir uns getrennt hatten?«, fragte er Rabenpfote, sobald sich die drei Freunde niedergelassen hatten.

»Ich bin direkt über das Territorium des WindClans gelaufen, wie du es vorgeschlagen hattest.«

»Und was war mit den Zweibeiner-Hunden?«, wollte Graustreif wissen. »Waren sie los?«

»Ja, aber es war einfach, ihnen auszuweichen«, erklärte Rabenpfote.

Feuerherz war überrascht, wie leichthin sein Freund die Hunde abtat. »Einfach?«, wiederholte er.

»Ich konnte sie schon aus großer Entfernung riechen. Ich habe gewartet, bis die Morgendämmerung kam, und als die Hunde erst festgemacht waren, habe ich nach Mikusch gesucht. Er war großartig. Ich glaube, er ist froh über meine Gesellschaft.« Rabenpfotes Miene verfinsterte sich plötzlich. »Ganz im Gegensatz zu Tigerkralle«, sagte er bitter. »Was hast du ihm erzählt?«

Feuerherz sah wieder den gehetzten Ausdruck in den Augen des schwarzen Katers, als er über seinen alten Mentor sprach. »Wir haben gesagt, du seist von einer Patrouille des SchattenClans getötet worden«, antwortete er ruhig.

Zwei Schüler aus dem WindClan kamen zu ihnen herübergewandert. Feuerherz zuckte mit den Ohren und warnte so seine Freunde, dass sie Zuhörer hatten.

»O ja«, rief Rabenpfote mit erhobener Stimme. »Wir Einzelläufer essen Clan-Schüler, wann immer wir einen fangen können.«

Die beiden warfen ihm einen verächtlichen Blick zu. »Du kannst uns keine Angst machen.«

»Wirklich nicht?«, schnurrte Rabenpfote. »Na ja, euer Fleisch wäre ja sowieso zäh und sehnig.«

»Wie kommt es, dass du so gut mit einem Einzelläufer befreundet bist?«, fragte einer der beiden Schüler Feuerherz.

»Ein kluger Krieger macht sich Freunde, wo immer er kann«, antwortete Feuerherz. »Ohne diesen Einzelläufer wären wir immer noch kalt und hungrig statt trocken und satt!« Warnend verengte er die Augen und die Schüler schlichen sich davon.

»Also glaubt der DonnerClan, dass ich tot bin«, sagte Rabenpfote und blickte auf seine Pfoten hinab. »Nun, so ist es wahrscheinlich am besten.« Er hob die Augen und sah seine beiden Freunde an. »Ich bin froh, dass ich euch wieder getroffen habe«, sagte er liebevoll. Feuerherz schnurrte und Graustreif stieß seinen schwarzen Freund zärtlich mit einer Hinterpfote an. »Aber ihr seht müde aus«, fuhr Rabenpfote fort. »Ihr solltet etwas schlafen. Ich werde heute Nacht Wache halten. Ich kann morgen ausruhen.« Er stand auf und leckte jedem seiner alten Freunde sanft den Kopf. Dann trottete er zum Eingang der Unterkunft, setzte sich und starrte hinaus in den Regen.

Feuerherz sah Graustreif an. »Bist du müde?«

»Erschöpft«, gab der zu. Er legte den Kopf auf die Pfoten und schloss die Augen.

Feuerherz warf einen letzten Blick auf Rabenpfote, der allein im Eingang saß. Er wusste jetzt, dass er die richtige Entscheidung getroffen hatte, als er ihm half, den DonnerClan zu verlassen. Vielleicht hatte Blaustern ja damit recht gehabt, dass Rabenpfote ohne den Clan möglicherweise besser dran wäre. *Jede Katze hat ihre eigene Bestimmung,* dachte er. Rabenpfote war glücklich und nur darauf kam es an.

Als Feuerherz in der Dämmerung aufwachte, war Rabenpfote weg. Die Regenwolken zogen langsam ab. Die aufgehende Sonne hatte sie rosenfarben getönt, und sie sahen aus wie Blüten, die über einen Teich trieben. Feuerherz betrachtete sie durch einen Spalt im Dach, während die Katzen des WindClans sich allmählich regten und sich der Reste bedienten, die vom Fang der letzten Nacht übrig geblieben waren.

Ein brauner Kater mit kurzem Schwanz gesellte sich zu ihm und blickte mit ihm hinauf in die Wolken. Feuerherz machte einen Satz, als der braune Kater plötzlich ein merkwürdiges Jaulen ertönen ließ. Das Geräusch rief die anderen Katzen herbei und sie versammelten sich ängstlich murmelnd um die beiden.

»Was ist los, Rindengesicht?«, fragte Morgenblüte. »Hat der SternenClan zu dir gesprochen?«

Nun verstand Feuerherz, dass dieser Kater der Heiler des WindClans sein musste. Beim Anblick von Rindengesichts gesträubtem Fell versteifte sich sein gesamter Körper.

»Die Wolken sind blutgetränkt!«, ächzte der Heiler mit weit aufgerissenen, glasigen Augen. »Es ist ein Zeichen unserer Ahnen. Vor uns liegt Unheil. Dieser Tag wird einen unnötigen Tod bringen.«

7. KAPITEL

EINEN AUGENBLICK lang saßen die Katzen totenstill da, bis Lahmfuß knurrte: »Jeder Clan könnte diese Wolken sehen. Wie sollen wir sicher sein, dass die Botschaft für uns bestimmt ist?«

Hoffnungsvolles Miauen breitete sich aus. Riesenstern blickte über seinen Clan hinweg, dann sagte er ruhig: »Was immer der SternenClan für uns vorgesehen hat – heute kehren wir in unser Zuhause zurück. Ich rieche weiteren Regen. Es ist Zeit, aufzubrechen.«

Feuerherz war erleichtert über den vernünftigen Ton des Anführers. Das Letzte, was sie jetzt brauchen konnten, war Hysterie wegen einer bedrohlichen Prophezeiung.

Riesenstern ging voran in die kühle Morgenluft, Feuerherz und Graustreif folgten. Der Anführer des WindClans hatte recht, der Wind versprach mehr Regen, und zwar für bald.

»Sollen wir vorauslaufen und kundschaften?«, bot Feuerherz an.

»Ja, bitte«, sagte Riesenstern. »Lasst es mich wissen, wenn ihr Hunde seht oder Zweibeiner und Ratten. Mein Clan ist heute Morgen kräftiger, aber auf dem Herweg hatten wir Schwierigkeiten mit Hunden. Wir müssen wachsam sein.«

Feuerherz konnte an dem besorgten Blick des Anführers

erkennen, dass Rindengesichts Warnung ihn mehr beunruhigt hatte, als seine zuversichtlichen Worte vermuten ließen. Sein Clan mochte kräftiger sein, aber er war nicht in dem Zustand, Angreifer abzuwehren.

Feuerherz raste los mit Graustreif auf den Fersen. Abwechselnd lief einer zurück zum Clan, um Riesenstern zu melden, dass der Weg frei war, oder ihn zum Warten aufzufordern, bis ein Zweibeiner mit einem Hund vorbeigegangen war. Die WindClan-Katzen gehorchten ihrem Anführer ohne Widerworte und schleppten sich – trotz der Nachtruhe – auf schweren Pfoten voran.

Zu Sonnenhoch hatten sich wieder dunkle Wolken zusammengeballt und es fielen erste Regentropfen. Das Gelände begann anzusteigen, und als Feuerherz sich durch eine Hecke zwängte, erkannte er die rote, unbefestigte Straße wieder, die vom Territorium der Zweibeiner weg in die Jagdgründe des WindClans führte. Seine Stimmung besserte sich und er blickte Graustreif triumphierend an. *Beinahe da!*

Gedämpfte Pfotenschritte waren nun hinter der Hecke zu hören. Feuerherz wirbelte herum und rannte zurück auf das Feld. Der WindClan, an der Spitze Lahmfuß, hatte die beiden eingeholt.

»Hier lang«, miaute Feuerherz und deutete auf eine Lücke in den tropfenden Blättern. Er wartete begierig auf die Reaktion der Katzen, sobald sie das Hochland auf der anderen Seite erblickten. Unter der Führung von Lahmfuß krochen sie nun alle eine nach der anderen durch die Hecke.

Feuerherz folgte kurz hinter der letzten Katze, aber Lahmfuß und zwei Krieger waren schon über den Graben dahinter gesprungen, hatten die Straße überquert und drängten durch die Hecke auf der anderen Seite. Sie liefen nun schneller – offensichtlich wussten sie genau, wo sie waren.

Feuerherz musste sich sputen, um sie einzuholen. Er hielt Schritt mit ihnen, als sie dem langen Anstieg entgegeneilten, der zum Hochland und ihrem Zuhause führte.

Am Fuß des Abhangs hielten Lahmfuß und seine Krieger an und warteten auf den Rest des Clans. Sie schlossen die Augen vor dem Regen, doch die Köpfe hielten sie hoch erhoben und atmeten in tiefen Zügen die vertrauten Gerüche ein, die vom Hochland herabwehten.

Feuerherz rannte zurück zu den anderen und suchte nach Morgenblüte. Er entdeckte sie neben einem gestreiften Krieger, der ihr Junges im Maul trug. Alle paar Schritte streckte die schildpattfarbene Königin den Kopf vor, um an dem kleinen, nassen Bündel zu schnuppern. Es würde jetzt nicht mehr lange dauern, bis sie ihr Junges in der Kinderstube des WindClans ablegen konnte.

Feuerherz lief nun neben Graustreif am Ende des Zugs. Glücklich sahen sie sich an, ohne etwas zu sagen. Zu sehr waren sie berührt von der freudigen Erwartung des WindClans so kurz vor ihrer Heimkehr. Sogar die Ältesten bewegten sich nun schneller, liefen geduckt und mit zusammengekniffenen Augen durch den Regen.

Sobald der gesamte Clan den Fuß des Abhangs erreicht hatte, übernahm Riesenstern die Führung. Ohne anzuhalten, folgte der Anführer einem schmalen Pfad durch raues Gras und Heidekraut.

Fast oben angelangt, spurteten wieder einige Katzen voraus und bald waren sie auf der Hügelkante als stolze Silhouetten vor dem stürmischen Himmel zu sehen. Vor ihnen erstreckten sich ihre alten Jagdgründe. Plötzlich stürmten zwei Schüler an Feuerherz vorbei und sprangen davon in das vertraute Heideland.

Riesenstern erstarrte. »Wartet!«, jaulte er. »Vielleicht sind hier noch Jagdgruppen von anderen Clans!«

Sofort hielten die Schüler an und kamen zurückgesprungen, doch ihre Augen glänzten vor Begeisterung.

Von einer mit Felsen bedeckten Anhöhe sah Feuerherz die Senke im Gelände, die das Lager des WindClans verbarg. Mit glücklichem Schnurren nahm Morgenblüte ihr Junges aus dem Maul des gestreiften Kriegers und eilte darauf zu. Riesenstern zuckte mit dem Schwanz, und drei Krieger sprinteten vor, um sie zu begleiten.

Der Anführer des WindClans wartete, bis sich auch die übrigen Katzen unten in die schützenden Büsche geschlagen hatten.

Mit leuchtenden Augen wandte er sich an Feuerherz und Graustreif: »Mein Clan ist dankbar für eure Hilfe. Ihr habt beide bewiesen, dass ihr Krieger seid, die des SternenClans würdig sind. Der WindClan ist zu seinem rechtmäßigen Heim zurückgekehrt, und es ist Zeit für euch, zu eurem zurückzukehren.«

Feuerherz empfand ein schmerzhaftes Gefühl der Enttäuschung. Er hatte gehofft, Morgenblüte zu sehen, wie sie sich mit ihrem Jungen in der Kinderstube einrichtete. Aber Riesenstern hatte recht. Es war nicht nötig, dass sie sich weiter hier aufhielten.

Erneut sprach der Anführer: »Es könnten feindliche Jagdpartien in der Gegend herumziehen. Lahmfuß und Kurzbart werden euch bis zum Baumgeviert begleiten.«

Feuerherz neigte den Kopf. »Danke, Riesenstern.«

Der rief die beiden Krieger herbei und gab ihnen ihre Befehle. Dann wandte er Feuerherz erneut die müden Augen zu. »Ihr habt meinem Clan gut gedient. Sagt Blaustern, dass der WindClan nicht vergessen wird, dass es der DonnerClan war, der sie heimgebracht hat.«

Lahmfuß lief los in Richtung des Baumgevierts. Feuerherz und Graustreif folgten ihm mit Kurzbart an ihrer Seite. Sie blieben dicht beieinander und eilten auf einem Pfad durch festes Ginstergesträuch, das ihnen guten Schutz vor dem Regen bot.

Plötzlich hielt Kurzbart an und schnüffelte. »Kaninchen!«, rief er aufgeregt und jagte in den Ginster hinein. Lahmfuß blieb stehen und wartete, doch Feuerherz konnte ein Glitzern in den erschöpften Augen des Stellvertreters sehen. In einiger Entfernung waren wildes Pfotengetrappel zu hören und ein Rascheln im Ginster, dann Stille. Einen Augenblick später kehrte Kurzbart zurück, in seinem Maul baumelte ein großes Kaninchen.

Graustreif flüsterte Feuerherz zu: »Ein bisschen besser als die Krieger des FlussClans, eh?« Sein Freund schnurrte zustimmend.

Kurzbart ließ die Frischbeute auf den Boden fallen. »Hat jemand Hunger?«

Dankbar verzehrten sie das Kaninchen. Dann setzte sich Feuerherz auf und leckte sich die Lippen. Er war durch die Mahlzeit gestärkt, aber eine lähmende Kälte begann seinen Knochen zuzusetzen und seine Pfoten taten ihm weh. Falls er und Graustreif den Weg nehmen würden, den sie gekommen waren, vorbei am Baumgeviert, dann hätten sie noch eine lange Strecke vor sich. Aber sie könnten doch auch über die Abkürzung durch die Jagdgründe des FlussClans gehen. Schließlich befanden sie sich auf einem Auftrag, dem alle Clans zugestimmt hatten, zumindest auf der Großen Versammlung. Könnte der FlussClan tatsächlich etwas dagegen haben, wenn sie dabei durch sein Territorium gingen? Es war ja nicht so, dass sie Beute stehlen wollten.

Feuerherz blickte seine Begleiter an und sagte zögernd: »Wisst ihr, es wäre kürzer, wenn wir dem Fluss folgen würden.«

Graustreif, der sich gerade die Pfoten wusch, blickte auf. »Aber das würde bedeuten, dass wir ins Territorium des FlussClans eindringen.«

»Wir könnten die Schlucht entlanggehen«, erklärte Feuerherz. »Der FlussClan jagt dort nicht. Es ist da zu steil, um hinab zum Fluss zu kommen.«

Graustreif stellte vorsichtig eine Pfote auf die Erde. »Sogar die Krallen tun mir weh«, murmelte er. »Ich hätte nichts gegen einen kürzeren Weg.« Hoffnungsvoll wandte er die gelben Augen zum Zweiten Anführer des WindClans.

Lahmfuß wirkte nachdenklich. »Riesenstern hat uns aufgetragen, euch zum Baumgeviert zu begleiten«, sagte er.

»Wenn ihr nicht mitkommen wollt, würden wir das verstehen«, erwiderte Feuerherz rasch. »Wir werden nur sehr kurz ins Territorium des FlussClans eindringen. Ich kann mir nicht vorstellen, dass wir dort auf irgendwelche Schwierigkeiten stoßen werden.«

Graustreif nickte, aber Lahmfuß schüttelte den Kopf. »Wir lassen euch nicht allein ins Territorium des FlussClans gehen«, sagte er. »Ihr seid erschöpft von der langen Reise. Falls es doch Schwierigkeiten geben sollte, könntet ihr damit nicht allein fertig werden.«

»Niemand wird uns sehen!« Feuerherz hatte sich selbst von seinem Plan überzeugt, und er war entschlossen, auch Lahmfuß zu überzeugen.

Der sah ihn mit weisen, alten Augen an. »Wenn wir diesen Weg nähmen«, überlegte er, »würde der FlussClan wissen, dass der WindClan zurückgekommen ist.«

Feuerherz stellte die Ohren auf. Er verstand. »Und wenn sie erst einmal den frischen Geruch des WindClans gerochen haben, sind sie vielleicht nicht mehr so scharf darauf, in eurem Territorium auf Kaninchenjagd zu gehen.«

Kurzbart leckte sich die letzten Spuren der Frischbeute von den Lippen und meinte: »Und es würde bedeuten, dass wir vor Mondaufgang wieder zu Hause sind!«

»Du willst doch nur, dass du ein gutes Nest in deinem Bau abkriegst!«, erwiderte Lahmfuß mit strenger Stimme, aber seine Augen glitzerten gutmütig.

»Dann gehen wir also durch das FlussClan-Territorium?«, fragte Feuerherz.

»Ja«, entschied Lahmfuß. Er änderte die Richtung, führte die Katzen auf einem alten Dachspfad weiter, der sie von dem kahlen Hochland wegbrachte, und bald befanden sie sich in den Jagdgründen des FlussClans. Sogar durch Wind und Regen konnte Feuerherz das Brausen des Flusses hören, der irgendwo vor ihnen rauschte und donnerte.

Die Katzen folgten dem Pfad in Richtung des Geräusches, und bald verengte er sich, bis er nur noch wenig mehr als ein schmaler Grasstreifen unmittelbar an der Kante des Abgrunds war. Auf einer Seite stieg das Land steil und felsig an, auf der anderen stürzte es direkt in die Tiefe. Nur ein paar Fuchslängen entfernt konnte Feuerherz die gegenüberliegende Seite der Schlucht sehen. Der Zwischenraum sah verführerisch schmal aus, und er fragte sich, ob er den Spalt überspringen könnte. Vielleicht, wenn er nicht so müde und hungrig wäre … Seine Pfoten kribbelten zwar vor Angst, aber er konnte trotzdem nicht widerstehen, einen Blick über die Kante neben seinen Pfoten zu werfen.

Direkt vor ihm stürzte eine glatte Felsklippe tief hinunter. Farnbüschel klammerten sich an winzige Vorsprünge, ihre Blätter glitzerten nicht vom Regen, sondern von der Gischt des angeschwollenen Flusses, der in der Tiefe schäumte.

Feuerherz zog sich mit vor Angst gesträubtem Fell zurück. Vor ihm stapften Lahmfuß, Kurzbart und Graustreif mit gesenkten Köpfen stetig voran. Sie würden diesem Pfad folgen müssen, bis sie in den schmalen Streifen Wald abzweigen konnten, der zwischen ihnen und dem DonnerClan-Territorium lag.

Feuerherz stolperte, als er sich beeilte, mit den anderen Schritt zu halten. Die Ohren von Lahmfuß waren gespitzt, sein Schwanz gesenkt, sodass er fast auf der Erde schleifte. Auch Kurzbart war offensichtlich nervös. Immer wieder blickte er den Hang neben sich hinauf, als könnte er etwas hören.

Feuerherz jedoch vernahm nur das Tosen des Flusses. Angespannt schaute er über die Schulter zurück, seine Blicke schossen von einer Seite zur anderen. Die Vorsicht seiner Begleiter bereitete ihm Unbehagen.

Der steile Abhang wurde allmählich flacher, bis die vier sich weiter vom Klippenrand entfernen konnten. Der Regen peitschte ihnen noch immer ins Gesicht, und der dunkler werdende Himmel verriet Feuerherz, dass die Sonne langsam unterging. Doch es würde nun nicht mehr lange dauern, bis sie den schützenden Wald erreichten. Der Gedanke an Frischbeute und ein trockenes Nest hob seine Stimmung.

Plötzlich ertönte aus Lahmfuß' Kehle ein warnendes Grollen. Feuerherz erstarrte und prüfte die Luft. Eine FlussClan-Patrouille! Lautes Kreischen ertönte hinter ihnen, sie wirbelten herum und sahen sechs FlussClan-Krieger auf sich zustürzen. Vor Entsetzen sträubte sich Feuerherz das Fell. Die tiefe Schlucht mit dem tosenden Wasser war noch immer gefährlich nahe.

Ein dunkelbrauner Kater landete auf Feuerherz, der sich von der Schlucht wegrollte und wütend mit den Hinterbeinen um sich trat. Er fühlte, wie Zähne in seine Schultern bissen, und strampelte unter dem Gewicht des fauchenden Kriegers. Verzweifelt scharrte er auf dem aufgeweichten Boden und versuchte sich zu befreien. Der Gegner riss mit scharfen Krallen seine Flanke auf. Feuerherz wand sich und biss ins Fell seines Angreifers. Er presste die Kiefer zusammen und hörte den Krieger aufheulen, aber dessen Krallen fuhren noch wilder fort, ihn zu kratzen.

»Das ist das letzte Mal, dass du eine Pfote auf FlussClan-Territorium gesetzt hast«, zischte der braune Kater.

Feuerherz nahm wahr, dass seine Gefährten ebenfalls heftig kämpften. Er wusste, dass sie von der langen Reise genauso erschöpft waren wie er selbst. Graustreif jaulte laut auf, Kurzbart fauchte vor Schmerz und Wut. Dann drang vom Wald hinter ihnen ein anderes Geräusch an sein Ohr. Es war voller Zorn – und trotzdem erfüllte es Feuerherz mit neuer Hoffnung. Tigerkralles Kriegsschrei! Er roch den rasch näher kommenden Kampfgeruch einer DonnerClan-Patrouille – Tigerkralle, Glanzfell, Weißpelz und Sandpfote.

Jaulend und fauchend stürzten sich die DonnerClan-Katzen ins Gefecht. Der braune Kater ließ von Feuerherz ab und der sprang sofort auf die Pfoten. Er sah, wie Tigerkralle einen grau gestreiften Kater auf den Boden drückte und ihm einen warnenden Biss ins Hinterbein versetzte. Kreischend rannte der Kater in die Büsche.

Tigerkralle wirbelte herum und fixierte mit seinen bleichen Augen Leopardenfell, die gefleckte Zweite Anführerin des FlussClans. Sie rang mit Lahmfuß. Der hinkende Krieger war kein ebenbürtiger Gegner für die wilde Kätzin. Feuerherz wollte Lahmfuß schon zu Hilfe kommen, aber Tigerkralle war schneller. Er machte einen Satz, packte Leopardenfells breite Schultern und riss sie mit einem lauten Jaulen von dem knochigen WindClan-Stellvertreter weg.

Hinter sich hörte Feuerherz ein bösartiges Kreischen. Er drehte sich schnell um und sah, dass Sandpfote sich im Kampf mit einer Kriegerin des FlussClans befand. Das Paar drehte und wand sich, wälzte sich auf dem nassen Gras, fauchte und kratzte sich wütend.

Feuerherz stockte der Atem. Sie rollten immer dichter auf die felsige Kante der Schlucht zu! Noch eine Drehung und sie würden abstürzen.

Er machte einen Satz und fegte mit einem gewaltigen Schlag die FlussClan-Kätzin von Sandpfote herunter und weg von der Kante. Sandpfote glitt auf dem nassen Boden aus und näherte sich bedrohlich der Schlucht. Feuerherz sprang auf und packte sie mit den Zähnen am Nackenfell. Sandpfote kreischte vor Wut, als er sie von der Schlucht wegzerrte, und sobald er sie losließ, sprang sie auf die Pfoten und zischte ihn wütend an: »Ich kann meine Kämpfe ohne deine Hilfe gewinnen!«

Feuerherz öffnete den Mund für eine Erklärung, da ertönte hinter ihnen ein schreckliches Heulen und sie fuhren herum. Graustreif kauerte mit angespannten Hinterbeinen gefährlich nah am Rand der Schlucht, und dann sah Feuerherz eine weiße Pfote, die sich an die Kante klammerte. Graustreif versuchte die Pfote zu packen, aber plötzlich war sie verschwunden. Graustreif heulte auf. Sein Klageschrei hallte in der Schlucht nach.

Bei Graustreifs qualvollem Ruf brachen alle Katzen den Kampf ab. Feuerherz erstarrte, keuchte vor Entsetzen und Erschöpfung. Die FlussClan-Katzen stürzten zum Rand der Schlucht. Langsam folgte ihnen Feuerherz und blickte in die Tiefe. Weit unten, durch die ohrenbetäubende, grollende Gischt, sah er den dunklen Kopf eines Kriegers im schäumenden Wasser versinken.

Mit kaltem Entsetzen erinnerte sich Feuerherz an die Worte des Heilers vom WindClan: »Dieser Tag wird einen unnötigen Tod bringen.«

8. KAPITEL

LEOPARDENFELL HOB den Kopf und heulte in den Wind: »Weißkralle! Nein!«

Graustreif kroch zurück, bis er mit allen vier Pfoten auf sicherem Grund stand. Sein nasses Fell war gesträubt und die Augen waren weit aufgerissen vor Schreck. »Ich habe versucht ihn zu packen ... er hat einfach den Halt verloren ... ich wollte doch nicht ...« Die Worte kamen stoßweise und atemlos.

Feuerherz sprang hinüber zu seinem Freund und drückte ihm tröstend die Nase in die Flanke, aber der schreckte zurück.

Die anderen Katzen traten eine nach der anderen von der Kante zurück und blickten Graustreif an. Die FlussClan-Krieger hatten wütend die Augen verengt und die Schultern angespannt. Glanzfell und Weißpelz bewegten sich instinktiv auf Graustreif zu und nahmen auf beiden Seiten von ihm Verteidigungsstellung ein.

Leopardenfell knurrte tief und kehlig, aber das war eine Warnung an ihre eigenen Katzen. Sie sollten zurückbleiben. Die Zweite Anführerin des FlussClans starrte Tigerkralle direkt in die Augen. »Das ist über einen Grenzstreit hinausgegangen«, murmelte sie. »Wir werden zu unserem Clan zurückkehren. Dies hier ist zu einer Angelegenheit geworden, die wir zu einer anderen Zeit und auf andere Weise beilegen müssen.«

Tigerkralle starrte abweisend zurück. Er zeigte keine Angst, sondern deutete nur ein Nicken an. Leopardenfell schnippte mit der Schwanzspitze, machte kehrt und trottete los. Die Angehörigen ihres Clans folgten ihr und die ganze Patrouille verschwand im Gebüsch.

Leopardenfells drohende Worte ließen Feuerherz erschauern. Wie ein kalter Schatten legte sich eine böse Vorahnung über sein Herz, als ihm klar wurde, dass dieser Kampf einen Krieg ausgelöst haben könnte.

»Wir sollten verschwinden«, sagte Lahmfuß und humpelte nach vorn. »Eure beiden jungen Krieger haben uns einen guten Dienst erwiesen und mein Clan dankt euch dafür.« Aber die formellen Dankesworte klangen hohl nach der Tragödie, deren Zeugen sie gerade geworden waren.

Tigerkralle nickte und die beiden WindClan-Krieger machten sich auf den Weg zu ihrem eigenen Territorium. Feuerherz miaute Kurzbart ein leises Lebewohl zu, als er an ihm vorüberging. Der blickte ihn nur kurz an und lief weiter.

Feuerherz sah, dass Sandpfote am Rande der Schlucht stand und hinab in den Wildbach starrte. Sie schien am Boden festgefroren, ihre Augen waren auf den steilen Absturz gerichtet. Er vermutete, dass ihr erst jetzt bewusst wurde, wie dicht sie davor gestanden hatte, Weißkralles Schicksal zu teilen.

Feuerherz wollte zu ihr, aber Tigerkralle knurrte: »Folgt mir!«, und stürmte mitten in die Bäume hinein, der Rest seiner Patrouille hinter ihm her. Feuerherz zögerte noch neben Graustreif.

»Komm«, drängte er ihn. »Wir sollten Anschluss halten!«

Sein Freund zuckte die Achseln und trottete mit schweren Pfoten, als wären sie aus Stein, und hängendem Kopf hinter den anderen her.

Bald waren die Katzen vor ihnen außer Sichtweite, aber Feuerherz konnte ihrer Duftspur folgen. Tigerkralle führte sie zurück zum DonnerClan-Territorium geradewegs durch den Waldstreifen im Territorium des FlussClans. Im Augenblick mussten sie sich keine Sorgen wegen irgendwelcher Patrouillen des FlussClans machen. Der Schaden war nun einmal angerichtet. Es hätte keinen Sinn, jetzt den langen Weg übers Baumgeviert zu nehmen.

Tigerkralle hatte die Patrouille angehalten und wartete an der Grenze des Territoriums auf die beiden Freunde.

»Ich hatte euch befohlen, mir zu folgen«, grollte er.

»Graustreif war …«, setzte Feuerherz an.

»Je eher er zurück ins Lager kommt, desto besser«, unterbrach ihn Tigerkralle.

Graustreif blieb stumm, aber der ruppige Ton des Katers machte Feuerherz wütend. »Weißkralles Tod war nicht seine Schuld!«

Tigerkralle wandte sich ab. »Ich weiß«, miaute er. »Aber es ist geschehen. Kommt, und dieses Mal haltet Schritt!« Er sprang los und überquerte die Duftmarkierungen, die das DonnerClan-Territorium begrenzten.

Feuerherz hatte sehnsüchtig auf diesen Augenblick gewartet, seit sie das notdürftige Lager des WindClans zwischen den Donnerwegen verlassen hatten, doch nun bemerkte er kaum, wie sie an den Markierungen vorbeistürmten. Ständig behielt er Graustreif im Auge.

Bei nachlassendem Regen folgten sie dem vertrauten

Pfad zum Lager. Als die Patrouille aus dem Ginstertunnel auftauchte, kamen mehrere Katzen mit hoch aufgerichteten Schwänzen zur Begrüßung aus ihren Höhlen gestürzt.

»Habt ihr den WindClan gefunden? Sind sie in Sicherheit?«, rief Mausefell. Feuerherz nickte abwesend, doch er war innerlich zu leer für eine Antwort. Mausefells Schwanz senkte sich. Die anderen Katzen blieben am Rand der Lichtung stehen. Die Gesichter der heimkehrenden Krieger verrieten ihnen, dass etwas Schlimmes geschehen war.

»Kommt mit«, befahl Tigerkralle Feuerherz und Graustreif und führte sie zu Blausterns Bau. Feuerherz lief ganz nahe bei seinem Freund, sodass ihre Felle sich berührten.

Ein freundliches Miauen hieß sie aus dem Schatten hinter den Flechten willkommen. Die drei Katzen drängten sich in den gemütlichen Bau hinein.

»Willkommen!« Blaustern sprang auf und schnurrte. »Habt ihr den WindClan gefunden? Habt ihr sie zurückgebracht?«

»Ja, Blaustern«, antwortete Feuerherz ruhig. »Sie sind in ihrem Lager in Sicherheit. Riesenstern hat mir aufgetragen, dir zu danken.«

»Das ist gut«, miaute Blaustern. Ihre Augen verfinsterten sich, als sie Tigerkralles grimmige Miene sah. »Was ist geschehen?«

»Feuerherz hat sich entschieden, durch das Territorium des FlussClans nach Hause zurückzukehren«, knurrte Tigerkralle.

Graustreif hob zum ersten Mal den Blick. »Es war nicht nur Feuerherz, der das entschieden hat …«, begann er.

Tigerkralle unterbrach ihn. »Sie sind von einer Patrouille

des FlussClans entdeckt worden. Hätte meine Patrouille nicht ihre Rufe gehört, wären sie überhaupt nicht nach Hause gekommen.«

»Du hast sie also gerettet«, sagte Blaustern und entspannte sich. »Ich danke dir, Tigerkralle.«

»So einfach ist das nicht«, schnaubte der. »Sie haben am Rand der Schlucht gekämpft. Ein Krieger des FlussClans ist im Kampf mit Graustreif über die Kante gefallen.« Feuerherz merkte, wie sein Freund bei Tigerkralles Worten zusammenzuckte.

Die Augen der Anführerin weiteten sich. »Tot?«, fragte sie entsetzt.

»Es war ein Unfall!«, warf Feuerherz rasch ein. »Graustreif würde nie eine Katze bei einem Grenzkonflikt töten!«

»Ich bezweifle, dass Leopardenfell das so sieht.« Tigerkralle wandte sich Feuerherz zu. Sein Schwanz peitschte hin und her. »Was habt ihr euch eigentlich dabei gedacht? Durch das Territorium des FlussClans zu ziehen! Und noch dazu mit Katzen aus dem WindClan! Ihr habt die Botschaft verbreitet, dass wir ihre Bundesgenossen sind, und das wird den FlussClan und den SchattenClan einander nur noch näherbringen.«

»Der WindClan war mit euch im FlussClan-Territorium?« Blausterns Augen blickten noch beunruhigter.

»Nur zwei Krieger. Riesenstern hat uns eine Eskorte nach Hause mitgegeben. Wir waren müde …«, murmelte Feuerherz.

»Ihr hättet nicht ins FlussClan-Territorium eindringen dürfen!«, schnaubte Tigerkralle. »Besonders nicht zusammen mit WindClan-Katzen!«

»Es war kein Bündnis. Sie haben uns nach Hause begleitet!«, protestierte Feuerherz.

»Weiß das der FlussClan?«, fauchte Tigerkralle.

»Er hat gewusst, dass wir den WindClan suchen und zurückbringen würden. Sie haben dem Beschluss auf der Großen Versammlung zugestimmt. Sie hätten uns nicht angreifen dürfen – es war ein Sonderauftrag, so wie eine Reise zu den Hochfelsen.«

»Sie haben nicht zugestimmt, dass ihr durch ihr Territorium ziehen dürft!«, fauchte Tigerkralle. »Du verstehst offenbar immer noch nicht die Gepflogenheiten der Clans, was?«

Blaustern stand auf. Ihre Augen funkelten, als sie sich den drei Katzen zuwandte, aber ihre Stimme war ruhig: »Ihr hättet die Jagdgründe des FlussClans nicht betreten dürfen. Das war gefährlich.« Sie blickte streng von Feuerherz zu Graustreif. Feuerherz suchte in ihren Augen einen heftigeren Tadel, konnte ihn aber nicht finden und so war er zwischen Dankbarkeit und Schuldgefühlen hin- und hergerissen. Er hatte eine Spaltung mit dem FlussClan verursacht, die die Sicherheit seines Clans viele Monde lang bedrohen könnte.

Blaustern fuhr fort und wedelte dabei sorgenvoll mit dem Schwanz. »Ihr habt es jedoch geschafft, den WindClan zu finden und zurückzubringen. Aber nun müssen wir uns auf einen Angriff des FlussClans vorbereiten. Und wir müssen sofort mehr Krieger ausbilden. Feuerherz und Graustreif, Frostfell hat mir berichtet, dass zwei ihrer Jungen fast so weit sind, um eine Ausbildung zu beginnen. Ich möchte, dass jeder von euch ein Junges als Schüler übernimmt.«

Feuerherz war verblüfft. Was für eine Ehre! Er konnte es kaum fassen, dass Blaustern das vorgeschlagen hatte, besonders jetzt. Er blickte verstohlen zu Tigerkralle. Der saß unbeweglich da wie ein Fels.

Graustreif hob den Kopf. »Aber Frostfells Junge sind noch keine sechs Monde alt.«

»Es dauert nicht mehr lange, bis sie so weit sind. Die Meinungsverschiedenheiten auf der letzten Großen Versammlung haben mir Sorgen gemacht, und heute ...« Blaustern verstummte, und Feuerherz sah, wie sein Freund wieder auf seine Pfoten blickte.

Tigerkralle starrte Blaustern mit harten bernsteinfarbenen Augen an. »Wäre es nicht besser, erfahrenere Krieger wie Langschweif oder Dunkelstreif einen zusätzlichen Schüler übernehmen zu lassen?«, fragte er. »Diese beiden hier sind selbst fast noch Schüler!«

»Daran habe ich gedacht«, erwiderte Blaustern. »Aber Langschweif wird genug zu tun haben mit Wieselpfote, und Dunkelstreif bereitet gerade Borkenpfote darauf vor, ein voller Krieger zu werden.«

»Was ist mit Sturmwind?«, fragte Tigerkralle.

»Sturmwind ist ein guter Jäger und ein treuer Krieger«, antwortete Blaustern. »Aber ich glaube nicht, dass er die Geduld zur Ausbildung hat. Der DonnerClan kann besseren Gebrauch von seinen Fähigkeiten machen.«

»Und du glaubst, diese beiden verfügen über das, was nötig ist, um Krieger für den DonnerClan auszubilden?«, meinte Tigerkralle verächtlich.

Feuerherz zuckte zusammen. Der alte Krieger hatte dabei nur ihn angeblickt. *Glaubt er, ein Hauskätzchen ist nicht in der Lage, im Clan geborene Katzen auszubilden?*

Blaustern starrte ihren Stellvertreter an. »Das werden wir

sehen. Vergiss nicht, sie haben den WindClan nach Hause gebracht. Und natürlich, Tigerkralle«, fügte sie hinzu, »verlasse ich mich auf dich, dass du die Ausbildung überwachst.« Der nickte und Blaustern wandte sich wieder Feuerherz und Graustreif zu. »Holt euch etwas zu essen«, befahl sie. »Dann ruht euch aus. Wir werden die Zeremonie der Namensgebung für die Jungen bei Mondhoch vornehmen.«

Feuerherz lief vor Graustreif aus dem Bau und ließ Tigerkralle bei der Anführerin zurück. »Ich sterbe vor Hunger!«, rief er. Auf der Lichtung konnte er den warmen Duft von Frischbeute riechen. »Kommst du mit, was essen?«

Sein Freund stand hinter ihm, die Augen traurig in die Ferne gerichtet. Langsam schüttelte er den Kopf. »Ich will einfach nur schlafen«, murmelte er.

Sowie sein Magen voll war, schob sich Feuerherz in den Bau der Krieger. Graustreif hatte sich zu einer Kugel zusammengerollt und den Kopf unter die Pfoten geschoben. Feuerherz hatte selbst schwere Augenlider, aber sein Fell war noch völlig durchgeweicht, und er zwang sich zu einer gründlichen Wäsche, bevor er sich in seinem warmen Nest niederließ.

Glanzfell weckte Feuerherz mit einem sanften Stupsen. »Zeit für die zeremonielle Namensgebung«, flüsterte sie.

Feuerherz hob den Kopf und blinzelte. »Danke, Glanzfell«, miaute er, als sie geduckt den Bau verließ.

Er stieß Graustreif an. »Die Zeremonie!«, zischte er. Dann stand er auf und streckte sich, bis seine Beine zitterten. Gleich würde er ein Mentor werden! Vor Aufregung kribbelten ihm die Pfoten.

Graustreif regte sich und dehnte sich mühsam und langsam

wie eine alte Katze. Und plötzlich schienen auch Feuerherz' Pfoten sich an ihre lange Reise zu erinnern und begannen wieder zu schmerzen.

Wenigstens hatte es aufgehört zu regnen. Schweigend trotteten die beiden Freunde auf die Lichtung. Über den Bäumen schien der Mond und färbte die nassen Äste silbern.

»Ihr habt den WindClan heimgebracht! Gut gemacht!«, ertönte eine fröhliche Stimme und ließ Feuerherz zusammenzucken. Es war Kurzschweif, der sich neben ihm niederließ. »Du musst einmal kommen und den Ältesten die Geschichte erzählen.«

Feuerherz nickte abwesend, dann blickte er wieder auf die Lichtung. Frostfell saß bereits unter dem Hochstein. Auf jeder Seite von ihr kauerte ein Junges, eins verwischt grau, das andere hellbraun. Die weiße Königin leckte sie liebevoll hinter den Ohren. Die kleine graue Kätzin schüttelte unwillig den Kopf, als ihre Mutter an ihr herummachte.

Erneut kribbelte Feuerherz vor Aufregung das Fell. Neben ihm saß Graustreif und starrte zu Boden. »Bist du nicht aufgeregt?«, fragte er.

Der zuckte die Schultern.

»Graustreif«, miaute Feuerherz mit leiser Stimme. »Weißkralles Tod war nicht deine Schuld. Es war ein schlechter Ort für einen Angriff und die FlussClan-Katzen hätten das wissen müssen. Auch Sandpfote ist beinahe in den Abgrund gefallen«, fügte er hinzu.

Er warf einen Blick auf die Kätzin, die ganz in der Nähe saß. Neben ihr starrte ihn Borkenpfote mit unverhüllter Eifersucht an. Feuerherz konnte ihm das nicht übel nehmen. Gleich würde er zum Mentor ernannt werden, während Borkenpfote noch nicht einmal seinen Kriegernamen erhalten hatte. Aber er zuckte doch zusammen, als Borkenpfote sich zu Sandpfote neigte und laut genug flüsterte, dass Feuerherz es hören musste: »Mir tut der Schüler von Feuerherz leid. Stell dir vor, eine Clan-Katze wird von einem Hauskätzchen ausgebildet!«

Doch diesmal reagierte Sandpfote nicht. Sie warf Feuerherz lediglich einen verlegenen Blick zu.

Feuerherz wandte sich wieder an Graustreif. »Blaustern macht dir keinen Vorwurf«, betonte er. »Sie weiß, dass du ein guter Krieger bist – sie gibt dir deinen eigenen Schüler.«

Graustreif hob den Blick und erwiderte bitter: »Sie tut das nur, weil der DonnerClan mehr Schüler braucht. Und warum brauchen wir die? Weil ich dem FlussClan einen Vorwand gegeben habe, uns zu hassen!«

Feuerherz war erschrocken über Graustreifs Worte, aber bevor er noch etwas sagen konnte, rief Blaustern sie zu sich. Feuerherz lief zu ihr hinüber, sein Freund trottete hinterher.

Blaustern ließ ihren Blick über die versammelten Katzen schweifen und verkündete: »An diesem Mondhoch kommen wir zusammen, um zwei neuen Schülern ihre Namen zu geben. Tretet vor, ihr beiden.«

Das graue Junge schoss von der Seite der Mutter auf die Lichtung, den wolligen Schwanz hoch erhoben und die blauen Augen weit geöffnet. Der hellbraune Kater ging langsamer nach vorn. Seine Ohren waren aufgestellt, und er runzelte ernst die Stirn, als er zum Fuß des Hochsteins marschierte.

Feuerherz fragte sich, welches dieser beiden Jungen ihm wohl anvertraut würde. Das Herz hämmerte in seiner Brust. Er hatte das Gefühl, das hellbraune Junge wäre leichter auszubilden, aber die unbeholfene Begeisterung der kleinen grauen Katze erinnerte ihn an sich selbst, als er sich dem Clan angeschlossen hatte.

»Von heute an«, sagte Blaustern und blickte dabei das kleine graue Jungtier an, »und bis sie sich ihren Kriegernamen verdient hat, wird diese Schülerin Rußpfote heißen.«

»Rußpfote!« miaute die junge Katze unwillkürlich laut ihren Namen heraus. Frostfell brachte sie mit einem Zischen zum Schweigen und sie senkte entschuldigend den Kopf.

»Feuerherz«, sagte Blaustern, »du bist reif für deinen ersten Schüler. Du wirst Rußpfote übernehmen.« Stolz erfüllte seine Brust. »Du hast das Glück gehabt, von mehr als einem Mentor ausgebildet zu werden. Ich erwarte, dass du alles, was du von mir gelernt hast, an diese junge Schülerin weitergibst und ihr auch die Fertigkeiten vermittelst, die du von Tigerkralle und Löwenherz gelernt hast.«

Plötzlich überkamen Feuerherz doch leichte Bedenken. Blausterns Worte beinhalteten ein großes Gewicht an Verantwortung, und er war sich nicht sicher, ob er die Erwartungen auch erfüllen konnte. Doch bei der Erwähnung von Löwenherz stellte er sich vor, wie der goldene Krieger mit warmen, aufmunternden Augen vom Silbervlies auf ihn herabschaute. Er hob den Kopf und erwiderte fest Blausterns Blick.

»Und dieser Schüler«, wandte sich Blaustern an das hellbraune Junge, »wird Farnpfote heißen.« Farnpfote rührte sich nicht und gab auch keinen Laut von sich.

»Graustreif, du wirst Farnpfote ausbilden. Unser verlorener Freund Löwenherz ist dein Mentor gewesen. Ich hoffe, dass seine Geschicklichkeit und seine Weisheit durch dich an deinen neuen Schüler weitergegeben werden.«

Graustreif hob bei Blausterns Worten den Kopf und für einen Augenblick war in seinen Augen ein Funken Stolz zu sehen. Er trat vor und berührte die Nase seines neuen Schülers mit der seinen. Farnpfote erwiderte höflich die Berührung. Nur seine Augen, die wie Sterne leuchteten, verrieten, dass dieser junge Kater genauso aufgeregt war wie seine Schwester.

Sobald Feuerherz sah, wie sich die beiden mit den Nasen berührten, fiel ihm ein, dass er das Gleiche hätte tun sollen. Rasch trat er vor. Rußpfote riss den Kopf hoch und ihre Nasen stießen schmerzhaft zusammen. Die Schülerin berührte seine Nase noch einmal, diesmal weniger ungeschickt, aber Feuerherz' Augen hatten schon angefangen zu tränen. Er konnte sehen, wie Rußpfote sich zu beherrschen versuchte, damit ihre Schnurrhaare nicht belustigt zuckten, und er wurde plötzlich verlegen. *Ich bin ein Mentor!*, rief er sich in Erinnerung.

Feuerherz sah sich unter den DonnerClan-Katzen um. Alle nickten sie zustimmend. Dann traf sein Blick auf Tigerkralle. Vom Rand der Lichtung schienen ihn die bernsteinfarbenen Augen des Stellvertreters zu verspotten.

Schnell schaute Feuerherz auf Rußpfote hinab, die ihn mit unverhohlenem Stolz anstarrte. Plötzlich begann sein Fell zu prickeln. Mehr als alles andere wollte er ein großer Krieger sein und ein guter Mentor, aber es wurde ihm schmerzlich bewusst: Tigerkralle wartete nur darauf, dass er versagte.

9. KAPITEL

FEUERHERZ ERWACHTE und sah Graustreif neben sich sitzen. Wie ein Kaninchen kauerte er mit steifen Schultern und aufgeplustertem Fell auf dem Boden.

»Graustreif?«, miaute er leise. Der fuhr zusammen. »Ist alles in Ordnung?«

Sein Freund setzte sich aufrecht hin. »Ja, natürlich.« Feuerherz hatte den Verdacht, dass das fröhliche Miauen seines Freundes nicht von Herzen kam, aber jedenfalls versuchte er, positiver zu wirken.

»Es sieht kalt aus«, sagte Feuerherz, denn Graustreifs Worte waren in wolkigen Schwaden aus seinem Maul gequollen. Er selbst lag noch weich zwischen den warmen Körpern der anderen Krieger gebettet.

»Das ist es auch!«

Feuerherz setzte sich auf und schüttelte den Kopf. Die Luft schmeckte nach Frost. »Was wirst du heute mit Farnpfote unternehmen?«, fragte er.

»Ihm den Wald zeigen.«

»Vielleicht sollte ich Rußpfote mitbringen und wir könnten zusammen losziehen.«

»Es ist wahrscheinlich besser, wenn wir heute erst einmal allein gehen.«

Feuerherz war ein wenig verletzt. Als Schülern waren ihnen die Jagdgründe des DonnerClans auch gemeinsam gezeigt worden. Er hätte das gerne, sie beide nun als Mentoren, wieder zusammen mit Graustreif getan. Aber wenn sein Freund lieber für sich sein wollte, dann konnte er ihm das kaum zum Vorwurf machen.

»Gut«, sagte er. »Wir sehen uns dann später. Wir könnten uns eine Maus teilen und unsere Schüler vergleichen.«

»Ja, tun wir das.«

Feuerherz kroch aus dem Bau ins Freie. Die Luft war draußen noch kälter, sein Atem wirbelte vor seiner Schnauze auf wie Rauch. Er schüttelte sich, plusterte das Fell und streckte ein Bein nach dem anderen. Als er zum Bau der Schüler trottete, fühlte sich der Boden unter seinen Pfoten an wie Stein. Rußpfote schlief noch fest, ein wolliges, graues Häufchen, das sich beim Atmen hob und senkte.

»Rußpfote!«, rief er leise und sofort hob die kleine graue Katze den Kopf. Einen Augenblick später stürmte seine Schülerin aus dem Bau, hellwach und begeistert.

»Was machen wir heute?«, wollte sie wissen und blickte mit gespitzten Ohren zu ihm auf.

»Ich hatte mir gedacht, ich nehme dich auf eine Tour durch das DonnerClan-Territorium.«

»Sehen wir dann auch den Donnerweg?«, fragte Rußpfote eifrig.

»Hm, ja«, antwortete ihr Mentor und dachte, wie enttäuscht sie wohl sein würde, wenn sie erst mal sah, was für ein dreckiger, stinkender Ort das war. »Hast du Hunger?«, fragte er und überlegte, ob er ihr raten sollte, erst mal was zu essen.

»Nein!« Rußpfote schüttelte den Kopf.

»Aha, gut. Dann essen wir später. Also los, folge mir.«

»Ja, Feuerherz.« Die junge Katze blickte mit blitzenden Augen zu ihm hoch. Der Anflug von Trauer, der in ihm nach seiner Unterhaltung mit Graustreif zurückgeblieben war, wurde von einem warmen Gefühl des Stolzes weggeschwemmt. Er drehte sich um und trottete zum Lagereingang.

Rußpfote fegte an ihm vorbei durch den Ginstertunnel, und er musste losrennen, um sie einzuholen. »Ich dachte, ich hätte gesagt, dass du mir folgen sollst!«, rief er, als sie den Seitenhang der Schlucht hochkletterte.

»Aber ich will die Aussicht von ganz oben sehen«, protestierte sie.

Feuerherz sprang hinter ihr her, überholte sie mit Leichtigkeit und kletterte bis ganz nach oben, wo er sich hinsetzte und auf sie wartete. Er wusch eine Vorderpfote und behielt Rußpfote im Auge, die mühsam von einem Felsen zum anderen kletterte. Als sie bei Feuerherz ankam, keuchte sie, war aber völlig begeistert.

»Schau dir die Bäume an! Sie sehen aus, als wären sie aus Mondstein gemacht«, rief sie atemlos.

Sie hatte recht. Die mit Raureif bedeckten Bäume unter ihnen funkelten weiß im Sonnenschein. Feuerherz atmete die kalte Luft tief ein.

»Du solltest versuchen, deine Kräfte einzuteilen«, riet er ihr. »Wir haben heute noch einen weiten Weg vor uns.«

»Oh, ja, in Ordnung. Und wohin jetzt?« Mit ungeduldigen Pfoten knetete sie den Boden, schon bereit, weiter in den Wald zu eilen.

»Folge mir«, befahl Feuerherz und kniff übermütig die

Augen zusammen. »Und diesmal meine ich wirklich folgen!« Er ging den Pfad am Rand der Schlucht entlang zu der sandigen Kuhle, in der er zu jagen und zu kämpfen gelernt hatte.

»Hier finden die meisten unserer Trainingseinheiten statt«, erklärte er. Während der Blattgrüne dämpften die Bäume um die Lichtung herum die Sonnenstrahlen zu warmem, geflecktem Licht. Jetzt dagegen strömte kaltes Tageslicht herab auf die gefrorene rote Erde.

»Vor vielen Monden ist hier ein Fluss geflossen. Ein Bach fließt immer noch hinter dieser Anhöhe dort«, erklärte Feuerherz und deutete mit dem Kopf die Richtung an. »In der Blattgrüne ist er meist trocken. Ich habe da meine erste Beute gefangen.«

»Was hast du gefangen?«, wollte Rußpfote wissen, aber auf eine Antwort wartete sie nicht. »Ist der Bach jetzt zugefroren? Komm, lass uns nachschauen, ob da Eis ist!« Sie stürmte in die Kuhle hinab und lief auf die gegenüberliegende Steigung zu.

»Das zeige ich dir ein andermal!«, rief ihr Mentor ihr nach. Aber Rußpfote rannte weiter und Feuerherz musste hinter ihr her die Steigung hinaufspurten. Oben blickten sie gemeinsam auf den Bach hinab. An seinen Ufern hatte sich Eis gebildet, aber die Geschwindigkeit, mit der das reißende Wasser in seinem sandigen Bett dahinrauschte, hatte verhindert, dass er völlig zufror.

»Viel würdest du da jetzt nicht fangen«, sagte Rußpfote, nachdem sie an das Ufer des Baches getreten war. »Höchstens Fische.«

Der Anblick des Ortes, an dem er seine erste Beute gemacht hatte, erfüllte Feuerherz mit glücklichen Erinnerungen. Nun beobachtete er seine Schülerin, wie sie am Bachrand stand, den Hals vorstreckte und in das schwarze Wasser blickte.

»Ich an deiner Stelle würde das Fischen den FlussClan-Katzen überlassen«, warnte er sie. »Wenn die gerne ihr Fell nass machen, dann sollen sie es tun. Ich behalte lieber trockene Pfoten.«

Rußpfote trabte ruhelos im Kreise herum. »Und was nun?«

Ihre Aufregung und seine Erinnerungen an die eigene Schülerzeit füllten Feuerherz mit Energie.

Er stürmte los und rief ihr über die Schulter zu: »Zum Alten Eulenbaum!« Rußpfote, ihr kurzer, wolliger Schwanz hoch aufgereckt, preschte hinter ihm her.

Sie überquerten den Bach auf einem umgestürzten Baum, den Feuerherz schon viele Male benutzt hatte. »Weiter unten gibt es Trittsteine, aber hier ist ein schnellerer Weg. Sei vorsichtig!« Der bleiche, weiße Stamm hatte seine Rinde verloren. »Der Baumstamm ist glatt, wenn das Holz nass oder vereist ist.«

Er ließ Rußpfote zuerst hinübergehen und hielt sich dicht hinter ihr für den Fall, dass ihre Pfoten den Halt verloren. Der Bach war nicht besonders tief, aber das Wasser war zu dieser Jahrenzeit eiskalt.

Doch sie ging leichtfüßig über den Stamm, und Feuerherz war stolz auf seine Schülerin, als sie am anderen Ende hinab auf den Waldboden sprang.

»Gut gemacht!«, schnurrte er. Ihre Augen glänzten.

»Danke«, miaute sie. »Wo ist jetzt dieser Eulenbaum?«

»Hier lang!« Feuerherz stürmte weiter durch das Unterholz. Die Farnwedel, die nach der Blattgrüne braun geworden waren, würden im Laufe des Blattfalls von Regen und Wind zu Boden gedrückt werden, nun ragten sie aber noch groß und kräftig in die Höhe. Feuerherz und Rußpfote schlängelten sich unter dem Farngewölbe hindurch.

Vor ihnen überragte eine mächtige Eiche die anderen Bäume der Umgebung. Rußpfote legte den Kopf zurück und blickte zum Wipfel empor.

»Lebt da wirklich eine Eule?«, fragte sie.

»Ja«, antwortete Feuerherz. »Kannst du das Loch im Stamm da oben sehen?«

Rußpfote kniff die Augen zusammen und entdeckte durch die Äste hindurch die Öffnung. »Woher weißt du, dass es kein Eichhörnchenloch ist?«

»Riech mal!«, sagte er.

Sie schnüffelte laut, schüttelte dann jedoch den Kopf. Mit neugierigen Augen blickte sie zu Feuerherz auf.

»Ich zeige dir ein anderes Mal, wie Eichhörnchen riechen«, versprach er. »Aber hier gibt es keine. Niemals würde ein Eichhörnchen es wagen, sein Nest so nahe bei einem Eulenloch zu machen. Schau dir den Boden an. Was siehst du da?«

Rußpfote sah verwirrt nach unten. »Blätter?«

»Schau mal unter ihnen nach.«

Den Waldboden bedeckte ein Teppich aus braunen, vom Frost steif gefrorenen Eichenblättern. Rußpfote schnüffelte in ihnen herum, dann schob sie das Gesicht bis zu den Ohren hinein. Als sie sich wieder aufsetzte, hielt sie etwas in der Größe eines Kiefernzapfens im Maul.

»Ihhh, das riecht wie Krähenfraß!«, fauchte sie. Feuerherz schnurrte belustigt.

»Du hast gewusst, dass dieses Stinkzeug da war, oder?«

»Blaustern hat mir damals den gleichen Streich gespielt. Den Geruch wirst du nie vergessen.«

»Was ist das?«

»Eulengewölle«, erklärte ihr Mentor. Er erinnerte sich an das, was er von Blaustern gelernt hatte. »Eulen fressen die gleiche Beute wie wir, aber sie können die Knochen und das Fell nicht verdauen. Daher rollen ihre Mägen die Überbleibsel zu einem Ball zusammen und den würgen sie aus. Wenn du einen davon unter einem Baum findest, dann hast du eine Eule gefunden.«

»Warum sollte man eine Eule finden wollen?«, quiekte Rußpfote furchtsam.

Die Schnurrhaare des Katers zuckten, als er ihr in die weit aufgerissenen blauen Augen schaute, so blau wie die ihrer Mutter. Frostfell musste ihr das Ammenmärchen erzählt haben, dass Eulen Katzenjunge wegtragen, die sich unerlaubt von der Seite der Mutter entfernen.

»Eulen haben einen besseren Überblick über den Wald, als wir ihn bekommen. In windigen Nächten, wenn man nur schwer Gerüchen folgen kann, muss man nach Eulen Ausschau halten und ihnen dahin folgen, wo sie jagen.«

Rußpfotes Augen waren noch weit aufgerissen, aber nicht mehr voller Angst und sie nickte. *Manchmal hört sie tatsächlich zu!*, dachte Feuerherz erleichtert.

»Und wohin jetzt?«, miaute Rußpfote.

»Zur Großen Platane«, entschied er.

Während die Sonne hinauf in den hellblauen Himmel stieg, zogen sie durch den Wald, überquerten einen Zweibeinerpfad und einen zweiten kleinen Bach. Schließlich kamen sie zu der Platane.

»Die ist ja riesig!«, staunte die Schülerin.

»Kleinohr behauptet, dass er als Schüler bis zur Spitze geklettert ist.«

»Nie im Leben!«

»Na ja, als Kleinohr ein Schüler war, ist dieser Baum wahrscheinlich nur ein kleiner Schössling gewesen!«, scherzte Feuerherz. Er blickte noch immer hinauf in die Äste, als ihm ein Rascheln hinter seinem Rücken verriet, dass Rußpfote wieder losgeprescht war. Er seufzte und jagte hinter ihr her durch den Farn. Seine Nase entdeckte einen vertrauten Geruch, der ihn beunruhigte. Die Schülerin lief genau auf die Schlangenfelsen zu. *Nattern!* Er beschleunigte seinen Lauf.

Feuerherz trat aus den Bäumen heraus und blickte sich besorgt um. Rußpfote stand auf einem Felsblock am Fuße des steinigen Steilhangs.

»Los, ich renne mit dir um die Wette zum Gipfel!«, rief sie.

Entsetzt erstarrte er, als sie sich duckte, schon bereit, auf den nächsten Felsen zu springen. »Rußpfote! Komm da runter! Vorsichtig!«, brüllte er.

Er hielt die Luft an, als sie sich langsam umdrehte und wieder herunterkletterte. Zitternd und mit gesträubtem Fell stand sie dann vor Feuerherz.

»Das hier sind die Schlangenfelsen«, sage er atemlos.

Mit großen Augen sah seine Schülerin zu ihm auf.

»Hier leben Nattern. Ein Biss von ihnen würde eine kleine Katze wie dich töten!« Feuerherz stupste die zitternde Rußpfote mit seiner Nase an. »Komm, lass uns einen Blick auf den Donnerweg werfen. Folge mir!«

Er führte sie durch die Farnpflanzen auf einem Pfad, der

die Schlangenfelsen umrundete und sie in den Teil des Waldes brachte, den der Donnerweg wie ein harter, grauer Fluss aus Stein durchschnitt.

Feuerherz behielt Rußpfote genau im Auge. An ihrem zuckenden Schwanz erkannte er, dass sie ganz begierig war, hinauszukriechen und den Donnerweg, der vor ihnen lag, zu beschnuppern. Er spürte ein vertrautes Dröhnen in seinem empfindlichen Ohrfell und ein Beben unter seinen Pfoten.

»Bleib, wo du bist!«, warnte er. »Ein Ungeheuer!«

Rußpfote öffnete ein wenig den Mund. »Igitt!«, zischte sie, kräuselte die Nase und legte die Ohren an. Das donnernde Geräusch kam näher und etwas Riesenhaftes tauchte am Horizont auf. »Ist das ein Ungeheuer?«

Feuerherz nickte.

Rußpfote fuhr die Krallen aus und hakte sich in der Erde fest, während das Ungeheuer immer näher dröhnte. Fest schloss sie die Augen, als es vorbeistürmte und die Luft in einen donnernden Wirbelsturm verwandelte. Sie hielt die Augen noch immer geschlossen, bis der Lärm in der Ferne verklungen war.

Feuerherz schüttelte den Kopf, um seine Geruchsknospen frei zu machen.

»Prüfe mal die Luft«, befahl er. »Kannst du sonst noch etwas riechen außer dem Donnerweggestank?«

Sie nahm ein paar tiefe Atemzüge und sagte nach einigen Augenblicken: »Ich erinnere mich an diesen Geruch von damals, als Braunstern unser Lager angegriffen hat. Und er war auch an den Jungen, als du sie zurückgebracht hast. SchattenClan! Ist das ihr Territorium auf der anderen Seite vom Donnerweg?«

»Ja«, antwortete Feuerherz, und sein Fell kribbelte bei dem Gedanken, dem Territorium des feindlichen Clans so nahe zu sein. »Lass uns von hier verschwinden.«

Er beschloss, Rußpfote auf dem langen Weg vorbei am Zweibeinerort nach Hause zu bringen, damit sie die Hochkiefern und den Baumsägeort sehen konnte.

Als sie unter den Nadelbäumen entlangliefen, war Feuerherz unruhig wegen des Geruchs, der vom Zweibeinerort ausging, obwohl er doch als Junges nicht weit davon entfernt gelebt hatte.

»Bleib wachsam«, warnte er seine Schülerin, die hinter ihm her schlich. »Manchmal sind hier Zweibeiner mit ihren Hunden.«

Die beiden Katzen kauerten sich unter die Bäume und betrachteten die Zäune, die das Territorium der Zweibeiner begrenzten. Die kühle Luft trug Feuerherz einen Duft in die Nase, der ein merkwürdiges Gefühl der Wärme in ihm weckte, ohne dass er verstand, warum.

»Schau!« Rußpfote deutete mit der Nase auf eine Kätzin, die über den Waldboden trottete. Die hellbraun Gestreifte hatte eine auffallend weiße Brust und weiße Vorderpfoten. Ihr Bauch war angeschwollen und schwer von ungeborenen Jungen.

»Hauskätzchen!«, schnaufte Rußpfote verächtlich mit gesträubtem Fell. »Lass sie uns verjagen!«

Feuerherz erwartete den vertrauten Ansturm aggressiver Gefühle beim Anblick eines Fremdlings auf DonnerClan-Territorium, aber sein Nackenhaar sträubte sich nicht. Aus irgendeinem Grund, den er nicht verstand, wusste er, dass diese Katze keine Bedrohung darstellte. Bevor Rußpfote sie angreifen konnte, streifte Feuerherz absichtlich einen knisternden Farnwedel.

Die Kätzin blickte hoch, aufgescheucht von dem raschelnden Geräusch. Ihre Augen öffneten sich weit vor Schreck. Dann wirbelte sie herum, rannte in schwerfälligem Tempo zwischen den Bäumen davon und hievte sich über einen der Zäune.

»Mist!«, rief Rußpfote. »Ich wollte sie jagen! Ich wette, Farnpfote hat heute ganz viele Sachen gejagt.«

»Ja ja, aber dafür ist er nicht beinahe von einer Natter gebissen worden«, entgegnete Feuerherz und schnippte mit dem Schwanz. »Komm jetzt. Ich kriege langsam Hunger.«

Rußpfote folgte ihm durch die Hochkiefern und jammerte wegen der Nadeln, die sie in die Pfoten stachen. Er ermahnte sie, ruhig zu sein, da es hier kein Unterholz gab, in dem man sich verstecken konnte, und er das Unbehagen jeder Clan-Katze empfand, die sich in offenem Gelände aufhielt. Sie folgten einem der stinkenden Pfade, die von dem Baumsäge-Ungeheuer in den Boden gekerbt worden waren, und hielten am Rande des Baumsägeorts an. Es war still. Wie Feuerherz wusste, würde das bis zur nächsten Blattgrüne so bleiben. Bis dahin würden nur die tiefen, breiten, in die Erde gefrorenen Spuren den DonnerClan an das Ungeheuer erinnern, das in ihrem Wald lebte.

Als sie schließlich zurück ins Lager kamen, war Feuerherz erschöpft. Seine Muskeln waren noch ermattet von der langen Reise mit dem WindClan. Auch Rußpfote wirkte müde. Sie unterdrückte ein Gähnen und trottete los auf der Suche nach Farnpfote.

Feuerherz entdeckte Graustreif, der ihm aus der Nähe des Brennnesselflecks zuwinkte. »Hier, ich habe etwas Frischbeute für dich!« Er packte eine tote Maus mit der Kralle und warf sie seinem Freund zu. Der fing sie mit den Zähnen in der Luft und legte sich neben Graustreif.

»Guten Tag gehabt?«, fragte er mit vollem Mund.

»Besser als gestern«, antwortete Grausteif. »Eigentlich hat es mir sogar Spaß gemacht. Farnpfote ist begierig zu lernen, das jedenfalls ist klar!«

»Rußpfote genauso.«

»Allerdings«, fuhr Graustreif mit einem Glitzern im Auge fort, »habe ich immer wieder vergessen, dass ich der Mentor und nicht der Schüler bin.«

»Ich auch«, musste sein Freund zugeben.

Sie gaben sich die Zungen, bis der Mond aufging und die Kälte der Nacht sie in ihren Bau trieb. Graustreif begann nach wenigen Augenblicken zu schnarchen, Feuerherz war jedoch merkwürdig wach. Immer wieder kam ihm das Bild der trächtigen Kätzin in den Sinn. Obwohl er jetzt von den vertrauten Gerüchen des DonnerClans umgeben war, blieb ihr weicher Hauskatzenduft in seiner Nase.

Endlich schlief er ein, aber seine Träume hatten alle den gleichen Geruch, bis er schließlich von seinen Tagen als Junges träumte, wie er mit seinen Geschwistern zusammengerollt am Bauch seiner Mutter lag, in einem Bett, das weicher war als das Moos des Waldes. Und immer noch blieb der Geruch der Kätzin bei ihm.

Plötzlich fuhr er aus dem Schlaf auf und öffnete die Augen. Natürlich! Die Kätzin, die er im Wald gesehen hatte … war seine Schwester!

10. KAPITEL

FEUERHERZ ERWACHTE in der Morgendämmerung mit dem Bild seiner Schwester noch deutlich in seinen Gedanken. Er schob sich aus dem Bau in der Hoffnung, dass die Routine des Tages ihn ablenken würde. Wieder war es ein frostiger, kalter Morgen.

Weißpelz und Langschweif warteten in der Nähe des Lagereingangs, bereit, auf Patrouille zu gehen. Mausefell trottete vorbei und begrüßte Feuerherz mit einem fröhlichen Miauen. Weißpelz rief nach Sandpfote, die gerade noch rechtzeitig aus dem Bau gestürzt kam, um sich der Patrouille anzuschließen. Es war eine Szene, wie sie Feuerherz viele Male beobachtet hatte, aber zum ersten Mal verlangte ihn nicht danach, mit ihnen zu gehen, als sie hinein in den morgenfrischen Wald preschten.

Er lief über die Lichtung und fragte sich, ob Rußpfote schon wach war. Buntgesicht zwängte sich gerade aus dem schmalen Eingang zur Kinderstube. Ein geflecktes Junges folgte ihr, dann noch eins. Ein drittes, hellgrau mit Flecken wie das erste, taumelte heraus und fiel hin.

Buntgesicht hob es am Nackenfell hoch und setzte es vorsichtig wieder auf die Pfoten. Die Zärtlichkeit, mit der die Kätzin handelte, bewirkte, dass Feuerherz sein Traum wieder in den Sinn kam. Seine Mutter hatte wahrscheinlich das Gleiche für ihn getan. Er wusste, dass Buntgesichts viertes Junges bald nach der Geburt gestorben war, und so liebte sie die verbliebenen Jungen nun umso inniger.

Eine Woge des Neids überkam ihn, als er daran dachte, dass alle Katzen hier etwas hatten, was ihm fehlte – *sie waren alle im Clan geboren*. Er war immer stolz auf seine Treue zu dem Clan gewesen, der ihn aufgenommen hatte und ihm ein Leben gab, das er als Hauskätzchen nie gekannt hätte. Er empfand diese Treue immer noch – er würde sein Leben geben, um den DonnerClan zu schützen –, aber niemand im Clan verstand oder respektierte seine Wurzeln als Hauskatze. Er war jedoch überzeugt, die Kätzin, die er gestern gesehen hatte, würde das tun. Mit wehmütigem Herzen fragte er sich, welche gemeinsamen Erinnerungen sie haben mochten.

Hinter sich hörte er Graustreifs schwere Pfotenschritte, und er begrüßte den Freund, indem er den Kopf vorstreckte und seine Nase berührte.

»Könntest du heute Rußpfote übernehmen?«, fragte er ihn.

Der graue Kater blickte ihn neugierig an. »Warum?«

»Oh, nichts Wichtiges«, erwiderte Feuerherz so beiläufig wie möglich. »Ich wollte nur etwas überprüfen, was ich gestern gesehen habe. Pass aber auf Rußpfote auf. Sie befolgt nicht immer deine Anordnungen. Lass sie nicht aus den Augen, sonst läuft sie in irgendeine Richtung davon.«

Graustreifs Schnurrhaare zuckten amüsiert. »Klingt wie ein echter Wildfang. Aber vielleicht ist das gut für Farnpfote. Er läuft nie irgendwohin, ohne dass er vorher gründlich darüber nachgedacht hätte.«

»Danke, Graustreif!« Feuerherz sprang los zum Lagereingang, bevor sein Freund ihn weiter befragen konnte.

Als der Zweibeinerort zwischen den Bäumen auftauchte, kauerte sich Feuerherz nieder. Er öffnete den Mund und atmete die kalte Morgenluft ein. Kein Zeichen einer Patrouille des DonnerClans, auch kein Zweibeinergeruch. Er entspannte sich ein wenig.

Langsam näherte er sich dem Zaun, der das Zweibeinernest umgab, wo die Kätzin verschwunden war. Er zögerte, sah sich um und prüfte noch einmal die Luft, dann sprang er und landete mit einem Satz auf einem Zaunpfahl. Keine Zweibeiner waren zu sehen, nur ein verlassener Garten mit seinen stark duftenden Pflanzen.

Oben auf dem Pfahl fühlte sich Feuerherz schutzlos. Über ihm hing der Ast eines Baums herunter. Die Blätter waren zwar gefallen, trotzdem könnte er sich dort leichter verbergen. Geräuschlos zog er sich hoch und legte sich, flach gegen die raue Borke gedrückt, auf den Ast und wartete.

Im Eingang des Zweibeinernests konnte er eine Klappe sehen. Als Junges hatte er genau so eine benutzt. Er richtete den Blick darauf in der Hoffnung, das Gesicht seiner Schwester jeden Augenblick zu sehen. Die Sonne stieg langsam am Morgenhimmel auf, trotzdem begann er zu frieren. Der feuchte Ast zog ihm die Wärme aus dem Körper. Vielleicht hielten die Zweibeiner seine Schwester ja eingeschlossen. Schließlich würde sie bald Junge werfen. Er leckte sich die Pfote und fragte sich, ob er nicht lieber zurück ins Lager gehen sollte.

Plötzlich hörte er ein lautes Klappern. Er blickte zur Tür und sah seine Schwester in der Katzenklappe auftauchen. Das Fell auf seinem Rückgrat sträubte sich voller Erwartung, und er konnte sich nur mit Mühe zurückhalten, gleich hinab in den Garten zu springen. Er wusste, er würde ihr sonst Angst einjagen, so wie gestern. Sein Geruch war jetzt der einer Waldkatze, nicht der eines freundlichen Hauskätzchens.

Er wartete, bis seine Schwester das Ende des Rasens erreicht hatte, dann kroch er am Ast vor und ließ sich vorsichtig auf den Zaun gleiten. Geräuschlos sprang er in das Gebüsch darunter. Wieder brachte der Geruch der Kätzin ihm seinen Traum zurück.

Wie konnte er ihre Aufmerksamkeit erregen, ohne sie zu erschrecken? Verzweifelt durchsuchte er sein Gedächtnis nach dem Namen seiner Schwester, doch er konnte sich nur an seinen eigenen Kätzchennamen erinnern.

Leise rief er aus dem Gebüsch: »Ich bin's, Sammy!«

Ruckartig blieb die Kätzin stehen und sah sich um. Feuerherz holte tief Luft und kroch aus dem Gebüsch.

Ihre Augen weiteten sich vor Entsetzen. Feuerherz wusste, wie er auf seine Schwester wirken musste – mager und wild mit einem scharfen Waldgeruch im Fell. Ihre Haare sträubten sich und sie fauchte ihn an. Feuerherz war von ihrem Mut beeindruckt.

Blitzartig erinnerte er sich an ihren Namen. »Prinzessin! Ich bin's, Sammy, dein Bruder! Erinnerst du dich an mich?«

Sie blieb angespannt. Wahrscheinlich fragte sie sich, woher dieser fremde Kater ihren Namen kannte. Unterwürfig kauerte er sich nieder. Hoffnung stieg in ihm auf, als er sah, wie die Miene seiner Schwester sich langsam von Angst in Neugier verwandelte.

»Sammy?« Mit weit aufgerissenen Augen und noch immer auf dem Sprung sog Prinzessin die Luft ein. Feuerherz machte einen vorsichtigen Schritt auf sie zu, und als sie sich nicht rührte, kroch er langsam näher. Noch immer blieb seine Schwester unbeweglich stehen, bis er nur noch eine Mauselänge von ihr entfernt war.

»Du riechst nicht wie Sammy«, miaute sie.

»Ich lebe nicht mehr unter Zweibeinern. Ich lebe im Wald mit dem DonnerClan. Und dessen Geruch habe ich jetzt.« *Sie hat wahrscheinlich noch nie von den Clans gehört*, dachte er und erinnerte sich an seine eigene Unwissenheit, bevor er Graustreif im Wald getroffen hatte.

Prinzessin streckte die Nase vor und rieb die Schnauze vorsichtig an seiner Wange. »Aber der Geruch unserer Mutter ist noch da«, murmelte sie halb zu sich selbst und ein Glücksgefühl durchströmte ihn bei ihren Worten. Doch dann verengten sich ihre Augen und sie trat mit misstrauisch angelegten Ohren einen Schritt zurück.

»Warum bist du hier?«, fragte sie.

»Ich habe dich gestern im Wald gesehen«, erklärte er. »Ich musste zurückkommen und mit dir sprechen.«

»Warum?«

Feuerherz sah sie erstaunt an. »Weil du meine Schwester bist.« Sie musste doch auch etwas für ihn empfinden, oder nicht?

Einen Augenblick lang betrachtete sie ihn aufmerksam. Zu seiner Erleichterung verschwand ihr zurückhaltender Ausdruck.

»Du bist sehr mager«, miaute sie kritisch.

»Vielleicht magerer als eine Hauskatze, aber nicht mager für eine Clan... eine Waldkatze«, erwiderte Feuerherz. »Dein Geruch war in meinen Träumen heute Nacht. Ich habe von dir geträumt und von unseren Brüdern und der Schwester und …« Er machte eine Pause. »Wo ist unsere Mutter?«

»Sie ist noch bei ihren Hausleuten«, antwortete Prinzessin.

»Was ist mit …?«

Sie ahnte, was er fragen wollte. »Unseren Geschwistern? Die meisten leben hier in der Nähe. Ich sehe sie von Zeit zu Zeit in ihren Gärten.«

Eine Weile saßen sie schweigend nebeneinander. Dann fragte Feuerherz: »Erinnerst du dich noch an das weiche Bett im Korb unserer Mutter?« Ganz kurz hatte er ein Schuldgefühl, dass er sich nach solcher Hauskätzchenweichheit sehnte, aber Prinzessin schnurrte: »Oh ja. Ich wünschte, ich könnte es für meinen eigenen Wurf haben.«

Sein Unbehagen schwand. Es war gut, über eine so zarte Erinnerung ohne Scham reden zu können. »Ist das dein erster Wurf?«

Sie nickte, in ihren Augen war Unsicherheit zu erkennen. Er spürte eine Woge von Mitgefühl. Obwohl sie gleichaltrig waren, kam sie ihm sehr jung und unschuldig vor.

»Es wird schon gut gehen«, sagte er und dachte an Buntgesichts Wurf. »Du siehst aus, als ob dich deine Zweibeiner gut behandeln. Ich bin überzeugt, deine Jungen werden heil und gesund.«

Prinzessin rückte näher an ihn heran und drückte sich mit dem Fell an seine Flanke. Feuerherz ging das Herz auf. Zum ersten Mal seit seiner Kindheit erhaschte er einen Einblick in das, was den Clan-Katzen selbstverständlich vorkommen musste: die Nähe der Verwandtschaft, ein gemeinsames Band, das von Geburt und Vererbung bestimmt war.

Plötzlich verspürte er den Wunsch, seiner Schwester von seinem jetzigen Leben zu erzählen. »Weißt du etwas über die Clans?«

Prinzessin starrte ihn erstaunt an. »Du hast einen DonnerClan erwähnt.«

Er nickte. »Es gibt insgesamt vier Clans«, erklärte er ihr. »Im Clan kümmern wir uns umeinander. Jüngere Katzen jagen für die Ältesten, Krieger schützen die Jagdgründe vor anderen Clans. Die ganze Blattgrüne über habe ich trainiert, ein Krieger zu werden. Jetzt habe ich einen eigenen Schüler.« Er konnte an ihrem ratlosen Ausdruck erkennen, dass seine Schwester nicht alles verstand, was er ihr erzählte. Trotzdem glänzten ihre Augen interessiert bei seinem Bericht.

»Es klingt, als ob du dein Leben genießt«, miaute sie ehrfürchtig.

Vom Haus her rief die Stimme eines Zweibeiners. Sofort sprang Feuerherz unter den nächsten Busch.

»Ich muss gehen«, sagte Prinzessin. »Sie werden sich sonst Sorgen machen und ich habe viele kleine Mäuler zu füttern. Ich kann spüren, wie sie sich in mir bewegen.« Mit sanften Augen schaute sie auf ihren angeschwollenen Bauch.

Er blickte unter dem Busch hervor. »Dann geh. Ich muss sowieso zu meinem Clan zurück. Aber ich werde wieder kommen und nach dir sehen.«

»Ja, das wäre schön!«, rief sie ihm über die Schulter zu und trottete schon auf ihr Zweibeinernest zu. »Auf Wiedersehen!«

»Bis bald!«

Prinzessin verschwand, und Feuerherz hörte, wie sich hinter ihr die Klappe schloss.

Nachdem Stille im Garten eingekehrt war, kroch er durch die Büsche zurück zum Zaun, sprang darüber und rannte in den Wald. Erinnerungen an Kindheitsgerüche drängten sich ihm in den Sinn, die plötzlich wirklicher waren als die Düfte des Waldes um ihn herum.

Am oberen Rand der Schlucht blieb er stehen und blickte auf das DonnerClan-Lager hinab. Noch war er nicht bereit, sich dort wieder einzufinden. Er sorgte sich, dass ihm inmitten seines Clans nun alles fremd erscheinen könnte. *Ich werde jagen gehen*, dachte er. Rußpfote konnte noch eine Weile länger unter Graustreifs Obhut sein und im Lager wäre jede Frischbeute herzlich willkommen. Er wandte sich um und machte sich wieder auf in den Wald.

Als er schließlich ins Lager zurückkehrte, trug er eine Wühlmaus und eine Waldtaube im Maul. Die Sonne ging gerade unter und die Katzen versammelten sich zum Abendessen. Graustreif saß allein neben dem Brennnesselfleck mit einem fetten Buchfinken in den Pfoten. Feuerherz nickte ihm zu, als er über die Lichtung zu dem Haufen Frischbeute trottete, der sich bereits angesammelt hatte.

Tigerkralle saß mit schmalen, bernsteinfarbenen Augen unter dem Hochstein. »Ich habe bemerkt, dass Rußpfote den Tag mit Graustreif verbracht hat«, sagte er, als Feuerherz seinen Fang auf den Haufen fallen ließ. »Wo bist du gewesen?«

Der junge Krieger erwiderte den Blick des Zweiten Anführers. »Es schien mir ein guter Tag für die Jagd zu sein – zu gut, um ihn zu verschwenden«, antwortete er, während ihm das Herz in der Brust dröhnte. »Der Clan braucht im Augenblick so viel Frischbeute wie nur möglich.«

Tigerkralle nickte mit misstrauisch finsterem Blick. »Ja,

aber wir brauchen auch Krieger. Die Ausbildung von Rußpfote ist deine Aufgabe.«

»Ich weiß, Tigerkralle«, sagte Feuerherz. Respektvoll neigte er den Kopf. »Ich werde sie morgen mitnehmen.« Dann packte er sich eine Maus und trug sie zu Graustreif hinüber, um neben ihm zu essen.

»Hast du gefunden, wonach du gesucht hast?«, fragte der Freund geistesabwesend.

»Ja, habe ich.« Feuerherz verspürte Mitleid mit seinem Freund, dessen Augen nach wie vor voller Kummer waren. »Denkst du noch immer an den FlussClan-Krieger?«

»Ich versuche, nicht an ihn zu denken«, antwortete Graustreif ruhig. »Aber wenn ich allein bin, kommt mir Rindengesicht in den Sinn und seine Prophezeiung eines unnötigen Todes und bevorstehender Probleme ...«

»Hier«, unterbrach ihn Feuerherz und schob ihm seine Maus hin. »Dieser Buchfink sieht aus, als ob er zur Hälfte aus Federn besteht, und ich bin nicht so hungrig. Wollen wir tauschen?« Der graue Kater warf ihm einen dankbaren Blick zu und die beiden Freunde tauschten ihre Beute und begannen zu essen.

Während Feuerherz auf dem Vogel herumkaute, blickte er über die Lichtung. Er sah Sandpfote und Borkenpfote vor dem Bau der Schüler, wo der junge Kater damit beschäftigt war, ein Kaninchen zu zerkleinern. Feuerherz fing Sandpfotes Blick auf, aber sie schaute sofort weg.

Rußpfote lag neben dem alten Baumstumpf, wo Feuerherz als Schüler selbst viele Mahlzeiten eingenommen hatte. Sie plauderte begeistert mit Farnpfote, der von Zeit zu Zeit nickte und an einem Sperling rupfte. Der Anblick der beiden jungen

Katzengeschwister, die da so entspannt nebeneinanderlagen, erinnerte Feuerherz wieder an Prinzessin und zum ersten Mal bereiteten ihm die vertrauten Bilder seines Clans Unbehagen. Bevor er ins Lager zurückgekehrt war, hatte er sorgfältig den Geruch seiner Schwester von seinem Fell geleckt, aber in seiner eigenen Nase blieb ihr Duft lebendig. Er war auf das Gefühl von Nähe gestoßen, die er bislang vermisst hatte, aber dadurch hatte die Einsamkeit, die bis jetzt vage und namenlos in seinem Herzen geruht hatte, eine Gestalt angenommen. *Waren die tief verwurzelten Erinnerungen, die er mit Prinzessin teilte, stärker als seine Treue zum Clan?*

11. KAPITEL

»WIEDER EIN SONNIGER Tag«, sagte Feuerherz schnurrend zu Graustreif, als er die schwache Morgensonne auf seinem feuerfarbenen Pelz spürte. Dank des schönen Wetters hatte er sich in letzter Zeit zwischen Patrouillen, Jagd und Trainingseinheiten oft davongeschlichen und Prinzessin fast täglich besucht. Nun lief er mit seinem Freund auf dem kurzen Pfad zur Sandkuhle, wo Rußpfote und Farnpfote sie schon erwarteten.

»Wir wollen hoffen, dass es die restliche Blattleere so schön bleibt«, sagte Graustreif. Feuerherz wusste, wie sehr sein Freund mit seinem dichten Pelz Regen verabscheute. Denn wenn sein Fell nass wurde, klebte es an ihm und blieb noch lange feucht, wenn das kürzere Fell von Feuerherz schon längst getrocknet war.

Die beiden Krieger erreichten den Rand der Kuhle genau in dem Augenblick, als Rußpfote sich auf einen Haufen frostigen Laubs stürzte, sodass es in alle Richtungen davonflog. Sie sprang hoch und drehte sich, um eines der zum Boden flatternden Blätter zu fangen.

Die beiden Mentoren blickten sich lächelnd an.

»Wenigstens wärmt sich Rußpfote so auf und ist bereit für die Aufgabe des heutigen Tages«, sagte Graustreif.

Farnpfote sprang auf die Pfoten und blickte mit großen Augen zu seinem Ausbilder auf. »Guten Morgen, Graustreif«, miaute er. »Was ist denn die heutige Aufgabe?«

»Ein Jagdauftrag«, antwortete der. Er stapfte in die Kuhle hinab, gefolgt von Feuerherz.

»Wo?«, fragte Rußpfote und kam auf sie zu gerannt. »Was sollen wir fangen?«

»Wir gehen zu den Sonnenfelsen«, erklärte Feuerherz, der sich von ihrer Begeisterung anstecken ließ. »Und wir fangen alles, was wir fangen können.«

»Ich möchte eine Wühlmaus erwischen«, sagte Rußpfote. »Die habe ich noch nie gekostet.«

»Ich fürchte, alles, was wir heute fangen, geht direkt zu den Ältesten«, betonte Graustreif. »Aber ich bin überzeugt, wenn du einen von ihnen höflich bittest, werden sie gerne mit dir teilen.«

»In Ordnung«, sagte Rußpfote. »In welcher Richtung liegen die Sonnenfelsen?« Sie stürmte eine Seite der Kuhle hinauf und schaute mit hochgerecktem Schwanz zum Wald hinüber.

»Hier lang!«, rief Feuerherz und sprang in großen Sätzen auf der entgegengesetzten Seite nach oben.

Rußpfote raste den Hang wieder hinab, quer durch die Kuhle und die Seite hinauf, auf der Feuerherz stand. Dabei wirbelte sie überall abgefallene Blätter auf.

Graustreif sprang hoch und fing eins, das an seiner Nase vorbeitrieb. Mit zufriedenem Schnurren nagelte er es auf den Boden und bemerkte, wie Farnpfote ihn erstaunt anstarrte.

»Ähm, lass nie eine Gelegenheit aus, deine Jagdfertigkeiten zu üben«, erklärte er ihm rasch.

Die vier Katzen zogen auf den vertrauten Duftspuren zu den Sonnenfelsen. Als sie in offenes Gelände kamen, stand die Sonne schon über den Bäumen. Vor ihnen erhob sich aus der weichen Erde ein Felshang, dessen glatte Oberfläche von Rissen durchzogen war. Bei ihrem Anblick mussten die Katzen die Augen zusammenkneifen, denn nach dem Schatten des Waldes warf der flache Fels das Sonnenlicht hell leuchtend zurück.

»Das sind die Sonnenfelsen«, erklärte Feuerherz blinzelnd. »Kommt!«

»Mhhmm! Fühlt sich gut an!«, miaute Rußpfote, als sie hinter ihm den glatten Stein hinaufrannte. Nach dem eiskalten Waldboden war der Fels angenehm warm.

Sie blieben oben stehen, wo das Gelände auf der anderen Seite steil zum Wald abfiel. Feuerherz horchte auf das sanfte Plätschern des vom Hochland herabfließenden Flusses, der zunächst das Territorium des FlussClans begrenzte und dabei die Sonnenfelsen berührte, bevor er eine Wendung machte und tiefer in das FlussClan-Territorium strömte. Man konnte ihn jetzt kaum hören – vielleicht war nach dem trockenen Wetter der Wasserstand niedrig.

Feuerherz streckte sich, genoss die Wärme des Felsens unter seinem Körper und die sanfte Hitze der Sonne auf seinem Pelz. Er schloss die Augen und war stolz, hier zu liegen, an einem Ort, zu dem Generationen von Katzen aus dem DonnerClan gekommen waren, um sich zu wärmen, und um dessen Besitz sie hart gekämpft hatten.

Graustreif gesellte sich zu ihm. »Kommt her!«, rief er den beiden Schülern zu. »Genießt die Sonne, solange sie scheint. Es liegen noch genug kalte, feuchte Tage vor uns.«

Die beiden Schüler legten sich schnurrend neben ihre Mentoren auf den glatten Stein und ließen die Wärme ins Fell sickern.

»Ist dies die Stelle, wo Rotschweif gestorben ist?«, fragte Farnpfote.

»Ja«, antwortete Feuerherz vorsichtig.

»Und wo Tigerkralle sein Rächer geworden ist und Eichenherz umgebracht hat?«, meldete sich Rußpfote.

Feuerherz kribbelte das Fell, als er an Rabenpfotes Bericht dachte – dass Rotschweif für den Tod von Eichenherz verantwortlich gewesen sei und Tigerkralle dann Rotschweif getötet habe, den Zweiten Anführer seines eigenen Clans. Er schob diese beunruhigenden Gedanken beiseite und antwortete einfach: »Dies ist die Stelle.«

Die beiden Schüler schwiegen und blickten ehrfürchtig den Abhang hinab.

Plötzlich vernahm Feuerherz ein Geräusch. Er spitzte die Ohren.

»Psst!«, zischte er. »Was könnt ihr hören?«

Die beiden Schüler horchten angestrengt nach vorn.

»Ich glaube, ich kann etwas krabbeln hören«, flüsterte Farnpfote.

»Vielleicht ist es eine Wühlmaus«, murmelte Graustreif. »Könnt ihr ausmachen, von wo das Geräusch kommt?«

»Von da drüben!«, miaute Rußpfote und sprang auf. Das Krabbelgeräusch wurde wilder und verstummte.

»Sie hat dich gehört«, bemerkte Feuerherz trocken. Rußpfote wirkte zerknirscht und Farnpfote schnurrte amüsiert wegen der Ungeschicklichkeit seiner Schwester.

»Mach dir nichts draus«, sagte Graustreif. »Jetzt weißt du,

dass es besser ist, sich langsam anzuschleichen, besonders bei Wühlmäusen. Sie sind schnell!«

»Sitzt still und horcht«, riet Feuerherz. »Wenn wir das nächste Mal etwas hören, findet raus, wo es ist, und bewegt euch dann sehr langsam darauf zu. Eine Maus könnte wahrscheinlich sogar das Rascheln eures Fells hören, lasst sie also denken, dass es nur der Wind ist, der über den Felsen weht.«

Die Katzen blieben, wo sie waren. Keiner wagte, sich zu rühren, bis sie das Krabbelgeräusch wieder hörten. Mit gespitzten Ohren erhob sich Feuerherz und kroch vorwärts. Dabei setzte er die Pfoten geräuschlos eine vor die andere, bis er den Rand eines schmalen Spalts erreichte, der quer über die Felsplatte lief. Er wartete. Das krabbelnde Geräusch war weiterhin zu hören. Feuerherz stürzte vor, langte mit einer Vorderpfote hinunter in den Spalt, schaufelte eine fette Wühlmaus heraus, die sich im Schatten versteckt hatte, und schleuderte sie auf den hellen Stein. Sie quiekte benommen beim Aufprall auf den harten Untergrund und Feuerherz erledigte sie sofort.

»Oh!«, miaute Rußpfote. »So möchte ich das auch tun!«

»Keine Sorge, du wirst noch jede Menge Gelegenheiten dazu bekommen. Aber jetzt gehen wir erst mal zurück in den Wald«, sagte Graustreif.

»Wollen wir denn nichts anderes fangen?«, protestierte Rußpfote.

»Hast du diese Wühlmaus quieken hören?«, fragte Feuerherz. Seine Schülerin nickte. »Na ja, und das hat auch jedes andere Tier hier in der Nähe gehört. Die Beute wird sich nun eine Weile lang versteckt halten. Ich hätte sie fangen und töten sollen, bevor sie ein Geräusch von sich geben konnte.«

Die Schnurrhaare seines Freundes zuckten amüsiert. »Ich hätte ja nichts gesagt«, schnurrte er.

Feuerherz nahm die tote Wühlmaus mit dem Maul auf und zusammen zogen die Katzen den Abhang hinab und traten zwischen die Bäume. Nach der Wärme der Sonnenfelsen wirkte der Wald kühl, obwohl Sonnenhoch näher rückte. Feuerherz roch frische Markierungen an der Grenze zum FlussClan. Dahinter senkte sich das Gelände zum Wasser hinunter.

Ein Blatt flatterte auf Farnpfote herab. Der junge Kater sprang sofort hoch und fing es zwischen den Pfoten. Dann sah er sich selbstzufrieden um.

»Gut gemacht!«, rief Graustreif. »Du wirst mit Wühlmäusen keine Schwierigkeiten haben!« Sein Schüler wirkte doppelt zufrieden.

»Guter Fang, Farnpfote!«, miaute auch seine Schwester. Sie knuffte mit der Nase die Schulter ihres Bruders.

»Der Fluss ist heute ruhig«, murmelte Feuerherz durch sein Maul voll Wühlmaus.

»Weil er zugefroren ist«, rief Rußpfote aufgeregt. »Ich kann es durch die Bäume sehen!«

Ihr Mentor ließ die Wühlmaus fallen. »Zugefroren? Voll und ganz?« Er starrte hinunter. Am Grund glitzerte der Fluss, frostig und still. Konnte Rußpfote recht haben? Seine Pfoten kribbelten vor Aufregung. Er hatte noch nie gesehen, dass der Fluss vollständig zugefroren war.

»Können wir mal nachschauen?«, fragte die kleine Kätzin. Ohne auf eine Antwort zu warten, sprang sie an den Duftmarken vorbei. Feuerherz' Aufregung verwandelte sich in Panik, als er die graue Schülerin in das Territorium des FlussClans verschwinden sah. Nachrufen konnte er ihr nicht – er wollte nicht die Aufmerksamkeit einer vielleicht feindlichen Patrouille in der Nähe erregen. Aber er musste Rußpfote zurückholen. So ließ er die Wühlmaus liegen und spurtete hinter Rußpfote her. Graustreif und Farnpfote folgten kurz hinter ihm.

Sie holten Rußpfote am Flussufer ein. Er war fast vollständig zugefroren, abgesehen von einem schmalen Kanal dunklen Wassers, das schnell zwischen zwei breiten Rändern von Eis dahinströmte. Mit Schaudern erinnerte sich Feuerherz an Weißkralle. Er wollte gerade vorschlagen, schleunigst zu verschwinden, als er bemerkte, dass Graustreif die Ohren spitzte.

»Wasserratte«, zischte Graustreif. Richtig, eine kleine Ratte krabbelte auf dem Eis nahe am Ufer herum.

Feuerherz blickte zu den beiden Schülern, voller Sorge, sie könnten versuchen, dieses kleine Beutetier zu fangen. Aber keiner der beiden rührte sich. Einen Augenblick lang war er erleichtert, dann tat sein Herz einen Sprung: Graustreif flitzte mit Jagdtempo auf das Eis.

»Komm zurück!«, zischte er.

Doch es war schon zu spät. Mit einem furchterregenden Krachen brach das Eis unter Graustreifs Pfoten und erschrocken aufjaulend fiel er ins Wasser. Einen Moment paddelte er wie verrückt, dann verschwand er in der kalten, dunklen Tiefe des Flusses.

Farnpfote starrte entsetzt auf die Unglücksstelle und Rußpfote miaute verzweifelt. Feuerherz brachte sie nicht zum Schweigen. Vor Angst war er wie gelähmt, nur seine Augen suchten im Wasser nach seinem Freund. War der unter dem Eis gefangen?

Feuerherz betrat die zugefrorene Fläche. Sie war kalt und glatt unter seinen Pfoten, unmöglich, darauf zu rennen. Er sprang zurück auf die Uferböschung. Panik ergriff ihn, dann flammte Erleichterung auf, als ein nasser grauer Kopf weiter unten im Wasser auftauchte.

Aber die Erleichterung verwandelte sich in Angst. Feuerherz sah, wie Graustreif weiter abtrieb und in dem eisigen Wasser herumgeworfen und immer wieder untergetaucht wurde. Hilflos schlug er mit den Pfoten um sich, alle seine Schwimmversuche wurden von der wilden Strömung zunichtegemacht. Feuerherz rannte am Ufer entlang, drängte sich durch den Farn, aber sein Freund driftete immer weiter ab.

Plötzlich drang ein Jaulen vom anderen Ufer zu Feuerherz herüber und er blieb stehen. Eine schlanke, silbern gestreifte Katze war weiter stromabwärts auf das Eis gesprungen. Mit leichten Pfoten trottete sie über die gefrorene Fläche und ließ sich dann vor Graustreif ins Wasser gleiten. Verblüfft beobachtete Feuerherz, wie die Kätzin kraftvoll gegen die Strömung schwamm und mit energischen Pfotenschlägen ihre Position in dem eisigen Wasser hielt. Als Graustreif an ihr vorbeitrieb, packte sie sein Fell mit den Zähnen.

Doch zu Feuerherz' Entsetzen zog Graustreifs Gewicht jetzt beide Katzen unter Wasser. Wieder rannte er los, die Augen auf den Fluss gerichtet. Wo waren sie?

Endlich tauchte ein silbern gestreifter Kopf im wogenden Wasser auf und schob sich durch die Wellen. Die Kätzin schwamm gegen den Strom und schleppte Graustreif mit sich. Feuerherz konnte kaum glauben, dass eine so schlanke Katze mit solch einem Gewicht schwimmen konnte. Auf der Seite des Flusses, wo Feuerherz stand, packte sie mit den Vorderpfoten das Eis und hielt mit angestrengt vorgerecktem Hals den grauen Kater zwischen den Zähnen. Rutschend und gleitend hangelte sie sich aus dem Fluss, während Graustreif schlaff im Wasser hing und von der Strömung hin und her gerissen wurde. Aber die gestreifte Kätzin hielt ihn mit festem Griff.

Feuerherz glitt die Uferböschung hinab, rannte über das Eis und hielt rutschend neben ihr an. Ohne ein Wort packte auch er Graustreif mit den Zähnen und gemeinsam wuchteten sie den triefenden Körper aus dem Wasser und zogen ihn die Böschung hinauf in Sicherheit.

Feuerherz beugte sich über seinen Freund. Ob er noch atmete? Ihm wurde schwindlig vor Erleichterung, als er sah, wie Graustreifs glatte, graue Flanke sich hob und senkte, er dann hustete und würgte und ein Maul voll Flusswasser ausspuckte. Danach lag er still da.

»Graustreif!«, miaute Feuerherz eindringlich.

»Schon gut«, keuchte der graue Kater atemlos.

Feuerherz seufzte erleichtert und setzte sich. Er betrachtete die silbern gestreifte Katze genauer. Sie roch nach FlussClan. Nachdem er gesehen hatte, wie sie schwamm, war er nicht überrascht. Die Kätzin erwiderte kalt seinen Blick, schüttelte sich und setzte sich ebenfalls mit bebenden Flanken, während sie versuchte, zu Atem zu kommen. Wasser rann von ihrem glänzenden Fell herab, als wäre es aus Entenfedern.

Graustreif drehte den Kopf und blickte seine Retterin an. »Danke!«, krächzte er.

»Du Idiot!«, fauchte sie mit angelegten Ohren. »Was machst du in meinem Territorium?«

»Ertrinken?«, schlug Graustreif vor.

Sie zuckte mit den Ohren und Feuerherz entdeckte einen

Anflug von Belustigung in ihren Augen. »Kannst du dich nicht in deinem eigenen Territorium ertränken?«

Graustreifs Schnurrhaare zuckten. »Ah, aber würdest du mich da auch retten?«, röchelte er.

Hinter Feuerherz ertönte ein schwaches Miauen. Es war Rußpfote, die weiter oben auf der Böschung bei einem Grasbüschel kauerte.

»Wo ist Farnpfote?«, fragte Feuerherz.

»Kommt gerade«, antwortete die Schülerin und deutete mit der Nase auf ihren Bruder, der ängstlich über den Hang auf sie zugekrochen kam.

Feuerherz seufzte und wandte sich wieder an seinen Freund. »Hör zu, Graustreif, wir müssen hier verschwinden.«

»Ich weiß.« Mühsam stemmte er sich auf die Pfoten und drehte sich zu der silbern gestreiften Kätzin um. »Danke, nochmals.«

Sie neigte freundlich den Kopf, zischte jedoch: »Beeilt euch, los jetzt!« Sie blickte über die Schulter. »Wenn mein Vater wüsste, dass ich einen Eindringling aus dem DonnerClan gerettet habe, würde er mich zu Polstermaterial für die Jungen zerfetzen.«

»Warum hast du mich dann gerettet?«, neckte sie der graue Kater.

Sie schaute weg. »Instinkt. Ich könnte niemals zusehen, wie eine Katze ertrinkt. Nun haut ab!«

Feuerherz stand auf. »Danke! Ich hätte diesen Fellball vermisst, wenn er ertrunken wäre.« Er stieß den grauen Kater zärtlich an. Sein Freund hatte noch nicht einmal das Wasser aus dem Fell geschüttelt, dabei war er nass bis auf die Haut. »Komm, zurück ins Lager. Du erfrierst sonst!«

»Ja, ich komme!«, miaute Graustreif. Aber bevor er Feuerherz die Böschung hinauffolgte, wandte er sich noch einmal an die silbern gestreifte Kätzin: »Wie heißt du? Ich bin Graustreif.«

»Silberfluss«, antwortete sie und sprang los, zurück über das Eis und über den Wasserlauf ans andere Ufer.

Die beiden Mentoren führten ihre Schüler durch den Farn zur Grenze. Feuerherz sah, dass Graustreif mehr als einmal über die Schulter zurückblickte.

Auch Rußpfote bemerkte das. Die kleine graue Katze sah zu ihm auf und Spottlust funkelte in ihren Augen. »Was für eine hübsche FlussClan-Katze das war!«

Graustreif gab ihr einen spielerischen Stups an die Ohren und sie rannte weiter voraus.

»Bleib hier«, ermahnte Feuerherz sie mit lautem Zischen. Sie befanden sich noch immer auf FlussClan-Territorium. Er warf ihr einen ärgerlichen Blick zu. Nur ihretwegen waren sie überhaupt hier und Graustreif wäre beinahe ertrunken. Er betrachtete seinen nassen Freund. Obwohl der inzwischen so viel Wasser wie möglich aus seinem Fell geschüttelt hatte, tropfte es noch immer und an den Enden seiner Schnurrhaare begann sich Eis zu bilden.

Feuerherz verschärfte das Tempo. »Wie geht's?«, fragte er Graustreif.

»P-p-prima!«, antwortete der mit klappernden Zähnen.

»Tut mir leid«, miaute Rußpfote, die sich hinter Feuerherz eingereiht hatte.

»Es ist nicht deine Schuld«, sagte er und seufzte. Besorgt fragte er sich, wie sie das alles dem Clan erklären sollten. Keine Frischbeute für die Ältesten – es war jetzt keine Zeit mehr, um zu der Wühlmaus zurückzukehren – und ein pitschnasser Graustreif.

Er schauderte bei dem Gedanken, dass er fast seinen engsten Freund verloren hätte. Dem SternenClan sei Dank, dass Silberfluss da gewesen war und ihn gerettet hatte.

»Der Bach bei der Sandkuhle hat noch Wasser«, sagte Farnpfote nachdenklich hinter ihm.

»Was?«, fragte Feuerherz, aus seinen trüben Gedanken aufgescheucht.

»Der Clan wird vermutlich annehmen, dass Graustreif da reingefallen ist«, fuhr der junge Schüler fort.

»Wir könnten sagen, er wollte uns zeigen, wie man Fische fängt«, ergänzte Rußpfote.

»Ich bin mir nicht so sicher, dass irgendeine Katze glauben würde, Graustreif würde sich bei diesem Wetter freiwillig nasse Pfoten holen«, erwiderte ihr Mentor.

»Na ja, ich möchte nicht unbedingt, dass der ganze Clan erfährt, dass mich eine Katze aus dem FlussClan gerettet hat«, sagte Graustreif mit einem Aufblitzen seines alten Stolzes. »Und sie dürfen auch nicht erfahren, dass wir schon wieder auf dem Territorium des FlussClans waren.«

Feuerherz nickte. »Kommt jetzt!«, befahl er. »Wir rennen den Rest des Weges. Damit Graustreif warm wird.«

Die Katzen stoben über die Clan-Grenze und vorbei an den Sonnenfelsen. Sie erreichten das Lager, als die Sonne gerade hinter den Baumwipfeln verschwand.

Graustreifs Fell war ein wenig getrocknet, aber an seinen Schnurrhaaren und am Schwanz hingen gefrorene Tropfen.

Feuerherz ging voran durch den Ginster. Besorgt sah er Tigerkralle auf der Lichtung sitzen und sie beobachten.

Der Zweite Anführer fixierte ihn mit scharfen Augen. »Keine Frischbeute?«, knurrte er. »Ich dachte, ihr solltet diesen beiden heute beibringen, wie man jagt. Aber du siehst völlig durchweicht aus, Graustreif. Du musst in einen Fluss gefallen sein.« Er blähte die Nüstern und erhob sich zu voller Höhe. »Erzählt mir bloß nicht, dass ihr wieder im FlussClan-Territorium gewesen seid!«

12. KAPITEL

FEUERHERZ HOB den Kopf und wollte gerade etwas sagen, doch Rußpfote kam ihm zuvor. »Es ist meine Schuld, Tigerkralle«, sagte sie und blickte kühn zu dem großen Kater auf. »Wir haben auf dem gefrorenen Bach bei der Sandkuhle gejagt, in der Biegung, wo es so tief ist. Sogar dieses Stück war zugefroren. Ich bin ausgerutscht, und Graustreif ist mir zu Hilfe gekommen, aber das Eis war nicht dick genug für ihn und er ist eingebrochen und ins Wasser gefallen.« Tigerkralle blickte ihr in die klaren, hellen Augen, als sie noch hinzufügte: »Es ist wirklich tief da. Feuerherz musste ihn herausziehen.«

Der zuckte bei ihren Worten zusammen. War er nicht starr vor Entsetzen dagestanden, als er seinen Freund im Fluss verschwinden sah?

Tigerkralle nickte und betrachtete Graustreif. »Geh zu Gelbzahn, bevor du noch erfrierst.« Dann stand er auf und stakste davon. Feuerherz seufzte erleichtert auf.

Graustreif zögerte nicht länger und stürmte zu Gelbzahns Bau. Trotz des langen Laufs nach Hause klapperten seine Zähne. Farnpfote trottete mit vor Erschöpfung schlaff herabhängendem Schwanz zu seinem Nest.

Feuerherz sah Rußpfote an. »Hast du denn kein bisschen Angst vor Tigerkralle?«, fragte er neugierig.

»Warum sollte ich?«, entgegnete sie. »Er ist ein großer Krieger. Ich bewundere ihn.«

Natürlich, warum auch nicht?, dachte Feuerherz. »Du lügst sehr gut«, grollte er streng und bemühte sich, wie ein Mentor zu klingen.

»Na ja, ich versuche, nicht zu lügen«, sagte Rußpfote. »Ich dachte nur, die Wahrheit wäre in diesem Fall nicht sehr hilfreich.«

Er musste zugeben, dass sie damit recht hatte. Langsam schüttelte er den Kopf. »Geh und wärm dich auf.«

»Ja, Feuerherz!« Sie neigte den Kopf und rannte hinter Farnpfote her.

Feuerherz ging langsam zum Bau der Krieger hinüber. Er dachte darüber nach, wie leicht seiner Schülerin die Geschichte von Graustreifs Nasswerden über die Lippen gekommen war. Aber dennoch glaubte er, dass sie eine wohlmeinende und ehrliche Katze war. Er dachte an Rabenpfote, eine andere redliche Katze. War seine Behauptung, dass Tigerkralle Rotschweif getötet habe, auch nur eine Geschichte gewesen, die ihm in der Hitze des Gesprächs von den Lippen gesprungen war?

Er verscheuchte den Gedanken. Rabenpfote hatte eindeutig Angst gehabt, als er mit ihm gesprochen hatte. Ganz offensichtlich glaubte er an seine eigene Geschichte. Warum hätte er sonst dermaßen verängstigt sein sollen, dass er sogar den Clan verließ?

Er suchte sich ein paar Stücke von der Frischbeute aus und trug sie zum Brennnesselfleck. Dann ließ er sich nieder und knabberte nachdenklich an einer Maus. Die Bewunderung in Rußpfotes Stimme, als sie von Tigerkralle gesprochen hatte, verunsicherte ihn. Es sah so aus, als wäre er der Einzige mit dem Verdacht, dass hinter Blausterns Stellvertreter mehr steckte, als auf den ersten Blick zu erkennen war. Blausterns Einstellung gegenüber Tigerkralle hatte sich jedenfalls nicht verändert. Sie behandelte ihn mit dem gleichen Vertrauen und Respekt, die sie ihm immer erwiesen hatte. Mit einem Anflug von Mutlosigkeit riss Feuerherz einen weiteren Bissen von seiner Mahlzeit ab.

Ein lautes Niesen veranlasste ihn, aufzublicken. Graustreif kam auf ihn zu.

»Wie geht's dir?«, fragte er den Freund, der nach einer von Gelbzahns Kräutermixturen roch.

Graustreif ließ sich schwer nieder und hustete.

»Ich habe dir etwas zu essen aufgehoben.« Fürsorglich schob Feuerherz ihm eine plumpe Drossel und eine Wühlmaus hin.

»Gelbzahn sagt, ich muss im Lager bleiben. Sie meint, ich habe eine Erkältung«, krächzte er mit belegter Stimme.

»Wundert mich nicht. Was hat sie dir verordnet?«

»Frauenminze und Lavendel.« Graustreif legte sich hin und begann an der Drossel zu nagen. »Das reicht mir«, murmelte er. »Ich habe keinen großen Hunger.«

Feuerherz sah seinen Freund überrascht an. Das hatte er noch nie aus seinem Mund gehört. »Bist du dir sicher?«, fragte er. »Es ist genug da.«

Graustreif starrte auf die Drossel, ohne zu antworten.

»Bist du dir sicher?«, wiederholte Feuerherz.

»Was?« Graustreif wandte ihm seinen abwesenden Blick zu. »Äh, ja«, miaute er.

Er muss Fieber haben, entschied sein Freund und schüttelte den Kopf.

Na gut, wenigstens war er noch hier, dank dieser Fluss-Clan-Katze.

Ein paar Tage danach wachte Feuerherz auf und stellte fest, dass der erste Nebel der Blattleere den Bau füllte. Als er hinauskroch, konnte er kaum die andere Seite der Lichtung erkennen. Er hörte eilige Pfotenschritte kommen und Mausefell tauchte aus der Düsternis auf.

»Tigerkralle möchte dich sehen«, miaute sie.

»In Ordnung, danke«, erwiderte Feuerherz. Er war beunruhigt. Gestern hatte er sich davongestohlen, um Prinzessin zu besuchen. Hatte Tigerkralle das bemerkt?

»Was wollte sie?«, keuchte Graustreifs Stimme hinter ihm. Er setzte sich auf, nieste und gähnte.

»Ich soll zu Tigerkralle kommen.« Er sah seinen Freund an. »Und du solltest schlafen.« Feuerherz fing an, sich Sorgen zu machen. Graustreif müsste es inzwischen längst besser gehen. »Hast du dich gestern etwas erholt?«, fragte er.

»Soweit das geht zwischen Husten und Niesen.«

»Warum warst du dann nicht in deinem Nest, als ich zurückgekommen bin von …« Feuerherz zögerte, als ihm einfiel, dass er den Nachmittag bei Prinzessin verbracht hatte, »… vom Training?«

»Glaubst du, dass ich hier drin Ruhe und Frieden finde?« Graustreif deutete mit dem Kopf zurück auf den Bau. »Krieger rein und raus den ganzen Tag! Ich habe mir etwas Ruhigeres gesucht, das ist alles.«

Feuerherz wollte schon fragen, wo, aber sein Freund kam ihm zuvor. »Ich möchte wissen, was Tigerkralle von dir will.«

Feuerherz kribbelten die Pfoten. »Ich geh lieber und finde es heraus.«

Durch den Nebel konnte er gerade noch die Gestalten von Tigerkralle und Weißpelz erkennen, die unter dem Hochstein saßen. Als er zu ihnen getrottet kam, verstummten sie und Tigerkralle wandte sich ihm zu. »Es ist Zeit, dass Rußpfote und Farnpfote beurteilt werden«, knurrte er.

»Schon?«, fragte der Mentor überrascht. Die Schüler hatten noch nicht lange trainiert.

»Blaustern möchte sehen, wie die Ausbildung der beiden vorankommt, vor allem da Graustreif zu krank ist, um seinen Schüler zu unterrichten. Wenn Farnpfote in Rückstand gerät, muss sie das wissen, damit sie einen anderen Mentor für ihn ernennen kann.«

Feuerherz zuckte empört der Schwanz. Sein Freund würde sich doch gewiss bald erholen. Es wäre unfair, seinen ersten Schüler jemand anderem anzuvertrauen.

»Ich habe Farnpfote jeden Tag zusammen mit Rußpfote rausgebracht«, sagte er rasch.

Tigerkralle blickte zu Weißpelz und nickte. »Ja, aber es ist das erste Mal, dass du Mentor bist. Es ist eine große Belastung für dich, das zusätzlich zu übernehmen, und der DonnerClan braucht gut ausgebildete Krieger.«

Ich weiß, und ich bin nur ein Hauskätzchen, kein im Clan geborener Krieger, dachte Feuerherz verbittert. Wütend blickte er hinab auf seine Pfoten. Niemand hatte ihn aufgefordert, sich Farnpfotes anzunehmen, und doch hatte er sich mit beiden Schülern große Mühe gegeben.

Tigerkralle fuhr fort: »Schick Farnpfote und Rußpfote mit einem Jagdauftrag durch die Hochkiefern bis zum Zweibeinerort. Behalte sie im Auge, beobachte sie bei der Jagd und mache mir Meldung. Ich bin gespannt, wie viel Frischbeute sie zu dem Haufen beitragen werden.«

Weißpelz ergänzte: »Wenn Rußpfotes Fertigkeiten ihrer Begeisterung entsprechen, sollte es heute Abend viel zu essen geben. Ich höre, sie ist eine eifrige Schülerin.«

»Ja, das ist sie«, bestätigte Feuerherz, obwohl er kaum zugehört hatte. Tigerkralles Worte hatten bei ihm Herzklopfen ausgelöst. *Warum schickte Tigerkralle ihn wieder zum Zweibeinerort?* Seine eigenen Jagdfähigkeiten waren auf genau der gleichen Strecke beurteilt worden. Dabei hatte Tigerkralle gesehen, wie er sich mit einem alten Freund aus seiner Hauskatzenzeit unterhielt. Das hatte er Blaustern gemeldet, woraufhin die Anführerin seine Treue zum Clan infrage gestellt hatte. Er spürte, wie sich das Fell auf seinem Rückgrat aufstellte. Wollte Tigerkralle ihn so warnen, dass er gesehen worden war, wie er mit Prinzessin redete?

Feuerherz drehte den Kopf und leckte schnell über seinen Rücken, bürstete die aufgerichteten Haare mit der Zunge glatt. Er setzte sich wieder gerade auf und schlug ruhig vor: »Die Sonnenfelsen wären vielleicht ein ebenso guter Ort, um ihre Fähigkeiten zu prüfen. Vielleicht hat die Sonne dort schon etwas von dem Nebel weggebrannt.«

»Nein«, knurrte Tigerkralle. »Die Patrouille vom Morgen hat gemeldet, dass sie bei den Sonnenfelsen FlussClan gerochen hat. Vielleicht jagen die dort wieder.« Ärger flammte in seinen Augen auf, seine Oberlippe kräuselte sich und enthüllte seine scharfen Zähne. »Der FlussClan muss erst gewarnt werden, ehe wir dort wieder trainieren. Für den Augenblick sind die Hochkiefern viel sicherer für unseren Zweck.«

Weißpelz nickte zustimmend, während Feuerherz' Ohren bei dieser Nachricht unangenehm zuckten. FlussClan bei den Sonnenfelsen! Sie hatten Glück gehabt, dass keine feindliche Patrouille sie entdeckt hatte, als Graustreif in den Fluss gefallen war.

»Was den Nebel betrifft«, fuhr Tigerkralle mit glatter Stimme fort, »so wird die Jagd unter erschwerten Bedingungen den Test nur noch interessanter machen.«

»Ja, Tigerkralle«, sagte Feuerherz und senkte respektvoll den Kopf vor den beiden Kriegern. »Ich werde Rußpfote und Farnpfote Bescheid sagen. Wir gehen gleich los.«

Als Feuerherz den Schülern die Aufgabe erklärte, stellte Rußpfote den Schwanz auf und rannte aufgeregt im Kreis herum. »Eine Beurteilung! Wie aufregend! Glaubst du, wir sind schon so weit?«

»Natürlich«, sagte Feuerherz und verbarg seine Zweifel. »Ihr habt hart gearbeitet und schnell gelernt.«

»Aber wird das Jagen bei dem Nebel nicht schwierig sein?«, fragte Farnpfote.

»Die ruhige Luft hat auch ihre Vorteile«, erwiderte Feuerherz.

Der kleine Kater schaute nachdenklich drein, dann begannen seine Augen zu glänzen. »Es wird schwieriger, die Beute zu riechen, aber es wird auch schwieriger für die Beute, uns zu riechen.«

»Genau«, stimmte Feuerherz ihm zu.

»Sollen wir jetzt gleich gehen?«, fragte Rußpfote.

»Sobald ihr bereit seid. Aber lasst euch Zeit, es ist kein Wettlauf!« An seine Schülerin waren seine Worte verschwendet. Sie stürmte bereits hinüber zum Lagereingang. »Ihr habt bis zum Sonnenuntergang!«, rief er ihr nach.

Farnpfote blickte Feuerherz an, dann folgte er mit einem leisen Seufzer seiner Schwester.

Feuerherz nahm die Fährte der beiden Schüler durch die Hochkiefern auf. Die federnde Unterlage aus Kiefernnadeln fühlte sich unter den Pfoten merkwürdig weich an nach der gefrorenen Erde im übrigen Wald. Er folgte Rußpfotes Duftspur, bis er sie sehen konnte, wie sie eifrig durch den Wald schnürte. Dann nahm er Farnpfotes Spur auf und folgte auch der. Die beiden Fährten kreuzten sich hier und da. Feuerherz konnte riechen, wo die Schüler schnell gerannt waren, wo sie sich hingesetzt und sogar wo sie an einem Punkt zusammen verharrt hatten.

Bald fand er eine Stelle, an der Rußpfote ein Beutetier getötet und mitgenommen hatte. Der Geruch der Beute vermischte sich nun mit ihrem eigenen. Dann entdeckte er, wo Farnpfote eine Drossel gefangen hatte. Überall lagen verstreut die Federn herum.

Die Schüler waren gute Jäger. Feuerherz konnte das feststellen, als er einen intensiven Geruch von Frischbeute wahrnahm. In den Nadeln am Fuß einer Kiefer grub er nach und fand einen Hort versteckter Beute, den Rußpfote zurückgelassen hatte, um ihn später zu holen. Er war stolz auf ihre Leistung. Sie hatte viel gefangen und nun war sie auf dem Weg in Richtung auf den Eichenwald hinter dem Zweibeinerort.

Er folgte ihr. Direkt hinter dem Rand des Kiefernwaldes nahm er den Geruch von Farnpfote auf. Er war noch kräftig, was bedeutete, dass sich der Schüler in der Nähe befand. Feuerherz kroch näher heran und blickte vorsichtig um eine junge Eiche. Der Schüler kauerte unter einem Gewirr von Brombeerranken und war zwischen den Schatten gut verborgen. Feuerherz konnte gerade noch seinen Schwanz sehen, der hin und her zuckte.

Farnpfote hatte den Blick auf eine Waldmaus gerichtet, die zwischen den Wurzeln eines Baumes herumkrabbelte. Er nahm sich Zeit. Feuerherz beobachtete zufrieden, wie der Schüler sich vorwärtsschob, einen Schritt nach dem anderen. Die Blätter unter seinen Pfoten machten kaum ein Geräusch. Er verhielt sich genauso still wie die Maus, die weiterhin auf Futtersuche war und nichts ahnte.

Feuerherz sah atemlos zu und erinnerte sich an seinen eigenen ersten Jagdauftrag.

Der kleine Kater rückte seiner Beute immer näher. Das leise Rascheln seiner Pfoten auf den Blättern verschmolz mit den Hintergrundgeräuschen des Waldes. Den Körper flach auf den Waldboden gepresst, war er jetzt nur noch eine Kaninchenlänge von der Maus entfernt. Die kletterte auf eine Wurzel, sah sich um und erstarrte. Etwas stimmte nicht.

Jetzt!, dachte Feuerherz. Farnpfote sprang, landete auf der Maus und packte sie mit den Vorderpfoten. Sie hatte nicht einmal mehr die Zeit, sich zur Wehr zu setzen. Mit einem einzigen Biss war alles vorbei.

Der junge Kater hob den Kopf. Feuerherz sah den zufriedenen Ausdruck in seinem Gesicht, als er den Geruch der Frischbeute einatmete. Dann sprang Farnpfote zwischen den Bäumen davon und Feuerherz freute sich darauf, Tigerkralle über seine Schüler Bericht zu erstatten.

»Hallo!« Bei der leisen Stimme hinter ihm machte der Krieger einen Satz in die Luft. Er wirbelte herum.

»Wie machen wir uns?«, fragte Rußpfote und blickte mit seitwärts geneigtem Kopf zu ihm hoch.

»Danach solltest du nicht fragen!«, fauchte Feuerherz und leckte sich das abstehende Fell. »Du dürftest überhaupt nicht mit mir sprechen. Ich beurteile euch, schon vergessen?«

»Oh!«, miaute die kleine Kätzin. »Tut mir leid.«

Feuerherz seufzte. Er selbst hätte es nie gewagt, sich während seiner eigenen Beurteilung an Tigerkralle zu wenden. Er wollte Rußpfote nicht mit Angst zum Gehorsam erziehen, wie Tigerkralle es mit Rabenpfote gemacht hatte, aber hin und wieder hätte er nichts gegen ein wenig mehr Respekt. Manchmal kam er sich gar nicht wie Rußpfotes Mentor vor.

Die senkte für einen Moment den Blick, dann schaute sie mit einem fragenden Ausdruck auf ihrem Gesicht wieder zu ihm auf. »Bist du wirklich da drüben geboren, im Zweibeinerort?«

Die Frage erwischte Feuerherz unvorbereitet. Nervös blickte er zum Zaun der Zweibeiner hinüber und hoffte nur, dass die fremdartigen Gerüche der beiden Schüler Prinzessin heute in ihrem Garten zurückhalten würden.

»Warum fragst du?«, knurrte er sie an, um Zeit zu gewinnen.

»Tigerkralle hat es erwähnt, das ist alles«, antwortete Rußpfote.

Sie war anscheinend wirklich neugierig, aber bei der Erwähnung von Tigerkralles Namen spürte Feuerherz die Andeutung einer dunklen Bedrohung. Was hatte Tigerkralle der Schülerin sonst noch von ihm erzählt?

»Ich bin als Hauskätzchen geboren«, erklärte er mit fester Stimme. »Aber jetzt bin ich ein Krieger. Ich lebe im Clan.

Mein altes Leben war nicht schlecht, aber es ist vorbei und ich bin froh darüber.«

»Oh, verstehe«, sagte Rußpfote unbekümmert. »Bis bald!« Sie drehte sich um und preschte los, zwischen den Bäume hindurch.

Feuerherz stand allein im Wald, sein Herz klopfte beim Anblick des Zweibeinerzauns. Vor einem Mond wäre seine Behauptung, er sei froh, dass sein altes Leben vorbei sei, vollkommen wahr gewesen. Jetzt war er sich da nicht mehr so sicher. Sein Fell kribbelte in dem Bewusstsein, dass er in der letzten Zeit einige seiner glücklichsten Augenblicke damit verbracht hatte, Erinnerungen mit seiner sanften Schwester, einer Hauskatze, auszutauschen.

13. KAPITEL

DIE SONNE versank schon im Wald, und Feuerherz wartete neben der Kiefer, unter der Rußpfote ihre Frischbeute vergraben hatte.

Endlich hörte er Schritte und sah die beiden Schüler auf sich zutrotten. Beutetiere baumelten aus ihren Mäulern. Farnpfote konnte seinen Fang kaum halten, so umfangreich war er. Feuerherz war erleichtert. Selbst Tigerkralle konnte die Erfolge der Schüler nicht kritisieren.

»Ich helfe euch tragen«, bot er an. Er fegte die Kiefernnadeln über Rußpfotes Versteck zur Seite, grub die Frischbeute aus, packte sie mit den Zähnen und lief los in Richtung Lager.

Dort waren einige Katzen schon dabei, sich ihren Anteil an Frischbeute vom Haufen zu nehmen. Tigerkralle musste nach ihnen Ausschau gehalten haben, denn er kam zu ihnen herüber, als sie ihre Beute neben dem Rest fallen ließen.

»Haben sie das alles selbst gefangen?«, fragte er und stupste mit seiner massigen Pfote die Beute an.

»O ja«, erwiderte Feuerherz.

»Gut«, miaute der große Kater. »Und nun komm mit mir zu Blaustern. Nimm für dich etwas Frischbeute mit, wir haben schon gegessen.«

Rußpfote und Farnpfote starrten Feuerherz bewundernd an – es war eine Auszeichnung, mit der Anführerin des Clans und ihrem Stellvertreter essen zu dürfen. Ihr Mentor teilte ihre Aufregung nicht. Er hatte gehofft, Blaustern allein berichten zu können. Und Tigerkralle war sicher der Letzte, mit dem er eine Mahlzeit teilen wollte.

»Übrigens, hast du Graustreif gesehen?«, fragte Tigerkralle, und Feuerherz war beunruhigt, als er fortfuhr: »Er sollte im Lager bleiben, solange er diese Erkältung hat, aber ich habe ihn seit Sonnenhoch nicht gesehen.«

Feuerherz bewegte die Pfoten. War Graustreif wieder verschwunden, um Ruhe und Frieden zu finden? »Vielleicht ist er bei Gelbzahn?«, schlug er vor.

»Vielleicht«, wiederholte Tigerkralle und trottete zu Blaustern hinüber, die an einer fetten Taube nagte.

Feuerherz folgte dem Krieger und versuchte, seine wachsende Besorgnis wegen Graustreifs Verschwinden zu unterdrücken.

Im Vorbeigehen wählte er einen kleinen Buchfinken aus dem Haufen Frischbeute aus, dann wünschte er, dass er stattdessen eine Wühlmaus genommen hätte. Wie sollte er eine Beurteilung abgeben mit einem Mund voller Federn?

»Willkommen«, miaute Blaustern.

Feuerherz setzte sich und legte den Vogel auf den Boden, beschloss aber, nicht mit dem Essen zu beginnen.

»Tigerkralle hat mir berichtet, dass deine Schüler jede Menge Beute gemacht haben.« Blausterns Blick war freundlich. Ihr Stellvertreter, der aufrecht neben ihr saß, funkelte Feuerherz kritischer an.

»Ja. Sie haben noch nie zuvor bei Nebel gejagt, aber anscheinend hat ihnen das nichts ausgemacht«, sagte Feuerherz. »Ich habe zugesehen, wie Farnpfote eine Waldmaus gefangen hat. Sein Anschleichen war hervorragend.«

»Und Rußpfote?«, fragte Blaustern. Feuerherz bemerkte ein stählernes Glitzern in ihren Augen. War sie beunruhigt, was Rußpfotes Fähigkeiten betraf?

»Ihr Jagdgeschick entwickelt sich gut«, antwortete er. »Sie bringt viel Begeisterung mit, das ist mal sicher, und sie hat anscheinend vor nichts Angst.«

»Hast du keine Sorge, dass sie aus diesem Grund zu leichtsinnig werden könnte?«, fragte die Anführerin.

»Sie ist schnell und wissbegierig, deshalb lernt sie gut. Ich denke, dass wird ihre ...«, Feuerherz suchte vorsichtig nach dem richtigen Wort, »... ihren Eifer ausgleichen.«

Blaustern zuckte mit dem Schwanz. »Ihr Eifer, wie du es nennst, beunruhigt mich«, sagte sie und warf Tigerkralle einen kurzen Blick zu. »Sie benötigt sorgfältige Führung in ihrer Ausbildung.«

Feuerherz' Gesicht verfinsterte sich. War sie etwa unzufrieden mit seiner Arbeit als Mentor?

Ihr Blick wurde sanfter. »Es war immer klar, dass sie eine Herausforderung sein würde. Aber offensichtlich entwickelt sie sich zu einer ausgezeichneten Jägerin. Du hast gute Arbeit geleistet mit ihr, Feuerherz. Mit beiden, genau genommen.« Seine Stimmung hellte sich sofort wieder auf, und Blaustern fuhr fort: »Ich habe bemerkt, dass du die Ausbildung von Farnpfote übernommen hast, ohne darum gebeten worden zu sein. Ich möchte, dass du für den Augenblick weiter beide trainierst.«

Tigerkralle wandte den Blick ab, aber Feuerherz war der

Ärger nicht entgangen, der in seinen Augen aufblitzte. »Danke, Blaustern«, miaute er.

»Dein verloren gegangener Freund ist wieder da«, grollte Tigerkralle, ohne den Kopf zu wenden.

Feuerherz wirbelte herum und sah Graustreif hinter der Kinderstube auftauchen. »Wahrscheinlich wollte er nur ein wenig Ruhe und Frieden finden. Er hat immer noch Fieber, und es ist sicher nicht leicht, den ganzen Tag im Lager eingesperrt zu sein.«

»Leicht oder nicht, er sollte sich darauf konzentrieren, gesund zu werden«, fauchte Tigerkralle. »Die Blattleere ist nicht die Zeit für Krankheiten im Lager. Mausefell hat heute Morgen auf der Patrouille gehustet. Ich hoffe nur, der SternenClan bewahrt uns dieses Jahr vor dem Grünen Husten. Im letzten haben wir fünf Junge dadurch verloren.«

Blaustern nickte ernst. »Wir wollen beten, dass die Blattleere dieses Jahr nicht so lang und hart wird. Sie ist für die Clans immer eine schwere Zeit.« Einen Augenblick lang schaute sie nachdenklich vor sich hin und sagte dann zu Feuerherz: »Nimm diesen Buchfinken und iss ihn zusammen mit Graustreif. Er wird wissen wollen, wie sein Schüler in der Beurteilung abgeschnitten hat.«

»Danke, Blaustern«, miaute Feuerherz, packte den Vogel und sprang hinüber zu dem Brennnesselbusch, wo sein Freund mit einer großen Waldmaus lagerte. Er hatte bereits die Hälfte davon verspeist, als Feuerherz zu ihm trat. Vielleicht war seine Erkältung ja auf dem Wege der Besserung.

Als er seinen Buchfinken neben dem Freund fallen ließ, nieste der.

»Noch nicht besser?«, fragte er mitfühlend.

»Nein«, erwiderte Graustreif mit vollem Mund. »Ich denke, ich muss noch eine Weile im Lager bleiben.«

Feuerherz hatte den Eindruck, dass sein Freund viel fröhlicher klang als zuvor, doch er wollte seinen zunehmenden Verdacht, dass mit Graustreif etwas nicht stimmte, nicht zeigen.

»Farnpfote hat sich heute wirklich gut gemacht in seiner Beurteilung«, berichtete er.

»Tatsächlich?« Graustreif biss ein weiteres Stück von seiner Maus ab. »Das freut mich.«

»Ja, er ist ein guter Jäger.« Feuerherz begann seinen Buchfinken zu verspeisen. »Graustreif«, sagte er nach längerem Schweigen, »hast du in den letzten Tagen eigentlich das Lager verlassen?«

Der hörte auf zu kauen. »Warum fragst du?«

Der Freund zuckte verlegen mit dem Schwanz. »Nun, du warst nicht hier, als ich von der Patrouille letzte Nacht zurückgekommen bin, und Tigerkralle sagte, dass er dich heute seit Sonnenhoch nicht gesehen hat.«

»Tigerkralle?« Graustreif klang beunruhigt.

»Ich habe ihm gesagt, dass du wahrscheinlich auf der Suche nach etwas Ruhe bist oder bei Gelbzahn«, berichtete Feuerherz. Er biss in den Buchfinken. »Warst du das?«, fragte er durch sein Maul voller Federn und hoffte verzweifelt, dass der Freund Ja sagen würde, um so den Verdacht zu zerstreuen, er könnte vor ihm ein Geheimnis haben.

Aber Graustreif ging nicht auf seine Frage ein. »Danke, dass du mich gedeckt hast«, murmelte er und kaute weiter.

Feuerherz stellte keine Fragen mehr, obwohl er vor Neugier brannte.

Als Graustreif aufstand und verkündete, dass er jetzt in den Bau gehen würde, hatte Feuerherz nichts weiter erfahren. Noch immer wusste er nicht, was den anderen beschäftigte.

»Tu das. Ich glaube, ich bleibe noch etwas hier.« Er rollte sich auf den Rücken, streckte sich ausgiebig, wobei er mit den Krallen über den Boden fuhr. Dann blieb er eine Weile rücklings liegen und dachte nach. Dem Geruch nach zu urteilen, hatte sich Graustreif vor Kurzem gründlich gewaschen. Versuchte er, irgendeinen Duft zu verbergen?

Ihm war klar, sein Freund hatte mehr oder weniger zugegeben, dass er das Lager verlassen hatte. Aber wohin mochte er gegangen sein, dass er es ihm nicht sagen konnte oder wollte? Plötzlich prickelten seine Pfoten – was war mit seinen eigenen Besuchen bei Prinzessin, und die ausgerechnet im Territorium der Zweibeiner? Auch er hatte sich, bevor er zum Lager zurückkehrte, immer gründlich gewaschen und auch er hatte die Unternehmungen seinem Freund gegenüber nie erwähnt.

Feuerherz drehte sich um und setzte sich auf. Etwas hatte sich unter seinen Krallen verfangen. Er hob die Pfote und zog es mit den Zähnen heraus. Es war ein Weidenkätzchen, alt und verschrumpelt, aber eindeutig ein Kätzchen. Was hatte das hier zu suchen? In dem Teil des Waldes, der dem DonnerClan gehörte, wuchsen keine Weidenbäume – genau genommen wuchsen die einzigen Weiden am Fluss, im Territorium des FlussClans. Feuerherz hielt die Luft an, als sein Herz zu hämmern begann. War dies vielleicht aus Graustreifs Fell gefallen?

Er kroch in den Bau der Krieger. Graustreif schlief bereits. Feuerherz lag wach neben ihm und fragte sich, ob sein Freund wirklich dumm genug gewesen war, zum FlussClan-Territorium zurückzugehen. Der Blick in Leopardenfells Augen nach Weißkralles Tod hatte gezeigt, dass da noch eine Rechnung zu begleichen war. Ihn schauderte, als er beschloss, herauszufinden, wo genau Graustreif hinging und warum.

Als Feuerherz aufwachte, war der Bau feucht und kühl. Ein Schnuppern in die Luft verriet ihm, dass Regen in der Luft lag. Er schob sich nach draußen und gähnte. Er hatte nicht gut geschlafen, weil er sich wegen Graustreif Sorgen machte. Sogar jetzt sandte ihm der Gedanke, dass sein Freund sich allein im Territorium des FlussClans aufhalten könnte, einen Schauder über den Rücken.

»Kalt, was?« Sturmwinds Stimme ließ ihn zusammenfahren, sein Schwanz zuckte. Er blickte über die Schulter. Der magere gestreifte Krieger wollte gerade den Bau verlassen.

»Ähm, ja«, stimmte Feuerherz zu.

»Ist was?«, fragte Sturmwind. »Hast hoffentlich nicht die Erkältung deines Freundes eingefangen, oder? Mausefell läuft heute Morgen die Nase und Langschweif und Wieselpfote haben gestern während des ganzen Trainings geniest.«

Feuerherz schüttelte den Kopf. »Mir geht's gut. Bin nur müde nach der Beurteilung gestern.«

»Blaustern hat sich das schon gedacht. Deshalb hat sie mich gebeten, dir heute beim Unterricht von Rußpfote und Farnpfote zu helfen. Ist dir das recht?«

»Ja, danke.«

»Also gut, geht in Ordnung. Ich treffe euch dann in der Sandkuhle, wenn ich gegessen habe. Wenn Wieselpfote eine richtige Erkältung bekommt, haben wir das Gelände ganz für uns. Hast du Hunger?« Feuerherz schüttelte den Kopf, und

Sturmwind trottete los, um sich was vom Rest der gestrigen Frischbeute zu holen.

Feuerherz begab sich direkt zur Sandkuhle und wartete auf die drei anderen. Seine Gedanken waren nicht bei der Ausbildung, vielmehr grübelte er immer noch über Graustreif nach. Er war überzeugt, sein Freund würde heute wieder aus dem Lager schlüpfen.

Ein regenschwerer Wind kam auf und bewegte die blattlosen Äste über der Kuhle, wo Rußpfote und Farnpfote, gefolgt von Sturmwind, auftauchten.

Rußpfote kam die Senke herabgeschossen und fragte: »Was machen wir heute?« Feuerherz starrte sie ausdruckslos an. Dazu hatte er sich noch gar nichts überlegt.

»Jagen?«, miaute hoffnungsvoll Farnpfote, der hinter seiner Schwester hertrottete.

Nun gesellte sich auch Sturmwind zu ihnen. »Wie wär's, wenn wir Anschleichtechniken üben?«, schlug er vor.

»Gute Idee«, stimmte Feuerherz schnell zu.

»Nicht wieder die alte Kaninchen-hört-dich-Maus-fühlt-dich-Lektion!«, jammerte Rußpfote.

Sturmwind brachte sie mit einem Blick zum Schweigen und wandte sich an Feuerherz.

Der riss sich zusammen, als Sturmwind ihn erwartungsvoll ansah. »Ähm, ich zeige euch zunächst einmal die beste Methode, sich an ein Kaninchen anzuschleichen«, stammelte er. Dann ließ er sich in eine kauernde Position fallen und bewegte sich schnell und leicht vorwärts, bis er den Rand der Kuhle erreicht hatte.

Als er aufstand, bemerkte er, dass die drei Katzen ihn skeptisch anstarrten.

»Bist du dir sicher, dass man so ein Kaninchen überlisten kann?«, fragte Rußpfote mit zuckenden Schnurrhaaren.

Einen Augenblick lang sah Feuerherz sie verwirrt an, bis ihm bewusst wurde, dass er gerade die beste Methode, sich an Vögel anzuschleichen, vorgeführt hatte. Ein Kaninchen hätte auf drei Fuchslängen das leise Rascheln seines Fells im Gras gehört. Verlegen blickte Feuerherz zu Sturmwind hinüber.

Der gescheckte Krieger runzelte die Stirn. »Wie wär's, wenn ich euch zeige, wie man sich an eine Spitzmaus heranpirscht?« Rußpfote wandte ihre strahlenden Augen nun Sturmwind zu.

Zu Sonnenhoch hatte Feuerherz immer noch Schwierigkeiten, sich auf das Training zu konzentrieren. Er stellte sich vor, wie Graustreif sich aus dem Lager schlich, und wäre ihm gern gefolgt. Schließlich gewann seine Unruhe die Oberhand. Er ging zu Sturmwind und flüsterte ihm ins Ohr: »Ich habe Bauchschmerzen. Könntest du das Training für den Rest des Tages übernehmen? Ich gehe zu Gelbzahn, vielleicht hat sie ein Mittel für mich.«

»Ich habe schon gemerkt, dass du nicht ganz bei der Sache bist«, antwortete Sturmwind. »Geh nur zurück ins Lager. Ich nehme die beiden mit auf die Jagd.«

»Danke, Sturmwind«, miaute Feuerherz. Er schämte sich ein wenig, dass der ihm so leicht geglaubt hatte.

Er humpelte durch die Kuhle und versuchte so auszusehen, als hätte er Schmerzen. Sobald er sicher zwischen den Bäumen war, rannte er los zurück ins Lager.

Am Tag zuvor, als Graustreif zurückgekommen war, hatte Feuerherz ihn hinter der Kinderstube auftauchen sehen. Er wusste aus eigener Erfahrung, dass dies die beste Stelle war, um ungesehen durch die Begrenzung des Lagers zu schlüpfen. Dort war auch Gelbzahn entkommen, als der Clan die alte Heilerin verdächtigt hatte, Tüpfelblatt ermordet zu haben.

Feuerherz lief außen um das Lager herum und schnüffelte an dem Wall aus Farn. Mit sorgenvollem Herzen entdeckte er Graustreifs Geruch. Er war eindeutig auf diesem Weg aus dem Lager geschlüpft und offenbar mehrmals. Wenigstens war der Geruch abgestanden, was bedeutete, dass er heute diesen Weg noch nicht benutzt hatte.

Feuerherz kauerte sich hinter einen in der Nähe stehenden Baum und wartete. Regenwolken schoben sich über den Himmel und es wurde dunkler im Wald. Die Schatten verbargen ihn vollkommen, und er blieb bewusst auf der dem Wind abgewandten Seite, damit Graustreif ihn nicht entdecken würde. Sein von Schuldgefühlen und Vorahnungen verkrampfter Bauch schmerzte jetzt wirklich. Halb hoffte er, dass sein Freund überhaupt nicht käme, dann wieder, dass er ihn einfach an einen ruhigen Ort innerhalb des DonnerClan-Territoriums führen würde.

Als Feuerherz ein Rascheln im Farnwall hörte, tat sein Herz einen Sprung. Eine graue Nase schob sich zwischen den Farnwedeln hindurch. Er duckte sich, während Graustreif sich vorsichtig umschaute. Ein paar Augenblicke später sprang der Krieger heraus und machte sich auf zur Sandkuhle.

Hoffnung breitete sich in Feuerherz aus. Vielleicht war ja Graustreifs Erkältung besser, und er hatte beschlossen, sich dem Training anzuschließen. Er folgte ihm in sicherer Entfernung, verließ sich dabei eher auf die Nase, als auf die Augen.

Aber als die Spur vom Sandkuhlenpfad abbog, wusste Feuerherz, dass seine Hoffnung vergeblich gewesen war. Mit einem unheilvollen Gefühl sah er zwischen den Bäumen das charakteristische graue Gestein vor sich aufragen: die Sonnenfelsen.

Er spitzte die Ohren und öffnete das Maul, überprüfte die Luft auf den Geruch feindlicher Katzen. Am Rand des Waldes erhaschte er einen Blick auf eine breitschultrige, graue Katze, die an den Felsen vorbeiglitt, auf die Grenze des FlussClans zu. Nun bestand kein Zweifel mehr, wohin Graustreif lief.

Sobald sein Freund wieder außer Sichtweite war, trottete Feuerherz weiter und blickte den Hang hinab zum Fluss. Am Schwanken des Unterholzes konnte er erraten, wo Graustreif sich befand. Er hoffte nur, dass nicht irgendwelche FlussClan-Krieger dies ebenfalls beobachteten.

Feuerherz ging nun auch zwischen den Farnwedeln den Hang hinab. Der Fluss war nicht mehr zugefroren, und er konnte hören, wie das Wasser an die Uferböschung schwappte und über die Steine spritzte. Am Rand des Farngebüschs verlangsamte er den Schritt und blickte hinaus auf das Ufer vor ihm.

Graustreif saß auf den Kieseln und sah sich mit gespitzten Ohren um, aber Feuerherz erkannte an seiner entspannten Haltung, dass er nicht auf Beute aus war.

Der Ruf einer fremden Katze ertönte in der Ferne. Eine FlussClan-Patrouille? Feuerherz' Fell stellte sich auf und seine Muskeln spannten sich unwillkürlich an. Graustreif hingegen rührte sich nicht. Dann hörte der rote Kater ein Rascheln im Farn auf der anderen Flussseite. Immer noch blieb sein Freund ruhig sitzen.

Feuerherz hielt die Luft an, als auf der gegenüberliegenden Flussböschung ein Gesicht erschien. Fast geräuschlos tauchte eine Kätzin aus dem Unterholz auf und glitt ins Wasser. Er spürte, wie sein Herz einen Schlag aussetzte. Es war Silberfluss, die Kätzin, die seinen Freund gerettet hatte!

Mit Leichtigkeit überquerte sie den Fluss. Graustreif miaute erfreut. Er hatte sich erhoben und knetete voller Erwartung mit den Pfoten die Kieselsteine. Mit hoch erhobenem Schwanz trottete er zum Ufer, wo Silberfluss an Land kletterte und sich die Tropfen aus dem Fell schüttelte.

Zärtlich berührten sich die beiden Katzen mit der Nase. Graustreif rieb seine Schnauze an ihrem Kiefer entlang und glücklich hob sie das Kinn. Dann stellte sich Silberfluss auf die Pfotenspitzen und wand ihren schlanken Leib um seinen. Ausnahmsweise schien es Graustreif überhaupt nichts auszumachen, dass er nass wurde, denn als Silberfluss ihr feuchtes Fell gegen ihn presste, schnurrte er so laut, dass sogar Feuerherz es hören konnte.

14. KAPITEL

FEUERHERZ STRÄUBTEN sich die Nackenhaare vor Entsetzen. Wie konnte Graustreif nur so dumm sein? Er verstieß gegen jede Regel im Gesetz der Krieger, wenn er sich mit dieser Katze aus einem anderen Clan traf.

»Graustreif!«, zischte Feuerherz und sprang aus dem Gebüsch.

Die beiden Katzen wirbelten herum. Silberfluss legte wütend die Ohren an, sein Freund starrte ihn nur verblüfft an. »Du bist mir gefolgt!«

Feuerherz ignorierte sein erstauntes Miauen. »Was tust du da? Weißt du nicht, wie gefährlich das ist?«

»Das ist schon in Ordnung«, warf Silberfluss ein. »Hierher kommt bis nach Sonnenuntergang keine Patrouille.«

»Kannst du dir da so sicher sein? Als ob du über sämtliche Bewegungen deines Clans Bescheid wüsstest!«, knurrte Feuerherz.

Die Kätzin hob das Kinn. »Ja, weiß ich auch. Mein Vater ist Streifenstern, der Anführer des FlussClans.«

Feuerherz erstarrte. »Was treibst du für ein Spiel?«, fauchte er Graustreif an. »Hättest du dir nicht noch was Schlimmeres wählen können?«

Der graue Kater blickte ihm für einen Augenblick in die

Augen, dann wandte er sich an Silberfluss und sagte leise: »Ich sollte jetzt besser gehen.«

Sie blinzelte, streckte den Kopf vor und berührte seine Wange. Beide schlossen die Augen und blieben eine Weile bewegungslos stehen. Feuerherz beobachtete sie und seine Pfoten kribbelten vor Anspannung. Die Kätzin flüsterte Graustreif etwas ins Ohr, dann trennten sich die beiden. Silberfluss hob den Kopf und starrte Feuerherz herausfordernd in die Augen, bevor sie zurück in den Fluss glitt.

Graustreif sprang an Feuerherz' Seite. Ohne ein Wort stürmten sie aus dem FlussClan-Territorium hinaus und an den Sonnenfelsen vorbei. Als sie sich dem Lager näherten, drosselte Graustreif das Tempo.

Auch Feuerherz wurde langsamer. »Du darfst sie nicht mehr treffen«, keuchte er. Seine panische Angst hatte nachgelassen, jetzt, da sie weit von der Grenze des FlussClans entfernt waren, aber wütend war er noch immer.

»Ich kann nicht«, erwiderte Graustreif heiser. Er hustete mit bebenden Flanken.

»Ich verstehe das nicht!«, rief Feuerherz aus. »Gerade jetzt, wo der FlussClan dem DonnerClan gegenüber so extrem feindlich eingestellt ist. Du hast Leopardenfell selbst gehört nach Weißkralles Tod.« Er wusste, dass diese Erinnerung für seinen Freund schmerzlich sein musste, aber darauf konnte er jetzt keine Rücksicht nehmen. »Woher weißt du überhaupt, dass du dieser Katze trauen kannst?«

»Du kennst Silberfluss nicht!«, fauchte Graustreif. »Und es ist nicht nötig, mich an Weißkralle zu erinnern. Glaubst du, es ist leicht für mich, zu wissen, dass ich verantwortlich bin für den Tod eines ihrer Kameraden?«

Feuerherz schnaubte ungeduldig – Weißkralle war ein feindlicher Krieger, kein Kamerad!

Aber Graustreif fuhr fort: »Silberfluss weiß, dass es ein Unfall war. Die Schlucht ist nicht der geeignete Platz für einen Kampf. Jede Katze hätte dort abstürzen können!«

Feuerherz lief aufgebracht um seinen Freund herum, als der Silberfluss' Geruch von seinem Fell zu lecken begann.

»Es spielt keine Rolle, was Silberfluss denkt! Was ist mit deiner Treue zum DonnerClan?«, wollte er wissen. »Du brichst das Clan-Gesetz, indem du dich mit ihr triffst!«

Graustreif unterbrach seine Wäsche. »Glaubst du, ich wüsste das nicht?«, zischte er. »Bezweifelst du meine Treue zum DonnerClan?«

»Was soll ich sonst denken? Du kannst sie nicht treffen, ohne den Clan zu täuschen. Und was ist, wenn es zu einem Kampf mit dem FlussClan kommt? Hast du daran gedacht?«

»Du machst dir zu viele Gedanken«, fuhr Graustreif ihn an. »Dazu wird es nicht kommen. Braunstern ist weg und der WindClan zurück, also werden die Clans nun untereinander Frieden halten.«

»Der FlussClan handelt aber nicht gerade sehr friedfertig«, stellte Feuerherz klar. »Du weißt, dass sie auf den Sonnenfelsen gejagt haben, in unserem Territorium.«

»Sie haben dort schon gejagt, bevor ich geboren wurde«, sagte Graustreif spöttisch und drehte sich, um die Schwanzwurzel zu waschen.

Feuerherz lief nervös auf und ab. Sein Freund konnte anscheinend einfach nicht verstehen, was er da tat. »Und was ist, wenn euch eine Patrouille des FlussClans erwischt?«

»Silberfluss wird nicht zulassen, dass das geschieht«, antwortete Graustreif und leckte mit seiner Zunge den buschigen Schwanz entlang.

»Um des SternenClans willen, hast du denn nicht die geringste Angst?«, platzte Feuerherz aufgebracht heraus.

Graustreif hörte auf sich zu waschen und blickte zu seinem Freund auf. »Du kapierst es einfach nicht, oder? Der SternenClan muss das gewollt haben. Hör zu – Silberfluss will mich treffen, *sogar nach dem, was mit Weißkralle passiert ist.* Wir haben die gleichen Gedanken. Es ist, als wären wir im selben Clan geboren.«

Feuerherz wurde klar, dass weiteres Streiten sinnlos war. »Komm jetzt«, miaute er schweren Herzens. »Lass uns zurückgehen, bevor dich wieder jemand vermisst.«

Graustreif stand auf. Nebeneinander liefen die beiden zum oberen Ende der Schlucht und blickten auf das Lager hinab. Immer wieder fuhr Feuerherz ein einziger Gedanke durch den Kopf: Wie konnte Graustreif die Tochter von Streifenstern lieben und gleichzeitig dem DonnerClan treu sein?

Er sah seinen Freund an, dann kletterten sie gemeinsam den steilen Hang hinab nach Hause. Sie schlichen auf dem gleichen Weg ins Lager zurück, auf dem Graustreif es verlassen hatte. Feuerherz hielt den Atem an, als er sich durch den Grenzwall zwängte. Er war wütend auf den Freund, dass der ihn zwang, so heimlich herumzuschleichen. Als sie um die Kinderstube bogen, sah er voller Schrecken Weißpelz auf sie zukommen.

»Graustreif, du solltest dich ausruhen und nicht hier herumlungern. Dein Husten hat sich schon ausgebreitet. Wir wollen nicht, dass er auch noch in die Kinderstube dringt!«, ermahnte ihn der Krieger. »Und du« – Feuerherz' Ohren zuckten nervös, als Weißpelz sich ihm zuwandte – »solltest du nicht mit deinen Schülern trainieren?«

»Ich bin zurückgekommen, weil ich mir bei Gelbzahn etwas gegen Bauchschmerzen holen will«, murmelte Feuerherz.

»Gut, dann hol es dir«, entgegnete Weißpelz streng. »Und danach kannst du dich nützlich machen und etwas mehr Frischbeute heranschaffen. Es ist Blattleere – wir können uns nicht erlauben, dass junge Krieger im Lager herumhängen und nichts tun!«

»Ja, Weißpelz«, miaute Feuerherz, froh darüber, weiteren Fragen zu entkommen. Schnell rannte er zu Gelbzahns Bau.

Die Heilerin war mit dem Mischen von Kräutern beschäftigt, vor ihr lagen mehrere Blätterhäufchen. Feuerherz stand einen Augenblick schweigend da und sah ihr zu. Er war traurig und ausgelaugt nach dem Streit mit Graustreif. Unwillkürlich wünschte er, es wäre Tüpfelblatt, die hier Kräuter mischte, und nicht Gelbzahn.

Die blickte auf. »Meine Vorräte gehen zu Ende. Ich könnte Hilfe gebrauchen, um sie aufzufüllen.«

Feuerherz antwortete nicht. Er fragte sich, ob er ihr seine Sorgen wegen Graustreif anvertrauen sollte, doch da unterbrach sie schon seine Überlegungen: »Es sieht so aus, als hätten wir Weißen Husten im Lager«, sagte sie und schob ungeduldig ein getrocknetes Blatt zur Seite. »Zwei Fälle heute Morgen.«

»Wieselpfote?«, fragte Feuerherz.

Die alte Heilerin schüttelte den Kopf. »Der hat eine einfache Erkältung. Es handelt sich um das Junge von Fleckenschweif. Und um Flickenpelz. Nichts Ernstes im Augenblick, aber wir müssen uns darauf konzentrieren, den Clan zu stärken. Die Blattleere bringt immer die Gefahr von Grünem Husten mit sich.«

Feuerherz verstand ihre Sorge. Grüner Husten war eine todbringende Krankheit.

Gelbzahn hob erneut den Blick. »Was willst du?«

»Oh, nichts, nur Bauchschmerzen, aber es ist nicht wichtig, wenn du beschäftigt bist.«

»Schlimm?«, miaute sie.

»Nein«, gab er zu, unfähig, ihr in die Augen zu schauen.

»Dann komm wieder, wenn es schlimm ist.« Damit machte sich die Heilerin wieder an das Mischen ihrer Kräuter. Feuerherz wandte sich um und wollte gerade gehen, doch Gelbzahn hielt ihn zurück. »Kümmere dich darum, dass Graustreif in seinem Bau bleibt, ja? Er ist ein kräftiger, junger Krieger. Würde er sich ausruhen, wäre seine Erkältung schon längst besser.«

Feuerherz zuckte nervös mit dem Schwanz. Hatte sie erraten, dass sein Freund aus dem Lager geschlüpft war? Er wartete mit pochendem Herzen, ob sie noch mehr sagen würde, aber sie betrachtete nur weiter stirnrunzelnd ihre Kräuter und so trottete er leise davon.

Es wurde schon dunkel, und er wusste, dass er nur noch wenig Zeit zum Jagen hatte. Schnell fing er eine Spitzmaus, einen Buchfinken und eine Feldmaus, aber er zögerte, ins Lager zurückzukehren. Seine Sorge um Graustreif war wichtiger als alles, was Weißpelz sagen könnte, wenn er nicht rechtzeitig etwas zum Haufen Frischbeute beitragen würde.

Er fasste einen Entschluss – wenn Graustreif nicht auf die Stimme der Vernunft hören wollte, vielleicht würde Silberfluss es tun.

Er verstaute seinen Fang unter einer Baumwurzel, bedeckte ihn mit Blättern und zum zweiten Mal an diesem Tag wandte er sich den Sonnenfelsen zu. Der Regen, der schon den ganzen Tag über gedroht hatte, begann zu fallen. Als Feuerherz schließlich den schattigen Abhang hinab zum Fluss schlich, trommelte er stetig auf den dichten Farn.

Sogar im Regen war der Geruch von Silberfluss leicht zu finden. Er folgte der Spur zu der Stelle, wo er sie zusammen mit Graustreif angetroffen hatte, und lief überaus wachsam zum Ufer hin. Unablässig strömte das dunkle Wasser vorbei und ein Schauder kroch ihm den Rücken hinab. Er hatte kein Verlangen, hinüberzuschwimmen. Sein Fell verfügte nicht über die ölige Schutzschicht, wie sie die Katzen des FlussClans besaßen, und die Blattleere war nicht die geeignete Jahreszeit für ein Bad.

Plötzlich erstarrte Feuerherz – der Geruch von FlussClan-Kriegern!

Er kauerte sich nieder und blickte über das Wasser. Dort war Silberfluss, die sich durch die herabhängenden Äste einer Weide zwängte, hinter ihr zwei Katzen aus ihrem Clan. Einer von ihnen war ein Krieger mit massigen Schultern und von Kämpfen zerfetzten Ohren. Der schnüffelte misstrauisch in der Luft und blickte sich um.

Feuerherz hörte das Blut in seinen Ohren dröhnen. Hatte der Krieger seinen Geruch wahrgenommen?

15. KAPITEL

GANZ, GANZ LEISE zog sich Feuerherz in das Farngebüsch zurück. Der FlussClan-Krieger hatte aufgehört zu schnüffeln, suchte aber noch immer mit den Augen die Umgebung ab.

Vorsichtig kroch Feuerherz davon. Hinter sich hörte er ein leises Plätschern. Eine Katze war in den Fluss geglitten. Mit klopfendem Herzen blickte Feuerherz über die Schulter zurück und konnte im Wasser einen silbernen Kopf erkennen, der auf ihn zutrieb. Silberfluss!

Aber wo waren die beiden anderen Katzen? Lautlos bewegte er sich im Kreis und prüfte mit offenem Maul die Luft. Kein Geruch von ihnen in der Nähe. Sie mussten weitergegangen sein.

Er blickte wieder zu Silberfluss hinüber, die entschlossen in seine Richtung schwamm. Einen Augenblick lang fragte er sich, ob dies eine Falle war, fragte sich, ob er davonrennen sollte, aber die Sorge um Graustreif ließ ihn bleiben.

Die silbern gestreifte Kätzin kletterte die Böschung herauf und zischte leise: »Feuerherz, ich weiß, dass du hier bist. Ich kann dich riechen! Es ist alles in Ordnung, Steinfell und Schattenpfote sind weg.«

Er rührte sich nicht.

»Feuerherz, ich würde nicht zulassen, dass Graustreifs bestem Freund etwas passiert!« Sie klang ungeduldig. »Glaub mir, um des SternenClans willen!«

Langsam kroch er aus seinem Versteck.

Sie starrte ihn mit zuckendem Schwanz an. »Was machst du hier?«

»Ich habe dich gesucht«, flüsterte er. Jede Sekunde war er sich bewusst, dass er sich auf feindlichem Territorium befand.

Beunruhigt zuckten ihre Ohren. »Wie geht es Graustreif? Ist sein Husten schlimmer geworden?«

Ihre Besorgnis irritierte ihn. Er wollte nicht wissen, wie sehr diese Kätzin seinen besten Freund mochte. Ärger ließ ihn seine Vorsicht vergessen und er knurrte: »Ihm geht's gut. Aber das wird nicht so bleiben, wenn er sich weiterhin mit dir trifft!«

»Ich werde nicht zulassen, dass Graustreif etwas zustößt!«, schnaubte sie empört.

»Ach, tatsächlich?«, höhnte Feuerherz. »Und was könntest du tun, um ihn zu schützen?«

»Ich bin die Tochter des Anführers eines Clans«, fuhr Silberfluss ihn an.

»Gibt dir das die Macht, die Krieger deines Vaters zu beherrschen? Du bist kaum mehr als eine Schülerin!«

»Wie du auch!«, fauchte sie verärgert.

»Ja, das stimmt«, gab er zu. »Und deshalb bin ich mir auch nicht sicher, ob ich Graustreif vor der Wut seines eigenen Clans schützen könnte oder deines Clans, wenn sie herausfinden, dass ihr euch trefft.«

Silberfluss versuchte ihn anzufunkeln, aber ihre Augen verrieten ihre Gefühle. »Ich kann nicht aufhören, ich muss mich weiter mit ihm treffen«, sagte sie. Ihre Stimme senkte sich zu einem Flüstern. »Ich liebe ihn.«

»Aber die Spannungen zwischen unseren Clans sind jetzt schon groß genug!« Er war zu wütend, um irgendwelches Mitgefühl zu empfinden. »Wir wissen, dass der FlussClan in unserem Territorium jagt.«

Das trotzige Funkeln kehrte in ihre Augen zurück. »Wenn der DonnerClan eine Ahnung hätte, warum, würde er uns nicht missgönnen, was wir dort fangen!«

»Und warum?« Feuerherz erwiderte ihren funkelnden Blick.

»Mein Clan hat Hunger. Unsere Jungen schreien, weil ihre Mütter keine Milch haben. Die Ältesten sterben aus Mangel an ordentlicher Beute.«

Erstaunt starrte er Silberfluss an. »Aber ihr habt doch den Fluss!«, widersprach er. Jede Katze wusste, dass der FlussClan von allen Clans die besten Jagdgründe besaß – Fisch aus dem Fluss und andere Beute aus dem Wald dahinter.

»Das reicht nicht. Die Zweibeiner haben unser Territorium flussabwärts an sich gerissen. Sie haben dort während der ganzen Blattgrüne ein Lager gebaut und sind so lange geblieben, wie es reichlich Fische gab. Als sie endlich abgezogen sind, war der Fischfang mager. Und der Schaden, den sie zusätzlich dem Wald zugefügt haben, bedeutet, dass sogar dort Beute schwerer zu finden ist.«

Trotz seiner Wut empfand Feuerherz Mitleid. Er konnte sich vorstellen, wie ernst das für den FlussClan sein musste. Sie waren an ihre reiche Fischnahrung gewöhnt und jede Blattgrüne davon fett geworden, sodass sie die harten Monde der Blattleere gut überstehen konnten.

Er blickte die Kätzin mit neuen Augen an. Sie war nicht schlank, wurde ihm klar, sie war mager. Da ihr nasses Fell an ihr klebte, konnte er ihre Rippen sehen. Plötzlich verstand er Streifensterns Widerstand auf der Großen Versammlung gegen Blausterns Plan. »Deshalb wolltet ihr nicht, dass der WindClan zurückkommt!«

»Kaninchen laufen das ganze Jahr über auf dem Moorland herum«, erklärte Silberfluss. »Sie waren unsere einzige Hoffnung, es durch die Blattleere zu schaffen, ohne Junge zu verlieren.« Langsam schüttelte sie den Kopf, bevor sie ihren Blick wieder auf Feuerherz richtete.

»Weiß Graustreif all dies?«, fragte er.

Silberfluss nickte. Feuerherz sah sie einen Augenblick verwirrt an. Aber er konnte nicht zulassen, dass diese Gefühle dem Gesetz der Krieger im Wege standen, und auch sein Freund durfte das nicht.

»Welche Probleme dein Clan auch haben mag, du musst trotzdem aufhören, Graustreif zu treffen«, forderte er.

»Nein«, entgegnete sie und reckte das Kinn empor. Ihre Augen blitzten. »Wie kann unsere Liebe irgendwelchen Schaden anrichten?«

Unbeweglich hielt er ihrem festen Blick stand.

Plötzlich zischte Silberfluss: »Du musst verschwinden, die Patrouille kommt.«

Feuerherz hörte ein schwaches Rascheln auf der anderen Seite des Flusses. Es wäre sinnlos und gefährlich, länger zu bleiben. Ohne sich zu verabschieden, sprang er zurück in das nasse Farngebüsch und machte sich auf den Heimweg.

Er preschte zurück zu dem Versteck mit Frischbeute unter der Eiche. Auf halbem Weg ließ ihn ein frischer Zweibeinergeruch ruckartig anhalten und erinnerte ihn an Prinzessin. Er überlegte, ob noch genug Zeit wäre, bei ihr vorbeizuschauen. Er wollte wissen, ob sie schon geworfen hatte. Aber Prinzessin würde inzwischen sicher in ihrem Nest bei den Zweibeinern gebettet sein und der Clan brauchte Frischbeute.

Mit schlechtem Gewissen wurde ihm bewusst, dass Graustreif nicht der Einzige war, der in seiner Treue hin- und hergerissen war.

Im Lager herrschte Stille. Die Katzen hatten in ihren Höhlen Schutz gesucht. Feuerherz überquerte die schlammige Lichtung und ließ seinen Fang auf den Haufen fallen. Ein Stück nahm er für sich selbst und trottete zum Bau der Krieger. Es war heute unmöglich, draußen zu essen.

Er schob langsam den Kopf hinein. Zu seiner Erleichterung döste Graustreif. Zweifellos würde er bald gesund werden, wenn er nicht auf der Suche nach Silberfluss im Regen durch den Wald rannte.

»Gelbzahn hat noch keine Frischbeute gehabt«, kam Weißpelz' Stimme aus dem Schatten. »Sie war zu beschäftigt. Ich glaube, sie wäre dankbar für die Maus, die du da hast.«

Feuerherz nickte und kroch wieder hinaus. Wenn Gelbzahn zu sehr beschäftigt war, um sich etwas zu essen zu holen, musste sich die Krankheit im Lager ausgebreitet haben. Er rannte über die Lichtung, hielt nur an, um eine weitere Maus mitzunehmen, und eilte damit durch den Farntunnel.

Ein gestreiftes Junges lag auf einem Moosnest am Rand der kleinen Lichtung. Gelbzahn kauerte neben ihm und versuchte, es dazu zu bewegen, ein paar Kräuter zu fressen. Das Junge schniefte mitleiderregend und blinzelte mit strömenden

Augen und laufender Nase zu ihr hinauf. Das musste das Junge mit dem Weißen Husten sein.

Als Gelbzahn Feuerherz kommen hörte, drehte sie sich um. »Ist das für mich?«, fragte sie mit Blick auf die beiden Mäuse, die ihm aus dem Maul hingen. Er nickte und ließ sie fallen. »Danke. Und wenn du schon hier bist, versuch du doch mal, dieses Junge zu überreden, seine Medizin einzunehmen.« Dann trottete sie mit steifen Schritten, die von ihrer alten Schulterverletzung herrührten, hinüber zu den Mäusen und begann hungrig daran zu nagen.

Feuerherz näherte sich dem Jungen, das zu ihm aufblickte und sein winziges Maul zu einem röchelnden, qualvollen Husten geöffnet hatte.

Vorsichtig hielt er ihm ein paar Blättchen des grünen Krauts hin und sagte: »Wenn du ein Krieger werden willst, musst du dich daran gewöhnen, so scheußliche Sachen runterzuschlucken. Denn wenn du deine Reise zum Mondstein machst, musst du vorher Kräuter essen, die noch viel schlimmer schmecken als diese hier.«

Das Junge sah ihn fragend an.

»Stell dir das einfach als eine Übung vor«, drängte Feuerherz. »Eine Übung für später, wenn du ein Krieger wirst.«

Das Junge langte zu und nahm zögernd ein Maul voll. Feuerherz schenkte ihm ein aufmunterndes Schnurren.

Gelbzahn tauchte neben ihm auf. »Gut gemacht«, miaute sie. Mit der Nase gab sie Feuerherz ein Zeichen, dass sie mit ihm reden wollte. Er folgte ihr in den Schutz des großen Felsens, ihrem Schlafplatz. Es regnete immer noch, ihr graues Fell war durchgeweicht und ihr nasser Schwanz schleifte durch den Dreck.

»Blaustern hat Weißen Husten«, verkündete Gelbzahn finster.

»Aber Weißer Husten ist nicht so gefährlich, oder?«, sagte Feuerherz.

Gelbzahn schüttelte den Kopf. »Aber der Husten hat sie sehr schnell erwischt«, sagte sie, »und heftig getroffen.« Feuerherz' Magen krampfte sich zusammen, als er an die schwindende Zahl der Leben dachte, die der Anführerin des Clans noch verblieben. »Ich habe sie aufgefordert, sich von den kranken Katzen fernzuhalten, aber Blaustern wollte sie unbedingt besuchen«, fuhr die Heilerin fort. »Im Augenblick schläft sie in ihrem Bau. Frostfell ist bei ihr.«

Angesichts der Angst in Gelbzahns Augen fragte sich Feuerherz, ob sie die Wahrheit über die verbleibenden Leben der Anführerin kannte. Er hatte bislang angenommen, Blaustern habe nur ihm ihr Geheimnis anvertraut. Der restliche Clan war der Meinung, dass sie noch drei Leben übrig hätte. Aber vielleicht konnte eine Heilerin diese Dinge auch einfach spüren.

Die Wahrheit war: Wenn Blaustern dieses Leben verlor, hätte sie nur noch ein einziges übrig.

16. KAPITEL

DER REGEN hielt die Nacht über und bis in den nächsten Vormittag hinein an. Aber zu Sonnenhoch begannen die Wolken abzuziehen. Eine düstere Stimmung lastete auf der Lichtung, während der Clan auf Nachrichten von seiner Anführerin wartete.

Feuerherz kroch aus dem Brombeergebüsch in der Nähe des Grenzwalls, wo er seit der Morgendämmerung Schutz gesucht hatte. Er trottete zu Blausterns Bau neben dem Hochstein. Kein Geräusch war dort zu hören. Als er sich abwandte, traf er auf Glanzfell, die Nahrung zur Kinderstube brachte. Fragend neigte sie den Kopf.

Er wusste, dass sie auf Nachricht von der Anführerin hoffte. »Nichts Neues, fürchte ich.« Er zuckte die Achseln.

Feuerherz hatte Rußpfote und Farnpfote einen Ruhetag vom Training gegeben. Er sah die beiden gelangweilt vor ihrem Bau liegen, und er wusste, dass er sie enttäuscht hatte, aber er wollte im Lager bleiben, solange Blaustern krank war. Wenigstens war Tigerkralle nicht in der Nähe, um seine Entscheidung zu kritisieren. Er war mit der Morgenpatrouille unterwegs.

Plötzlich teilten sich die Flechten vor Blausterns Bau und Frostfell stürzte heraus. Sie rannte über die Lichtung zu Gelbzahns Höhle und tauchte kurz darauf mit der Heilerin wieder auf.

Feuerherz sprang zu Blausterns Bau hinüber und erreichte ihn genau in dem Augenblick, als Frostfell und Gelbzahn sich durch den Flechtenvorhang drängten. Mit rasendem Herzen setzte er sich davor.

Etwas später erschien Frostfells Gesicht im Eingang.

»Was ist los?«, fragte Feuerherz mit zittriger Stimme.

Die Kätzin schloss die Augen und sagte düster: »Sie hat Grünen Husten. Pass auf, dass niemand reinkommt.« Dann duckte sie sich und verschwand wieder im Inneren.

Feuerherz blieb entsetzt sitzen. Grüner Husten! Blaustern war tatsächlich in Gefahr, ein weiteres Leben zu verlieren.

Ein lautes Jaulen von außerhalb des Lagers ließ ihn herumfahren. Borkenpfote kam durch den Ginstertunnel auf die Lichtung gestürmt und blieb direkt neben Feuerherz stehen.

»Ich komme von Tigerkralle«, keuchte er. »Eine Botschaft für Blaustern.«

»Sie ist krank«, entgegnete Feuerherz. »Du kannst da nicht rein.«

Der Schüler zuckte ungeduldig mit dem Schwanz. »Sie muss zu Tigerkralle an den Donnerweg. Es ist äußerst dringend.«

»Was ist los?«

Borkenpfote funkelte ihn an. »Tigerkralle hat nach Blaustern verlangt«, fauchte er verächtlich. »Nicht nach einem Hauskätzchen, das sich als Krieger ausgibt!«

Wut packte Feuerherz und er streckte die Krallen aus. »Blaustern kann das Lager nicht verlassen«, knurrte er und blockierte mit angelegten Ohren den Eingang zum Bau seiner Anführerin.

»Feuerherz hat recht«, ertönte Gelbzahns raues Miauen hinter ihm. Sie war aus dem Bau herausgetreten.

Borkenpfote sah die Heilerin an und wich vor ihrem orangefarbenen Blick zurück. »Tigerkralle hat Beweise für SchattenClan-Krieger in unserem Territorium gefunden«, berichtete er. »Sie sind in unsere Jagdgründe eingedrungen!«

Trotz der Angst um Blausterns Leben spürte Feuerherz, wie sich seine Oberlippe vor Wut kräuselte. Wie konnten sie es nur wagen! Nach allem, was der DonnerClan für sie getan hatte!

Aber Gelbzahn zeigte keinerlei Interesse an Borkenpfotes Bericht und wandte sich an Feuerherz: »Weißt du, ob es im Zweibeinerort irgendwo Katzenminze gibt?«

»Katzenminze?«, wiederholte er.

»Ich brauche sie für Blaustern«, erklärte die Heilerin. »Es ist eine Pflanze, die ich seit Monden nicht mehr benutzt habe, aber ich glaube, sie würde ihr helfen.« Gelbzahn hatte jetzt Feuerherz' volle Aufmerksamkeit. »Katzenminze hat weiche Blätter und einen unwiderstehlichen Geruch …«

»Ja, ich weiß, wo es welche gibt!«, unterbrach Feuerherz sie. Im Wald war er nie auf das Kraut gestoßen, aber als Junges hatte er sich im Garten seines Zweibeinerheims darin gewälzt.

»Gut«, sagte Gelbzahn. »Ich brauche so viel, wie du tragen kannst, und zwar schnell.«

»Was ist mit Tigerkralle?«, fragte Borkenpfote.

»Tigerkralle muss für den Augenblick selbst mit seinem Problem fertig werden!«, sagte die Heilerin kurz angebunden.

Rußpfote hatte sie alle vom Baumstumpf aus beobachtet

und kam jetzt angesprungen. »Womit selbst fertig werden?«, fragte sie aufgeregt. Mit einem eindringlichen Zucken des Schwanzes gab Feuerherz ihr zu verstehen, dass sie still sein sollte.

Borkenpfote übersah die Schülerin völlig. »Der SchattenClan könnte inzwischen schon auf unserem Territorium sein!«, fauchte er.

Rußpfote riss die Augen weit auf, hielt aber den Mund.

Gelbzahn dachte einen Augenblick nach. »Wo ist Weißpelz?«, fragte sie.

»Auf Patrouille bei den Sonnenfelsen, zusammen mit Sandpfote und Mausefell«, antwortete Borkenpfote.

Gelbzahn nickte. »Da Blaustern krank ist und Feuerherz Katzenminze holen muss, können wir keine weiteren Krieger aus dem Lager schicken. Wenn der SchattenClan tatsächlich auf unserem Territorium ist, dann kann er hier angreifen. Sie haben es schon einmal getan«, erinnerte sie ihn grimmig.

»Wenn ich schnell die Katzenminze hole«, warf Feuerherz ein, »könnte ich anschließend Tigerkralle aufsuchen und seine Botschaft für Blaustern überbringen.«

Borkenpfotes Augen blitzten. »Aber er will, dass Blaustern die Beweise selbst sieht. Der SchattenClan hat die Überreste von Frischbeute auf unserer Seite des Donnerwegs liegen lassen!«

Gelbzahn brachte ihn mit einem Knurren zum Schweigen. »Blaustern braucht den Beweis nicht zu sehen«, knurrte sie. »Das Wort ihres Stellvertreters sollte ausreichen.«

»Tigerkralle muss benachrichtigt werden, dass Blaustern nicht kommen kann«, sagte Feuerherz. »Ich werde ihm die Nachricht überbringen, nachdem ich die Katzenminze geholt habe. Wo ist er?«

»Ich gehe!«, fauchte Borkenpfote. »Glaubst du, du bist ein besserer Bote als ich, weil du ein Krieger bist und ich nur ein Schüler?« Er warf Feuerherz einen hasserfüllten Blick zu.

Aber Gelbzahn hatte keine Zeit für Streitigkeiten. »Der Clan braucht Schutz, solange Feuerherz unterwegs ist!«, zischte sie Borkenpfote mit angelegten Ohren an. »Ist diese Aufgabe nicht wichtig genug für dich? Also, wo ist Tigerkralle?«

»Neben der verbrannten Esche, die über den Donnerweg hängt«, antwortete der Schüler missmutig.

»Gut«, knurrte die Heilerin. »Lauf jetzt, Feuerherz! Schnell!«

Als er über die Lichtung preschte, hörte er kleine Pfotenschritte, die hinter ihm hersprinteten. »Feuerherz, warte!«

»Geh zurück in deinen Bau, Rußpfote«, rief er über die Schulter, ohne langsamer zu werden.

»Aber ich könnte doch gehen und Tigerkralle die Nachricht überbringen, während du die Katzenminze holst!«

Er blieb stehen und wandte sich seiner Schülerin zu. »Rußpfote, wenn irgendwelche Krieger des SchattenClans unterwegs sind, musst du im Lager bleiben.« Die kleine Kätzin wirkte enttäuscht, aber Feuerherz hatte nicht die Zeit, sich wegen ihrer Gefühle Gedanken zu machen. »Geh zurück in deinen Bau«, knurrte er. Ohne ihre Reaktion abzuwarten, wandte er sich um und stürmte aus dem Lager.

Feuerherz rannte durch die Hochkiefern und schlängelte sich rasch durch das Unterholz, das an den Zweibeinerort grenzte. Als er auf den Zaun kletterte, der sein altes Zuhause umgab, füllte der vertraute Geruch seine Nase. Erinnerungen überfluteten ihn und machten ihn für einen Augenblick schwindlig. Er dachte an sonnige Nachmittage, an denen er sich im Garten mit den Spielsachen beschäftigte, die seine Zweibeiner ihm gegeben hatten. Fast erwartete er, sie zu hören, wie sie mit seinem Futternapf klapperten und den Namen riefen, den er als Hauskätzchen gehabt hatte. Dann dachte er an Blaustern, die mit dem Grünen Husten kämpfte.

Er sprang in den Garten hinunter und setzte über den Rasen zu der Stelle, an der seiner Erinnerung nach die Katzenminze wuchs. Mit offenem Maul atmete er tief ein und erleichtert wieder aus. Irgendwo hier war noch immer der verlockende Geruch.

Er trottete an den Reihen von Pflanzen entlang und schnüffelte. Er konnte die Katzenminze nirgends sehen und kam seinem alten Zweibeinernest doch immer näher. Er verlangsamte seine Schritte. Gerüche aus seiner Kindheit mischten sich nun verwirrend mit dem der Katzenminze.

Er schüttelte den Kopf, um klar denken zu können, und konzentrierte sich voll und ganz auf den Geruch der Heilpflanze. Er schob sich unter einem großen Busch hindurch, der noch vom nächtlichen Regen tropfte, und fand eine große Fläche des weichen, duftenden Krauts. Durch den Frost waren einige der Blätter verwelkt, aber der dicke Busch hatte das Kraut geschützt, sodass noch genügend für Gelbzahn vorhanden war. Feuerherz biss so viele Blätter ab, wie er tragen konnte. Der Duft drang ihm köstlich in den Mund, aber vorsichtig vermied er zu kauen, sosehr ihn auch danach gelüstete. Blaustern würde jeden Tropfen des wertvollen Safts benötigen.

Mit vollem Mund raste er zurück durch den Garten, sprang über den Zaun und preschte durch den Wald, ohne Rücksicht auf die Brombeerranken, die an seinem Fell zerrten. Er hatte das Gefühl, seine Lungen würden zerspringen, denn mit geschlossenen Kiefern, damit er die kostbaren Kräuter nicht verlor, konnte er nur durch die Nase atmen.

Gelbzahn wartete schon im Ginstertunnel auf ihn. Feuerherz ließ ihr die Katzenminze vor die Pfoten fallen und holte tief Luft. Mit einem dankbaren Blick nahm die Heilerin die Blätter auf und eilte zu Blausterns Bau.

Als er nach Luft schnappend dasaß, stieg ihm im Ginstertunnel plötzlich Rußpfotes erregter Geruch in die Nase. Er beschnüffelte den Boden um sich herum. Hatte die Schülerin etwa das Lager verlassen? Trotz seiner Warnung vor den Kriegern des SchattenClans?

Er rannte zum Bau der Schüler und schob den Kopf hinein. Farnpfote war allein und schlief.

»Wo ist Rußpfote?«, rief Feuerherz.

Farnpfote hob verschlafen den Kopf. »Äh, was?«

»Rußpfote! Wo ist sie?«

»Weiß nicht«, antwortete der Schüler verwirrt.

Feuerherz zog den Kopf zurück und sah sich auf der Lichtung um. Er überlegte, was er tun sollte. Er hatte nicht die Zeit, Rußpfote selbst zu suchen, und er wollte nicht den anderen Kriegern sagen, dass sie vermisst wurde. *Graustreif!*, dachte er plötzlich. Der könnte nach ihr Ausschau halten, während er selbst sich auf die Suche nach Tigerkralle machte.

Feuerherz eilte zum Bau der Krieger, doch Graustreifs Nest war leer. Ärger stieg in ihm auf. Wo war sein Freund, wenn er ihn einmal brauchte? Als könnte er es nicht erraten! Unwillig schnaubte er. Rußpfote würde auf sich selber aufpassen müssen, bis er Tigerkralle gefunden und ihm berichtet hatte, dass Blaustern krank war.

Er preschte wieder durch den Ginstertunnel und machte sich auf zum Donnerweg. Als er dem Pfad seitlich der Schlucht hinauf folgte, nahm er wahr, dass Rußpfotes Geruch in der Luft hing. Auch sie musste diesen Weg genommen haben. Natürlich! Sie war selbst losgezogen, um Tigerkralle zu suchen! Das Fell auf seinem Rückgrat stellte sich auf vor Sorge und Ärger. Wie konnte sie nur so dumm sein?

In der Nähe des Schlangenfelsens begann er den Donnerweg zu riechen und das Dröhnen seiner Ungeheuer zu hören.

Plötzlich ertönte vom Waldrand her ein schrilles, hohes Kreischen. Feuerherz erstarrte – es war derselbe Schrei, den er in seinem Traum gehört hatte.

Er rannte aus den Bäumen hinaus ins Freie und kam auf dem Grasrand neben dem Donnerweg zum Halten. Verzweifelt schaute er den Grünstreifen hinauf und hinunter, bis er endlich die vom Blitz verkohlte Esche entdeckte. Das musste die Stelle sein, wo Tigerkralle Blaustern treffen wollte. Aber der Zweite Anführer war noch eine ganze Strecke weit davon entfernt und trottete in aller Ruhe zu der Esche hin.

Feuerherz rannte los. Der Grünstreifen war hier sehr schmal, kaum breit genug für ein Kaninchen, doch er rannte weiter. »Hast du diesen Schrei gehört?«, rief er Tigerkralle schon von Weitem zu, aber das Dröhnen eines sich nähernden Ungeheuers übertönte seine Worte.

Feuerherz schauderte, als es vorbeiraste. Er wartete, dass der Lärm verebbte, da fiel ihm etwas unter der Esche auf, etwas Dunkles auf dem schmalen Grasstreifen. Mit furchtbarer Gewissheit erkannte er den kleinen Körper, der regungslos neben dem Donnerweg lag. Es war Rußpfote.

17. KAPITEL

VOLLER ENTSETZEN rannte Feuerherz los, doch Tigerkralle hatte noch vor ihm den leblosen Körper erreicht. Seine massigen Schultern waren starr vor Schreck, als er auf ihn hinabsah. Nur mühsam zwang sich Feuerherz, näher heranzutreten. Vorsichtig streckte er den Kopf vor und schnüffelte an Rußpfotes Flanke. Sie roch nach Donnerweg. Eins ihrer Hinterbeine war verdreht und glänzte vor Blut. Feuerherz zitterte so stark, dass er kaum stehen konnte. Dann sah er, dass ihre Flanke sich bewegte. Sie atmete!

»Sie lebt«, knurrte Tigerkralle und richtete seine bernsteinfarbenen, kalten Augen auf Feuerherz. »Was hat sie hier gewollt?«

»Sie hat dich gesucht«, flüsterte Feuerherz.

»Du meinst, du hast sie hierhergeschickt?«

Feuerherz' Augen weiteten sich. Glaubte Tigerkralle wirklich, dass er so töricht war? »Ich habe ihr befohlen, im Lager zu bleiben!«, sagte er. »Sie ist aus eigenem Antrieb gekommen.« *Weil ich sie nicht dazu bringen konnte, dass sie mir gehorcht!*, dachte er bestürzt.

»Wir müssen sie ins Lager bringen«, schnaubte Tigerkralle. Er beugte sich mit offenem Maul hinunter und wollte den kleinen, gekrümmten Körper packen, aber Feuerherz senkte schnell den Kopf und hob Rußpfote an ihrem Nackenfell auf. So vorsichtig er nur konnte, schleppte er sie in den Wald. Ihr Körper hing schlaff zwischen seinen Vorderpfoten.

Dunkelstreif kam zu ihnen herangesprungen. »Ich habe noch einmal die Schlangenfelsen überprüft, Tigerkralle. Da ist kein Anzeichen vom Schatten…« Er brach ab, als er Rußpfote aus dem Maul von Feuerherz baumeln sah. »Was ist passiert?«

Ohne auf Tigerkralles Antwort zu warten, stolperte Feuerherz mit seiner wertvollen Last weiter durch die Bäume. Er hätte diesen Unfall verhindern können! Wenn er nur Rußpfote dazu gebracht hätte, auf ihn zu hören – wenn er nur ein besserer Mentor gewesen wäre! Nun war sie zu Schaden gekommen und blutete und gab keinen Laut von sich, baumelte nur zwischen seinen Kiefern herab. Ihre Hinterläufe zogen eine flache Spur durch das Laub, als er sie vorsichtig nach Hause trug.

Gelbzahn war auf der Lichtung nicht zu sehen. Die beiden Jungen mit dem Weißen Husten lagen zusammengerollt in ihrer Unterkunft und schliefen fest. Feuerherz legte Rußpfote auf den kalten Boden, dann machte er ihr ein Nest im Farn, indem er sich immer wieder um die eigene Achse drehte. Dann ergriff er seine Schülerin am Nackenfell und zog sie vorsichtig hinein.

»Feuerherz?«, miaute Gelbzahn von der Lichtung her. Tigerkralle musste ihr alles erzählt haben.

Feuerherz hüpfte aus dem Nest. »Rußpfote ist hier drin«, krächzte er und wurde plötzlich schwach vor Erleichterung, als er die Heilerin sah.

»Lass mich mal sehen«, sagte Gelbzahn. Sie drängte sich an Feuerherz vorbei und kletterte in den Farn, um Rußpfote zu untersuchen. Er setzte sich hin und wartete.

Endlich kam Gelbzahn wieder heraus. »Sie ist sehr schwer verletzt«, sagte sie mit vor Sorge dunklen Augen. »Aber ich denke, dass ich sie retten kann.«

Es war eine winzige Hoffnung, wie ein einzelner funkelnder Tautropfen, der an einem Fell hängt. Einen Augenblick lang sah Feuerherz diesen glitzernden Hoffnungsfunken, bis Gelbzahn fortfuhr: »Aber ich kann nichts versprechen.« Dann blickte sie ihm tief in die Augen und murmelte: »Blaustern ist sehr krank, ich kann nichts mehr für sie tun. Jetzt muss der SternenClan ihr Schicksal entscheiden.«

Die Welt verdunkelte sich vor Feuerherz' Augen. Kaum konnte er das Gesicht der Heilerin sehen, aber er hörte weiter ihre sanfte Stimme: »Geh und halte Wache bei Blaustern. Sie hat vorhin nach dir gefragt. Ich kümmere mich um Rußpfote.«

Feuerherz nickte langsam und wandte sich ab. Blaustern war seine Mentorin gewesen und mehr als das. Zwischen ihnen hatte es seit ihrem ersten Zusammentreffen ein enges Band gegeben. Er fühlte sich hin- und hergerissen. Denn auch bei Rußpfote wollte er bleiben.

Am anderen Ende des Farntunnels ragte ein Schatten auf. Tigerkralle saß mit wie üblich hoch erhobenem Kopf am Eingang zu Gelbzahns Bau. Feuerherz fühlte, wie sich seine Schultern vor Abneigung strafften. Warum ließ der große Krieger nicht das geringste Anzeichen von Kummer erkennen? Schließlich war Rußpfote auf der Suche nach ihm gewesen. Und weshalb? Er selbst hatte keinen Beweis für den angeblichen Beutezug des SchattenClans auf ihrem Territorium gesehen! Ohne ein Wort ging er an Tigerkralle vorbei und marschierte über die Lichtung zu Blausterns Bau.

Langschweif saß als Wache davor. Er blickte ihn von der Seite an, versuchte aber nicht, ihn aufzuhalten, als er sich durch die Flechten schob.

Goldblüte, eine der Königinnen, war dort. Feuerherz konnte ihre Augen in der Dämmerung leuchten sehen und auch Blaustern, die zusammengerollt in ihrem Nest lag. Die Königin beugte sich vor und leckte vorsichtig den Kopf der Kranken, um ihn zu kühlen, wie eine Mutter, die ihr Junges pflegt. Dem Krieger tat das Herz weh, als er an die verletzte Rußpfote dachte. War Frostfell inzwischen an der Seite ihrer Tochter?

»Gelbzahn hat ihr Katzenminze und Mutterkraut gegeben«, murmelte Goldblüte. »Nun können wir nur noch zusehen und abwarten.« Sie erhob sich auf die Pfoten und streifte Feuerherz' Nase. »Kannst du jetzt bei ihr bleiben?«, fragte sie freundlich. Er nickte und sie verließ leise den Bau.

Feuerherz ließ sich auf dem Bauch nieder, streckte die Vorderpfoten vor sich aus, sodass sie gerade noch das Gesicht seiner Anführerin berührten. Er lag sehr still da, seine Augen unermüdlich auf ihren reglosen Körper gerichtet. Sie hatte jetzt nicht einmal mehr die Kraft, zu husten. Er konnte ihren Atem in der Dunkelheit hören, flach und rau, und er horchte auf den unregelmäßigen Rhythmus, während die Nacht langsam verstrich.

Ihr Atem setzte kurz vor der Morgendämmerung aus. Feuerherz war halb eingeschlafen, als ihm bewusst wurde, dass in der Höhle völlige Stille herrschte. Es gab auch keine

Geräusche vom Lager draußen, nur ein tödliches Schweigen, als würde der ganze Clan den Atem anhalten.

Blaustern bewegte sich nicht mehr. Feuerherz wusste, sie war beim SternenClan und bereitete sich auf ihr verbliebenes Leben vor. Er hatte schon einmal beobachtet, wie sie ein Leben verloren hatte. Sein Fell prickelte angesichts des gespenstischen Friedens, der ihren Körper einhüllte, aber es gab nichts, was er tun konnte.

Also wartete er.

Plötzlich schnappte Blaustern nach Luft. »Feuerherz, bist du das?«, miaute sie mit heiserer Stimme.

»Ja, Blaustern«, murmelte er. »Ich bin hier.«

»Ich habe ein weiteres Leben verloren.« Ihre Stimme war schwach, aber vor Erleichterung hätte er sie am liebsten zwischen den Ohren geleckt, wie Goldblüte es getan hatte. »Wenn ich auch dieses verliere, kann ich nicht mehr zurückkehren.«

Er musste schlucken. Der Gedanke, dass der Clan seine große Anführerin verlieren würde, schmerzte ihn, aber der Gedanke, seine Mentorin und Freundin zu verlieren, schmerzte noch viel mehr.

»Wie fühlst du dich? Soll ich Gelbzahn holen?«, fragte er.

Langsam schüttelte sie den Kopf. »Das Fieber hat aufgehört. Es geht mir ganz gut. Ich muss mich nur ausruhen.«

Erfreut miaute Feuerherz. Licht begann durch die Flechten zu sickern und seine Gedanken verschwammen nach der durchwachten Nacht.

»Du musst müde sein«, sagte Blaustern. »Geh und schlafe ein wenig.«

Feuerherz rappelte sich auf. Seine Beine waren steif vom langen Liegen. »Brauchst du irgendetwas?«

»Nein. Berichte nur Gelbzahn, was geschehen ist«, antwortete sie. »Danke, dass du bei mir gewesen bist.«

Feuerherz versuchte ein Schnurren, aber es blieb ihm im Halse stecken. Später würde noch Zeit für mehr Worte sein. Er schob sich durch die Flechten hinaus.

Draußen musste er blinzeln, so blendend hell war es überall. Während der Nacht hatte es geschneit. Er starrte überrascht um sich. Noch nie hatte er Schnee gesehen. Als sehr kleines Junges im Zweibeinerort hatten ihn seine Besitzer immer im Haus behalten, wenn es kalt war. Aber er hatte die Ältesten des Clans davon erzählen hören.

Er nickte Dunkelstreif zu, der Langschweif als Wache abgelöst hatte, und betrat das fremdartige Weiß. Es fühlte sich feucht und kalt an und knirschte laut unter seinen Pfoten.

Tigerkralle stand auf der Lichtung. Es schneite noch immer, und die Flocken blieben auf dem dichten Fell des gestreiften Katers liegen, ohne zu schmelzen. Feuerherz hörte, wie er Anordnungen gab, die Wände der Kinderstube mit Blättern zu polstern, um die Kälte abzuhalten. »Dann will ich, dass ein Loch gekratzt wird, in dem wir unsere Beute aufbewahren können«, befahl er. »Kleidet es mit Schnee aus und bedeckt die Beute damit, wenn das Loch voll ist. Wir können uns den Schnee genauso gut zunutze machen, wenn er schon einmal liegt.« Krieger rannten um ihn herum und befolgten seine Anordnungen.

»Mausefell! Langschweif! Stellt ein paar Jagdrotten zusammen. Wir brauchen so viel Frischbeute wie möglich, bevor sich die Beutetiere endgültig in ihre Höhlen zurückziehen!« Dann sah Tigerkralle Feuerherz über die Lichtung trotten.

»Warte!«, rief er. »Oh, ich nehme an, du musst dich ausruhen. Heute Morgen wirst du in einer Jagdgesellschaft wohl kaum von Nutzen sein.«

Feuerherz starrte den dunklen Krieger an und Feindseligkeit stieg ihm wie Galle in die Kehle. »Ich werde erst einmal nach Rußpfote sehen«, knurrte er.

Tigerkralle hielt einen Augenblick lang seinem Blick stand. »Wie geht es Blaustern?«

Misstrauen sträubte wie eine kalte Brise Feuerherz' Fell. Er hatte schon einmal gehört, wie Blaustern ihren Stellvertreter über ihre verbliebenen Leben belogen hatte. »Ich bin kein Heiler«, erwiderte er. »Ich kann es nicht sagen.«

Tigerkralle schnaubte ungeduldig, dann wandte er sich ab und erteilte weiter seine Befehle. Feuerherz ging zu Gelbzahns Bau, erleichtert, dass er dem hektischen Getriebe des Lagers entkommen konnte. Bei dem Gedanken, in welchem Zustand er Rußpfote antreffen würde, begann sein Herz zu hämmern.

»Gelbzahn!«, rief er.

»Schsch!« Die Heilerin sprang aus Rußpfotes Farnnest heraus. »Sie schläft endlich. Sie hat eine schwere Nacht gehabt. Ich konnte ihr keine Mohnsamen zur Linderung der Schmerzen geben, bevor sie sich nicht von dem Schock erholt hatte.«

»Aber wird sie überleben?« Seine Beine zitterten vor Erleichterung.

»Das kann ich erst in ein paar Tagen mit Sicherheit sagen. Sie hat innere Verletzungen und eins ihrer Hinterbeine ist schlimm gebrochen.«

»Aber es wird doch verheilen, nicht wahr?«, bettelte er verzweifelt. »Sie wird doch zur Blattfrische wieder trainieren können?«

Gelbzahn schüttelte den Kopf. Ihre orangefarbenen Augen blickten mitfühlend. »Feuerherz, was immer passiert, Rußpfote wird niemals mehr eine Kriegerin sein können.«

Alles verschwamm vor Feuerherz' Augen. Durch den Mangel an Schlaf wurde ihm schwindlig und diese vernichtende Nachricht entzog ihm den Rest seiner Energie. Rußpfote war ihm zur Ausbildung als Kriegerin anvertraut worden. Erinnerungen an die Zeremonie der Namensgebung stachen in sein Herz wie grausame Dornen – Rußpfotes Aufregung, Frostfells mütterlicher Stolz ...

»Weiß Frostfell das?«, miaute er mit einem Gefühl der Leere in der Brust.

»Ja, sie ist bis zur Morgendämmerung hier gewesen. Jetzt ist sie wieder in der Kinderstube, da sind andere Junge, um die sie sich kümmern muss. Ich werde eine von den Ältesten bitten, bei Rußpfote zu wachen. Sie muss immer warm gehalten werden.«

»Das kann ich tun.« Feuerherz lief leise zum Nest, in dem die kleine Kätzin schlief, und blickte hinein. Sie krümmte sich, und ihre blutbeschmierten Flanken hoben und senkten sich, als führte sie im Schlaf einen Kampf.

Gelbzahn stupste ihn liebevoll mit der Nase an. »Du brauchst selbst etwas Schlaf«, sagte sie. »Überlass Rußpfote mir.«

Feuerherz blieb, wo er war. »Blaustern hat ein weiteres Leben verloren«, fuhr es aus ihm heraus. Die Heilerin blinzelte einen Augenblick, dann hob sie den Kopf zum SternenClan. Sie sprach kein Wort, aber Feuerherz konnte die Qual in ihren orangefarbenen Augen sehen.

»Du weißt Bescheid, nicht wahr?«, murmelte er.

Sie blickte ihm in die Augen. »Dass dies Blausterns letztes Leben ist? Ja, ich weiß es. Eine Heilerin erkennt solche Dinge.«

»Wird auch der Rest des Clans es erkennen?«, fragte er und dachte dabei an Tigerkralle.

Gelbzahn kniff die Augen zusammen. »Nein. Sie wird in diesem Leben nicht schwächer sein, als sie es in ihren vorherigen gewesen ist.«

Dankbar blinzelte er sie an.

»Also, geh jetzt«, befahl Gelbzahn. »Brauchst du ein paar Mohnsamen, damit du schlafen kannst?«

Er schüttelte den Kopf. Ein Teil von ihm sehnte sich zwar nach dem tiefen, ruhigen Schlaf, den der Mohn ihm bringen würde. Aber wenn Tigerkralle recht hatte und der SchattenClan tatsächlich kurz davor stand, die Grenzen des DonnerClans anzugreifen, dann wollte er seine Sinne nicht betäuben. Es könnte sein, dass man ihn brauchte, um das Lager zu verteidigen.

Graustreif war zurück im Bau der Krieger. Feuerherz sprach ihn nicht an. Seine Wut darüber, dass er in der vergangenen Nacht nicht da gewesen war, wirkte nach wie eine dumpf schmerzende Verletzung. Schweigend trottete er zu seinem Nest, drehte sich einmal um sich selbst, nahm Platz und begann sich zu waschen.

Graustreif blickte auf. »Du bist wieder da.« Er klang gereizt, als wollte er noch mehr sagen.

Feuerherz hörte auf, seine Vorderpfote zu lecken, und starrte Graustreif an.

»Du wolltest also, dass Silberfluss verschwindet«, zischte

der graue Kater wütend. Glanzfell, die auf der anderen Seite des Baus döste, öffnete ein Auge, dann schloss sie es wieder.

Graustreif senkte die Stimme. »Halte dich da raus, ja?«, fauchte er. »Ich werde mich weiterhin mit ihr treffen, egal, was du tust oder sagst!«

Feuerherz schnaubte und warf seinem Freund einen gereizten Blick zu. Die Unterredung mit Silberfluss lag für ihn so weit zurück, dass er sie schon fast vergessen hatte. Aber er hatte nicht vergessen, dass Graustreif nicht da war, als er Hilfe brauchte, um seine Schülerin zu suchen. Wütend legte er den Kopf auf seine schmutzigen Pfoten und schloss die Augen. Rußpfote kämpfte mit ihren Verletzungen und Blaustern war in ihrem neunten Leben angelangt. Soweit es ihn betraf, konnte Graustreif tun, was er wollte.

18. KAPITEL

GRAUSTREIF HATTE sein Nest bereits verlassen, als Feuerherz am nächsten Tag aufwachte. Am Licht, das durch die Zweige schimmerte, konnte er erkennen, dass es Sonnenhoch sein musste. Noch immer lag der Kummer schwer auf ihm. Mühsam erhob er sich und schob den Kopf aus dem Bau. Den ganzen Morgen über musste Schnee gefallen sein. Die Erde war mit einer dicken Schicht bedeckt, und der Schnee war gegen den Bau geweht worden, sodass Feuerherz auf eine weiße Wand blickte, die so hoch war wie seine Schultern.

Die üblichen Geräusche des Lagers klangen gedämpft zu ihm herüber. Auf der gegenüberliegenden Seite der Lichtung konnte er Glanzfell und Kurzschweif miteinander flüstern sehen. Mausefell suchte mühsam ihren Weg zum Vorrat an Frischbeute, aus ihrem Maul baumelte ein Kaninchen. Sie blieb stehen, nieste und ging weiter.

Feuerherz hob eine Pfote und legte sie oben auf den Schnee, der sich zuerst fest anfühlte, aber als er darauf stehen wollte, brach die dünne Eisschicht. Er fand sich bis zur Schnauze im Schnee wieder. Prustend schüttelte er den Kopf und machte einen Sprung, um nur noch tiefer im hohen Schnee zu versinken. Er strampelte weiter, Angst stieg in ihm auf, und er hatte das Gefühl, im Schnee zu ertrinken. Plötzlich spürte er festen

Boden unter den Pfoten, er hatte den Rand der Lichtung erreicht. Hier war der Schnee nur eine Mauselänge tief und er setzte sich erleichtert hin.

Angespannt sah er, wie Graustreif auf ihn zugepflügt kam. Dem grauen Krieger schien der Schnee nichts auszumachen, durch seinen dichten Pelz war er vor der feuchten Kälte geschützt. Auch sein Gesicht war von Kummer überschattet.

»Hast du das von Blaustern gehört?«, fragte er, als er Feuerherz erreichte. »Sie hatte Grünen Husten und hat ein Leben verloren.«

Feuerherz zuckte ungeduldig mit den Ohren. Er hätte das seinem Freund schon letzte Nacht berichten können. »Ich weiß«, sagte er kurz angebunden. »Ich war bei ihr.«

»Warum hast du mir das nicht gesagt«, maunzte der andere bestürzt.

»Du warst nicht gerade in freundlicher Stimmung letzte Nacht, falls du dich erinnern kannst. Und wenn du nicht immer weg wärst, um das Gesetz der Krieger zu brechen, wüsstest du vielleicht, was in deinem eigenen Clan vorgeht«, fuhr Feuerherz ihn an.

Graustreifs Ohren zuckten verlegen. »Ich habe gerade Rußpfote gesehen«, sagte er. »Es tut mir leid, dass sie so krank ist.«

»Wie geht es ihr?«

»Sie sah nicht gut aus, aber Gelbzahn meint, sie wird es überleben.«

Feuerherz starrte besorgt über die Lichtung und stand auf. Er wollte selbst nach seiner Schülerin schauen.

»Sie schläft jetzt«, berichtete Graustreif. »Frostfell ist bei ihr, und Gelbzahn will nicht, dass jemand sie stört.«

Feuerherz' Magen zog sich zusammen. Wie nur sollte er Frostfell erklären, dass er daran schuld war, dass ihre Tochter zum Donnerweg gegangen war? Er wandte sich zu Graustreif um, vielleicht konnte der ihn aufrichten. Aber der stapfte schon über die verschneite Lichtung auf die Kinderstube zu. *Unterwegs zu einem Treffen mit Silberfluss*, vermutete Feuerherz bitter. Wütend streckte er die Krallen aus und zog sie wieder ein, während sein Freund um die Ecke verschwand.

Fleckenschweif, die älteste Königin aus der Kinderstube und Mutter des Jungen mit dem Weißen Husten, bemerkte er erst, als sie direkt vor ihm stehen blieb.

»Ist Tigerkralle drinnen?«, fragte sie und deutete mit der Nase auf den Bau der Krieger.

Er schüttelte den Kopf.

»In der Kinderstube gibt es Grünen Husten. Zwei von Buntgesichts Jungen sind krank.«

»Grüner Husten!«, rief Feuerherz atemlos und seine Wut war vergessen. »Werden sie sterben?«

»Das könnte schon sein. Aber die Blattleere bringt immer Grünen Husten mit sich«, sagte Fleckenschweif sanft.

»Es muss doch etwas geben, was wir dagegen tun können!«, begehrte er auf.

»Gelbzahn wird tun, was sie kann. Aber am Ende liegt es in der Hand des SternenClans.«

Eine neue Welle der Wut flammte in seinem Bauch auf, als die Königin zurück zur Kinderstube trottete. Wie konnte der Clan diese Tragödien nur zulassen? Er musste das Lager verlassen, um der düsteren Luft zu entkommen, die der Rest des Clans bereitwillig einatmete.

Er sprang auf und preschte blindlings über die verschneite

Lichtung und durch den Ginstertunnel in den Wald. Er war selbst überrascht, als er feststellte, dass er sich auf dem Weg zur Sandkuhle befand. Der Gedanke, dass er dort eigentlich Rußpfote ausbilden sollte, war mehr, als er ertragen konnte.

Er machte einen Bogen, um diesen Ort zu vermeiden, doch dann hörte er die Stimmen von Weißpelz und Farnpfote. Der Krieger musste den Schüler zum Training mitgenommen haben, als Feuerherz noch schlief.

Hatte denn keine Katze innegehalten, um Blausterns verlorenes Leben zu betrauern? Die Kehle schnürte sich ihm zu. Er kämpfte gegen seine Wut an und rannte weiter, verzweifelt bemüht, so viel Abstand wie möglich zwischen sich und das Lager zu bringen.

Schließlich blieb er bei den Hochkiefern stehen. Seine Flanken hoben und senkten sich von dem anstrengenden Lauf durch den Schnee. Hier herrschte Stille, die ihn beruhigte. Sogar der Gesang der Vögel war verstummt. Feuerherz hatte das Gefühl, das einzige Lebewesen auf Erden zu sein.

Er wusste nicht, wohin er ging, stapfte einfach weiter und ließ sich durch den Wald besänftigen. Während des Gehens wurde sein Kopf klarer. Er konnte nichts für Rußpfote tun, und Graustreif war unerreichbar, aber er könnte Gelbzahn helfen, den Grünen Husten zu bekämpfen. Er könnte mehr Katzenminze holen.

Er lenkte seine Schritte zu seiner alten Hauskätzchen-Heimat und schob sich durch die Brombeerbüsche im Eichenwald, der an den Zweibeinerort angrenzte. Er sprang auf den Zaun am Ende seines alten Gartens und stieß dabei eine Schneewolke in das Blumenbeet hinunter. Als er in den Garten hinabblickte, sah er Spuren, kleiner als die einer Katze. Ein

Eichhörnchen war da unterwegs gewesen, auf der Suche nach seinem Vorrat an Nüssen.

Er brauchte nicht lange, um ein reichliches Maul voll Katzenminze zu sammeln. Er wollte so viel mitnehmen, wie er konnte. Die weichen Blätter würden dieses Wetter vielleicht nicht überleben, und so war dies vielleicht die letzte Gelegenheit, die kostbare Minze zu sammeln.

Mit vollem Maul starrte Feuerherz auf die Katzenklappe, die er selbst als Junges benutzt hatte. Er fragte sich, ob seine zweibeinigen Hausleute noch hier lebten. Sie waren gut zu ihm gewesen. Seine erste Blattleere hatte er verwöhnt in ihrem Nest verbracht, warm und sicher vor den Grausamkeiten der Donnerwege und des Grünen Hustens.

Der Duft der Katzenminze muss mir in den Kopf gestiegen sein, dachte er streng. Er sprang zum Ende des Gartens und mit einem Satz auf den Zaun. Es beunruhigte ihn, wie sehr ihn der Gedanke an sein Zweibeinerheim bewegt hatte. Wollte er denn wirklich die Sicherheit und das voraussehbare Leben eines Hauskätzchens? *Natürlich nicht!* Feuerherz verscheuchte den Gedanken. Aber die Vorstellung, zum Lager zurückzukehren, gefiel ihm im Augenblick auch nicht.

Plötzlich dachte er an Prinzessin.

Er rannte am Waldrand entlang zum Garten seiner Schwester. Vor dem Zaun scharrte er den Schnee weg und vergrub die Katzenminze unter einer Lage toter Blätter, um sie vor der Kälte zu schützen. Noch immer keuchend vom Lauf machte er einen Satz auf den Zaun und rief nach Prinzessin, bevor er wieder hinabsprang, um im Wald auf sie zu warten.

Ruhelos ging er unter einer Eiche hin und her. Seine Pfoten schmerzten vor Kälte. *Vielleicht bekommt sie gerade ihre Jun-*

gen, sagte er sich, *oder sie ist drinnen eingeschlossen.* Gerade hatte er beschlossen, dass er sie heute wohl nicht mehr sehen würde, da hörte er ihr vertrautes Miauen oben vom Zaun herab. Ihr Bauch war nicht mehr angeschwollen.

Er näherte sich ihr, atmete ihren Geruch ein und fühlte dabei, wie dieser Geruch ihn wärmte. »Du hast geworfen!«, miaute er.

Prinzessin berührte sanft seine Nase mit der ihren. »Ja«, sagte sie leise.

»Ist alles gut verlaufen? Geht es dir und den Jungen gut?«

Prinzessin schnurrte. »Es ist wunderbar. Ich habe fünf gesunde Junge.« Ihre Augen glänzten vor Freude. Feuerherz leckte ihr den Kopf, und sie miaute: »Ich hatte dich bei diesem Wetter nicht erwartet.«

»Ich bin gekommen, um etwas Katzenminze zu holen«, erklärte er ihr. »Im Lager herrscht Grüner Husten.«

Ihre Augen sahen ihn besorgt an. »Sind viele krank in deinem Clan?«

»Bisher drei.« Er zögerte einen Augenblick, dann sagte er traurig: »Unsere Anführerin hat letzte Nacht ein weiteres Leben verloren.«

»Ein weiteres Leben?«, wiederholte Prinzessin. »Wie meinst du das? Ich dachte immer, es ist nur ein altes Märchen, dass Katzen neun Leben haben.«

»Blaustern hat vom SternenClan neun Leben erhalten, weil sie die Anführerin unseres Clans ist«, erklärte Feuerherz.

Sie blickte ihn voller Ehrfurcht an. »Dann stimmt es also!«

»Nur für die Anführer der Clans. Die Übrigen von uns haben nur ein Leben, wie du und wie Rußpfote …« Er verstummte.

»Rußpfote?« Prinzessin musste den Kummer in seiner Stimme gehört haben.

Er blickte ihr in die Augen, und die vielen Gedanken, die ihn bedrückt hatten, flossen aus ihm heraus: »Das ist meine Schülerin. Sie ist letzte Nacht auf dem Donnerweg von einem Ungeheuer getroffen worden.« Seine Stimme brach, als er daran dachte, wie er ihren zerschlagenen, blutenden Körper gefunden hatte. »Sie ist schwer verletzt. Sie könnte immer noch sterben. Und auch wenn sie überlebt, wird sie nie eine Kriegerin werden.«

Prinzessin kam näher und berührte ihn mit der Schnauze. »Du hast so liebevoll von ihr gesprochen, als du das letzte Mal hier warst«, miaute sie. »Es klang, als wäre sie so voller Lebensfreude und Energie.«

»Der Unfall hätte nicht passieren dürfen«, sagte Feuerherz leise. »Ich sollte Tigerkralle am Donnerweg treffen. Er hatte nach Blaustern gefragt, aber die war krank, daher habe ich angeboten, die Botschaft zu überbringen. Ich musste vorher aber noch Katzenminze holen und so ist Rußpfote an meiner Stelle gegangen.«

Prinzessin schaute ihn alarmiert an und Feuerherz fügte schnell hinzu: »Ich habe ihr untersagt, das zu tun. Vielleicht hätte sie auf mich gehört, wenn ich ein besserer Mentor gewesen wäre.«

»Ich bin überzeugt, dass du ein guter Mentor bist«, versuchte sie ihn mit ihrer sanften Stimme zu beruhigen, aber er hörte kaum zu.

»Ich weiß nicht, warum Tigerkralle Blaustern an so einem gefährlichen Ort treffen wollte!«, fauchte er. »Er hat gesagt, es gebe Beweise, dass der SchattenClan in unser Territorium eingedrungen sei, aber als ich dort war, roch es überhaupt nicht nach ihnen!«

»War es eine Falle?«, fragte Prinzessin.

Er blickte in die zweifelnden Augen seiner Schwester und stellte sich plötzlich auch diese Frage. »Warum sollte Tigerkralle Rußpfote etwas Böses wollen?«

»Es war Blaustern, nach der er verlangt hatte«, stellte Prinzessin richtig.

Feuerherz' Fell sträubte sich. War es möglich, dass seine Schwester recht hatte? Tigerkralle hatte tatsächlich Blaustern zur schmalsten Stelle des Grünstreifens am Donnerweg bestellt. Aber selbst Tigerkralle würde doch gewiss nicht absichtlich die Anführerin seines Clans in Gefahr bringen? Er schob den Gedanken beiseite. »Ich w-weiß nicht«, stammelte er. »Alles ist zurzeit so verwirrend. Selbst Graustreif spricht kaum noch mit mir.«

»Warum nicht?«

Er zuckte die Achseln. »Das ist zu kompliziert zu erklären.« Prinzessin hockte sich neben ihn in den Schnee und drückte ihr weiches Fell an seines. »Ich fühle mich in letzter Zeit so als Außenseiter«, fuhr Feuerherz finster fort. »Es ist nicht einfach, anders zu sein.«

»Anders?« Seine Schwester wirkte verblüfft.

»Als Hauskätzchen geboren zu sein, wenn die anderen Katzen alle im Clan geboren sind.«

»Auf mich wirkst du wie eine im Clan geborene Katze«, sagte sie und er blinzelte sie dankbar an. »Aber wenn du im Clan nicht glücklich bist, kannst du jederzeit mit mir nach Hause kommen. Meine Hausleute würden sich um dich kümmern, ganz bestimmt.«

Feuerherz malte sich aus, wie er damals sein altes Leben als Hauskätzchen geführt hatte: warm, bequem und sicher. Aber er konnte auch nicht vergessen, wie er von seinem Garten aus den Wald beobachtet und von der großen Freiheit da draußen zwischen den Bäumen geträumt hatte. Genau in diesem Augenblick bewegte eine Brise sein dichtes Fell und trug ihm den Geruch einer Maus in die Nase.

Er schüttelte kräftig den Kopf. »Danke, Prinzessin«, miaute er. »Aber ich gehöre jetzt zu meinem Clan. Ich könnte niemals mehr in einem Zweibeinernest glücklich werden. Ich würde die Düfte des Waldes vermissen. Und es würde mir fehlen, unter dem Silbervlies zu schlafen, mein eigenes Futter zu jagen und es mit meinem Clan zu teilen.«

Die Augen seiner Schwester leuchteten. »Klingt wie ein gutes Leben«, sagte sie und betrachtete scheu ihre Pfoten. »Manchmal blicke sogar ich hinaus in den Wald und frage mich, wie das Leben da draußen wohl sein mag.«

Er schnurrte und stand auf. »Dann verstehst du mich?«

Sie nickte. »Gehst du jetzt wieder zurück?«

»Ja. Ich muss Gelbzahn die Katzenminze bringen, solange sie noch frisch ist.«

Prinzessin drückte zum Abschied ihre Schnauze gegen seine Flanke. »Vielleicht sind meine Jungen das nächste Mal schon kräftig genug. Dann kannst du sie sehen«, miaute sie.

Freudige Erregung kribbelte in seinem Bauch. »Das wäre schön!«

Als er sich umwandte, rief Prinzessin ihm nach: »Pass auf dich auf, Bruder! Ich will dich nicht noch einmal verlieren.«

»Das wirst du nicht«, versprach Feuerherz.

»Gute Idee, Feuerherz«, schnurrte Weißpelz. Er hatte gesehen, wie der rote Krieger mit dem Maul voller Katzenminze ins Lager getrottet kam.

Auf dem ganzen Heimweg war ihm das Wasser im Maul zusammengelaufen. Doch er war jetzt besser gelaunt als beim Verlassen des Lagers. Seine Schwester hatte ihren Wurf sicher zur Welt gebracht und er war wieder klar im Kopf.

Er steuerte auf Gelbzahns Bau zu, als Tigerkralle neben ihm auftauchte.

»Mehr Katzenminze?«, bemerkte der große gestreifte Kater mit misstrauischen Augen. »Ich hatte mich schon gefragt, wohin du verschwunden bist. Farnpfote kann das zu der Heilerin bringen.« Der Schüler war gerade dabei, in der Nähe Schnee wegzuräumen.

»Komm und bring die Katzenminze zu Gelbzahn«, befahl Tigerkralle. Farnpfote nickte und kam sofort angesprungen. Feuerherz ließ das Bündel Blätter auf die Erde fallen.

»Ich wollte aber Rußpfote besuchen«, sagte er.

»Später«, knurrte der Zweite Anführer und blickte Feuerherz mit schmalen, feindseligen Augen an. »Ich will von dir wissen, wohin dein Freund Graustreif die ganze Zeit gegangen ist.«

Feuerherz fühlte, wie ihm heiß wurde. »Ich weiß es nicht«, antwortete er und erwiderte Tigerkralles Blick.

»Wenn du ihn siehst«, fauchte er, »kannst du ihm sagen, dass er bei der umgestürzten Eiche unter Hausarrest steht!«

»In Gelbzahns altem Bau?« Feuerherz betrachtete das Gewirr von Zweigen, unter denen die Heilerin anfangs gelebt hatte, als sie in das Lager des DonnerClans gekommen war und noch als Vertriebene aus dem SchattenClan galt. Wieselpfote lag dort neben Fleckenschweifs dunkel gestreiftem Jungen.

»Katzen mit Weißem Husten sind dort in Quarantäne.«

»Aber Graustreif hat nur eine Erkältung«, widersprach Feuerherz.

»Eine Erkältung ist schlimm genug. Er wohnt vorerst bei der umgestürzten Eiche!«, wiederholte Tigerkralle. »Katzen mit Grünem Husten haben im Nest bei Gelbzahn zu bleiben. Wir müssen verhindern, dass sich die Krankheit ausbreitet.« Die Augen des Stellvertreters funkelten mitleidlos. Feuerherz fragte sich, ob Tigerkralle Krankheit als ein Zeichen von Schwäche betrachtete. »Es ist zum Besten des Clans.«

»Ich werde es Graustreif sagen.«

»Und halte dich fern von Blaustern«, befahl ihm Tigerkralle.

»Aber sie ist nicht mehr krank«, widersprach Feuerherz.

»Das weiß ich, aber ihr Bau riecht noch nach der Krankheit. Ich kann nicht riskieren, dass einer meiner Krieger krank wird. Weißpelz hat mir gemeldet, dass der Geruch von FlussClan-Kriegern noch näher am Lager entdeckt worden ist. Er hat mir auch gesagt, dass er heute mit Farnpfote trainieren musste. Ich erwarte, dass du morgen sein Training übernimmst.«

Feuerherz nickte. »Kann ich jetzt gehen und Rußpfote besuchen?«

Tigerkralle sah ihn an.

»Ich bezweifle, dass Gelbzahn sie irgendwo in die Nähe der Katzen mit Grünem Husten gelegt hat«, fügte Feuerherz mit aufblitzendem Ärger hinzu. »Ich werde mich nicht anstecken.«

»Also gut«, stimmte der Stellvertreter zu und stolzierte davon.

Feuerherz traf Farnpfote in der Mitte der Lichtung. »Gelbzahn war sehr dankbar für die Katzenminze«, miaute der.

»Das freut mich. Übrigens bringe ich dir morgen bei, wie man Vögel fängt. Ich hoffe, du hast nichts dagegen, ein wenig auf Bäume zu klettern.«

Farnpfotes Schnurrhaare zuckten aufgeregt. »Ganz bestimmt nicht. Ich treffe dich in der Sandkuhle.«

Feuerherz nickte und ging weiter zum Bau der Heilerin. Sofort entdeckte er Buntgesichts arme Junge. Sie lagen still in einem Nest aus Farn und husteten, ihre Nasen liefen und in den Augen stand das Wasser.

Gelbzahn begrüßte ihn. »Danke für die Katzenminze. Wir werden sie brauchen. Auch Flickenpelz hat jetzt Grünen Husten.« Sie deutete mit der Nase auf ein weiteres Nest im Farn, wo Feuerherz das verfilzte Fell des alten Katers sehen konnte.

»Wie geht es Rußpfote?«, fragte er und schaute die Heilerin voller Angst an.

Sie seufzte. »Vorhin war sie wach, aber dann ist sie schnell wieder eingeschlafen. Sie hat eine Entzündung im Bein. Der SternenClan weiß, ich habe alles versucht, aber dagegen muss sie selbst kämpfen.«

Feuerherz warf einen Blick in das Nest seiner Schülerin. Die kleine graue Katze zuckte im Schlaf. Ihn schauderte. Plötzlich fürchtete er, sie könnte diesen Kampf doch noch verlieren. Er blickte Gelbzahn an und hoffte auf aufmunternde Worte, aber die Heilerin saß völlig erschöpft mit gesenktem Kopf da.

»Glaubst du, Tüpfelblatt hätte alle diese Katzen besser heilen können?«, fragte sie unerwartet mit rauer Stimme und blickte ihm in die Augen.

Feuerherz überkam ein Frösteln. Er konnte noch immer Tüpfelblatts Anwesenheit hier auf der kleinen Lichtung spüren. Er erinnerte sich, wie gekonnt sie sich um Rabenpfotes Schulterverletzung nach dem Kampf mit dem FlussClan gekümmert hatte und wie sorgfältig sie ihn selbst bei der Pflege von Gelbzahn beraten hatte, nachdem die alte Kätzin ins Lager des DonnerClans gekommen war.

Er blickte die Heilerin an, deren Schultern die Last der Erfahrung trugen, und sagte: »Ich bin überzeugt, es gibt nichts, was Tüpfelblatt anders gemacht hätte.«

Eins der Jungen schrie laut und Gelbzahn sprang auf. Doch bevor sie gehen konnte, lehnte Feuerherz sich vor und streichelte sanft mit der Schnauze die Flanke der alten Kätzin.

Dankbar zuckte sie mit der Schulter.

Feuerherz wandte sich um und trottete traurig zum Farntunnel, wo genau in diesem Augenblick das weiße Haarkleid von Frostfell auftauchte. Sie kam sicherlich, um Rußpfote zu besuchen. Feuerherz hob den Kopf und blickte ihr in die blauen Augen. Der Kummer darin versetzte ihm einen Stich.

»Frostfell?«, begann er leise und die Königin blieb stehen. »Es ... es tut mir leid.« Seine Stimme zitterte.

Sie sah ihn verwirrt an. »Was meinst du?«

»Ich hätte es verhindern müssen, dass Rußpfote zum Donnerweg läuft.«

Frostfell sah ihn an, aber ihr Gesichtsausdruck verriet nichts außer ihrer Trauer. »Ich mache dir keinen Vorwurf, Feuerherz«, murmelte sie. Dann senkte sie den Kopf und ging weiter zu ihrer Tochter.

Graustreif war zurück und kaute neben dem Brennnesselfleck an einer Wühlmaus herum.

Feuerherz ging zu ihm hinüber. »Tigerkralle sagt, du musst zur umgestürzten Eiche ziehen, in die Quarantäne der Katzen mit Weißem Husten«, sagte er. Voller Ärger dachte er daran, wie der Stellvertreter ihn über seinen Freund ausgefragt hatte.

»Das wird nicht nötig sein«, erwiderte der graue Kater fröhlich. »Ich bin wieder gesund. Gelbzahn hat heute Morgen Entwarnung gegeben.«

Feuerherz sah seinen Freund genauer an. Seine Augen waren tatsächlich wieder klar und die Schrunden auf seiner laufenden Nase waren zu einer wenig schönen Kruste ausgetrocknet. Zu jeder anderen Zeit hätte er ihn damit aufgezogen, wie sehr er Triefnase ähnelte, dem Heiler des SchattenClans, jetzt fauchte er nur ärgerlich: »Tigerkralle ist deine häufige Abwesenheit aufgefallen. Du solltest vorsichtiger sein. Warum kannst du dich nicht von Silberfluss fernhalten, wenigstens für eine Weile?«

Graustreif hörte auf zu kauen und starrte ihn wütend an. »Und warum kannst du dich nicht um deine eigenen Angelegenheiten kümmern?«

Feuerherz schloss die Augen und schnaubte frustriert. Würde er jemals zu seinem Freund durchdringen? Dann fragte er sich, ob ihm das überhaupt noch wichtig war. Schließlich hatte der sich noch nicht einmal nach Rußpfote erkundigt.

Sein Magen knurrte und erinnerte ihn daran, dass er Hunger hatte. Eigentlich könnte er etwas essen. Er nahm sich einen Sperling von dem Haufen Frischbeute und trug ihn in eine verlassene Ecke des Lagers, um beim Essen allein zu sein.

Als er sich dort niederließ, dachte er an Prinzessin mit ihren neugeborenen Jungen, weit weg im Zweibeinerort. Einsam und voller Ängste starrte er über das Lager und sehnte sich danach, seine Schwester wiederzusehen.

19. KAPITEL

AN DEN FOLGENDEN Tagen kämpfte Feuerherz gegen den Wunsch an, seine Schwester zu besuchen. Die Sehnsucht nach seiner Hauskätzchenfamilie machte ihm langsam Sorgen. Er beschäftigte sich mit Jagen in den verschneiten Wäldern und füllte so die Vorräte des Lagers auf.

Auch an diesem Nachmittag war er erfolgreich gewesen und kehrte bei Sonnenuntergang mit zwei Mäusen und einem Buchfinken ins Lager zurück. Er vergrub die Mäuse in der Vorratskammer im Schnee und nahm sich den Vogel als sein Abendessen.

Etwas später kam Weißpelz auf ihn zu. »Ich möchte, dass du Sandpfote auf die Morgenpatrouille mitnimmst«, sagte er. »Wir haben in der Nähe des Eulenbaums SchattenClan-Geruch entdeckt.«

»SchattenClan?«, wiederholte Feuerherz beunruhigt. Vielleicht hatte Tigerkralle doch Hinweise auf ein Eindringen des Nachbar-Clans gefunden. »Ich wollte morgen mit Farnpfote zum Training gehen.«

»Ich dachte, Graustreif geht's besser«, sagte Weißpelz. »Er kann sich doch selbst um Farnpfote kümmern.«

Da hat er recht!, dachte Feuerherz. Und vielleicht würde das Graustreif endlich von Silberfluss fernhalten. Aber das bedeutete, er müsste mit Sandpfote auf Patrouille gehen. Und er konnte ihren wütenden Blick nicht vergessen, als er sich in ihren Kampf mit dem FlussClan-Krieger neben der Schlucht eingemischt hatte.

»Nur ich und Sandpfote?«, fragte er.

Weißpelz blickte ihn verblüfft an. »Sandpfote ist fast schon eine Kriegerin und du kannst auf dich selbst aufpassen«, entgegnete er.

Der alte Krieger hatte ihn missverstanden. Feuerherz hatte keine Angst vor dem Angriff feindlicher Katzen, er befürchtete vielmehr, dass Sandpfote ihn genauso hasste, wie es Borkenpfote tat.

»Weiß sie Bescheid?«

»Du kannst es ihr selber sagen.«

Feuerherz' Ohr zuckte. Er glaubte zwar nicht, dass die Schülerin allzu begeistert sein würde, mit ihm auf Patrouille zu gehen, aber er widersprach der Anweisung nicht. Er seufzte und stapfte hinüber zu der Stelle, an der Sandpfote bei den anderen Schülern saß.

»Sandpfote.« Unruhig trat er von einem Bein aufs andere. »Weißpelz will, dass du morgen früh mit mir die Patrouille übernimmst.«

Er erwartete ein ärgerliches Fauchen, aber Sandpfote blickte nur zu ihm auf und miaute: »In Ordnung.« Selbst Borkenpfote schien davon überrascht.

»A-also gut«, stammelte Feuerherz verblüfft. »Morgen bei Sonnenaufgang.«

»Bei Sonnenaufgang«, bestätigte sie.

Feuerherz wollte Graustreif die gute Nachricht überbringen, dass Sandpfote keinerlei Feindseligkeit ihm gegenüber gezeigt hatte. Vielleicht war das eine gute Gelegenheit für sie beide, wieder miteinander ins Gespräch zu kommen. Graustreif und Sturmwind gaben sich neben den Brennnesseln gerade die Zungen.

»Hallo, Feuerherz«, miaute Sturmwind.

»Hallo.« Feuerherz blickte erwartungsvoll Graustreif an, aber der hatte sich abgewandt und starrte irgendwo in die Ferne. Feuerherz ließ enttäuscht den Kopf hängen und lief zu seinem Nest. Er konnte es kaum erwarten, am nächsten Tag auf Patrouille zu gehen und weg vom Lager zu sein.

Als Feuerherz am nächsten Morgen aus dem Bau trat, leuchtete der Himmel über ihm in bleichem Rosa. Sandpfote wartete vor dem Ginstertunnel auf ihn.

»Ähm, hallo«, miaute er ein wenig verlegen.

»Guten Morgen«, antwortete sie ruhig.

Feuerherz setzte sich. »Wir wollen auf die Rückkehr der Nachtpatrouille warten«, schlug er vor.

Sie saßen schweigend da, bis sie das vertraute Rascheln in den Büschen hörten, das Weißpelz, Langschweif und Mausefell ankündigte.

»Irgendwelche Anzeichen von SchattenClan?«, fragte Feuerherz.

»Wir haben eindeutig Geruchsspuren von ihnen entdeckt«, antwortete Weißpelz grimmig.

»Aber es ist merkwürdig«, miaute Mausefell stirnrunzelnd. »Es ist immer die gleiche Gruppe von Gerüchen. Der SchattenClan muss jedes Mal dieselben Krieger schicken.«

»Ihr beiden solltet vielleicht die Grenze zum FlussClan überprüfen«, schlug Weißpelz vor. »Wir hatten keine Gelegenheit dazu. Seid vorsichtig und denkt daran: Ihr wollt keinen Kampf anfangen. Ihr sucht nur nach Hinweisen, dass sie wieder auf unserem Land gejagt haben.«

»Ja, Weißpelz«, sagte Feuerherz und Sandpfote nickte respektvoll.

Feuerherz ging voran. »Wir fangen beim Baumgeviert an und arbeiten uns die Grenze entlang bis zu den Hochkiefern vor«, schlug er vor.

»Klingt gut«, antwortete Sandpfote. »Ich habe das Baumgeviert noch nie im Schnee gesehen.« Er horchte nach einer Spur von Sarkasmus in ihrer Stimme, aber sie klang aufrichtig.

Sie erreichten den oberen Rand der Schlucht. »Wohin jetzt?«, fragte er sie prüfend.

»Glaubst du, ich kenne den Weg zum Baumgeviert nicht?«, protestierte sie. Er bedauerte schon, sich wie ein Mentor benommen zu haben, bis er ein gutmütiges Blitzen in ihren Augen sah. Sie preschte ohne ein weiteres Wort zwischen den Bäumen hindurch und Feuerherz stürmte hinter ihr her.

Es war ein gutes Gefühl, wieder mit einer anderen Katze durch den Wald zu laufen. Er musste zugeben, dass Sandpfote schnell war. Sie lief zwei Fuchslängen vor ihm, setzte über einen umgestürzten Baum und war verschwunden.

Feuerherz folgte ihr und nahm den Baum mit einem einzigen Satz. Auf der anderen Seite traf ihn etwas von hinten, er rutschte im Schnee aus, rollte sich zur Seite und sprang auf die Pfoten.

Sandpfote stand ihm mit zuckenden Schnurrhaaren gegenüber. »Überraschung!«

Spielerisch fauchte er und sprang auf ihren Rücken. Er war

beeindruckt von ihrer Kraft, aber er hatte den Vorteil, größer zu sein. Als er sie schließlich in den Schnee drückte, maunzte sie: »Geh runter, du großer Brocken!«

»Also gut«, knurrte er und ließ sie los. »Aber du hast das herausgefordert!« Sandpfote setzte sich auf, ihr orangefarbenes Fell war voller Schnee.

»Du siehst aus, als hätte dich ein Schneesturm überrascht!«, sagte sie und lachte.

»Du auch.« Beide schüttelten sich die Flocken aus dem Pelz. »Los!«, rief Feuerherz. »Wir müssen weiter.«

Sie rannten nebeneinander bis zum Baumgeviert. Als sie die obere Kante des Abhangs erreichten, von wo aus man das Tal überblicken konnte, war der Himmel milchig blau. Bleiches Licht erhellte die verschneite Senke. Die vier nackten Eichen dort unten glitzerten im Frost.

Sandpfote starrte mit großen Augen hinab. Berührt von ihrer Begeisterung wartete Feuerherz, bis sie zum Weitergehen bereit war.

»Ich habe nicht gewusst, dass im Schnee alles so anders aussieht«, sagte sie, als sie der Grenze zum FlussClan in Richtung des Flusses folgten.

Sie gingen jetzt langsamer. Schweigend liefen sie an der Linie von Duftmarkierungen entlang und achteten wachsam auf frische Gerüche des FlussClans diesseits der Grenze. Alle paar Bäume hielt Feuerherz an, um die Duftmarke des DonnerClans zu hinterlassen.

Plötzlich blieb Sandpfote abrupt stehen. »Lust auf ein bisschen Frischbeute?«, flüsterte sie.

Feuerherz nickte. Die Schülerin duckte sich und zog sich durch den Schnee voran, einen langsamen Schritt nach dem anderen. Feuerherz folgte ihrem Blick und sah ein junges Kaninchen unter die Brombeerranken hüpfen. Ein kurzes Zischen, und Sandpfote sprang, tauchte in die Ranken und drückte die Beute mit starker Vorderpfote auf den Boden. Mit einer glatten Bewegung zog sie das Kaninchen dann zu sich heran, um ihm den Garaus zu machen.

Feuerherz lief zu ihr hinüber. »Großartiger Fang, Sandpfote!«

Erfreut ließ sie die warme Frischbeute auf die Erde fallen. »Wollen wir teilen?«

»Danke!«

»Das ist mit das Beste an Patrouillen«, sagte sie zwischen zwei Bissen.

»Was?«

»Du kannst selbst essen, was du fängst, und musst es nicht immer dem Clan bringen«, erwiderte sie. »Ich weiß nicht, auf wie vielen Jagdpartien ich schon beinahe verhungert wäre!«

Er schnurrte belustigt.

Sie brachen wieder auf, umgingen die Sonnenfelsen und folgten dann dem Pfad nahe der FlussClan-Grenze in den Wald. Als sie den farnbedeckten Abhang oberhalb des Flusses erreichten, schickte Feuerherz ein stilles Gebet zum SternenClan, dass sie hier nicht auf Graustreif treffen würden.

»Schau!«, miaute Sandpfote plötzlich und erstarrte vor Begeisterung. »Der Fluss – er ist zugefroren.«

Das Herz des Kriegers tat einen Sprung bei der Erinnerung, wie Rußpfote vor Graustreifs Unfall das Gleiche gesagt hatte. »Wir gehen aber nicht runter!«, sagte er streng.

»Ist auch nicht nötig, man kann es ja von hier aus sehen. Lass uns umkehren und dem Clan Bescheid sagen.«

»Warum?« Er verstand ihre Aufregung nicht.

»Weil eine unserer Patrouillen jetzt den Fluss überqueren und in das Territorium des FlussClans eindringen kann. Dann holen wir uns die Beute zurück, die sie uns genommen haben.«

Ein kalter Schauder lief ihm über den Rücken und sträubte sein Fell. Was würde Graustreif dazu sagen? Und könnte er selbst sich dazu durchringen, gegen den verhungernden FlussClan zu kämpfen?

Sandpfote lief ungeduldig um ihn herum. »Kommst du?«

Schweren Herzens sprang er hinter ihr her in den Wald und zurück zum Lager.

Sandpfote stürmte vor ihm durch den Ginstertunnel und Tigerkralle blickte auf, als sie auf der Lichtung stehen blieben. Feuerherz hörte ein Geräusch hinter sich. Graustreif kam mit Farnpfote durch den Lagereingang getrottet.

Ein Ruf ertönte vom Hochstein zu ihnen herüber. »Feuerherz, Sandpfote, wie war eure Patrouille?«

Eine Welle der Erleichterung durchfuhr Feuerherz beim Anblick von Blaustern, die wie gewohnt mit hoch erhobenem Kinn und dem Schwanz über den Vorderpfoten vor ihrem Bau saß.

Sandpfote sprang zu ihr hinüber. »Der Fluss ist zugefroren«, platzte sie heraus. »Man kann ihn jetzt leicht überqueren!«

Blaustern betrachtete sie nachdenklich. Feuerherz zuckte innerlich zusammen, als er das Leuchten im Auge der Anführerin sah.

»Danke, Sandpfote«, miaute sie.

Feuerherz murmelte Sandpfote ins Ohr: »Komm, wir wollen es den anderen erzählen.« Er wusste, dass Blaustern jetzt mit ihren erfahrenen Kriegern über den zugefrorenen Fluss sprechen wollte.

Sandpfote blickte ihn an und verstand. Sie folgte ihm zurück in die Mitte der Lichtung. »Das war ein großartiger Tag!«, miaute sie. Er nickte nur und betrachtete besorgt seinen Freund Graustreif.

»Ihr zwei seht aus, als hättet ihr Spaß gehabt!« Borkenpfote war aus dem Bau der Schüler getreten. »Wieder eine FlussClan-Katze ertränkt?«, spottete er verächtlich in Richtung Feuerherz.

Erwartungsvoll sah er Sandpfote an. *Er wartet darauf, dass sie ihm wie sonst zustimmt*, dachte Feuerherz, aber sie hatte gar nicht zugehört. Er empfand Genugtuung über den irritierten Ausdruck auf Borkenpfotes Gesicht, als sie atemlos erzählte: »Wir haben gesehen, dass der Fluss zugefroren ist. Ich glaube, Blaustern plant jetzt einen Überfall auf den FlussClan!«

Im gleichen Augenblick ertönte der Ruf der Anführerin vom Hochstein und der Clan begann sich auf der Lichtung zu versammeln. Die Sonne hatte ihren Höhepunkt erreicht, was während der Blattleere bedeutete, dass sie kaum über die Spitzen der Bäume reichte.

»Sandpfote und Feuerherz haben gute Nachrichten gebracht. Der Fluss ist zugefroren«, verkündete Blaustern. »Wir werden diese Gelegenheit nutzen und einen Überfall auf die Jagdgründe des FlussClans unternehmen. Wir wollen ihnen so die Botschaft vermitteln, dass sie mit dem Diebstahl unserer Beute aufhören müssen. Unsere Krieger werden eine ihrer

Patrouillen aufspüren und ihnen einen Denkzettel verpassen, an den sie sich lange erinnern werden!«

Feuerherz dachte mit Unbehagen an das, was Silberfluss ihm über den hungernden Clan erzählt hatte. Doch um ihn herum erhoben die anderen Katzen ihre Stimmen in begeistertem Jaulen. Er hatte den Clan viele Monde lang nicht mehr so aufgeregt erlebt.

»Tigerkralle!«, rief Blaustern über den Lärm hinweg. »Sind deine Krieger ausreichend in Form für einen Überfall auf den FlussClan?« Der Stellvertreter nickte. »Ausgezeichnet.« Blaustern hob den Schwanz. »Dann brechen wir bei Sonnenuntergang auf.«

Der Clan jubelte begeistert. Feuerherz prickelten die Pfoten. Wollte Blaustern mitgehen? Sie würde doch sicher nicht ihr letztes Leben in einem Grenzgefecht riskieren?

Über die Schulter blickte er Graustreif an, der zum Hochstein hinaufstarrte, seine Schwanzspitze zuckte nervös.

»Die Luft ist heute schon wärmer!«, rief der, als das Jaulen etwas verklang. »Bei Tauwetter ist das Eis zu gefährlich für eine Überquerung.«

Die Katzen drehten sich um und betrachteten Graustreif neugierig. Feuerherz hielt den Atem an.

Tigerkralle starrte ihn mit seinen bernsteinfarbenen Augen erstaunt an. »Normalerweise zögerst du nicht, wenn es ums Kämpfen geht«, sagte der Krieger langsam.

Dunkelstreif streckte den Hals vor und fügte hinzu: »Nanu, Graustreif – du hast doch nicht etwa Angst vor diesen Mistviechern vom FlussClan, oder?«

Der graue Krieger wand sich verlegen, während der Clan auf eine Antwort wartete.

»Sieht aus, als ob er Schiss hätte!«, zischte Borkenpfote neben Sandpfote.

Feuerherz peitschte wütend mit dem Schwanz, aber es gelang ihm, seine Stimme locker klingen zu lassen: »Na ja, davor, nasse Pfoten zu bekommen! Graustreif ist in dieser Blattleere schon einmal durchs Eis gebrochen. Er ist nicht scharf darauf, das zu wiederholen.«

Die Anspannung im Clan löste sich in belustigtes Schnurren auf. Graustreif blickte mit angelegten Ohren zu Boden. Nur Tigerkralle behielt sein misstrauisches Stirnrunzeln bei.

Blaustern wartete, bis das Gemurmel sich gelegt hatte. »Ich muss den Überfall mit meinen älteren Kriegern besprechen.« Dann sprang sie leichtfüßig vom Hochstein herab. Es war schwer, zu glauben, dass sie noch vor Tagen um eines ihrer Leben gekämpft hatte. Tigerkralle, Weißpelz und Glanzfell folgten ihr in ihren Bau, und der Rest des Clans löste sich in Gruppen auf, um den geplanten Angriff zu diskutieren.

»Ich nehme an, du erwartest, ich soll dir dafür danken, dass du mich lächerlich gemacht hast!«, hörte Feuerherz Graustreifs wütendes Zischen in seinem Ohr.

»Keineswegs! Aber du könntest wenigstens dankbar sein, dass ich dich immer noch decke!«, fauchte er zurück und sprang mit vor Ärger gesträubtem Fell an den Rand der Lichtung.

Sandpfote kam angelaufen. »Es ist höchste Zeit, dass wir es diesen FlussClan-Katzen zeigen. Sie können nicht einfach in unserem Territorium jagen, wann immer sie Lust dazu haben«, rief sie mit glänzenden Augen.

»Ja, du hast recht«, antwortete Feuerherz abwesend. Er konnte seine Augen nicht von Graustreif abwenden. Bildete er es sich nur ein oder schob der sich immer näher an die Kinderstube heran? Hatte er vor, sich davonzustehlen, um Silberfluss zu warnen?

Feuerherz erhob sich langsam und ging ebenfalls hinüber zur Kinderstube. Graustreif funkelte ihn an, aber bevor einer von ihnen etwas sagen konnte, ertönte noch einmal Blausterns Ruf vom Hochstein. Feuerherz blieb stehen, ließ aber Graustreif nicht aus den Augen.

»Glanzfell stimmt dem jungen Graustreif zu«, erklärte die Anführerin. »Es kommt Tauwetter auf.« Der graue Kater hob das Kinn und warf seinem Freund einen triumphierenden Blick zu. Der nahm das gleichgültig zur Kenntnis. Die Anführerin würde den Überfall abblasen! Nun würde Graustreif nicht wählen müssen zwischen seinem Clan und Silberfluss, und er selbst wäre nicht gezwungen, sich einem Kampftrupp anzuschließen gegen einen Clan, der, wie er wusste, schon genug zu leiden hatte.

Aber Blaustern hatte noch nicht geendet. »Daher werden wir sofort angreifen!«

Feuerherz schaute seinen Freund an – dessen triumphierender Blick sich in blankes Entsetzen verwandelte.

Die Anführerin fuhr fort: »Zum Schutz des Lagers werden wir eine Truppe von Kriegern hierlassen. Wir müssen die mögliche Bedrohung durch den SchattenClan im Auge behalten. Fünf Krieger werden den Überfall durchführen. Ich selbst bleibe hier.«

Gut, dachte Feuerherz. Sie hatte also doch nicht vor, ihr letztes Leben zu riskieren. »Tigerkralle wird den Angriffstrupp anführen. Dunkelstreif, Glanzfell und Langschweif werden mit ihm gehen. Das lässt noch einen Platz offen.«

»Kann ich mit?«, platzte Feuerherz heraus. Obwohl ihm

der Gedanke schwer auf der Seele lag, den hungrigen Fluss-Clan zu überfallen, bedeutete das immerhin, dass Graustreif keine Wahl zu treffen hatte.

»Danke, Feuerherz. Du kannst dich dem Stoßtrupp anschließen.« Blaustern war offensichtlich erfreut über den Eifer ihres ehemaligen Schülers. Tigerkralle wirkte nicht so glücklich. Er kniff die Augen zusammen und betrachtete ihn mit unverhohlenem Misstrauen.

»Wir dürfen keine Zeit verlieren«, rief die Anführerin. »Ich kann auch schon die warmen Winde riechen. Tigerkralle wird euch auf dem Marsch alles erklären. Zieht nun los!«

Dunkelstreif, Langschweif und Glanzfell eilten hinter Tigerkralle her. Feuerherz folgte ihnen durch den Ginstertunnel, die Schlucht hinauf und auf das Territorium des FlussClans zu.

Sie stürmten an den Sonnenfelsen vorbei und erreichten die feindliche Grenze, als die niedrig stehende Sonne sich auf den Wald zu senken begann. Feuerherz prüfte die Luft – Graustreif und Glanzfell hatten recht gehabt. Auch er konnte wärmere Winde riechen und Regenwolken schoben sich bereits über die Baumwipfel.

Sie rasten den Hang hinab zum Fluss und Feuerherz war bedrückt. Die verzweifelte Geschichte, die Silberfluss ihm erzählt hatte, klang ihm noch in den Ohren, und er bemühte sich, sein Mitleid beiseitezuschieben.

Sie tauchten aus dem Farn auf und rutschten am Flussufer zu einem abrupten Halt. Der Anblick, der sie erwartete, ließ Feuerherz erleichtert aufatmen. Die glänzende Eisfläche, die er vorher mit Sandpfote gesehen hatte, hatte sich aufgelöst in einen strömenden Fluss aus kaltem, schwarzem Wasser.

20. KAPITEL

TIGERKRALLE DREHTE sich zu seinen Kriegern um und seine hellen Augen blitzten enttäuscht.

»Wir müssen warten«, knurrte er.

Der Trupp machte kehrt und trottete nach Hause. Feuerherz sandte ein stilles Dankgebet zum SternenClan, aber in der Kehle hatte er einen bitteren Nachgeschmack. Nun würde er nie wissen, ob er bei dem Angriff wirklich mitgemacht hätte. Nicht nur Graustreif traute er nicht, er traute nicht einmal sich selber.

Auf dem ganzen Heimweg bewahrte er Schweigen. Immer wieder sah er, wie Tigerkralle über seine massigen Schultern zu ihm zurückblickte. Es war ein langsamer Marsch. Das Licht des kurzen Blattleere-Tages schwand, als sie schließlich den oberen Rand der Schlucht erreichten. Feuerherz ließ die anderen Katzen vor ihm hinabsteigen. Als er dann schließlich durch den Ginstertunnel trottete, erklärte Tigerkralle bereits dem enttäuschten Clan, dass das Eis auf dem Fluss inzwischen getaut war.

Feuerherz ging am Rand der Lichtung entlang und suchte Graustreif. Er musste wissen, ob sein Freund sich aus dem Lager geschlichen hatte. Unwillkürlich schlug er die Richtung zur Kinderstube ein.

Als er sich dem Gewirr von Brombeerranken näherte, hörte er ein vertrautes Miauen: »Feuerherz!«

Ein Hoffnungsfunke glimmte auf. Vielleicht war ihm der graue Krieger ja tatsächlich dankbar dafür, dass er sich angeboten hatte, den letzten Platz in der Überfalltruppe zu übernehmen? Er folgte der Stimme in den Schatten hinter der Kinderstube und miaute leise ins Dämmerlicht, konnte seinen Freund aber nirgendwo sehen. Plötzlich krachte etwas mit aller Kraft in seine Seite. Mit aufs Äußerste gespannten Sinnen wirbelte er herum und erblickte Graustreifs Silhouette mit gesträubtem Fell in der Düsternis.

Erneut stürzte sich Graustreif auf ihn. Feuerherz konnte sich gerade noch rechtzeitig ducken, als der graue Kater weit ausholte und ihm mit der Pfote einen Schlag aufs Ohr versetzen wollte.

»Was soll das?«, stotterte er.

Graustreif legte die Ohren an und fauchte: »Du hast mir nicht getraut! Du hast geglaubt, ich würde den DonnerClan verraten!« Ein erneuter Schwinger traf Feuerherz am Ohr.

Schmerz und Wut schossen ihm durch den Kopf. »Ich wollte nur nicht, dass du eine Wahl treffen musst!«, fauchte er. »Es stimmt allerdings, dass ich mir nicht sicher bin, wem deine Treue zurzeit gilt.«

Graustreif flog auf ihn zu und stieß ihn um. Die beiden Kater kämpften mit ausgefahrenen Krallen.

»Ich treffe meine eigenen Entscheidungen«, knurrte Graustreif wütend.

Feuerherz kämpfte sich frei und sprang ihm auf den Rücken. »Ich habe versucht, dich zu schützen.«

»Ich brauchte keinen Schutz!«

Blind vor Wut grub Feuerherz die Krallen in Graustreifs Pelz, aber der warf ihn auf den Rücken und zusammen rollten sie hinter der Kinderstube hervor.

Die Katzen auf der Lichtung sprangen beiseite, als die beiden jungen Krieger in sie hineinpolterten. Feuerherz jaulte vor Wut, als Graustreif ihn ins Vorderbein biss. Er stieß mit einer Kralle nach oben und zog sie ihm oberhalb des Auges durch die Haut. Graustreif rächte sich, indem er nach unten fuhr und seine Zähne in das Hinterbein des Freundes schlug.

»Hört sofort auf!«

Blausterns strenger Ruf ließ die beiden Krieger erstarren. Feuerherz lockerte seinen Griff und humpelte zur Seite. Graustreif trat mit gesträubtem Fell zurück. Aus dem Augenwinkel sah Feuerherz, wie Tigerkralle mit kaum unterdrücktem Vergnügen höhnisch grinste, die Lippe gekräuselt, sodass seine Zähne zu sehen waren.

»Feuerherz, ich möchte dich in meinem Bau sehen – sofort!«, knurrte die Anführerin. Ihre blauen Augen sprühten Blitze. »Graustreif, geh in dein Nest und bleibe dort!«

Der Rest des Clans verschwand in den Schatten. Feuerherz humpelte erschöpft und verwirrt hinter Blaustern in ihren Bau, die Augen zu Boden gesenkt.

Die Anführerin setzte sich auf den sandigen Boden und starrte ihn einen Augenblick ungläubig an. Dann miaute sie ärgerlich: »Worum ging es da?«

Der junge Krieger schüttelte den Kopf. So wütend er auch war, das Geheimnis seines Freunds konnte und wollte er nicht verraten.

Blaustern schloss die Augen und holte tief Luft. »Ich verstehe, dass die Gefühle im Lager jetzt aufgeladen sind, aber ich hatte nie erwartet, dich und Graustreif miteinander kämpfen zu sehen. Bist du verletzt?«

Sein Ohr und sein Hinterbein schmerzten, aber er zuckte nur die Schultern und murmelte: »Nein.«

»Wirst du mir nun sagen, worum es ging?«

Mit festem Blick sah er sie an. »Blaustern, es tut mir leid. Ich kann es nicht erklären.« *So viel ist wenigstens wahr*, dachte er.

»Gut«, miaute sie schließlich. »Ihr zwei müsst das allein lösen. Der Clan macht eine schwierige Zeit durch und ich werde solche Kämpfe im Lager nicht dulden. Hast du mich verstanden?«

»Ja«, antwortete er. »Darf ich jetzt gehen?«

Blaustern nickte und Feuerherz wandte sich um und schlich aus ihrem Bau. Er wusste, dass er seine alte Mentorin enttäuscht hatte. Aber es gab keine Möglichkeit, sich ihr anzuvertrauen. Das letzte Mal, als er das mit Rabenpfotes Vorwurf gegen Tigerkralle versucht hatte, wollte sie ihm nicht glauben. Und wenn er sich ihr jetzt anvertraute und sie ihm diesmal glaubte, dann hätte er seinen besten Freund verraten.

Krank vor Kummer kroch er über die Lichtung und in den Bau der Krieger. Er legte sich in sein Nest neben Graustreif und rollte sich fest zu einer Kugel zusammen. So lag er unbeweglich, spürte den angespannten Körper seines Freundes neben sich, bis ihn schließlich der Schlaf überwältigte.

Am nächsten Morgen erwachte Feuerherz früh. Die Sonne war noch nicht aufgegangen. Über die leere Lichtung trottete er zu Gelbzahns Bau. Er wollte nach Rußpfote sehen.

Die Heilerin schlief noch zusammengerollt neben Buntgesichts kranken Jungen, die sich mit geschlossenen Augen hin- und herwarfen. Gelbzahn schnarchte laut. Er wollte sie nicht wecken, daher kroch er zu Rußpfotes Nest hinüber und blickte hinein.

Auch die kleine graue Kätzin schlief. Das Blut war von ihrem Fell gewaschen worden. Er fragte sich, ob sie sich selbst gereinigt oder ob Gelbzahn das getan hatte. Er kauerte sich neben Rußpfote hin und beobachtete ihren Atem. Es lag etwas Beruhigendes in der Art, wie ihre Flanken sich hoben und senkten. Sie wirkte so viel friedlicher als bei seinem letzten Besuch.

Er blieb bei ihr, bis das Licht der Morgendämmerung durch die Farnwedel sickerte, und er hörte, wie sich der Clan langsam rührte. Er sprang auf die Pfoten, lehnte sich über Rußpfotes Nest und berührte ihre Seite sanft mit der Nase.

Als er sich zum Gehen wandte, streckte sich Gelbzahn und öffnete die Augen. »Feuerherz?«

»Ich wollte nach Rußpfote schauen«, flüsterte er.

»Sie macht sich gut«, miaute die Heilerin und richtete sich auf.

»Danke, Gelbzahn.« In seinen Augen lag Erleichterung.

Auf der Lichtung redete Tigerkralle mit einer Gruppe Krieger und Schüler, als er Feuerherz erblickte. »Nett, dass du dich zeigst«, knurrte er. »Auch Graustreif hat sich uns gerade angeschlossen. Er hatte eine Unterredung mit Blaustern.«

Feuerherz blickte seinen Freund an, aber der starrte zu Boden. Die anderen Krieger warteten schweigend, bis Feuerherz zu ihnen geeilt war und sich neben Sandpfote niederließ.

»Während des Tauwetters werden die Wälder von Beutetieren wimmeln«, sagte Tigerkralle. »Sie sind jetzt hungrig, nachdem sie in ihren Höhlen Unterschlupf gesucht haben. Eine gute Gelegenheit für uns, so viele wie nur möglich zu fangen.«

»Aber wir haben noch Frischbeute im Schneeloch«, warf Borkenpfote ein.

»Das wird bald Krähenfraß sein«, sagte Tigerkralle. »Wir müssen jede Gelegenheit zur Jagd wahrnehmen. Wenn es wieder kalt wird, verschwindet die Beute, und das, was bleibt, wird zu mager sein.« Die Krieger nickten zustimmend.

»Langschweif« – Tigerkralle richtete die Augen auf den hellen gestreiften Krieger – »ich will, dass du die Jagdgruppen einteilst.« Der Kater nickte und der Zweite Anführer stand auf und trottete zu Blausterns Bau. Als Feuerherz ihn durch den Flechtenvorhang verschwinden sah, fragte er sich, ob die Anführerin und er über seinen Kampf mit Graustreif reden würden.

Langschweifs Stimme holte ihn aus seinen Gedanken zurück. »Feuerherz, du und Sandpfote, ihr schließt euch Mausefell an. Graustreif kann mit Weißpelz und Farnpfote jagen. Es ist wahrscheinlich besser, wenn ich euch beide nicht in dieselbe Gruppe stecke.«

Amüsiertes Schnurren war zu hören, doch Feuerherz kniff ärgerlich die Augen zusammen. Er tröstete sich, indem er den Riss genau betrachtete, den er in Langschweifs Ohr hinterlassen hatte als Antwort auf dessen Hohn und Spott an seinem ersten Tag im Lager.

»Guter Kampf gestern Nacht!«, krächzte Mausefell neben ihm. Ihre Augen glänzten boshaft. »War fast eine Entschädigung für die Schlacht, die uns entgangen ist.«

Feuerherz schaute grimmig drein, als dann auch noch Borkenpfote einwarf: »Ja, war nicht schlecht – für ein Hauskätzchen.« Feuerherz knirschte mit den Zähnen, blickte auf die Erde und zeigte die Krallen.

Die beiden Trupps verließen das Lager gleichzeitig. Als die Jäger hintereinander aus der Schlucht liefen, blickte Feuerherz zum Himmel hinauf. Die Regenwolken, deren Herannahen er am letzten Abend gesehen hatte, bedeckten nun die Sonne, und der Schnee unter ihren Pfoten verwandelte sich in Matsch.

Mausefell führte Sandpfote und Feuerherz durch die Hochkiefern.

»Sandpfote kommt mit mir«, sagte die braune Kriegerin zu Feuerherz. »Du kannst allein jagen. Wir treffen uns bei Sonnenhoch im Lager.«

Die Vorstellung, allein zu sein, erleichterte ihn. Er stapfte zwischen den Bäumen hindurch und konnte immer noch kaum glauben, dass er und Graustreif so erbittert miteinander gekämpft hatten. Ohne seinen alten Freund fühlte er sich verloren und einsam, obwohl er ihn kaum wiedererkannte. Er fragte sich, ob sie jemals wieder Freunde sein könnten.

Erst als er die weichen Blätter unter den Pfoten spürte, wurde ihm klar, dass er die ganze Strecke durch den Eichenwald gelaufen war, der an den Zweibeinerort angrenzte. Sofort musste er an Prinzessin denken. Ob ihn seine Pfoten wohl aus einem bestimmten Grund hierhergetragen hatten?

Er ging auf den Zaun ihres Gartens zu und rief leise nach seiner Schwester. Dann sprang er zurück in den Wald und wartete auf sie im Unterholz.

Nach einer kurzen Weile hörte er ein Klettergeräusch auf

dem Zaun und roch ihren charakteristischen Duft. Als er gerade zu ihr springen wollte, nahm er einen zweiten, unbekannten Geruch wahr.

Der Farn raschelte und Prinzessin tauchte auf. Im Maul trug sie ein winziges weißes Junges. Als Feuerherz sich aus dem Gebüsch schob, miaute sie ihm durch das Fellbündel in ihrem Maul einen warmen Willkommensgruß zu.

Das Junge war sehr klein. Feuerherz vermutete, es würde noch einen Mond lang gesäugt werden. Prinzessin schob mit der Pfote etwas Schneematsch beiseite und legte es vorsichtig auf die Blätter. Dann setzte sie sich und ringelte ihren dicken Schwanz um das Junge herum.

Feuerherz war von Gefühlen überwältigt. Das war sein eigenes Geschlecht, seine Familie, ein Hauskätzchen, wie er selbst eines gewesen war! Langsam ging er zu Prinzessin hinüber, begrüßte sie mit einem kleinen Stupser der Nase, dann beugte er sich hinab und schnupperte an dem Jungen. Es roch nach Wärme und Milch – fremd, aber irgendwie vertraut. Er leckte es zärtlich am Kopf, und es miaute, öffnete das rosa Mäulchen und zeigte winzige Zähne.

Prinzessin sah ihren Bruder mit glänzenden Augen an. »Ich habe ihn dir gebracht, Feuerherz«, miaute sie leise. »Ich will, dass du ihn mitnimmst in deinen Clan, damit er dein neuer Schüler wird.«

21. KAPITEL

FEUERHERZ BETRACHTETE fasziniert das winzige Junge. »Ich habe nie erwartet …«, begann er. Dann riss er seinen Blick los und blickte wortlos seine Schwester an.

»Meine Hausleute entscheiden, wo die anderen leben werden«, fuhr sie fort. »Aber dies ist mein Erstgeborener und über seine Zukunft will ich selber entscheiden.« Sie hob das Kinn. »Mach ihn zu einem Helden, bitte. So, wie du einer bist!«

Das beunruhigende Gefühl der Einsamkeit, das so lange an Feuerherz gezerrt hatte, begann zu verebben. Er stellte sich das weiße Junge im Clan vor, wie er ihm das Leben im Wald zeigte und an seiner Seite durch die dichten Farnbüsche jagte. Endlich würde es im DonnerClan eine weitere Katze geben, die die Wurzeln eines Hauskätzchens mit ihm teilte.

Prinzessin neigte den Kopf. »Ich weiß, wie nahe dir das mit deiner Schülerin gegangen ist. Ich habe mir gedacht, wenn du einen neuen Schüler hast, einen, der mit dir verwandt ist, würdest du dich nicht so einsam fühlen.« Sie streckte den Hals vor und legte ihre Nase an seine Flanke. »Ich verstehe die Sitten und Gebräuche deines Clans nicht alle, aber wenn ich dich ansehe und dich von deinem Leben erzählen höre, weiß ich, was für eine Ehre es wäre, wenn mein Sohn als Clan-Katze aufwachsen könnte.«

Nachdem sich das erste aufflammende Glücksgefühl gelegt hatte, dachte Feuerherz an den Rest des Clans und wie verzweifelt sie Krieger brauchten. Rußpfote könnte niemals eine Kriegerin werden. Und was wäre, wenn der Grüne Husten noch weitere Leben dahinraffte, so wie das von Blaustern? Der DonnerClan könnte dieses Junge wohl gebrauchen.

Plötzlich spürte er den Regen, der sein Fell durchnässte. Das Junge musste davor geschützt werden, und zwar schnell. Es sah kräftig aus, aber es war noch zu klein, um Kälte und Nässe lange widerstehen zu können.

»Ich nehme ihn mit«, miaute er. »Das ist ein großartiges Geschenk, das du dem DonnerClan machst. Ich werde ihn zum besten Krieger ausbilden, den der Clan je gesehen hat!« Er senkte den Kopf und hob das Junge am Nackenfell hoch. Die Augen seiner Schwester leuchteten vor Dankbarkeit und Stolz.

»Danke, Feuerherz«, schnurrte sie. »Wer weiß, vielleicht wird er sogar ein Anführer und ihm werden neun Leben gewährt!«

Liebevoll betrachtete Feuerherz ihr Gesicht, das voller Vertrauen und Hoffnung war. Glaubte seine Schwester wirklich, dass dies geschehen könnte? Dann packte ihn leiser Zweifel. Er würde dieses winzige Junge mit in ein Lager nehmen, in dem Grüner Husten herrschte. Und wenn der Kleine es nun nicht einmal bis zur Blattfrische schaffte? Aber der weiche Duft des Jungen unter seiner Nase beruhigte ihn wieder. Es würde überleben. Es war kräftig und es hatte sein Blut.

Feuerherz holte tief Luft. Er musste sich beeilen, das Junge brauchte Wärme. Mit einem Blinzeln zum Abschied stürmte er los ins Gebüsch.

Das Junge war schwerer, als er erwartet hatte. Es baumelte aus seinem Maul und protestierte quiekend, wenn es gegen seine Vorderbeine stieß. Als Feuerherz den oberen Rand der Schlucht erreichte, tat ihm der Nacken weh. Beim Abstieg setzte er vorsichtig eine Pfote vor die andere, um im tauenden Schnee nicht auszurutschen.

Am Lagereingang zögerte er. Zum ersten Mal stellte er sich die Frage, wie er dieses Junge dem Clan erklären sollte. Er würde zugeben müssen, dass er seine Hauskätzchen-Schwester besucht hatte. Aber jetzt war es zu spät. Er spürte das Junge in seinem Maul zittern. So straffte er die Schultern und trottete durch den Ginstertunnel. Ein Dorn zerrte am Fell des Kleinen und es stieß einen lauten Klageschrei aus. Als Feuerherz dann auf der Lichtung erschien, wandten sich ihm viele erstaunte Augenpaare zu.

Beide Jagdgruppen waren inzwischen zurück. Mausefell, Weißpelz, Sandpfote und Farnpfote befanden sich alle auf der Lichtung. Nur Graustreif fehlte. Einer nach dem anderen wurde der restliche Clan durch den Lärm und den unbekannten Geruch aus den Schlafhöhlen gelockt. Keine der Katzen machte auch nur ein Geräusch. Sie starrten Feuerherz mit feindseligen, verwirrten Blicken an, als wäre er ein Fremdling.

In der Mitte der Lichtung drehte er sich langsam im Kreis, das Junge noch immer im Maul, und blickte in die Runde. Die Kehle wurde ihm trocken. Warum war er nur davon ausgegangen, dass der Clan ein Junges aufnehmen würde, das noch nicht einmal im Wald geboren, das ein Hauskätzchen war?

Voller Erleichterung sah er Blaustern aus Gelbzahns Bau auftauchen. Überrascht weiteten sich jedoch auch ihre Augen beim Anblick des Jungen.

»Was ist das?«, verlangte sie zu wissen.

Voller böser Vorahnung legte Feuerherz das Junge zwischen seinen Vorderpfoten ab, hockte sich nieder und ringelte seinen Schwanz zum Wärmen um das Kleine herum. »Es ist das Erstgeborene meiner Schwester.«

»Deiner Schwester!« Tigerkralle funkelte ihn vorwurfsvoll an.

»Du hast eine Schwester?«, fragte Fleckenschweif. »Wo?«

»Natürlich dort, wo er selbst geboren ist«, zischte Langschweif angewidert. »Am Zweibeinerort!«

»Stimmt das?«, fragte Blaustern. Ihre Augen weiteten sich noch mehr.

»Ja«, gab Feuerherz zu. »Meine Schwester hat es mir gegeben, damit ich es dem Clan bringe.«

»Und warum sollte sie das tun?«, fragte die Anführerin mit bedrohlicher Ruhe.

Er stammelte nervös. »Ich habe ihr vom Clan-Leben erzählt ... wie großartig es ...« Seine Stimme verklang unter Blausterns ungläubigem Blick.

»Wie lange schon hast du den Zweibeinerort aufgesucht?«

»Nicht lange, erst seit dem Anfang der Blattleere. Aber nur, um meine Schwester zu sehen. Meine Treue gilt nach wie vor dem DonnerClan.«

»Treue?« Dunkelstreifs jaulende Stimme tönte über die Lichtung. »Und trotzdem bringst du ein Hauskätzchen hierher?«

»Hat der Clan nicht mit einem Hauskätzchen genug?«, krächzte einer der Ältesten.

»Natürlich findet ein Hauskätzchen ein weiteres Hauskätzchen!«, knurrte Borkenpfote und sträubte wütend das Fell. Er wandte sich Sandpfote zu und stieß sie mit der Nase an. Die Kätzin blickte Feuerherz unsicher an, dann betrachtete sie ihre Pfoten.

»Warum hast du es hergebracht?«, grollte Tigerkralle.

»Wir brauchen Krieger …« Das kleine Junge wand sich unter seinem Bauch, und ihm wurde klar, wie lächerlich er klingen musste. Er senkte den Kopf, als seine Worte auf jaulende Verachtung trafen.

Als die Beleidigungen verstummten, sagte Sturmwind: »Der Clan hat schon genug Sorgen ohne dieses da.«

»Es wird nichts als eine Bürde sein«, stimmte Mausefell ihm zu. »Es dauert mindestens fünf Monde, bis es mit der Ausbildung anfangen kann.«

Weißpelz nickte ebenfalls. »Du hättest dieses Junge nicht hierherbringen sollen, Feuerherz«, sagte er. »Es wird zu weich sein für das Clan-Leben.«

Feuerherz brauste auf: »Ich bin als Hauskätzchen geboren. Bin ich zu weich?« Er hatte erwartet, damit die Vorurteile des Clans gegen Hauskätzchen zu widerlegen, aber das war ein Irrtum. Kein einziges freundliches Gesicht war in der Menge zu sehen.

»Wenn es das Blut von Feuerherz hat, dann wird es eine gute Clan-Katze«, ertönte eine Stimme hinter Weißpelz.

Feuerherz' ganzer Körper wurde warm vor Erleichterung. Es war Graustreif. Ein kleiner Hoffnungsstrahl leuchtete in seiner Brust auf, als Weißpelz zur Seite trat und die anderen Katzen sich zu dem grauen Krieger umwandten. Der starrte in die Runde und erwiderte fest ihre Blicke, einen nach dem anderen.

»Mal eine Abwechslung, dass du dich für deinen Freund stark machst, Graustreif. Gestern Abend wolltest du ihn noch in Fetzen reißen!«, höhnte Langschweif.

Graustreif funkelte ihn an, dann wirbelte er herum, als Dunkelstreif ihn angriff: »Jawohl, Graustreif! Woher weißt du denn, dass das Blut von Feuerherz des DonnerClans würdig ist? Hast du das etwa gestern Abend geschmeckt, als du ihm ein Stück aus dem Bein beißen wolltest?«

Nun ließ Blaustern wieder ihre Stimme hören: »Feuerherz, ich glaube nicht, dass du beim Besuch bei deiner Schwester Untreue gegenüber dem Clan im Sinn gehabt hast, aber warum hast du zugestimmt, ihr Junges hierherzubringen? Es steht dir nicht zu, solche Entscheidungen zu treffen. Was du getan hast, betrifft den ganzen Clan.«

Feuerherz schaute Graustreif an. Er hoffte auf weitere Unterstützung, aber sein Freund sah ihm nicht in die Augen. Auch die anderen Katzen wandten ihren Blick ab.

Wieder sprach die Anführerin: »Tigerkralle, was meinst du?«

»Was ich meine?«, miaute ihr Stellvertreter. Feuerherz verlor den Mut, als er den Ton anmaßender Zufriedenheit in seiner Stimme hörte. »Ich meine, er sollte es sofort loswerden.«

»Goldblüte?«

»Es sieht mit Sicherheit zu klein aus, als dass es bis zur Blattfrische überleben könnte«, sagte die hellbraune Kätzin.

»Es wird schon bei Sonnenaufgang Grünen Husten haben!«, ergänzte Mausefell.

»Oder es wird unsere Frischbeute essen bis zum nächsten Schneefall und dann an Kälte sterben!«, fauchte Sturmwind.

Blaustern neigte den Kopf. »Das reicht. Ich muss darüber

nachdenken.« Sie trottete zu ihrem Bau und verschwand im Eingang. Der Rest des Clans zerstreute sich unter finsterem Gemurmel.

Feuerherz hob das durchnässte Junge auf und trug es in den Bau der Krieger. Es zitterte und miaute jämmerlich. Er wickelte seinen Körper um das Häufchen Elend und schloss die Augen, dennoch sah er die feindseligen Blicke des Clans vor sich, und die machten ihm Angst. Vorher hatte er geglaubt, einsam zu sein, aber nun sah es so aus, als hätte der ganze Clan ihn aus seiner Gemeinschaft ausgestoßen.

Graustreif kam in den Bau und ließ sich auf seinem Nest nieder. Feuerherz blickte ihn nervös an. Sein Freund war der Einzige gewesen, der zu seiner Verteidigung gesprochen hatte, und er wollte ihm danken. Nach einer unbehaglichen Pause, in der das Junge andauernd schrie, murmelte er: »Danke, dass du zu mir gehalten hast.«

Graustreif zuckte die Achseln. »Na ja«, miaute er. »Keiner sonst wollte es tun.« Er wandte den Kopf nach hinten und begann, seinen Schwanz zu waschen.

Das Junge jammerte weiter, seine Rufe wurden immer lauter. Einige Krieger betraten den Bau, um dem Regen zu entkommen. Glanzfell blickte Feuerherz und das Junge kurz an, sagte aber nichts.

»Kannst du das Ding nicht abstellen?«, beklagte sich Dunkelstreif und schob das Moos in seinem Nest zurecht.

Verzweifelt leckte Feuerherz das Junge. Es musste inzwischen sehr hungrig sein.

Ein Rascheln an der Wand veranlasste ihn, den Kopf zu heben. Es war Frostfell, die zu seinem Nest herüberkam und auf das weinende Junge hinunterblickte. Plötzlich senkte sie den Kopf und schnüffelte an seinem weichen Fell. »Er wäre besser dran in der Kinderstube«, murmelte sie. »Buntgesicht hat Milch übrig. Ich könnte sie fragen, ob sie es vielleicht säugt.«

Überrascht starrte Feuerherz sie an.

Mit liebevollem Blick schaute sie zurück. »Ich habe nicht vergessen, dass du meine Jungen vor dem SchattenClan gerettet hast.«

Feuerherz nahm das Junge wieder auf und folgte der Königin aus dem Bau. Inzwischen regnete es noch heftiger und schnell trotteten die beiden zur Kinderstube hinüber. Frostfell verschwand durch den engen Eingang und Feuerherz zwängte sich hinter ihr hinein. Im Inneren des Brombeerdickichts wartete er, bis sich seine Augen an das dämmrige Licht gewöhnt hatten.

In der trockenen, dunklen Behausung hatte sich Buntgesicht um ihre zwei gesunden Jungen gerollt. Sie sah Feuerherz misstrauisch an, dann blickte sie auf das Junge, das aus seinem Maul hing.

Frostfell flüsterte ihm zu: »Eins ihrer Jungen ist letzte Nacht gestorben.« Er erinnerte sich an die kranken Jungen, die sich neben Gelbzahn gekrümmt hatten, und fragte sich voller Mitleid, welches von ihnen wohl gestorben war. Er legte das Junge seiner Schwester ab und wandte sich zu Buntgesicht. »Es tut mir leid«, murmelte er.

Die Königin blinzelte, der frische Schmerz brannte noch in ihren Augen.

»Buntgesicht«, begann Frostfell. »Ich kann nur vermuten, welchen Kummer du empfindest. Aber dieses Junge ist am Verhungern und du hast Milch. Willst du es nicht säugen?«

Buntgesicht schüttelte den Kopf und kniff die Augen fest zusammen.

Frostfell streckte den Kopf vor und drückte ihre Schnauze sanft gegen Buntgesichts Wange. »Ich weiß, er wird deinen Sohn nicht ersetzen«, flüsterte sie. »Aber der Kleine braucht deine Wärme und Fürsorge.«

Feuerherz wartete voller Angst.

Die Schreie des Jungen wurden lauter. Es konnte Buntgesichts Milch riechen und kroch auf ihren weichen Bauch zu. Blindlings zwängte es sich zwischen die beiden anderen Jungen. Die Kätzin schaute zu ihm hinunter, wie es, dem Milchgeruch folgend, sich vorwärtswand und drängelte. Ohne Widerstand zu leisten, sah sie zu, wie es sich an ihren Bauch klammerte und hungrig zu saugen begann, und Feuerherz atmete voller Erleichterung und Dankbarkeit auf. Buntgesichts Blick wurde weich, und das Kätzchen begann zu schnurren, während es ihren angeschwollenen Leib mit winzigen Milchtritten bearbeitete.

Frostfell nickte. »Danke, Buntgesicht. Kann ich Blaustern sagen, dass du für das Junge sorgen wirst?«

»Ja, das kannst du«, antwortete die Königin, ohne die Augen von dem Jungen zu nehmen, und schob es mit einer Hinterpfote dichter an ihren Bauch heran.

Feuerherz schnurrte, senkte den Kopf und berührte mit der Nase ihre Schulter. »Ich danke dir, und ich verspreche, dass ich dir jeden Tag extra Frischbeute bringen werde.«

»Ich gehe und sage Blaustern Bescheid«, sagte Frostfell. »Kein Junges verdient, zu sterben, ob im Clan geboren oder nicht.« Sie machte kehrt und schob sich aus dem Brombeerbau ins Freie.

»Du kannst jetzt gehen«, murmelte Buntgesicht. »Dein Junges ist bei mir sicher.«

Feuerherz nickte und folgte Frostfell hinaus in den Regen. Er wollte eigentlich zurück zu seinem Bau, doch er wusste, dass er nicht zur Ruhe käme, bevor er Blausterns Entscheidung zu dem Jungen erfahren hätte.

Während er auf der Lichtung hin und her ging und sein Fell sich zu nassen Klumpen verfilzte, sah er Frostfell aus dem Bau der Anführerin herauskommen und zurück zur Kinderstube eilen.

Glanzfell machte sich bereit, mit der Abendpatrouille das Lager zu verlassen, als Blaustern endlich aus ihrem Bau trat. Feuerherz blieb stehen und sein Herz hämmerte so schnell, dass er befürchtete, die Beine würden unter ihm nachgeben. Die Anführerin sprang auf den Hochstein und ließ ihren vertrauten Ruf ertönen: »Alle Katzen, die alt genug sind, ihre eigene Beute zu jagen, sollen sich unterhalb des Hochsteins versammeln.«

Die Patrouille machte kehrt und trottete hinter Glanzfell zurück zum Felsen. Der Rest des Clans kam aus seinen trockenen Nestern und beklagte sich über den Regen. Tigerkralle sprang mit grimmigem Gesicht neben Blaustern auf den Hochstein.

Sie werden mich zwingen, ihn zurückzubringen, dachte Feuerherz. Sein Atem war ein flaches Keuchen. Dunklere Gedanken drängten sich ihm in den Sinn. *Und wenn Blaustern Tigerkralle beauftragt, ihn im Wald auszusetzen? Das wird er niemals überleben. Oh, SternenClan, was soll ich nur Prinzessin sagen?*

Als alle Katzen sich niedergelassen hatten, sprach die Anführerin: »Katzen des DonnerClans, keine Katze kann leugnen, dass wir Krieger brauchen. Wir haben bereits eine Katze durch den Grünen Husten verloren und es sind noch viele Monde bis zur Blattfrische. Rußpfote ist schwer verletzt und wird niemals eine Kriegerin werden können. Wie Graustreif mit Recht gesagt hat …«

Feuerherz hörte Borkenpfote in der Nähe wispern: »Graustreif verwandelt sich langsam selbst in ein Hauskätzchen!«

Er drehte scharf den Kopf, aber ein warnendes Zischen eines der Ältesten brachte Borkenpfote zum Schweigen, bevor Feuerherz etwas sagen konnte.

»Wie Graustreif mit Recht gesagt hat«, wiederholte Blaustern, »fließt in diesem Hauskätzchen das Blut von Feuerherz. Es besteht jede Aussicht, dass aus dem Jungen ein guter Krieger wird.« Einige Katzen schauten zu Feuerherz hin, der das Lob seiner Anführerin nur mit halbem Ohr gehört hatte. In seiner Brust stieg Hoffnung auf, ihm wurde schwindlig.

Blaustern machte eine kleine Pause und betrachtete die Katzen vor sich. »Ich habe beschlossen, dieses Junge in unseren Clan aufzunehmen«, erklärte sie.

Keine Katze machte einen Mucks. Feuerherz wollte seinen Dank zum SternenClan emporschreien, aber er schwieg. Zum ersten Mal seit Sonnenhoch konnte er wieder tief Luft holen. Ein Mitglied seiner eigenen Familie würde Teil des DonnerClans sein!

»Buntgesicht hat angeboten, es zu nähren«, fuhr Blaustern fort, »daher wird Feuerherz die Aufgabe übernehmen, sie mit Nahrung zu versorgen.« Die Anführerin des Clans blickte ihm in die Augen. »Und schließlich soll das Junge einen Namen haben. Es wird Wolkenjunge heißen.«

»Werden wir eine zeremonielle Namensgebung haben?«, fragte Mausefell aus der Menge.

Feuerherz blickte begierig hinauf zum Hochstein. Würde dem Jungen seiner Schwester dieses Privileg gegeben, wie es ihm zuteil geworden war, als der Clan ihn formell aufgenommen hatte?

Blaustern blickte mit kalten Augen zu Mausefell hinab. »Nein«, antwortete sie.

22. KAPITEL

DIE TAGE bis zum nächsten vollen Mond dehnten sich endlos für Feuerherz. Es schien bereits eine Ewigkeit her zu sein seit der letzten Großen Versammlung. Den Vollmond danach hatten Regenwolken verborgen und die Clans waren daher dem Baumgeviert ferngeblieben. Inzwischen meldete eine Patrouille nach der anderen den Geruch von FlussClan-Kriegern bei den Sonnenfelsen und der des SchattenClans war wieder beim Eulenbaum entdeckt worden.

Wenn Feuerherz nicht jagte oder auf Patrouille ging, teilte er seine Zeit zwischen Wolkenjunge, Rußpfote und Farnpfote. Obwohl Graustreif seine Rolle als Mentor von Farnpfote wieder übernommen hatte, bemerkte Feuerherz doch, dass der Schüler von Zeit zu Zeit sich selbst überlassen blieb und sein Mentor nirgendwo zu sehen war. »Jagen«, war alles, was Farnpfote antwortete, wenn Feuerherz nach Graustreif fragte.

»Warum bist du nicht mit ihm gegangen?«

»Er hat gesagt, ich könnte morgen mitkommen.«

Feuerherz verspürte den üblichen nagenden Ärger wegen Graustreifs Sturheit, aber er schob ihn achselzuckend beiseite. Er hatte den Versuch aufgegeben, seinen Freund zur Einsicht zu bewegen – sie hatten kaum noch ein Wort gewechselt, seit er Wolkenjunge ins Lager gebracht hatte –, aber er bemühte sich, Farnpfote mit hinauszunehmen, wann immer Graustreif abwesend war, nur damit der Schüler aus dem Blickfeld wäre. Er wusste, dass Tigerkralle Farnpfotes Antworten nicht so leicht akzeptieren würde.

Schließlich erschien der volle Mond an einem wolkenlosen Himmel. Feuerherz kam früh von der Jagd zurück. Er ging an dem umgefallenen Eichenstamm vorbei, der nun verlassen dalag, seit Wieselpfote und Fleckenschweifs Junges sich erholt hatten, und ließ seinen Fang auf den Haufen Frischbeute fallen.

Dann machte er sich auf den Weg zu Gelbzahns Bau, er wollte Rußpfote besuchen. Die Bedrohung durch den Grünen Husten bestand nicht mehr – jedenfalls nicht für den Augenblick. Nur noch Rußpfote war bei der Heilerin geblieben.

Feuerherz stapfte durch den Tunnel und sah auf der Lichtung die kleine graue Kätzin, die Gelbzahn bei der Zubereitung von Kräutern half. Schwerfällig humpelte sie mit einem Maul voll getrockneter Blätter zu dem gespaltenen Fels und Feuerherz zuckte innerlich zusammen.

»Feuerherz!« Rußpfote drehte sich um, spuckte die Kräuter aus und begrüßte ihn erfreut. »Ich konnte kaum noch was riechen durch diese ekelhaften Sachen!«

»Diese ekelhaften Sachen haben geholfen, dein Bein zu kurieren!«, knurrte Gelbzahn.

»Wenn das so ist, dann hättest du mehr davon benutzen sollen«, entgegnete Rußpfote, aber Feuerherz sah voller Erleichterung ein schelmisches Glitzern in ihren Auge. »Schau dir das an!« Sie drehte ihr verrenktes Hinterbein. »Ich kann kaum meine Krallen erreichen, wenn ich sie waschen will.«

»Vielleicht sollte ich dir ein paar zusätzliche Lockerungsübungen verordnen«, schlug Gelbzahn vor.

»Nein danke!«, miaute die kleine Kätzin schnell. »Die tun weh!«

»Sie sollen wehtun! Das zeigt, dass sie helfen.« Die alte Heilerin wandte sich zu Feuerherz. »Versuch du mal, sie zu den Übungen zu überreden. Vielleicht hast du mehr Glück mit ihr. Ich geh in den Wald und grabe ein paar Beinwellwurzeln aus.«

»Ich werd's versuchen«, versprach Feuerherz.

»Du wirst schon sehen, ob sie's richtig macht«, rief die Heilerin über die Schulter zurück, »weil sie sich dann nämlich beschwert.«

Rußpfote humpelte zu Feuerherz hinüber und berührte seine Nase mit ihrer. »Danke für deinen Besuch.« Sie setzte sich und schnitt eine Grimasse, als sie das schlimme Bein unter sich krümmte.

»Ich besuche dich gern«, schnurrte er und betrachtete sie liebevoll. »Ich vermisse unsere Trainingsstunden.« Sofort bereute er seine Worte.

Ein wehmütiger Ausdruck zog über Rußpfotes Gesicht. »Ich auch«, sagte sie. »Wann, glaubst du, kann ich weitermachen?«

Feuerherz blickte sie bekümmert an. Offenbar hatte Gelbzahn ihr noch nicht gesagt, dass sie niemals eine Kriegerin werden könnte.

»Vielleicht helfen ja deine Übungen«, murmelte er ausweichend.

»In Ordnung. Aber nur ein paar.«

Sie legte sich auf die Seite und streckte das Bein aus, bis

sich ihr Gesicht vor Schmerz verzerrte. Mit zusammengebissenen Zähnen bewegte sie das Bein langsam vor und zurück.

»Sehr gut machst du das«, lobte Feuerherz und verbarg den Kummer, der ihm wie ein Felsblock im Magen lag.

Rußpfote ließ das Bein sinken und lag einen Augenblick still da. Dann erhob sie sich und schüttelte den Kopf. »Ich werde nie eine Kriegerin sein, nicht wahr?«

Feuerherz konnte sie nicht belügen. »Nein«, flüsterte er. »Es tut mir so leid.« Er streckte ihr die Schnauze entgegen und leckte ihr den Kopf. Nach ein paar Augenblicken stieß sie einen langen Seufzer aus und legte sich wieder hin.

»Ich habe es gewusst«, sagte sie. »Es ist nur so, dass ich manchmal davon träume, dass ich im Wald bin und mit Farnpfote jage, und dann wache ich auf, und die Schmerzen in meinem Bein erinnern mich daran, dass ich niemals wieder jagen werde. Es ist kaum auszuhalten. Ich muss mir irgendwie vormachen, dass ich vielleicht eines Tages doch wieder auf die Jagd gehen kann.«

Feuerherz konnte es nicht ertragen, sie so niedergeschlagen zu sehen. »Wir werden wieder zusammen in den Wald gehen«, versprach er. »Und dann suchen wir die älteste, langsamste Maus im ganzen Wald. Und die hat dann keine Chance gegen dich.«

Rußpfote sah ihn an und schnurrte dankbar.

Er erwiderte ihr Schnurren, aber da war noch eine Frage, die seit dem Unfall an ihm nagte. »Rußpfote«, begann er, »kannst du dich erinnern, was passiert ist, als dich das Ungeheuer getroffen hat? War Tigerkralle da?«

Ihre Augen wurden dunkel vor Verwirrung. »Ich w-weiß es nicht«, stammelte sie. Er fühlte einen Anflug von Schuld, als er sah, wie sie vor der Erinnerung zurückschreckte. »Ich bin direkt zu der verbrannten Esche gegangen, wo Borkenpfote und Tigerkralle sein sollten, und dann war da dieses Ungeheuer und … ich kann mich nicht richtig erinnern.«

»Du konntest nicht wissen, wie schmal der Grünstreifen dort ist.« Feuerherz schüttelte langsam den Kopf. »Du musst direkt auf den Donnerweg gelaufen sein.« *Warum war Tigerkralle nicht da, wo er angeblich hätte sein sollen?*, dachte er mit aufblitzender Wut. *Er hätte sie daran hindern können, einfach hinauszulaufen!* Die Worte seiner Schwester klangen unheilvoll in seinem Kopf: *War es eine Falle?* Er stellte sich Tigerkralle vor, wie er an einer windabgewandten Stelle verborgen zwischen den Bäumen kauerte, auf den Grünstreifen starrte, wartete …

»Wie geht es Wolkenjunge?« Rußpfotes Frage beendete seine Überlegungen. Offensichtlich wollte sie das Thema wechseln.

Gern tat er ihr den Gefallen, besonders wenn es bedeutete, dass er über Prinzessins Sohn reden konnte.

»Wird jeden Tag größer«, miaute er stolz.

»Ich kann es kaum erwarten, ihn kennenzulernen. Wann bringst du ihn mal mit?«

»Sobald Buntgesicht mir das erlaubt«, antwortete er. »Im Augenblick lässt sie ihn nicht aus den Augen.«

»Sie mag ihn also?«

»Sie behandelt ihn wie ihre eigenen Jungen«, sagte Feuerherz. »Dem SternenClan sei Dank! Ehrlich gesagt war ich mir nicht sicher, ob sie ihn wirklich mögen würde. Er sieht so anders aus als ihre eigenen Jungen.« Selbst er konnte nicht leugnen, dass Wolkenjunges weiches, schneeweißes Fell fehl am Platze wirkte neben den anderen Jungen mit ihrem waldfarbenen Fellkleid aus kurzem, geflecktem Haar. »Wenigstens kommt er gut aus mit seinen Kameraden in der Kinderstube …« Seine Stimme verklang. Er starrte zu Boden und plötzlich stieg eine Spur Angst in ihm auf.

»Was ist los?«, drängte Rußpfote ihn vorsichtig.

Feuerherz zuckte die Schultern. »Ich kann es einfach nicht ausstehen, wie manche der anderen Katzen ihn ansehen, als ob er blöd wäre oder wertlos.«

»Bemerkt Wolkenjunge diese Blicke?«

Er schüttelte den Kopf.

»Nun, dann mach dir keine Sorgen«, miaute sie.

»Aber Wolkenjunge weiß noch nicht einmal, dass er als Hauskätzchen geboren wurde. Ich glaube, er nimmt einfach an, dass er aus einem anderen Clan stammt. Aber wenn sie ihn weiterhin so unfreundlich behandeln, wird ihm bald klar werden, dass etwas mit ihm nicht stimmt.« Er betrachtete verdrossen seine Pfoten.

»Etwas nicht stimmt?«, wiederholte Rußpfote erstaunt. »Du selbst bist doch als Hauskätzchen geboren und mit dir stimmt doch alles! Hör zu, wenn Wolkenjunge irgendwann später versteht, woher er stammt, dann kann er schon längst beweisen, dass ein Hauskätzchen genauso gut sein kann wie jeder im Clan geborene Krieger. Genau wie du es getan hast.«

»Und wenn es ihm jemand erzählt, bevor er so weit ist?«

»Wenn er nach dir kommt, dann ist er von Geburt an so weit!«

»Und seit wann bist du so schlau?«, fragte Feuerherz ziemlich überrascht vom scharfen Verstand seiner Schülerin.

Rußpfote ließ sich mit einem dramatischen Klagelaut auf den Rücken fallen. »Das kommt durch das Leiden!« Feuerherz stupste sie mit einer Pfote in den Magen, und Rußpfote quiekte, bevor sie sich wieder auf die Seite rollte. »Nein, ehrlich«, miaute sie. »Bedenke nur, in welcher Gesellschaft ich in letzter Zeit war!«

Feuerherz neigte fragend den Kopf.

»Gelbzahn, du Dummkopf«, lachte sie. »Sie ist eine kluge, alte Katze. Ich lerne eine Menge von ihr.« Rußpfote setzte sich auf. »Sie hat gesagt, heute Nacht ist Große Versammlung. Gehst du hin?«

»Ich weiß es nicht«, gab er zu. »Ich werde Blaustern nachher fragen. Zurzeit bin ich nicht gerade besonders beliebt im Clan.«

»Sie werden darüber hinwegkommen«, beruhigte ihn Rußpfote und stupste ihn an die Schulter. »Solltest du jetzt nicht lieber herausfinden, ob du mit dabei bist? Sie werden bald aufbrechen.«

»Da hast du recht«, sagte er. »Kann ich dich allein lassen, bis Gelbzahn wieder da ist? Soll ich dir etwas Frischbeute bringen?«

»Ich komme zurecht«, versicherte sie ihm. »Und Gelbzahn wird mir etwas mitbringen. Das tut sie immer. Ich werde die fetteste Katze im ganzen Clan sein, wenn sie erst mal mit mir fertig ist.«

Feuerherz freute sich, dass seine frühere Schülerin ihre gute Laune wiedergefunden hatte. Er war versucht, zu bleiben und ihr Gesellschaft zu leisten, aber sie hatte recht – er sollte herausfinden, ob er mit zur Großen Versammlung gehen konnte.

»Also dann bis morgen«, miaute er. »Es wird jede Menge zu berichten geben von der Versammlung.«

»Jawohl, und ich will alles hören«, erwiderte sie. »Sieh zu, dass Blaustern dich mitnimmt! Schnell!«

»Ich geh schon, ich geh schon. Bis dann, Rußpfote!«

»Bis dann!«

Am Rand der Lichtung blieb Feuerherz stehen und sah sich nach der Anführerin um. Blaustern unterhielt sich gerade mit Glanzfell vor ihrem Bau, und als Feuerherz bei ihnen ankam, stand die schlanke graue Kriegerin gerade auf, um zu gehen, und nickte ihm zu.

Blaustern blickte ihn mit wissenden Augen an. »Du möchtest zur Großen Versammlung«, sagte sie. Er wollte etwas sagen, aber sie ließ ihn nicht zu Wort kommen. »Alle Krieger möchten heute Nacht gehen, aber ich kann nicht jeden mitnehmen.«

Feuerherz war enttäuscht. »Ich hätte gern den WindClan wiedergesehen«, erklärte er. »Ich wollte sehen, wie sie zurechtkommen, seit Graustreif und ich sie nach Hause gebracht haben.«

Blaustern kniff die Augen zusammen. »Du brauchst mich nicht daran zu erinnern, was du für den WindClan geleistet hast«, sagte sie scharf und Feuerherz zuckte zusammen. »Aber ich stimme dir zu«, fuhr sie fort. »Du und Graustreif, ihr könnt heute Nacht zur Großen Versammlung mitkommen.«

»Danke, Blaustern«, miaute er.

»Es wird ein interessantes Treffen werden«, sagte sie dann. »Der FlussClan und der SchattenClan werden eine Menge zu erklären haben.«

Feuerherz spürte, wie seine Ohren nervös zuckten, aber unwillkürlich fühlte er auch eine freudige Erregung. Blaustern wollte offenbar Streifenstern und Nachtstern zur Rechenschaft ziehen, weil sie ins Territorium des DonnerClans eingedrungen waren. Respektvoll neigte er den Kopf, dann stapfte er davon.

Als er für Buntgesicht zwei Wühlmäuse von dem Haufen mit Frischbeute holte, sah er Gelbzahn zurück ins Lager trotten. Ihre Pfoten waren mit Erde bedeckt und ihr Maul vollgestopft mit dicken, knolligen Wurzeln. Ihre Suche nach Beinwell war offensichtlich erfolgreich gewesen.

Er trug die Frischbeute hinüber zur Kinderstube. Buntgesicht lag zusammengerollt da und säugte Wolkenjunge. Die anderen Kätzchen waren kürzlich von der Milch ihrer Mutter entwöhnt worden und bald würde auch Wolkenjunge zum ersten Mal Frischbeute kosten.

Buntgesicht blickte mit besorgten Augen auf, als Feuerherz hereinkam. »Ich habe gerade nach Gelbzahn geschickt«, sagte sie.

»Ist etwas mit Wolkenjunge?«, fragte er erschrocken.

»Er ist heute ein wenig fiebrig.« Die Kätzin beugte sich vor und leckte den Kopf des Jungen, das aufgehört hatte zu saugen und sich unruhig krümmte. »Es ist wahrscheinlich nichts, aber ich habe mir gedacht, mal sehen, was Gelbzahn meint. Ich … ich möchte kein Risiko eingehen.«

Vielleicht ist Buntgesicht nur übervorsichtig, weil sie kürzlich ein Junges verloren hat, dachte Feuerherz, aber Wolkenjunge wirkte tatsächlich kränklich. »Ich komme nach der Großen Versammlung noch mal vorbei«, versprach er.

Geduckt verließ er die Kinderstube und lief zu der Frischbeute, um sich selbst etwas zu essen zu holen. Buntgesichts Neuigkeit hatte ihm den Appetit verdorben, aber vor dem Marsch zum Baumgeviert sollte er noch etwas zu sich nehmen.

Langschweif und Borkenpfote standen bereits über den Haufen gebeugt. Feuerherz setzte sich und wartete, bis sie gingen.

»Ich hab heute das Wolkenküken gar nicht gesehen«, sagte Langschweif und Feuerherz spürte bei der höhnischen Bemerkung die ihm so bekannte Enttäuschung und den darauf folgenden Ärger.

»Er hat wahrscheinlich mitgekriegt, wie lächerlich er aussieht, und beschlossen, sich in der Kinderstube zu verstecken!«, sagte Borkenpfote.

»Ich wäre gern dabei, wenn er zum ersten Mal jagt. Mit seinem weißen Flaum sehen ihn die Beutetiere bestimmt schon auf Baumeslänge«, gab Langschweif verächtlich von sich.

»Wenn sie ihn nicht für einen Riesenbovist halten!« Borkenpfote warf Feuerherz einen schnellen Blick zu und seine Schnurrhaare zuckten.

Feuerherz legte die Ohren an und schaute weg. Er beobachtete Gelbzahn, die mit einem Maul voll Frauenminze in die Kinderstube eilte. Unglücklicherweise bemerkten das auch die beiden anderen Kater. »Sieht so aus, als ob das Hauskätzchen sich eine Erkältung geholt hat. Was für eine Überraschung!«, miaute Langschweif. »Goldblüte hat recht behalten – der wird die Blattleere nicht überleben!«

Der gestreifte Krieger wandte sich zu Feuerherz um und starrte ihn an. Er wartete auf eine Reaktion, aber Feuerherz ignorierte ihn und ging hinüber zu dem Haufen Frischbeute, wählte sich eine Drossel aus und trug sie weg, um sie in Ruhe zu verzehren. Die ewigen boshaften Anfeindungen zehrten an seinen Kräften.

Graustreif und Sturmwind teilten ihre Mahlzeit neben dem Brennnesselgebüsch.

»Hallo, Feuerherz, hast du eine gute Jagd gehabt?«, fragte Sturmwind.

»Ja, danke«, erwiderte Feuerherz. Graustreif blickte nicht auf.

»Blaustern hat gesagt, du kannst mit zur Großen Versammlung kommen«, teilte Feuerherz seinem Freund mit.

»Ich weiß«, antwortete Graustreif kauend.

»Gehst du auch?«, wandte sich Feuerherz an Sturmwind.

»Darauf kannst du wetten! Die Versammlung heute würde ich für nichts in der Welt verpassen!«

Feuerherz trottete weiter und fand einen ruhigen Platz am Rand der Lichtung. Langschweifs Worte hallten in seinem Kopf nach. Würde der Clan das kleine weiße Junge jemals akzeptieren? Er schloss die Augen und begann sich zu waschen.

Als er sich umdrehte, um seine Flanke zu lecken, berührten seine Schnurrhaare etwas. Er öffnete die Augen und sah Sandpfote neben sich stehen. Ihr orangefarbenes Fell glänzte silbern unter dem aufgehenden Mond.

»Ich hab mir gedacht, du magst vielleicht etwas Gesellschaft«, miaute sie. Dann setzte sie sich neben ihn und begann ihm mit langen, sanften Strichen den Rücken zu waschen.

Durch halb geschlossene Augen fing Feuerherz einen Blick von Borkenpfote auf, der ihn vom Bau der Schüler aus anstarrte, unfähig, seinen Neid und sein Erstaunen zu verbergen.

Borkenpfote war allerdings nicht der Einzige, der von Sandpfotes Geste überrascht war – auch Feuerherz selbst hätte solche Freundlichkeit von der wilden, jungen Kätzin nie erwartet, aber ihre Wärme war ihm mehr als willkommen.

»Gehst du zur Großen Versammlung?«, fragte er sie.

Sie hielt inne. »Ja. Und du?«

»Ich auch. Ich glaube, Blaustern wird Streifenstern und Nachtstern zur Rede stellen.« Er wartete auf eine Antwort, aber sie starrte hinauf zum Himmel, der sich langsam verdunkelte.

»Ich wünschte, ich könnte als Kriegerin gehen«, murmelte sie. Feuerherz spannte sich an, aber ausnahmsweise lag in ihren Worten keine Spur von Eifersucht oder Bitterkeit.

Er war betreten. Er wusste, dass seine eigene Ausbildung erst nach der von Sandpfote begonnen hatte, und trotzdem war er schon vor mehr als zwei Monden zum Krieger ernannt worden. »Es kann nicht mehr lange dauern, bis Blaustern dir deinen Kriegernamen gibt«, beteuerte er und versuchte dabei aufmunternd zu klingen.

»Warum dauert es so lange, was glaubst du?«, fragte Sandpfote und richtete ihre hellgrünen Augen auf ihn.

»Ich weiß es nicht«, musste er zugeben. »Blaustern ist krank gewesen, und da sind die Schwierigkeiten mit dem FlussClan und dem SchattenClan. Ich nehme an, sie hat andere Dinge im Kopf.«

»Dabei sollte man doch meinen, dass sie jetzt mehr Bedarf an Kriegern hat als sonst!«

Feuerherz empfand Mitgefühl mit ihr. »Ich nehme an, sie wartet einfach auf … den richtigen Zeitpunkt.« Er wusste, das klang nicht sehr hilfreich, aber es war alles, was ihm einfiel.

»Vielleicht zur Blattfrische«, seufzte Sandpfote. »Und wann, glaubst du, bekommst du einen neuen Schüler?«

»Blaustern hat noch nichts gesagt.«

»Vielleicht gibt sie dir Wolkenjunge, wenn er alt genug ist.«

»Das hoffe ich.« Er starrte über die Lichtung zur Kinderstube. »Wenn er so lange lebt.«

»Natürlich wird er das!«, miaute Sandpfote zuversichtlich.

»Aber er hat Fieber.«

»Alle Jungen haben mal Fieber!«, erwiderte Sandpfote. »Mit seinem dichten Fell wird er im Nu gesund werden. Überhaupt wird sein dicker Pelz in der Blattleere nützlich sein, ideal für die Jagd im Schnee. Die Beute wird ihn niemals entdecken, und er wird doppelt so lange draußen bleiben können wie Katzen mit einem so dünnen Fell wie Langschweif!«

Feuerherz schnurrte und entspannte sich. Sandpfote hatte ihn tatsächlich beruhigt. Er stand auf und leckte ihr kurz über den Kopf.

»Komm«, miaute er. »Blaustern ruft die Katzen für die Große Versammlung.« Neben dem Lagereingang gesellten sie sich zu den anderen und zusammen bildeten sie eine schweigende, entschlossene Gruppe.

Die Anführerin gab mit einem Schwanzzucken das Signal, dann führte sie ihre Katzen durch den Ginstertunnel und hinaus aus der Schlucht. Der Wald glitzerte im kalten Mondlicht, als sie zum Baumgeviert preschten. Atemwolken stiegen aus Feuerherz' Schnauze und der gefrorene Waldboden donnerte unter seinen Pfoten.

Zum ersten Mal, seit Feuerherz sich dem Clan angeschlossen hatte, zögerte Blaustern nicht auf dem Kamm oberhalb des Baumgevierts, um sich für das Treffen einzustimmen. Sie stürmte direkt den Abhang auf die Lichtung hinab, schweigend folgten ihr die Katzen.

23. KAPITEL

DER FLUSS- UND DER SCHATTENCLAN waren noch nicht da, aber der WindClan hatte sich schon eingefunden. Riesenstern begrüßte Blaustern mit einem respektvollen Nicken.

Feuerherz entdeckte Kurzbart und rannte zu ihm. »Hallo!«, miaute er. Es war mehr als zwei Monde her, seit der kleine braun gestreifte Krieger bei der Schlucht an seiner Seite gekämpft hatte. Seit langer Zeit erinnerte er sich nun auch wieder an Weißkralles Tod, und erneut stieg das Entsetzen in ihm auf bei der Vorstellung, wie der Krieger in dem tosenden Fluss verschwunden war.

»Wo ist Graustreif?«, fragte Kurzbart. »Wie geht's ihm?«

An seinem Blick erkannte Feuerherz, dass auch er an Weißkralles Tod dachte.

»Ihm geht's gut«, antwortete er. »Er ist da drüben bei den anderen.«

Er erinnerte sich an die WindClan-Königin, der er beim Tragen ihres Jungen geholfen hatte. »Wie geht es Morgenblüte?«

»Sie ist froh, wieder zu Hause zu sein«, antwortete Kurzbart. »Und ihr Junges wird immer größer.« Feuerherz schnurrte erfreut. »Dem ganzen Clan geht es gut«, fuhr Kurzbart fort und blickte Feuerherz mit einem fröhlichen Glitzern in den

Augen an. »Es ist herrlich, wieder Kaninchen zu essen. Ich hoffe, ich muss nie mehr im Leben eine Ratte verspeisen!«

In diesem Augenblick entdeckte Feuerherz einen neuen Geruch in der Nachtluft. FlussClan. Auch SchattenClan konnte er riechen. Er suchte mit den Augen den Rand oberhalb der Senke ab. Auf einer Seite strömten die FlussClan-Katzen herab, auf der gegenüberliegenden Seite erblickte er SchattenClan-Katzen, die mit im Mondlicht glänzenden Fellkleidern an der oberen Kante warteten. Nachtsterns magere Gestalt zeichnete sich an der Spitze dieser Gruppe gegen den dunklen Himmel ab.

»Endlich«, knurrte Kurzbart, der sie auch entdeckt hatte. »Es ist heute Nacht zu kalt, um lange herumzutrödeln.«

Feuerherz nickte geistesabwesend. Als die FlussClan-Katzen die Lichtung betraten, hielt er Ausschau, ob sich Silberfluss unter ihnen befand. Die hellgraue Kätzin war leicht zu erkennen. Sie folgte ihrem Vater, der zurückhaltend mit den Kriegern der anderen Clans Begrüßungen austauschte.

Unruhig ließ Feuerherz auf der Suche nach Graustreif seinen Blick über das zunehmende Gedränge schweifen. Würde er es wagen, mit Silberfluss zu reden?

Er entdeckte seinen grauen Freund, der in Silberfluss' Nähe stand und sich angeregt mit einem WindClan-Krieger unterhielt.

Feuerherz beobachtete ihn so angestrengt, dass er Lahmfuß nicht herankommen hörte.

»Guten Abend, Feuerherz«, miaute der Zweite Anführer des WindClans. »Wie geht es dir?«

Feuerherz drehte sich um. »Guten Abend«, erwiderte er. »Mir geht's gut, danke.«

Lahmfuß nickte. »Das freut mich«, sagte er und humpelte weiter.

Kurzbart stupste Feuerherz freundschaftlich an. »Du hast anscheinend gute Verbindungen!« Feuerherz wurde warm vor Stolz.

Vom Großfelsen ertönte Blausterns Ruf. Feuerherz drehte sich überrascht um, die Anführer eröffneten das Treffen gewöhnlich nicht so schnell. Streifenstern und Nachtstern standen eng beieinander auf dem Felsen. Blaustern wartete neben Riesenstern, bis sich die Katzen versammelt hatten. Zum ersten Mal sah Feuerherz den WindClan-Anführer auf einer Großen Versammlung. Er und Kurzbart folgten den anderen Katzen und ließen sich unterhalb des Felsens nieder.

Erwartungsvoll blickte Feuerherz nach oben und wartete darauf, dass die Anführerin des DonnerClans Riesenstern und den WindClan nach ihrer Rückkehr begrüßte, aber Blaustern war offenbar nicht in der Stimmung, Zeit mit freundlichen Worten zu verlieren.

»Der FlussClan hat bei den Sonnenfelsen gejagt«, begann sie wütend. »Unsere Patrouillen haben deine Krieger viele Male gerochen, Streifenstern. Die Sonnenfelsen gehören dem DonnerClan!«

Streifenstern erwiderte starr ihren Blick. »Hast du vergessen, dass erst vor kurzer Zeit einer unserer Krieger getötet wurde, als er unser Territorium gegen den DonnerClan verteidigt hat?«

»Es bestand kein Grund, euer Territorium zu verteidigen«, erwiderte Blaustern. »Meine Krieger haben dort nicht gejagt. Sie waren auf dem Heimweg, nachdem sie den WindClan gesucht hatten – was mit unser aller Zustimmung geschehen war! Nach dem Gesetz der Krieger hätte man sie nicht angreifen dürfen.«

»Du redest vom Gesetz der Krieger?«, fauchte Streifenstern. »Und was ist mit dem DonnerClan-Krieger, der ständig auf unserem Territorium herumspioniert?«

Darauf war Blaustern nicht gefasst. »Was für ein Krieger?«, fragte sie. »Habt ihr ihn gesehen?«

»Noch nicht«, zischte der Anführer des FlussClans. »Aber wir haben seine Duftspur so oft gefunden, dass es nicht mehr lange dauern wird.«

Feuerherz blickte beunruhigt zu Graustreif hinüber. Er wusste nur zu gut, wessen Duftspur auf Streifensterns Territorium entdeckt worden war. Würde heute Nacht jemand von den FlussClan-Kriegern seinen Geruch erkennen? Sein Freund saß bewegungslos da und wandte die Augen nicht von den Anführern auf dem Großfelsen.

Aus der Menge ertönte Tigerkralles tiefes Knurren. »Wir haben den vergangenen Mond nicht nur FlussClan auf unserem Territorium gerochen, sondern auch SchattenClan. Und nicht nur einen Krieger, sondern eine ganze Patrouille – jedes Mal dieselben Katzen.«

Nachtsterns Augen funkelten verärgert. »Der SchattenClan ist nicht auf eurem Territorium gewesen. Offenbar können eure Krieger die unterschiedlichen Gerüche von Katzen außerhalb ihres eigenen Clans nicht unterscheiden. Ihr habt streunende Katzen gerochen. Sie haben auch von unserem Territorium Beute gestohlen!«

Tigerkralle schnaubte ungläubig und Nachtstern funkelte böse auf ihn herab. »Bezweifelst du das Wort des SchattenClans, Tigerkralle?«

Die Menge murmelte beunruhigt, als der große Krieger mit unverhohlenem Misstrauen Nachtsterns Blick erwiderte.

Zum ersten Mal sprach jetzt Riesenstern mit unsicher zuckendem Schwanz. »Meine Krieger haben ebenfalls fremde Gerüche auf unserem Territorium gefunden. Sie scheinen vom SchattenClan zu stammen.«

»Ich habe es gewusst!«, rief Tigerkralle verächtlich. »Der FlussClan und der SchattenClan haben sich gegen uns zusammengeschlossen!«

»Uns? Was meinst du mit *gegen uns?«*, fauchte Streifenstern. »Ich glaube eher, ihr und der WindClan habt ein Bündnis geschlossen! Seid ihr deshalb so scharf darauf gewesen, sie zurückzuholen? Damit ihr mit ihrer Hilfe in den übrigen Wald eindringen könnt?«

Riesensterns Fell sträubte sich. »Das ist nicht der Grund, weshalb wir zurückgekehrt sind, und das weißt du auch. Wir haben uns in den vergangenen Monden nur an unsere eigenen Jagdgründe gehalten.«

»Warum haben wir dann Gerüche fremder Krieger auf unserem Territorium gefunden?«, knurrte Streifenstern.

»Sie gehören jedenfalls nicht zum WindClan!«, zischte Riesenstern. »Es müssen streunende Katzen sein, wie Nachtstern gesagt hat.«

»Streunende Katzen wären sicherlich eine willkommene Entschuldigung, in unser Territorium einzudringen, oder etwa nicht?«, sagte Blaustern mit gefährlich leiser Stimme und starrte angriffslustig die Anführer von FlussClan und SchattenClan an.

Streifenstern sträubten sich die Nackenhaare und Nachtstern krümmte den Rücken. Beunruhigt sah Feuerherz, wie

Tigerkralle aufstand und zum Großfelsen stakste. Jeder seiner Muskeln war angespannt. Würden die Anführer tatsächlich bei einer Großen Versammlung miteinander kämpfen?

In diesem Augenblick fiel ein Schatten über das Tal. Die in plötzliche Dunkelheit getauchten Katzen verstummten. Zitternd blickte Feuerherz zum Himmel. Eine Wolke hatte den Vollmond bedeckt und sein Licht vollkommen verschluckt.

»Der SternenClan hat Finsternis geschickt!« Feuerherz erkannte die Stimme von Kurzschweif, einem Ältesten des DonnerClans.

Der Heiler des SchattenClans jaulte Zustimmung: »Der SternenClan ist zornig. Diese Treffen müssen in Frieden abgehalten werden.«

»Triefnase hat recht!« Das war Gelbzahn. »Wir sollten nicht untereinander kämpfen, vor allem nicht während der Blattleere. Vielmehr sollten wir uns darum bemühen, die Sicherheit für unsere Clans zu bewahren!« Ihre Stimme hallte in dem ängstlichen Schweigen nach. »Wir müssen auf den SternenClan hören!«

24. KAPITEL

RIESENSTERN, EINE DUNKLE Silhouette oben auf dem Großfelsen, erhob seine Stimme: »Die Versammlung ist beendet – nach dem Willen des SternenClans!« Die Menge murmelte zustimmend. Die Luft war voller Angst und Feindseligkeit.

»Kommt, DonnerClan!« Blaustern war kaum zu erkennen, als sie vom Großfelsen herabsprang und zum Rand der Lichtung aufbrach. Feuerherz drängte sich zwischen den anderen Katzen hindurch und eilte ihr nach. Dabei folgte er den massigen Umrissen von Tigerkralle, der neben seiner Anführerin ging, und den fahlgrauen Gestalten der anderen DonnerClan-Katzen. Keiner sagte etwas. Mit ernsten Mienen schritten sie den Hang hinauf und in Richtung ihres Lagers.

Feuerherz blickte über die Schulter zurück. Auch die anderen Clans verzogen sich, und als er oben ankam, war das Baumgeviert bereits verlassen.

Der DonnerClan rannte schweigend durch den Wald auf dem vertrauten, mit Gerüchen markierten Pfad. Feuerherz entdeckte Graustreif am Ende der Gruppe und verlangsamte sein Tempo. Vielleicht war sein Freund jetzt eher bereit, über Silberfluss zu sprechen, nachdem klar war, welch angespannte Lage zwischen den Clans herrschte. Sein Geruch war im Territorium des FlussClans entdeckt worden. Mit seinen geheimen Treffen brachte er sich und den DonnerClan in Gefahr!

Feuerherz suchte noch nach den richtigen Worten, aber Graustreif kam ihm zuvor: »Ich weiß, was du sagen willst. Und ich werde nicht aufhören, sie zu sehen!«

»Du bist ein Narr mit Mäuseverstand!«, zischte Feuerherz ihn an. »Sie werden bald herausbekommen, dass du es bist. Blaustern wird es erraten oder irgendeine Katze des FlussClans wird deinen Geruch erkennen. Tigerkralle hat vermutlich schon einen Verdacht!«

Der graue Krieger warf seinem Freund einen ängstlichen Blick zu. »Glaubst du das wirklich?«

»Ich weiß es nicht«, gab er zu und war erleichtert, aus der Stimme seines Freundes wenigstens einen leicht ängstlichen Ton herauszuhören. Bisher hatte sich Graustreif so verhalten, als würde ihn das alles gar nicht betreffen. »Aber wenn Tigerkralle erst mal anfängt, darüber nachzudenken …«

»Ist ja schon gut!«, fauchte der graue Kater, dann schwieg er einen Augenblick lang. »Und wenn ich verspreche, dass wir uns nur beim Baumgeviert treffen? Dort kann man unseren Geruch nur schwer entdecken und ich muss nicht das Territorium des FlussClans betreten. Lässt du mich dann in Ruhe?«

Feuerherz wurde das Herz schwer. Graustreif würde Silberfluss nicht so leicht aufgeben. Doch er nickte. Das wäre immerhin besser, als jedes Mal in feindlichem Gelände herumzuschleichen.

»Zufrieden?« Graustreifs Augen funkelten in dem dämmrigen Licht, aber seine Stimme zitterte. Feuerherz verspürte Bedauern wegen ihrer verlorenen Freundschaft und doch auch Mitgefühl für den grauen Krieger. Er streckte den Kopf vor und wollte Graustreifs Flanke streicheln, aber der rannte schon davon und ließ ihn am Ende der Gruppe allein.

Obwohl der Marsch die Katzen ermüdet hatte, berief Blaustern eine Versammlung ein, sobald sie im Lager angekommen waren. Die meisten Mitglieder des Clans waren sowieso noch wach. Die Große Versammlung war kürzer gewesen als gewöhnlich, und als der Mond plötzlich hinter Wolken verschwand, hatte das auch die Katzen im Lager beunruhigt.

Während sich die Anführerin und ihr Stellvertreter auf dem Hochstein niederließen, eilte Feuerherz zur Kinderstube hinüber. Er wollte wissen, wie es Wolkenjunge ging. Er streckte den Kopf durch den Eingang, drinnen war es pechschwarz und warm.

»Hallo, Feuerherz«, flüsterte Buntgesicht, ein schwacher Schatten, der sich in der Dunkelheit bewegte. »Wolkenjunge geht es viel besser. Gelbzahn hat ihm Frauenminze gegeben. Es war nur eine Erkältung.« Die Königin klang erleichtert. »Was ist auf der Großen Versammlung passiert?«

»Der SternenClan hat Wolken geschickt, die den Mond bedeckt haben. Blaustern hat ein Treffen einberufen. Kannst du kommen?«

Er hörte, wie Buntgesicht an ihren Jungen schnüffelte. »Ja, ich komme«, antwortete sie schließlich. »Die Kleinen werden jetzt eine Weile fest schlafen.«

Die beiden gesellten sich zu den Katzen, die sich auf der Lichtung versammelten. Er spürte eine leise Berührung an seiner Flanke – Rußpfote blickte mit großen, besorgten Augen zu ihm auf.

Blaustern hatte bereits begonnen: »Die größte Bedrohung scheint vom FlussClan und vom SchattenClan auszugehen.

Wir müssen die Möglichkeit in Erwägung ziehen, dass die beiden Clans sich gegen uns zusammengeschlossen haben.«

Schockiertes Miauen breitete sich aus.

»Glaubst du das wirklich?«, krächzte Gelbzahn. »Der FlussClan hat die besten Beutequellen, und ich kann mir nicht vorstellen, dass sie die mit dem SchattenClan teilen wollen.«

Feuerherz dachte daran, was Silberfluss ihm über den Hunger erzählt hatte, der nach dem Eindringen der Zweibeiner im FlussClan herrschte. Er hielt jedoch den Mund aus Angst, Blaustern könnte fragen, woher er diese Information hatte.

»Sie haben es jedenfalls nicht bestritten«, machte Tigerkralle deutlich.

Die Anführerin nickte. »Was immer auch die Wahrheit ist, wir müssen in voller Alarmbereitschaft sein. Von heute Nacht an wird jede Patrouille aus vier Katzen bestehen, wenigstens drei davon Krieger. Die Patrouillen werden häufiger sein, zwei jede Nacht und eine am Tag zusätzlich zu denen in der Morgen- und Abenddämmerung. Wir müssen den Angriffen des Fluss- und des SchattenClans auf unser Territorium ein Ende bereiten. Und da sie unsere Worte missachten, müssen wir zum Kampf bereit sein.«

Jaulend gab der DonnerClan seine Zustimmung. Auch Feuerherz schloss sich dem an, obwohl er sich Sorgen machte, was diese offene Feindschaft für Graustreif bedeuten könnte. Er blickte sich unter den Katzen um und sah nur glänzende Augen – außer denen von Graustreif. Der saß mit gesenktem Kopf im Schatten am Rand der Lichtung.

Als der Lärm verklungen war, sprach Blaustern erneut: »Die erste Patrouille wird vor der Morgendämmerung aufbrechen.« Dann sprang sie vom Hochstein hinab. Tigerkralle folgte ihr und der übrige Clan zerstreute sich ängstlich murmelnd zu kleineren Gruppen.

Feuerherz trottete allein zum Bau der Krieger. Er schlüpfte in sein Nest, knetete das Moos mit den Pfoten und machte es sich bequem. Eine Eule rief vom oberen Rand der Schlucht. Er wusste, dass er nicht gleich einschlafen könnte. In seinem Kopf wirbelten die Vorwürfe herum, die auf der Großen Versammlung erhoben worden waren. Er verstand die Wut des FlussClans. Sie hatten den Geruch von DonnerClan-Katzen auf ihrem Territorium entdeckt, und sie litten unter Hunger, da der Einbruch der Zweibeiner ihre Beute verringert hatte.

Aber wie stand es mit dem SchattenClan? Der war jetzt sogar kleiner, nachdem ihnen der DonnerClan geholfen hatte, ihren ehemaligen tyrannischen Anführer und seine Kumpane zu vertreiben. Braunstern hatte sogar zugegeben, dass er Kampfstern, seinen eigenen Vater, getötet hatte, um Clan-Anführer zu werden. Nach Braunsterns Verschwinden hatte man den SchattenClan in Ruhe gelassen, damit er sich von der blutigen Herrschaft erholen konnte. Der Clan hatte also nun weniger Mäuler zu füttern und daher keinen Bedarf, die DonnerClan-Jagdgründe oder die des WindClans zu plündern.

Während Feuerherz diesen Gedanken nachhing, schoben sich Weißpelz und Dunkelstreif in den Bau hinein. Auf dem Weg zu seinem Nest, blieb der weiße Krieger neben Feuerherz stehen.

»Bei Sonnenhoch wirst du dich zusammen mit Sandpfote und Mausefell meiner Patrouille anschließen«, ordnete er an.

»Geht in Ordnung, Weißpelz«, sagte Feuerherz, bevor er sein Kinn auf die Pfoten legte. Er musste etwas schlafen – sein Clan brauchte ihn fit und kampfbereit.

Die Wolken, die den Mond bedeckt hatten, waren am nächsten Morgen abgezogen. Feuerherz genoss die schwache Sonnenwärme auf seinem Rücken, als er sich auf der Lichtung wusch. Ihm gegenüber sprang Wolkenjunge strahlend und glücklich aus der Kinderstube heraus.

Feuerherz dankte dem SternenClan, dass der kleine Kater sich so schnell erholt hatte. Sandpfote hatte recht gehabt mit der Widerstandskraft des Jungen.

»Hallo, Wolkenjunge«, miaute er. »Fühlst du dich besser?«

»Ja, ja«, quiekte der Kleine. Er drehte sich im Kreis, schnappte mit seinen winzigen Zähnen nach seinem Schwanz. Eine kleine Kugel aus Moos, die an seinem Fell gehangen hatte, fiel ab und rollte über den Boden. Er sprang sie an und warf sie mit den Pfoten in die Luft. Feuerherz stieß sie zu dem kleinen Kater zurück und Wolkenjunge sprang hoch und fing sie mit den Zähnen.

»Gut gemacht!« Feuerherz war beeindruckt. Mit einer Pfote schleuderte er den Moosball quer über die Lichtung. Wolkenjunge rannte hinterher und packte die Kugel, dann rollte er sich auf den Rücken, warf sie mit den Vorderpfoten hoch und stieß sie dann mit den Hinterbeinen weg. Der Moosball landete nahe bei der Kinderstube, Wolkenjunge rappelte sich auf und schoss hinter ihm her. Einen Kaninchensprung von ihm entfernt, kauerte er sich nieder, wobei sein Hinterteil in die Luft ragte.

Feuerherz beobachtete, wie der Kleine sich zum Sprung bereit machte. Plötzlich sträubte sich sein Fell. Ein langes, dunkles Vorderbein langte hinter der Kinderstube hervor und griff nach der Mooskugel.

»Wolkenjunge!«, rief Feuerherz. »Warte!« Schattenhafte Bilder von streunenden Katzen waren noch frisch in seinem Gedächtnis. Der Kleine setzte sich auf und schaute sich verwirrt um.

Tigerkralle tauchte hinter dem Jungtier auf und hielt die Mooskugel zwischen den Zähnen. Er trug sie zu dem kleinen Kater und ließ sie neben seinen flaumigen weißen Pfoten fallen.

»Sei vorsichtig«, knurrte er. »Du willst doch so ein wertvolles Spielzeug nicht verlieren.« Doch als er das sagte, starrte der dunkle Krieger über Wolkenjunges Kopf hinweg Feuerherz an.

Dem lief es kalt über den Rücken. Was meinte Tigerkralle damit? Er schien von dem Moosball zu sprechen – aber meinte er mit dem *Spielzeug* nicht in Wirklichkeit Wolkenjunge? Das Bild von Rußpfote blitzte in ihm auf, ein verwundetes Häufchen Fell neben dem Donnerweg. War das auch ein *Spielzeug* gewesen, das er verloren hatte? Kaltes Entsetzen machte sich in ihm breit, als er sich wieder einmal fragte, ob der Zweite Anführer des DonnerClans irgendwie für den Unfall seiner Schülerin verantwortlich war.

25. KAPITEL

»WOLKENJUNGE!«, rief Buntgesicht aus der Kinderstube.

Tigerkralle machte kehrt und trottete davon. Der Kleine gab dem Moosball einen letzten Schubs und rannte zum Eingang seiner Höhle.

»Bis bald, Feuerherz«, miaute er und verschwand.

Feuerherz blickte hinauf in den Himmel. Es war fast Sonnenhoch, Zeit für seine Patrouille. Er hatte Hunger, aber es war noch keine Frischbeute gesammelt worden. Vielleicht könnte er unterwegs etwas finden. Er eilte über die Lichtung und durch den Ginstertunnel. Gefrorenes Laub knisterte unter seinen Pfoten.

Sandpfote und Mausefell warteten bereits am Fuß der Steigung. Feuerherz richtete zur Begrüßung den Schwanz auf und war unerwartet froh, Sandpfote zu sehen.

»Hallo«, miaute die Kätzin.

Weißpelz tauchte aus dem Ginstertunnel auf. »Ist die Morgen-Patrouille schon zurück?«

»Bis jetzt nicht«, antwortete Mausefell, aber da hörte Feuerherz ein Rascheln im Unterholz oberhalb von ihnen und aus dem Gebüsch traten Glanzfell, Sturmwind, Dunkelstreif und Borkenpfote.

»Wir haben an der gesamten Grenze zum FlussClan patrouilliert«, berichtete Glanzfell. »Bislang kein Anzeichen von irgendwelchen Jagdgruppen. Blausterns Patrouille wird die Gegend heute Nachmittag erneut überprüfen.«

»Gut«, erwiderte Weißpelz. »Wir übernehmen die Grenze zum SchattenClan.«

»Hoffentlich sind die genauso vernünftig wie der FlussClan und bleiben weg«, meinte Dunkelstreif. »Nach der letzten Nacht müssten sie wissen, dass wir nach ihnen Ausschau halten.«

»Das hoffe ich«, knurrte Weißpelz. Er wandte sich an seine Patrouille. »Seid ihr soweit?« Feuerherz nickte. Weißpelz zuckte mit der Schwanzspitze und sprang los in den Farn hinein.

Feuerherz folgte Mausefell und Weißpelz, die beim Herausklettern aus der Schlucht ein schnelles Tempo beibehielten. Sandpfote kam direkt hinter Feuerherz und er konnte ihren warmen Atem fühlen.

Sie hatten noch nicht einmal die Schlangenfelsen erreicht, als Feuerherz einen unheilvollen, vertrauten Geruch wahrnahm. Er öffnete das Maul, um die anderen zu warnen, aber Mausefell kam ihm zuvor.

»SchattenClan!«

Die vier Katzen blieben stehen, um den widerwärtigen Geruch genau wahrzunehmen.

»Ich kann es nicht glauben, dass sie schon wieder gekommen sind!«, murmelte Sandpfote. Feuerherz sah ihr gesträubtes Rückenfell.

»Der Geruch ist frisch.« Weißpelz' Augen blitzten vor Wut. »Ich hatte gehofft, Nachtstern würde seinem Clan etwas von der Ehre der Krieger zurückbringen. Aber die kalten Winde jenseits des Donnerwegs berühren inzwischen wohl schon sämtliche Herzen der SchattenClan-Katzen.«

Feuerherz wandte sich ab und schob sich in das dichte Farngebüsch aus. Er rieb die Zähne über die Wedel, um den daran hängenden Geruch aufzunehmen. Es war eindeutig SchattenClan. Der Geruch war vertraut. Sehr vertraut. Feuerherz hielt inne. Der Geruch gehörte zu einem SchattenClan-Krieger, den er schon einmal getroffen hatte. Aber wer war es?

Er schob sich weiter in das Gebüsch hinein in der Hoffnung, dass zusätzliche Duftspuren seiner Erinnerung auf die Sprünge helfen würden. Aber da war noch etwas. Er blickte zu Boden – auf der Erde zwischen den Farnstängeln lagen Kaninchenknochen. Clan-Katzen vergruben normalerweise die Knochen ihrer Beute als Zeichen des Respekts vor dem Leben, das sie genommen hatten. Plötzlich wurde ihm klar, was das bedeuten könnte. Er hob ein Maulvoll auf und zwängte sich zwischen den Farnpflanzen zu den anderen zurück. Dort ließ er die Knochen vor Weißpelz' Pfoten fallen.

Der starrte sie wütend an. »Kaninchenknochen? Die Krieger, die das hinterlassen haben, wollen, dass wir von ihrer Jagd auf unserem Land erfahren! Wir müssen das Blaustern sofort mitteilen.«

»Ob sie dann eine Kampftruppe gegen den SchattenClan losschickt?«, fragte Feuerherz. Er hatte Weißpelz noch nie so wütend gesehen.

»Das sollte sie!«, fauchte der große weiße Krieger. »Und ich werde sie selbst anführen, wenn ich kann. Nachtstern hat unser Vertrauen missbraucht, und beim SternenClan, er muss dafür bestraft werden!«

»Blaustern!«, rief Weißpelz und schleuderte die Kaninchenknochen mitten auf die Lagerlichtung.

Tigerkralle trat aus dem Schatten. »Blaustern ist schon auf ihrer Patrouille.«

Weißpelz starrte Tigerkralle voller Wut ins Gesicht. »Schau dir das an!«, zischte er.

Dem Zweiten Anführer musste man nicht erklären, was die Knochen bedeuteten. Ihr Geruch verriet die ganze Geschichte. In seinen Augen loderte heller Zorn.

Feuerherz hielt sich am Rand der Lichtung zurück und beobachtete die beiden großen Krieger. Die Hinweise waren natürlich bedrohlich, aber die Entdeckung der Knochen löste in ihm Fragen aus, nicht Ärger. Erst vor drei Monden hatte der SchattenClan mithilfe des DonnerClans seinen grausamen Anführer vertrieben. Wieso sollte derselbe Clan jetzt einen Krieg mit dem DonnerClan riskieren?

Tigerkralle hatte offenbar keine derartigen Zweifel und rief bereits Dunkelstreif und Sturmwind zu sich.

»Glanzfell und Mausefell kommen auch mit!«, verkündete er. »Wir werden uns eine Patrouille des SchattenClans suchen und ihnen ein paar Wunden zufügen, die sie daran erinnern, dass sie sich in Zukunft von unserem Territorium fernzuhalten haben.«

Weißpelz nickte.

»Kann ich mitkommen?«, miaute Sandpfote. Sie war aufgeregt um den weißen Krieger herumgelaufen. Nun blieb sie stehen und blickte ihn mit funkelnden Augen an.

»Diesmal nicht«, entschied Weißpelz.

Enttäuschung flackerte über ihr Gesicht. »Aber was ist mit Feuerherz?«, rief sie. »Er hat die Knochen gefunden.«

Tigerkralle kniff die Augen zusammen, sein Fell sträubte sich. »Feuerherz kann hierbleiben und Blaustern berichten, wenn sie zurückkommt«, zischte er.

»Du willst also aufbrechen, bevor sie zurück ist?«, fragte Feuerherz.

»Natürlich«, fauchte der Stellvertreter. »Das muss sofort erledigt werden!«

Er wandte sich Weißpelz zu und zuckte mit dem Schwanz. Feuerherz sah den beiden Kriegern nach, wie sie aus dem Lager preschten, Dunkelstreif, Glanzfell, Sturmwind und Mausefell dicht hinter ihnen. Lange noch konnte er ihre Pfoten wie Trommelwirbel auf der gefrorenen Erde hören.

Feuerherz wurde plötzlich bewusst, wie leer das Lager war. »Wer ist mit Blaustern unterwegs?«, fragte er Frostfell und Kurzschweif, die angetrottet kamen und an den Kaninchenknochen schnüffelten.

Frostfell blickte auf. »Graustreif, Langschweif und Wieselpfote.«

Ein kalter Wind fuhr Feuerherz durch das Fell. War es nur diese Brise, die ihn erschauern ließ? Er war der einzige Krieger, der im Lager zurückgeblieben war!

»Bitte schau mal im Bau der Schüler nach, ob Borkenpfote da ist«, sagte er Sandpfote.

Sie nickte, sprang über die Lichtung und steckte den Kopf in den Bau.

»Er ist da!«, rief sie und kam wieder zum Vorschein. »Schläft, zusammen mit Farnpfote.«

Gelbzahn kam aus ihrem Bau getrottet und hob den Kopf. Bei dem vertrauten Anblick der alten Heilerin entspannte sich Feuerherz ein wenig. Er kniff die Augen zusammen und wollte sie begrüßen. Aber sobald Gelbzahn die Luft prüfte, verengten sich ihre Augen voller Angst. Mit langsamen, steifen Schritten näherte sie sich den Kaninchenknochen. Jeden einzelnen beroch sie sorgfältig.

Feuerherz beobachtete sie dabei und fragte sich, warum sie sich so für diese alten Knochen interessierte. Schließlich blickte sie auf und starrte Feuerherz in die Augen.

»Braunstern!«, krächzte sie mit vor Entsetzen keuchender Stimme.

»Braunstern?«, wiederholte Feuerherz. Dann verstand er schlagartig. Deshalb war ihm der Geruch im Farn so bekannt vorgekommen. *Es war Braunsterns Geruch.*

»Bist du dir sicher?«, fragte er sie eindringlich. »Tigerkralle ist bereits zum SchattenClan-Territorium aufgebrochen.«

»Der SchattenClan hat daran keine Schuld!«, rief Gelbzahn. »Das sind Braunstern und seine alten Kriegskumpane. Ich war die Heilerin des SchattenClans und ich war bei ihrer Geburt dabei. Ich kenne ihre Gerüche wie meinen eigenen.« Sie machte eine Pause. »Du musst Tigerkralle finden und ihn aufhalten. Er begeht einen schrecklichen Fehler, wenn er den SchattenClan angreift!«

Feuerherz dröhnte das Blut in den Ohren. Was sollte er tun?

»Aber ich bin der einzige Krieger hier!«, rief er atemlos. »Und was ist, wenn Braunstern das Lager angreift, während ich weg bin? Er hat es schon einmal getan. Vielleicht hat er die Knochen als Falle dagelassen, damit unser Lager ohne Schutz ist.«

»Du musst es unbedingt Tigerkralle sagen, bevor er …«, drängte ihn Gelbzahn, aber Feuerherz schüttelte den Kopf.

»Ich kann euch nicht alle allein lassen.«

»Dann werde ich gehen!«, fauchte die Heilerin.

»Nein! Ich gehe!«, miaute Sandpfote.

Feuerherz blickte von einer Katze zur anderen. Er konnte keine von ihnen entbehren, ihre Stärke und ihre Ausbildung wurden hier zum Schutz des Clans benötigt. Aber Gelbzahn hatte recht: Unschuldiges Blut durfte nicht vergossen werden. Braunstern war der Eindringling. Mit dem SchattenClan hatte der DonnerClan keinen Streit. Er würde eine andere Katze schicken müssen.

Feuerherz schloss die Augen und dachte angestrengt nach. Augenblicklich kam ihm die Antwort. »Farnpfote!«, zischte er und öffnete weit die Augen. Laut rief er den Namen des Schülers.

Farnpfote kam aus dem Bau gekrochen und trottete über die Lichtung zu Feuerherz. »Was ist?«, fragte er und blinzelte sich den Schlaf aus den Augen.

»Ich habe einen dringenden Auftrag für dich.«

Der Schüler schüttelte sich und stand hoch aufgereckt da. »Ja, Feuerherz.«, miaute er.

»Du musst Tigerkralle finden. Er hat einen Trupp mitgenommen und will eine Patrouille des SchattenClans angreifen. Halt ihn davon ab und sag ihm, dass es Braunstern war, der in unser Territorium eingedrungen ist!« Die Augen des Schülers wurden weit vor Schreck, aber Feuerherz fuhr fort: »Du musst vielleicht den Donnerweg überqueren. Ich weiß, wir haben dir das noch nicht beigebracht …«

Bilder von Rußpfotes zerschlagenem Körper blitzten Feuerherz durch den Sinn, aber er schob sie beiseite. Tief sah er Farnpfote in die Augen. »Du musst Tigerkralle unbedingt finden«, wiederholte er, »oder es wird einen Krieg geben zwischen den Clans, ohne Grund!«

Farnpfote nickte. Sein Blick war ruhig und entschlossen. »Ich werde ihn finden«, versprach er.

»Möge der SternenClan mit dir sein«, murmelte Feuerherz und berührte seine Flanke mit der Nase.

Farnpfote wandte sich um und rannte durch den Ginstertunnel davon. Feuerherz sah ihm nach und bemühte sich, Ruhe zu bewahren. Jetzt war nicht die Zeit, sich Sorgen zu machen. Wenn Braunstern sich auf dem Territorium des DonnerClans befand, musste sich das Lager jetzt sofort auf einen Angriff vorbereiten.

»Was ist los?« Borkenpfote war aus dem Bau der Schüler aufgetaucht. Feuerherz schaute ihn kurz an, dann rannte er ans Ende der Lichtung und kletterte auf den Hochstein. Die Erde schien so weit von seinen zitternden Beinen. Er schluckte und begann den gewohnten Ruf: »Alle Katzen, die alt genug sind …« Aber das dauerte zu lange! »Das Lager ist in Gefahr. Kommt schnell!«, jaulte er eindringlich.

Die Ältesten und Königinnen kamen eilig aus ihren Höhlen gerannt, gefolgt von den Jungen. Sie schauten sich verwirrt an, als sie Feuerherz dort oben auf dem Hochstein sahen. Rußpfote humpelte aus dem Farntunnel und schaute mit glänzendem Blick zu ihm auf. Als Feuerherz sie sah, hörte das Lager unter ihm auf zu schwanken.

»Was soll das?«, wollte Einauge wissen, die älteste Katze des DonnerClans. »Was machst du da oben?«

Feuerherz zögerte nicht. »Braunstern ist zurück. Er ist vielleicht jetzt gerade auf unserem Territorium. Alle anderen Krieger haben das Lager verlassen. Wenn Braunstern uns angreift, müssen wir vorbereitet sein. Junge und Älteste bleiben in der Kinderstube. Die übrigen müssen bereit sein zu kämpfen …«

Ein drohendes Jaulen vom Lagereingang unterbrach seine Rede. Ein magerer, dunkelbraun getigerter Kater mit verfilztem Fell und eingerissenen Ohren stolzierte ins Lager. Sein aufgeplusterter Schwanz war in der Mitte gebogen wie ein gebrochener Ast.

»Braunstern!«, keuchte Feuerherz. Er fuhr seine Krallen aus, jedes Haar auf seinem Körper war gesträubt.

Vier räudige Krieger strichen hinter ihrem Anführer herein. Ihre Augen funkelten hasserfüllt.

»Du bist also der einzige Krieger hier!«, fauchte Braunstern mit verächtlich zurückgezogenen Lefzen. »Das wird ja leichter als erwartet!«

26. KAPITEL

GELBZAHN, BORKENPFOTE und Sandpfote stürzten in einer Verteidigungslinie nach vorn, die Königinnen stellten sich hinter ihnen auf. Feuerherz sah, dass auch Rußpfote angehumpelt kam, um sich zu ihnen zu gesellen, aber Borkenpfote fauchte die kleine graue Katze ärgerlich an, und so krabbelte sie unbeholfen und mit angelegten Ohren zurück in Gelbzahns Bau.

Die Ältesten packten die Jungen und drängten sie in die Kinderstube, dann zwängten auch sie sich hinein. Buntgesicht hob Wolkenjunge mit den Zähnen auf und schubste ihn als Letzten hinterher. Dann zerrte sie mit den Pfoten die Brombeerranken zusammen und bedeckte damit den Eingang, bevor sie sich zu den anderen auf die Lichtung begab.

Feuerherz sprang vom Hochstein herab und eilte an Gelbzahns Seite. Er krümmte den Rücken und fauchte Braunstern an: »Du hast verloren, als wir das letzte Mal miteinander gekämpft haben, und du wirst wieder verlieren!«

»Niemals!«, zischte Braunstern zurück. »Du magst mir meinen Clan weggenommen haben, aber töten kannst du mich nicht – ich habe mehr Leben als du!«

»Ein DonnerClan-Leben ist mehr wert als zehn von deinen«, knurrte Feuerherz. Er stieß einen Kriegsschrei aus und die Lichtung explodierte in wildem Kampf.

Feuerherz sprang Braunstern an und packte den dunkelbraun getigerten Kater mit seinen scharfen Krallen. Das Leben als Verbannter war dem ehemaligen Anführer des SchattenClans schlecht bekommen. Feuerherz konnte die Rippen des flohverseuchten Katers unter dem Fell spüren. Aber er war immer noch stark.

Braunstern drehte und wand sich und grub seine Zähne in Feuerherz' Hinterbein. Der jaulte und fauchte vor Wut, hielt seinen Gegner jedoch fest im Griff. Braunstern kämpfte sich voran und seine Pfoten scharrten über den gefrorenen Boden. Feuerherz spürte seine Krallen über Braunsterns knochige Flanken kratzen, dann riss der verwahrloste Krieger sich los. Feuerherz setzte hinter ihm her, doch andere Krallen packten ihn am Hinterbein. Er blickte über die Schulter zurück. Narbengesicht starrte ihn mit schmalen, spöttischen Augen an.

Ungläubig verharrte Feuerherz. Er hatte nicht erwartet, diese Katze jemals wiederzusehen. Sofort vergaß er Braunstern. Narbengesicht hatte Tüpfelblatt vor sechs Monden getötet. Kaltblütig hatte er die Heilerin des DonnerClans ermordet, damit Braunstern Frostfells Junge stehlen konnte.

Das Blut rauschte wütend in Feuerherz' Ohren. Als er sich herumwand und auf den mageren braunen Kater warf, sah er aus dem Augenwinkel ein Aufblitzen von schildpattfarbenem Fell, und Tüpfelblatts süßer Duft traf auf seinen Gaumen. Er fühlte ihren Geist neben sich. Sie war gekommen, um mit ihm ihren Tod zu rächen.

Ohne den Schmerz zu spüren, riss Feuerherz sein Bein aus Narbengesichts festem Griff und flog auf ihn zu. Sein Gegner richtete sich auf und schlug mit den Vorderpfoten auf ihn ein. Dornenscharfe Krallen trafen Feuerherz hinter dem Ohr. Wie

Feuer raste der Schmerz durch seinen Körper und er taumelte. Sofort sprang Narbengesicht ihm auf den Rücken, nagelte ihn auf den Boden und grub ihm seine Zähne ins Genick.

Feuerherz kreischte in seinem Schmerz: »Hilf mir, Tüpfelblatt! Ich schaffe es nicht!«

Plötzlich wurde ihm das Gewicht vom Rücken genommen. Er sprang auf die Pfoten und wirbelte herum.

Graustreif! Der junge Krieger stand bewegungslos da, seine Augen voller Entsetzen. Narbengesichts Körper hing schlaff aus seinem Maul. Graustreif öffnete es und Narbengesicht fiel zu Boden, tot.

Feuerherz machte einen Schritt auf ihn zu. »Er hat Tüpfelblatt ermordet, Graustreif!« Für Reue war jetzt keine Zeit. »Ist Blaustern bei dir?«

Sein Freund schüttelte den Kopf. »Sie hat mich zurückgeschickt, damit ich Tigerkralle hole«, antwortete er. »Wir haben Knochen gefunden. Blaustern hat Braunsterns Gestank erkannt und erraten, dass er die streunenden Katzen anführt.«

Ein Zischen ertönte in der Nähe und zwei Katzen krachten in Feuerherz hinein. Er sprang zur Seite. Es war Frostfell, die sich mit einem der Angreifer schlug. Sie kämpfte mit der ganzen Kraft des SternenClans. Diese Katzen hatten ihre Jungen gestohlen! In ihren Augen funkelte blanker Hass. Feuerherz hielt sich zurück, sie brauchte keine Hilfe. Einen Augenblick später hatte sie den streunenden Krieger kreischend durch den Farnwall in die Flucht geschlagen.

Frostfell jagte hinter ihm her, aber Feuerherz rief sie zurück: »Du hast ihm genügend Wunden zugefügt! Er wird sich immer an dich erinnern!« Die Königin hielt inne. Ihre Flanken hoben und senkten sich und ihr weißes Fell war vom Blut des Feindes befleckt.

Ein weiterer Angreifer rannte kreischend an Feuerherz vorbei auf die Lagerumwallung zu. Borkenpfote jagte hinter ihm her und schaffte es, der gescheckten Katze einen wilden Biss zu verpassen, bevor er sie aus dem Lager kriechen ließ.

Nur noch Braunstern und ein feindlicher Krieger übrig, dachte Feuerherz.

Sandpfote hatte den streunenden Kater auf dem Boden festgenagelt. Der Krieger lag bewegungslos unter ihr. Pass auf!, dachte Feuerherz und erinnerte sich an seinen eigenen Lieblingstrick, einen Gegner glauben zu lassen, er hätte gewonnen. Aber die junge Kätzin ließ sich nicht täuschen. Als der Kater auf die Pfoten sprang, war sie bereit. Sie warf sich ihm entgegen und packte ihn mit den Krallen, um ihn herumzuwerfen und seinen Bauch mit ihren Hinterbeinen zu bearbeiten. Erst als er wie ein Junges schrie, ließ sie ihn los. Der Streuner rannte, immer noch jammernd, aus dem Lager hinaus.

Es folgte ein gespenstischer Augenblick der Stille. Die Katzen des DonnerClans standen schweigend da und starrten auf das Blut und das Fell überall auf der Lichtung. In der Mitte lag Narbengesichts Leichnam

Wo ist Braunstern?

Alarmiert wirbelte Feuerherz herum und suchte mit den Augen das Lager ab. Konnte er in die Kinderstube eingedrungen sein?

Er wollte gerade zum Bau in den Brombeeren springen, als ein jämmerliches Heulen aus Gelbzahns Bau die Luft zerriss. Feuerherz raste zu dem Farntunnel. Rußpfote! Er rannte in den Bau, erwartete das Schlimmste, aber stattdessen sah er

Braunstern zusammengesunken auf dem Boden liegen. Über ihm stand die alte Heilerin.

Braunsterns Augen waren geschlossen und blutig. Feuerherz sah, wie seine Flanken sich einmal hoben und dann bewegungslos blieben. An der tiefen Ruhe im Körper des streunenden Kriegers erkannte Feuerherz, dass Braunstern dabei war, ein Leben zu verlieren.

Gelbzahns verharrte mit verzerrtem Gesicht und glasigen Augen. Ihre Krallen waren ausgestreckt und glänzten rot.

Plötzlich schnappte Braunstern nach Luft und begann wieder zu atmen. Feuerherz erwartete, dass Gelbzahn sich mit einem weiteren Tötungsbiss auf ihn stürzen werde, aber sie zögerte. Der Streuner blieb liegen.

Feuerherz rannte an die Seite der Heilerin. »Ist das sein letztes Leben? Warum erledigst du ihn nicht?«, drängte er. »Er hat seinen Vater ermordet, dich aus dem Clan verbannt und versucht, dich zu töten.«

»Es ist nicht sein letztes Leben«, krächzte sie, »und selbst wenn es das wäre, könnte ich ihn nicht töten.«

»Warum nicht? Der SternenClan würde dich deswegen ehren.« Er wollte ihre Worte nicht glauben. Allein der Name Braunstern hatte die alte Kätzin immer vor Wut beben lassen.

Gelbzahn wandte ihren Blick von dem liegenden Kater ab und schaute Feuerherz an. Ihre Augen waren trüb vor Schmerz und Kummer. »Er ist mein Sohn«, murmelte sie.

Feuerherz war, als würde der Boden unter seinen Pfoten schwanken. »Aber Heilerinnen dürfen keine Jungen haben!«, platzte er heraus.

»Ich weiß«, erwiderte Gelbzahn. »Ich hatte auch nie die

Absicht, Junge zu bekommen. Aber dann habe ich mich in Kampfstern verliebt.« Ihre Stimme klang rau vor Kummer.

Plötzlich musste Feuerherz an die Schlacht denken, in der Braunstern aus dem Lager des SchattenClans vertrieben worden war. Kurz bevor er die Flucht ergriff, hatte der grausame Anführer Gelbzahn gesagt, dass er seinen Vater ermordet habe. Die alte Kätzin war völlig verstört gewesen, und jetzt verstand Feuerherz auch, warum.

»In meinem Wurf waren drei Junge«, fuhr Gelbzahn fort, »aber nur Braunstern hat überlebt. Ich übergab ihn einer Königin des SchattenClans, damit sie ihn als ihr eigenes aufzog. Ich dachte, zwei meiner Jungen zu verlieren, wäre ausreichend Strafe des SternenClans dafür, dass ich das Gesetz der Krieger gebrochen hatte. Aber ich habe mich geirrt. Meine Strafe bestand nicht darin, dass zwei meiner Jungen gestorben sind, sondern darin, dass dieses eine überlebt hat!« Sie blickte mit Abscheu auf Braunsterns blutenden Körper. »Und nun kann ich ihn nicht töten. Ich muss mein Schicksal annehmen, wie der SternenClan es wünscht.«

Sie taumelte. Feuerherz presste seinen Körper gegen ihre Flanke, um sie zu stützen, und flüsterte: »Weiß er, dass du seine Mutter bist?«

Sie schüttelte den Kopf.

Braunstern begann mitleiderregend zu heulen. »Ich kann nichts sehen!«

Entsetzt begriff Feuerherz, dass die Augen des streunenden Katers unheilbar zerkratzt waren.

Vorsichtig näherte er sich ihm. Braunstern lag still da und Feuerherz stieß ihn mit einer Vorderpfote an. Gelbzahns Sohn heulte erneut auf: »Bring mich nicht um.«

Mit einem Schauder des Abscheus zog sich Feuerherz zurück.

Die alte Heilerin holte tief Luft. »Ich werde mich um ihn kümmern.« Sie ging zu ihrem verletzten Sohn, ergriff ihn am Nackenfell und zog ihn zu dem Nest, das Flickenpelz frei gemacht hatte.

Feuerherz ließ sie gehen. Er wollte nachsehen, ob Rußpfote unversehrt sei. Er nahm eine dunkle Gestalt wahr, die sich innerhalb des gespaltenen Felsens bewegte, wo Gelbzahn ihr Schlafnest hatte.

»Rußpfote, bist du das?«, rief er. »Ist bei dir alles in Ordnung?«

Sie streckte den Kopf heraus. »Sind die streunenden Katzen weg?«

»Ja, außer Braunstern. Er ist schwer verletzt. Gelbzahn kümmert sich um ihn.« Er wartete auf ihre schockierte Reaktion, aber sie schüttelte nur langsam den Kopf und starrte zu Boden.

»Was ist mit dir?«, fragte Feuerherz.

»Ich hätte an deiner Seite kämpfen müssen«, miaute sie mit erstickter Stimme.

»Sie hätten dich getötet!«

»Das hat Borkenpfote auch gesagt. Er hat gesagt, ich soll gehen und mich bei den Jungen verstecken«, rief sie verzweifelt. »Aber es hätte mir nichts ausgemacht, wenn man mich getötet hätte. Ich bin zu nichts nütze. Ich bin dem Clan doch nur eine Last!«

Feuerherz spürte Mitleid wie einen dornenscharfen Stich. Er suchte nach Worten, um sie zu trösten, aber bevor er etwas sagen konnte, tönte Gelbzahns krächzendes Miauen aus dem Farngebüsch: »Rußpfote! Hol mir ein paar Spinnweben, schnell!«

Sofort drehte die kleine Katze sich um und verschwand in dem Felsspalt. Einen Augenblick später kam sie mit einer Lage Spinnweben zurück, die sie um eine ihrer Pfoten gewickelt hatte, und humpelte zu Gelbzahn hinüber.

»Hol mir jetzt etwas Beinwellwurzel«, befahl Gelbzahn.

Rußpfote hinkte zurück zum Bau der Heilerin und Feuerherz machte sich auf den Weg zur Lichtung. Hier gab es nichts mehr für ihn zu tun. Er musste herausfinden, was mit dem Rest des Clans war.

Auf der Lagerlichtung war alles totenstill. Feuerherz ging zu Borkenpfote. »Gelbzahn kümmert sich um Braunsterns Verletzungen. Rußpfote hilft ihr dabei.« Ohne Borkenpfotes ungläubiges Luftschnappen zu beachten, sagte er: »Geh und bewache ihn.«

Dann trat Feuerherz zu Graustreif, der noch immer hinab auf Narbengesichts Leichnam starrte.

»Du hast mir das Leben gerettet«, murmelte Feuerherz. »Danke.«

Sein Freund hob die Augen. »Ich würde für dich mein Leben geben«, entgegnete er einfach.

Feuerherz schnürte sich der Hals zu. Er sah seinem Freund nach, der sich umgedreht hatte und wegging. Vielleicht war ihre Freundschaft ja doch noch nicht zu Ende.

Das Geräusch von Pfoten, die durch den Ginstertunnel hämmerten, unterbrach seine Gedanken. Blaustern kam ins Lager gestürmt, gefolgt von Langschweif und Wieselpfote. Beim Anblick der Anführerin ließ Feuerherz vor Erleichterung die Schultern fallen und seine Beine wurden weich.

Mit weit aufgerissenen Augen sah sie sich auf der blutgetränkten Lichtung um, bis ihr Blick an Narbengesichts Leichnam hängen blieb.

»Hat Braunstern angegriffen?«, fragte sie.

Feuerherz nickte.

»Ist er tot?«

»Er ist bei Gelbzahn«, erwiderte Feuerherz mit vor Erschöpfung leiser Stimme. »Er ist verletzt ... seine Augen ...«

»Und die anderen Streuner?«

»Die haben wir verjagt.«

»Ist jemand von unserem Clan schwer verwundet?«

Die Katzen schüttelten den Kopf.

»Dem SternenClan sei Dank«, miaute sie. »Sandpfote, Wieselpfote, bringt diese Leiche aus dem Lager und begrabt sie. Von den Ältesten braucht keiner dabei anwesend zu sein. Kein Streuner verdient, mit den Ehren eines SternenClan-Rituals begraben zu werden.«

Wieselpfote und Sandpfote schleiften Narbengesicht hinüber zum Tunnel.

»Sind die Ältesten in Sicherheit?«

»Sie sind in der Kinderstube«, sagte Feuerherz. Noch während er sprach, war ein Rascheln in der Brombeerhöhle zu hören, und Kurzschweif erschien, gefolgt von den Jungen und den anderen Ältesten. Feuerherz sah Wolkenjunge herauspurzeln und aufgeregt über die Lichtung auf Buntgesicht zuhüpfen. Die begrüßte ihn mit einem kurzen Lecken, und das Junge drehte sich um und betrachtete Narbengesichts Leichnam, der im Ginstertunnel verschwand.

»Ist er tot?«, wollte Wolkenjunge neugierig wissen. »Kann ich mit und zugucken?«

»Still«, flüsterte Buntgesicht und legte ihren Schwanz um den Kleinen herum.

»Wo ist Tigerkralle?«, fragte Blaustern.

»Er hat einen Trupp mitgenommen, um eine SchattenClan-Patrouille anzugreifen«, erklärte ihr Feuerherz. »Wir haben auf unserem Gang Knochen gefunden, die nach SchattenClan rochen, also hat Tigerkralle beschlossen, anzugreifen. Ich habe Farnpfote losgeschickt, um ihn davon abzuhalten, nachdem Gelbzahn Braunsterns Geruch an den Knochen erkannt hat.«

»Farnpfote?«, miaute Blaustern mit zusammengekniffenen Augen. »Obwohl er vielleicht den Donnerweg überqueren musste?«

»Ich war der einzige Krieger im Lager. Es gab sonst niemanden, den ich schicken konnte.«

Die Anführerin nickte, in ihrem Blick wich die Sorge dem Verstehen. »Du wolltest das Lager nicht schutzlos lassen«, stellte sie fest. »Das hast du gut gemacht, Feuerherz. Ich nehme an, Braunstern hatte gehofft, alle unsere Krieger aus dem Lager zu locken. Wir haben auch Knochen gefunden.«

»Das hat mir Graustreif gesagt.« Feuerherz sah sich nach seinem Freund um, aber der war verschwunden.

»Schick Gelbzahn zu mir, wenn sie mit Braunstern fertig ist«, befahl die Anführerin. Sie spitzte die Ohren bei dem Geräusch weiterer Pfoten im Ginstertunnel. Tigerkralle kam ins Lager geprescht, gefolgt von Weißpelz und dem Rest seiner Truppe. Feuerherz streckte den Kopf, um an den Kriegern vorbei Ausschau nach Farnpfote zu halten. Ganz hinten erblickte er ihn. Der junge Schüler wirkte erschöpft, schien aber unverletzt. Feuerherz stieß einen Seufzer der Erleichterung aus.

»Hat Farnpfote dich erreicht, bevor ihr auf eine SchattenClan-Patrouille gestoßen seid?«, fragte Blaustern ihren Stellvertreter.

»Wir hatten noch nicht einmal ihr Territorium betreten«, sagte Tigerkralle. »Wir wollten gerade den Donnerweg überqueren.« Seine Augen verengten sich. »War das Narbengesicht, den sie draußen begraben?«

Die Anführerin nickte.

»Dann hatte Farnpfote recht«, rief Tigerkralle. »Braunstern hatte geplant, das Lager anzugreifen. Ist er auch tot?«

»Nein. Gelbzahn versorgt seine Wunden.«

»Im Ernst?«, rief Mausefell und wechselte einen Blick mit Sturmwind.

Tigerkralles Gesicht verfinsterte sich. »Versorgt seine Wunden?«, knurrte er. »Wir sollten ihn töten, keine Zeit darauf verschwenden, ihn zu heilen!«

»Darüber reden wir, sobald ich mit Gelbzahn gesprochen habe«, antwortete Blaustern ruhig.

»Du kannst sofort mit mir darüber reden, Blaustern.« Gelbzahn kam mit vor Erschöpfung gesenktem Kopf auf die Lichtung getrottet.

»Hast du Braunstern allein gelassen?«, knurrte Tigerkralle, seine bernsteinfarbenen Augen funkelten.

Gelbzahn hob den Kopf und blickte den dunklen Krieger an. »Borkenpfote bewacht ihn. Und ich habe ihm Mohnsamen gegeben, also wird er erst einmal eine Weile schlafen. Braunstern ist jetzt blind, Tigerkralle. Es gibt für ihn keine Möglichkeit, zu entkommen. Er würde in einer Woche verhungern, wenn ihn nicht vorher ein Fuchs oder ein Schwarm Krähen umbringt.«

»Nun, das macht es leichter«, knurrte der Zweite Anführer. »Wir brauchen ihn nicht zu töten. Wir können es dem Wald überlassen, sich um ihn zu kümmern.«

Gelbzahn wandte sich an Blaustern. »Wir dürfen ihn nicht einfach sterben lassen.«

»Warum nicht?«

Feuerherz hielt den Atem an, als er die Augen der Anführerin von Gelbzahn zu Tigerkralle und wieder zurück wandern sah. Würde die Heilerin Blaustern sagen, dass Braunstern ihr Sohn war?

»Wenn wir das täten, wären wir nicht besser als er«, antwortete Gelbzahn ruhig. Tigerkralle zuckte wütend mit dem Schwanz.

»Was meinst du, Weißpelz?«, fragte Blaustern, bevor ihr Stellvertreter etwas sagen konnte.

»Es wird eine Belastung für den Clan sein, wenn wir uns um ihn kümmern müssen«, antwortete der weiße Krieger nachdenklich. »Aber Gelbzahn hat recht – wenn wir ihn im Wald aussetzen oder ihn kaltblütig töten, wird der SternenClan wissen, dass wir so tief gesunken sind wie er.«

Einauge trat vor. »Blaustern«, sagte sie mit ihrer alten krächzenden Stimme. »In der Vergangenheit haben wir manchmal Gefangene viele Monde lang behalten. Wir könnten das wieder tun.«

Feuerherz dachte daran, dass Gelbzahn selbst eine Gefangene gewesen war, als sie ins Lager kam. Er erwartete, dass die Heilerin Blaustern daran erinnerte, aber sie sagte nichts.

»Du erwägst also tatsächlich, diesen Streuner in unserem Lager zu behalten?« Tigerkralles Augen funkelten vor Wut, als er seine Anführerin herausforderte. Erschrocken stellte

Feuerherz fest, dass er den Worten des dunklen Kriegers insgeheim zustimmte. Der Gedanke, Braunstern zu töten, entsetzte ihn – er wusste außerdem besser als alle die anderen, was das für Gelbzahn bedeuten würde –, aber Braunstern war ein gefährlicher Feind, sogar ohne sein Augenlicht. Ihn im Lager zu behalten, wäre schwierig und gefährlich für alle Angehörigen des Clans.

»Ist er wirklich blind?«, fragte Blaustern die Heilerin.

»Ja, das ist er.«

»Hat er noch andere Wunden?«

Diesmal antwortete Feuerherz: »Ich habe ihn ziemlich böse mit den Krallen zugerichtet«, gab er zu.

»Wie lange brauchen diese Wunden, um zu heilen?«, wollte Blaustern wissen.

»Ungefähr einen Mond«, antwortete die Heilerin.

»Dann kannst du ihn so lange pflegen. Danach werden wir erneut über seine Zukunft reden. Und von jetzt an heißt er Braunschweif, nicht Braunstern. Wir können ihm nicht die Leben nehmen, die der SternenClan ihm verliehen hat, aber er ist nicht mehr Anführer eines Clans.« Sie blickte Tigerkralle fragend an. Sein Schwanz zuckte, aber er sagte nichts.

»Es ist damit beschlossen«, miaute Blaustern. »Er bleibt.«

27. KAPITEL

FEUERHERZ HUMPELTE zum Brennnesselstück und begann seine Wunden zu lecken. Er würde Gelbzahn später aufsuchen, wenn sie die anderen Katzen versorgt hatte.

Die schwachen Strahlen der untergehenden Sonne warfen lange Schatten über die Lichtung. Langschweif hatte Borkenpfote als Braunschweifs Wächter abgelöst. Tigerkralle war mit dem Rest seiner unversehrten Truppe auf die Jagd nach Frischbeute gegangen. Feuerherz knurrte der Magen. Beim Geräusch von Pfotenschritten blickte er auf, aber es waren nur Sandpfote und Wieselpfote, die von ihrer Beerdigungsarbeit zurückkamen.

Die beiden Katzen trotteten zu Blaustern, die mit Weißpelz unterhalb des Hochsteins saß. Feuerherz erhob sich mühsam und ging zu ihnen hinüber. Mit einem Schwanzzucken gab er Borkenpfote, der neben dem Baumstumpf seine Kratzer leckte, ein Zeichen. Der warf ihm einen zweifelnden Blick zu, rappelte sich aber müde auf und folgte ihm.

»Wir haben Narbengesicht begraben«, berichtete Sandpfote.

»Danke«, sagte Blaustern. Sie blickte Wieselpfote an und sagte: »Du darfst gehen.« Der schwarz-weiße Schüler senkte den Kopf und machte sich auf zu seinem Bau.

Feuerherz gab Borkenpfote noch einmal ein Zeichen, näher zu treten. Der getigerte Schüler verengte die Augen, trottete dann vor und stellte sich neben Sandpfote.

»Blaustern«, begann Feuerherz zögernd. »Sandpfote und Borkenpfote haben bei Braunschweifs Angriff wie Krieger gekämpft. Ohne ihre Stärke und ihren Mut hätten wir viel größere Schwierigkeiten gehabt.« Bei diesen Worten wurden Borkenpfotes Augen weit und Sandpfote blickte zu Boden.

Ein Schnurren kam aus Weißpelz' Kehle. »Du bist doch sonst nicht so schüchtern«, sagte er zu seiner Schülerin.

Sandpfotes Ohren zuckten verlegen. »Feuerherz hat den Clan gerettet«, platzte sie heraus. »Er war es, der das Lager in Alarmbereitschaft versetzt hat, sodass wir auf Braunschweifs Angriff vorbereitet waren.«

Jetzt war es an Feuerherz, verlegen zu sein. Er war erleichtert, als in diesem Augenblick Tigerkralle und seine Jagdgesellschaft ins Lager getrottet kamen und eine Menge Frischbeute mitbrachten.

Blaustern nickte ihrem Stellvertreter zu und wandte sich dann an Borkenpfote und Sandpfote. »Es macht mich stolz, dass der DonnerClan so gute Krieger hat«, miaute sie. »Es ist Zeit, dass ihr beiden eure Kriegernamen bekommt. Sobald die Sonne untergeht, werden wir die Zeremonie der Namensgebung abhalten, und dann können wir essen.«

Die beiden blickten sich aufgeregt an und Blaustern rief den Clan zusammen. Feuerherz hob das Kinn und schnurrte zufrieden. Er war noch glücklicher, als er Graustreif aus dem Bau der Krieger auftauchen sah. Er hatte das Lager also doch nicht verlassen.

Der Clan versammelte sich auf der Lichtung. Älteste und

Königinnen saßen zusammen mit den Schülern und Jungen auf der einen Seite, Feuerherz wartete mit den Kriegern auf der anderen. Er beobachtete Wolkenjunge, der sich mit vor Aufregung leuchtenden Augen neben Buntgesicht zusammengerollt hatte. Feuerherz war plötzlich stolz, dass dieses Junge aus seiner Familie ihn bei den Clan-Kriegern sitzen sah. In der Mitte stand Blaustern mit Sandpfote und Borkenpfote.

Die untergehende Sonne glühte rosa am Horizont, und der Clan wartete schweigend, bis sie weggetaucht war und den dunklen Himmel mit seinen Sternenpunkten zurückließ.

Blaustern schaute empor und richtete die Augen auf den hellsten Stern im Silbervlies. »Ich, Blaustern, Anführerin des DonnerClans, rufe meine Kriegerahnen an und bitte sie, auf diese beiden Schüler herabzublicken. Sie haben hart trainiert, um die Regeln eures Gesetzes zu verstehen, und ich empfehle sie euch als Krieger.« Sie schaute auf die beiden jungen Katzen vor sich hinab. »Sandpfote, Borkenpfote, versprecht ihr, das Gesetz der Krieger einzuhalten und den Clan zu schützen und zu verteidigen, selbst mit eurem eigenen Leben?«

Sandpfote blickte Blaustern mit glänzenden Augen an. »Ich verspreche es.«

Borkenpfote wiederholte ihre Worte mit kräftiger und tiefer Stimme: »Ich verspreche es.«

»Dann gebe ich euch mit der Kraft des SternenClans eure Kriegernamen. Sandpfote, von diesem Augenblick an wirst du Sandsturm heißen. Der SternenClan ehrt deinen Mut und deine Einstellung und wir heißen dich als volle Kriegerin des DonnerClans willkommen.«

Blaustern trat vor und legte ihre Schnauze auf Sandsturms gesenkten Kopf.

Sandsturm leckte respektvoll die Schulter der Anführerin, bevor sie sich umdrehte und zu Weißpelz hinüberging. Ihre Augen leuchteten stolz, als sie sich neben ihrem Mentor auf ihrem neuen Platz bei den Kriegern niederließ.

Blaustern wandte sich nun dem dunkelbraun getigerten Kater zu: »Borkenpfote, von diesem Augenblick an wirst du Borkenpelz heißen. Der SternenClan ehrt deine Tapferkeit und deine Ehrlichkeit, und wir heißen dich als vollen Krieger des DonnerClans willkommen.« Sie berührte seinen Kopf mit der Schnauze, und auch er leckte der Anführerin respektvoll die Schulter, bevor er sich zu den anderen Kriegern gesellte.

Anerkennend erhoben sich die Rufe des Clans und sandten neblige Atemwolken hinauf in die Nachtluft. Wie mit einer Stimme sangen sie die neuen Kriegernamen: »Sandsturm! Borkenpelz! Sandsturm! Borkenpelz!«

»In der Tradition unserer Ahnen«, rief Blaustern mit laut erhobener Stimme, »müssen Sandsturm und Borkenpelz bis zur Morgendämmerung schweigende Nachtwache halten und allein das Lager und unseren Schlaf beschützen. Aber davor wird der Clan ein gemeinsames Mahl einnehmen. Es ist ein langer Tag gewesen, und wir haben Grund, stolz zu sein auf die Katzen, die unser Lager gegen die Streuner verteidigt haben. Feuerherz, der SternenClan dankt dir für deinen Mut. Du bist ein großer Krieger, und ich bin stolz, dich unter die Mitglieder meines Clans zählen zu können.«

Wieder miauten die Katzen. Feuerherz ließ den Blick über seinen Clan schweifen und ein Schnurren stieg aus seiner Kehle auf. Nur Tigerkralle und Borkenpelz betrachteten ihn feindselig, aber diesmal berührte ihn ihre Eifersucht nicht. Blaustern hatte ihn gelobt und das war genug.

Eine nach der anderen traten die Katzen vor, um sich etwas von der Frischbeute zu nehmen, die Tigerkralles Trupp mitgebracht hatte.

Feuerherz ging hinüber zu Sandsturm. »Heute Abend können wir als Krieger zusammen essen«, sagte er glücklich. »Falls du damit einverstanden bist«, fügte er hinzu. Sandsturm schnurrte erfreut und auch er spürte eine prickelnde Freude.

»Suche mir etwas aus!«, rief sie, als er zum Haufen Frischbeute rannte. »Ich komme um vor Hunger!«

Feuerherz wählte eine Maus für sie aus, verführerisch fett in dieser Jahreszeit. Für sich selbst nahm er eine Blaumeise und machte kehrt, um seine Speisen zu ihr zurückzutragen. Enttäuscht sah er, dass Borkenpelz, Weißpelz und Dunkelstreif sich bereits zu ihr gesellt hatten. Wie konnte er nur erwarten, dass sie allein ihr gemeinsames Mahl einnehmen würden? In dieser Nacht würde der ganze Clan zusammen feiern.

Bei diesem Gedanke fiel ihm Rußpfote ein. Er blickte sich um. Bei der Zeremonie der Namensgebung hatte er sie nicht gesehen, sie musste noch auf Gelbzahns Lichtung sein. Er sprang hinüber zu Sandsturm und ließ die Frischbeute neben ihr fallen. »Ich bin gleich wieder da«, sagte er. »Ich möchte Rußpfote etwas bringen.«

»Sicher.« Sandsturm zuckte die Achseln.

Rasch nahm er vom Frischbeutehaufen eine Wühlmaus und trug sie über die Lichtung. Überrascht sah er Gelbzahn in ihrem Bau sitzen. Sie war bei der Zeremonie gewesen, also musste sie danach direkt zurückgegangen sein.

»Ich hoffe, das ist nicht für mich«, knurrte sie, als Feuerherz auf sie zutrat. »Ich habe meinen Teil bereits gehabt.«

»Das ist für Rußpfote«, erklärte er und ließ die Wühlmaus

fallen. »Vielleicht möchte sie etwas. Sie war nicht bei der Namensgebung.«

»Ich habe ihr etwas Mäusefleisch überlassen, aber du kannst ihr das gerne auch noch geben.«

Feuerherz sah sich auf der vom Farn beschatteten Lichtung um. Braunschweifs Fell war gerade noch sichtbar in Flickenpelz' altem Nest. Der Krieger bewegte sich nicht.

»Er schläft noch.« Gelbzahns Ton war knapp, die Stimme einer Heilerin eher als die einer Mutter. Feuerherz war erleichtert. Er wollte daran glauben, dass ihre Treue nach wie vor dem DonnerClan galt. Er hob die Wühlmaus auf und trug sie zu Rußpfotes Nest.

»Hallo, Rußpfote«, miaute er leise in den Farn hinein.

»Feuerherz«, sagte Rußpfote und setzte sich auf.

Er glitt zwischen den Farnwedeln hindurch und ließ sich neben ihr nieder, die Wühlmaus legte er ihr vor die Pfoten.

»Hier«, miaute er. »Gelbzahn ist nicht die Einzige, die dich zu mästen versucht.«

»Danke.« Aber Rußpfote ließ die Wühlmaus neben ihrer Pfote liegen und beugte sich nicht einmal hinab, um daran zu schnüffeln.

»Denkst du immer noch an den Kampf?«, fragte Feuerherz freundlich.

Rußpfote zuckte die Achseln. »Ich bin wirklich nur eine Last, nicht wahr?« Mit traurigen, runden Augen blickte sie zu ihm auf.

»Wer ist eine Last?«, knurrte Gelbzahn, die ihren Kopf in das Nest steckte. »Machst du meine Helferin nervös? Ich weiß nicht, wie ich das heute alles geschafft hätte, wenn sie nicht hier gewesen wäre.« Sie sah die kleine Kätzin mit ihren orangefarbenen Augen liebevoll an »Ich habe sie heute Abend sogar Kräuter mischen lassen.«

Rußpfote blickte scheu zu Boden und neigte den Kopf, um einen Bissen von der Wühlmaus zu nehmen.

»Ich denke, ich werde sie noch eine Weile länger bei mir behalten«, fuhr Gelbzahn fort. »Sie unterstützt mich und wird jeden Tag nützlicher. Außerdem gewöhne ich mich an ihre Gesellschaft.«

Rußpfote blickte die alte Heilerin an. In ihren Augen lag ein neckisches Funkeln. »Nur weil du taub genug bist, um mein Geplapper zu ertragen!« Gelbzahn tat so, als würde sie die junge Katze ärgerlich anfauchen, und Rußpfote fügte zu Feuerherz gewand noch hinzu: »Das sagt sie mir jedenfalls andauernd.«

Feuerherz war über sich selbst erstaunt, dass er einen Anflug von Eifersucht empfand wegen des engen Bandes, das zwischen den beiden Katzen entstanden war. Er hatte sich selbst für Gelbzahns einzigen richtigen Freund im Clan gehalten, aber nun sah es so aus, als habe sie eine weitere Vertraute gefunden. Aber wenigstens wusste Rußpfote jetzt, wo sie hingehörte. Da sie sich nun nicht mehr als Kriegerin ausbilden lassen konnte, würde sie im Bau der Schüler fehl am Platze sein.

Er stand auf. Es war Zeit, zu Sandsturm zurückzukehren. »Kommt ihr klar mit Braunschweif?«, fragte er.

Gelbzahn blickte ihn abweisend an. »Ich denke, wir kommen schon zurecht, meinst du nicht auch, Rußpfote?«

»Er würde sich nicht trauen, Ärger zu machen«, bestätigte Rußpfote zuversichtlich. »Und Langschweif ist ja auch hier und hilft.«

Feuerherz zwängte sich aus dem Nest. »Bis bald, Rußpfote!«, rief er.

»Bis bald, und danke für das Essen.«

»Gern geschehen«, miaute er. Zur Heilerin gewandt fragte er: »Hast du irgendwas für diesen Biss in meinem Genick?«

Sie sah sich die Wunde genauer an. »Sieht böse aus«, knurrte sie.

»Stammt von Narbengesicht«, gab er zu.

Gelbzahn nickte. »Warte hier.« Sie trottete schnell in ihren Bau und kehrte mit einem Bündel Kräuter zurück, die in Blätter eingewickelt waren. »Kommst du allein damit zurecht? Du musst sie kauen und den Saft auf die Wunden reiben. Es wird zwar brennen, aber nicht so, dass ein tapferer Krieger es nicht aushalten könnte!«

»Danke, Gelbzahn.« Er hob das Bündel mit den Zähnen auf, die Heilerin begleitete ihn bis zum Tunneleingang. »Es ist gut, dass du gekommen bist«, sagte sie leise mit Blick auf Rußpfotes Nest. »Sie war ziemlich niedergeschlagen. Schon nach dem Kampf, und dann kam noch die Zeremonie der Namensgebung.«

Feuerherz nickte verständnisvoll. Dann warf er einen letzten besorgten Blick hinüber zu Braunschweif. »Bist du sicher, dass er nicht gefährlich ist?«, fragte er noch einmal durch das Kräuterbündel im Maul.

»Er ist blind«, miaute Gelbzahn. Sie seufzte und fügte dann munter hinzu: »Und so alt bin ich nun auch wieder nicht!«

Als Feuerherz am folgenden Morgen erwachte, strömte blendend weißes Licht durch die Wände seines Baus. Wahrscheinlich hatte es wieder geschneit. Wenigstens schmerzten seine

Wunden nicht mehr. Gelbzahns Kräutersaft hatte tatsächlich gebrannt, aber nach reichlich Schlaf fühlte er sich jetzt viel besser.

Er fragte sich, wie Sandsturm und Borkenpelz mit ihrer Nachtwache zurechtgekommen waren. In dem Schnee musste es bitterkalt gewesen sein. Er erhob sich auf die Pfoten, streckte die Vorderbeine und krümmte den Rücken. Die beiden jüngsten Krieger des DonnerClans lagen zusammengerollt am anderen Ende des Baus und schliefen fest. Weißpelz musste sie hereingeschickt haben, als er auf Morgenpatrouille ging.

Feuerherz trottete hinaus auf die schneebedeckte Lichtung. Vor dem weißen Hintergrund konnte er gerade noch Frostfells weißes Haarkleid neben der Kinderstube erkennen, die herausgeschlüpft war, um die Beine zu strecken. In der Mitte der Lichtung gab es zwei dunkle Stellen, wo Sandsturm und Borkenpelz die Nacht verbracht hatten. Bei dem Gedanken schauderte ihn, dennoch beneidete er sie, als er an die freudige Erregung seiner ersten Nacht als Krieger dachte. Sie hatte ihn mit einer Wärme erfüllt, die nicht einmal der härteste Frost hätte abkühlen können.

Der Himmel war dicht mit schneeschweren Wolken bedeckt. Noch immer schwebten weiche Flocken herab. Sie würden heute viel jagen müssen, überlegte er. Der Clan musste unbedingt Vorräte anlegen für den Fall, dass noch mehr Schnee fiel.

Blaustern rief vom Hochstein herab. Die Clan-Katzen krochen langsam aus ihren Höhlen und stapften durch den Schnee, um die Worte ihrer Anführerin zu hören. Feuerherz ließ sich auf einer der schneefreien Stellen nieder. Sie roch nach Sandsturm. Auf der anderen Seite der Lichtung bemerkte er

Graustreif. Er wirkte müde. Feuerherz fragte sich, ob er letzte Nacht aus dem Lager geschlichen war, um Silberfluss von den streunenden Katzen zu erzählen.

Blaustern begann zu sprechen: »Ihr sollt alle wissen, dass Braunschweif sich im Lager befindet.« Keine Katze gab einen Laut von sich. Sie wussten es schon. Die Nachricht hatte sich wie ein Waldbrand im Lager verbreitet.

»Er ist blind und harmlos.« Ein paar Katzen taten schnaubend ihre Missbilligung kund und Blaustern nahm ihr Ängste nickend zur Kenntnis. »Ich bin wie ihr um die Sicherheit des Lagers besorgt. Aber, beim SternenClan, wir können ihn nicht hinaus in den sicheren Tod schicken. Gelbzahn wird ihn pflegen, bis seine Wunden verheilt sind. Dann besprechen wir dieses Thema erneut.«

Die Anführerin sah sich um und horchte auf Stimmen aus der Menge, aber niemand ließ etwas verlauten. So sprang Blaustern vom Hochstein herab und kam auf Feuerherz zu.

»Feuerherz«, sagte sie. »Eines macht mir Sorgen. Du hast die Sache mit Graustreif noch nicht geregelt. Tagelang habe ich euch nicht zusammen essen sehen. Ich habe dir schon einmal gesagt: Für Streit gibt es im DonnerClan keinen Raum. Ich will, dass ihr heute zusammen auf die Jagd geht.«

»Ja, Blaustern.« Feuerherz nickte. Ihm war das recht, und nach dem gestrigen Kampf hoffte er, dass auch Graustreif diese Idee gefallen würde.

Als die Anführerin gegangen war, sah er sich auf der Lichtung um. Hoffentlich war sein Freund nicht wieder verschwunden. Nein, da war er und half, den Eingang zur Kinderstube vom Schnee zu befreien.

»Hallo, Graustreif!«, rief er, doch der fuhr in seiner Tätigkeit fort. Feuerherz sprang zu ihm hinüber. »Willst du mit jagen gehen?«

Graustreif drehte sich zu ihm um. Sein Blick war kalt. »Willst du sicher sein, dass ich nicht wieder verschwinde?«, schnauzte er ihn an.

Feuerherz war erschrocken. »N-nein, ich dachte nur … nach gestern … Narbengesicht …«

»Ich hätte das Gleiche für jede DonnerClan-Katze getan. Das ist es, was Treue zum Clan nun mal bedeutet!«, sagte er mit vor Zorn rauer Stimme. Dann machte er sich wieder an die Arbeit.

Feuerherz' Hoffnung stürzte zusammen. Hatte er das Vertrauen seines Freundes für immer verloren? Mit tief hängendem Schwanz wandte er sich ab und stapfte durch den Schnee zum Lagereingang. Über die Schulter rief er Graustreif zu: »Genau genommen hat Blaustern mir aufgetragen, mit dir heute Morgen jagen zu gehen, also kannst du ihr erklären, warum du nicht mitkommst.«

»Oh, ich verstehe! Du wolltest nur wieder wie üblich Blaustern einen Gefallen tun!«, zischte Graustreif.

Feuerherz drehte sich hastig um und wollte schon eine Entgegnung zurückwerfen, da sah er den grauen Krieger über die Lichtung auf sich zukommen.

Graustreif schüttelte Schneeflocken von seinen breiten Schultern und knurrte: »Also gut.« Dann ging er voran durch den Ginstertunnel.

Das Klettern über die schneebedeckten Felsen aus der Schlucht heraus war mühsam. Oben dehnte sich vor ihnen in blendendem Weiß der vereiste Wald aus. Sofort preschte Graustreif mit grimmig entschlossenem Gesicht los. Feuerherz hinter ihm her. Zwischen den Wurzeln einer alten Eiche verfolgte er die Spur einer Maus, während Graustreif hinter einem Kaninchen her setzte, das töricht genug gewesen war, sich von seinem unterirdischen Bau zu entfernen. Wild entschlossen blieb Graustreif dem Tier dicht auf den Fersen, bis er es mit einem gut gezielten Satz zur Strecke brachte. Feuerherz hatte sich hingesetzt und erwartete den grauen Krieger, der zufrieden zu ihm zurücktrottete und das Kaninchen neben seinen Pfoten fallen ließ.

»Das sollte ein oder zwei Junge satt machen«, knurrte er.

»Du brauchst mir nichts zu beweisen«, sagte Feuerherz.

»Nein?«, entgegnete der andere bitter und warf Feuerherz einen kalten, wütenden Blick zu. »Vielleicht solltest du dich dann so verhalten, als ob du mir wirklich trauen würdest.« Er drehte sich um, bevor Feuerherz antworten konnte.

Zu Sonnenhoch hatte Graustreif mehr erlegt als Feuerherz, aber beide waren erfolgreich gewesen. Mit den Mäulern voller Frischbeute kehrten sie zum Lager zurück, stapften auf die Lichtung und ließen ihren Fang am üblichen Ort fallen. Der war bislang leer gewesen.

Feuerherz fragte sich, ob sie noch einmal losziehen sollten. Der Schnee war jetzt schwerer geworden und zunehmend wehte ein kalter Wind durch die Schlucht. Er prüfte den sich verdunkelnden Himmel, als er Buntgesichts sorgenvolles Miauen in der Nähe der Kinderstube hörte. Er sprang hin, um zu sehen, was los war.

»Hast du Wolkenjunge gesehen?«, fragte Buntgesicht.

Feuerherz schüttelte den Kopf. »Warum? Ist er weg?« Seine Pfoten prickelten, als sich Buntgesichts Angst auf ihn übertrug.

»Ja, er ist weg. Und auch meine beiden anderen Jungen. Ich hatte nur einen Moment die Augen zugemacht. Gerade bin ich aufgewacht und kann sie nirgendwo finden! Es ist zu kalt für sie draußen. Sie werden erfrieren!«

Voller Schrecken erinnerte sich Feuerherz an das letzte Mal, als eine junge Katze aus dem Lager verschwunden war. Das war Rußpfote gewesen.

28. KAPITEL

»ICH WERDE SIE finden«, versprach Feuerherz. Ohne nachzudenken sah er sich nach Graustreif um. Der Wind frischte immer mehr auf und der Schnee fiel in dicken Flocken – er wollte nicht allein auf die Suche gehen. Er eilte zum Bau der Krieger, aber sein Freund war nicht da.

Sandsturm wachte gerade auf. »Was ist los?«, miaute sie, als Feuerherz sich im Bau umschaute.

»Buntgesichts Junge sind weg.«

»Wolkenjunge auch?« Sofort hellwach sprang Sandsturm auf die Pfoten.

»Ja! Ich wollte Graustreif holen, damit wir zusammen auf die Suche gehen, aber er ist nicht da«, rief Feuerherz aufgeregt. Wut blitzte in ihm auf, dass der graue Krieger schon wieder verschwunden war – nachdem er ihm gerade erst fehlendes Vertrauen vorgeworfen hatte!

»Ich komme mit«, bot Sandsturm an.

»Danke«, miaute Feuerherz erleichtert. »Also, gehen wir. Aber wir sollten Blaustern noch Bescheid sagen.«

»Borkenpelz kann es ihr ausrichten. Schneit es noch?«

»Ja, und immer dichter. Wir müssen uns beeilen.« Er blickte auf den schlafenden Krieger. »Weck du ihn auf. Ich sage Buntgesicht, dass wir gehen, und treffe dich dann am

Eingang.« Damit sprang er zurück zur Kinderstube, wo Buntgesicht noch immer auf der Suche nach Geruchsspuren alles beschnüffelte.

»Irgendein Hinweis?«, fragte Feuerherz.

»Nein, nichts.« Ihre Stimme bebte. »Frostfell informiert gerade Blaustern!«

»Mach dir keine Sorgen. Ich gehe jetzt und suche nach ihnen«, beruhigte er sie. »Sandsturm kommt mit. Wir werden sie finden.«

Buntgesicht nickte und suchte weiter.

Feuerherz und Sandsturm kamen gleichzeitig am Ginstertunnel an und eilten hinaus in den Wald. Außerhalb des Lagerwalls blies der Wind noch viel heftiger. Feuerherz kniff die Augen gegen den Schneesturm zusammen und zog die Schultern hoch.

»Es wird schwierig sein, ihren Geruch durch den frischen Schnee zu finden«, sagte er. »Als Erstes sollten wir herausfinden, ob sie zum Wald hinaufgeklettert sind.«

»In Ordnung«, miaute Sandsturm.

»Du übernimmst diese Seite.« Er zeigte ihr die Richtung mit der Nase. »Und ich nehme die andere. Wir treffen uns dann wieder hier. Bleib nicht zu lange weg.«

Sandsturm preschte los, und Feuerherz sprang über einen umgestürzten Baum in die Richtung des Pfades, den der Clan am häufigsten einschlug.

Die Ränder der Schlucht waren noch dicker mit Schnee bedeckt als am Morgen, und sie waren spiegelglatt, wo der Schnee zu Eis gefroren war. Feuerherz blieb stehen und schnüffelte mit offenem Maul, aber er konnte keinen Geruch der Jungen entdecken. Vergeblich hielt er nach Pfotenabdrücken

Ausschau – waren ihre Spuren schon von frischem Schnee bedeckt?

Er zog am Fuß des Hangs entlang, fand jedoch kein Anzeichen von irgendwelchen Katzen, ganz zu schweigen von den verschwundenen Jungen. Der Wind blies so kalt, dass er kaum noch seine Ohrenspitzen fühlte. Kein Junges konnte in diesem Wetter überleben, und es würde auch nicht mehr lange dauern, bis die Sonne unterging. Er musste sie finden, bevor die Nacht anbrach.

Feuerherz raste zurück zum Lagereingang, wo Sandsturm schon auf ihn wartete.

»Irgendeine Spur?«, miaute er.

»Nein, nichts.«

»Sie können nicht weit sein«, rief er. »Komm, lass es uns hier versuchen.« Und damit machte er sich auf den Weg zur Sandkuhle.

Sandsturm arbeitete sich hinter ihm durch den immer tiefer werdenden Schnee und sank bei jedem Schritt bis zum Bauch ein.

Die Sandkuhle war leer.

»Wir sollten umkehren und Hilfe holen«, miaute Sandsturm.

Feuerherz blickte die zitternde Kriegerin an. Es ging nicht nur um die Jungen, die hier draußen erfrieren könnten. Vielleicht hatte sie recht.

»Ja, gehen wir zurück«, sagte er. »Wir können das nicht alleine schaffen.«

Als sie sich zurück in Richtung des Lagers aufmachten, glaubte Feuerherz durch den Wind ein winziges Quieken zu hören.

»Hierher!«, rief er und deutete mit der Nase auf einen umgestürzten Baum.

Feuerherz sprang zu dem Baum, dicht gefolgt von Sandsturm. Das Jammern wurde lauter und bald konnte Feuerherz mehrere kleine Stimmen hören. Er kletterte auf den Stamm hinauf und sah auf der anderen Seite die zusammengekauerten Jungen.

Eine große Erleichterung überkam Feuerherz, bis er bemerkte, dass Wolkenjunge nicht bei ihnen war.

»Wo ist Wolkenjunge?«, jaulte er.

»Jagen«, quiekte eins der Jungen. Seine Stimme bebte vor Kälte und Angst, aber es lag auch ein trotziger Ton darin. Feuerherz hob den Kopf.

»Wolkenjunge!«, rief er und starrte durch die Schneeflocken.

»Feuerherz, sieh mal!«, rief Sandsturm von oben auf dem Stamm.

Eine völlig durchnässte, weiße Gestalt kämpfte sich durch den Schnee auf sie zu. Wolkenjunge! Jeder Schritt in dem tiefen Schnee war ein gewaltiger Sprung für das winzige Jungtier. Aber Wolkenjunge marschierte weiter, im Maul hielt er eine kleine, schneeverkrustete Wühlmaus.

Feuerherz war gleichzeitig erleichtert und wütend. Er ließ Sandsturm bei den anderen und setzte in großen Sprüngen durch den Schnee, um den Kleinen am Nackenfell hochzuheben. Wolkenjunge knurrte voller Protest, weigerte sich jedoch, die Wühlmaus fallen zu lassen, die aus seinem Maul baumelte.

Feuerherz sah, wie Sandsturm die beiden anderen in seine Richtung schob. Sie stolperten vor ihr durch den tiefen Schnee und versanken dabei bis zu den Ohren, aber sie schob sie weiter.

Wolkenjunge wand sich in seinem Maul und Feuerherz ließ ihn in den Schnee fallen. Das Junge blickte zu ihm auf, stolz hielt es seinen Fang. Gegen seinen Willen war Feuerherz beeindruckt. Trotz Schnee und Wind hatte Wolkenjunge seine erste Beute gemacht!

»Bleib hier!«, befahl er ihm und eilte zurück, um Sandsturm zu helfen. Er packte das winzige Katzenmädchen am Nackenfell, das jämmerlich miaute, und begann das andere Junge mit der Nase vorwärtszuschieben.

Die durchnässte Gruppe kämpfte sich zum Lager zurück, wo Buntgesicht angstvoll vor dem Ginstertunnel wartete. Neben ihr stand Blaustern, die Augen gegen den heftigen Wind zusammengekniffen. Sowie sie den Trupp entdeckten, rannten sie ihm entgegen, um zu helfen. Blaustern griff sich Wolkenjunge und Buntgesicht packte das andere Kleine. Dann eilten sie zurück in den Schutz des Lagers.

Auf der Lichtung ließen die drei Katzen ihre frierenden Bündel zu Boden fallen. Feuerherz schüttelte sich den Schnee aus dem Fell und sah auf Wolkenjunge hinunter, der noch immer hartnäckig seinen Fang festhielt.

Blaustern funkelte die drei Jungen an. »Was glaubt ihr wohl, was ihr da draußen zu suchen hattet? Ihr wisst, es ist gegen das Gesetz der Krieger, dass Junge auf die Jagd gehen!«

Buntgesichts Junge wichen unter dem wütenden Blick der Anführerin zurück, aber Wolkenjunge blickte sie mit runden, blauen Augen an. Er ließ seine Wühlmaus fallen und miaute: »Der Clan braucht Frischbeute, also haben wir beschlossen, etwas zu fangen.«

Feuerherz zuckte zusammen bei dieser Kühnheit.

»Wessen Idee war das?«, fragte Blaustern.

»Meine«, verkündete Wolkenjunge. Seinen Kopf hatte er immer noch nicht gesenkt.

Die Anführerin heftete die Augen auf den aufmüpfigen Kleinen und knurrte drohend: »Ihr hättet dort draußen erfrieren können!«

Wolkenjunge erschreckte der Zorn in ihrer Stimme und er ließ sich in die Kauerstellung fallen.

»Wir haben es für den Clan getan«, verteidigte er sich.

Feuerherz hielt den Atem an und fragte sich, was Blaustern nun tun würde. Wolkenjunge hatte gegen das Gesetz der Krieger verstoßen. Würde sie jetzt ihre Meinung ändern und ihn nicht bleiben lassen?

»Eure Absicht«, miaute sie langsam, »war gut. Aber euer Verhalten war eine Torheit.« Feuerherz sah einen Funken Hoffnung.

Dann zuckte er zusammen, als Wolkenjunge wieder losplapperte: »Aber ich habe etwas gefangen.«

»Das sehe ich«, entgegnete sie kühl. Sie blickte alle drei Jungen an. »Ich überlasse die Entscheidung, was mit euch zu tun ist, eurer Mutter. Aber ich will nicht, dass ihr so etwas noch einmal macht. Habt ihr mich verstanden?«

Feuerherz entspannte sich ein wenig, als Wolkenjunge mit den anderen nickte.

»Wolkenjunge, du darfst deinen Fang auf den Haufen Frischbeute legen«, fuhr Blaustern fort. »Dann geht ihr drei schnell in die Kinderstube zum Trocknen und Aufwärmen.«

Feuerherz war erstaunt. Hatte er eben einen mütterlichen Ton in Blausterns Stimme entdeckt?

Buntgesichts Junge stolperten hinüber zur Kinderstube, gefolgt von ihrer Mutter, doch Wolkenjunge packte seine Wühlmaus und trug sie zum Haufen Frischbeute. Die stolze Kopfhaltung des Jungen ließ in Feuerherz sorgenvolle Gedanken aufsteigen, und seine Pfoten kribbelten, aber er meinte, in Blausterns Augen trotz allem einen Funken Bewunderung zu sehen.

»Gut gemacht, ihr zwei«, sagte sie und wandte nun ihre Aufmerksamkeit Sandsturm und Feuerherz zu. »Ich werde Langschweif losschicken, dass er den anderen Suchtrupp zurückholt. Und ihr solltet nun auch in euren Bau gehen und euch schleunigst aufwärmen!«

Feuerherz wollte gerade mit Sandsturm weggehen, doch dann hielt ihn die Anführerin zurück. »Feuerherz«, miaute sie, »ich möchte mit dir reden.« Ihr Ton ließ ihn aufhorchen. Vielleicht hatte er sich zu früh entspannt.

»Wolkenjunge hat heute gutes Jagdgeschick bewiesen«, begann sie. »Aber seine ganze Geschicklichkeit ist wertlos, wenn er nicht lernt, dem Gesetz der Krieger zu gehorchen. Dies mag im Augenblick nur für seine eigene Sicherheit sein, aber in Zukunft wird die Sicherheit des ganzen Clans davon abhängen.«

Feuerherz starrte zu Boden. Dass sie recht hatte, wusste er, aber ihm schien doch, dass sie zu viel von dem Jungen erwartete. Wolkenjunge war noch sehr klein und erst seit kurzer Zeit beim Clan. Er schluckte einen leichten Ärger hinunter, als er daran dachte, wie schamlos Graustreif, eine im Clan geborene Katze, das Gesetz der Krieger missachtete. Doch er blickte zu seiner Anführerin auf und sagte: »Ja, Blaustern, ich werde mich darum kümmern, dass er es lernt.«

»Gut.« Blaustern klang zufrieden. Sie wandte sich ab und trottete zu ihrem Bau.

Feuerherz machte sich auf zum Bau der Krieger, obwohl er nicht mehr fror. Blausterns Worte hatten ihm eingeheizt. Er schob sich in die Höhle hinein, ließ sich in seinem Nest nieder und begann sich zu waschen. Den ganzen Nachmittag blieb er dort und brütete über Graustreif und Wolkenjunges Verhalten. Er wusste, dass Blaustern recht hatte. Der Stolz und die Aufmüpfigkeit, die er in den Augen des Jungen gesehen hatte, erweckten in ihm Zweifel, ob Wolkenjunge sich wirklich an das Clan-Leben anpassen könnte.

Am Abend trieb ihn der Hunger aus dem Bau. Er holte sich eine Drossel vom Frischbeutevorrat und ließ sich zum Essen bei dem Brennnesselstück nieder. Es war jetzt dunkel und es schneite weniger. Allmählich gewöhnten sich seine Augen an die Dunkelheit und er konnte den Lagereingang klar sehen. Graustreif tauchte auf, und Feuerherz beobachtete ihn, wie er mit weiterer Nahrung zum Haufen Frischbeute ging. Vielleicht hatte er doch nur gejagt?

Graustreif ließ den größten Teil seines Fangs auf den Haufen fallen. Eine große Maus behielt er für sich selbst und trug sie zu einem geschützten Platz in der Nähe des Lagerwalls. Feuerherz' kurze Hoffnung schwand. Der abwesende Blick in Graustreifs Augen verriet, dass sein Verdacht berechtigt gewesen war – er hatte sich mit Silberfluss getroffen.

Feuerherz stand auf und trottete in den Bau. Er hatte keine Mühe, sofort in einen tiefen Schlaf zu fallen. Und während er schlief, träumte er wieder:

Um ihn herum erstreckte sich der verschneite Wald. Weiß glänzte er unter einem kalten Mond. Er selbst stand auf einem hohen, gezackten Felsen und neben ihm Wolkenjunge – ein voll ausgewachsener Krieger, dessen dickes, weißes Fell vom Wind zerzaust wurde. Reif funkelte auf dem Stein unter ihren Pfoten.

»Pass auf!«, zischte Feuerherz Wolkenjunge zu. Eine Waldmaus huschte zwischen überfrorenen Baumwurzeln hin und her. Wolkenjunge folgte seinem Blick und sprang geräuschlos von dem Felsen auf den Waldboden. Feuerherz beobachtete den weißen Kater, wie er sich auf die Beute zubewegte. Plötzlich roch er einen Duft, so warm und vertraut, dass sein Fell zitterte. Er spürte warmen Atem an seinem Ohr und machte eine heftige Drehung. Neben ihm stand Tüpfelblatt. Ihr gefleckter Pelz leuchtete im Mondlicht und sie berührte mit ihrer weichen rosa Nase die seine.

»Feuerherz«, wisperte sie. »Ich habe eine Warnung vom SternenClan für dich.« Ihr Ton war ernst und ihr Blick brannte sich in seine Augen. »Eine Schlacht steht bevor, Feuerherz. Hüte dich vor einem Krieger, dem du nicht trauen kannst!«

Das Quieken einer Maus ließ Feuerherz zusammenzucken und er blickte sich um. Wolkenjunge musste seinen Fang getötet haben. Er wandte sich zurück zu Tüpfelblatt, doch sie war verschwunden.

Erschrocken wachte Feuerherz auf und drehte sich dem Nest neben ihm zu. Da lag Graustreif zusammengerollt in tiefem Schlaf, die Nase tief unter den dicken Schwanz gesteckt. Tüpfelblatts Worte hallten in ihm nach: »Hüte dich vor einem Krieger, dem du nicht trauen kannst!«

Ihn schauderte. Die bittere Kälte des Waldes schien sogar hier drinnen an seinem Fell zu haften und Tüpfelblatts süßer Duft war noch immer in seiner Nase. Neben ihm rührte sich

Graustreif, murmelte im Schlaf und Feuerherz zuckte zusammen. Er wusste, er würde nicht wieder einschlafen können, aber er blieb in seinem Nest und bewachte den Schlummer seines Freundes, bis die Morgendämmerung durch die Wände des Baus schimmerte.

29. KAPITEL

BEIM ERSTEN MORGENLICHT wachte Glanzfell auf. Feuerherz sah, wie sie aufstand, sich streckte und sich dann aus dem Bau schob. Er warf einen letzten Blick auf Graustreifs schlafende Gestalt, dann folgte er ihr.

»Es hat aufgehört zu schneien«, miaute er laut, um das gespenstische Schweigen in dem eingeschneiten Lager zu brechen. Seine Stimme hallte durch die Lichtung, und Glanzfell nickte.

Nun tauchten auch Tigerkralle und Sturmwind aus dem Bau auf. Sie setzten sich neben Glanzfell und begannen sich zu waschen. *Bereit für die Morgenpatrouille*, dachte Feuerherz. Er fragte sich, ob er anbieten sollte, sich ihnen anzuschließen. Ein Lauf durch den Wald würde ihm guttun, aber ein Teil von ihm wollte zurückbleiben und ein Auge auf Graustreif haben. Tüpfelblatts Worte lagen ihm noch schwer auf der Seele. Er konnte den Gedanken nicht abschütteln, dass Graustreif der Krieger war, dem er nicht trauen konnte. Der betonte zwar immer wieder, dass seine Beziehung zu Silberfluss seine Treue zum DonnerClan nicht berührte, aber wie war das denkbar? Er brach das Gesetz der Krieger schon dadurch, dass er sich mit ihr traf!

Plötzlich hob Tigerkralle den Kopf, als hätte er etwas gerochen. Feuerherz lauschte aufmerksam, seine Ohren zuckten. In der Ferne konnte er in schnellem Lauf Pfoten durch den Schnee knirschen hören. Eine leichte Brise trug den Geruch von WindClan herbei. Die Pfotenschritte wurden lauter. Angespannt warteten die Krieger – eine Katze rannte durch den Ginstertunnel auf sie zu. Tigerkralle krümmte den Rücken und fauchte, als Kurzbart auf die Lichtung stürzte und vor ihnen stehen blieb. Seine Augen waren weit aufgerissen vor Entsetzen.

»Der SchattenClan und der FlussClan!«, keuchte er. »Sie greifen unser Lager an! Wir sind in der Minderzahl und kämpfen um unser Leben. Riesenstern lässt sich diesmal nicht vertreiben. Ihr müsst uns helfen oder es bedeutet das Ende des WindClans!«

Blaustern kam aus ihrem Bau gestürzt. Alle Augen wandten sich ihr zu. »Ich habe alles gehört«, miaute sie.

Ohne den Hochstein zu besteigen, ließ die Anführerin das Jaulen ertönen, mit dem sie immer den Clan zusammenrief. Kurzbarts Angstgeruch füllte die Lichtung, während die Katzen im Morgenlicht erschienen.

Sowie der Clan versammelt war, begann Blaustern: »Wir dürfen keine Zeit verlieren. Es ist eingetreten, was wir befürchtet hatten: Der SchattenClan und der FlussClan haben sich verbündet und nun greifen sie das Lager des WindClans an. Wir müssen ihnen helfen.« Sie machte eine Pause und ließ den Blick über die bestürzten Gesichter ihres Clans schweifen. Kurzbart neben ihr wartete schweigend mit weit aufgerissenen, hoffnungsvollen Augen.

Feuerherz war entsetzt. Nachdem man die streunenden Katzen entdeckt hatte, war er davon ausgegangen, dass man

Nachtstern trauen könnte. Nun sah es so aus, als hätte der Anführer des SchattenClans schließlich doch das Gesetz der Krieger gebrochen und sich mit dem FlussClan verbündet, um den WindClan erneut aus seinem Zuhause zu vertreiben.

»Aber es ist Blattleere und wir sind geschwächt!«, protestierte Flickenpelz. »Schon einmal sind wir für den WindClan eingetreten. Lasst sie diesmal allein für sich sorgen.« Zustimmendes Murmeln kam von den Ältesten und Königinnen.

Es war Tigerkralle, der Flickenpelz die Antwort gab. Er trat vor und stellte sich neben Blaustern. »Du tust recht daran, vorsichtig zu sein. Aber wenn der SchattenClan und der FlussClan sich zusammengeschlossen haben, dann ist es nur eine Frage der Zeit, bis sie sich auch gegen uns wenden. Es ist besser, wir kämpfen jetzt zusammen mit dem WindClan gegen sie, als später allein!«

Blaustern blickte Flickenpelz an, der die Augen schloss und den Schwanz hob zum Zeichen, dass er Tigerkralles Worte unterstützte.

Gelbzahn drängte sich vor und wandte sich mit ruhiger Stimme an die Anführerin: »Du solltest hier im Lager bleiben, Blaustern. Das Fieber vom Grünen Husten mag vorbei sein, aber du bist immer noch geschwächt.« Die beiden Katzen tauschten einen Blick, den Feuerherz genau deuten konnte. Blaustern lebte ihr neuntes und letztes Leben. Um des Clans willen konnte sie es sich nicht leisten, es im Kampf aufs Spiel zu setzten.

Blaustern nickte kurz. »Tigerkralle, ich will, dass du zwei Trupps zusammenstellst, einen, der den Angriff führt, einen als Reserve. Ihr müsst so schnell wie möglich aufbrechen.«

»Ja, Blaustern.« Tigerkralle wandte sich an die Krieger.

»Weißpelz, du führst die zweite Gruppe an, ich die erste. Ich nehme Dunkelstreif, Mausefell, Langschweif, Borkenpelz und Feuerherz.«

Feuerherz hob aufgeregt den Kopf, als Tigerkralle seinen Namen nannte. Er würde bei der Angriffsgruppe sein!

»Du!« Tigerkralle rief Kurzbart. »Wie heißt du?« Der Krieger des WindClans schaute erschrocken auf beim Ton des Zweiten Anführers.

»Kurzbart«, antwortete Feuerherz an seiner Stelle. Tigerkralle nickte, nahm sich kaum Zeit, Feuerherz anzublicken.

»Kurzbart, du kommst in meinen Trupp«, befahl er. »Die übrigen Krieger schließen sich Weißpelz an. Du auch, Farnpfote. Sind wir alle bereit?«

Die Krieger hoben die Köpfe und stießen einen Schlachtruf aus. Der Stellvertreter stürmte auf den Ginstertunnel zu und sie rannten hinter ihm her.

Die Schlucht hinauf kletterten sie, dann in den Wald. Sie eilten zum Baumgeviert und in das Hochland dahinter. Feuerherz blickte beim Laufen über die Schulter zurück. Graustreif befand sich ziemlich weit hinten mit grimmigem Gesicht, die Augen starr und ausdruckslos nach vorn gerichtet. Feuerherz fragte sich, ob Silberfluss in der Schlacht mitkämpfen würde. Sein Freund tat ihm leid, aber diesmal hatte er keine Bedenken, selber am Kampf teilzunehmen. Seit er den WindClan zurück in sein Territorium gebracht hatte, fühlte er sich auf eine Weise verantwortlich für ihn. Er würde nicht zulassen, dass irgendein Clan ihn zurück in diese Tunnel unter den Donnerwegen trieb.

Wieder füllte Tüpfelblatts Duft seine Nase und sein Fell prickelte. *Hüte dich vor einem Krieger, dem du nicht trauen kannst!* Dies würde in mehr als einer Hinsicht ein schwieriger Kampf werden. Wenn Graustreif seine Treue unter Beweis stellen wollte, dann musste er das jetzt tun.

Es hatte inzwischen aufgehört zu schneien, und doch war es mühevoll, sich durch die Verwehungen zu arbeiten. Auf der Oberfläche hatte sich zwar eine Eiskruste gebildet, aber die war nicht stark genug, um die schweren Krieger zu tragen, und so brachen sie ein und versanken immer wieder im weichen Schnee.

»Tigerkralle!«, rief Glanzfell vom hinteren Ende des Trupps. »Es folgt uns jemand!«

Ihre Worte beunruhigten Feuerherz. Waren sie in eine Falle geraten? Ganz leise bewegte sich die Patrouille auf den eigenen Pfotenspuren zurück, wachsam und misstrauisch. Über ihnen knirschte ein schneebeladener Ast und Farnpfote machte einen Satz.

»Wartet«, zischte Tigerkralle.

Die Katzen kauerten sich in den tiefen Schnee. Feuerherz hörte das Geräusch von Pfotenschritten auf sie zukommen. Sie klangen leicht, wie kleine Pfoten, die vorsichtig über die Eiskruste schritten.

Beklommen erriet er, wer das war, noch einen Herzschlag bevor Wolkenjunge und Buntgesichts zwei Junge hinter einem Stamm auftauchten.

Tigerkralle bäumte sich vor ihnen auf und die Jungen schrien vor Angst. Doch der Krieger erkannte sie augenblicklich und ließ sich zurück auf die Pfoten fallen.

»Was macht ihr hier?«, fauchte er sie an.

»Wir wollen mitkämpfen«, miaute Wolkenjunge.

»Feuerherz!«, donnerte Tigerkralle ungeduldig. »Du hast

dieses Junge in den Clan gebracht. Du kümmerst dich darum!«

Feuerherz blickte dem Zweiten Anführer in die funkelnden Augen. Er wusste, dass Tigerkralle ihn nun zu dieser Wahl zwang: Entweder er schloss sich der Angriffstruppe an und kämpfte für den Clan oder er kümmerte sich um dieses Hauskätzchen aus seiner Familie.

Die ganze Patrouille wartete schweigend auf seine Antwort.

Feuerherz wusste, dass er sich für den Kampf mit seinem Clan entscheiden würde, aber gleichzeitig konnte er das Junge seiner Schwester nicht opfern. Wolkenjunge und die beiden anderen mussten sicher nach Hause gebracht werden. Aber welchen Krieger konnte die Truppe entbehren?

»Farnpfote«, rief Feuerherz Graustreifs Schüler zu. »Bring diese Jungen bitte nach Hause!« Er erwartete, dass Graustreif widersprechen würde, aber der graue Krieger schwieg, als Feuerherz seinen Schüler zurück ins Lager schickte.

Farnpfote ließ den Schwanz sinken und Feuerherz unterdrückte ein aufkommendes Schuldgefühl. »Es wird noch viele Schlachten geben, in denen du kämpfen kannst«, versprach er.

»Aber Feuerherz, du hast gesagt, eines Tages würden wir Seite an Seite kämpfen!«, erklang Wolkenjunges Protest aus dem Gehölz. Tigerkralle warf Feuerherz einen spöttischen Blick zu, und sein Fell prickelte, als er sah, wie die Patrouille sich über die Worte des Winzlings amüsierte. Aber er ließ sich seine Verlegenheit nicht anmerken und rief: »Eines Tages werden wir das auch. Aber nicht heute!«

Wolkenjunge ließ die Schultern sinken, und Feuerherz stieß

einen erleichterten Seufzer aus, als er sich widerstrebend den beiden anderen Jungen anschloss, die Farnpfote zurück ins Lager folgten.

»Ich bin erstaunt über deine Entscheidung, Feuerherz«, schnaubte Tigerkralle verächtlich. »Ich hatte nicht erwartet, dass du so scharf darauf bist, ausgerechnet in dieser Schlacht zu kämpfen.«

Feuerherz starrte den Stellvertreter hasserfüllt an. Er fühlte das Blut in seinen Adern pochen und sein ganzer Körper bebte vor Zorn. »Wenn du selbst ebenso scharf darauf wärst«, erwiderte er, »dann würdest du den Kampfruf ausstoßen, statt uns hier festzuhalten, während WindClan-Krieger sterben!«

Tigerkralle warf ihm einen hasserfüllten Blick zu, legte den Kopf zurück und jaulte zum Himmel empor, bevor er weiter zum Lager des WindClans preschte. Feuerherz und die anderen stürmten hinter ihm her, vorbei am Baumgeviert zu dem steilen Hang, der hinauf zum Hochland führte.

Oben schlug Feuerherz ein heulender Wind entgegen, der ihm die Ohren umstülpte. Jetzt, da der Ginster unter dem Schnee verborgen lag, wirkten die Jagdgründe des WindClans noch kahler als sonst.

»Feuerherz! Du kennst den Weg zum Lager des WindClans!«, übertönte Tigerkralle den Wind. »Führe du uns jetzt.« Er verlangsamte seinen Schritt und ließ Feuerherz vorbeiziehen. Der fragte sich, ob Tigerkralle Kurzbart nicht genügend traute, um ihm die Führung zu überlassen. Er blickte zurück zu Graustreif und hoffte auf dessen Hilfe, aber der graue Krieger hatte den Kopf tief gesenkt und die Schultern im fauchenden Wind kläglich hochgezogen. Von ihm würde er wenig Hilfe bekommen. Feuerherz wandte die Augen zum SternenClan und sandte eine Bitte um Beistand hinauf.

Er war selbst überrascht, dass er das Gelände sogar unter dem Schnee erkannte. Da waren der Dachsbau und der Felsen, auf den Graustreif geklettert war, um einen besseren Überblick zu bekommen. Er folgte den Konturen der Landschaft, an die er sich von seiner Reise mit dem Freund erinnerte, bis er die Senke erreichte, die das Lager des WindClans beherbergte. »Da unten!«, miaute er. Einen Herzschlag lang setzte der Wind aus, und sie hörten den Lärm der Schlacht, der zu ihnen heraufdrang – das Kreischen und Heulen von Katzen, die wütend gegen Katzen kämpften.

30. KAPITEL

MIT EINEM WILDEN Zischen, das selbst durch den Schneesturm zu hören war, wandte Tigerkralle sich an die Krieger: »Weißpelz, du wartest, bis du meinen Schlachtruf hörst! Kurzbart, du führst uns durch den Eingang ins Lager. Um den Rest kümmern wir uns selbst.«

Kurzbart preschte den Hang hinab und auf die schneebedeckten Büsche zu. Tigerkralle donnerte ihm nach, Dunkelstreif ihm auf den Fersen. Feuerherz stürmte hinter dem schlanken, grau gestreiften Krieger durch den schmalen Tunnel, der ins Lager des WindClans führte. Der Ginster stand so dicht und war so scharf, wie er es in Erinnerung hatte. Graustreif und die anderen Krieger blieben oben am Hang, eine frische Angriffswelle, bereit, nach dem ersten Ansturm zuzuschlagen.

Feuerherz blieb abrupt stehen und taumelte bei dem Anblick, der ihn auf der Lichtung des Lagers erwartete. Das letzte Mal, als er auf der Suche nach der Geruchsspur, die sie zu dem vermissten Clan führen sollte, hier gewesen war, hatte er einen verlassenen und stillen Ort vorgefunden. Jetzt wimmelte die Lichtung von sich windenden, kreischenden, kämpfenden Katzen. Kurzbart hatte Recht gehabt: Die Krieger des WindClans waren hoffnungslos in der Minderheit. Eine frische Truppe von Kämpfern aus SchattenClan und FlussClan wartete am Rand der Lichtung, aber der WindClan konnte sich keine Reservetruppe leisten. Der ganze Clan kämpfte, Schüler und Älteste, Krieger und Königinnen.

Feuerherz entdeckte Morgenblüte, die mit einem Kater des SchattenClans rang. Die Königin wirkte erschöpft und furchtsam, ihr Fell stand in dichten Büscheln vom Körper ab. Trotzdem drehte sie sich geschickt und kratzte ihren Angreifer, aber der war viel größer und schlug sie einfach mit einem schweren Hieb zu Boden.

Mit lautem Geheul sprang Feuerherz los, landete direkt auf den Schultern des Katers und hielt ihn fest gepackt, während der überraschte Krieger ihn abzuschütteln versuchte. Feuerherz riss ihn zu Boden und Morgenblüte bearbeitete ihn mit den Krallen. Der Krieger kreischte auf, riss sich los, rannte zu dem stachligen Lagerwall und schob sich hindurch. Morgenblüte warf ihrem Helfer einen dankbaren Blick zu und kehrte in die Schlacht zurück.

Feuerherz schüttelte sich Blutstropfen von der Nase und blickte sich um. Die frischen Truppen des Schatten- und des FlussClans hatten sich nun auch in den Kampf gestürzt. Durch die Ankunft des DonnerClans waren die Zahlen für eine Weile ausgeglichen, aber nun wurde der zweite Trupp gebraucht. Sofort nach Tigerkralles Schlachtruf stürzte Weißpelz auf die Lichtung, gefolgt von Graustreif, Sturmwind und den übrigen DonnerClan-Kriegern.

Feuerherz packte einen FlussClan-Kater, warf ihn mit einer Pfote um und hielt ihn mit der anderen nieder. Er rollte ihn auf den Rücken und prügelte mit den Hinterpfoten auf seinen Bauch ein. Der Kater flüchtete und krachte in einen Wind-

Clan-Krieger. Es war Kurzbart, der sich aufbäumte und den feindlichen Kater unverzüglich angriff. Die wilde Entschlossenheit in Kurzbarts Augen zeigte Feuerherz, dass der Krieger diesen Kampf allein zu Ende führen konnte.

Ein vertrautes Fauchen erregte Feuerherz' Aufmerksamkeit. Graustreif kämpfte mit einer grauen Katze aus dem SchattenClan. Es war Nassfuß, der zusammen mit ihnen gekämpft hatte, um den SchattenClan von Braunstern zu befreien. Die beiden Krieger waren ebenbürtig. Doch dann schleuderte Graustreif Nassfuß mit den Hinterbeinen weg, drehte sich um und suchte sich einen anderen Gegner. Feuerherz sah einen aus dem FlussClan direkt hinter seinem Freund. Trotz des Kampflärms hörte er sein Blut in den Ohren rauschen. Würde Graustreif einen Krieger aus dem Clan von Silberfluss angreifen?

Graustreif machte einen Satz und Feuerherz hielt den Atem an. Aber statt die Katze aus dem FlussClan anzuspringen, flog er über sie hinaus und landete auf dem Rücken eines SchattenClan-Kriegers.

Feuerherz hörte Tigerkralle seinen Namen rufen. Er drehte den Kopf und sah den großen Krieger auf der anderen Seite der Lichtung. Dort herrschte dichtes Kampfgetümmel, in das Katzen aus allen Clans verwickelt waren.

Als er zu Tigerkralle springen wollte, wurde er von Leopardenfell am Hinterbein gepackt und zu Boden gerissen.

»Du!«, zischte die Stellvertreterin des FlussClans. Sie hatten sich zum letzten Mal an der Schlucht getroffen, als Weißkralle ums Leben gekommen war.

Feuerherz warf sie ab und rollte dabei auf den Rücken. Zu spät erkannte er, dass er damit Leopardenfell seinen weichen

Bauch darbot. Die zögerte nicht einen Augenblick, bäumte sich auf und krachte mit aller Kraft auf ihn herab. Er spürte, wie ihm die Luft aus der Lunge gepresst wurde, bevor sich ihre dornenscharfen Krallen in seinen Bauch gruben, und er kreischte vor Schmerz. Er blickte wild um sich und sah Tigerkralle am Rand der Lichtung, der ihn mit kalten, ausdruckslosen Augen betrachtete.

»Tigerkralle!«, heulte Feuerherz. »Hilf mir!«

Aber der rührte sich nicht. Er schaute nur mit starrem Blick zu, wie Leopardenfell Feuerherz immer weiter mit den Krallen bearbeitete.

Blanke Wut verlieh Feuerherz die Kraft, die er brauchte. Er unterdrückte den Schmerz, zog die Hinterbeine an und stieß sie, so hart er nur konnte, nach oben gegen Leopardenfells Bauch. Feuerherz sah Tigerkralles erschrockenen Blick, als sein Tritt die Kriegerin hochhob und über die halbe Lichtung schleuderte. Feuerherz rappelte sich auf die Pfoten und funkelte Tigerkralle rasend vor Schmerz und Wut an. Der erwiderte seinen Blick mit unverhohlenem Hass und sprang hinein in das Kampfgetümmel.

Ein Schlag auf den Hinterkopf brachte Feuerherz aus dem Gleichgewicht. Er taumelte, drehte sich um und sah Steinfell vor sich. Der FlussClan-Krieger wollte einen weiteren Hieb anbringen, aber Feuerherz wich aus und stieß den Gegner direkt gegen Weißpelz, der ihn sofort am Nackenfell packte. Feuerherz wollte vorspringen und Weißpelz helfen, aber Krallen, die sich in seine Oberschenkel gruben, hielten ihn zurück. Er warf sich herum und erblickte graues Fell. Es war Silberfluss.

Als sich die Kätzin vor ihm aufbäumte, sah er ihr wutverzerrtes Gesicht. Blut rann ihr in die Augen, und Feuerherz merkte, dass sie ihn nicht erkannte. Sie zog eine Pfote zurück, ihre langen Krallen blitzten auf, und sie machte sich bereit, ihm einen mörderischen Hieb zu versetzen. Feuerherz blinzelte und erwartete den Schlag, da hörte er ein vertrautes Jaulen: »Silberfluss! Nicht!«

Graustreif, dachte er.

Silberfluss zögerte, schüttelte den Kopf – und erkannte Feuerherz. Sie ließ sich auf alle vier Pfoten fallen, ihre Augen weit aufgerissen vor Schreck.

Feuerherz reagierte instinktiv, sein Blut brannte vor Kampfeslust. Ohne nachzudenken, sprang er auf den Rücken der Kätzin und nagelte sie auf den Boden. Sie wehrte sich nicht, als er den Kopf zurückzog, um ihr einen bösartigen Biss in die Schulter zu verpassen. Doch da spürte er, wie sich Graustreifs Blick in ihn bohrte. Der graue Krieger beobachtete ihn entsetzt vom Rand der Schlacht.

Der Ausdruck von ungläubigem Schmerz in den Augen seines Freundes brachte ihn zu sich. Er hielt inne, zog die Krallen ein und lockerte seinen Griff. Die Kätzin glitt von ihm weg und verschwand im Ginster, der das Lager umgab. Feuerherz starrte ihr nach, noch unter Schock, als Graustreif hinter ihr herrannte.

Feuerherz hatte das Gefühl, als würde er noch immer beobachtet. Er sah sich um und seine Augen trafen auf Dunkelstreifs Blick von der anderen Seite der Lichtung. Er zuckte zusammen. Das Verhältnis seines Freundes hatte ihn schließlich doch zur Untreue gegenüber dem DonnerClan gezwungen – er hatte einen feindlichen Krieger entkommen lassen! Wie viel hatte Dunkelstreif gesehen?

Plötzlich hörte er Sturmwind um Hilfe rufen. Der gestreifte Krieger rang verzweifelt mit Nachtstern, dem verräterischen Anführer des SchattenClans. Feuerherz schoss durch das Gewühl an Sturmwinds Seite.

Ohne nachzudenken, sprang er und packte Nachtstern von hinten. Der schwarze Krieger heulte auf vor Wut, als Feuerherz ihn zurückzerrte und seine Krallen tief in sein Fell grub. Erst vor wenigen Monden hatte er Seite an Seite mit Nachtstern gekämpft, um Braunstern, den ehemaligen Anführer des SchattenClans, zu vertreiben. Nun grub er die Zähne in Nachtsterns Schulter mit der gleichen Wildheit, die er gegen Braunstern bewiesen hatte.

Nachtstern kreischte und wand sich in seinem Griff. *Nicht ohne Grund haben sie diesen Kater zum Anführer gemacht*, dachte Feuerherz und bemühte sich krampfhaft, ihn festzuhalten. Nachtstern strampelte sich los, aber Sturmwind wartete schon auf ihn. Er sprang ihn an und zusammen rollten die beiden Krieger über die gefrorene Lichtung. Feuerherz beobachtete, wie sie kämpften und sich wanden, wählte den richtigen Augenblick für seinen Sprung und landete direkt auf Nachtsterns Rücken. Diesmal packte er ihn fester und auch Sturmwind hatte ihn noch im Griff. Zusammen kratzten und bissen sie den Anführer des SchattenClans, bis der laut kreischte. Dann ließen sie ihn los und sprangen mit noch ausgestreckten Krallen zurück.

Der Anführer des SchattenClans kam auf die Pfoten und wirbelte fauchend herum. Wutblitze schossen aus seinen Augen, aber er wusste, dass er geschlagen war, und zog sich zurück. Seine Blicke flogen über die Lichtung, wo seine Krieger eine ähnliche Behandlung durch andere DonnerClan-Katzen erleiden mussten. Jaulend gab er das Zeichen zum Rückzug. Augenblicklich stellten seine Krieger den Kampf ein und verschwanden hinter ihrem Anführer im Ginster, der das Lager umgab. Die FlussClan-Krieger waren jetzt sich selbst überlassen.

Feuerherz hielt inne, um Atem zu schöpfen, und blinzelte Blut aus den Augen. Weißpelz rang jetzt mit Leopardenfell, Mausefell an seiner Seite. Sandsturm kämpfte mit einem FlussClan-Krieger, der doppelt so groß, aber nur halb so schnell war wie sie. Feuerherz beobachtete, wie sie zubiss und um ihren Gegner herumsprang, bis er besiegt war.

In der Nähe kämpfte Borkenpelz mit einem rauchschwarzen Kater. Feuerherz erkannte in ihm Schwarzkralle, den FlussClan-Krieger, den er bei der Kaninchenjagd im Hochland gesehen hatte. Borkenpelz blieb stur und ließ sich durch die auf ihn gerichteten Schläge und Bisse nicht einschüchtern. Jedes Mal, wenn er getroffen wurde, zahlte der junge Krieger mit gleicher Münze heim. Es sah nicht so aus, als ob er Hilfe brauchte, und Feuerherz vermutete, dass Borkenpelz es ihm auch nicht danken würde, wenn er in seinen Kampf eingriff.

Wo war Streifenstern? Feuerherz suchte nach dem FlussClan-Anführer die Lichtung ab. Es war nicht schwer, ihn zu finden. Nachdem der SchattenClan geflohen war, befanden sich nicht mehr so viele Katzen auf der Lichtung. Schnell entdeckte Feuerherz den hell getigerten Kater mit dem schiefen Kiefer. Tief geduckt kauerte er Tigerkralle gegenüber. Die beiden Krieger starrten sich an und peitschten drohend mit den Schwänzen.

Feuerherz dröhnte das Blut in den Ohren. Wer würde als Erster angreifen? Es war Streifenstern, der einen Satz machte, aber Tigerkralle sprang gewandt zur Seite und Streifenstern verfehlte ihn. Tigerkralle zielte genauer. Er schnellte herum und warf sich auf den Rücken des Gegners. Mit seinen langen Krallen packte er Streifenstern, bis der unter ihm schlaff wurde. Feuerherz sah atemlos zu, wie Tigerkralle die Zähne bleckte, sich vorstreckte und sie tief in Streifensterns Nacken schlug.

Feuerherz schnappte nach Luft. Hatte Tigerkralle den Anführer des FlussClans wirklich getötet? Streifensterns gequältes Kreischen bewies, dass der DonnerClan-Krieger die Wirbelsäule nicht getroffen hatte. Aber es war ein Schlag, mit dem die Schlacht gewonnen war. Tigerkralle ließ seinen Gegner los und jaulend rannte der aus dem Lager hinaus. Sobald Streifensterns Schwanz verschwunden war, machten sich auch seine Krieger frei und preschten hinter ihm her.

Plötzlich war es still im WindClan-Lager, nur noch das Heulen des Windes über dem Ginster war zu hören. Feuerherz sah sich um. Die DonnerClan-Krieger waren erschöpft und böse zugerichtet, aber die Katzen des WindClans sahen noch viel schlimmer aus. Alle bluteten sie, einige lagen regungslos auf dem gefrorenen Boden. Rindengesicht, ihr Heiler, eilte sofort von einer Katze zur anderen und kümmerte sich um ihre Verletzungen.

Riesenstern humpelte auf Tigerkralle zu, Blut tropfte ihm von der Wange. Als Feuerherz den Anführer des WindClans beobachtete, erinnerte er sich an den Traum, den er vor Monden gehabt hatte – Riesenstern war darin als Silhouette vor einem hellen Feuer erschienen wie ein Krieger, der vom SternenClan gesandt war, um sie zu retten. »Feuer wird den Clan retten«, so besagte Tüpfelblatts Prophezeiung. Aber als er nun die erschöpften und geschlagenen WindClan-Katzen betrachtete, fragte sich Feuerherz, ob ihn sein Traum nicht in die Irre geführt hatte. Wie konnten ausgerechnet sie das Feuer darstellen, das nach dem Versprechen des SternenClans seinen Clan retten würde? Gewiss war es doch der DonnerClan, der gerade den WindClan gerettet hatte – wieder einmal!

Riesenstern redete leise mit Tigerkralle. Feuerherz konnte nicht verstehen, was sie sagten, aber Riesensterns gesenkter Kopf legte die Vermutung nahe, dass der Anführer des WindClans anerkannte, was er dem DonnerClan schuldete. Tigerkralle saß aufrecht da und nahm den Dank mit hochgerecktem Kinn entgegen. Feuerherz empfand Abscheu über die Arroganz des dunklen Kriegers. Er würde nie vergessen, dass Tigerkralle dabeigestanden und zugeschaut hatte, wie Leopardenfell ihn beinahe in Fetzen riss.

»Hier.« Feuerherz wurde durch Glanzfells sanfte Stimme aus seinen Gedanken gerissen, die ihm ein Maul voll Kräuter anbot. Feuerherz schnurrte dankbar, als Glanzfell Saft aus den Kräutern in die Bisswunden auf seiner Schulter träufelte. Das brannte, aber der Geruch brachte ihn zurück in eine andere Zeit und zu Tüpfelblatt. Die hatte ihm vor vielen Monden das gleiche Kraut für Gelbzahns Behandlung gegeben. Als der Duft der Kräuter aufstieg, erinnerte sich Feuerherz an seinen Traum der letzten Nacht. *Hüte dich vor einem Krieger,* hatte Tüpfelblatt ihn gewarnt. *Hüte dich vor einem Krieger?*

Die Wahrheit traf ihn wie ein eisiger Wind – es war nicht Graustreif, vor dem er sich hätte in Acht nehmen sollen, sondern Tigerkralle! Wie hatte er nur seinen Freund verdächtigen können, wo er doch wusste, wozu Tigerkralle fähig war? Plötzlich war er sich ganz sicher, dass Rabenpfote die Wahrheit gesagt hatte, was immer Blaustern davon hielt. Nachdem er heute das Verhalten des dunklen Kriegers erlebt hatte, war er davon überzeugt, dass Tigerkralle Rotschweif getötet hatte und dann ohne Reue davonspaziert war.

»Du hast gut gekämpft, Feuerherz!«, unterbrach Sturmwind seine Gedanken. Der braun gescheckte Kater blinzelte ihm freundlich zu und versprach: »Ich werde dafür sorgen, dass Blaustern davon erfährt!«

»Ja«, stimmte Glanzfell zu. »Du bist ein guter Krieger. Der SternenClan wird dich dafür ehren.«

Feuerherz sah die beiden an und seine Ohren zuckten vor Freude. Es war schön, sich wieder als Teil des Clans zu fühlen.

Plötzlich sträubte sich Feuerherz das Fell. Dunkelstreif stapfte über die Lichtung zu Tigerkralle, setzte sich hinter Riesenstern nieder und wartete, bis sich der WindClan-Anführer entfernt hatte. Dann beugte er sich vor und flüsterte Tigerkralle eindringlich etwas ins Ohr. Beide Krieger blickten dabei zu Feuerherz herüber.

Er hat es gesehen, dachte Feuerherz und ihm wurde schwindlig vor Entsetzen. *Er hat gesehen, dass ich Silberfluss habe gehen lassen.*

»Hast du was?«, fragte Glanzfell.

Feuerherz wurde bewusst, dass er am ganzen Körper zitterte. »Ähm, nein, hab nur nachgedacht.« Tigerkralle kam auf ihn zugeschritten. Seine Augen glänzten vor gehässiger Zufriedenheit.

»Also, dann kümmere ich mich noch um ein paar andere«, miaute Glanzfell.

»Ja … gut«, sagte Feuerherz. »Danke.«

Glanzfell hob ihre Kräuter auf und trottete weiter, Sturmwind folgte ihr.

Tigerkralle legte die Ohren an und zog die Oberlippe zurück. Er schaute zu Feuerherz hinab und knurrte: »Dunkelstreif sagt, du hast eine Kätzin aus dem FlussClan entkommen lassen!«

Feuerherz war klar, dass er dazu nichts sagen konnte. Egal, wie schwierig Graustreif alles für ihn gemacht hatte, niemals würde er seinen Freund an diesen Krieger verraten. Am liebsten hätte er Tigerkralle entgegengejault, dass der tatenlos zugesehen hatte, als er von einer FlussClan-Katze fast getötet worden war. Aber wer würde ihm schon glauben?

Dunkelstreif kam angetrottet und stand neben Tigerkralle. Feuerherz sehnte sich nach Blausterns Weisheit und Fairness, aber sie war weit weg im Lager des DonnerClans. Tigerkralle starrte noch immer drohend auf ihn herab.

Feuerherz holte tief Luft, um irgendetwas zu sagen, da wurde ihm plötzlich klar, dass jede wie auch nur immer geartete Untreue, die er Graustreif zuliebe begangen hatte, für Tigerkralle gar nicht zählte. Das war nicht der wahre Grund, warum der ihn verfolgte. Vielmehr befürchtete Tigerkralle noch immer, dass Feuerherz von Rabenpfote die Wahrheit über Rotschweifs Tod vor all den Monden erfahren haben könnte.

Aber anders als Rabenpfote würde Feuerherz nicht der eigenen Angst nachgeben.

Er blickte den dunklen Stellvertreter herausfordernd an und knurrte: »Ja, die Kriegerin ist entkommen, so wie Streifenstern dir entkommen ist. Warum? Wolltest du, dass ich sie töte?«

Tigerkralles Schwanz peitschte den kalten Boden. »Dunkelstreif sagt, du hast sie nicht einmal gekratzt.«

Feuerherz zuckte die Schultern. »Vielleicht sollte Dunkelstreif hinter der Kätzin herjagen und sie fragen, ob das stimmt!«

Dunkelstreif wollte schon losfauchen, aber er schwieg, als Tigerkralle sagte: »Das braucht er nicht. Er hat mir erzählt, dass dein grauer Freund hinter ihr hergejagt ist. Vielleicht, kann er uns ja sagen, wie zerkratzt sie war.«

Zum ersten Mal, seit sie sich in den Kampf gestürzt hatten, spürte Feuerherz die Kälte des Windes. Das Funkeln in Tigerkralles Auge deutete er als verdeckte Drohung. Hatte der dunkle Krieger Graustreifs Liebe zu Silberfluss erraten? Feuerherz suchte noch nach Worten, als Graustreif auftauchte und sich durch den Lagereingang zwängte.

»Sieh an, wer da kommt!«, schnaubte Tigerkralle. »Willst du ihn fragen, wie es der Kätzin geht? Nein, warte, ich kann mir seine Antwort vorstellen. Er wird einfach sagen, dass er es nicht geschafft hat, sie einzuholen.« Ohne die Verachtung in seinen Augen zu verbergen, stolzierte Tigerkralle davon, mit Dunkelstreif im Schlepptau.

Feuerherz blickte zu seinem Freund hinüber, dessen besorgtes Gesicht gezeichnet war von Erschöpfung. Er trottete über die Lichtung auf ihn zu. War Graustreif immer noch voller Groll wegen seiner Einmischungsversuche? War er wütend, weil er Silberfluss angegriffen hatte, oder dankbar, dass er sie hatte gehen lassen?

Graustreif stand schweigend da mit hängendem Kopf. Feuerherz streckte die Nase vor und berührte sanft die kalte, graue Flanke seines Freundes. Er fühlte ein rumpelndes

Schnurren und blickte auf. Auch Graustreif sah ihn an. Seine Augen waren traurig, aber da war keine Spur von dem Zorn, den Feuerherz in letzter Zeit immer darin gesehen hatte.

»Geht's ihr gut?«, fragte er leise.

»Ja«, flüsterte Graustreif. »Und danke, dass du sie hast gehen lassen.«

Feuerherz blinzelte ihn an. »Ich bin froh, dass sie nicht verletzt ist«, miaute er.

Graustreif blickte ihm in die Augen und sagte leise: »Feuerherz, du hast recht gehabt. Die Schlacht war nicht leicht. Ich hatte ständig das Gefühl, dass ich gegen die Clan-Mitglieder von Silberfluss kämpfe und nicht gegen feindliche Krieger.« Beschämt senkte er die Augen. »Aber ich kann sie trotzdem nicht aufgeben.«

Die Worte des Freundes weckten in Feuerherz böse Vorahnungen und trotzdem hatte er Mitgefühl mit ihm.

»Diese Sache musst du selbst lösen«, sagte er. »Es ist nicht an mir, über dich zu urteilen.« Graustreif blickte auf, als Feuerherz fortfuhr: »Wozu du dich auch entscheidest, ich werde immer dein Freund bleiben.«

Graustreif blickte ihn mit einem Blick voller Erleichterung und Dankbarkeit an. Dann, ohne ein Wort, legten sich die beiden Krieger auf der fremden Lichtung Seite an Seite nieder. Zum ersten Mal nach Monden berührte sich ihr Fell wieder in Freundschaft. Oben bot der schneebedeckte Ginster einen kurzzeitigen Schutz vor dem Sturm, der über ihren Köpfen tobte.

ERIN HUNTER

WARRIOR CATS

LESEPROBE ZU BAND 3
STAFFEL I

Leseprobe

WARRIOR CATS – Geheimnis des Waldes

FEUERHERZ TRAT aus den Farnbüschen, die den Bau der Schüler umgaben, und reckte sich. Es war kurz nach Sonnenaufgang, und der Himmel zeigte schon ein bleiches Eierschalenblau, das Versprechen auf schönes Wetter nach Tagen voller Wolken und Regen.

Feuerherz empfand es als den schlimmsten Teil seiner Strafe, dass er bei den Schülern schlafen musste. Jedes Mal, wenn er in den Bau ging, starrten ihn Dornenpfote und Maispfote an, als könnten sie ihren Augen nicht trauen. Farnpfote wirkte einfach peinlich berührt, und Wieselpfote – ermutigt durch seinen Mentor Langschweif, wie Feuerherz annahm – grinste offen. Er fand es schwer, sich dort zu entspannen, und sein Schlaf wurde unterbrochen von Träumen, in denen Tüpfelblatt auf ihn zustürmte und eine Warnung ausstieß, an die er sich nach dem Erwachen nicht mehr erinnern konnte.

Feuerherz dehnte seine Kiefer mit einem gewaltigen Gähnen und begann sich gründlich zu waschen. Graustreif schlief noch. Bald würde er ihn wecken und einen Krieger finden müssen, der sie beide auf einer weiteren Jagdpatrouille überwachte.

Während Feuerherz sich wusch, sah er Blaustern und Tigerkralle im Gespräch vertieft am Fuß des Hochfelsens sitzen. Er fragte sich, worüber sie wohl redeten. Dann rief Blaustern ihn mit einem Schnippen der Schwanzspitze herbei.

»Feuerherz«, sagte sie, »Tigerkralle und ich sind der Meinung, dass ihr nun genug bestraft seid. Du und Graustreif könnt wieder volle Krieger sein.«

Feuerherz wurde fast schwindlig vor Erleichterung.

»Danke, Blaustern!«, miaute er.

»Wir wollen hoffen, dass ihr eure Lektion gelernt habt«, knurrte ihr Stellvertreter.

»Tigerkralle wird eine Patrouille zum Baumgeviert führen«, sprach Blaustern weiter, bevor Feuerherz etwas sagen konnte. »In zwei Nächten ist Vollmond, und wir müssen wissen, ob wir den Weg zur Großen Versammlung schaffen. Tigerkralle, willst du Feuerherz mitnehmen?«

Feuerherz konnte das Glitzern in den bernsteinfarbenen Augen des Zweiten Anführers nicht deuten. Er sah nicht erfreut aus – das tat Tigerkralle allerdings nie –, aber er schien eine gewisse finstere Befriedigung zu empfinden, als käme es ihm gelegen, den jungen Krieger auf Herz und Nieren zu prüfen. Feuerherz machte das nichts aus. Er war froh, dass Blaustern ihm wieder eine richtige Kriegermission zutraute.

»Er kann mitkommen«, miaute Tigerkralle. »Aber sobald er auch nur einen falschen Schritt macht, möchte ich den Grund wissen.« Langsam erhob er sich auf die Pfoten. »Ich werde noch eine andere Katze aussuchen, die mit uns geht.« Feuerherz sah ihm nach, wie er über die Lichtung schritt und im Bau der Krieger verschwand.

»Die Große Versammlung ist diesmal besonderes wichtig«, murmelte Blaustern. »Wir müssen herausfinden, wie die anderen Katzen mit der Überschwemmung fertig werden. Unser Clan muss unbedingt daran teilnehmen.«

»Wir finden einen Weg, Blaustern«, versicherte ihr Feuerherz.

Aber schon einen Augenblick später schwand seine Zuversicht, als er Tigerkralle aus dem Bau treten sah. Die Katze, die ihm folgte, war Langschweif. Als hätte Tigerkralle den dritten Teilnehmer der Patrouille bewusst zu Feuerherz' Nachteil ausgewählt.

Ungute Vorahnungen lagen ihm wie ein schwerer Stein im Magen. Er wollte nicht allein mit Tigerkralle und Langschweif auf Patrouille gehen. Zu deutlich erinnerte sich Feuerherz an die Schlacht mit dem FlussClan, als Tigerkralle tatenlos zugesehen hatte, wie er mit einem gefährlichen Krieger kämpfte. Und Langschweif war sein Feind, seit er selbst seine Pfoten ins Lager gesetzt hatte.

Einen Augenblick lang schossen ihm beängstigende Bilder von den beiden Katern durch den Kopf, die sich in der Tiefe des Waldes auf ihn stürzten und ihn umbrachten. Dann schüttelte er sich. Er musste aufhören, sich selbst Angst zu machen wie ein Junges, das irgendwelchen gruseligen Geschichten der Ältesten lauschte. Zweifellos würde Tigerkralle Anforderungen an ihn stellen, die nicht gerechtfertigt waren, und Langschweif würde jede Minute davon genießen, aber Feuerherz fürchtete keine Herausforderungen. Er würde ihnen beweisen, dass er ein Krieger war, der ihnen in jeder Hinsicht die Stirn bieten konnte!

Respektvoll verabschiedete er sich von Blaustern, rannte über die Lichtung und folgte Tigerkralle und Langschweif aus dem Lager.

Die drei Katzen zogen durch den Wald zum Baumgeviert. Die Sonne wanderte immer höher den tiefblauen Himmel hinauf, und auf den Farnwedeln glitzerten Tautropfen, die an Feuerherz' Fell hängen blieben. Vögel sangen und Zweige raschelten mit jungem Laub. Die Blattfrische war endlich gekommen.

Feuerherz trabte hinter Tigerkralle her und wurde immer wieder durch verführerische Bewegungen im Unterholz abgelenkt, Beutetiere, die hin und her eilten. Nach einer Weile erlaubte der Zweite Anführer ihnen, anzuhalten und zu jagen. Tigerkralle war ungewöhnlich guter Laune und entspannt genug, dass er Feuerherz sogar lobte, als der sich auf eine ungewöhnlich schnelle Wühlmaus stürzte. Selbst Langschweif behielt seine unfreundlichen Bemerkungen für sich.

Beim Weitermarschieren war Feuerherz' Magen warm und gefüllt von der Wühlmaus, die er gerade verzehrt hatte. Sein Unbehagen schwand. An so einem Tag musste er einfach optimistisch sein, und er war überzeugt, dass sie Blaustern bald gute Nachrichten überbringen könnten.

Oberhalb eines steilen Abhangs blickten sie hinab auf den Bach, der das DonnerClan-Territorium durchquerte und sie vom Baumgeviert trennte. Tigerkralle ließ ein langes, leises Zischen hören und Langschweif jaulte entsetzt auf.

Feuerherz teilte ihre Enttäuschung. Normalerweise war der Bach seicht genug, dass Katzen ihn von Stein zu Stein springend leicht überqueren konnten. Aber jetzt hatte sich der Bach auf beiden Seiten zu einer glitzernden Wasserfläche ausgedehnt, während die reißende Strömung im ursprünglichen Bachbett dahinrauschte.

»Wollt ihr da rüber?«, fauchte Langschweif. »Ich nicht.«

Wortlos trottete Tigerkralle bachaufwärts und folgte dem Rand des Hochwassers zum Donnerweg, wo das Gelände sanft anstieg. Und nach kurzer Zeit konnte Feuerherz Grasbüschel und Farnklumpen erkennen, die aus dem glänzenden Wasser herausragten.

»Es ist nicht mehr so tief, wie Weißpelz es zuletzt gemeldet hat«, bemerkte Tigerkralle. »Wir versuchen es hier.«

Feuerherz hatte seine Zweifel, dass das machbar wäre, behielt sie aber für sich. Er wusste, wenn er widersprach, würde er nur die üblichen verächtlichen Bemerkungen über seine Herkunft als weichliches Hauskätzchen ernten. So folgte er wortlos Tigerkralle, der bereits in die Flut hineinwatete. Er bemerkte, dass Langschweifs Ohren neben ihm nervös zuckten.

Das Wasser schwappte kalt gegen Feuerherz' Beine. Vorsichtig wählte er seinen Weg, sprang von einem Grasbüschel zum anderen, um die am nächsten liegende Stelle auf der anderen Seite des Baches zu erreichen. Die beim Gehen aufspritzenden Wassertropfen glitzerten im Sonnenlicht. Einmal wand sich ein Frosch unter seiner Pfote hervor, sodass er fast das Gleichgewicht verloren hätte.

Das Wasser vor ihm war braun, wo es den Morast vom Grund aufgewühlt hatte. Der Bach war hier viel zu breit, als dass eine Katze hinüberspringen könnte, und die Trittsteine lagen unter Wasser. *Ich hoffe, Tigerkralle will nicht, dass wir schwimmen*, dachte Feuerherz schaudernd.

Kaum war ihm dieser Gedanke durch den Sinn gegangen, rief Tigerkralle weiter oben am Bach: »Kommt hierher! Schaut euch das an!«

Feuerherz watete zu dem Zweiten Anführer hin, der mit

Langschweif am Uferrand stand. Vor ihnen war, angeschwemmt durch die Strömung, ein Ast stecken geblieben, der von einem Ufer zum anderen reichte.

»Genau, was wir brauchen«, knurrte Tigerkralle zufrieden. »Feuerherz, überprüfe mal, ob der sicher ist.«

Feuerherz betrachtete zweifelnd den Ast. Er war viel dünner als der umgestürzte Baum, den er benutzt hatte, um ins FlussClan-Territorium zu gelangen. Zweige reckten sich nach allen Richtungen und vertrocknete Blätter hingen daran herab. Alle paar Augenblicke machte der Ast einen leichten Ruck, als wollte die Strömung ihn gleich losreißen.

Mit jedem anderen älteren Krieger oder sogar mit Blaustern hätte Feuerherz sich über die Sicherheit des Astes unterhalten, bevor er eine Pfote darauf setzte, aber niemand stellte einen Befehl von Tigerkralle infrage.

»Angst, Hauskätzchen?«, reizte ihn Langschweif.

Entschlossenheit brannte in Feuerherz' Adern. Diesen Katzen gegenüber würde er keine Angst zeigen. Er würde ihnen nicht das Vergnügen bereiten, dem übrigen Clan dann ausführlich davon zu berichten. Er biss die Zähne zusammen und stieg auf das Ende des Astes.

Sofort sackte der unter seinen Pfoten nach unten. Tief grub Feuerherz seine Krallen in das Holz und kämpfte um Halt.

Wird es Feuerherz heil zur Großen Versammlung schaffen?

Frage in deiner Buchhandlung nach den weiteren Abenteuern der WARRIOR CATS …

Staffel III

DIE MACHT DER DREI

WARRIOR CATS

Band 1: Der geheime Blick
Gebunden, 377 Seiten.
ISBN 978-3-407-81117-2

Band 2: Fluss der Finsternis
Gebunden, 342 Seiten.
ISBN 978-3-407-81118-9

Band 3: Verbannt
Gebunden, 343 Seiten.
ISBN 978-3-407-81134-9

Band 4: Zeit der Dunkelheit
Gebunden, 357 Seiten.
ISBN 978-3-407-81135-6

Band 5: Lange Schatten
Gebunden, 343 Seiten.
ISBN 978-3-407-81146-2

Band 6: Sonnenaufgang
Gebunden, 343 Seiten.
ISBN 978-3-407-81148-6

Alle Bände auch als Hörbücher und E-Books.

Warrior Cats III, 1-6
30 CDs, Laufzeit ca. 38 Std. 44 Min., ISBN 978-3-407-81176-9
Alle Hörbücher der dritten Staffel in einer Box!

WARRIOR CATS

ENTDECKE DIE GANZE WELT DER CLANS!
ALLE SONDERBÄNDE AUF EINEN BLICK

Short Adventure
Wolkensterns Reise
Taschenbuch, 97 Seiten.
ISBN 978-3-407-74537-8

FÜR FANS UND
NEUEINSTEIGER

Die Welt der Clans
Das Gesetz der Krieger
Gebunden, 225 Seiten.
ISBN 978-3-407-81097-7
Taschenbuch:
ISBN 978-3-407-74469-2

MIT 15
GANZSEITIGEN
BILDTAFELN

Sonderbände

WARRIOR CATS

SPECIAL ADVENTURE

Feuersterns Mission
Gebunden, 555 Seiten.
ISBN 978-3-407-81075-5
Taschenbuch:
ISBN 978-3-407-74360-2

Das Schicksal des WolkenClans
Gebunden, 503 Seiten.
ISBN 978-3-407-81119-6
Taschenbuch:
ISBN 978-3-407-74496-8

Blausterns Prophezeiung
Gebunden, 551 Seiten.
ISBN 978-3-407-81150-9

Streifensterns Bestimmung
Gebunden, 532 Seiten
ISBN 978-3-407-81172-1

Alle Bände auch als Hörbücher (ausgenommen Wolkensterns Reise) und E-Books.

www.warriorcats.de